공작성의 하녀님

I

공작성의 하녀님

소리엔 장편소설

I

공작성의 하녀님 1

지은이 소리엔
펴낸이 이형기
펴낸곳 도서출판 가하

초판인쇄 2016년 9월 30일
초판발행 2016년 10월 7일
출판등록 2008년 10월 15일 제 318-2008-00100호

서울 영등포구 양평로 67, 1209 (당산동5가, 한강포스빌)
전화 02-2631-2846 팩스 02-2631-1846
www.ixbook.co.kr

ISBN 979-11-300-1082-3 04810
     979-11-300-1051-9 04810(set)

값 12,000원

CONTENTS

I

01. 돌아온 공주   009

02. 입성   022

03. 수습 하녀 세레나   040

04. 동쪽 방의 주인   081

05. 시녀의 품격   120

06. 빛을 삼킨 밤   168

07. 솔즈베리 백작부인   217

08. 실종된 공작   242

09. 레치넨티아의 의미   271

10. 여름 장미 축제   318

11. 움직이는 마음   343

12. 한여름 밤의 꿈   393

13. 마녀 사냥   431

I

8

01. 돌아온 공주

엘베른 왕국에 왕과 왕비가 살았습니다. 이들에겐 딸이 셋 있었습니다. 첫째, 둘째 공주는 왕과 같은 금발과 에메랄드 색 눈을 가졌지만 막내 공주만은 달랐습니다. 신화 속 여신처럼 은발과 은안을 갖고 태어난 공주를 사람들은 미와 지혜의 여신인 아나이스의 현신이라고 믿었는데, 그 기대대로 자라난 공주의 아름다움과 지혜는 실로 하늘에 닿아 있다 할 만큼 특별했습니다.

눈동자와 머리칼은 달빛색, 미모와 자태는 고대신이 가장 심혈을 기울여 조각한 작품이었습니다. 공주의 학식을 시험하기 위해 찾아온 외국의 석학들도 그녀를 만나고 나면 아름다움에 비례하는 학문의 깊이에 탄복하며 그녀의 추종자가 되었습니다. 살아 있는 여신에게 꽃과 꿀, 세상의 아름다운 것들이 줄지어 공물로 바쳐졌고 아나이스 여신의 신전으로 향하는 발걸음은 차츰 줄어들었습니다.

신들에게 바쳐져야 할 경외와 찬사가 한 인간에게 오롯이 향하는 것을 지켜본 여신은 분노했습니다.

가장 사랑하는 나의 아이야.
은총을 모르고 스스로 난 자인 양 방자하더니
이제는 신의 권위에까지 도각(倒閣)하려 하는구나.
분수를 모르는 이와 그 곁의 눈 먼 자들에게
받아야 마땅한 벌을 내리리라.

얼마 뒤, 대륙의 북쪽 끝 그란데 산맥에 마계로 통하는 문이 열렸습니다. 수천, 수만에 달하는 마물들이 산맥을 까맣게 뒤덮고 집과 건물을 부수며 생명체를 잡아먹었습니다. 무엇보다 무서운 것은 마물들과 함께 내려온 홍련의 마왕이 일으키는 불꽃이었습니다. 마계의 모든 불꽃의 근원인 마왕의 불꽃은 물을 뿌려도 꺼지지 않으며 보이는 모든 것을 불태웠지요.

마왕과 마물들은 빠른 속도로 남쪽으로 내려왔고 점차 왕국과 가까워졌습니다. 사람들은 겁에 질려 그동안 까맣게 잊고 있었던 그들의 수호신 아나이스의 신전으로 달려갔습니다. 그리고 빌었습니다. 마왕을 물리칠 수 있는 기적을 달라고.

이윽고 신탁이 내려왔습니다.

가장 고귀하고 순결한 처녀의 피로 원하는 것을 얻으리라.

신탁을 확인한 사람들은 왕궁으로 달려가 그토록 경외하고 칭송했던 공주를 끌어냈습니다. 왕은 눈물을 흘리며 가장 사랑하는 막내 딸의 심장에 아홉 개의 봉인을 새기고 마법진 위에 세웠지요. 마법 진이 빛남과 동시에 은빛의 공주와 왕궁 근처까지 도달했던 마왕 은 사라졌습니다.

마왕이 사라져 힘을 잃은 마물들을 몰아낸 왕이 폐허가 된 세 개 의 왕국과 열일곱 개의 도시 국가를 통일하고 새로운 제국을 세우 니, 그 제국의 이름을 '루이네리아'라 합니다.

– '한눈에 보는 제국사 제1장 건국 편' 中

「아바마마…… 부디 강녕하세요.」

「잠시만, 기다려보아라. 아직 시간이 많이 남지 않았느냐.」

「폐하, 서두르셔야 합니다. 마물 떼가 들이닥치기 전에 주문을 완성 하지 않으면……!」

「가겠습니다. 저 하나가 희생해 모든 것이 제자리로 돌아갈 수만 있 다면…… 열 번이라도 좋아요. 저는 불구덩이 속에 뛰어드는 쪽을 택하 겠습니다.」

이것은 악몽이다. 깨어나면 잊힐 악몽에 불과하다. 핏빛으로 물든 하늘. 죽음을 재촉하는 누군가의 거친 음성. 아바마마의 눈물. 악귀의 입처럼 자신을 빨아들이며 빛을 뿜던 마법진까지.

공주는 괴로움에 신음했다.

'제발. 견딜 수가 없어. 누가 여기서 나를 좀, 해방시켜줘!'

그 순간, 기억의 편린들이 모여 검은 회오리바람이 되었다. 머릿속을 어지럽히던 회오리바람은 곧 기억의 저편으로 떠밀리듯 사라졌다. 어디선가 환한 빛이 쏟아져 들어왔다.

눈을 뜨자마자 마주한 것은 호기심이 잔뜩 어린 한 쌍의 검은 눈동자였다.

"엄마, 예쁜 언니가 깨어났어요!"

"아유, 사흘 동안 꼼짝없이 숨만 쉬더니 드디어 눈을 떴네. 어디 정신이 좀 들어요?"

뿌옇던 시야가 걷히자 비쩍 마른 여자아이와 마찬가지로 깡마른 중년 여성이 눈에 들어왔다. 검은 머리와 눈동자는 그녀들이 귀족이 아닌 평민이라는 표식. 남루한 옷차림의 두 모녀는 저마다 동정심과 호기심을 가득 담고 그녀를 바라보고 있었다.

그렇군. 저들이 자신을 구한 것인가. 마법은 결국 실패한 것인가.

공주는 힘이 들어가지 않는 몸을 애써 일으켰다. 이곳이 어디인지, 자신의 안전이 보장된 장소인지 미처 확인하지 못했기 때문이었다.

그녀는 벽에 몸을 기댄 채 주변을 둘러보았다.

돌을 둥글게 쌓은 화덕, 얼기설기 겹친 나무판자 위로 흙을 바른 벽에 지나치게 높은 천장은 아무리 자신이 평민의 생활을 모른다 해도 낯설기 짝이 없는 건축 양식이었다. 공주는 결국 이런 상황에서 할 법한 전형적인 질문을 던질 수밖에 없었다.

"이곳은 어디인가요?"

"북령이에요. 북령의 북쪽 끝, 그란데 산맥 밑이죠."

중년 여성이 대답하자마자 기다렸다는 듯 소녀가 대화에 끼어들었다.

"엄마가 언니를 구해줬어요. 달빛 호수에서 꽁꽁 얼어 있는 언니를 발견했을 때만 해도 그냥 시체인 줄만 알았대요. 언닌 정말 고마운 줄 알아야 해요. 외부인을 싫어하는 월터 아저씨나 다른 사람들만 같았으면 아마 그대로 죽게 내버려뒀을걸요."

"레니. 쓸데없는 소리 마라."

중년 여성이 아이의 입을 막는 시늉을 했지만 곱게 접은 눈초리로 보아 듣기 싫은 기색은 아니었다.

고마움이라. 그래, 보상을 해주어야지. 왕족의 생명을 구한 보상을 어찌 말로 끝낼 수 있을까. 공주는 궁으로 돌아가는 대로 그녀들에게 몸무게만큼의 금화와 평생 본 적도 없을 진귀한 보석을 하사할 충분한 용의가 있었다.

그러나 지금은 자신이 처한 상황에 대한 충분한 파악이 먼저였다.

"그대들의 걱정은 덧없습니다. 나는 세레니안 라 엘베른, 엘베른 왕국의 공주이니까요. 그보다 알고 싶은 것이 있습니다. 전쟁은 어떻게 됐나요? 마왕은? 폐하께선 무사하신가요?"

"예? 그게 무슨 소리래요?"

궁금한 게 한두 가지가 아니었다. 마물의 침략에 의해 왕국의 경계가 무너졌다는 소식이 전해지자, 겁에 질린 시민들은 무작정 왕궁으로 밀려들었다. 광기와 혼란 속에서 마물이 아닌 시민들의 침입을 막기 위해 애꿎은 기사들의 피는 또 얼마나 많이 흘려야 했던가. 신탁대로 정말 내가 대륙의 멸망을 막을 수만 있다면.

그녀는 짧은 생의 마지막을 예감하며 궁정 마법사가 그린 마법진에 몸을 실었다. 그리고 눈부시게 하얀 빛에 휩싸여 눈을 감았다. 분명 그랬었다.

"그대들은 마법사인가요? 어떻게 나를 마법진에서 구해낼 수 있었지요? 아직 전쟁이 끝나지 않은 이 시점에 북 대륙까지 날 데리고 온 이유는 또 무엇인가요?"

"아이고. 전쟁은 뭐고 마왕은 또 무슨 소린지, 도통 모르겠네."

"저 예쁜 언니가 지금 우릴 보고 마법사라고 하는 거예요?"

쏟아지는 질문에 당황스러워하던 모녀는 자연스럽게 서로 시선을 마주쳤다.

"저…… 아가씨? 아직 일어난 지 얼마 되지 않았으니 일단 좀 쉬도록 해요, 응?"

"잠시만, 아직 내 질문에 답을 하지 않았……!"

"아, 글쎄, 가만히 좀 있어보라니깐!"

중년 여성은 신경질적으로 그녀의 말을 끊고는, 서둘러 딸을 데리고 문밖으로 나가버렸다.

참으로 무례한 백성들이로구나. 공주는 처음 겪는 그녀들의 무시와 외면이 무척이나 당황스러웠다. 허나 목숨을 구해주었다 주장하는 자신의 은인들이 아닌가. 한 번쯤은 너그러운 마음으로 관용을 베푸는 것도 좋을 것이다. 금방이라도 무너져 내릴 것 같은 집을 탐탁지 않게 둘러보던 그녀는 자신이 입고 있는 누더기 원피스를 보고 기겁을 했다.

'서둘러 새 드레스를 가지고 오라 이르고 집 안 청소부터 다시 시켜야겠어.'

머리를 저은 공주가 자신의 시중을 들어줄 모녀가 나간 문을 덩그러니 바라보고 있으려니, 둘의 대화가 벽을 타고 드문드문 들려왔다.

"저렇게 예쁘게 생겼는데…… 언니가 불쌍해요."

"호수에 몸을 던진 후유증 때문일 게야. 아마 곧……."

"……공주님 놀이는 나도 여섯 살 때까지 하고 접었는걸요."

"어쩔 수 없지. 하나부터 차근차근 다시……."

잠시 후, 무언가 단단히 결심한 표정으로 들어온 중년 여성은 세 살배기 어린애에게 걸음마를 가르치듯, 어렸을 적부터 귀에 못이 박이게 들었던 건국 역사부터 그녀를 구했던 당시의 이야기까지 차근차근 들려주기 시작했다.

"그러니까…… 정리해보죠. 이곳은 엘베른 8세가 마왕과 마물을 몰아내고 세운 제국 루이네리아, 발루아 공작령의 그림자 숲 마을. 전쟁이 끝나고부터 사용한 제국력으로 지금은 362년이고. 얼음 호수에 빠져 꽁꽁 얼어 있던 나를 구한 것이 바네사, 당신과 레니."

"맞아요. 이해가 빠르군요."

바네사는 박수를 치며 기꺼워했다. 기껏 목숨을 구해줬더니 기억 상실증 따위에 걸려 못 쓰게 되면 어쩌나 했는데 다행이었다. 이 상태로라면 금방 자신이 누군지에 대해서도 떠올릴 것 같았다. 말만 한 처녀가 어쩌다 이 험한 곳까지 와서…… 하여간 달빛 호수라니. 그녀는 속으로 한숨을 쉬었다.

그런데 산맥 중턱에 위치한 호수는 달빛을 받으면 표면이 은빛으로 신비롭게 반짝인다 해서 달빛 호수라는 아름다운 이름이 붙었다. '대륙의 끝'이라는 상징성을 가지기도 한 이 호수는 신기하게도 1년 내내 쌓인 눈이 녹지 않는 산맥에 있으면서도 물이 얼지 않았다. 그것이 어떻게 소문이 난 것인지 종종 멀디먼 내륙에서까지 절망한 사람들이 찾아와 이렇게 하나둘씩 빠져 죽곤 하는 것이었다.

하지만 자신이 구한 소녀는 여전히 창백한 얼굴로 고개를 저을 뿐이었다.

"그 말을 지금 믿으라는 건가요? 대체 무슨 이야기를 하는 건지 모르겠군요. 나는…… 난 밖에 나가봐야겠어요."

아직 정신이 제대로 돌아오진 않은 모양이다. 바네사는 더 이상의 설명은 의미가 없다고 판단했다.

"그럼 그렇게 해요. 밖은 어제까지 내린 눈으로 미끄러우니 조심하고."

소녀는 레니의 부축을 받으며 밖으로 나갔다. 바네사는 절뚝거리는 그 모습마저도 그림이 된다고 생각했다. 있는 땔감 없는 땔감 쪼개어 불을 피우고 사흘씩이나 뒤치다꺼리를 하면서도 소녀를 돌본 것은 자신이 꼭 인정 많고 따뜻한 사람이어서는 아니었다. 결혼식 날 보았던 여신상의 모습이 꼭 이렇게 생겼던 것 같다. 일전에 멀리서 보았던 황녀 출신의 전 공작부인보다 아직도 시체 같은 소녀가 몇 배는 더 아름다울 거라고 확신할 수 있었다.

물을 머금어 축 늘어진 검은 머리칼만 아니었더라면 틀림없이 어디의 지체 높은 귀족 영애라고 믿었을 테다.

같은 여자지만 바라만 봐도 눈요기가 되는 이 소녀를 그대로 죽게 둘 수는 없었다. 딸인 레니도 답지 않게 호들갑을 떨며 낯선 손님을 간호한다, 약초를 구해 온다 난리였다. 오지랖 넓은 바네사는 벌써 소녀가 호수로 뛰어든 이유까지도 반쯤 단정 짓고 있었다. 귀족 도련님에게서 하루아침에 버림을 받은 게지. 제 반반한 외모를 믿고 그럴싸한 귀족의 첩실이라도 될 수 있을까 싶어 애송이 도련님의 사탕발림에 겉도 속도 다 내어주고는, 어느 날 식어버린 정인의 마음에 절망해 호숫가로 뛰어든 게야. 가엾게도.

"맙소사……!"

자신을 구해준 모녀가 어떤 생각을 하는지도 모른 채 공주는 당혹감에 휩싸여 있었다. 눈앞의 풍경은 온통 하얬다. 엘베른 왕국에서는 한 번도 본 적이 없는. 오직 책으로만 보아왔던 눈이 숲 속 작은 마을을 온통 하얗게 물들였다. 귓가를 스치는 바람이 몹시 찼다.

그녀는 잠시 몸을 떨다 마을 너머로 굽이굽이 이어진 험준한 산맥으로 시선을 옮겼다. 마을을 에워싸듯 겹겹이 늘어선 산맥의 장엄한 풍경을 보고 있으려니 마치 이곳이 세상과 격리된 육지 속 섬과 같은 느낌마저 들었다.

세레니안 라 엘베른. 대륙의 네 왕국 중 하나인 엘베른 왕국의 셋째 공주는 자신이 어떤 때에도 이성적으로 사고하고 행동하는 왕족의 교육을 받아서 다행이라고 생각했다. 그렇지 않으면 지금의 이 상황과 풍경을 도무지 현실로 받아들일 수 없었을 것이다.

순진해 보이는 저 모녀가 거짓말을 하는 것 같지는 않았다. 허나 그 말을 곧이곧대로 믿는다면 자신은 지금 마법진에 올라선 그날로부터 약 300년이 지나 대륙 정반대편의 어느 시골 마을에서 깨어난 셈이 된다.

어떻게 이런 일이 있을 수 있단 말인지. 마왕을 봉인하는 마법진에 시간과 공간을 초월하는 주문이라도 적혀 있던 것일까? 공주는 옆에서 자신을 부축하고 있는 꼬질꼬질한 계집아이에게 물었다.

"달빛 호수라 했니? 나를 발견한 곳이."

"그랬죠, 엄마의 말에 의하면요."

"괜찮다면 날 그곳으로 데리고 가주겠니? 눈으로 직접 확인하기 전까진 도무지…… 믿기 어려운 얘기들뿐이구나."

레니는 공주의 부탁에 선뜻 응했다.

"호수로 가는 거야 어렵지 않아요. 그런데 그전에 안으로 들어가 꽁꽁 무장을 해야 해요. 산 위로 올라가면 여기보다 배는 더 추울 거거든요."

집 안으로 들어간 두 사람은 두꺼운 외투와 털 장화를 신고 다시 밖으로 나왔다. 아주 오랜만에 움직이는 것처럼 느껴지는 온몸의 부자유스러움과 통증을 무시하며 공주는 걸음을 뗐다.

몇 번이고 기운 자국이 있는 외투에서는 퀴퀴한 냄새가 났다. 신고 있는 털 장화에서는 작은 돌들이 덜그럭거리며 연신 신경을 거슬리게 했다. 옷도 신발도 당장이라도 훌훌 벗어던지고 싶은 것을 꾹 참으며 그녀는 계속 걸었다.

참자, 참아야 한다. 지금 중요한 것은 옷과 신발 따위가 아니었다. 이곳이 왕국과 얼마나 멀리 떨어진 곳인지, 300년이 지났다는 말은 또 무슨 소리인지 알아내야 한다.

호수로 향하는 이가 적지 않은지 길은 퍽 잘 다듬어져 있었다. 한편 아무리 걸어도 하얀 눈과 나무뿐인 낯선 풍경에 공주의 신경은 점점 날카로워졌다. 얼굴이 시커멓게 죽은 그녀와 그녀의 눈치를 보며 숨을 죽인 레니는 별다른 대화도 없이 산을 올랐다. 길게 이어지던 적막을 깬 것은 공주도, 레니도 아닌 낯선 누군가였다.

"레니, 어딜 가는 길이니?"

"한스 오라버니."

레니를 부른 이는 얼굴 가득 주근깨가 난 비쩍 마른 청년이었다. 별 생각 없이 맞은편에서 걸어오는 같은 마을 소녀를 불렀던 한스는 그 옆에 서 있는 공주를 보고 그 자리에서 굳어버렸다. 누구지? 저 아가씨는. 사람이 저렇게 생길 수 있는지는 처음 알았다. 작은 얼굴에 이목구비가 오목조목 들어 있는데 세상에, 눈이 얼굴의 반이다. 눈처럼 하얀 피부는 또 어떻고……. 넋이 나간 한스의 입에서는 금방이라도 침이 떨어질 것 같았다.

마음이 급했던 공주는 처음 보는 누군가의 등장이 일단 반가웠다. 그래서 어딘가 이상해 보이는 그의 상태는 아랑곳 않고 다짜고짜 질문부터 던졌다.

"말씀 좀 묻겠어요. 혹시 지금이 몇 년도인지 대답해줄 수 있나요? 이곳은 어디죠?"

"예, 예?"

"대륙을 침공했던 불의 마왕은? 마물들은 정말 깨끗이 물러난 건가요?"

"마왕에 마물이라니……."

밑도 끝도 없는 질문에 한스는 어리둥절했지만 그렇다고 이 낯선 미녀와의 대화 기회를 놓치고 싶지는 않았다. 그는 얕게나마 알고 있는 지식을 총동원해가며 떠듬떠듬 말을 이었다.

"혹시…… 전설처럼 내려오는 건국 초의 '그 이야기'를 말씀하시는 겁니까? 여신이라 칭송받던 초대 황제 폐하의 막내 따님이 몸을 바쳐 마왕과 분신했다는. 여기가 바로 마왕이 나타났다는 그런데 산맥 위에 지어진 마을 아닙니까."

"그럴 리가……."

"그나저나 여기선 처음 뵙는 얼굴 같은데, 아가씨께선 누구십니까?"

"아니야, 그럴 리 없어! 어떻게 그런 말도 안 되는 일이!"

공주는 꽃 같은 얼굴을 심하게 일그러뜨리며 청년의 옆을 그대로 지나쳤다.

그림자 숲 마을 촌장의 아들인 한스는 난생처음 본 아름다운 아가씨가 눈물을 흩뿌리며 사라져가는 모습을 멍하니 지켜봤다. 겉모습은 저리 아름다운데…… 안타까웠다. 머리를 심하게 다친 듯해 보이니.

"미안, 미안. 다음에 설명해줄게. 언니, 같이 가요!"

레니가 한스에게 사과의 손짓을 건네며 저만치 뛰어가는 공주를 좇았다.

산맥을 올라 달빛 호수에 도착했을 때 공주는 말을 잃었다. 잔잔한 호수 너머로 햇살을 머금은 눈 덮인 산의 비경은 눈부신 아름다움 그 자체였다. 어디선가 들리는 맑은 새소리가 그녀의 귀를 간질였다. 모든 것이 완벽했다. 마왕은 사라졌고 혈족들은 대륙에서 가장 거대한 제국을 세워 엘베른 왕가의 위엄을 드높였다. 그리고 자신은, 살아 있었다. 단 한 번도 원한 적 없던 경배와 찬탄, 질시를 한 몸에 받다 끝내 제물로 끌려갔던 삶에서 벗어나 아무도 모르는 누군가가 되어 이 아름다운 풍경을 만끽하고 있다.

아나이스 여신이시여. 이것은 당신의 안배입니까. 공주는 자신도 모르게 맑은 호수로 다가갔다. 기억하는 모습보다 조금 야위었지만 수면에 비치는 얼굴은 분명 그대로였다. 반원의 눈썹, 동그란 눈동자, 곧고 부드럽게 뻗은 코, 자연스럽게 호선을 그리는 입술.

하지만…… 물에 비쳐도 선명한 저 먹색 눈동자와 까마귀 같은 머리는 결코 자신의 것이 아니었다. 여신과 같다 칭송을 받았던 순은의 눈동자와 머리칼은 왕실을 넘어 온 국민의 자랑이었으니까. 그녀는 떨리는 마음을 가다듬으며 산을 올라올 때부터 연신 감탄의 눈으로 자신을 바라보던 아이에게 다시 한 번 물었다.

"레니라고 했지? 혹시…… 네 눈에도 내가 검은 머리와 검은 눈으로 보이니?"

"그럼요! 음, 그렇지만 언니의 검은 머리는 제 머리처럼 뻣뻣하지 않고 부드러운 윤기가 자르르 흘러요. 눈동자는 제 것보다 훨씬 더 크고 반짝거리고요. 꼭 공작님의 성에서 일하는 시녀님들처럼요. ……언니? 괜찮아요, 언니?"

온몸에 힘이 풀리는 것을 느끼며 공주는 끝내 두 눈을 감았다. 모든 일이 순조롭게 풀릴 수만은 없는 모양이다.

02. 입성

공주가 눈을 뜬 지도 이레라는 시간이 지났다. 그리고 이레는 그녀가 자신이 처한 입장에 대해 파악하기에 충분한 시간이었다.

우선 그녀의 친족과 지인들은 모두 세상을 떴다. 지닌 재산이라고는 호수에서 건질 때 입고 있었다던 하얀 원피스 한 벌이 전부. 황궁에라도 찾아가 자신이 전설 속의 공주임을 주장하기엔 검은 머리와 눈동자부터 걸렸고, 신분을 증명할 표식을 갖고 있지 않으니 어쩌면 수도 안으로 들어갈 수조차 없을 것이다.

또한 그녀는 태어나서 단 한 번도 해본 적 없는 금전에 대한 고민에 빠져야 했다. 입고 있는 옷부터 음식에 이르기까지 모든 의식주를 목숨을 구해준 바네사 모녀에게 의존하고 있는 공주는 그것들이 전부 마음에 들지 않음에도 불구하고 작은 불평도 할 형편조차 못 되었다.

공주가 입고 있는 누더기 치마를 마음에 들지 않는다는 듯 내려다보고 있는 동안 레니는 모닥불 위에다 냄비를 얹었다. 그리고 물과 알 수 없는 가루들을 넣고 휘휘 섞고는 큰 소리로 그녀를 불렀다.

"세레나 언니, 이걸로 냄비를 젓고 있어줘."

"……그래."

공주는 서둘러 자리에서 일어나 소녀가 건네는 국자를 받아 들었다. '세레나'는 원래 아바마마와 두 언니만이 불러주었던 소중한 애칭이었다. 하지만 검은 머리의 평민은 고위 귀족이나 사용할 법한 네 글자의 이름을 쓸 수 없으니 앞으로는 이것이 새로운 이름이 될 것이었다.

바네사는 마을에서 멀지 않은 광산의 인부들에게 식사를 만들어주는 일을 하고 있었다. 엄마가 고단한 일을 마치고 돌아오면 곧바로 쉴 수 있도록 레니는 낮 동안 땔감으로 쓸 작은 나뭇가지를 모으고 집을 청소한 뒤 그리 푸짐하지 않은 저녁 식사를 준비한다.

그동안 세레나가 하는 일은 기껏해야 나뭇가지를 줍는 레니의 곁에서 이야기 상대가 되어주거나 수프를 담은 그릇을 나르는 정도였다.

슬슬 여기 머물러 있는 것도 눈치가 보이기 시작했다. 머지않아 몸을 의탁할 새로운 곳을 생각해둬야 하리라. 그러나 이런 상태로 어디를 어떻게 갈 수 있단 말인가. 성에서만 자라온 자신에게 300년 후의 세상은 어떻게 바뀌었을지 상상도 가지 않는 미지의 세계였다.

이런저런 생각으로 복잡한 그녀가 국자를 휘휘 움직이고 있으려니 냄비에서 맛있는 냄새가 흘러나왔다.

"언닛!"

갑자기 뒤에서 새된 고함이 들려왔다. 성큼성큼 걸어온 레니는 세레나의 손에 들린 국자를 빼앗아 들고는 냄비 바닥을 벅벅 긁었다. 그러나 수프는 처음에 비해 그 양이 현저히 줄어든 뒤였다. 냄비 안을 들여다본 레니가 깊은 한숨을 내쉬었다.

"정말이지…… 수프가 바닥에 눌까 봐 저어달라고 부탁한 거잖아. 이게 오늘 저녁으로 먹을 유일한 음식이란 말이야."

세레나가 머리를 긁적이며 사과했다.

"미안하구나. 부엌일이 손에 익숙지 않아서……."

"어디 부엌일'뿐'이야? ……됐어. 탄 부분은 버리고 물을 넣어 다시 끓이면 돼. 대신 오늘 밤 모닥불에 넣을 마른 나뭇가지나 좀 주워다 줘."

머쓱해진 세레나는 뛰쳐나오다시피 집 밖으로 나왔다. 부탁받은 나뭇가지를 찾아 산에 오르려는데, 코가 근질근질하더니 갑자기 재채기가 튀어나왔다.

"에취! 에에취! 하아…… 추워."

세레나는 옷깃을 위로 세우며 어깨를 잔뜩 움츠렸다. 낭패다. 급히 나오느라 겉옷 챙기는 것을 잊어버렸다. 늘 누군가의 보살핌을 받아오다 보니 스스로의 몸을 챙기는 것에 익숙지 않은 탓이다. 그래도 다시 집으로 돌아가서 레니의 따가운 눈총을 연거푸 받고 싶지는 않았다.

세레나는 일부러 발자국이 없는 길을 찾아 걸었다. 그러다 눈이 묻어 젖지 않은 나뭇가지를 발견할 때마다 얼른 주워 바구니에 담았다. 그 일을 몇 번이나 반복했을까. 세레나의 입에서 기어코 작은 한탄이 흘러나왔다.

"백성들의 삶이란 고달프기 짝이 없구나. 온종일 해야 할 일이 무어이리 많은 것이야……."

새벽부터 밤중까지 일과로 바쁘기는 왕궁에서도 마찬가지였지만 자신은 그곳에서 누구보다 빛이 나고 주목받는 꽃 중의 꽃이었다. 허나 지금은 한낱 부엌데기조차 되지 못해 이리 깊은 산중을 헤매고 있다.

추위로 몸이 떨려오고 발은 물먹은 솜처럼 무겁다. 발에 채일 정도로 흔하디흔한 나뭇가지는 오늘따라 왜 이리도 보이지 않는 건지. 대체 마른 나뭇가지 따위가 뭐기에.

"스스로가 이토록 무능하게 느껴진 적은 처음이야……."

자신은 고대어를 포함해 스물아홉 개의 언어를 유창하게 구사하고 열일곱 가지 방식의 문자를 읽고 쓸 줄 알았다. 이제는 300년도 더 된 과거의 일이 되어버렸지만 대륙에 출판된 모든 서적을 한 번씩은 읽어보았다고도 자부할 수 있다. 그러나 이제 와서 그런 것들이 다 무슨 소용이란 말인가. 당장 생계를 잇는 데 아무런 보탬이 되지 않는데.

한숨을 내쉰 세레나는 다시 눈을 크게 뜨며 보물찾기를 시작했다.

종일 흐렸던 잿빛 하늘에 슬슬 어둠이 찾아왔다. 구부렸던 허리를 두드리며 몸을 일으킨 세레나는 어깨에 멘 바구니 안을 들여다보았다. 쓸 만한 나뭇가지들로 반 이상 채워졌다. 이것들을 집에 있는 장작들과 함께 태우면 오늘 밤은 따뜻하게 보낼 수 있을 것이다.

"그래도 오늘은 한 사람 몫을 해낸 것 같네. 슬슬 돌아가봐야겠어."

뿌듯한 얼굴로 바구니를 들쳐 멘 그녀는 조심스럽게 내리막길로 발을 옮겼다. 그때.

야옹.

귓가로 가느다란 고양이 울음소리가 들렸다.

"어디서 들려오는 소리지? ……에이, 설마. 이런 산중에 고양이가 있으려고."

흠칫했던 세레나는 다시 걸음을 옮겼다. 그러자 잘못 들었다 여겼던 울음소리가 또 한 번 들려왔다.

이야아옹.

아까보다도 길게 울리는 처량한 울음소리에 결국 걸음을 멈춘 세레나는 천천히 소리가 들려오는 쪽으로 고개를 돌렸다. 온몸이 새카만 고양이 한 마리가 앞다리를 곧게 세운 채 그녀를 올려다보고 있었다. 유난히 크고 동그란 황색 눈동자가 보석마냥 반짝거렸다. 들고양이답지 않게 우아해 보이기까지 한 그 자태에 세레나는 자신도 모르게 고양이에게 다가갔다.

"착하지? 이리 와보련?"

무릎을 꿇으며 손을 내밀자 고양이는 냥! 소리와 함께 펄쩍 뛰어 한 걸음 뒤로 물러났다. 그러나 도망갈 생각은 없는지 고양이는 처음 보았을 때와 같은 정도의 거리를 두고 계속 그녀를 주시했다.

"아, 참. 그렇지."

무언가를 갈구하는 것처럼도 보이는 한 쌍의 눈동자를 보고 있자니 그제야 떠오르는 생각이 있었다. 자유를 사랑하는 들고양이가 사람의 뒤를 졸졸 따라오는 이유라면 하나밖에 더 있을까. 아직 날이 풀리지 않아 먹이가 충분치 않은 것이다.

"기대했을 텐데…… 미안. 나 역시 누군가의 신세를 지고 있는 처지라서 말이야. 너에게 줄 만한 게 아무것도 없구나."

세레나는 쓴웃음을 지으며 텅 빈 양손을 흔들어 보였다. 그러고는 다시 몸을 돌려 바네사의 집으로 향했다. 산맥의 초입, 다 쓰러져가는 붉은 지붕의 오두막집이 보일 때쯤 가느다란 울음소리가 또다시 들려왔다.

이야옹.

'아니, 저 고양이가?'

세레나는 자꾸만 자신의 뒤를 따라오는 고양이에게 아까보다도 세게 손을 내저었다.

"어서 돌아가라니까? 이러다 무서운 사람들에게 잡히면 어쩌려고 그러니. 다시 만나게 된다면 그때는 꼭 맛있는 간식을 챙겨줄게. 오늘은 이만 너의 보금자리로 돌아가렴."

고양이는 마치 그녀의 말을 알아들은 것마냥 폴짝폴짝 뛰며 왔던 길로 되돌아갔다. 세레나는 그 뒷모습이 완전히 사라질 때까지 확인하고 나서야 다시 걸음을 옮겼다. 고양이에게 빵 조각 하나 던져주지 못하는 자신의 신세가 못내 씁쓸했지만 눈앞에 펼쳐진 현실은 이토록 움츠러든 회색 봄날이었다.

집에 와보니 바네사가 돌아와 있었다. 주워 온 나뭇가지를 검사라도 하듯 꼼꼼히 살펴본 바네사는 그제야 만족스러운 얼굴을 하며 레니에게 식사를 가져오라 일렀다.

"자, 이제 식사를 하자꾸나."

어쩐지 자신의 몫으로 주어진 수프의 양이 두 사람의 몫에 비해 현저하게 적다는 생각이 들었지만, 세레나는 불평하지 않고 가만히 스푼을 들었다. 빠르게 접시를 비우는 모녀에 비해 반도 채 비우지 못하고 생각에 잠긴 그녀를 바네사가 불렀다.

"세레나, 너 그거 다 먹은 거니? 어차피 남길 거라면 레니의 접시에 좀 덜어주렴."

"아아, 네."

세레나는 물끄러미 자신을 바라보는 레니에게 수프를 접시째 넘겨주었다. 아무리 먹어도 배가 고픈 성장기 소녀의 얼굴이 환해졌다. 레니는 접시에 얼굴을 묻고는 달그락 소리를 내며 수저로 퍼먹었다. 왕궁에서라면 있을 수 없는 식사 예절이었지만 산골 소녀의 무지를 탓할 생각이 없는 세레나는 잔잔한 웃음으로 그 모습을 지켜보았다.

그러던 세레나가 문득 생각났다는 듯 입을 떼었다.

"바네사, 부탁하고 싶은 게 있어요."

"응? 뭐라고?"

가장자리에 묻은 수프 찌꺼기를 먹으려 빈 접시에 물을 붓던 바네사가 고개를 들었다.

"부탁이라니, 갑자기 무슨 부탁을 하려고. 이제 와서 수프를 더 달란 소리는 하지도 마라."

세레나는 고개를 가로저었다.

"수프 이야기가 아니에요. 나…… 이곳에서 일자리를 구하려고요. 두 팔과 두 다리로 할 수 있는 일이면 무엇이든 좋아요. 전에 말했듯이 부모님과 형제는 모두 죽었어요. 날 기억하는 이도…… 고향에 더 이상 남아 있지 않을 거고요. 바네사만 날 도와준다면, 북령을 둥지 삼아 새로운 생활을 시작하고 싶어요."

얼라리. 안 그래도 어떻게 입을 떼어볼까 고민하던 차에 세레나 쪽에서 먼저 말을 꺼내자 바네사는 눈이 휘둥그레졌다. 일이 쉽게 풀릴 것 같아 신이 난 바네사는 오늘 함께 일하는 에린에게서 물어온 이야기를 주섬주섬 풀기 시작했다.

"그럼 마침 잘됐구나. 내 얘길 좀 들어봐라. 얼마 전 장례를 치른 공작 부처를 대신해 북령의 주인이 새로 바뀌었단다. 전대 공작님의 남동생, 그러니까 공작가의 둘째 도련님이 그 자리에 올랐는데 원래는 제도에서 유명한 장군이었다나 봐. 듣자하니 그분의 성미가 여간 까다로운 게 아니어서 매일같이 성을 새로 정비하고 뜯어고치느라 시끄럽다고 해. 덕분에 좀처럼 사람을 뽑지 않는 공작성에서 지금 하녀를 모집하고 있고."

"공작성의…… 하녀라고요."

내가 스무 살만 어렸어도 바로 지원했을 텐데 하고 아쉬워하는 에린을 깨끗이 무시하며 바네사는 자신의 집에 머물고 있는 세레나를 떠올렸다. 열여덟이라고 했으니 나이 제한에 걸릴 것 같진 않고, 용모야 지나치게 훌륭한 게 탈이었다. 정신을 차린 뒤에도 좀처럼 떠날 생각을 않고 집안일에도 보탬이 되지 않아 눈엣가시이긴 하지만, 이해가 잘 안 되는 어려운 단어를 쓰거나 얼마 전 레니에게 글자까지 가르쳐주는 걸 봐서는 제법 교육은 잘 받은 것 같았다.

세레나를 우연히 보고 반한 촌장의 아들 한스가 소개시켜달라며 귀찮게 굴고 있지만 바네사는 그녀가 제 조카라도 되는 양 콧방귀를 뀌며 거절했다. 뭘 모르는 촌년인 자기 눈에도 이런 산골 청년의 처로 평생을 처박혀 있을 아이가 아니었다. 겨우 밀가루 몇 포대와 말린 고기 따위로 어딜 감히?

공작성의 하녀로 채용되면 성에서 숙식을 제공하고 급여도 제법 된다. 거기서 왔다 갔다 하다 귀족이나 부유한 상인의 눈에라도 들면 세레나의 팔자는 그냥 피는 것이었다. 혹여 성의 주인인 공작의 귀여움을 받아 애첩이라도 되는 날에는…… 그녀를 구해준 자신들까지 한몫 단단히 잡을 수 있으리라.

"여기서 일을 찾으려 해봤자 그만한 일은 절대 못 구하니 다른 생각 마. 내일 아침 일찍 나와 공작님의 성으로 가자. 여기서 성까지 가는 길은 제법 머니 서둘러야 해."

"고마워요, 바네사."

면접은 볼 것도 없이 합격이라며 가슴을 탕탕 치는 바네사의 호언장담에 세레나는 미소 지었다.

이러니저러니 해도 바네사는 좋은 사람이었다. 여자의 몸으로 오롯이 가정을 책임지는 척박한 삶 속에서도 조난당한 사람을 돌보고 끌어안을 수 있는 넓은 마음을 가지지 않았나.

여동생을 가져본 적이 없는 세레나는 밝고 명랑한 웃음을 가진 레니도 싫지 않았다. '언니, 언니' 하면서 뒤를 쫓아다니는 게 어찌나 귀여운지. 제일 처음 지저분하고 더러운 평민 아이라고 생각했던 자신이 부끄러울 정도였다.

면접을 통과해 성에서 일하게 되면 공작성의 시녀를 동경하는 레니가 기뻐할 모습이 눈에 선했다. 하루 벌어 하루 생활비를 버는 바네사도 한시름 덜 수 있을 것이다.

그리고…… 딱딱해서 도저히 잠들 수 없는 '침대'와 건더기 없이 멀건 '수프'와도 안녕이다.

아무쪼록 내일의 면접이 잘되었으면 좋겠다고 생각하며 세레나는

다 먹은 접시를 정리했다.

　다음 날 오후, 세레나는 바네사와 함께 공작성 앞에 서 있었다. 공작성은 생각했던 것보다 간결하고 소박한 모습이었다. 우아한 문양의 흰 벽돌로 벽을 짓고 일곱 가지 보석으로 장식한 황금 지붕을 올렸던 엘베른 왕궁과 달리 흑회색 벽돌을 교차해 쌓아 지은 공작성은 성보다는 튼튼한 요새 같다는 느낌을 주었다. 다만 찌를 듯 높은 첨탑이 사방으로 지어진 것은 조금 인상적이라고 그녀는 생각했다.

　성문 앞에서 기본적인 신원 확인이 있었다. 신분 패를 지니고 있지 않은 이유를 까마득한 시골 출신이라는 것으로 대신하고 바네사를 이모이자 신원 보증인으로 내세우자 두 사람을 번갈아 살펴보던 병사가 고개를 끄덕였다. 눈앞을 교차로 가로막고 있던 창끝이 옆으로 치워졌다.

　"세레나, 여기서부터는 혼자 가야 해. 어련히 잘할 거라 믿지만 그래도 집에 돌아가게 된다면…… 오늘 저녁은 고기 수프를 먹자꾸나."

　"걱정 마세요. 무릇 진실함과 간절함으로 구하는 일은 종국에 뜻한 대로 이루어지는 법이니. 나중에 뵈어요."

　"응? 그, 그래."

　세레나는 어리둥절한 표정의 바네사에게 인사하고 시종을 따라 성문 안으로 들어갔다. 성문에서부터 이어지는 대로를 한참 따라 걷자 좀 더 작은 규모로 지어놓은 내성이 나왔다. 내성 뒤편으로는 잘 가꾼 후원이 자리했다.

　후원에는 이미 입장해 있던 검은 머리의 앳된 소녀들이 딱딱하게 굳은 어깨를 한 채 서 있었다. 세레나는 조용히 그 줄의 끝에 가서 섰다.

얼마 지나지 않아 공작 일가가 머무는 내성으로 보이는 좀 더 작은 건물에서 두 여자가 나왔다. 갈색 드레스에 머리를 틀어 올린 여자가 앞장서고 하늘색 드레스를 입은 조금 통통한 여자가 그 뒤를 따랐다. 아마도 성의 시녀장과 하녀장일 것이다.

"모두 주목! 왼쪽에서부터 하나씩 이름과 나이, 출신지를 말해라. 그리고 자신이 가장 자신 있는 가사를 한 가지씩 대보려무나."

말을 마친 갈색 드레스의 여자는 소녀들의 눈앞에 버티고 서서 깐깐해 보이는 눈초리로 그녀들을 내려다보았다.

'저렇게 면전에서 노려보면 잘할 수 있는 대답도 못 할 것 같은데.'

예상대로 조금씩 떨리기 시작한 여린 소녀들의 목소리들은 하나같이 갈라지고 물기가 서려 듣는 이를 불안하게 만들 지경이었다. 세레나는 여자의 촌스러운 갈색 드레스와 서툴게 만진 머리 모양이 우스웠지만 잘 훈련받은 왕족답게 겉으로 내색하진 않았다. 어쩌면 자신은 그저 소녀들을 위아래로 훑어 내리는 여자의 시선과 거만함이 잔뜩 밴 목소리가 마음에 들지 않는 건지도 모른다. 이러한 생각들을 하고 있으려니 어느덧 세레나의 차례가 되었다.

"세레나, 열여덟입니다. 그림자 숲의 주민 바네사의 조카이고 원래 출신지는 베로나령 론다입니다. 제가 잘하는 일은…… 차를 끓이는 것입니다."

완전히 거짓은 아니었다. 원래 몸이 약했던 어마마마는 세 번째 임신으로 몸이 급격히 쇠약해졌던 까닭에 숲과 온천이 있는 론다로 휴양을 가 남은 산달을 채우고 자신을 낳으셨다. 목숨을 구하고 돌보아준 은인 바네사는 자신의 가족과 다름없으니 조카라 해도 문제는 없으리라.

왕의 딸로 태어나고 자란 세레나는 단 한 번도 없는 것을 있다 하거나 거짓을 말해본 일이 없었다. 아무것도 없는 평민으로 다시 삶을 살게 되었지만 그렇다고 자신의 신념까지 꺾고 싶지는 않았다.

"차 끓이기라고? 하! 제법 우스운 소리를 하는구나."

발루아 공작가의 시녀장 로안느는 눈살을 찌푸리며 혀를 찼다. 이 요망한 계집이 어디서 빤한 수작질을. 중인 계급인 로안느가 공작성의 실무를 총괄하는 자리에 오르기까지는 실로 눈물겨운 노력과 세월이 필요했다. 바느질, 청소, 빨래 같은 기본 가사는 말할 것도 없고 귀한 몸을 시중들기 위해 배우고 익힐 것은 끝도 없었다.

그중에서도 가장 어려운 것이 바로 차를 끓이는 일이었다. 수십 종은 되는 찻잎은 그 종류와 수확 시기에 맞춰 각기 다른 다기를 사용하고 우리는 시간마저 달랐다. 그런 찻잎을 주인의 입맛에 맞춰 우려내 향과 맛을 내는 것은 또 얼마나 어려운지. 로안느도, 집사 아구아도도 새 공작 각하의 입맛을 맞추는 데 실패해 망극하게도 직접 차를 우려 드시게 하지 않았던가.

"나는 너 같은 계집들을 싫어한다. 일에는 관심 없고 오직 성의 기사나 귀족 나리들 눈에 띄어 팔자를 고치는 것이 목적인 것들. 차를 끓일 줄 안다 하면 선뜻 성의 주인이라도 뵙게 해줄 거라고 생각했느냐?"

"전 제가 가장 잘할 수 있는 일을 말씀드린 것뿐입니다."

세레나는 침착하게 대답했다. 자신의 차례가 올 때까지 세레나는 스스로 할 줄 아는 가사를 필사적으로 떠올려보았다. 그러나 옷을 직접 입어본 적도 없는 자신이 손으로 해본 일이라고는 아바마마께서 좋아하셔서 직접 올려드렸던 차 끓이기와 꽃꽂이 정도였다. 설마 이대로 탈락하고 마는 건가. 아쉬웠다. 뭐든 가르쳐주면 그대로 잘할 자신은 있는데.

"좋다. 방금 한 말이 사실이라면 시녀장의 직책을 걸고 너의 채용을 약속하마. 허나 만일 거짓임이 드러난다면, 그때는 너뿐 아니라 널 소개해준 이에게까지 책임을 물을 것이다."

매서운 눈을 한 로안느가 시종에게 무언가를 지시하자 얼마 지나지 않아 후원에는 작은 탁자 하나가 놓였다. 탁자 위에는 찻잎을 담은 병들과 크고 작은 다기가 가득했다. 하얀 것, 푸른 것, 꽃과 새를 그려 넣은 것, 금테를 두른 것까지 세상에 있는 다기의 종류는 모두 모아놓은 것 같았다.

"여기서 엔리케 잎과 그와 어울리는 다기를 골라봐라."

병의 뚜껑을 하나씩 열자 향긋한 차 내음이 부드럽게 코를 간질였다. 아아, 이 그리운 냄새라니. 300년 동안 모르는 찻잎이 늘어났다면 어쩌나 걱정했는데 대부분 자신이 알고 있는 것이었다. 세레나는 기분 좋게 향을 음미하며 온통 초록색뿐인 찻잎들 중 주저 않고 하나를 골랐다. 그리고 몸을 돌려 시녀장 쪽을 바라보았다.

"엔리케 잎은 이쪽의 것입니다. 그리고 엔리케 차를 우려낼 다기는…… 이곳에 없습니다."

대답을 들은 로안느의 가느다란 눈썹이 꿈틀했다.

"어째서 없다고 생각하지?"

"엔리케 찻잎은 이른 봄 가장 처음 나온 엔리케 나무의 어린잎을 말린 것입니다. 그래서 유리 다관을 이용해 저온에 짧게 우려내야 특유의 은은한 맛과 향이 잘 우러나지요. 탁자의 다기는 모두 도자기여서 마땅한 다기가 없다고 대답했습니다."

팔짱을 낀 로안느가 재차 물었다.

"그 찻잎이 엔리케 잎이라고 확신하느냐?"

"예. 엔리케 잎은 바늘처럼 뾰족한 잎 모양에 은빛이 섞인 연한 초록색을 띕니다. 이 찻잎은 보관을 위해 살짝 덖긴 했지만 엔리케 잎 특유의 상쾌한 향과 잎의 특징이 가려지진 않았습니다."

찻잎의 특징을 늘어놓는 세레나의 말에서는 한 치의 실수도 찾아볼 수 없었다. 로안느는 허를 찔린 기분에 잠시 말을 잃었다. 제 기분을 망친 계집을 뽑을 생각은 처음부터 없었다. 그저 많은 찻잎과 다기 앞에서 우왕좌왕하는 모습을 감상하다 쫓아내려 했을 뿐인데 일이 이상하게 되어버렸다. 어쩐지 이번 채용은 안 좋은 예감이 들더라니. 사용인들과 새로 들어올 신참내기 하녀들 앞에서 체면이 말이 아니었다.

중단되었던 면접이 재개되었다. 좀 전의 무안함을 만회하려는 듯 로안느는 제법 누그러진 태도로 몇 가지 질문을 던지거나 손을 만져보거나 하며 합격자를 추렸다. 최종적으로 선발된 것은 세레나를 포함한 네 명의 소녀들이었다.

"로안느 님, 분부대로 합격자들을 숙소로 안내하겠습니다. 이쪽으로 따라오너라."

하늘색 드레스의 하녀장이 허리 숙여 인사하고는 천둥벌거숭이 같은 소녀들을 어디론가 데리고 갔다. 세 명의 소녀들은 걸음을 옮기는 내내 세레나를 힐끔거리다 눈이 마주치면 다시 딴청을 부리기를 반복했다. 하녀장은 걸음을 옮기며 빠른 어투로 말했다.

"나는 발루아 공작성의 하녀장 사라다. 앞으로 나와 함께 할 일이 많을 테니 지금 들은 이름을 잘 기억해두렴. 내일부터 일주일간 너희는 수습 하녀로 일을 하게 될 거야. 매일 아침 종이 여덟 번 울리기 전까지 몸단장을 마치고 후원으로 오면 각자에게 그날 해야 할 업무가 주어질 거다. 해보지 않은 일이어도 열심히 배우려는 모습을 보여주면 정식 채용에서 모두 좋은 결과를 얻을 수 있을 테니 힘내길 바란다."

로안느 시녀장에 비하면 사라의 말투와 태도는 한결 친근하고 상냥했다. 그녀는 외성을 한 바퀴 돌며 간단하게 성의 구조를 가르쳐주었고 4층 복도 끝에 마련된 하녀들의 숙소까지 친히 안내했다.

"오늘은 푹 쉬렴. 식사 시간을 알리는 종이 울리면 아까 알려준 식당에서 저녁을 먹는 것도 잊지 말고. 그럼 내일 아침에 다시 만나자꾸나."

사라는 모두에게 하녀들이 입는 제복을 두 벌씩 나누어주고는 바쁜 걸음으로 사라졌다. 순식간에 복도에는 네 명의 소녀만 남았다. 어색하게 흐르는 침묵을 깨고 한 소녀가 밝은 목소리로 먼저 입을 열었다.

"저…… 모두들 만나서 반가워요. 아까 면접 때 말했었지만 다시 한 번 제 소개를 할게요. 저는 아이린이라고 해요. 열여덟 살이고 이곳, 트라이히 출신이에요."

아이린을 계기로 한 명씩 차례로 자기소개를 시작했다. 아이린, 베키, 애쉴리, 세레나. 평민이니 성은 없었다. 나이도 열일곱에서 열아홉으로 모두 비슷했다. 숙소는 두 명씩 한 방을 쓰도록 되어 있었고 세레나는 자연스럽게 동갑인 아이린과 같은 방을 쓰게 되었다.

　낯선 북령에서 새 보금자리가 되어줄 성의 숙소는 과연 어떤 모습일까. 세레나는 조금은 떨리는 손으로 방문을 열었다. 넓지 않은 방은 살풍경한 모습이었다. 벽 양쪽에 형편없는 재질의 침대가 하나씩 놓여 있고 그 사이에 기다란 책상이 덩그러니 자리를 차지하고 있었다. 침대에 씌워진 커버의 색은 짙은 아마 색이었다. 세레나의 고운 이마가 절로 찌푸려졌다.

　'침대 커버의 원래 색상은 무엇이었을까.'

　그것이 흰색이 아니었길 간절히 바랄 뿐이다. 일개 수습 하녀들에게까지 두 벌의 새 옷과 2인실을 제공할 정도로 성의 대우는 충분히 후한 편이었지만 세레나는 결코 그 사실을 알아차릴 수 없었다.

　그녀가 침대 끄트머리에 앉을까 말까 잠시 고민하는 사이 아이린이 매트리스 위로 몸을 던지며 새된 소리로 외쳤다.

　"꺄아. 꿈만 같아. 내가 공작성에서 일할 수 있게 되다니!"

　침대에 누운 아이린은 그대로 기쁨에 몸부림쳤고, 가녀린 소녀의 움직임에 침대에선 연신 삐거덕 소리가 났다. 그 모습을 잠자코 지켜보던 세레나가 물었다.

　"하녀가 된 것이 그렇게 좋니?"

　"당연한 거 아니니? 우리 집은 잡화점을 해. 덕분에 난 매일 하루도 빠짐없이 가게의 물건을 쓸고 닦고 팔아대야 했어. 쉬는 날도 없이 말이지. 그것도 모자라 요즘엔 옆집 주근깨투성이 에른과 결혼을 해 가게를 물려받으라고 난리도 아니야. 우리 부모님 정말 너무하지 않니?

그 애는 아홉 살까지 바지에 오줌을 지린 오줌싸개인데 말이야. 난 기사님과 결혼하는 것이 꿈이야. 공작성에는 평민 출신 기사님도 제법 계시다 들었으니 가능성이 꽤 높다고."

흥분한 아이린은 한 번 입을 열자 폭포수처럼 말을 쏟아내었다.

"혹시 전에도 귀족의 저택에서 일한 적이 있었던 거야? 아까 시녀장님 앞에서 정말 멋있었어. 유리로 만든 찻주전자라니, 그런 거 난 본 적도 없어."

"별것 아니야. 그저 차를 접할 수 있는 기회가 몇 번 있었을 뿐."

"아아, 세레나는 얼굴도 예쁘고 아는 것도 많아서 좋겠다. 분명 우리 중에서 제일 근사한 분을 만날 거야. 어차피 너도 그러고 싶어 이모에게 부탁해 먼 북령까지 온 거 아니니?"

세레나는 마음속으로 조용히 아이린의 말을 부정했다. 나는 스스로 원해서 이 낯선 곳까지 온 게 아니란다. 그리고 넌, 좀 더 들뜬 마음을 가라앉히는 편이 좋겠구나. 시작도 전부터 저렇게 기대에 부풀어 있어서야 질 나쁜 기사들의 장난 따위에 휩쓸리기 십상이다.

하지만 마음속 말을 굳이 입 밖에 꺼내지는 않았다. 꿈에 부푼 철부지 소녀의 환상을 벌써부터 깨주고 싶지는 않았기 때문이었다.

세레나는 작게 한숨을 쉬며 침대 머리맡에 난 작은 창문을 내다보았다. 붉은 해가 서쪽으로 뉘엿뉘엿 지고 있었다.

내일부터는 새로운 일상이 시작될 것이다. 한때 여신의 현신이라고도 불리던 자신은 이제 공작성에서 허드렛일을 하는 어린 하녀가 되었다. 고작 이런 일을 하기 위해 300년이라는 시간을 넘어 되살아나야 했던 걸까. 아니면 혹, 대륙 어디에선가 자신을 이곳까지 부른 누군가가 기다리고 있지는 않을까. 머리와 눈동자의 색은 어째서 검게 변해버린 것일까.

답답하고 궁금한 게 한두 가지가 아니었지만, 궁금증보다 더 크게 마음을 차지한 것은 다름 아닌 외로움이었다. 아바마마, 언니들, 돌아가신 어마마마를 대신해 헌신으로 자신을 키워준 유모까지. 눈을 감으면 그들의 웃음이 귓가에 들려오는 것만 같다. 당장이라도 더없이 익숙한 그곳, 왕성에 돌아갈 수 있을 것만 같은데 눈앞에 펼쳐져 있는 건 믿을 수 없는 현실뿐. 홀로 낯선 곳에 내팽개쳐진 지금은 다가오는 모든 것들이 두렵게만 느껴진다.

그녀는 약해지려는 자신을 다잡았다. 세레니안 라 엘베른. 정신 차려. 누구도 알지 못할지언정 너는 엘베른 왕국의 마지막 공주야. 왕족으로서 긍지를 갖고 결코 품위를 잃지 말자. 진창에 빠져 있을지언정 너보다 어렵고 궁핍한 이들의 삶을 가엾이 여기고 보살필 줄 알아야 해. 어디에 있어도 너답게. 그래, '공주 세레나'답게 말이야.

이윽고 세레나는 열려 있던 창문을 닫았다. 뎅. 뎅. 어느덧 저녁 식사를 알리는 종이 울려 퍼지고 있었다.

03. 수습 하녀 세레나

첫째 날 아침이 밝았다. 세레나는 물을 묻힌 수건으로 얼굴과 몸을 닦고 서둘러 방문을 나섰다.

"세레나, 여기야!"

먼저 나간 아이린이 계단에서 그녀를 부르고 있었다. 하루 사이에 퍽 가까워진 동기들은 후원으로 향하는 내내 어린 새처럼 짹짹거리며 수다를 떨었다.

"첫날은 어떤 일을 하게 될까?"

"글쎄, 무얼 하게 되든 우리가 생각하는 것 이상이겠지."

"하아…… 가슴이 떨려서 어젯밤 한숨도 자지 못했어. 여기 칙칙해진 피부가 보이니?"

"밤을 꼴딱 새운 건 나도 마찬가지야. 세레나, 너는 어땠어?"

양손을 가슴께에 갖다대며 과장된 한숨을 쉬어 보이던 애쉬리가 갑자기 물어왔다. 세 명의 소녀들의 눈이 자신을 향하자 세레나는 곰곰이 생각하다 말했다.

40

"확실히 침대가 너무 딱딱해 잠을 잘 잘 수 없긴 했지. 벌레를 쫓느라 그랬는지 쑥과 계피를 태운 향을 먹여놓아 매트리스에서 고약한 향까지 올라왔고."

"딱딱하고…… 고약하다고?"

"그래도 어쩔 수 없는 노릇 아니겠니. 꾹 참고 조금만 더 힘내보자꾸나."

"……."

소녀들은 자신들도 모르게 서로를 마주 보았다. 저 애, 지금 뭐라고 하는 거니. 면접 때부터 눈에 들어오는 외모와 행동으로 주목받던 세레나라는 아이는 아무래도 자신들과는 전혀 다른 생활을 하다 온 것 같다. 이모가 산다던 그림자 숲 마을은 북령에서도 시골 촌구석으로 쳐주는 곳인데 말이다. 언뜻 잘난 척처럼도 느껴지는 말이 어쩐지 곱게만 들리지 않았다.

후원에는 이미 로안느와 사라가 도착해 그녀들을 기다리고 있었다. 로안느는 주뼛주뼛 걸어오는 하녀복 차림의 소녀들 사이에서 세레나를 발견하고 노골적으로 얼굴을 찌푸렸다.

'어이, 젊고 예쁜 아이를 괴롭힌 괴팍한 노처녀로 불리고 싶지 않다면 당분간 행동을 조심하는 게 좋겠어. 알다시피 이곳은 넓고도 좁은 곳이잖아.'

후원으로 오는 동안 마주친 정원사 벤이 건넨 뼈 있는 충고였다. 억울하기 짝이 없었다. 불과 하룻밤 새 자신은 답이 없는 문제를 내어 애꿎은 소녀를 시험한 성질 나쁜 시녀장이 되어 있는 듯했다.

자신은 분명 스스로 내뱉은 약속을 지켰다. 저 아이는 감히 시녀장에게 대거리를 하고도 채용되어 저리 뻔뻔하게 얼굴을 내밀고 있지 않은가. 물론 일주일의 수습 기간이 끝나고도 저 하녀복을 입을 수 있을지는 모르겠지만 말이다.

한참을 싸늘한 시선을 던지던 로안느가 말했다.

"오늘 하루, 수습 하녀들은 외성의 계단 청소를 한다. 계단은 각각 궁의 동측과 서측 끝에 있다. 각자의 영역을 나누어 하건, 역할을 분담하건 그것은 알아서 상의토록 하고, 청소 방법에 대해서만 잘 기억해 둬. 먼저 물을 뿌리고 빗질을 해라. 걸레질은 약품을 묻혀서 한 번, 깨끗한 물로 빨아서 다시 한 번이다. 마지막으로 계단의 모서리와 난간을 면포로 광택이 날 때까지 닦아놓아. 저녁 식사 전에 나와 사라가 검사를 하러 갈 것이니 게으름을 피울 생각은 하지 않는 게 좋을 게야."

외성의 계단이라면 오늘 아침에 이용한 그 계단을 말하는 건가. 어제는 어두워서 정확히 보지 못했지만 햇빛 아래에서 본 계단은 한 번에 열댓 명은 더 내려올 수 있을 만큼 넓어 보였다. 소녀들은 시작도 하기 전부터 기가 질려버렸다.

"이젠 대답도 않는 거냐? 다들 집에 가고 싶은 모양이구나."

"아, 아니요."

"죄송합니다. 당장 가보겠습니다."

네 명의 소녀들은 입을 모아 인사를 하고는 서둘러 자리를 떴다.

돌로 된 거대한 계단은 둥근 원을 그리며 꼭대기인 4층까지 쭉 이어져 있었다. 한없이 넓고 높아만 보이는 계단을 보며 그녀들은 잠시 말

을 잃었다. 한 살 차이이지만 그래도 제일 연장자인 애쉴리가 먼저 정
신을 차리고 입을 열었다.

"어떻게 할까?"

아연해져 있던 나머지 소녀들도 하나둘씩 로안느가 건 나쁜 마법에
서 깨어났다.

"어떻게 하긴. 함께 시작해서 함께 끝내야지."

"그래, 그래. 우리들은 동기이니까."

모두가 고개를 끄덕이는 가운데 아이린이 의견을 냈다.

"둘씩 짝을 지어 한 조는 통에 물을 받아 오고 다른 한 조는 비품 창
고에 가서 필요한 청소 도구들을 가져오는 건 어때?"

"좋은 생각이야."

"그 편이 조금이라도 더 시간을 아낄 수 있을 거야."

세레나는 아이린과 함께 비품 창고로 갔다. 거대한 성에서 사용되는
모든 물품들을 모아놓은 곳답게 창고는 제대로 둘러보는 것만으로도
반나절은 족히 소요될 듯싶었다.

세레나가 입을 벌리며 고개를 좌우로 돌려 주위를 둘러보는 동안,
아이린은 잡화점에서 일을 했다는 사실을 증명이라도 하듯, 산더미처
럼 쌓인 물품들 중 필요한 도구를 쏙쏙 골라냈다.

한 손으로 끌 수 있는 작은 수레를 하나 찾아 그 위에 깨끗한 면포를
넉 장 올려놓은 아이린이 건너편에 서 있던 세레나에게 부탁했다.

"세레나, 그쪽 선반에서 쓰레받기 좀 꺼내줄래?"

"아……."

아이린의 말에 세레나는 바로 옆의 3층으로 된 선반을 바라보았다.

하지만 수많은 물품들 중 아이린이 원하는 것을 좀처럼 찾아낼 수가 없었다. 쓰레받기가 어떤 용도로 사용되는 물건인지는 알고 있지만 실제로 그것을 이용하는 모습은 한 번도 본 적이 없는 까닭이다.

왕궁의 모든 구역의 청소는 왕족인 그녀가 보지 않는 곳에서 이루어졌다. 언제 나가보아도 정원에는 그 계절의 가장 아름다운 꽃이 피어 있었고, 잠시 외출했다 돌아오면 방은 완벽하게 정돈되어 은은한 향기가 피어올랐으니까. 바네사의 집에서는 이가 빠진 빗자루 하나로 청소가 이루어졌었다.

고민하던 세레나는 결국 솔직하게 말하기로 했다.

"아이린, 쓰레받기는 어떻게 생긴 물건이니? 잘 몰라서 그러는데 그게 몇 번째 선반에 있는지 위치와 정확한 생김새를 알려주지 않겠니? 그럼 곧바로 꺼내줄게."

아이린은 황당하다는 얼굴로 자신의 룸메이트를 보았다. 쓰레받기가 어떻게 생겼냐고? 저 앤 집에서 청소를 해본 적도 없나. 게다가 그것이 어디 있냐니, 바로 세레나의 눈앞에 떡하니 놓여 있지 않나.

의아해하던 아이린은 세레나의 쪽으로 건너가 반질반질한 철제 쓰레받기를 네 개 꺼내 수레에 실었다. 그 뒤로도 네 사람이 사용해야 할 갖가지 청소 도구들이 수레 위에 잔뜩 실렸지만, 그중 세레나가 찾아낸 것은 단 한 개도 없었다.

낑낑대며 수레를 끌던 아이린은 슬슬 짜증이 났다.

'이게 뭐람. 인형처럼 생겨가지고는 일이라곤 해본 적도 없는 순 엉터리잖아.'

가게에서 여러 직원들과 함께 일을 해봤기에 잘 안다. 이런 아이와 붙어서 일을 하면 주어진 업무가 끝난 뒤에도 끝없는 뒤치다꺼리만 쌓일 뿐이다. 게다가 아무리 잘해보았자, 사람들은 자신이 아닌 첫눈에 호감을 사는 세레나에게 갖은 칭찬의 말을 아끼지 않을 것이다.

아이린의 눈이 점점 차갑게 식어갔다. 수레를 잡고 있던 손도 슬그머니 느슨해졌다. 그녀의 변화를 눈치 채지 못한 세레나는 그저 숨을 헐떡이며 있는 힘껏 수레의 뒤를 밀 뿐이었다.

"왜 이리 늦었어?"

"점심 전까지 빗질을 마무리하려면 서둘러야 해."

진작 물통을 날라다놓고 동기들이 오기만을 목이 빠지게 기다리던 베키와 애쉴리가 불만을 토했다. 아이린은 짐짓 새침한 얼굴로 입을 뗐다.

"잠시만. 이러지 말고 우리…… 각자 영역을 나누어 따로 하는 편이 좋을 것 같아."

"뭐?"

"왜 그래야 하는데?"

"아까 다 같이 하는 걸로 이야기했잖아."

동기들의 물음에 아이린은 크지도 않은 눈을 데굴데굴 굴리며 답했다.

"시녀장님이 저녁때 검사를 오신다고 했고, 엿새간 이어지는 그 채점으로 우리의 계약 여부가 결정될 거야. 그런데 이렇게 모든 걸 공동으로 해버리면 어떻게 개개인의 점수를 매길 수가 있겠어."

"하긴…… 그 말도 일리가 있네."

"외성은 총 4층으로 이루어져 있으니까 동과 서로 나누어 각자 두 층씩 담당하면 돼. 이번엔 조를 바꾸자. 내가 베키와 반대편 서측으로 갈게. 애쉴리가 세레나와 동쪽을 맡아."

"응?"

"그럼, 모두들 힘내."

내뱉듯이 말을 마친 아이린은 재빨리 수레에서 둘 몫의 청소 도구를 꺼내 들었다. 그리고 그때까지 가만히 서 있던 베키를 끌고 도망치듯 반대편 복도로 사라져버렸다. 그 모습을 바라보던 애쉴리가 어색하게 웃으며 세레나를 돌아보았다.

"그럼…… 우리도 시작해볼까?"

해가 중천에 떠올랐다 서쪽으로 뉘엿뉘엿 저물고 있었다. 애쉴리는 이미 자기 몫의 3층과 4층 계단 청소를 다 마치고 사용한 빗자루와 나머지 도구들까지 창고에 가져다놓았다. 그러나 저층에서 땀을 뻘뻘 흘리고 있는 누구 때문에 계속 계단을 벗어나지 못하고 발이 묶여 있었다.

'하아, 청소가 소질이 필요한 일인 줄은 몰랐네. 차라리 게으름이라도 피웠다면 뭐라고 할 수라도 있었을 텐데…….'

벌써 몇 번을 가르쳐주었건만 세레나는 여전히 다섯 살 배기 아이가 처음 걸레질을 한 듯 서툴기 짝이 없었다. 팔에 힘이 너무 없어 바닥은 여러 번 닦았는데도 물기가 묻은 곳보다 묻지 않은 곳이 더 많다.

질린 표정으로 그것을 보고 있던 애쉴리가 무언가를 결심한 듯 입을 앙다물었다.

"저…… 세레나? 난 이만 가보도록 할게. 실은 아까 이미 사라 님께 검사를 맡았거든. 이제 더 이상 걸레질과 난간을 닦는 시범은 보이지 않아도 괜찮겠지?"

"아, 그래. 정말 미안해. 피곤할 텐데 계속 옆에서 기다리게 했지. 내 걱정은 말고 어서 가서 푹 쉬도록 해."

세레나가 천사 같은 미소를 지으며 손을 모아 인사를 해 보였지만 애쉴리는 그 미소에 함께 웃어주지 못했다. 뒤도 돌아보지 않고 종종 걸음을 치며 그녀는 생각했다.

'아이린이 내뺀 이유를 알겠구나. 나쁜 애는 아니지만 다시는 함께 일하고 싶지 않아…….'

동기가 떠난 뒤에도 세레나는 땀을 뻘뻘 흘리며 청소와 사투를 벌였다. 문득 창밖을 내다보니 벌써 노을이 지고 있었다.

'난간 닦는 일까지 하려면 좀 더 서둘러야겠다.'

대걸레를 잡은 손에 힘을 주던 세레나의 얼굴이 딱딱하게 굳었다. 위층 계단을 통해 시녀장 로안느가 내려오고 있었다. 뒷짐을 진 채 오만한 걸음걸이로 다가오던 그녀의 눈이 계단을 한 번 보았다 다시 세레나에게로 향했다.

"수습 시녀 세레나, 왜 아직도 걸레를 들고 있지?"

세레나는 들고 있던 걸레를 뒤로 감추며 황망히 대답했다.

"내려주신 일을 아직…… 끝내지 못했습니다."

물기가 흥건한 계단을 보던 로안느가 난간을 손으로 쓸어보더니 쯧 쯧 혀를 찼다.

"광택은커녕 한 번 닦지도 않았구나. 계단의 상태도 형편없고 말이야."

"……죄송합니다."

"오늘의 실습은 불합격이다. 제대로 일을 마치지도 못했으니 점수도 물론 주지 않겠다."

"……네."

"검사는 끝났지만 네게 맡겨진 일이니 알아서 마무리를 잘할 걸로 아마. 오늘 안에 끝낼 수 있을지는 모르겠다만."

로안느는 입가에 비웃음인지 뭔지 모를 웃음을 띠고는 바람 소리를 내며 세레나 옆을 지나쳤다.

세레나는 대걸레를 든 반대편 손으로 어깨를 주무르며 온종일 자신이 쓸고 닦은 계단을 바라보았다. 잘 모르는 자신의 눈에도 계단의 상태는 썩 좋아 보이지 않는다. 그래도 또다시 바닥을 닦을 엄두는 나지 않았다. 난간과 모서리를 닦고 광택을 내는 일도 아직 남아 있지 않나. 두 팔도, 다리도, 아프지 않은 곳이 하나 없는데 남은 일거리는 이렇게 산더미라니.

왕족의 품위도 잊고 바닥에 털썩 주저앉아버린 그녀가 중얼거렸다.

"정말 몰랐어. 하녀가 공주보다도 힘든 자리인 줄은……."

차오르는 둥근 달이 밤하늘의 가장 높은 곳에 걸릴 때쯤, 세레나가 숙소 문을 열고 되돌아왔다.

"돌아왔어."

"……수고했어. 근데 설마…… 지금까지 계단 청소를 하고 있던 거니?"

막 침대에 누우려던 아이린이 세레나를 보고 조금 질린 표정으로 물었다. 그녀는 이미 공용 욕실에서 몸을 씻고 옷까지 갈아입은 상태였다.

"후후. 가진 실력이 없으니 노력이라도 해야지. 난간도 반짝반짝 빛이 날 만큼 닦아뒀으니 내일 아침에 가보면 제법 볼 만할 거라고."

세레나가 독한 약품으로 검게 물든 손바닥을 내보이며 싱긋 웃어 보였다. 어두운 방이 확 밝아지는 것 같은 그 웃음에 아이린은 표정을 굳히며 고개를 옆으로 돌렸다. 쳇, 저 웃음은 뭐람. 도와주지 않았다고 시위를 하는 것도 아니고.

태어나서 저렇게 예쁜 아이도 처음 봤지만, 반대로 저렇게 손이 굼뜬 아이도 처음 보았다. 어쨌거나 이대로라면 그녀가 이레의 수습 기간을 넘기지 못하고 탈락할 것은 확실시되어 보인다. 아이린은 다음 주면 떠날 동기에게 더 이상의 관심을 끄기로 마음먹고 서둘러 잠을 청했다.

그사이 세레나는 공용 욕실로 가서 몸을 씻고 돌아와 마찬가지로 잠자리에 들 준비를 했다. 세레나가 반쯤 열려 있던 창문을 닫으려 막 손을 뻗었을 때였다.

야옹.

"아니, 너는……!"

세레나는 저도 모르게 탄성을 질렀다. 창문을 통해 모습을 드러낸 고양이는 분명 바네사의 집 근처에서 보았던 고양이였다.

잘못 보지 않았다. 귀 끝부터 꼬리까지 온통 새카만 털색과 유난히 큰 황색 눈동자가 인상 깊어 또렷이 기억하고 있다. 하지만 그림자 숲 마을과 공작성이 있는 트라이히까지는 반나절도 더 걸리는 거리인 데다, 자신의 숙소는 성의 꼭대기인 4층에 있었다.

그녀는 창문을 닫으려던 것도 잊고 한밤중의 불청객에게 반가이 인사를 건넸다.

"참으로 신기한 일이구나. 어떻게 여기까지 오게 된 거니."

이야옹. 고양이는 대답이라도 하듯 한 번 길게 울었다.

"꺄악! 저게 뭐야!"

무슨 일인가 싶어 부스스 일어났던 아이린이 검은 고양이를 보고 기겁을 했다. 벽에 바짝 붙어 이불을 뒤집어쓴 그녀가 새된 소리를 질렀다.

"그거 당장 쫓아버려! 내보내라고!"

세레나가 아이린을 보며 안쓰러운 얼굴을 해 보였다.

"밤바람을 피해 들어온 것 같은데 쫓아내긴 너무 가엽지 않니? 이렇게 본 것도 인연인데 하룻밤 재워주는 건 어떨까?"

"그냥 고양이도 아니고…… 마녀의 심부름꾼이라 불리는 검은 고양이를 재워주자고? 하, 인심도 좋구나. 네가 못 하겠다면 내가 할게. 내 눈엔 저 화등잔 같은 노란 눈동자가 끔찍하게만 보이거든."

정색을 하며 자리에서 일어나려는 그녀를 세레나가 말렸다.

"잠시만. 내가 전에 알던 고양이 같아서 그래. 먹이라도 조금 주어 내보낼 테니 기다려줘."

"……최대한 서둘러줄래? 얼마 안 되는 내 인내심이 바닥을 보이기 전에."

"그래, 그래."

세레나는 거듭 사과하며 하녀복의 주머니를 부스럭거리며 뒤졌다. 주머니에서 나온 검은 덩어리는 점심때 나왔던 빵이었다. 겉은 딱딱하고 속은 바싹 말라 차마 다 먹지 못하고 적당히 싸서 넣어두었던 것인데, 그래도 버리지 않고 챙겨두어서 다행이다. 그 덕에 다음에 볼 때는 먹이를 주겠다던 지난번의 약속을 지킬 수 있게 되었다. 세레나는 먹기 편하게 빵을 여러 조각으로 뜯어 고양이에게 던져주었다.

"이거라도 먹고 힘내렴. 성 밖에서도 잘 찾아보면 어딘가 밤이슬을 피할 수 있는 장소가 있을 거야."

던져진 빵 조각에 덥석 달려든 고양이는 빠르게 그것들을 해치웠다. 그리고 마지막 남은 한 조각을 입에 문 채 잠시 세레나를 바라보더니, 순식간에 다시 창밖으로 사라져버렸다.

세레나는 그제야 창문을 닫고 침대 위에 몸을 뉘었다. 긴장이 풀리자 욱신거리는 팔다리의 통증이 더욱 강하게 느껴졌다. 꼬르륵. 배에서는 소리까지 났다. 그녀는 그제야 자신이 오늘 저녁 식사를 하지 않은 사실을 알아차렸다. 식사 시간을 알리는 종이 울렸지만 검사 전까지 일을 끝낼 생각에 식당으로 올라가지 않았었다. 결과는…… 이렇게 되어버렸지만.

'이래서야 성에서 일을 할 수는 있을까…….'

난생처음 해보는 거친 일에 몸도 마음도 지쳐 너덜너덜했지만, 그런 자신을 위로하기엔 아직 갈 길이 멀었다. 정신을 더욱 바짝 차리지 않으면 성의 하녀가 되는 일은 요원해만 보이니.

'안타깝구나. 수십 권의 책을 주고 필사를 하라면 책과 같은 필체를 사용해 완벽하게 해낼 수 있었을 텐데. 수북한 보석 더미에서 가장 귀한 하나를 골라내는 일도 좋고, 새로운 세금 제도나 정책 수립에 대한 논의라면 원하는 만큼 의견을 낼 수 있었을 거야. 그런데 하녀인 채로는…… 할 수 있는 일이 아무것도 없잖아.'

잠시 고운 아미를 찡그렸던 세레나는 다시 천성이 낙천적인 왕족답게 스스로를 위로했다.

'그래도 이 성 어딘가에 내가 잘할 수 있는 일도 존재하겠지. 두고 봐. 내일 실습에서는 꼭 제대로 해내는 모습을 보여주고 말 테니…….'

첫날의 피로가 온몸의 통증도 잊게 만들었다. 눈을 감은 그녀는 금방 잠에 곯아떨어져버렸다.

둘째 날, 이른 아침 식사를 마친 수습 하녀들은 곧바로 후원으로 향했다. 제법 서둘러서 나왔건만, 로안느와 사라는 어제와 같은 자리에서 팔짱을 낀 채 그녀들이 오기를 기다리고 있었다.

로안느는 한결 밝아진 얼굴을 하고 있었다. 잘한다 해도 그대로 둘 생각은 없었지만 세레나의 일솜씨는 생각보다도 훨씬 떨어졌다. 게다가 어제 사라가 중간 검사를 하러 갔을 때 그녀의 동기들은 하나같이 입을 모아 세레나를 자신들과 다른 곳으로 보내달라 부탁했다 한다.

거의 다 되었다. 이제 남은 건 저 천둥벌거숭이 같은 아이에게 성의 가장 고된 일들을 경험시킨 뒤 흠씬 망신주어 내쫓아버리는 일뿐.

소녀들이 다 도착하자 로안느는 어제와는 다른 인자한 얼굴로 두 번째 실습 내용을 설명했다.

"오늘은 내성의 일을 경험해볼 차례다. 너희 셋은 바로 뒤에 보이는 문으로 들어가 거기 있는 시녀들을 따라다니며 일을 배워라. 그리고 세레나, 너는 후원 반대편에 지어진 붉은 벽돌 건물로 가거라. 그곳이 성의 모든 음식이 만들어지는 부엌이다. 기억해라, 중앙의 초록색 문이 출입문이다. 가서 주방장 헬렌에게 내가 보냈다 이르면 적당한 일을 내려줄 것이다."

"네."

"알겠습니다."

세레나는 갑자기 떨어지게 된 동기들을 아쉬움에 찬 눈으로 바라보았지만 나머지 세 명은 무엇이 그리 찔리는지 애써 시선을 다른 곳으로 돌릴 뿐이다.

"세레나, 힘내!"

"너희들도 오늘 하루 잘 보내렴."

인사를 나눈 세레나는 동기들과 헤어져 홀로 걸음을 옮겼다. 후원을 한 바퀴 돌자 과연 로안느가 말한 대로 단층으로 지은 붉은 벽돌 건물이 보였다. 지붕에 난 굴뚝에서는 연기가 모락모락 피어오르고 있었다. 이렇게 부엌을 바깥에 따로 만든 건 아마 화재의 위험을 줄이기 위함일 것이다.

건물 앞에 도착한 그녀는 자신의 키의 두 배는 되어 보이는 초록 문을 힘을 주어 밀었다. 끼익. 육중해 보이던 문은 의외로 가볍게 열렸다.

쥐 죽은 듯 고요하던 바깥과 달리 안은 그야말로 별세계였다. 수십 명의 요리사들이 재료를 손질하고 음식을 만들며 각자의 자리에서 바쁘게 움직이고 있었다. 중앙에 길게 지어놓은 몇 개의 화덕 위에서는 형태가 다른 냄비와 팬이 지글지글 맛있는 소리를 내고 있다. 한쪽 구석에는 붉고 푸른 야채들이 산더미같이 쌓여 있고, 그 옆으로 도축한 가축들이 줄줄이 걸려 있었다.

기름과 향신료가 섞인 냄새 때문에 코를 막고 서 있던 세레나는 가까스로 정신을 차리고, 가장 가까이 서 있는 요리사에게 말을 걸었다.

"저…… 말씀 좀 여쭈어도 될까요?"

"뭐야. 누군데 허락도 받지 않고 이곳까지 들어온 거야."

퉁명스레 돌아보는 요리사의 이마에는 화덕의 불길 탓에 땀방울이 송골송골 맺혀 있었다.

"시녀장님의 명을 받고 헬렌 님을 찾아왔는데요."

"헬렌 님? 아아, 주방장님 말이냐. 저기 맨 끝에서 거대한 냄비를 돌리는 분이 보이지? 저분이 바로 네가 찾는 이곳의 대장이다."

"친절한 답변 감사드려요."

요리사가 가리킨 방향의 끝에서는 육중한 체구의 중년 여자가 한 손으로 무쇠 냄비를 빙글빙글 돌리고 있었다. 세레나는 아까보다 한결 조심스러운 태도로 여자에게 다가갔다.

"안녕하세요? 세레나라고 합니다."

자신의 가슴께에도 오지 않는 작은 여자아이 앞에서 헬렌은 난감한 얼굴을 하고 있었다. 수습 하녀가 부엌에까지 오는 경우는 처음이었다. 날카로운 도구와 불을 사용하는 부엌에서는 필요한 인원을 면접을 보고 따로 채용하기 때문이다.

금방이라도 부러질 것 같은 몸을 해서는 왕방울만 한 눈을 반짝거리는 소녀를 보고 있으려니 머리가 지끈거려온다. 그렇다고 그녀를 다시 돌려보낼 수만도 없다. 미리 로안느로부터 이야기를 들어놓은 탓이다.

'절대로 해낼 수 없는 일을 줘. 뭐, 시켜봤자 어차피 잘하지도 못하겠지만.'

이 아인 대체 무얼 그리 잘못한 거지? 일을 골라서 주지 않아도 이곳의 일은 충분히 험한데 말이야. 딱한 눈으로 내려다보던 헬렌은 곧 마음을 굳혔다. 성 안의 일을 총괄하는 시녀장의 눈 밖에 난 이상 일을 해나가는 건 무리다. 차라리 제풀에 지쳐 빨리 여기를 나가는 편이 이 아이에게는 나을지도 모른다.

"잘 왔다. 그럼 우선…… 설거지를 좀 도와주렴. 옆문으로 나가면 아침에 사용했던 그릇을 모아놓은 통들이 보일 거다. 거기 있는 그릇들을 모두 씻어 수건으로 깨끗이 닦아놔. 그리고 차곡차곡 옆에다 쌓아놓으면 된다. 단, 결코 그릇들에 흠집이 나서는 안 돼. 알겠니?"

"맡겨주세요."

설거지라면 바네사의 집에서 몇 번 해본 적이 있다. 이번에야말로 칭찬을 받을 수 있겠다고 생각하며 세레나는 자신 있게 고개를 끄덕거렸다. 그러나 헬렌이 알려준 문을 열고 나간 그녀는 눈앞에 펼쳐진 지옥 같은 광경에 입을 떡 벌릴 수밖에 없었다.

"이게 다 뭐야……."

해본 적이 있다 여겨 만만히 보았던 건 너무나 큰 착각이었다. 이곳은 하루에도 수백 명의 사람들이 오고가는 공작성이었다. 세레나 정도의 소녀가 스무 명은 더 들어가고도 남을 큰 대야만 여러 개였고, 대야마다 음식물이 묻은 접시와 냄비들이 그득그득 쌓여 있었다. 게다가 넓지 않은 공간을 아무리 둘러보아도 그녀 외에 다른 사람은 보이지 않았다.

"이 많은 걸 설마…… 혼자서 하라는 거야? 하녀들은 정말 이런 일들을 매일같이 하고 있었단 말이지?"

왕국의 공주는 대체 얼마나 한가로운 자리였단 말인가. 세레나는 진심으로 반성하며 바닥에 쪼그려 앉아, 지저분한 그릇 하나를 집어 들었다. 껍질 벗긴 수세미에 세제를 묻혀 닦고 막 흐르는 물에 가져가려는데 가득 낀 거품 때문에 그만, 손이 미끄러지고 말았다.

쨍그랑.

조용한 공간에 그릇 깨지는 소리가 날카로운 비명처럼 울려 퍼졌다. 어떻게 알았는지 헬렌과 그녀의 수족들이 금방 문을 열고 안으로 뛰어들어왔다. 헬렌은 산산조각 난 그릇의 잔해를 보며 뒷목을 잡았다. 화가 난 그녀는 성큼성큼 다가가 세레나의 어깨를 잡았다.

"이봐, 수습 시녀. 주의하라고 말한 게 언젠데 벌써 그릇을 깨? 너 정신이 제대로 박혀는 있는 거야? 엉?"

장신에 덩치도 큰 헬렌이 잡고 흔들자 세레나의 몸이 자신의 의지와 상관없이 앞뒤로 흔들렸다. 어지러움에 눈을 감으면서도 세레나는 연신 사과의 말을 건넸다.

"정말 죄송합니다. 일부러 그런 것은 아니었어요."

"죄송하면 다야? 여기 있는 아이들이 다 얼마짜리인 줄은 알아? 하녀 월급 몇 달치를 모아봐라, 네가 깨먹은 접시 하나 살 수 있나."

흥분한 헬렌은 그 뒤로도 한참 동안 불같이 화를 내고 나서야 달달 쥐고 흔들던 옷깃을 내려놓았다. 세레나는 중심을 잃고 휘청거리다 벽에 등을 기대고서야 몸을 가눌 수 있었다. 달아오른 얼굴로 가쁜 숨을 몰아쉬는 어린 하녀를 보자 좀 전까지만 해도 하늘을 찌를 듯했던 헬렌의 화도 차츰 가라앉았다.

'그래. 뭐, 일부러 그런 것도 아니고. 한 번쯤 용서해줄 수도 있지.'

그녀는 한결 누그러진 목소리로 옆에 서 있던 붉은 뺨의 통통한 청년을 불렀다.

"알렌, 이 아일 야채 손질 하는 데 데려다놔. 가서 감자 껍질 깎는 일이나 시켜두라고. 그 정도 일은 그래도 곧잘 하겠지."

잠시 후, 피가 철철 흐르는 손을 붙잡고 서 있는 세레나 앞에서 헬렌은 한숨을 푹푹 쉬고 있었다.

"얘, 넌…… 도대체 할 줄 아는 부엌일이 뭐니. 단순히 조심성이 없는 거야, 아니면 정말 몰라서 이러는 거야?"

"처음 해보는 것이라서 그렇습니다. 그래도 하다 보면 금방 익숙해져 잘할 수 있게 될 거여요."

"처음이라고……. 설거지도, 감자 깎는 일도 말이지?"

이제는 화도 나지 않았다. 저 아이가 어디 일부러 그러고 싶어서 그러겠는가. 어떻게든 자신에게 잘 보여 수습 딱지를 떼고 성의 일원이 되고 싶겠지. 그래도 저렇게 손이 무뎌서야 부엌일은 할 수 없다. 아니, 다른 그 어떤 일도 마찬가지일 터다.

헬렌은 두르고 있던 앞치마를 벗어 옆에 걸쳐두었다. 그리고 한 손으로 세레나의 어깨를 두드리며 말했다.

"함께 시녀장에게 가자. 다른 일을 받을 수 있도록 내 잘 말해주마. 그 손의 상처도 얼른 치료를 받아야 하고 말이야."

"……."

결국 이리 되고 마는 건가, 세레나는 힘없이 고개를 떨어뜨렸다.

칼을 쥐어본 것도 처음이지만, 몸에 상처를 입은 것도 난생처음 겪는 일이었다. 손을 쓰지 않는 것을 미덕으로 여기는 사교계에서 공주가 해본 일이 무어 있을까. 이 정도 시늉을 해 보인 것도 스스로를 칭찬해줄 일이다.

하지만 이제는 안다. 이 상황에서 무어라 변명해보았자 누구 하나 자신을 동정하거나 믿어줄 리 없다는 걸. 일도 못 하는데 거짓말까지 한다며 손가락질이나 당하지 않으면 다행일 것이다.

세레나는 헬렌과 함께 묵묵히 부엌을 가로질렀다. 피가 흐르는 손도 아팠지만 헬렌이 보내는 불신과 실망의 눈초리가 더욱 아프게 느껴졌다. 막 문 쪽으로 걸어 나가려는 그녀의 눈에 막 장식을 마친 스테이크 접시가 들어왔다. 별생각 없이 시선을 두었던 그녀는 접시 위에 올라와 있는 음식 재료들을 보고 그만 걸음을 멈췄다.

'누구를 위한 음식인지는 모르겠지만 저대로 나가면 좋지 않을 텐데…….'

"저…… 헬렌 님?"

세레나가 앞서 걷던 주방장을 불렀다.

"여기…… 이 접시 좀 보세요. 두꺼운 쇠고기 스테이크 옆에 고구마를 중심으로 한 샐러드를 내셨는데 두 가지 음식을 함께 먹으면 소화가 잘되지 않아요. 건강한 성인 남성이라면 모를까, 몸이 약한 여성이

나 아이들이 섭취하면 배가 아플 수도 있답니다. 저라면 얇게 저민 파인애플이나 상큼한 감귤류를 사용하겠어요. 소화를 돕고, 느끼함을 잡아주는 역할까지 하니까요."

"누가 그런 요리를 만든다고……!"

세레나의 말에 뒤를 휘휘 둘러보던 헬렌이 누군가 올려둔 접시를 발견하고 눈이 커졌다.

"알렌! 어서 이리로 와봐."

헬렌의 고함에 통통한 청년이 또다시 뛰어왔다.

"이것 말이야……."

스테이크를 손가락질하며 신경질을 내려는 그녀의 옆에서 세레나가 한마디를 더 보탰다.

59

"소스도 그래요. 단순히 고기 육수를 졸여서 내는 것보다 브랜디를 넣어 발효시킨 와인이나 타라곤 등을 함께 넣어 끓였다면 훨씬 풍미가 좋은 스테이크가 됐을 텐데."

"……그래, 네 말이 맞구나."

헬렌은 솔직하게 감탄했다. 추운 북부에 사는 탓에 남부에 비해 요리의 향신료 배합이나 장식의 정교함이 떨어지는 건 공작성의 주방장인 자신도 통감하는 사실이었다. 그 때문인지 몰라도 새로 오신 공작 각하께서 매끼마다 식사를 남기셔서 그녀를 깊은 고민에 빠뜨리지 않았던가.

헬렌은 세레나의 손을 덥석 잡아들었다. 아야. 천으로 감아놓은 상처 부위가 눌려 세레나는 자신도 모르게 눈썹을 찌푸렸다.

"너 혹시…… 이름난 요리사의 딸이니? 아니면 누구에게 요리를 배우기라도 한 거야?"

"아니요. 전 그저…… 음식을 보고 떠오르는 대로 말씀드린 것뿐이에요."

과거 엘베른 왕가는 대륙 중부와 남부 일대를 다스렸다. 온화한 기후와 지형 조건 속에서 왕국에서는 다양한 식재료와 요리법을 조화롭게 이용한 음식이 발달했다. 그러니 시간이 흘렀다 해도 자신이 이곳 북령의 사람들보다는 맛과 향에 민감할 수밖에 없으리라.

순순히 대답하는 세레나를 전에 없이 사랑스러운 눈으로 바라보던 헬렌은 서둘러 그녀를 잡고 화덕 앞으로 데려갔다. 그러고는 눈 깜짝할 사이에 몇 개의 요리를 완성해 내어놓았다.

"점심때 주인님께 내놓을 메뉴란다. 각 요리마다 다른 식재료와 조리 방법을 사용했지. 재료들은 물론 최고급이고. 여기에 소스와 가니시를 곁들일 참인데…… 네가 주는 의견이 큰 도움이 될 것 같구나."

"……최선을 다해보겠습니다."

벼랑 끝에 선 처지이니 겸손한 사양 따위는 하지 않았다. 세레나는 곧바로 접시 위의 요리들을 잘라 조금씩 맛을 보았다. 거대한 성의 부엌을 책임지는 주방장답게 헬렌의 요리들은 훌륭했지만 섬세한 그녀의 미각에 미세하게 걸리는 부분들이 있었다.

'아아, 그렇구나. 이런 점을 콕 집어내 이야기해달라는 거지?'

세레나는 옆에 놓인 천으로 입을 닦고 천천히 말문을 열었다.

"우선 요리를 한 가지 바꾸는 게 좋겠어요. 차례로 나가야 할 요리에 하나같이 육류를 사용하셨네요. 이곳은 추운 지방인 데다 대체로 남성들이 고기를 선호하긴 하지만, 이래선 오후의 집무에 부담이 되겠지요. 여기 사슴 고기에는 데미글라스보다 꿀과 링곤베리를 넣은 소스가 어울릴 것 같아요. 신선한 야채와 삶은 계란을 함께 내고요. 소의 힘줄은 불로 익히기보다 푹 끓이는 쪽이 훨씬 부드럽고 냄새도 없어요. 강한 향신료를 칠 필요도 없어지고요. 과일 젤리를 곁들여 먹으면 식감도 더 좋을 것 같은데."

준비라도 한 듯 매끄럽게 이어지는 말에 헬렌은 연신 고개를 끄덕였다. 글을 쓸 줄 안다면 당장이라도 종이에 받아 적고 싶은 마음이 한가득이다. 한 마디도 놓치지 않기 위해 몸을 더 바짝 기울이며 그녀는 속으로 외쳤다.

여신이시여, 이 아이를 제게 보내주신 건 당신의 보살핌입니까? 당신의 뜻대로 최고의 만찬을 준비해 까다로운 주인님의 입맛을 만족시켜 보이겠습니다!

시간은 흘러 어느덧 오후가 되었다. 성 사람들이 점심 때 사용한 식기들이 하나둘 부엌으로 되돌아오고 있었다. 헬렌과 세레나는 문 앞에 긴장하고 서서 그 광경을 지켜보았다.

한참 후에 드디어 공작의 집무실로 갔던 금색 수레가 들어왔다. 두 사람은 선뜻 수레에 담긴 접시를 열어보지 못했다. 헬렌이 불안에 찬 목소리로 물었다.

"세레나, 음식이 또 남았으면 어쩌지?"

"전 헬렌 님의 솜씨를 믿어요. 접시는 틀림없이 깨끗하게 비어 있을 거예요."

"그래. 그렇겠지? ……그럴 거야."

헬렌은 부들부들 떨리는 손으로 접시 위에 덮인 뚜껑을 잡았다. 그리고 두 눈을 질끈 감았다.

"하나, 두울…… 셋!"

"아, 성공이에요!"

뚜껑 안의 접시들은 하나같이 말끔했다. 입이 찢어져라 기뻐하는 헬렌에게 수레를 밀고 온 시종이 귀띔했다.

"각하께서 음식 맛을 보시고는 주방장이 바뀌었느냐고 물으시더군요. 식사 내내 무척 흡족해 보이는 모습이셨습니다."

"그랬구나……. 전해줘서 고마워, 정말……. 세레나도 고맙다."

감수성이 풍부한 헬렌이 눈물을 글썽거렸다. 그런 그녀를 보고 있자니 옆에 서 있던 세레나도 어쩐지 가슴이 뭉클해졌다. 주인의 한 끼 식사를 위해 이렇게 많은 사람들이 고민하고 고생을 하는 줄은 정말 몰랐다. 알았다면 왕궁의 요리사들에게 맛있게 먹었다는 인사라도 한마디 해주었을 텐데, 그것을 깨달은 시점이 300여 년이 흐른 지금이라는 사실이 안타까울 뿐이다.

마음속으로 애석해하고 있으려니, 토끼처럼 눈이 빨개진 헬렌이 세레나에게 다가와 솥뚜껑 같은 두 손으로 끌어당겨 꽉 부둥켜안았다. 그 강한 팔뚝 힘에 세레나의 숨이 턱 막혀왔다.

"자, 잠시만요……."

"세레나, 어디 있다 이곳에 나타난 거니? 왜 이제야 공작성에 찾아온 거야. 월봉도 얼마 안 되는 하녀 따위는 그만두고 내 조수가 되렴. 함께 주인님께 올릴 요리를 연구하며 오늘처럼 즐거운 시간을 가져보자꾸나. 로안느에게는 내가 잘 얘기할게."

"헬렌 님. 제 상처, 상처가……!"

"응? 상처?"

의아한 헬렌이 안고 있던 팔을 풀고 세레나의 손을 내려다보았다. 상처가 터져 겨우 멈추었던 피가 또다시 흘러내리고 있었다.

"아이쿠, 그랬지, 참. 미안하다, 얘야. 어서 치료를 받으러 가자꾸나."

세레나는 아바마마의 것처럼 크고 따뜻한 손에 잡혀 성 어딘가로 질질 끌려갔다. 의사에게 상처를 보이고 치료를 받으며, 세레나는 얼핏 거칠어 보이지만 속에 따뜻한 정이 느껴지는 헬렌이 꼭 그녀가 만드는 북령의 음식 맛과 같다고 생각했다.

부엌으로 돌아오고 나서도 두 사람은 저녁 식사의 메뉴를 정하느라 화기애애한 이야기꽃을 피웠다.

해가 완전히 떨어진 밤, 로안느가 부엌에 찾아왔다.

"고생했어, 헬렌. 오늘 보낸 수습 하녀는 어땠나."

"응? 지금 내게 세레나가 어땠냐고 묻는 거야?"

또다시 비워져 돌아온 공작의 식기에 요리사들과 함께 축배를 들던 헬렌이 웃음기를 띤 얼굴로 로안느를 반겼다. 헬렌은 방금 전 인사를 마치고 자리를 뜬 수습 하녀를 떠올리며 입을 열었다.

"그 아인 말이야…… 천부적인 요리사의 재능을 타고났어. 왜 이제야 공작성에 찾아왔는지, 그 늦은 시기가 안타까울 뿐이라고."

"……뭐?"

"외모도, 성품도, 요리에 대한 감각마저도 완벽한 아이였어. 당신과는 오랫동안 함께 일해 막역한 사이지만, 이번만큼은 애꿎은 아이를 괴롭힌다는 생각을 지울 수가 없네. 뭣하면 하녀로 쓰지 말고 내게 달라고. 조수로 채용해 급여를 듬뿍 주며 예뻐할 자신이 있으니."

"그, 그렇게 일을 잘했단 말이지?"

헬렌이 솥뚜껑 같은 손으로 가슴을 탕탕 쳤다.

"아유, 말로 하면 입만 아프게? 하여간 나는 그 애가 맘에 꼭 들어. 쫓아낼 생각이라면 그전에 꼭 내게 보내줘. 알겠지?"

"……생각해보지."

급격히 어두워진 로안느의 얼굴에도 헬렌은 마지막까지 세레나를 부엌으로 배치해달라며 부탁에 부탁을 거듭했다. 부엌을 나선 로안느가 이해할 수 없다는 얼굴로 고개를 저었다.

"대체 무얼 어떻게 했기에 저 까다로운 헬렌이……. 도무지 알 수가 없군."

세레나는 식당에 들르지 않고 바로 숙소로 돌아왔다. 헬렌과 요리를 만들며 이것저것 맛을 본 탓에 배가 고프지 않았기 때문이었다. 깨끗이 몸을 씻고 젖은 머리를 말리고 있으려니 그제야 오늘의 일과를 마친 아이린이 문을 열고 들어왔다.

"아이린, 이제 들어오니?"

"헉! 세, 세레나?"

방 안에서 생각지도 못한 사람을 본 아이린은 기절할 듯 놀랐다.

'이 애가 왜 방 안에 있지? 벌써 일을 마쳤을 리는 없고. 설마…… 아예 쫓겨나서 아무것도 하지 못하고 돌아온 것 아냐?'

"어제보다는 좀…… 일찍 왔네?"

떠보는 듯한 그 말에 세레나가 그녀의 속도 모르고 생글생글 웃어 보인다.

"응. 저녁 식사 메뉴를 정하고 나서 주방장님께서 수고했다며 바로 보내주셨거든. 아아, 오늘은 정말 보람찬 하루였어. 누군가에게 도움이 된다는 사실이 이렇게 기쁠 줄이야. 너는 어땠어? 시녀분들께서 잘해주시던?"

"나야 뭐, 그냥 그랬지. 한시도 가만있지 못하고 심부름을 한 탓에 많이 피곤해."

"저런…… 힘들었겠구나."

실은 거짓말이다. 거의가 하급 귀족의 딸인 시녀들은 음전한 요조숙녀들이었고, 어린 수습 하녀들에게 까다롭게 굴거나 말도 안 되는 억지를 부리지 않았다. 눈치 빠른 아이린은 그녀들의 비위를 잘 맞춘 덕에 방에까지 초대되어서 처음 맛보는 고급 과자와 음료를 대접받고 온 참이었다. 하지만 그러한 일들을 굳이 입 밖으로 꺼내야 할 이유를 찾지 못한 아이린은 무표정한 얼굴로 침대에 드러누웠다.

세레나는 안쓰러운 눈으로 그녀를 바라보다가 천으로 친친 동여맨 자신의 손가락을 쓸어보았다.

이 상처는 일종의 영광의 상처였다. 오늘을 무사히 보내고 성에 보다 오래 남을 수 있는 가능성을 만들어낸 것에 대한 증표이기도 했다. 이곳에서 겪은 일들은 모두 태어나서 처음 해보는 낯선 것들뿐이지만, 오늘 일을 계기로 조금은 자신감이 생겼다. 접시를 깨고 칼도 잘 다루지 못했지만, 결국 자신이 지닌 미각으로 헬렌에게 도움을 주고 칭찬까지 들을 수 있었으니.

'피하지 않고 부딪치다 보면 결코 해내지 못할 것은 없어. 내일도 있는 힘껏 최선을 다해보는 거야.'

세레나는 풀어헤친 풍성한 검은 머리를 한 번 쓸어보고는 아이린처럼 침대에 몸을 뉘었다. 조금씩 꿈속으로 빠져드는 그녀의 입꼬리는 둥글게 휘어 있었다.

사흘날 아침, 세레나는 또다시 동기들과 떨어져 홀로 마구간으로 향하고 있었다. 제아무리 둔한 자신이라지만 슬슬 이상한 생각이 들기 시작했다.

'왜 자꾸 혼자만 다른 일을 시키시는 거지.'

일이 싫어서 하는 불평이 아니다. 네 명의 수습 하녀 중에서 혼자만 특별 취급당하는 것이 의아한 것이다. 그녀는 내일도 또 혼자 일을 하게 된다면 그때는 꼭 이유를 따져 물어야겠다고 다짐했다.

로안느가 가르쳐준 방향으로 길을 따라 걷다 보니 어디선가 처음 맡아보는 지독한 냄새가 났다. 세레나는 올라오는 헛구역질을 참으며 코를 꽉 틀어쥐었다.

'근처까지 왔으니 말의 배설물 냄새가 나는 건 당연하겠지. 그나저나…… 대체 마구간은 어디에 있는 거람?'

그녀는 아까 후원에서 로안느가 했던 말을 떠올렸다.

「너희 셋은 어제 함께 일했던 시녀들을 다시 찾아가거라. 어제에 이어 그녀들의 뒤를 따라다니며 성의 구조와 시중인들이 어떤 일을 하는

지에 대해 파악하도록 해. 세레나, 너는 외성 남쪽에 위치한 마구간으로 가라. 마구간을 청소하고 말을 돌보는 게 오늘 네가 할 일이다.」

아무리 생각해도 마구간 청소가 수습 하녀가 해야 할 일 같지는 않은데. 세레나는 속으로 불평했다. 혼자만 험한 일을 하려니 어쩐지 불공평하다는 생각이 든다. 그래도 어쩌겠는가. 불만을 입 밖에 내는 순간 자신은 채용에 탈락하고 그날로 짐을 싸야 할 테니 어디까지나 약자인 자신이 참는 수밖에 도리가 없다.

세레나가 코를 틀어막고 계속 걸으려니 멀리서 장발을 한 중년 남자가 손을 흔들며 걸음을 멈추도록 했다.

"네가 세레나란 아이냐?"

"예, 그렇습니다만……."

이 애가 세레나란 말이지. 공작성의 마구간 관리인 라이칸은 어처구니없어하며 눈앞의 여리여리한 소녀를 위아래로 훑어보았다. 흰 피부에 장밋빛 뺨을 가진 소녀는 얼굴만큼이나 하얗고 고운 손을 갖고 있었다. 가늘고 긴 손가락은 예술품처럼 늘씬하게 뻗어 있어 말똥 치우는 일을 시키기에는 못내 아까울 정도였다.

'힘 좋은 하인들도 못 하겠다고 뻗는 일을 이런 아이에게 시키라고? 말굽에 잘못 걷어차여 일어나지도 못하게 되면 어쩌려고. 하여간 시녀장의 심술은 알아줘야 한다니까.'

라이칸은 속으로 혀를 찼지만 내색하지 않고 무뚝뚝하게 입을 열었다.

"나는 이곳 관리인인 라이칸이다. 네가 맡을 마사를 알려줄 테니 이

쪽으로 따라오너라."

뒤를 따라가자 공터 한편에 많은 말을 한꺼번에 수용할 수 있도록 지어놓은 여러 개의 대형 마구간이 나왔다. 그중 라이칸이 가리킨 것은 가장 크고 넓으면서도 안이 텅텅 비어 있는 마구간이었다.

세레나가 가까이 다가가자 안에서는 윤기가 줄줄 흐르는 검은 말 한 마리가 여유롭게 건초를 뜯고 있었다. 칸막이도 내려가 있지 않아 말이 여유롭게 뛰어다닐 수도 있어 보이는 그 넓은 공간에 의아해진 세레나가 물었다.

"이곳은 말이 한 마리뿐인데 유독 넓어 보이네요. 아직 다른 말들이 들어오지 않아서 그런가요? 아니면 혹, 여기다 검은 말을 데려다놓은 특별한 이유라도 있는지요."

"으음, 저 말은 좀 거칠어서 말이야, 다른 말들과 함께 붙여놓으면 금방 다툼이 일어나곤 하지. 이기는 것도 늘 저 흑마 쪽이고. 해서 따로 분리를 해놓은 게다."

그러니까 그 거칠고 싸우기 좋아하는 흑마를 저보고 하루 종일 돌보란 말이군요. 라이칸의 말을 들은 세레나의 표정이 눈에 띄게 어두워졌다. 그런 그녀를 보면서도 라이칸은 자신이 해야 할 말만 줄줄 늘어놓을 뿐이었다.

"네가 제일 먼저 해야 할 일은 마사의 청소다. 창고에서 기다란 갈퀴를 하나 가져와 바닥 곳곳에 쌓인 배설물을 바깥으로 긁어내면 된다. 긁어낸 배설물은 볏짚과 섞이지 않도록 모아 저기 단지 안에다 부어두고. 또 틈틈이 먹이통을 살펴 건초와 깨끗한 물을 채워 넣도록 해라. 한 번 갈아주었다고 정신을 딴 데 팔지 말고 계속 주의를 기울여야 한다. 더 질문 있나?"

"질문…… 아, 네!"

바짝 긴장한 세레나가 손끝으로 마사 안을 가리켜보였다.

"저…… 언뜻 보기에도 안이 그리 청결해 보이지 않는데, 따로 바닥 청소를 하거나 말의 목욕을 시키지 않아도 되나요?"

뜻밖의 질문에 라이칸은 코웃음을 쳤다.

"아, 글쎄, 원체 사나운 말이라니까. 주인이 아니면 저 말에 손댈 수 있는 사람은 없어. 평생 말을 돌봐온 나도 저놈을 제어할 수 없으니 너도 혹여 문을 열어볼 생각은 하지도 마라. 큰코다치게 될 테니."

"……알겠습니다."

마구간의 관리인인 그의 으름장에 세레나는 시무룩하게 대꾸했다.

물청소와 목욕을 생략했어도 마구간 청소는 충분히 힘들고도 어려웠다. 우리 안에 들어가지 않고 바닥의 좁은 틈 사이로 갈퀴를 넣어 말똥을 치우는 일은 마치 옷장 밑으로 굴러들어간 작은 유리구슬을 꺼내는 일과도 같았다. 무거운 갈퀴로 바닥을 휘젓던 세레나는 점심때가 한참 지나서야 눈에 거슬리는 누르스름한 덩어리들을 어떻게든 걷어낼 수 있었다. 물론 다른 사람이었다면 한두 시간이면 끝냈을 일이겠지만 그래도 처음으로 맡겨진 일을 제대로 완수했다는 생각에 세레나는 무척 기뻤다.

"휴우. 이제야 코로 숨을 쉴 수 있겠네."

얼른 갈퀴를 손에서 내려놓은 그녀가 오전 내내 수고한 자신의 손을 들여다보았다.

"잠시 쉬었다가 건초와 물을 채워주면…… 응? 아니, 이건! 꺄악!"

그녀는 새된 비명을 지르며 쏜살같이 수돗가로 달려갔다. 수돗물은 차디찬 냉수였지만 조금도 개의치 않고 손을 가져가 몇 번이고 비볐다. 차가운 수온 때문에 희고 가녀린 손끝이 천천히 보랏빛으로 물들었다. 그래도 그 덕에 손바닥에 묻어 있던, 차마 입에 담을 수도 없는 갈색 덩어리들은 제거할 수 있었다.

다시 깨끗해진 손을 보며 안도의 한숨을 내쉬던 세레나는 문득, 더러운 마사 안에 홀로 웅크리고 있던 말의 모습을 떠올렸다.

'물로 씻으면 이토록 개운한데 말이야……. 저 아이도 속으로는 많이 괴롭다고 느끼고 있지 않을까.'

동물도 저마다의 생각과 감정이 있다. 다만 그들의 표현을 사람들이 쉽게 알아차리지 못할 뿐. 난동을 피운다는 이유로 외딴 마사에 격리되어 지내는 말이 어쩐지 안쓰러웠다.

마사가 아무리 크고 훌륭해도, 최고급 건초와 정수된 물을 먹는데도 그것들을 누리는 것이 혼자라면, 진정으로 행복할 거라는 생각은 들지 않았다. 어쩌면 애꿎은 말에게 과거의 자신의 모습을 투영하고 있는지도 모른다. 하지만 일단 생각을 한 이상, 그대로 모른 척을 하고 싶지는 않았다.

마구간으로 돌아온 세레나는 다시 한 번 천천히 검은 말의 모습을 살펴보았다. 다른 마사의 말보다 몇 배는 크고 덩치가 좋은 말은 오랫동안 목욕을 하지 않았음에도 반지르르한 윤기가 흘렀다. 위압감마저 느껴지는 우람한 몸집에 굵은 허벅지, 풍성한 갈기와 꼬리털을 보고 있자니 왜 이 말이 다른 말들의 대장 노릇을 하는지를 충분히 알 것 같았다. 그녀는 두려움을 꾹 누르며 자신을 빤히 바라보고 있는 말에게 조금씩 가까이 다가갔다.

"안녕? 난 오늘 너를 돌보게 된 세레나라고 해. ……이렇게 매일 혼자 있으면 쓸쓸하지 않니? 너만 괜찮다면 안으로 들어가 청소도 해주고 깨끗하게 몸도 씻겨주고 싶은데, 어때? 원한다면 재미있는 이야기와 노래도 들려줄게. 그 긴 갈기도 빗겨주고 말이야."

히히히힝!

세레나의 말이 끝나자마자 검은 말이 길게 한 번 울더니, 앞발굽으로 바닥을 벅벅 긁었다.

'이게 무슨 뜻이지? 괜찮다는 건가?'

영문을 모르는 그녀는 더 가까이 가지도, 그렇다고 뒤로 물러나지도 못한 채 서 있었다. 그러자 터덜터덜 걸어온 말이 쇠창살 사이로 머리를 들이밀었다. 천천히 끔뻑이는 아몬드 형태의 눈은 거울처럼 맑기만 했다.

세레나가 떨리는 손을 들어 말의 콧등을 쓰다듬었다. 털의 감촉은 깃털처럼 부드러웠다. 말은 몇 번 투르르 소리를 내는가 싶더니 더 이상 움직이지 않고 가만히 제자리에 서 있었다. 얌전한 그 태도에 안심한 세레나는 밝은 미소를 지었다.

"그럼, 허락해준 걸로 알게. 더운물과 수건을 가져올 테니 잠시만 기다리렴."

촤악, 촤악. 세레나는 적당한 온도로 덥혀 온 물을 말 등에다 뿌렸다. 이윽고 솔을 들어 엉킨 갈기와 털 손질을 시작했다. 승마는 익숙지 않지만 어린 시절 아바마마로부터 선물로 받은 백마를 돌본 경험으로 대강의 손질법은 숙지하고 있었다. 그렇지만 말의 몸은 그녀가 생각한 것보다도 훨씬 컸고, 연이은 노동에 그녀는 금세 지쳐버렸다. 어떻게든 시작한 일을 즐겁게 끝마치기 위해 세레나가 떠올린 것은 바로 구연동화였다.

"그래서…… 마왕과 마물들은 계속 남하해 사계절 그윽한 꽃향기가 진동하는 엘베른이라는 나라에 도착했어. 꺼지지 않는 불을 뿜던 사악한 존재는 거기에서 자신과는 상극인 아름다운 공주를 만나게 된단다. 그 공주가 얼마나 아름답고 지혜로웠냐면 말이지……."

두서없는 혼잣말로 주저리주저리 이야기를 늘어놓던 세레나는 누군가의 따가운 시선을 느끼고 고개를 돌렸다. 웬 키 큰 남자 하나가 자신을 뚫어져라 바라보고 있었다.

남자를 처음 보자마자 떠오른 것은 군신 카시스였다. 대검을 들고 다니며 전사들을 수호한다는 젊고 잘생긴 전쟁의 신. 남자는 긴 남색 머리를 단정하게 묶고 장식이 없는 검은색 평복을 입고 있었지만 큰 체격에 잘 발달한 몸의 윤곽은 옷 바깥으로 그대로 드러나 보는 이를 압도했다. 깎아놓은 것 같은 외모, 그중에서도 깊고 푸른 눈동자는 한 번도 본 적 없는 저 바다만 같다.

세레나는 문득 자신의 마음이 일렁이는 것을 느꼈다.

"누구……?"

"……그러는 넌 누구지?"

남자의 딱딱한 물음에 그녀는 손에 들린 솔을 높이 들며 웃어 보였다.

"오늘 하루, 이 아이를 맡게 된 수습 하녀 세레나라고 합니다."

카이로스 폰 발루아. 얼마 전 작위를 새로 계승한 28세의 젊은 공작은 바쁜 일과 중 짬을 내어 자신의 말을 보러 왔다. 남부 정벌에서 줄곧 든든한 다리 역할을 해주었던 흑마는 원래 야생마였던 것을 직접 잡아 길들인 것이다. 드넓은 초원을 달리다 마구간 안에만 갇혀 있으려니 답답한지 점점 성질이 사나워져서, 이제는 자신이 아니면 누구도 곁을 허락하지 않을 정도로 까칠해졌다. 잠시 바람이라도 쐬어줄까 해서 와 봤더니 처음 보는 하녀 하나가 자신의 말에게 찰싹 붙어 서선 목욕까지 시켜주고 있었다.

공작은 눈앞의 하녀를 머리끝부터 발끝까지 샅샅이 훑어보았다. 우선, 생김새가 제법 고왔다. 머리색과 눈동자는 검었지만 녹아내릴 것 같은 밤의 색을 하고 있다. 평민답지 않게 하얀 피부는 검은 머리색과 대비되어 창백하게 보일 정도다.

눈에 띄는 외모보다 더욱 신경 쓰이는 것은 그녀의 눈이었다. 자신을 똑바로 올려다보는 그녀의 눈에는 한 점 두려움도 실려 있지 않았다. 전쟁터에서 긴 시간을 보내 몸에 배어버린 군기는 그게 누가 되었건 상대방을 찌를 듯 압박할 것임에도 불구하고.

'재미있군.'

그는 입꼬리를 슬쩍 올리며 말했다.

"라이칸이 네게 말을 씻기라고 지시하더냐?"

"아니요. 그런 것은 아니지만……. 이 아이가 마사 안에 혼자 있는 것이 안쓰러워 돌보아주고 싶었어요. 그것뿐이에요."

이름까지 말해줬음에도 자기소개 대신 반말을 찍 던지는 남자의 태도에 처음 느낀 세레나의 호감은 조금 희석되었다. 남자는 말의 주인인 듯했다. 푸른 머리와 눈동자 색으로 보아 틀림없는 귀족이고. 큰 키와 체격, 날카로운 기세로 미루어 보아 아마 공작을 측근에서 모시는 높은 지위의 기사일 것이다.

그때였다. 히히히힝! 남자의 등장으로 솔질이 멈추자 말이 재촉이라도 하듯 길게 울었다. 세레나는 얼른 들고 있던 솔을 다시 말에게 갖다 대며 남자에게 물었다.

"당장 말을 타고 나가실 것이 아니라면, 이왕 시작한 목욕을 끝까지 마쳐도 될까요?"

그는 표정 변화도 없이 무뚝뚝하게 답했다.

"……신경 쓰지 말고 계속해봐."

그녀는 서둘러 솔질을 마쳤다. 그리고 물통의 남은 물을 끼얹어 거품을 씻어낸 후, 마른 수건으로 깨끗이 닦아주었다. 말의 목욕은 끝났지만 남자는 여전히 말을 데려갈 생각도, 자리를 비킬 생각도 없어 보였다.

'하는 수 없네.'

세레나는 마사 문을 열고 나가 한쪽 벽에 세워두었던 갈퀴를 집어들었다. 다시 안으로 들어온 그녀는 이제 오물과 물로 젖은 바닥의 짚불을 걷어내기 시작했다.

세레나가 낑낑대며 걷어낸 짚불을 치우고, 바닥을 닦고, 바짝 마른 새 짚불을 가져와 깔 때까지도 남자는 미동도 않고 서서 그 광경을 지켜볼 뿐이었다. 익숙지 않은 일로 그녀의 몸은 어느새 땀투성이가 되었다. 계속 몸을 숙이고 있어서인지 허리도, 손목도 시큰거렸다. 세레나는 자신도 모르게 남자를 힐끗 쳐다보았다.

'……하아. 아무리 하녀래도 그래. 자신의 말을 돌보아주는데 거들기는커녕 치하의 말 한 마디 없다니. 보기보다 냉정한 기사님이로구나.'

남자는 여전히 어떤 미동도, 표정 변화도 없이 자신의 말을 바라보고 있을 뿐이다.

'됐어, 알지도 못하는 사람을 두고 이런 생각은 하지 말자.'

목욕을 마친 말의 몸에서는 한결 윤기가 흘렀다. 오래된 짚불과 오물이 섞여 있던 바닥도 퍽 청결하고 푹신해 보인다.

그녀는 그제야 홀가분한 마음으로 걸어 나와 마구간의 빗장을 걸어 잠갔다. 그리고 그때까지도 동상마냥 서 있던 남자에게 조심스레 다가갔다.

원래 신분이 낮은 이가 자신보다 높은 이에게 먼저 말을 거는 것은 실례였지만, 말과 함께 충분한 구경거리가 되어주었으니 이 정도 무례는 이해해줄 거라는 생각이었다. 또 무례를 무릅쓰고서라도 꼭 알고 싶은 것이 있었다.

"저…… 궁금한 게 있는데요. 이 아이의 이름은 뭔가요? 하루 동안 많이 친해졌는데도 이름을 몰라 제대로 한 번 불러주지도 못했거든요."

남자의 시선이 세레나를 향했다. 맑고 투명한 눈동자는 보석처럼 아름다웠지만, 한편으로 지나치게 서늘했다. 물끄러미 그녀를 응시하던 남자의 입술이 천천히 열렸다.

"말에게…… 이름 따위가 무슨 필요지?"

"네?"

세레나는 기겁했다. 이름이 무슨 필요냐니. 그럼 말을 부를 일이 생길 때에는 어떻게 한단 말인가?

"설마 이름이 없단 말인가요? 어쩜 그렇게 안타까운 일이……. 상대의 이름을 불러준다는 건 정말 멋진 일이에요. 서로 마음을 나누고 교감할 수 있게 하는 첫걸음이기도 해요."

"……."

"그럼 이제부터라도 멋진 이름을 하나 지어주시는 건 어떨까요? 마구간의 수없이 많은 말들 중에서 오직 이 아이가 당신께는 특별한 존재잖아요. 아, 혹시 이름 짓는 것이 어려우시면 제가 도와드릴까요?"

"필요 없다."

묵묵히 듣고 있던 남자의 이번 대답은 빨랐다. 하지만 세레나는 이미 말에게 어울리는 이름을 생각한 뒤였다.

"노투스는 어떠세요? 고대어로 바람이란 뜻이에요. 이 아이, 바람처럼 빠른 다리를 갖고 있을 것 같거든요."

"……."

한참을 말이 없던 그는 결국 예정에도 없던 말의 이름을 정했다.

"……제피루스로 하지."

"아아, 기사님은 남부 출신이신가 봐요."

세레나의 대꾸에 남자는 또다시 침묵하다 가까스로 한 마디를 뱉었다.

"……아니야."

무뚝뚝하게만 보였던 남자는 생각보다 섬세한 데가 있다. 제피루스는 세레나가 고른 바람이라는 단어의 남부 방언이었다. 자신이 지어준 이름의 뜻을 그대로 사용해준 그에게 세레나는 해사하게 웃으며 추측의 연유를 설명했다.

"제 이름도 그렇거든요. 고대 신화 중에 등장하기도 하지만, 남부 말로 세레나는 달을 뜻한답니다."

"……."

아, 이번에는 대꾸가 없다. 남자는 더 이상 그녀를 상대치 않고 그대로 몸을 돌려 걸어갔다. 세레나는 그 뒷모습을 보며 입가에 손을 대고 외쳤다.

"건방진 소리로 심기를 어지럽혀드렸다면 죄송합니다! 그런데 제피루스가…… 많이 외로워 보여요. 자주 보러 와주시는 것도 좋지만 하루빨리 이 아이에게 좋은 친구들이 생겼으면 좋겠네요."

"……."

남자는 한 번 뒤를 힐끗 돌아보는 듯하더니, 다시 어딘가로 사라져 버렸다.

노을이 질 무렵, 어깨에 붉은 숄을 휘감은 로안느가 마구간으로 왔다. 그녀는 늘어진 숄의 끝으로 코를 틀어막고 라이칸에게 물었다.

"수습 하녀는 주어진 일을 잘 처리했나?"

라이칸은 대답 대신 손을 들어 마사가 늘어서 있는 왼편을 가리켰다.

"······직접 보십시오."

그냥 말로 하면 되지 이게 무슨 짓이야. 냄새 때문에 금방이라도 질식할 것 같은데. 로안느는 구시렁대며 검은 말이 있는 마구간으로 갔다. 막 청소한 듯 깨끗한 바닥, 새 짚불이 가득 깔려 푹신한 잠자리, 통에 그득히 담겨 있는 건초와 물. 완벽에 가까운 마구간의 상태에 로안느가 의심의 눈초리를 보냈다.

"누군가 도와준 건 아니겠지? 혹시 자네가······."

라이칸이 손사래를 쳤다.

"그럴 리가 있겠습니까. 그 아이, 보기에는 벌레 하나 못 죽일 것처럼 생겨서는 웬만한 남자들도 하기 힘든 일을 쉬지 않고 열심이더군요. 덕분에 많은 도움이 되었습니다."

"많은 도움이라고? 하, 그럴 리가."

어떻게든 꼬투리를 잡으려고 눈에 불을 켜고 둘러보는 그녀의 눈에 방금 눈 말의 따끈따끈한 배설물이 보였다. 그녀는 그것을 가리키며 비뚜름하게 한쪽 입가를 올려 보였다.

"저기 청소를 제대로 하지 않은 흔적이 있군."

"네? 저건 이제 막 눈······."

"마구간의 위생 상태가 영 좋지 않아. 세레나의 실습은 실패한 걸로 처리하겠어. 자네도 그리 알고 있도록 해."

말을 마친 로안느는 숄로 코와 입을 막고 도망치듯 자리를 떴다.

"쯧, 하여간 저 고약한 성질머리 하곤······."

라이칸이 고개를 절레절레 저었다. 그 사납다는 주인님의 말을 씻기고 마구간 청소까지 도와주었건만 모두 무의미한 일이 되어버렸다.

저리도 시녀장의 눈 밖에 나서야 아무래도 그 아름다운 소녀의 얼굴을 다시 보기는 힘들 것 같다. 아니면 수습 기간 안에 시녀장의 권한을 넘어선 권력자의 눈에라도 들든가.

하지만 내성의 책임자인 로안느를 좌지우지할 수 있는 건 이 성에 오직 둘뿐이었다. 공작 각하, 그리고 그분의 조카이자 유일한 후계자인 금빛의 도련님. 홀로 남은 라이칸은 혀를 몇 번 끌끌 차다 터덜터덜 자신의 처소로 향했다.

오늘은 모처럼 수습 동기 넷이 식당에 모여 함께 저녁 식사를 했다. 메뉴는 늘 그렇듯 딱딱한 빵과 수프, 거기에 곁들여진 약간의 야채였다. 세레나를 제외한 세 명은 축제라도 다녀온 듯 잔뜩 들떠 있었다. 그녀들은 종일 함께 다니며 내성의 손님방 청소를 하거나 시녀들의 잔심부름을 했다. 덕분에 성 안의 돌아가는 분위기나 윗분들의 얼굴을 어느 정도 익혔다고 했다.

모두에게 버터 쿠키를 한 상자씩 선물했다는 친절한 시녀와 우연히 스쳐 지나간 잘생긴 검은 머리 청년 기사까지. 셋의 이야기는 그녀들이 줄곧 동경해온 살아 숨 쉬는 공작성의 인물들로 가득했지만 그 이야기가 특별히 흥미롭지 않던 세레나는 적당히 맞장구를 치며 식사에 열중했다. 그때, 애쉴리가 질문했다.

"오늘 가본 마구간은 어땠어, 세레나?"

"마구간? 아아, 그곳은 말이지…….."

위압적인 겉모습과 달리 순순했던 검은 말의 이야기를 하려던 그녀는 갑자기 말을 멈췄다. 머릿속에 아까 만났던 남색 머리의 기사님이 떠올랐기 때문이었다. 공작새처럼 화려하고 아름다운 사람들이라면 왕궁에 있을 무렵 수없이 마주한 바 있다. 허나 짧은 만남에도 그토록 강렬한 인상을 남긴 이는 처음이었다. 또…… 그렇게 과묵하고 무뚝뚝한 이도 말이다.

자신의 질문에 대답하려다 말고 멍해진 세레나를 애쉴리가 재촉했다.

"세레나?"

"아…… 미안, 미안. 마구간에 대한 이야기를 하려다 말았지? 내게 맡겨진 마사는 검은 말 한 마리가 들어가 있는 곳이었어. 말은 한 마리 뿐이었지만 마사 안은 무척 넓고도 컸지. 그래서 나는 말이야……."

세레나는 동기들에게 오늘 하루 있었던 일을 차근차근 풀기 시작했다. 기사 이야기만 나오면 호들갑을 떠는 동기들 때문에 입 밖에 꺼내지 않았지만, 어쩐지 남색 머리 기사의 얼굴이 머릿속에서 떠나질 않았다. 왜일까. 그런 그녀의 가슴이 이유도 없이 두근두근 울려대고 있었다.

04. 동쪽 방의 주인

수습 하녀 생활을 시작한 지도 나흘째가 되었다. 매일 아침 후원에 나갈 때는 함께였건만 지난 이틀간 세레나는 줄곧 다른 하녀들과 떨어져서 전혀 다른 종류의 일을 해야 했다.

세레나의 첫째 날은 다니는 이 하나 없는 으슥한 외성의 계단 청소였고, 둘째 날은 홀로 부엌으로 보내졌으며, 셋째 날은 냄새 나는 마구간 청소가 일로 주어졌다. 이쯤 되니 그녀를 싫어하는 누군가의 농간이라는 사실을 모두가 눈치 챘지만, 그저 안타까워만 할 뿐 일을 바꿔준다거나 함께할 수 있도록 건의하겠다고 나서는 이는 없었다.

그런 그녀에게 맡겨진 네 번째 일은 바로 정원의 화단 관리였다.

"시녀장님, 네 명의 수습 하녀 중 저 혼자 나머지 셋과 떨어져 다른 일을 해야 하는 이유가 무엇입니까?"

세레나가 참지 못하고 손을 들어 따져 물었다. 그러나 질문을 들은 로안느는 낮게 코웃음을 칠 뿐이었다.

"건방진 소리를 하는구나. 설마, 내가 너를 다른 이와 차별이라도 하고 있다는 얘기냐?"

"아니요. 꼭 그런 것은 아니지만⋯⋯."

"성의 일들은 저마다 필요한 인원이 정해져 있다. 나는 거기에 맞춰서 너희들을 배정하고 있을 뿐이고. 자신이 특별 취급을 받고 있다는 생각 따위는 하지도 말거라."

"⋯⋯죄송합니다."

세레나의 목소리가 잦아들었다. 어제의 마구간 청소도 스스로는 최선을 다했다 여겼건만, 결국 좋지 않은 평가를 받았다. 며칠 남지 않은 수습 기간에 전부 만점을 받지 않으면 이제 이곳에는 머물 수 없게 될 것이다. 물론 성을 나가면 혼자서 무엇을 하고, 어떤 식으로 살아가야 할지는 막막했다.

'잘하자. 다른 사람의 탓은 하지 말고, 내가 좀 더 똑바로 하면 돼.'

세레나는 스스로에게 다짐하며 다시 한 번 옷매무새를 점검했다. 그리고 자꾸만 움츠러들려는 가슴을 펴고 내성 안으로 들어갔다. 전형적인 북부 양식으로 뾰족하게 지어진 외성과 다르게 내성은 안에 조성된 정원을 감싸듯 원형으로 둥글게 지어져 있었다.

안으로 보다 깊숙이 들어가자 과연 매일 아침 들렀던 후원보다 몇 배는 아름답게 가꾸어놓은 정원이 보였다. 정원 입구에서는, 주머니가 잔뜩 달린 조끼를 입고 양손에 장갑을 낀 수염 기른 남자가 그녀를 기다리고 있었다.

"네가 그 유명한 세레나구나. 난 정원사인 벤이다. 사라의 남편이지."

벤은 멀리서 걸어오는 모습만 보고도 한눈에 그녀가 누구인지 알아차렸다. 걸음을 옮기면서도 허리를 편 곧은 자세를 하고 있고 자분자분한 발걸음은 소리도 나지 않는다. 무엇보다 정원의 꽃보다 화사한 무시무시할 정도의 외모는 요즘 사용인들 사이에 화제가 되고 있는 세레나가 분명했다.

면접 첫날부터 시녀장 로안느의 코를 납작하게 해준 소녀의 이야기는 그날로 온 성에 퍼졌다. 귀족 같은 외모의 하녀가 새로 들어왔대요. 벤의 밑에서 일하는 어린 정원사마저 볼을 붉히며 그녀의 이야기를 했다.

그 외모와 화제성으로 유명해진 그녀가 식당을 찾을 때마다 하인들이 기다렸다는 듯 따라서 안에 들어갔지만 아직 말을 붙여본 사람은 한 명도 없다고 했다. 벤의 친근한 인사에 세레나도 따라서 반가이 인사했다.

"아나이스 여신의 은총을. 세레나라고 합니다."

"그래. 로안느의 심술에 고생이 많구나. 원래 정원을 손질하는 건 우리 정원사들이 할 일인데."

역시 그랬구나. 세레나는 조용히 입술을 깨물었지만, 일개 수습 하녀에 불과한 자신이 할 수 있는 말은 아무것도 없었다.

"이대로 돌아가도 더욱 힘든 일을 받게 될 뿐입니다. 할 수 있는 일이 있다면 무엇이든 시켜주세요."

벤은 잠시 고민했다. 프릴이 잔뜩 달린 제복을 입고 온 여자아이에게 시킬 만한 일이 있던가? 늘 추운 북령이지만 그래도 지금은 봄이었다. 정원사들은 새로 잔디를 심고 여름이 되면 앞을 다투어 필 꽃의 씨앗을 심느라 제법 바빴다.

"그럼 오늘 정원을 돌면서 잡초가 보이는 대로 좀 정리해주겠니? 정리가 끝나면 먼저 가도 좋다. 내가 잡초의 생김새에 대해 알려주마."

세레나는 곧 장갑과 앞치마 차림을 하고 벤이 알려준 방법대로 잡초를 뽑기 시작했다. 잘 관리된 화단을 언뜻 보았을 때는 금방 끝날 거라 여겼는데 생각보다 흙 쪽 가까이 붙어 난 짧은 풀들이 많았다. 잡초를 발견하면 낫으로 베어내는 것이 아니라 흙을 살살 긁어 뿌리까지 깨끗이 제거해야 해서 작업이 더욱 어려웠다.

어느덧 세레나의 얼굴에 땀방울이 송송 맺혔다. 손수건이 없어 소매로 땀을 닦던 그녀의 귓가에 갑자기 어디선가 익숙한 울음 소리가 들려왔다.

야옹.

"설마……."

혹시나 하는 마음에 고개를 돌린 세레나는 자신의 예상대로 몸이 온통 까만 고양이 한 마리를 발견할 수 있었다.

"또 너로구나. 이런 곳을 함부로 돌아다니면 안 돼. 자칫 정원사님에게라도 발견되면 혼쭐이 난 뒤 성 밖으로 쫓겨날지도 모르거든. 아니면 혹 너에게 좋은 주인이라도 생긴 거니? 그런 거라면 좋겠는데."

꼬리를 살랑거리며 천천히 다가오던 고양이는 갑자기 몸을 돌리더니 어디론가 쏜살같이 튀어나갔다. 세레나는 저도 모르게 고양이를 좇아 걸음을 옮겼다.

얼마나 걸었을까, 한참 만에 멈춰 선 곳에서 한 작은 사내아이가 허리를 숙인 채 꽃을 들여다보고 있었다. 햇빛에 비쳐 잘게 반짝이는 아이의 금발은 그리운 이들을 떠올리게 했다.

세레나는 아이의 곁으로 가까이 다가갔다. 얼굴을 찌푸린 아이의 눈앞에 있는 흰 꽃은 조금 시들어 있었다.

"리시안셔스 꽃이네요. 고결하고 고귀한 귀부인의 꽃이죠."

꽃에서 시선을 거둔 아이가 세레나를 물끄러미 바라보았다. 티 없이 깨끗한 물빛 눈동자와 시선이 마주치자마자 세레나는 곧 자신의 실수를 깨달았다. 금발에 푸른 눈. 누구인지는 모르지만 이 아이는 틀림없는 귀족의 자제였다. 그리고 의식해본 적 없었지만 본디 신분이 낮은 자가 자신보다 신분이 높은 자에게 먼저 말을 거는 건 대단히 큰 결례다.

다행히 탓할 생각은 없는지 아이는 다시 꽃 쪽으로 고개를 돌렸다.

"엄마가 제일 좋아했던 꽃이야. 이젠 시들어버렸지만."

세레나가 무릎을 꿇고 눈앞의 꽃을 자세히 들여다보았다. 리시안셔스는 희고 풍성한 꽃잎을 가진 아름다운 꽃이지만 토양과 물을 가리고 키우기 까다로워 여러 가지 의미로 귀부인의 꽃이라 불렸다. 잎과 꽃잎을 적은 양의 물로 적셔주기만 하면 되는데 잘 모르는 이가 뿌리에 물을 준 것 같았다.

"아직 뿌리가 다 상하지 않았어요. 마른 흙에 옮겨 심어주고 볕을 잘 쬐어주면 금방 살아날 거예요."

그 말을 들은 푸른 눈동자가 기쁨으로 빛났다.

"햇빛이 잘 비치는 곳을 알아. 거기로 가자."

아이는 처음 보는 세레나에게 자연스레 반말을 했다. 아이의 재촉을 받아 리시안셔스 꽃을 조심스럽게 캐낸 세레나는 얼른 그의 뒤를 따라 걸었다.

꼬불꼬불한 길을 따라가자 곧 눈앞에는 아치형으로 지어진 아름다운 유리 온실이 나타났다.

'이 귀한 유리로 온실을 지을 수 있다니, 생각보다 공작가의 재력이 대단하구나.'

세레나는 눈을 뜬 이래 처음으로 건축물에 '놀라움'이라는 감정을 느끼며 유리 온실의 내부를 구경했다. 온실은 인위적이라는 생각이 들 만큼 눈부신 총천연색의 꽃과 나무로 가득했다. 라넌큘러스, 아르카디아, 헤레인……. 따뜻한 남쪽 지방에서만 피는 희귀한 꽃들도 곳곳에 심겨 있었다.

그녀는 입구 쪽의 비어 있는 땅에 리시안셔스 꽃들을 한 송이씩 옮겨 심었다. 뿌리에 찬 습기를 헝겊으로 닦은 뒤 세 종류의 흙을 차례로 덮어주자 귀부인의 꽃은 원래 온실에서 피어 있던 것마냥 주위의 풍경과 잘 어울렸다.

"다 되었습니다."

"꽃이 잘 자라도록 기원의 노래를 불러줘."

"기원의 노래를…… 아시는군요."

세레나는 노래를 불러달라는 아이의 말에 아연해졌다. '기원의 노래'를 아직도 부르고 있는 줄은 몰랐는데. 씨앗이나 꽃을 새로 심은 다음에 튼튼하게 잘 자라도록 노래를 불러주는 것은 엘베른 왕국의 오랜 풍습이었다. 시간이 흘렀지만 자신이 기억하는 고향의 풍습이 아직 이 땅에 남아 있다는 사실에 그녀는 마음 한편이 따뜻해지는 걸 느꼈다.

"부를 노래는 내가 고를 테니 기다려봐."

아이가 노래를 생각하는 동안 밖에서 누군가를 찾는 목소리가 들렸다. 아마도 보석을 단 셔츠를 입은 이 귀족 아이 때문이겠지. 세레나의 짐작대로 온실에는 곧 한 명의 불청객이 찾아왔다.

"유베리안 님, 여기 계셨군요!"

"비토리오."

"한참을 찾아다녔습니다. 앞으로 나가실 때에는 부디 제게 살짝 귀띔이라도 해주세요."

아이의 호위 기사로 보이는 경장 갑옷의 청년은 큰 체격에 어울리지 않게 우는 시늉을 했다. 밀빛 머리칼과 갈색 눈동자가 호남인 청년의 인상을 한결 부드럽게 보이게 했지만 날카로운 기운과 잘 단련한 몸은 가진 실력을 짐작케 했다. 청년이 소년의 어깨를 부드럽게 잡고 끌었지만 소년은 몸을 흔들어 그 손을 뿌리쳤다.

"잠시만 기다려봐. 아, 그렇지. '봄의 축복'이 좋겠어."

"유베리안 님? 그게 무슨……."

영문을 모르는 청년이 의아해하는 동안 세레나는 노래를 부를 준비를 마쳤다. '봄의 축복'은 따뜻한 봄이 오면 언니들과 함께 정원에 나가 자주 불렀던 노래다. 지난날의 즐거운 추억을 떠올리며 세레나는 방금 심은 꽃들이 다시 전처럼 생기 있게 피어날 수 있기를 마음으로 기원했다.

"매서운 북풍 물러가고 온화한 바람이 불어오면,

손꼽아 기다려온 계절, 봄이 찾아오지요.

마른 대지 적시고 생명의 씨앗 움틔우는 비가 내리면,

가장 사랑스러운 계절, 봄의 차례이지요.

봄이여, 오세요. 나의 화원에 한 떨기 수줍은 꽃을 피워주세요.

화원을 채우는 향기로운 내음에 금빛 손님이 날아들도록."

그때였다. 온실 안의 꽃들이 일제히 꽃봉오리를 활짝 터뜨리며 향기를 피워낸 것은. 농밀한 꽃향기가 실내에 자욱하게 퍼져 숨이 막힐 정도였다.

유베리안과 호위 기사는 일제히 눈이 휘둥그레졌다.

"그대는 누구야? 삼촌이 데려온 마법사인가?"

세레나는 성에 온 뒤로 수차례 반복했던 자기소개를 이번에도 해 보였다.

"수습 하녀인 세레나라고 합니다. 시녀장이신 로안느 님의 명을 받아 정원의 일을 돕는 중이었지요. 저도 이런 적이 처음이라 당황스럽지만…… 꽃이 핀 건 아마 제 노래가 아닌 따뜻한 온실의 기온 탓일 거예요."

"아니. 분명 세레나의 기원을 여신께서 받아주신 걸 거야. 아, 내가 누군지 알아? 내 이름은 유베리안이야."

처음 보았을 때의 시무룩함은 어느새 사라지고 유베리안의 얼굴에는 생기가 돌았다. 싱글벙글하며 먼저 자신의 이름을 말해주는 그 모습을 호위 기사가 신기하게 바라보았다.

"상냥한 이름의 도련님이시네요."

"응? 그게 무슨 소리야?"

눈을 동그랗게 뜨고 자신을 올려다보는 유베리안이 너무 귀여워 세레나는 그만 웃음을 터뜨렸다. 그녀는 싹싹한 태도의 이 금발 머리 도련님이 퍽 마음에 들었다. 그래서 성에서 죽은 듯이 지낼 작정이었던 자신답지 않게 자꾸만 오지랖을 부리게 되는 것이었다.

"고대어로 유벨은 '무엇보다 소중한'이라는 뜻이지요. 도련님의 부모님께서는 누구보다 소중하고 사랑스러운 존재였을 도련님에게 귀한 이름을 선물해주셨군요."

유베리안은 유벨의 파생어로 '무엇보다 소중한 존재'라는 의미를 갖고 있다. 세레나의 설명을 듣더니 그는 소리 없이 유벨, 유벨이라고 몇 번 되뇌어보았다. 기뻐하는 듯 보이던 소년의 금빛 속눈썹이 문득 가늘게 떨렸다.

"그렇지만…… 지금은 두 분 다 내 곁에 안 계셔. 모두 돌아가셨지."

유베리안의 등 뒤의 호위 기사가 화제를 바꾸라는 신호를 다급히 보냈다.

'저런. 근래에 부모님을 잃었나 보구나.'

세레나는 어린 나이에 가장 가까운 이의 죽음을 겪었어야 했을 소년의 슬픔에 함께 마음이 아파왔다. 하지만 상처를 받은 이에게 정말 필요한 건 무엇일까. 잘은 모르겠지만 아마 그것은 말뿐인 위로나 회피 따위는 아닐 것이다. 사랑하는 이의 죽음을 겸허히 인정하고 마음에서 제대로 떠나보내주는 것. 그리고 남은 사랑으로 자신의 삶을 보다 눈부시게 살아내는 것. 세레나는 소년에게 그러한 것들을 알려주고 싶었다.

"도련님, 부모님의 장례식 날을 잘 떠올려보세요. 일곱 번째 날, 신전에서 성화가 크게 타오르지 않았나요? 그건 바로 여신께서 장례식을 주관하고 기쁘게 부모님을 맞아들이셨다는 증거예요. 이제 부모님은 세상에 계시지 않지만, 여신께서 거하시는 곳으로 가서서 언제까지고 행복하게 도련님을 지켜보고 계실 거예요."

"여신께서 거하시는 곳?"

"네. 성전에서 보면 하늘 가장 꼭대기에 자리한 그곳은 젖과 꿀이 흐르는 낙원이라고 해요. 그곳의 사람들은 늘 꽃향기를 머금은 몸으로 신들의 음료인 하사르와 구름을 먹으며 지상 세계를 내려다본다고 하지요. 그러니 유베리안 님께서도 이름을 지어주신 부모님이 슬퍼하시지 않도록 의젓한 모습을 보이셔야 해요."

유베리안이 치기 어린 표정으로 고개를 저었다.

"칫, 거짓말. 나도 매일 아침 성전을 두 쪽씩 읽고 있지만 그런 내용은 없었는걸."

"성전 18장, 재생의 장입니다. 17열 9행부터 성화와 사후 세계에 대한 설명이 자세히 나와 있답니다."

정말? 유베리안이 확인이라도 하듯 호위 기사인 비토리오 쪽을 힐끗 쳐다보았다. 비토리오는 당황했다. 성전은 처음부터 끝까지 고대어로만 쓰여 있다. 기사 서임을 받기 위해 뜻도 모르는 구절을 통째로 외웠던 게 벌써 몇 해 전 일인데 그걸 기억한단 말인가.

아침마다 성전을 낭독하는 게 모든 귀족 자제의 의무이긴 했지만, 그때부터 검을 들고 다녔던 자신은 그것이 너무 싫어 매일 아침 수련터로 도망치듯 뛰쳐나갔던 것도 같다. 고민하는 척하던 비토리오가 결국 어깨를 으쓱해보이자 유베리안은 한숨을 내쉬었다.

"좋아. 내일 아침에 제대로 확인해봐야겠어. 아까 이름이 뭐라고 했지?"

유베리안이 한 번 더 세레나의 이름을 물었다. 꼭 이름을 묻는다기보다는 마치 그녀의 존재를 제대로 각인해두려는 것만 같았다. 세레나는 치맛자락을 붙잡고 공손하게 답했다.

"세레나입니다. 발루아 공작성의 수습 하녀이지요."

"세레나, 우리 성에 온 걸 환영해. 난 유베리안 폰 발루아야. 그렇지만 날 유벨이라고 불러도 좋아."

특별히, 정말 특별히 허락해주는 거야. 무슨 소리를 듣고 싶은 건지 자신의 너그러움을 몇 번이고 강조하는 유베리안의 태도에 비토리오는 기가 막혔다. 저 까칠한 도련님이 무슨 바람이 불었지?

공작 부처는 사고로 서거했지만 그전에도, 지금도 공작가의 유일한 후계자인 유베리안은 신분에 걸맞은 까다로운 성정과 하늘같은 자존심을 갖고 있었다. 나이가 어리다고 누가 무시할 수 있을까 보냐. 세 살 때부터 줄곧 곁을 지킨 자신도 말 한 번 편하게 건넨 적이 없다. 특히 부모님과 유모를 모두 잃은 이후로는 얼음장 같은 표정으로 하루에도 몇 번씩 시중인들이 경을 치게 만들지 않았나. 지금 눈앞에서 순진한 척 귀여운 표정을 짓는 유베리안의 모습은 낯설다 못해 차라리 가증스럽기까지 했다.

'이봐, 하녀! 정신 차려. 저건 죄다 연기다. 순 거짓이란 말이다!'

비토리오의 마음을 아는지 모르는지 세레나와 유베리안은 서로를 마주 보며 한참을 웃고 있었다. 햇살이 스며들어 투명하게 빛나는 유리 온실은 달콤한 꽃향기로 가득했다.

그날 저녁. 시녀장의 방에서는 무언가가 와장창 깨지는 소리가 들렸다.

"아악! 도대체 그 계집은 무슨 수를 쓴 거지? 빌어먹을 것 같으니라고."

전에 없이 유베리안의 부름을 받은 로안느는 조마조마한 맘으로 문을 두드렸다. 지나치게 과묵한 새 공작 못지않게 이 작은 주인도 털끝만큼의 실수도 용납하지 않는 예민한 성정이었기 때문이다. 오늘은 또 무슨 트집을 잡으려고 그러시나. 오늘은 부디 1절까지만 해주시면 좋겠는데. 꾸지람을 각오하고 들어간 방에서 그녀는 뜻밖의 말을 들어야 했다. 수습 하녀 세레나를 자신의 시중인으로 삼겠다는 꿈에도 생각지 못한 말을.

그 아이는 성의 잡일을 돕는 하찮은 하녀일 뿐이다, 아직 수습 기간이고 남은 기간을 실수 없이 보내야 정식 채용이 가능하다, 황급히 설명했지만 다음 주부터 얼굴을 볼 수 있도록 준비시키라는 차가운 음성에 그녀는 알겠다는 대답밖에 할 수 없었다.

이런 건 좋지 않다. 공작과 그의 가족들을 가까이에서 모실 수 있는 건 하급 귀족이나 자신같이 대대로 공작 일가에 충성해 성(姓)을 하사받은 중인 계급 정도다. 꼭 법으로 정해진 건 아니지만 지극히 당연한 불문율인 것이다.

고개를 빳빳이 들고 따지고 들던 세레나의 얼굴이 떠오르자 로안느는 다시 분이 치밀었다. 자신의 실수다. 면접 때 그 되바라진 것을 어떻게든 쫓아냈어야 했는데. 도련님은 얼마 전 부모와 유모를 모두 잃었다. 이런 때 유일한 후계자이자 차대 공작성의 주인인 유베리안이 세레나와 가까워져 유모처럼 의지라도 하게 된다면…….

로안느는 제가 서 있는 발밑이 갑자기 불어온 바람에 마구 흔들리는 것을 느꼈다. 남은 수습 기간은 이틀. 위험 요소는 빨리 제거해야 한다. 그리고 수습 하녀의 처분에 관한 모든 권한은 아직, 자신의 것이었다.

수습 기간 닷새째. 아침 식사를 마치고 후원으로 향한 세레나에게 떨어진 일은 여느 때와 조금 달랐다. 그것은 바로 내성 3층, 동쪽 방의 청소였다.

아아, 드디어 진짜 하녀다운 일을 해보는 건가. 세레나는 조금은 감개무량한 기분으로 내성으로 향했다. 3층의 동쪽 복도에는 서너 개의 방이 줄지어 존재했다. 개수는 몇 개 되지 않지만 정원과 성의 구조가 한눈에 내려다보이는 이 방들은 분명 성의 높은 이나 귀빈들이 묵는 곳일 터였다.

처음 해보는 일이었지만 세레나는 분명 성에 온 첫날과는 비교도 되지 않는 손놀림으로 청소를 시작했다. 방에 들어선 그녀는 제일 먼저 창문을 활짝 열어젖혔다. 그리고 빗자루와 대걸레로 바닥을 쓸고 닦았다. 침대에 깔려 있는 침구를 창고에서 가져온 같은 종류의 새것으로 교체하는가 하면, 깨끗이 빤 면포로 벽에 걸린 액자틀, 창턱 같은 부분들까지 꼼꼼히 닦았다. 물론 그 과정이 무척 더디기는 했지만, 흐트러져 있던 방은 하나둘씩 깨끗해졌다.

이제 남은 건 가장 안쪽의 방 하나였다. 세레나가 문을 열고 들어가자 맞은편에서 강한 바람이 불어왔다.

"우왓!"

놀란 세레나가 두리번거리려니 응접실의 창문이 전부 활짝 열려 있는 것이 보였다. 그녀는 서둘러 달려가 창문을 닫았다. 맙소사. 하루 종일 열려 있던 창문 탓에 책상 위에 있어야 할 서류들이 전부 날아가 바닥 곳곳에 흩어져 있었다.

'어쩌지? 이 서류들도 내가 정리해야 하는 건가.'

곤란해하며 아래를 내려다보던 세레나의 눈에 방의 내부가 들어왔다. 조금 크기는 했지만 방은 오늘 그녀가 본 어떤 곳보다도 소박하고 간결했다. 응접실 겸 서재, 침실, 욕실과 탈의실로 이루어진 방은 신기하게 액자 하나도 걸려 있지 않았다. 책상과 침대 머리맡 협탁에 금장 시계가 한 개씩 놓여 있는 것이 장식이라면 유일한 장식일까.

'아주 소탈한 사람이 방의 주인인가 보네. 아니면 그런 것을 잘 모르는 사람이든가.'

방 구경도 좋지만 우선 흩어진 바닥의 서류들을 어떻게든 처리해야 한다. 세레나는 다른 시중인들에게 도움을 요청하기 위해 복도로 나가보았다. 그런데 한참을 기다려 만난 시녀로부터 들은 말은 '원칙대로 처리하면 된다'는 짧은 대답이 전부였다.

'그러니까 그 '원칙'이라는 것을 모르는데 어떻게 하냐는 말이죠.'

고민에 빠진 세레나의 머릿속에 오늘 아침 로안느가 유일하게 당부했던 내용이 떠올랐다. 비품을 교환하거나 방을 정리할 때에는 원래 놓여 있던 것과 똑같은 방식으로 할 것. 그래서 서류를 '원래'대로 잘 정리해보기로, 그녀는 마음먹었다.

세레나는 우선 서류들을 모두 모아 책상에 올려두었다. 다행히 대부분의 서류 끄트머리에는 색깔을 띤 깃털이 달려 있었다. 돌아가신 어마마마와 시집간 언니들을 대신해 궁내부의 일을 처리할 때 이런 깃털을 본 적이 있다.

결정하고 처리해야 할 문서가 많을 때 사용되는 깃털은 그 일의 중요도와 긴급도에 따라 색깔이 다르다. 붉은색은 가장 급하면서도 중요한 일, 푸른색은 중요하지만 긴급하지 않은 일, 노란색은 긴급하지만 중요하지 않은 일, 초록색은 하지 않아도 되는 긴급하지도, 중요하지도 않은 일이다.

그녀는 깃털 색깔에 따라 서류를 순서대로 정리해 책상 왼편에 올려두었다. 깃털이 꽂혀 있지 않은 서류는 별도의 표시를 해서 그 옆에 두었다. 서류를 보며 틈틈이 메모를 할 수 있도록 종이를 오른편에 두고 잉크와 펜은 사용 흔적에 따라 자주 사용한 순서대로 가까이 나열했다.

'대부분의 사람들은 오른손잡이이고, '원래' 책상은 이렇게 사용하는 것이니까…….'

보기 좋게 정리된 책상을 보고 있자니 그제야 후련한 마음이 들었다. 응접실 청소가 끝났으니 이제 침실의 차례였다. 그 크기에 비해 놓인 가구가 없어 황량하기만 한 침실에는 최고급 실크 침구를 씌운 침대가 덩그러니 놓여 있었다. 바닥 청소를 마치고 창고에서 새 커버와 요를 가져오던 세레나는 베개 위에 살포시 얹힌 수건을 발견했다.

'실크 커버 위에 굳이 면으로 된 수건을 깐 이유는 뭐지? 그러고 보니, 이불도 덮지 않고 그 위에서 그대로 잠이 든 것 같고.'

수건이 깔린 베개, 들춘 흔적이 없는 이불. 방에는 제대로 된 가구도 놓여 있지 않고 책상에는 산더미 같은 서류가 잔뜩 쌓여 있다.

이 이상한 방의 주인을 궁금해하던 세레나는 침대에서 작은 힌트를 발견할 수 있었다. 침대의 우측 상판에 날카로운 것에 여러 번 긁힌 자국이 나 있던 것이다.

'이제야 알겠다. 이 방의 주인은……!'

답을 알아낸 세레나의 움직임에 더 이상의 망설임은 없었다. 그녀는 먼저 침대에서 실크 커버를 벗겨냈다. 그리고 창고에서 면으로 된 침구를 가져와 먼지를 탈탈 턴 뒤 그대로 씌웠다. 또 베개 우측에는 검을 끼울 수 있도록 작은 검 받침을 놓았다.

방의 주인은 무인이었다. 그것도 전쟁터나 실전을 오랫동안 경험했던 진짜 무인.

침대는 침실 중앙이 아니라 창문 뒤편에 붙여놓아 습격을 방지할 수 있도록 되어 있었고, 자객이나 위험물을 숨길 수 있는 부피 큰 가구는 하나도 들여놓지 않았다. 몸에 착 달라붙는 실크의 감촉이 익숙지 않아 침구도 제대로 덮지 않고, 무엇보다도 매일 밤 검을 머리맡에 두고 잠을 청하는 사람. 그녀의 머릿속에 거칠고 투박한 무인의 모습이 그려졌다.

'오늘부터는 편하게 주무시라고요.'

내일은 수습 마지막 날인데 또 무슨 일을 시키려나. 세레나는 잘 정리된 침대를 한 번 돌아보고는 여느 때보다 뿌듯한 마음으로 방을 나섰다.

늦은 밤, 하루 일과를 마친 공작은 방으로 돌아왔다. 그는 잔뜩 지쳐 있었다. 속칭 '북령'이라 불리는 발루아 공작의 영지는 원래 혹한의 날씨와 척박한 토질로 농사를 짓기엔 적절하지 않은 땅이다. 그러나 질 좋은 철광석이 나는 광산과 거친 북부의 남자들로 이루어진 강한 기사단은 발루아 가문을 대륙에서 가장 부유하고 힘 있는 귀족으로 만들어 주었다.

이 제국에서 넷뿐인 공작이자 가장 큰 영토의 주인 자리는 해야 할 일이 정말 많았다. 영지의 발전 정책 논의, 가문의 재정 관리, 황가와 인근 귀족들과의 친분 유지까지.

유감스럽게도 차남인 그는 단 한 번도 후계자 수업을 받아본 적이 없었다. 어릴 때 쫓기듯 제도의 아카데미로 보내진 이후 배운 거라고는 오직 검을 휘두르는 법과 적을 무찌르는 방법뿐이었으니까. 낯선 고향에 돌아와 떠맡게 된 무거운 책임들은 타고난 무장인 공작도 지치게 만들 정도였다.

문을 열자마자 예민한 그의 감각에 어딘가 물건의 배치가 달라진 게 느껴졌다. 멍청한 시녀들이 또 멋대로 방을 건드린 것 같다.

공작은 즉위식을 마치고 처음 북령에 돌아왔을 때 집사가 내어주었던 방을 떠올렸다.

「나더러 죽은 형의 방을 쓰란 말이냐?」

보석과 황금을 처바른 방을 본 공작이 사나운 얼굴로 노려보자 늙은 시종장은 벌벌 떨며 자비를 빌었다. 공작은 발루아 공작들이 대대로 사용했다는 침실을 미련 없이 나왔다. 그리고 벽을 타고 침입자가 올라올 수 없는 3층의 방을 임의로 골라 자신의 방으로 사용했다.

이곳 사람들의 일처리는 도통 마음에 들지 않았다. 아무리 실제로 사람이 머물 수 있는 방으로 만들라는 명을 내려도 벽에 걸린 그림이나 황금붙이만 늘어날 뿐 도무지 만족할 만한 변화가 없었다.

그는 책상과 침대를 직접 들어 창가 벽 반대 방향으로 옮겼다. 쓸데없이 크기만 한 장식장을 밖으로 내던졌다. 털이 부숭부숭한 융털 카펫을 벗기고 그림 대신 침입자의 모습을 비춰줄 거울을 걸었다. 그래도 이놈의 방은 통 마음에 들지 않아 볼 때마다 시녀장을 닦달하던 참이었다.

"호오⋯⋯."

공작은 감탄사를 흘리며 의자에 앉았다. 봐야 할 서류 일부를 서재에 가져다놓았는데 누군가 보기 좋게 정리해놓았다. 아니, 정리만 해놓은 게 아니다. 자주 사용하는 펜과 잉크가 손이 닿기 좋은 위치에 놓여 있고, 책상 위의 물품 배열도 조금씩 바뀌어 있었다. 허나 그 변화가 그리 기분 나쁘지 않았다.

"이번 시녀는 제법이로군."

잠시 서류를 살펴보던 그는 자리에서 일어나 어깨를 두드리며 침실로 들어섰다. 여느 때처럼 검을 두고 침대에 누우려는 그의 귀에 찰랑하는 소리가 들렸다. 무슨 소리지?

불을 켜고 확인하자 머리맡에 작은 검 받침이 놓여 있다. 찰랑 소리는 바로 검과 검 받침이 부딪치며 낸 소리였다. 내가 검을 두고 자는 걸 알아차린 건가? 그러고 보니 이불의 촉감도 여느 때와 조금 다른 것 같고.

"이것 참…… 점점 마음에 드는데."

공작은 북령에 돌아온 이래 처음으로 이불을 덮고 잠이 들었다. 강한 무인인 그는 원래 이불을 덮지 않아도 추위를 느끼거나 몸이 상하지 않았다. 하지만 오랜만에 느끼는 이불의 감촉은 부드럽고 따뜻했다. 향을 피웠는지 조금 좋은 냄새가 나는 것 같기도 했다.

내일 아침에 일어나는 대로 이 시녀를 자신의 전속으로 임명하리라 생각하며 공작은 금방 잠에 빠져들었다.

다음 날 아침 식사를 마치고 공작은 시녀장을 불렀다.

"어제 내 방을 정리한 시녀."

"예, 주인님."

로안느는 속으로 쾌재를 불렀다. 도련님의 명을 거역하고 세레나를 쫓아내기 위해선 그보다 더 큰 권력의 힘이 필요했다. 매일 아침 자신을 불러 방 정리 문제로 들들 볶는 공작이 여느 때와 같이 꾸지람을 하면 그것을 핑계로 세레나를 내보낼 생각이었다.

"제법 일을 할 줄 아는 아이더군. 그 아일 내 전속 시녀로 임명하겠다. 그리 알고 있도록."

로안느의 안색이 시커멓게 죽었다.

"황공하오나 어제 방을 정리한 건 이제 갓 들어온 수습 하녀입니다. 주인님을 가까이 모실 만한 아이가 아닌데요."

"같은 말을 두 번 하게 하지 마라."

"……."

이제 더 이상 놀랄 일도 없었다. 로안느는 자신의 완패를 인정했다.

눈에 띄는 외모건 알랑거리는 아부 솜씨건 하여간 그 애에겐 뭔가 높은 분들의 환심을 사는 특별한 매력 따위가 있는 게 확실하다. 로안느가 힘없이 허리를 숙이며 물었다.

"실은 얼마 전 유베리안 도련님께서 직접 그 아일 시중인으로 명하신 참인데…… 도련님께는 어떻게 말씀드릴까요."

"유벨이?"

공작은 불쑥 흥미가 일었다. 남들이 어떻게 볼지 모르지만 그는 하나뿐인 조카를 퍽 소중히 생각했다. 형님이 사고로 죽자마자 숙부인 아르만드 백작은 어린 유벨을 가주로 올리고 후견인이 되어 막대한 권한과 재산을 꿀꺽하려는 야욕을 드러냈다. 만일 승냥이 같은 그에게 따끔한 맛을 보여주지 않았더라면 지금까지도 더러운 미련을 놓지 못하고 공작성 주변을 배회하고 있으리라.

유벨이 성인이 되는 날, 공작은 형의 것이었던 작위를 고스란히 조카에게 물려줄 것이었다. 그날을 위해 그는 자신의 소중한 시간조차 기꺼이 포기할 용의가 있었다. 그리고 장례식 이후 줄곧 그늘이 져 있던 유벨이 사람이건 물건이건 무언가를 원한 것은 제가 알기로 처음이었다. 문득 그녀의 얼굴이 보고 싶어졌다.

"재미있구나. 시녀를 이리로 데려와라. 내가 직접 만나보지."

"그 애는 시녀가 아니라 하녀인……, 예."

그 시각, 세레나는 세 명의 동기들과 함께 사용인들의 식당에서 아침 식사를 하는 중이었다. 어느덧 수습 기간 마지막 날이다.

"벌써 오늘이 마지막이라니. 하아…… 꼭 꿈만 같은 시간이었어."

"아직 긴장을 풀긴 일러, 아이린. 오늘까지 별다른 실수 없이 마무리해야만 무사히 계약서를 쓰고 내일 푹 쉴 수 있지."

가장 연장자인 애쉴리가 주의를 주었으나 그리 유효하진 않았는지, 베키와 아이린은 여전히 몽롱한 표정이었다.

소녀들에게 성은 모든 꿈과 환상이 집약되어 있는 지상 낙원이었다. 그녀들은 성의 웅장함과 화려함에 놀랐고, 성 사람들의 기품 넘치는 복장과 태도에 입을 떡 벌렸다. 또 이따금 복도에서 마주치는 앳된 기사들을 보며 얼굴을 붉히기도 했다.

성의 생활은, 자신이 결코 그 안의 주인공이 될 수 없음을 알면서도 계속 지켜보고 싶은 한 편의 이야기책과도 같았다. 그래서 그녀들은 네 명 중 채용될 가능성이 거의 없어 보이는 세레나를 무척 안타깝게 생각했다.

"세레나, 네가 꼭 함께 일할 수 있었으면 좋겠다."

"그래, 시녀장님이 또 뭐라고 하시면 우리가 도와줄게."

"성 밖으로 나가게 되어도 우린 계속 친구일 거야."

"모두들 고마워."

세레나는 덤덤하게 대답했다. 자신이 정말 취직에 실패한다 해도 세 소녀가 나서줄 거라고는 기대하지 않았다. 또 나선다고 한 번 내려진 결정이 뒤바뀔 거라고도 생각지 않았다. 그래도 위로의 말이라도 들으니 기분은 한결 나아졌다.

그녀는 좀 전보다 빠르게 수프를 한입 떠먹었다. 바네사의 집에서 먹던 것보다는 나았지만 하녀들을 위해 준비된 식사 역시 그녀의 입맛에는 맞지 않는다. 그래도 어서 먹고 후원으로 나가봐야 한다. 그래야만 오늘 해야 할 일을 받을 수 있을 테니까.

그녀가 말없이 수프를 먹는 데 집중하려는데 갑자기 식당 안이 웅성이기 시작했다.

"수습 하녀 세레나."

세레나는 자신을 부르는 소리에 놀라 얼굴을 들었다. 어깨를 금술로 장식한 옷을 입은 낯선 남자가 그녀를 내려다보고 있었다.

"성의 주인께서 너를 보고자 하신다. 나를 따라오너라."

식당을 나온 세레나는 남자를 따라 한참을 걸었다. 걸음을 옮길수록 바닥에 깔린 카펫의 촉감은 부드러웠고, 벽과 천장의 장식은 더욱 화려해졌다. 잠시 후, 둘은 유난히 높고 붉은빛을 띤 마호가니 문 앞에서 걸음을 멈췄다. 호흡을 가다듬은 남자가 문을 두드리자 안에서 목소리가 들렸다.

"들어와라."

짧은 한 마디지만, 그 목소리는 무척이나 근사한 저음이었다. 또 어디선가 들어본 적이 있는 것 같기도 했다.

방에 들어가기 전, 남자가 눈치를 줬다. 예의범절에 익숙하지 못할 게 당연하니, 자신을 따라서 행동하라는 것이다. 알려주지 않아도 실례를 저지르지 않을 자신은 있었지만, 세레나는 따로 더 변명하지 않고 잠자코 남자를 따라 안으로 들어갔다.

"주인님, 말씀하신 수습 하녀를 데리고 왔습니다."

"아아, 그래."

서류 더미에 얼굴을 묻고 있던 공작은 그제야 고개를 들었다.

"네가 내 방을 정리했다던 아이인가."

"공작 각하께 여신 아나이스의 은총을. 수습 하녀 세레나라 합니다."

"아니, 넌……."

공작은 생각지도 못한 얼굴을 발견하고 움찔했지만, 내색하지 않고 말을 이었다.

"세레나…… 세레나란 말이지……. 그래. 네 덕에 어젯밤 푹 잘 수 있었구나. 고맙다."

시종은 내심 당황했다. 고맙다는 말은 성의 주인이 쓸 법한 말이 아니다. 모든 것은 주인을 모시는 자들이 해야 할 당연한 의무이니까. 그동안 가까이에서 지켜본 바, 저 냉철한 공작은 더더욱 그런 배려를 할 수 있는 섬세한 성격이 못 되었다. 옆에서 누가 죽어가도 태연히 자기 식사를 마칠 인간이라고 생각했다. 실제로 숙부인 아르만드 백작의 눈앞에 대고 칼을 꽂아 노백작이 그 체면에도 오줌을 지렸다는 소문이 자자했다.

아침 댓바람부터 하녀의 얼굴 한 번 보겠다고 굳이 불러오게 한 것이 이상했는데 저분도 남자셨군 그래. 하긴, 이 정도의 미인이라면 제아무리 귀족 나리라도 혹할 만해. 시종은 고개를 숙이는 척하면서 세레나를 다시 한 번 힐끔 바라보았다.

"과찬이십니다. 그저 제가 해야 할 일을 했을 뿐입니…… 앗, 당신은……!"

공손히 두 손을 모으고 겸양의 말을 하던 그녀는 자신도 모르게 외마디 비명을 흘렸다. 공작이라며 앉아 있는 눈앞의 남자, 얼마 전에 본 적이 있는 얼굴이었다. 제피루스라는 이름만 지어주고 어디론가 사라진 검은 말의 주인. 과묵하던 남색 머리 기사님.

한 손으로 턱을 괴고 있던 공작이 당황하는 그녀를 보며 피식 웃었다.

"마구간의 하녀가 내 방 정리까지 한 줄은 몰랐는데. 꽤 하는구나."

"그, 그날의 무례는 용서해주십시오. 각하께서 누구신 줄 모르고 한 말입니다. 저는 그저…….

"되었다, 마음에 두고 있지 않으니. 네가 나를 위해 한 일이 그 이치에 맞고 합당하여 치하를 한 것뿐이다."

새벽녘의 그믐달처럼 하얘져 어쩔 줄 몰라 하는 세레나에게 공작은 손을 내저었다. '저게' 수습 하녀라고? 아무래도 아깝단 말이지. 모처럼 마음에 드는 눈을 하고 있는데.

공작은 자신의 말을 돌보던 손길과 어젯밤의 편안했던 잠자리를 차례로 떠올렸다. 저 아이는 좋은 시녀가 될 것이었다. 공기처럼 존재하며 제 시중을 수족처럼 들어줄 수 있는 그런 심복이. 곁에 두면 나쁘지 않겠다는 생각이 들지만…… 어쩌면 그래서 더 조카에게 도움이 될지도 모른다.

그녀의 거취를 놓고 망설이던 공작은 아쉬움을 털어내듯 곧바로 곁에 서 있던 집사에게 명을 내렸다.

"저 애를 데리고 가 계약서를 작성토록 해라. 원래 신분에 관계없이 유벨을 가장 가까이 시중드는 시녀로 두고 잘 대우해주도록."

공작이 손을 한 번 내젓자 집사가 허리를 숙인 채 세레나를 데리고 물러났다. 그길로 세레나는 한 통의 계약서를 썼다. 그녀가 계약서를 스스로 읽고 맨 밑에 사인을 하자 집사는 한쪽 눈썹 끝을 치켜 올렸지만 이내 담담한 표정을 지으며 받아 들었다.

자리를 뜨려는 그를 세레나가 다급히 불렀다.

"저…… 집사님? 오늘 해야 할 일을 전달받지 못했는데요."

세레나 쪽으로 몸을 돌린 집사가 느릿느릿 말했다.

"오전에는 숙소로 돌아가 쉬어도 좋다. 식사를 마치고 오후에 내성 1층으로 인수인계를 받으러 오너라."

인수인계 내용은 특별히 까다롭거나 어렵지 않았다. 전임자는 유베리안의 일정과 식성, 즐기는 차 종류 등을 세레나에게 알려주었다. 빠른 어투로 설명하는 그녀의 표정이 희희낙락한 게 어쩐지 기뻐 보이는 건…… 자신의 착각일 것이다.

세레나는 긍정적으로 생각하기로 했다. 이러니저러니 해도 시녀의 업무는 며칠간 자신이 했던 마구간 청소나 정원일과는 비교할 수 없이 쉽게 느껴졌다. 물론 조금씩 다른 점은 존재했다.

귀족들의 시중을 드는 시녀는 성의 허드렛일을 하는 하녀보다 훨씬 높은 봉급과 대우를 받는다. 대신 담당한 귀족의 시중을 들어야 하기에 한 달에 한 번씩 휴가를 받는 하녀에 비해 개인 시간이 훨씬 적었다. 그렇지만 휴일을 포기해도 아깝지 않을 만큼 대우는 확실하다고 전임자는 귀띔했다.

어차피 일주일은 규정으로 정해진 수습 기간이었다. 내일 하루는 쉬고 새로운 주의 첫 날부터 내성으로 출근하라는 말을 마지막으로 듣고 세레나는 숙소로 돌아왔다. 공작과의 만남부터 함께 기원의 노래를 불

렀던 금빛의 도련님까지, 동기들을 만나면 들려주고 싶은 말이 참 많
았다. 방문을 열자 함께 방을 쓰는 아이린이 자신을 기다리고 있었다.
세레나가 미소를 띠며 반갑게 인사했다.

"다녀왔어, 아이린."

"……그래."

"아침에 갑자기 식당에서 나가게 되어 놀랐지? 그게 말이지…….”

"시녀가 된 거 축하해. 성에 소문이 퍼져 다 들었어."

그렇게 말하는 아이린의 얼굴에서는 한 점의 웃음기도 찾아볼 수 없
었다. 생각지도 못한 룸메이트의 차가운 반응에 세레나는 당황했다.
아이린은 처음 왔을 때 가지고 왔던 가방을 들고 있었다. 그러고 보니
유독 자잘한 물건이 많았던 그녀의 침대와 책상 언저리가 깨끗하게 정
리되어 있다. 놀란 세레나가 서둘러 입을 열었다.

"어떻게 된 일인지 설명해줄게. 실은 말이야, 이틀 전 정원의 일을
도우러 갔다가 우연히…….”

"됐어."

아이린은 딱 잘라 세레나의 말을 끊었다.

"설명 따위 하지 않아도 돼. 네가 예쁘고 특별한 건 다들 알고 있으
니까. 다만, 우리에겐 꿈과 같은 일을 외모 덕분에 쉽게 얻어낼 수 있
는 네가 부러울 뿐이야. 우리도 오후에 계약서를 썼어. 하지만 일개 하
녀가 감히 소공작을 모시는 시녀님과 한 방을 쓸 순 없으니 난 다른 방
으로 옮기도록 할게."

"아이린!"

말을 마친 아이린이 가방을 끌고 그대로 세레나의 곁을 지나쳤다.

이윽고 방문이 사납게 닫혔다.

"아아……."

세레나는 한참 동안 닫힌 문을 바라보다가 천천히 침대에 걸터앉았다. 식어버린 침대의 냉기에 온몸이 다 떨려온다. 긴 시간은 아니지만 함께하는 동안 퍽 가까운 사이가 되었다고 여겼었는데, 자신의 착각일 뿐이었을까. 이토록 마음이 쓸쓸해지는 걸 보니 모르는 새 동기들에게 적잖이 마음을 의지했던 것 같다.

"왜 이렇게 되어버린 걸까? 정말로 그런 것이 아닌데……."

하녀와 시녀에 무슨 차이가 있단 말인가. 어차피 누군가를 위해서 일을 하는 건 똑같은데. 세레나는 숙였던 고개를 들어 방 안을 둘러보았다. 늘 비좁다고 생각했던 방이 오늘따라 휑하게만 느껴졌다. 그때였다.

야옹.

"아니, 넌……!"

몇 번이고 만난 적이 있는 그란데 산맥의 검은 고양이였다. 고양이는 낮은 울음소리를 내며 세레나의 침대 밑에서 어슬렁어슬렁 기어 나왔다.

"여긴 4층인데 대체 어떤 방법으로 들어와 있는 거니? 열어놓은 창문 틈을 비집고 들어온 걸까."

고양이는 침대 위로 훌쩍 뛰어오르더니 마치 제집인 양 그대로 벌러덩 누워버렸다. 그 모습에 웃음을 터뜨린 세레나는 고양이의 두 팔을 그대로 잡고 안아 올렸다.

"난 널 키워줄 수 없어. 누군가에게 함께 있는 모습을 들키기만 해도

아마 큰 경을 칠걸. 그렇지만…… 어쩌면 오늘 하룻밤 정도는 괜찮을
지도 모르겠구나. 앞으로 일을 가기 전에 창문을 열어놓을 테니 종종
이렇게 놀러와주렴. 맛있는 간식도 챙겨주마."

그러자 몸부림치던 고양이는 마치 세레나의 말을 알아들은 것처럼
얌전히 품에 안겼다.

세레나는 뜬눈으로 밤을 지새우는 중이었다. 그림자 숲 마을에 갔다
오려면 내일 아침 일찍 일어나야 하는데 마음속 한편에 자리한 껄끄러
운 감정 때문인지 좀처럼 잠이 오질 않는다. 그녀는 머릿속의 복잡한
생각을 지우려 애쓰며 이불을 머리끝까지 뒤집어썼다.

오늘은 보름달이 뜨는 날이었다. 유난히 환하던 달빛이 구름에 가려
잠시 빛을 잃자, 자정을 알리는 종소리가 길게 울렸다. 그때였다. 품에
안겨 있던 고양이가 갑자기 가늘게 경련하기 시작했다.

"이 아이가 갑자기 왜 이러지. 어디가 아픈가?"

세레나는 얼른 이불을 들추고 달빛에 고양이를 비춰보았다. 부르르
몸을 떨던 고양이는 곧 힘을 잃고 축 늘어졌다.

그리고 믿기지 않는 일이 일어났다. 고양이의 몸에서 연기가 뭉게뭉
게 피어오르더니 사람의 형상을 이루는 것이었다. 그 형상은 놀랍게도
말을 할 줄 알았다.

"아아, 보름날까지 기다리는 건 눈물 나게 지겨웠어. 하긴, 362년도
기다렸는데 고작 이 정도쯤이야."

"아나이스 여신이시여……. 내가 지금 꿈을 꾸는 건가."

"흥, 아나이스의 미움을 사서 여기까지 떨어진 주제에 아직도 여신

을 찾나? 멍청한 공주."

형상은 점점 또렷해져 곧 형체를 갖춘 완전한 남성의 모습이 되었다. 창백하지만 어쩐지 요염한 얼굴. 자수정을 연상케 하는 투명한 눈동자가 달빛을 받아 요사하게 광채를 발했다. 발밑까지 끌리는 긴 검은 머리는 어떠한 색도 섞이지 않은 순수한 암흑의 빛깔이었다.

세상의 것 같지 않은 아름다움과 섬뜩함을 동시에 가진 이 기묘한 남자는 분명, '진짜' 자신을 알고 있다.

세레나는 떨리는 목소리를 애써 감추며 물었다.

"당신은 누구지? 나에게 원하는 게 있나."

"원하는 거야 있지. 너와 네 멍청한 아비 때문에 겪어야 했던 고통을 누가 알까. 나는 홍련의 마왕. 네가 봉인하고자 했던 마계의 주인이다."

"마……왕?"

세상을 혼란에 빠뜨렸던 마왕이 현세에 되살아났다고? 자신이 되살아난 것처럼? 넋을 잃고 있던 세레나는 서둘러 책상으로 뛰어가 서랍을 뒤졌다. 분명 여기 어디쯤 단도를 한 자루 두었었다.

"너 진짜 멍청하구나. 보면 모르겠어? 달빛을 빌려 만든 가짜 몸이잖아. 어디 한 번 칼을 휘둘러봐라, 베이나."

마왕은 한숨을 쉬었다. 저런 애송이의 마법에 걸려 내가 '죽음'을 맞이하다니. 그래도 하는 수 없다. 이제라도 자신을 다시 고향으로 돌려보내줄 수 있는 건 눈앞의 저 얼빵한 공주뿐이니.

"지금의 난 아무 힘도, 마력도 없는 껍데기야. 평상시엔 고양이의 몸을 비집고 들어가 있는 것도 벅차지. 지금 네 앞에 모습을 보이고 있는 건 보름달의 마력을 잠깐 빌린 덕이고, 동이 트기 전에 다시 고양이 몸으로 돌아가야 돼."

원수나 다름없는 그녀에게 자신이 처한 상황을 설명하려니 마왕은 어쩐지 조금 서글퍼졌다.

"원래 네가 생명을 매개로 한 마법을 걸었을 때, 인간계에 형성한 육체가 사라짐과 동시에 내 정신체는 마계로 돌아갔어야 한다. 그런데 알 수 없는 이유로 그날 마계의 문은 열리지 않았고, 나는 육체도 갖지 못한 영체의 상태로 이 세계를 떠돌게 되었지. 그러던 어느 날, 북령에서 익숙한 파동이 느껴진 거야. 좀 더 정확히 말하자면 네 심장에 자리한 내 마력."

제길. 생각하려니 또 화가 나려 한다. 마왕은 이것이 첫 만남인 공주에게 제 날 선 목소리를 들려주지 않으려 숨을 골랐다.

"직접 만나 확인해보니 더욱 확실히 알겠더군. 그날의 마법진, 일반적인 것이 아니었어. 심장에 무슨 짓을 해놓은 건지 내 마력을 모두 빼앗아 그 안에 가둬버렸어. 다시 깨어났을 때 머리색이나 눈동자 색이 모두 변했지? 몸에선 이상하게 힘이 넘쳐나지 않던? 다 내 마력 탓이야."

저 '마왕'이라 주장하는 자의 말이 거짓처럼 느껴지진 않았다. 세레나는 눈을 뜬 첫날 낯선 자신의 모습과 마주했을 때의 놀라움을 기억했다. 태초부터 그랬던 것처럼 자연스럽던 검은 머리칼과 눈동자는 자유와 함께 새로운 신분까지 선사해주었다. 검은 머리가 아니었더라면 이렇게 성에 들어와 일을 할 수는 없었을 테니 말이다.

그 모든 변화가 새로 얻은 마력의 탓이라면 오히려 자신에게는 잘된 일이다. 없던 힘이 생기고 마법까지 쓸 수 있게 되었으니 말이다. 그녀가 이렇게 말하자 마왕은 고개를 저었다.

"네 아비가 왜 그런 짓을 했는지 모르겠지만 그 마법진은 틀림없이 잘못됐어. 심장에 고여 있는 마력은 제대로 사용할 수도 없을뿐더러, 시간이 지날수록 몸에 부담을 주지. 넌 자신도 모르는 사이에 발끝부터 분해되어 결국 눈에 보이지도 않는 한 톨의 먼지가 될 거다."

"……."

마왕이 늘어놓는 무시무시한 이야기에 세레나는 침묵을 지키다 무거운 입을 뗐다.

"……그런 이야기를 내게 해주는 이유가 뭐지?"

"도움을…… 줄 수 있다. 심장의 잘못된 마법진을 수정해 마력을 온전히 너의 것으로 만들어주마. 몸 상태도 원래대로 돌아갈 거다. 넘쳐나는 마력을 이용해 대륙을 정복하건 말건 그건 네 마음대로 해. 대신 너도 내가 원래의 세계로 돌아갈 수 있도록 도와라."

"당신을 어떤 식으로 돕지? 난 마법을 쓸 줄 몰라."

이미 반쯤 넘어온 듯한 공주의 모습에 마왕은 내심 안도했다. 설득하는 게 어려울 거라고 생각했는데 생각보다 쉽게 상황을 받아들인다. 역시 왕족 애들은 곱게 자란 탓에 순진하기 짝이 없다니까. 그러니 정체도 모르는 마법진도 심장에 덥석 새기며 목숨을 걸 수도 있었겠지.

마왕은 한결 밝아진 얼굴로 손가락 두 개를 펴 보였다.

"두 가지 방법이 있어. 첫 번째 방법은 간단해. 네가 나의 '진실한 이름'을 찾아서 불러주는 거야. 두 번째 방법은…… 네 심장을 내게 주는 거지. 마력의 근원인 심장을 먹으면 다시 원래의 힘을 되찾을 수 있을

111

테니. 어느 쪽이든 내 마력을 가진 너만이 할 수 있는 일이다."

"첫 번째 방법으로 하지. 이름을 불러주기만 하면 되는 건가?"

마왕은 한숨을 푹 쉬었다. 그렇게 쉬우면 왜 내가 300년 동안이나 여기서 썩고 있었겠니. 남의 손을 빌릴 것 없이 스스로 문을 열고 마계로 돌아갔겠지.

"마족의 이름엔 힘이 담겨 있어 누구에게나 함부로 알려주지 않아. 이름을 아는 건 오직 자신과 그 배우자뿐이다."

"그럼 당신이 내게 이름을 알려주면 되잖아?"

"……해."

"뭐?"

"……하지 못해. 마력을 잃어버린 순간부터 기억이 흐려지기 시작해서…… 나도 이젠 자신의 이름을 기억하지 못해. 하지만 너라면 마력에 새겨진 기억을 통해 이름을 알아낼 수 있을 거다…… 아마도."

말꼬리를 흐리는 마왕의 축 처진 어깨에 세레나는 할 말을 잃었다. 처음에 보였던 차갑고 도도한 마계의 지배자의 모습은 어디 가고 눈앞에 있는 것은 모든 걸 잃은 채 긴 시간을 떠돌아야 했던 한 가엾은 영혼이었다. 가족과 그리운 추억을 모두 과거에 두고 온 자신처럼 시간의 틈 사이에 끼여 홀로 방황했을 외로운 영혼 말이다.

"좋아."

세레나는 선뜻 마왕의 제안에 응했다. 어떻게 마왕의 이름을 찾아줄 수 있을지는 잘 모르겠지만, 멈춰 있는 자신의 시간을 다시 흐를 수 있게 하는 건 아마도 이 마왕일 거라는, 알 수 없는 예감이 들었다.

"당신의 이름을 찾을 수 있도록 최선을 다할게. 대신 그렇게 되면 그

쪽도 내 세 가지 소원을 들어줘. 첫째는 잘못 배열되어 있다는 심장의 마법진을 원래대로 바꿔줄 것, 둘째는 힘을 되찾으면 다시 전처럼 이 땅의 생명체들을 해칠 생각은 하지 말고 곧바로 마계로 돌아갈 것, 그리고 마지막 세 번째 소원은……."

"세 번째는?"

"그건…… 이름을 찾았을 때 말해주겠어."

"하나의 이름에 세 가지의 조건을 걸다니, 교활하기 짝이 없구나."

마왕이 길게 찢어진 눈으로 세레나를 노려보았다. 그러나 그는 결국 제안에 응할 수밖에 없었다. 칼자루를 쥐고 있는 건 어디까지나 공주 쪽이었으니까.

"……좋다. 그렇게 하자. 단, 되찾은 힘으로도 시간을 되돌린다거나 죽은 사람을 살려내는 건 불가능해. 그러니 그때까지 쓸 수 있는 소원의 내용을 잘 생각해두는 게 좋을 거다."

"그 걱정은 내가 해야 할 것이니, 신경 쓸 필요 없어."

"하여간 인간들이란……."

113

그날 밤, 세레니안 라 엘베른은 할 수 있는 모든 노력을 다해 마왕의 이름을 되찾아줄 것을, 마왕은 이름을 돌려받는 대로 그녀의 소원을 세 개 들어주고 순순히 마계로 돌아갈 것을 각각 여신과 마신에게 맹세했다.

날이 밝기 전, 마왕은 다시 고양이의 몸으로 돌아갔다.

"도움이 필요하면 불러라. 고양이의 눈을 통해 그래도 볼 건 다 보고 있으니까."

고양이가 창틈으로 훌쩍 사라지는 걸 보고 나서야 세레나는 다시 침대에 누웠다. 늦은 시각까지 잠을 자지 않았더니 눈가가 찌르르 아파 왔다.

오늘 하루는 정말 많은 일이 있었다. 소문으로만 듣던 공작을 만나고, 갑작스레 도련님을 모시는 측근 시녀로 임명이 됐다. 동기들의 우정을 잃고, 뭔진 모르겠지만 친구 같은 존재를 하나 얻었다. 철저히 계약으로 이루어진 사이지만 시공을 초월해 눈을 뜬 진짜 자신을 알아봐 주는 누군가가 생긴 건 기쁜 일이었다.

몇 번이고 생각했었다. 그럴 리 없지만, 없겠지만 혹시 이 모든 게 혼자만의 상상은 아닐까? 자신은 그저 부모를 잃은 고아 평민 아이인데 사고로 잘못되어 공주가 된 양 착각에 빠진 것은? 이 생생한 기억이, 아픔이 모두 거짓은 아닐까? 스스로가 믿지 않으면 모든 게 물거품이 될 것 같아 불안함을 꾸짖었다. 애써 자신을 일으켜 세웠다.

저 마왕도 분명 그런 적이 있을 것이다. 지독한 불안과 고통을 긴긴 시간 참아오면서 낯선 대륙 땅을 헤매었겠지. 어떤 방법을 써서라도 잊어버린 마왕의 이름을 되찾을 것이다. 그리고 그를 통해 자신의 소원도 이루리라. 나의 소원은…… 내 소원은…….

세레나는 꼬리에 꼬리를 무는 생각 끝에 까무룩 잠이 들었다. 지쳐 잠든 그녀의 하얀 얼굴을 동쪽 끝에서 밝아오는 해가 어슴푸레 비추고 있었다.

다음 날 세레나는 서둘러 성문을 나섰다. 조금 늦잠을 잤다. 이대로라면 도저히 그림자 숲 마을엔 다녀오지 못할 것 같아 그녀는 수습 교육비로 받은 돈을 조금 써서 공용 마차를 탔다.

네 마리 말이 끄는 마차에는 마부와 세레나를 제외하고도 여덟 명 정도가 더 타고 있었다. 생각지도 않게 마차를 탄 덕에 세레나는 북령의 중심지인 트라이히 구경을 제대로 할 수 있었다.

추운 날씨 때문에 어둡고 칙칙할 거라는 예상과 달리 트라이히는 도시 자체가 젊고 활력이 넘쳐보였다. 오고가는 영지민들의 옷차림은 깨끗하고 표정도 하나같이 밝았다. 마찻길과 인도가 따로 구분되어 있을 정도로 길도 잘 정돈됐고 양옆으로 늘어선 건축물들도 상태가 좋다. 공작가에서 제법 선정을 펼치는 모양이었다.

세레나는 바네사의 옷을 돌려줄 생각에 성에서 지급한 하녀복을 그대로 입고 있었다. 위에 숄을 둘렀지만 채 다 가려지지 않은 하녀복을 본 옆 좌석의 부인이 그녀에게 말을 걸어왔다.

"공작성에서 일하시는 아가씨예요?"

"네. 얼마 전부터 하녀로 일하게 되어서요."

적당히 대답하는 세레나와 달리 부인은 마침 심심하던 차에 건수를 찾은 것 같았다.

"어쩐지 뭔가 다른 느낌이 들더라니까. 성에서 일하는 아가씨는 확실히 다르네. 내 딸도 아가씨처럼만 고왔다면 무슨 수를 써서라도 성에 집어넣었을 텐데……."

"공작성에서 일을 한다고?"

"흠흠, 나도 성에 물건을 납품한 적이 있는데 확실히 성의 사람들이 때깔이 다르긴 다르더구먼."

부인이 떠들어대기 시작하자 주변 사람들이 슬슬 관심을 보였다. 시선이 집중되는 것이 부담스러워진 세레나는 더 이상의 대답을 피한 채 슬쩍 창밖으로 시선을 옮겼다. 그러자 세레나로 시작했던 이야기의 주제는 점차 새로 즉위한 공작에게로 옮겨갔다.

"그나저나 이번에 즉위한 공작님은 기사단장 출신이라면서요?"

"말로 하다 뿐인가. 황제 폐하의 가장 충성스러운 검이라 불리는 제국 기사단의 단장이자 남부 정벌을 성공으로 이끈 장군님이시라네."

"세상에, 장군 출신의 공작 각하라니요."

"덕분에 가신들은 죽을상을 하고 있고 피 끓는 젊은 기사들만 신이 나 있다고 해. 아무래도 팔은 안으로 굽는 법이니까 말이야."

"저…… 성에서 일하는 벨로니 부인에게서 들었는데 공작 각하, 태어났을 때부터 귀신처럼 귀가 뾰족하고 외모가 흉측하기 짝이 없었대요. 그래서 선대 공작께서 밖에도 내보내지 않고 키우다 그렇게 어린 나이에 전쟁터로 치워버리신 거라고……."

"쉿, 쉿! 예끼, 이 사람아. 어디서 큰일 날 소리를!"

콧수염을 기른 남자의 타박을 마지막으로 모두들 입을 다물었다. 아무래도 공작에 대해 여러 가지 소문이 퍼져 있는 듯하다. 물론 관심이 있으니 소문도 만들어지는 것이겠지만 말이다.

세레나는 전날 만났던 공작을 떠올렸다. 군신처럼 강하고 아름다우며 하녀인 저에게까지 제법 친절했던 성의 주인. 좀 무뚝뚝한 게 흠이긴 했지만 성의 여인들이 꺅꺅거리며 소란을 피우는 것이 이해될 정도로 그는 이런 가십에는 어울리지 않는 사람이었다.

평탄한 마찻길을 벗어난 마차는 자갈 깔린 비탈길을 달리고 있었다. 창밖으로는 익숙한 숲길이 보였다. 어느덧 그림자 숲 마을에 가까워지고 있었다.

　고작 일주일 만인데 왜 이리 낯설게만 느껴지는지. 세레나는 살짝
긴장하며 문을 두드렸다.
　"누구세요?"
　집 안에서 들려오는 목소리는 레니였다. 삐걱거리는 소리와 함께 문
이 열리자, 그리운 얼굴들이 튀어나와 세레나를 반겼다.
　"언니!"
　"세레나!"
　세레나는 바네사가 차려주는 건더기 없는 수프를 늦은 점심으로 먹
었다. 그리고 오래간만에 바네사와 레니 모녀와 열띤 이야기꽃을 피웠
다. 첫날 본 면접 이야기, 수습 기간에 있었던 일들, 공작 각하를 만나
시녀로 임명받았다는 이야기까지 모두 풀어놓자 두 사람이 환호성을
질렀다.

　"세상에 이런 일도 다 있구나. 축하해, 세레나. 정말 잘됐어."
　"언니, 정말 멋져요!"
　두 모녀의 태도가 전에 없이 살가워졌다는 사실을 세레나는 눈치 채
지 못했다. 그녀들이 자신의 취업을 마음으로 축하해준다는 생각에 그
저 기쁠 따름이었다.
　더 많은 이야기를 나누고 싶었지만 금세 일어나야 할 시간이 되었
다. 그림자 숲 마을에서 공작성까지는 꽤 멀어서 해가 떨어지기 전에
도착하려면 늑장부리지 말고 출발해야 했다.
　집을 나서기 전, 몇 번 머뭇거리던 세레나가 옷 속에서 무언가를 주

섬주섬 꺼내더니 마중을 나온 바네사에게 건넸다.

"바네사, 이거 받아요."

세레나가 건넨 것은 작은 가죽주머니였다. 주머니 안에는 약간의 돈이 들어 있었다.

"이건……."

"얼마 안 되지만 교육비 조로 받은 거예요. 꼭 받아줘요. 바네사 덕에 벌게 된 돈이니 바네사에게 드리는 게 맞아요."

사라가 수고했다며 나눠준 주머니를 열어보았을 때 세레나는 가슴이 벅차올랐다. 처음으로 제 손으로 번 돈이었다. 왕가의 재산도, 국민들의 세금도 아닌, 온전히 자신의 힘으로 만들어낸. 이 돈으로 무얼 할까 하는 고민은 애초에 하지 않았다. 이런다고 생명을 구해준 은혜를 다 갚을 순 없겠지만 세레나는 무엇이 되었든 바네사와 레니에게 진심 어린 사례를 하고 싶었다.

바네사가 우악스러운 손으로 얼른 주머니를 채어갔다.

"……고맙게 받으마. 레니에게 예쁜 여름옷을 사줄 수 있겠구나."

"네. 다음에 올 때 꼭 보여주시고요. 아, 하지만 앞으로는 자주 성을 나오지 못할지도 몰라요. 시녀는 정해진 휴일이 따로 없다고 하니까……. 그래도 종종 찾아올 테니 연락 없이 왔다고 혼내시기 없기예요."

"물론이지."

"그럼 이만 가볼게요. 레니도 잘 있어."

고개를 살짝 숙이며 인사를 한 세레나는 총총걸음으로 사라졌다. 그 뒷모습을 두 모녀가 잠자코 지켜보았다. 초롱초롱한 눈을 하고 있던 레니가 갑자기 무언가 마음에 들지 않는 듯 얼굴을 찡그렸다. 그리고 바네사의 옷자락을 붙잡으며 떨리는 음성으로 속삭였다.

"엄마…… 우리, 언니 반지 돌려주면 안 돼요?"

딸의 얼굴을 한 번 힐끗 본 바네사는 단호하게 대답했다.

"레니, 조용히 해라. 그런 건 처음부터 없었어."

"거짓말쟁이. 흠뻑 젖어 있는 언니를 엄마가 데려왔을 때 내가 분명히 봤다고요. 손가락에 끼워져 있던 하얀 반지…… 엄마가 빼서 어디론가 팔아버린 거잖아요? 맞지? 그런 거지?"

"레니!"

"엄마 미워!"

바네사의 손을 뿌리친 레니는 달음박질쳐 숲 어귀로 사라졌다. 철없는 딸의 투정에 바네사는 한숨을 쉬었다. 반지라…… 글쎄, 그런 비슷한 게 있긴 했지. 하지만 세레나를 데리고 온 그날 저녁에 시내로 나가 팔아버린 지 오래였다. 보석도 박혀 있지 않고 새하얀 링에 문장 같은 게 음각되어 있을 뿐이라 그리 높은 값을 받지도 못했다.

반지를 판 돈으로는 땔감을 구입해 불을 피우고 죽을 쑤어 세레나를 구했다. 바네사는 떳떳했다. 자신은 그녀의 생명의 은인이다. 물론 그러고도 돈이 조금 남긴 했지만 목숨 값 정도라고 생각하면 억울할 것도 없지 않나.

레니 저것이 아직 어려 세상 돌아가는 물정을 모른다. 저렇게 토라졌다가도 해 질 녘 전엔 돌아올 것이다. 레니가 사라진 방향을 잠시 바라보던 바네사는 고개를 절레절레 흔들며 천천히 집으로 들어갔다. 문이 닫히고 곧 굴뚝에서 연기가 자욱하게 솟아올랐다.

05. 시녀의 품격

"유베리안 도련님. 기상 시간입니다."

눈을 뜨자마자 기다리던 이의 얼굴이 보이자 소년은 기쁨에 찬 미소를 지었다.

"왔구나!"

세레나는 해사하게 웃으며 인사했다.

"다시 뵙게 되어 기쁩니다. 도련님의 직속 시녀로 일하게 된 세레나입니다."

"그리 딱딱하게 말하지 마. 저번에 말했듯이 유벨이라고 불러달라고."

"그렇게 하죠, 유벨 님."

세레나는 잠자리에서 일어난 유벨의 세면과 옷차림 시중을 들었다. 세레나의 서툰 시중에도 유벨은 조금 칭얼거렸을 뿐, 다른 시녀를 불러오라거나 불평을 늘어놓지 않았다.

침실 문을 나서자 옆에 딸린 응접실에 아침 식사가 준비되어 있었다. 그 자체만으로도 훌륭한 예술품인 테이블에는 갓 구운 빵과 버터, 잼이 종류별로 세팅되어 있었다. 세 가지 색의 주스와 병에 담긴 우유, 따뜻하게 데운 물 주전자와 크리스털 컵까지 준비된 완벽한 식사였다.

유벨이 의자에 앉았다. 말끔히 빗어 넘긴 금발, 가슴 한편에 금실과 붉은 실로 가문의 문장을 수놓은 셔츠를 입고 있는 모습은 누가 보아도 번듯한 귀족가의 도련님이었다. 그러나 여느 때와 달리 헤실헤실 풀어진 그는 딱 제 나이 대의 어린 소년처럼 보였다.

"세레나."

"말씀하세요."

"옆에 앉아 아침을 함께 먹자. 할 얘기도 있고 어차피 음식도 너무 많으니까."

세레나는 선뜻 유벨의 말에 따르지 못하고 망설였다. 정말로 옆에 앉아도 되나? 그래도 오늘은 시녀로 일하는 첫날인데. 하기는 자신도 예전에 시중을 들어주었던 두 시녀와 종종 아침을 함께한 적이 있다. 물론 다른 사람들에게는 비밀이었지만.

잠시 고민하던 세레나는 결국 유벨의 맞은편 의자에 살포시 앉았다. 자리에 앉자마자 유벨이 들뜬 목소리로 입을 열었다.

"지난번에 만난 뒤로 성전을 찾아봤거든? 그런데 어려운 글자가 너무 많아 제대로 읽을 수가 없었어."

"아, 재생의 장을 읽어보셨군요. 사실 그 장은 유난히 비유와 은유가 많아 성전 중에서도 가장 해석하기 어려운 부분이기도 해요. 유벨 님 혼자서 모든 내용을 파악하긴 어려우셨을 거예요."

"지금 책을 가져올 테니 내게 전에 말했던 부분을 해석해줄 수 있어?"

"그리하지요. 도련님의 식사 시간을 지나치게 빼앗지만 않는다면 요."

유벨은 신이 나서 침실 머리맡에 두었던 성전을 가져왔다. 책은 펴본 일이 거의 없음을 나타내듯 겉도, 안도 깨끗했다. 세레나는 어렵지 않게 재생의 장을 펼치고 그 안의 내용을 한 줄 한 줄 막힘없이 해석해 주었다. 소년은 그녀가 그려 보여주는 아름다운 하늘 위의 세상에 까르르 웃으며 즐거워했다. 그 모습을 다른 시중인들이 경악하며 바라보는 것도 모른 채.

성전 독해를 끝낸 두 사람은 뒤늦은 아침 식사를 시작했다. 식사를 하면서도 유벨은 대화를 멈추지 않았다. 새처럼 재잘대는 도련님의 말에 세레나는 고개를 끄덕이기도 하고 몇 마디 보태기도 했다. 그러면서도 물론 그가 식사를 편하게 마칠 수 있도록 돕는 것은 잊지 않았다.

냅킨으로 입을 닦는 것을 마지막으로 자리에서 일어난 유벨을 보내고 그 자리를 깨끗이 정리한 뒤에야 약간의 쉬는 시간을 가질 수 있었다.

겨우 한숨 돌리려는 세레나의 귀에 아까 응접실로 음식을 날랐던 시종과 시녀들이 수군대는 소리가 들렸다. 자신의 이름이 몇 번 언급되는 것 같았지만 듣지 못한 척했다. 특별 채용되어 작은 권력자를 모시게 된 시녀에 대해 무슨 말이든 하고 싶겠지. 어떠한 이야기라도 본인 앞에서 직접 할 수도 없는 것이라면 신경 쓰지 않을 것이다.

그때, 한 시녀가 껄끄러운 표정으로 다가와 말없이 수레를 내밀었다. 자그마한 수레에는 차와 주전자, 각종 간식들이 그득히 담겨 있었다. 세레나는 어리둥절해 물었다.

"이게 뭔가요?"

"보면 몰라? 도련님께 내갈 간식이잖아."

무엇이 그리 불만인지 시녀의 목소리는 퉁명스럽기 짝이 없었다. 말을 마친 시녀는 당황한 세레나가 자신을 부르는 소리를 듣지 못한 척하며 방을 나가버렸다. 텅 빈 방에 홀로 남은 세레나가 망연자실하게 중얼거렸다.

"수업 장소가 어디인지는 알려줘야죠……."

똑똑. 세레나는 우여곡절 끝에 찾아낸 방문 앞에서 조심스레 노크를 했다. 그리고 수레를 끌고 수업이 진행되고 있는 안으로 들어갔다. 강사가 그녀 쪽을 한 번 힐끗 보았지만 수업은 끊기지 않고 계속되었다.

세레나는 쿠키와 케이크를 담은 접시를 소리 없이 테이블에 내려놓고는, 자신이 알고 있는 다도의 정석대로 뜨겁게 데운 물로 찻잔을 한 번 데우고 두 번째로 우려낸 찻물을 찻잔에 담아 강사와 유벨 앞에 두었다.

그 모습이 어찌나 자연스럽고 한 편의 그림 같던지 열띤 강의를 펼치던 강사는 자신도 모르게 그녀에게 시선을 두었다. 귀족 출신의 시녀도 아니고 하녀복 차림의 어린 소녀인데 차를 끓이는 솜씨가 보통이 아니었다.

"고마워."

"아닙니다, 유벨 님."

강사의 귀가 쫑긋해졌다. 유벨 도련님? 분명 '유벨'이라고 했다. 유베리안 폰 발루아. 공작과 황녀의 자식이자 현 황제의 조카. 이 제국에서 황태자 정도를 제외하면 더 귀한 신분을 찾아볼 수도 없는 이 도련님을 당당하게 애칭으로 부르는 하녀'님'의 정체는 뭐지? 가까운 친척인가?

그의 머릿속이 복잡해졌다.

"에헴, 도련님? 수업을 계속하지요. 여신의 분노가 있은 뒤로부터 얼마 후, 북 대륙 끝의 산맥에 마계로 통하는 문이 열렸습니다. 바로 이곳, 북령의 그란데 산맥이지요. 무엇보다도 무서운 것은 마물들과 함께 내려온 마왕이 일으키는 불꽃이었는데, 그 불꽃은 물을 뿌려도 꺼지지 않으며 보이는 모든 것을 불태웠다고 합니다. 그 흔적은 물론 지금도 산맥 어귀에서 어렵지 않게 찾아볼 수 있고요. 전 대륙이 혼란에 빠져 있던 바로 그때 아나이스의 신전에서 신탁이 내려왔습니다. '가장 고귀하고 순결한 처녀의 피로 원하는 것을 얻으리라.' 신탁을 들은 엘베른 왕국의 세레니안 공주는 목숨을 건 마법에 자원했고, 마법은 성공해 공주와 왕궁 근처까지 도달했던 마왕은 함께 사라졌습니다. 마왕이 사라져 힘을 잃은 마물들을 몰아낸 엘베른 8세께서 과거 하나의 국가였던 이곳 북령을 포함한 세 개의 왕국과 열일곱 개의 도시 국가를 통일하고 새로운 제국을 세우시니, 그 제국이 바로 지금의 '루이네리아'인 것이죠."

원래 귀족은 제 손으로 직접 차를 끓여 마시지 않는다. 손을 써서 일하는 것을 부끄럽게 생각하기 때문이다. 차 시중을 들기 위해 밖으로 나가지 않고 유벨 뒤에 서 있던 세레나는 덕분에 자신이 있었던 시대를 역사 이야기로 다시 듣게 되었다. 다른 사람의 입으로 들으니 역시 감회가 남달랐다.

'내가 하고 싶다고 자원을 했던가? 신전과 귀족, 백성들이 하나로 똘 똘 뭉쳐 왕가를 벼랑 끝으로 몰고 갔지.'

그러나 불꽃이 날아다니고 연기와 비명이 가득했던 당시 상황은 정 말 다급했기에 자신 역시 지푸라기라도 잡는 심정으로 앞으로 나설 수 밖에 없었다. 물론 이제 와서 원수였던 마왕과 서로의 이익을 위해 계 약을 하는 사이가 될 거라고는 꿈에도 생각지 못했었다.

수업이 끝나고 정중한 인사와 함께 밖으로 나가려는 강사를 세레나 가 붙잡았다.

"실례지만 선생님, 여쭙고 싶은 것이 있습니다."

"무슨 일이지?"

그는 불쾌함을 감추지 않으며 자신을 부른 하녀를 바라봤다. 감히 백작의 자제인 제게 먼저 말을 걸다니. 혹할 만한 외모를 가지긴 했지 만 도련님이 애칭을 허락할 정도로 아끼는 아이만 아니었어도 그냥 봐 주지 않았으리라.

"방금 전 강의에서 언급하셨던 대륙을 침공했던 마왕, 혹시 그 마왕 의 이름을 알고 계십니까?"

"나는 제도의 아카데미에서 역사를 전공했지만 마왕의 진명이 적혀 있는 문서나 그런 이야기가 있다는 말은 들어본 적이 없군. 불꽃을 일 으킨다 해서 고문서에선 홍련의 마왕이라 지칭하는 정도이지. 글쎄, 마물의 이름을 인간들이 알 수 있는 것이 더 이상한 일일 테니 당연한 일이겠지만."

"……그렇군요."

세레나는 실망한 표정을 감추며 감사의 인사를 건넸다.

혹시나 하는 마음에 물어보긴 했지만, 실은 자신도 이렇게 쉽게 알아낼 수 있을 거라곤 생각하진 않았다. 그래도 고문서 위주로 자료를 찾다 보면 작은 실마리라도 찾을 거라는 기대감은 여전히 갖고 있었다.

마법사의 탑 꼭대기 층이나 황궁 도서관에 가보면 어쩌면 마계의 족보 따위를 구할 수 있을지도 모른다.

공작가 도련님의 하루 일과는 빡빡했다. 오전 수업이 끝나고 짧은 점심 식사를 한 다음 곧바로 체력 단련이 이어졌다. 공작의 특별 지시로 강도 높게 짜였다고 하는 오후 수업에는 호위 기사인 비토리오가 따라붙었다.

"으엑, 가기 싫어. 오늘도 공터를 열 바퀴 돌라고 하면 그땐 정말 가만있지 않을 테야."

"그 이야기는 너무 들어 이제 귀에 인이 박일 정도입니다. 막상 훈련장에 가서는 거뜬히 해내실 거면서. 이리 오시죠."

"세레나, 살려줘……."

유벨은 한껏 불쌍한 표정을 지어 보였지만 그 자리에 그의 처지를 동정하거나 말려줄 사람은 존재하지 않았다.

"조심히 다녀오세요."

죽을상을 하며 반쯤 질질 끌려가는 유벨을 보내고 세레나는 방 청소를 시작했다. 원래는 청소를 맡은 하녀가 따로 있지만 전부 측근 시녀인 그녀에게 맡기고 방을 나가버렸기 때문이었다.

"어쩐지 사람들의 미움을 산 것 같은데."

세레나는 한숨을 쉬며 소매를 걷어붙였다. 막 청소를 시작하려는데 뒤에서 익숙한 울음소리가 들렸다.

야옹.

세레나는 놀라지 않고 그대로 뒤를 돌아보았다. 예상대로 꼬리를 세운 검은 고양이가 늘씬한 자태로 서 있었다.

"마왕?"

야옹.

"야옹? 보름날이 아니면 말도 하지 못하는 거야?"

······야옹.

고양이는 가만히 고개를 끄덕였다.

'보름달이 뜨지 않으면 지극히 평범한 한 마리 고양이에 불과하구나. 저래서야 어디 도움을 받을 수는 있을까?'

혹시나 하는 맘에 우유를 한 접시 따라 바닥에 내려놓아보니, 고양이는 기다렸다는 듯 달려들어 접시 안의 우유를 할짝거렸다.

세레나는 웃음이 났다. 저 모습을 보고 누가 세상을 공포에 떨게 했던 마계의 주인을 떠올릴 수 있을까. 그녀는 금세 바닥을 보인 그릇에다 우유를 더 부어주었다.

"이것까지만 먹고 얼른 숙소에 가 있어. 알겠지? 성 안에서 돌아다니는 걸 누가 보면 큰일이란 말이야. 저녁때 부엌에 들러 남는 음식을 얻어 가지고 갈게."

야아아아옹!

마왕, 아니, 고양이가 높은 소리로 울부짖으며 기뻐했다.

저녁 식사는 내성 1층의 식당에서 이루어졌다. 공작은 기다란 테이블 가장 안쪽 자리에 우아하게 다리를 꼬고 앉아 조카를 기다리고 있었다. 오래지 않아 유벨이 측근 시녀를 데리고 모습을 드러냈다.

"삼촌!"

"어서 오너라, 유벨."

세레나를 한 번 힐끔 본 공작이 유벨을 자신의 옆에다 앉혔다. 곧 공작과 유벨 두 사람의 저녁 식사가 시작됐다. 오직 두 사람을 위해 많은 시녀와 시종들이 소리 없이 바쁘게 움직였고, 세레나도 맡은 역할에 충실했다. 누군가의 식사 시중을 들어본 건 오늘이 처음이지만 어린 사촌 동생을 돌본 경험이 있어 그리 당황스럽지만은 않았다.

그녀는 먼저 의자를 빼고 유벨을 앉혔다. 그리고 접혀 있는 냅킨을 펼쳐 무릎에 덮어주었다. 깨끗한 물과 알코올이 없는 음료를 비어 있는 컵에 차례로 따른 뒤, 다른 지시가 없자 여타 시녀와 마찬가지로 허리를 숙이며 천천히 뒤로 물러났다. 그런 자신의 모습을 공작이 유심히 지켜보는지도 모르고.

즉위식 전엔 제대로 얼굴도 보지 못했다고 하던데 어떻게 가까워진 것인지 유벨은 삼촌을 곧잘 따랐다. 유벨은 식사 내내 하루 동안 있었던 일을 시간 순서대로 나열하며 줄줄 풀어놓는다. 그러면 공작은 좋게 말해도 썩 재미있지 않은 그 이야기를 한 번도 끊지 않고 응, 그렇군 정도의 반응을 보이며 계속 귀 기울여주는 것이었다.

좋은 삼촌이었다. 과묵하고 표정이 적긴 했지만 상냥한 눈빛이라든가, 조카의 말을 열심히 들어주는 걸 보면 적어도 작위가 탐이 나 조카를 누르고 공작위에 오를 사람 같진 않았다.

"일은 할 만한가?"

생각에 빠져 있던 그녀의 허리를 누가 쿡 찔렀다. 놀란 세레나가 고개를 들자 테이블의 두 사람과 시중인들이 모두 그녀를 쳐다보고 있었다. 지금 내게 말을 거신 건가? 공작 각하께서? 무언의 압박을 느낀 세레나는 황급히 정신을 차리고 대답했다.

"황공합니다. 유베리안 도련님과 많은 분들의 배려로 편안한 하루를 보냈습니다."

"세레나, 유벨이라고 불러도 된다고 했잖아?"

그 말을 들은 공작이 눈을 더욱 빛냈다.

"유벨이 오늘은 종일 네 얘기만 하는군. 좀처럼 허락하지 않는 자신의 애칭까지 부르게 해주는 걸 보니 아무래도 마음에 꼭 든 모양이야."

"응, 삼촌. 맘에 들어요. 어느 때보다도 편하고 좋아."

조카의 대답에 공작은 장난스러운 표정을 지어 보였다.

"그렇다고 하는군. 맘에 들지 않는다고 하면 내가 데려가려 했었는데, 아쉽지만 이만 포기해야겠어."

시중인들의 시선이 비수처럼 날아드는 것을 느끼며 세레나는 얼굴이 보이지 않도록 고개를 더욱 깊이 숙였다.

"분에 넘치는 칭찬이십니다. 모자란 점이 많으나 성심으로 유벨 도련님을 모시겠습니다."

"그래. 내 조카를 잘 좀 부탁하지."

마지막 말과 함께 공작과 유벨은 자리에서 일어났다. 두 사람은 식후의 차는 함께하지 않은 채 각자의 처소로 돌아갔다. 유벨에게 우유를 넣은 차를 한 잔 끓여주고 잠자리를 정리해준 것을 끝으로 세레나의 긴긴 하루 일과도 끝이 났다.

세레나는 천천히 걸음을 옮겨 외성의 숙소로 향했다. 그녀의 머릿속에서는 아까 식당에서 들은 공작의 한마디가 빙글빙글 맴돌고 있었다.

맘에 들지 않는다고 하면 내가 데려가려 했었는데. 맘에 들지 않는다고 하면 내가 데려가려 했었는데. 내가 데려가려…….

어디로 데려간다는 거야, 자기 맘대로. 괜스레 마음이 싱숭생숭하다.

'신경 쓰지 말자, 세레나.'

흔한 귀족의 말장난이다. 그들의 습성은 누구보다 네가 더 잘 알잖아. 기대하게 했다가도 아닌 척하고, 필요에 의해 얼마든지 냉혹해질 수 있지. 여러 개의 가면을 능숙하게 바꿔 쓸 줄 아는 우아하고도 차가운 사람들이 있는 곳, 그게 바로 네가 있던 세계 아니었니.

천천히 계단을 올라가려니 어느새 꼭대기 층에 도착했다. 세레나는 힘없이 방문을 열었다. 좁은 침대 위에서는 검은 고양이가 엎드려 잠을 청하고 있었다.

'이제는 완전히 네 집이 다 되었구나.'

그녀는 피식거리며 방문을 닫았다. 신경 써서 간식을 챙겨 왔는데 아무래도 내일 눈을 뜨면 그때 다시 주어야 할 것 같다.

그녀는 고양이가 누운 침대 반대편에 조심스레 몸을 누였다. 창밖에서 달빛이 쏟아져 들어왔다. 보름달은 아니지만 달빛은 환했다. 유벨의 방에도, 자신의 방에도, 달빛은 늘 똑같은 밝기로 자신들을 비춘다.
다른 것은…… 사람뿐이다.

세레나는 오랜만에 창문의 커튼을 쳤다. 깜깜해진 방은 곧 침묵 속
으로 빠져들었다.

어스름한 새벽녘, 공작이 땀에 젖어 방으로 돌아왔다. 매일 하는 수
련을 마치고 들어온 참이었다. 허리춤의 검을 빼어 옆에 세워둔 그가
고개를 숙이고 있는 시녀에게 물었다.

"목욕물은?"

"한참 전부터 준비하고 있었습니다. 어서 안으로 드시지요."

공작은 입고 있던 옷을 한 꺼풀씩 벗어 던지며 욕실로 향했다. 커다
란 대리석 욕조에서는 미리 받아놓은 더운물이 넘실거리고 있었다. 금
방 맨몸이 된 그는 호쾌하게 안으로 들어갔다. 몸을 끝까지 담그자 바
닥에 떨어진 옷을 주운 시녀 둘이 욕조 쪽으로 다가왔다. 살결이 비치
는 하늘하늘한 자리옷을 걸친 그녀들의 얼굴에는 홍조가 떠올라 있었
다.

지금 서 있는 이 자리는 전날 밤 모든 시녀들이 모여 치른 치열한 경
쟁 끝에 얻어낸 귀한 자리였다. 공작의 목욕 시중을 들다 미혼인 그의
눈에 들기라도 한다면…… 그 뒤의 일은 더 볼 것도 없었다. 한미한 가
문이긴 하지만 자신들도 엄연한 귀족의 딸이니 공작부인이 되지 못할
건 또 무언가.

자신들이 제도에 있는 귀족의 여식들보다 크게 뒤처진다고는 생각
지 않았다. 공작의 예쁨을 받아 백작부인 정도로라도 봉작된다면 자신

131

도, 가문도 활짝 피는 것이었다. 게다가 나이 든 뚱보도 아닌, 이토록 아름다운 미남자라면 충분히 인생을 걸어볼 만했다.

공작은 늘 하나로 묶고 있던 머리를 풀어헤치고 더운물 안에 축 늘어져 있었다. 여인보다 긴 속눈썹, 오똑한 콧날, 도톰하고 모양 좋은 입술까지. 깎아놓은 조각처럼 수려한 얼굴을 황홀하게 바라보던 붉은 머리 시녀 하나가 이때다 싶어 해면을 그의 몸에다 가져갔다.

공작은 숱 많은 눈썹을 몇 번 움직이더니 감고 있던 눈을 천천히 떴다.

"무얼 하는 게냐."

시녀는 살살 눈웃음을 치며 말했다.

"주인님, 몸을 닦아드리겠습니다."

"되었다. 혼자 하면 되느니."

공작은 시녀의 얼굴을 보지도 않고 딱 잘라 거절했다. 공작가의 차남으로 태어났대도 군인으로 복무한 지가 어언 수년, 이렇게 입의 혀처럼 구는 여인들의 시중을 편하게 느낄 리 없었다.

그의 냉정한 거절에 시녀는 짐짓 울상을 지어 보였다.

"제대로 일을 하지 못하면 시녀장님께 혼이 납니다. 부디 맡은 소임을 다하게 해주시어요."

"……."

공작은 더 말을 잇지 않았다.

'저 태도는…… 무언의 승낙이겠지.'

시녀가 득의에 찬 웃음을 지었다. 해면을 들고 있던 손이 다시 그에게 가까워지자 옆에 있던 초록 머리의 시녀가 부러운 눈초리로 그녀를 바라보았다.

　푹신한 해면이 공작의 너른 어깨를 스쳤다. 해면을 통해 느껴지는 단련된 육체의 감촉에 시녀의 얼굴은 더 이상 붉어질 수 없을 정도로 달아올랐다. 몇 방울 넣은 입욕제 덕에 욕조에는 거품이 가득했지만 보기 좋게 갈라져 있는 탄탄한 가슴과 아랫배를 모두 가리지 못했다. 해면을 가장한 그녀의 손이 줄곧 눈으로 탐하던 가슴과 배를 거쳐, 보다 밑으로 내려갈 때였다…….

　촤악.

　"꺅!"

　시녀의 팔을 잡고 바닥에 밀쳐낸 공작이 욕조에서 일어나며 소리를 질렀다.

　"로안느! 로안느를 불러라!"

　막 잠자리에서 일어나 몸단장을 하던 로안느는 단장을 채 마치지도 못하고 공작의 방으로 달려가고 있었다. 자신을 부른 이유가 무엇인지는 보지 않아도 훤했다.

　'실패했나 보군.'

　미혼에 별다른 사교 활동도 않는 그에게 꽃다운 어린 것들이 야심만만하게 도전하는 건 비단 오늘만의 일은 아니었다. 물론 그 결과는 언제나 같았지만 말이다. 로안느가 방에 들어서자 예상대로 널브러진 시녀들 사이에서 실오라기 하나 걸치지 않은 알몸의 공작이 그녀를 맞았다.

　"로안느, 저 음탕한 시녀들을 흠씬 두들겨 패서 성에서 내쫓아버려라!"

나체의 공작이 명령했다. 로안느는 사시나무 떨 듯 덜덜 떨고 있는 시녀들에게 눈짓을 해 밖으로 내보낸 다음, 가운을 들어 그의 몸에 걸쳐주었다.

"주인님. 젊고 고운 아이들이 많은데, 언제까지 이 늙은 시녀장에게 몸시중을 들라 하십니까."

"그게 싫으면 교육을 좀 제대로 시켜. 거리의 여인들도 아니고, 성의 시녀라는 것들이 이 무슨 추태란 말이냐."

'그런 문제가 아니랍니다. 먼저 여지를 주고 계신 건 주인님이 아니십니까.'

로안느는 속으로만 생각하며 물기를 닦은 공작의 몸을 슬쩍 바라봤다. 어지간한 여인은 저리 가라 할 정도의 아름다운 얼굴에 꽉 짜인 몸은 어울리지 않을 듯 완벽한 균형을 이루고 있었다. 나이 든 자신조차 보고 있으려면 가슴이 떨릴 정도인데 한창때인 시녀들은 어떠할까. 이래서 너무 잘난 주인은 아랫사람들을 고뇌에 빠뜨리는 것이다. 그녀는 혀를 차며 주인이 입을 옷을 차례로 꺼내었다.

"통 여인을 가까이하지 않으시니 혹시나 하는 마음에 저런 어린아이들까지 주인님의 곁을 탐내는 것이 아닙니까. 그러게 산더미처럼 쌓여 있는 초청장 좀 읽으시라고 몇 번을 말씀드렸습니까. 제발 자필로 답장도 쓰시고 파티에도 참석하세요. 제대로 교제하시는 분이 생기시면 이런 일도 차츰 수그러들 겁니다."

"자네의 일이나 잘하도록."

"벌써 결혼 적령기는 훌쩍 지나셨잖아요? 좋은 신붓감이 있으면 대륙 끝에 가서라도 데려오셔야 할 형편이에요."

"그 말, 그대로 돌려주지. 내가 이곳을 떠날 때 자네의 나이가 몇이었더라?"

옷을 다 입은 공작이 애지중지하는 검을 허리춤에 차다 그만 발끈해 대꾸했다. 그때 집사가 찾아와 하루 일과를 읊었다. 오늘은 월례 보고가 있는 날이었다. 각 지방에 흩어진 영지 관리인과 재무, 회계 담당관들이 모두 찾아와 숫자와 글씨가 빽빽한 한 뭉텅이씩의 보고서로 그를 괴롭힐 예정이다.

밤을 꼴딱 새울 생각에 침울해진 공작이 무언가를 잠시 생각하다 중얼거렸다.

"보고는 밤까지 이어지니 종일 집무실에서 나갈 틈이 없겠군. 그전에 잠시 유벨을 보러 가야겠다."

"주인님, 아침 식사는 어떻게 하시겠습니까."

"……유벨의 방으로 가서 함께 들도록 하지."

"세레나, 빵을 더 줘. 아까 그 치즈에 잼을 더 얹어서."

"잠시만 기다리세요."

세레나가 바구니에서 희고 말랑말랑한 빵을 꺼내며 대답했다. 방금 일어난 사람 같지 않게 유벨은 남다른 먹성을 과시했다. 두 번째 건넨 빵도 그 자리에서 꿀꺽 먹어치웠다.

"음, 음. 맛있어. 늘 먹던 빵인데 이렇게 먹으니까 다른 맛이 나네."

"후후. 치즈 안에 작게 자른 과일 조각들이 들어가 있으니까요. 과일 치즈는 빵과 궁합이 나쁘지 않거든요."

"하나, 아니다, 두 개만 더 줘. 오늘 아침은 이걸 먹는 걸로 충분해."

세레나는 슬슬 걱정이 되었다. 빵만 벌써 다섯 개째다. 게다가 접시에 놓인 베이컨과 샐러드는 아예 손도 대지 않은 채였다.

"너무 드시는 거 아니세요? 과식과 편식은 건강에 해로워요."

"하루 정도는 괜찮잖아. 게다가 이 빵과 치즈의 조합은 정말 기가 막힌단 말이야."

"그래도 이렇게까지 드시는 건……."

세레나와 유벨이 빵으로 실랑이를 벌이는 사이, 문이 열리고 아침에 좀처럼 보기 힘든 반가운 얼굴이 등장했다. 자리에서 벌떡 일어난 유벨이 반가이 외쳤다.

"삼촌!"

공작은 하나로 묶은 긴 머리를 휘날리며 우아하게 등장했다.

"좋은 아침이구나. 식사가 아직 끝나지 않았다면 나도 함께하고 싶은데."

"얼마든지요. 이쪽으로 앉으세요. 세레나가 추천한 맛있는 빵과 차를 대접해드릴 테니까요."

유벨은 우쭐하며 말했다.

아침 식사를 하러 왔다던 공작은 벌써 한 시간이 다 되어가도록 자리에서 일어나지 않았다. 슬슬 불안한 표정이 된 유벨이 시계를 몇 번 흘끔거렸다. 그런데도 공작은 계속 찻잔을 들고 차의 맛과 향을 음미할 뿐이었다.

"저…… 삼촌? 이제 수업에 들어가봐야 하는데요……."

"응? 아아, 잠시만 기다려라."

그제야 정신이 든 공작이 찻잔과 조카의 얼굴을 몇 번 번갈아 바라보았다.

'내가 여기 왜 왔었더라? ……그래. 보고를 들으러 가기 전에 조카의 얼굴을 보러 왔지.'

잠시 들렀다 가려던 게 벌써 시간이 한참 흘러버렸다. 처음 맛보는 그윽한 차 맛이 그의 정신을 쏙 빼어놓은 탓이다. 공작은 찻잔을 든 채 유벨에게 물었다.

"이 찻잎은 어디에서 가져온 것이지? 내 집무실에 있는 것보다도 상질의 것인 것 같구나."

"에이, 삼촌도. 지난번에 직접 챙겨주신 거잖아요. 어때요, 원래 드시던 차보다 훨씬 맛이 좋게 느껴지죠? 이게 다 세레나가 끓여서 그래요. 그녀는 차를 끓이는 데 선수거든요. 원래 아침에는 주스나 시원한 물을 마시는데 제가 삼촌에게 자랑하려고 일부러 차를 끓이라고 했다고요. 헤헤."

"세레나라……."

공작은 새삼스럽게 조카 옆에 선 세레나를 바라보았다. 요즘 들어 그녀의 이름을 듣는 횟수가 부쩍 늘어난 것 같았다. 그래도 신기한 건 그 일들이 하나같이 그의 비위를 거스르지 않고 도리어 그녀에게 관심을 갖게 한다는 점이었다.

"차를 끓일 줄 아느냐?"

세레나는 겸손하게 손을 모으고 대답했다.

"전에 있던 곳에서 배워 조금 압니다. 자랑할 만한 솜씨는 아니고 그저, 찻잎이 가진 특징을 가리지만 않을 정도입니다."

"아니, 아니. 그 정도면 충분히…….."

훌륭하지 않으냐. 공작은 찻물과 함께 마지막 말을 꿀꺽 삼켰다. 귀족보다 군인에 가까운 그에게 유일하게 남아 있는 고상한 취미가 바로 다도였다. 입맛에 맞게 끓여낼 줄 아는 이가 없어 이곳이 전장이 아님에도 그는 매일 스스로 차를 끓여 마셨다. 방금 마신 차는 자신이 끓인 것보다 맛도 향도 탁월했다.

'이제 더 이상 손을 쓰지 않아도 되겠군.'

딸깍, 찻잔을 내려놓은 공작은 유벨과 함께 자리에서 일어났다. 방문으로 향하던 그는 마치 방금 생각난 것처럼 세레나를 힐끗 돌아보더니 명령 하나를 내렸다.

"너, 오후에 내 집무실로 찾아오너라."

"예?"

잠시 어리둥절하던 세레나는 뒤늦게 자신의 무례를 깨닫고 대답했다.

"……알겠습니다."

거대한 집무실 문 앞에 선 세레나는 손을 가슴에 얹고 심호흡을 했다. 이곳에 와보는 건 이번이 두 번째였다. 올 때마다 매번 알 수 없는 위압감에 긴장하게 되는 이유는 뭘까. 무어 그리 잘못한 일도 없는데 말이다. 마음의 준비를 한 세레나가 손을 들어 노크를 하려는데, 복도 저편에서 기사 한 명이 급히 뛰어왔다.

"하녀? 각하의 집무실에는 무슨 용건이냐."

"도련님의 측근 시녀인 세레나라고 합니다. 아침에 각하께 이곳으로 오라는 명을 받았습니다."

공작의 호위 기사인 유스포프는 새삼스러운 눈으로 하녀복 차림의 소녀를 훑어보았다. 향긋한 꽃향기가 날 것 같은 화사한 미모에 흐트러짐 없는 몸가짐. 이름을 듣지 않아도 그녀가 누구인지 알 것 같았다.

'이 아이가 바로 그 '세레나'로군.'

성에 온 지 며칠 안 되어 도련님의 신임을 받는다는 소문이 자자하게 난 시녀. 다른 한편으로는 꽃 같은 외모로도 유명한 그녀를 여기서 보게 될 줄은 몰랐다. 몇 해간 모셔온 자신의 주인은 여인에게 관심이 있는 분이 아니었다. 아니, 그런 줄만 알았는데 아무래도 자신의 착각이었나 보다. 담당도 아닌 시녀를 굳이 자신의 집무실까지 부르시다니.

'이렇게 고운 아이라면 눈이 갈 만도 하지만 말이야. 흠. 그래도…….'

머릿속이 복잡해진 그가 희한하다는 표정을 지으며 자리를 비켜주었다. 꾸벅 인사를 한 세레나는 못 다한 노크를 하고 집무실 문을 열었다. 두 팔을 너른 책상에 괴고 머리를 감싸 쥔 공작이 보였다. 아름다운 얼굴을 잔뜩 찌푸리고 있던 그는 세레나를 발견하자 반색하며 맞이했다.

"어서 와라."

"부름을 받고 왔습니다. 그런데…… 무슨 일로 저를 이곳까지 부르셨는지요."

태연하려 했지만 약간의 머쓱함은 숨길 수 없었던 공작은 세레나의 눈을 살짝 피하며 중얼거렸다.

"아침에 마신 차 맛이 나쁘지 않더군. 오늘은 내가 많이 바빠서 말이야…… 네가 차를 끓일 손이 되어주면 좋겠구나."

"차를 끓이는 정도라면…… 네, 그리하겠습니다."

아직 서툰 청소나 설거지 따위를 시키면 어쩌나 불안했는데 다행이었다. 세레나는 선뜻 알겠다고 대답하고, 찻잎과 간식거리를 담아 오기 위해 집무실과 이어진 작은 방으로 향했다. 수레를 끌고 나오자 공작은 다시 서류를 보는 데 집중하고 있었다. 세레나는 방해를 하지 않기 위해 더욱 조심해서 수레를 밀었다.

제대로 옷을 차려입고 서류를 결재하는 모습을 보고 있자니 어쩐지 이상한 기분이 든다. 마구간에서 처음 만났을 때만 해도 단순히 성격 나쁜 기사님이라고만 생각했는데. 하긴, 언뜻 보아도 고귀함이 느껴지는 미형의 생김새나 경칭이 생략된 말투가 예사 인물 같지는 않았다. 깎아놓은 것 같은 그 옆모습을 보고 있자니 어쩐지 가슴이 두근거리는 것 같다.

세레나가 자신의 가슴께에 손을 가져가려니, 램프에 올렸던 주전자에서 물 끓는 소리가 들렸다. 그녀는 얼른 주전자를 들어 올리고 수온을 맞추어 찻잔에 부었다. 세레나가 찻잔과 함께 책상 근처로 다가갔을 때였다. 서류에 고개를 묻고 있던 공작이 갑자기 고개를 들었다.

"이게 무슨 냄새지?"

세레나는 손에 든 찻잔을 그의 눈높이까지 들어 보였다.

"로즈메리 차입니다. 오전에 녹차를 드셨으니 이번에는 허브 차를 드시는 편이 좋을 것 같아서요. 향이 좋지요?"

"……한 잔 다오. 먹을 것은 되었다."

공작은 찻잔을 들고 뜨거운 찻물을 한 모금 머금었다. 원래 이런 종류의 차는 잘 즐기지 않지만 입안에 느껴지는 맛은 자신이 아는 로즈메리의 그것이 아니었다.

'이 애는…… 왜 이렇게 차를 잘 끓이는 거지? 집에서 찻잎 농사라도 지었나.'

좋은 맛만큼이나 차의 향 역시 훌륭했지만 아까 언뜻 맡았던 향기는 로즈메리 향이 아니었다. 향기의 정체에 대한 그의 궁금증은 뜨거운 물을 더 부어주러 세레나가 가까이 다가왔을 때 풀렸다. 몸을 기울인 그녀의 몸에서 향긋한 냄새가 풍겨왔다. 여인들이 뿌리는 향수 냄새를 싫어하는 그지만 왠지 이 향은 싫지 않았다. 무어라 꼬집어 말할 순 없지만 달짝지근한데 포근하게 안아주는 듯한 편안함이 더해져 계속 맡고 있으면 낮잠이 쏟아질 것만 같은 향이었다.

'향수라도 뿌렸나 보지. 걸어 다니는 방향제가 따로 없군.'

심신의 안정을 돕는 로즈메리 차 덕일까, 좀 전까지만 해도 어지럽던 마음이 차분해지면서 기분도 따라서 좋아졌다. 아침에 있었던 불쾌한 사건을 너그러이 기억에서 지워줄 수 있을 정도다. 마음에 드는 차를 음미하며 서류를 보니 일에 집중도 더 잘되는 것만 같았다. 공작은 두 잔째의 차를 들이켜며 생각했다.

'역시 내 측근 시녀로 두었어야 했는데.'

후회해도 이미 늦은 일이었다. 유벨이 저리도 마음에 들어 하니 이제 와서 그녀를 데려갔다가는 시끄러운 일이 일어날지도 모른다. 한번 내린 결정을 번복해 공연한 분란을 만들고 싶지도 않다.

'그래도 오늘처럼 종종 불러 쓰는 정도는 괜찮겠지.'

공작은 생각한 것을 미루는 성격이 아니었다. 마음의 결정을 내린 그는 곧바로 곁에 서 있던 세레나에게 명을 내렸다.

"너, 앞으로 오후마다 내 집무실로 와서 차를 끓이거라."

"예? 그렇지만 전…… 유벨 님의 측근 시녀인데요."

세레나의 반문에도 공작은 눈 하나 깜짝 하지 않고 말했다.

"측근이라도 하루 종일 붙어 있는 건 아니지 않느냐. 유벨이 오후 수업을 받으러 가면 곧장 이곳으로 오너라. 내 그 아이에게도 말해두마."

"……알겠습니다."

갑자기 늘어버린 직무에 당황스러웠지만 공작은 무엇보다 소중한 월급을 주는 이곳 공작성의 주인, 얼토당토않은 내용이 아니라면 수긍하는 수밖에 없었다.

세레나는 오후 내내 공작의 옆에 서서 원치 않는 월례 보고를 함께 들어야 했다. 지친 몸으로 방으로 돌아가자 수업이 끝난 유벨이 이미 도착해 그녀를 기다리고 있었다. 유벨은 잔뜩 뾰로통해 있었다.

"왜 안 왔어?"

"그게……."

난처해진 세레나가 말끝을 흐리자, 유벨이 말을 이었다.

"훈련장에 말이야. 왜 간식과 마실 걸 갖다주러 오지 않았냐고. 언제 올까 하고 줄곧 기다리고 있었는데. 다음에도 이러면 앞으로는 계속 수업을 따라다니면서 손수건으로 땀도 훔쳐주고 물도 먹여달라고 할 거야."

세레나가 억울하다는 얼굴로 해명을 시작했다.

"그러고 싶어 그런 게 아니랍니다. 실은…… 각하께서 부르셔서 집 무실에 다녀왔어요. 오후 내내 옆에 서서 차 시중을 들었지요. 앞으로 매일 오후마다 그곳으로 건너오라는 명까지 내리셨는걸요."

"뭐? 세레나는 내 시녀인데 왜 삼촌이 마음대로 이래라저래라 하는 거야?"

자리에서 벌떡 일어난 유벨은 팔짱을 끼며 툴툴거렸다.

"이럴 줄 알았으면 아까 아침에 괜히 차를 끓여달라 했잖아. 안 되겠 어. 이따 저녁 식사 때 삼촌한테 단단히 말해놓아야지."

무슨 말을 할까 고민하며 벼르고 별렀지만, 공작은 바쁜 정무로 저 녁 식사에 참석하지 못했다. 유벨은 쓸쓸히 혼자서 식사를 마쳤다. 테 이블 위에는 아직 다섯 사람은 더 먹을 수 있을 만큼 많은 음식이 남아 있었다.

음식들을 물끄러미 바라보던 유벨이 갑자기 시종을 불렀다.

"여기서 식기가 닿지 않은 음식들을 전부 싸서 내 방에 가져다놓아."

"도련님, 입맛에 맞으신 것이 있으시면 새로 해놓으라 부엌에 전달 하겠습니다."

"아니, 이것들이면 충분해. 내가 잠자리에 들기 전까지 갖다놓도록 해."

영문을 알 수 없는 명을 내린 유벨은 세레나와 함께 방으로 돌아갔 다. 더운물로 목욕을 마치고 나오자, 과연 그가 내린 명대로 완벽하게 포장된 음식 꾸러미들이 응접실에 그득히 쌓여 있었다. 세레나가 그중 제일 작은 꾸러미를 들어 올리며 물었다.

"주무시기 전에 조금 맛을 보시겠어요?"

유벨은 고개를 도리도리 저었다.

"이건 내가 먹을 게 아니야."

"그러면요?"

"그야 당연히 세레나 거지."

물기가 채 마르지 않은 머리를 흔들며 유벨이 웃었다.

"생각해보니까 난 세레나가 식사를 하는 모습을 거의 본 적이 없어. 점심은 그렇다 쳐도 밤에는 내가 잘 때까지 계속 옆에 있어주잖아? 그럼 그때까지 계속 배를 곯는다는 얘긴데…… 미안. 내가 미처 챙겨주질 못했어. 앞으로 삼촌이 없을 때에는 함께 식사하도록 하자. 그게 어려우면 오늘처럼 종종 음식을 싸줄게."

천사 같은 소년의 말에 세레나는 할 말을 잃었다. 늘 주목과 사랑을 한 몸에 받는 어린 귀족 아이가 일개 시녀의 사정까지 신경을 써준다는 건 그야말로 기적과 같은 일이다. 자신이 유벨만 한 나이였을 무렵에는 이런 배려는 알지도 못했다. 유벨의 마음 씀씀이에 감탄하는 한편 자신에게 보내는 두터운 애정이 느껴져 그녀는 가슴이 뭉클해졌다.

"그럼 사양하지 않고 감사히 받을게요. 혼자 다 먹기에는 너무 많으니 주변 사람들과도 나누어 먹고 싶은데, 그 정도는 괜찮지요?"

"허락할게."

유벨이 선심을 쓴다는 듯 대답했다.

세레나는 두 손 가득 음식 꾸러미를 들고 숙소로 돌아왔다. 꾸러미를 책상 위에 내려놓자마자 창틈을 통해 검은 고양이가 훌쩍 안으로 뛰어 들어왔다.

"후후. 벌써 냄새를 맡은 거야? 하여튼 먹는 데에는 빠르다니까."

세레나는 웃음기를 지우지 않으며 꾸러미를 하나씩 풀어헤쳤다. 안에는 고기 요리부터 달콤한 디저트까지 군침을 돌게 하는 음식들이 가득 들어 있었다.

"마왕, 오늘은 간식이 아니라 푸짐한 만찬을 즐길 수 있겠구나. 네가 좋아할 만한 음식들이 아주 많아."

음식을 먹기 좋게 잘라 내려놓자 고양이는 체중을 실어 온몸으로 달려들었다. 코를 박고 음식에 열중하는 고양이의 모습에 세레나는 쓴웃음을 지었다. 그러고 보니 사라진 이름을 찾아주겠다고 계약까지 했으면서 아예 까맣게 잊고 있었다. 낯선 성 생활에 적응하는 게 내심 버거웠던 탓일까. 어떻게 이유를 대보아도 고양이 쪽의 사정을 알아주지 못한 건 사실이다.

'난 어린 유벨보다도 못하구나.'

세레나는 자조하며 물그릇에 깨끗한 물을 부어주었다.

"천천히 물도 마시면서 먹으렴. 이곳 생활에 적응한다고 널 챙겨주질 못했구나. 앞으로는 네 이름을 찾는 일에도 신경 쓰도록 할게. 그게 내가 지금의 위치에서 벗어날 수 있는 유일한 방법이기도 할 테니 말이야."

고양이는 쌓여 있던 음식을 순식간에 해치웠다. 그러고는 제대로 인사도 하지 않고 홀연히 모습을 감춰버렸다.

세레나는 잔뜩 지친 몸을 이끌고 주섬주섬 방을 정리했다. 오후 내내 긴장하며 서 있었던 덕에 몸이 천근만근이다. 집무실의 커다란 책

145

상 가득 쌓여 있던 서류 더미와 끊임없이 이어지는 영지 관리인들의 보고는 옆에서 지켜보는 걸로도 머리가 아파올 정도였다.

한편 공작은 맡겨진 일들을 무척이나 신속하고 정확하게 처리해 그녀를 감탄시켰다. 군인 출신이라고 들었는데 보기보다 꼼꼼하고 치밀한 면모가 있었다.

'나쁜 사람 같지는 않아. 그래도 조금만 더 밝은 표정을 짓는다면 훨씬 보기 좋을 텐데.'

하루 종일 이마에서 주름이 떠나질 않아 잘생긴 얼굴이 아까울 정도였다. 물론 그만큼의 일을 해야 한다면 자신도 미소를 잃지 않을 자신은 없지만 말이다. 갑자기 일이 곱으로 늘어나게 되었지만 그래도 격무에 시달리는 공작에게 조금이라도 도움이 된다면, 그녀는 기꺼이 내일 오후에도 그의 집무실 앞에 서 있을 생각이었다.

"……하아, 오늘도 정말 긴 하루였어."

세레나는 하품을 하며 침대에 누웠다. 눈을 감은 그녀는 곧 꿈도 꾸지 않고 깊은 잠에 빠져들었다.

여느 때와 같은 아침, 유벨의 방문 앞에 시녀들이 모여 음습하기 짝이 없는 수다를 떨고 있었다.

"너희들 들었어? 그 아이……."

"알아. 집무실까지 쫓아가서 치맛자락을 걷어 올렸다며?"

"도련님으로도 모자라 젊은 주인님에게까지 마수를 뻗치다니……! 그런 더러운 수작으로 총애를 받으려 하는 건 도저히 용서할 수 없어!"

공공의 적으로 떠오른 그녀를 어떤 식으로 괴롭혀야 좋을까 방법을 논의하려는데, 때마침 건너편에서 세레나가 걸어오고 있었다. 하나로 뭉쳐 있던 시녀들은 얼음장처럼 차가운 시선을 던지며 훌쩍 먼저 유벨의 방으로 들어가버렸다. 아침 인사를 건네려 손을 들었던 세레나가 무안해져 중얼거렸다.

"좋은 아침…… 인데."

얼마 지나지 않아 세레나는 시녀의 일에 완벽하게 적응했다. 그녀는 능숙하진 않았지만 별다른 차질 없이 유벨의 시중을 들었고, 맛과 향이 훌륭한 차를 끓일 줄 알았으며, 유벨의 좋은 대화 상대자이기도 했다.

유벨의 절대적인 편애 속에 제법 편한 생활을 영위하던 세레나에게도 껄끄러운 것이 딱 하나 있었다. 그것은 바로 저녁 식사 자리였다.

오후의 티타임으로 조금씩 가까워져서인지 요즘 공작은 자신의 얼굴을 볼 때마다 툭툭 말을 걸거나 유벨의 일상에 대한 질문 등을 던지며 둘의 대화에 참여시켰다. 질문에 어떻게 대답을 해야 할지도 고민이지만, 무엇보다 그때마다 사방에서 쏟아지는 시선들이 참으로 부담스러웠다.

부풀려진 소문에 의하면 세레나는 이미 공작과 소공작에게 꼬리를 친 발칙한 요녀 따위가 되어 있는 듯했다.

아침 식사를 마친 유벨이 수업을 들으러 사라지자, 기다렸다는 듯 시중인들이 밖으로 나가버린다. 텅 빈 방의 테이블 위에 가득 쌓인 식기들에 세레나가 한숨을 쉬었다.

"하아……. 여전히 도와줄 마음들은 없는 건가."

그녀는 빈 식기를 하나둘씩 쟁반에 담아 다시 수레로 옮겼다.

이곳의 모든 일들은 낯설기 그지없었지만 그중에서도 누군가의 미움을 받는다는 사실이 그녀에게는 퍽 괴롭게 느껴졌다. 가장 밝은 곳에서 사랑과 존경만 받았던 과거와는 달리 현재의 자신은 누군가에게 질투와 시기의 대상이 되기도 하고, 자신이 아닌 다른 이를 위해 보이지 않는 어둠 속에 몸을 숨긴 채 일을 하기도 한다.

"결국 시간만이 문제를 해결해주겠지."

고자질을 할 생각은 없었다. 어린 도련님에게 이러한 이야기를 꺼내는 건 부끄러운 일이고, 윗선에서 누른다 해도 잠시뿐, 도리어 더 많은 이의 반감을 살 것이 뻔했다.

그녀는 수레를 밀어 부엌에 가져다놓고 남은 정리를 위해 다시 터덜터덜 방으로 돌아왔다.

그런데, 방 안에 지금 이 시간에 결코 있어서는 안 되는 사람이 자리하고 있었다.

"유벨…… 님?"

"아, 세레나."

수업에 갔던 유벨이 소파에 드러누워 있는 게 아닌가. 인기척을 느낀 그가 세레나를 발견하고 손을 흔들어 보였다. 그 태연자약한 태도에 그녀는 기가 차 말도 나오지 않았다.

"왜 여기 계신 거예요. 수업에 가신 것이 아니셨나요?"

"……시문학은 너무 지루해. 재미없다고. 파르네세 선생님의 낭독이 자장가처럼 들려서 도무지 앉아 있을 수가 있어야지. 아, 그래도 오후의 수업에는 갈 거야. 오늘부터 목검을 들기로 했거든."

수업 도중 빠져나왔다는 말을 당당하게 하는 유벨에게 무어라 대꾸해야 할지 생각이 나지 않았다. 도움을 청하는 눈으로 호위 기사인 비토리오 쪽을 바라보았지만 그 역시 고개를 절레절레 흔들며 딴청을 피울 뿐이다.

'사랑스러운 도련님인 줄만 알았는데 의외의 면이 있었네. 그래도 이대로는 좋지 않은데.'

귀족가의 가정교사들은 대부분이 중하급 귀족의 자제들이었다. 그들은 한곳에만 머물지 않고 여러 가문의 초빙을 받아 돌아다니면서 가르침을 베푼다. 때문에 이런 가정교사들이 사교계에다 흘리는 학생의 태도나 저택의 모습 등은 때때로 그 가문의 평판에 적잖은 영향을 끼쳤다.

헌데 가장 고상하고 품격 있는 학문으로 일컬어지는 시문학 강사가 험담을 늘어놓는다면, 사교계에 나가기도 전에 유벨에게 나쁜 선입관이 만들어질 게 분명했다.

세레나는 유벨에게 그가 좋아하는 계란 과자와 설탕을 친 아몬드를 가져다주었다. 그리고 살포시 옆에 앉아 입을 열었다.

"유벨 님, 재미있는 이야기를 하나 해드릴까요?"

"좋아. 세레나의 이야기는 언제나 처음 듣는 흥미진진한 것뿐이니까."

유벨의 선선한 응답에 기분 좋게 웃어 보인 세레나는 곧 이야기를 시작했다.

"먼 옛날, 어느 작은 왕국에 씩씩한 왕과 상냥한 왕비님이 살았습니다. 둘의 금슬은 무척 좋았지만, 좀처럼 아이가 태어나지 않는 것이 고민이었지요. 오랜 시간이 흐른 끝에 드디어 왕과 왕비님을 딱 반씩 닮은, 사랑스러운 여아가 태어났어요. 뛸 듯이 기뻐한 왕은 7일간의 축제를 선포하고 성대한 만찬을 주최했습니다. 만찬에는 왕국의 모든 요정들을 초대했지만, 딱 한 명, 사악한 어둠의 요정에게만은 초대장을 보내지 않았답니다. 무도회를 망칠 게 뻔했으니까요.

만찬이 끝나고 요정들이 아기 공주에게 한 가지씩 축복을 내릴 때였어요. 불현듯 초대받지 않은 어둠의 요정이 나타나서는 16세가 되기 전에 물레에 찔려 목숨을 잃는다는 무시무시한 저주를 퍼붓고 사라졌지요. 다행히 아직 축복을 내리지 않았던 마지막 요정이 나와 '공주는 물레에 목숨을 잃는 대신 깊은 잠에 빠진다.'고 내려진 저주의 내용을 비틀었습니다."

방 안에 세레나의 낭랑한 목소리와 아몬드를 씹는 오도독 소리만 가득했다. 눈을 반짝이는 유벨을 바라보며 그녀는 말을 이었다.

"그날 이후, 왕과 왕비는 왕국의 모든 물레와 날카로운 물건을 불태웠고, 공주는 요정들의 축복을 받으며 더없이 아름답게 자랐답니다. 드디어 그녀의 열여섯 번째 생일이 되는 날. 성 안을 홀로 거닐던 공주는 우연히 한 노파가 물레를 돌리는 모습을 목격하고 신기한 마음에 가까이 다가갑니다. 자신도 모르게 손을 뻗어 물레에 닿는 순간, 공주는 갑자기 온몸의 힘이 빠지는 것을 느끼며 자리에서 쓰러지고 말았습니다……."

"그래서? 그 뒤는?"

과자를 입에 가득 넣은 유벨이 뒷이야기를 재촉했다.

"글쎄요. 그게 잘…… 기억이 나질 않네요. 그렇지만 이 이야기는

'잠자는 숲 속의 공주'라는 유명한 시를 풀어서 들려드린 것이니 파르네세 선생님께 가시면 공주가 어떻게 되었는지 끝까지 들으실 수 있을 거예요."

"파르네세라고……."

그 순간, 소년의 어깨가 축 늘어졌다.

"시는 과거부터 전해지는 이야기나 작가의 심상을 운율과 함께 압축해 표현한 글이에요. 처음 접할 때는 어렵게도 느껴지지만 그래도 그 안에 숨겨진 흥미진진한 동화와 노래들을 포기하는 건 아쉬우시죠?"

"아쉽지 않아, 전혀."

유벨은 일말의 고려도 없이 대답했다. 한동안 고집스러운 얼굴을 하고 소파에 그대로 앉아 있던 그는 결국 힘없이 자리에서 일어났다.

"……하아. 그래도 그렇게까지 얘기하면 어쩔 수가 없잖아. 비토리오, 가자."

"조심히 다녀오세요."

기사의 호위를 받으며 사라지는 유벨을 세레나는 빙그레 웃으며 배웅했다.

수업이 지연된 탓에 유벨은 점심때가 다 지나도록 돌아오지 않았다. 그녀는 오랜만에 사용인들이 이용하는 식당으로 향했다. 마침 식당 안에는 동기인 베키와 애슐리가 있었다. 먹을 양만큼 담은 식판을 들고 그녀는 두 사람에게 다가갔다.

"베키, 애슐리, 오랜만이야. 잘 지냈어?"

"꺄!"

세레나의 반가운 인사에 동기들은 외마디 비명을 지르며 벌떡 일어났다. 그러고는 자신들의 식판을 들고 후다닥 다른 테이블로 자리를 옮겨버렸다. 세레나는 마치 자신이 전염병 환자가 된 것 같은 기분이 들었다.

'저 태도는 뭐지? 설마 아이린처럼 시녀가 된 나와는 자리도 함께할 수 없다는 건가?'

본인들에게 직접 묻고 싶었지만 차마 다시 말을 걸 엄두는 나지 않았다. 이번에도 면전에서 거절당한다면 상처받은 마음을 회복하는 데 오랜 시간이 필요할 것 같아서였다.

세레나는 곧 혼자만의 식사를 시작했다. 고기와 야채가 가득 든 수프와 빵은 식지 않아 따뜻했지만 그 맛이 전혀 느껴지지 않았다.

"맛이 없어……. 안타까울 정도로."

혼자 하는 식사는 역시 할 만한 것이 못 되었다. 아니, 애초에 식당에서 먹은 음식이 입맛에 맞은 적은 한 번도 없지만 말이다.

결국 몇 술 뜨지 못하고 스푼을 내려놓은 세레나가 식판을 조리대에 갖다놓으러 일어서는데 사방에서 따가운 시선이 느껴졌다.

'누가 날…… 쳐다보지?'

고개를 들었지만 시선이 마주치는 이는 없었다.

'내가 착각을 했나.'

세레나가 다시 식판을 들고 걸으려니 또다시 찌를 듯한 시선이 느껴졌다. 그 시선은 한 사람의 것이라기보다는 동시다발적으로 쏘아져 오는 것에 가까워서 모래알처럼 껄끄럽던 마음을 한결 불편해지도록 만들었다.

'내가 대체 무얼 그리 잘못한 거지? 시녀가 되면 다른 일을 하는 이와는 이야기를 나누면 안 된다는 법도라도 있나? 아니면 정말, 무언가를 크게 실수한 걸까?'

자신은 그저 눈앞에 닥친 일들을 필사적으로 해냈을 뿐, 하녀나 시녀가 정확히 무슨 일을 어떻게 해야 하는지 잘 모른다. 어쩌면 그런 부족함 하나하나가 성 사람들의 심기를 거슬렀을 수도 있겠다는 생각이 들었다.

'그래도 조금만 마음을 열고 받아들여준다면 좋으련만……. 참으로 쓸쓸하구나.'

세레나는 한숨을 쉬며 식당을 벗어났다. 뒷모습마저 좇고 싶어 하는 남성들의 애타는 눈길들을 눈치 채지 못한 채.

느지막한 오후, 요 며칠 계속 그래왔듯 세레나는 공작의 집무실로 건너와 있었다. 오늘 준비한 차는 엔리케였다. 미온수에 우려낸 엔리케 차의 청량한 향기가 코를 자극하자, 세레나는 자신도 모르게 목에서 침이 꿀꺽 넘어갔다.

'아……. 딱 한 모금만 맛을 보았으면.'

세레나가 애타는 눈으로 공작의 손에 들린 찻잔을 바라보려는데 오늘따라 그의 동태가 어딘가 이상하다. 지금 눈앞에 놓인 서류는 자신이 도착했을 때부터 보고 있던 것이다.

한 장도 넘어가지 않은 서류에 눈을 둔 채, 공작은 계속 우아한 자세로 차만 홀짝이고 있었다.

'눈을 뜨고 주무시는 건 아닐 테고. 설마 손을 사용하고 싶지 않으신

건가?'

왕궁에 있을 때에도 가끔 그런 귀족들을 보았다. 자신이 읽고 있는 책을 한 장씩 넘기게 하거나 칫솔을 들고 양치질을 시키는 이들을. 그 정도는 심하지만, 누구나 때때로 아무것도 하고 싶지 않을 때가 있으니.

세레나는 한 발짝 공작에게 다가갔다.

"저…… 각하. 제가 대신 넘겨드릴까요?"

"……무엇을? 이것? 아니…… 되었다."

무슨 생각을 하고 있었는지 흠칫 놀란 공작이 드물게도 말을 더듬었다. 그때 찻잔을 들고 있던 그의 팔꿈치가 서류 뭉치에 닿았고, 덕분에 책상 위로 산더미처럼 쌓아놓은 서류 더미가 바닥으로 우수수 쏟아지고 말았다.

낭패한 얼굴의 공작이 시종을 부르려고 하자, 손을 든 세레나가 만류했다.

"제가 하겠습니다. 금방 정리해서 드릴 테니 보시던 문서부터 마저 보고 계세요."

말을 마친 그녀는 바닥에 쪼그리고 앉아 주섬주섬 흩어진 서류를 주워 모으기 시작했다. 공작은 턱을 괸 채 종이를 줍는 그녀의 모습을 바라보았다. 고개를 숙이자 선명하게 드러난 목선이 예뻤다. 목선뿐일까, 이목구비가 뚜렷한 얼굴도 붓으로 그린 듯 곱기만 하다.

목과 눈, 코를 거쳐 세레나의 붉은 입술에서 오랫동안 눈길을 떼지 못하던 공작은 갑자기 시녀를 훔쳐보고 있는 자신의 모습이 못내 부끄러워졌다.

'오늘따라 내가 왜 이러지. 정말 욕구 불만이라도 든 건가?'

아까도 옆에 서 있던 그녀의 향기가 신경 쓰여 좀처럼 보고서가 눈에 들어오지 않았다. 이렇게 능률이 떨어져서야 아쉽지만 더 이상 집무실로 부르지 말까도 생각해봤을 정도다. 이런 생각을 하는 걸 아는지 모르는지 세레나는 그저 열심히 서류를 주워 원래대로 정리하는 데 열심이었다.

손에 들린 것은 광산에서 채굴하고 있는 철광석을 이용한 대장간의 제조 원가 보고서였다. 종이의 내용과 하단의 숫자에 맞춰 정리하는 데 열중하던 그녀는 바네사가 일했던 광산의 이름이 나오자 자신도 모르게 서류에 눈길을 주었다. 원래는 슬쩍 곁눈질만 하고 넘기려던 생각이었지만, 종이에 빽빽하게 적힌 숫자를 보자 자신도 모르게 손이 멎었다.

'어떡하지. 말씀을 드리는 게 나을까. 그래도……'

망설이던 세레나는 결국 한 장의 보고서를 공작에게 가져갔다.

"각하. 이 보고서, 계산이 맞지 않는데 결산을 제대로 마치신 것이 맞는지요?"

"이리로 가져와봐."

보고서를 들고 들여다보는 공작에게 세레나가 열심히 설명했다.

"여기 우측 하단 뒤의 다섯 자리가 잘못 기입된 것이 보이시나요? 회계 담당자분께서 큰 액수가 아니라 놓치신 모양입니다. 하지만 이렇게 계속 작은 자리들이 틀리게 되면 그만큼의 철광석이 여분으로 남게 되지요."

공작이 고개를 끄덕였다.

"담당자가 실수를 한 모양이군. 어차피 철광석의 외부 유출은 금지되어 있으니 크게 걱정할 건 없다."

"예, 물론 그렇겠지요. 그런데 만약 이 문서가 그대로 결재되어버린다면 여분의 철광석의 매입 수량을 조작하고 가공의 명세서를 만들어 그만큼의 자금을 빼돌릴 수 있게 됩니다. 그런 일이 지속적으로 벌어진다면 뒤의 일은 누가 알 수 있겠습니까. 주의하시는 편이 좋으실 것 같네요."

"……."

공작은 눈에 이채를 띠고 세레나를 바라보았다. 자신이 왜 그녀와 이런 이야기를 하고 있단 말인가. 마치 시녀가 아니라 회계관과 함께 하고 있는 듯한 기분이다.

"너…… 글을 아는구나. 회계학은 따로 배운 적이 있나?"

그제야 아차 싶은 세레나가 열었던 입을 꾹 다물었다. 딴에는 그를 위해서 한 말이었는데, 이래서야 의심만 사게 생겼다. 그녀는 눈에 준 힘을 풀고 시선을 바닥으로 떨어뜨렸다.

"따로 배운 적은 없고 오다가다 책에서 몇 번 본 게 다입니다. 오늘도 우연히 정리를 하다 숫자가 다르게 적혀 있는 부분이 있어 말씀드린 것뿐이에요……."

좀 전까지만 해도 냉철한 논리로 무장해 열변을 토하던 그녀는 다시 하늘하늘한 시녀로 되돌아갔다.

아무것도 모른다는 듯 고개를 숙인 세레나를 지그시 보던 공작은 오늘 저녁, 광산 책임자와 회계 담당자를 족쳐야겠다는 생각을 하며 입을 열었다.

"의견은 잘 참고하도록 하지. 오늘은 이만 가보도록. 내일도 같은 시간에…… 아니다. 너, 내일은 한 시간 일찍 오너라. 내가 도착하기 전에 미리 간식과 차를 꺼내놓고 서류 정리도 해둬. 허구한 날 공작인 내가 너를 기다릴 수는 없는 노릇 아니냐."

"……아, 예."

'뭐지? 갑자기 또다시 맡은 일이 늘어난 것 같은데. 이렇게 일을 하면 월봉도 함께 올려주어야 하는 거 아닌가?'

세레나는 속으로 투덜거렸지만, 감히 그 말을 성의 주인 앞에서 할 배짱은 없었다.

집무실 문을 닫고 나온 그녀는 다시 황급히 유벨의 방으로 향했다. 늘어난 행동반경만큼 해야 할 일도 계속해서 늘어났다. 그래도 공작과 함께하는 오후 시간이 그리 싫지는 않았다. 누구에게도 말할 순 없지만, 둘만의 유대감 비슷한 걸 쌓아가는 것 같아 조금은 기쁘기도 하다.

"아이 참, 이러다 정말 시녀 생활에 익숙해지는 게 아닌가 모르겠구나."

푸념 비슷한 걸 하면서 걷고 있는 세레나의 얼굴에는 자신도 모르는 희미한 미소가 걸려 있었다.

하루 중 유일하게 삼촌을 만날 수 있는 황금 같은 저녁 식사 시간, 유벨이 드물게 목소리를 높이고 있었다.

"아, 글쎄, 왜 자꾸 제 시녀를 빼앗아 가시는 거예요? 더 이상 세레나를 괴롭히지 마세요."

자리에 앉자마자 듣게 된 신경 쓰이는 이름에 당황했지만, 공작은 성숙한 성인답게 내색하지 않고 짐짓 여유로운 미소를 지어 보였다.

"세레나라면 최근 집무실로 와서 차를 끓여주고 있는 네 옆의 시녀를 말하는 거겠지? 네가 수업에 가고 없을 때만 잠깐씩 빌리는 것이니 걱정 마라. 어차피 오후에는 검술 수업으로 자리를 비우지 않니?"

"그래도 중간중간 간식과 물 정도는 먹는다고요."

"그럼 그 시간은 따로 빼주마. 그럼 되었지?"

"삼촌…… 정말 너무해요."

잔뜩 골이 난 유벨에게 공작이 마지막으로 기름을 들이부었다.

"유벨…… 너 말이다, 혹시 측근 시녀를 바꿀 생각은 없느냐?"

"삼촌!"

참다못한 유벨이 결국 소리를 빽 질렀다. 엉겁결에 저녁 식사 내내 화제의 주인공이 된 세레나는 둘의 대화에 한 마디 끼어들지도 못하고 불편하게 뒤에 서 있었다.

이렇게 시녀가 되자마자 성의 주인과 작은 주인의 입에 오르내리는 것이 좋은 일인지 아닌지 알 수가 없다. 다만 또다시 비수처럼 꽂히는 시선들로 보아 당분간 성의 시중인들의 괴롭힘은 계속될 거라는 확신과도 같은 예감이 들었다.

저녁 식사 시중을 든 후에도 세레나는 숙소로 돌아가지 못했다. 바로 퉁퉁 부은 얼굴의 유벨이 내민 한 뭉치의 종이 때문이었다.

"이게 뭐죠?"

"뭐긴 뭐야. 파르네세 선생님이 내준 과제지. 수업을 마칠 때까지 얼굴이 붉으락푸르락해서는, 내일까지 해 오라고 이만큼이나 되는 과제를 내줬다고. 쳇, 이럴 줄 알았다면 돌아가지 않는 편이 더 나았어."

공연히 미안해진 세레나가 종이 뭉치를 받아 들었다.

"과제를 받은 건 저 때문이니 제가 도와드릴게요. 우리 함께 해봐요."

"물론이지. 그럴 생각으로 말을 꺼낸 거니까!"

침의로 갈아입은 유벨과 세레나는 산더미 같은 책을 안고 응접실에 모였다.

"유벨 님, 받으신 과제가 뭔지 말씀해주세요."

"선생님께 '잠자는 숲 속의 공주'의 뒷이야기를 들려달라고 말씀드렸더니…… 그렇게 궁금하면 먼저 그 결말을 상상해서 뒷이야기를 써보라는 거야. 공주에 관심이 많아 보인다며 공주가 언급되는 세 편의 시를 찾아 필사해 오라는 과제까지 얹어주고 말이지. 정말 화가 나는 게 뭔지 알아? 그렇게까지 했는데도 결국 내가 듣고 싶어 한 이야기는 한마디도 해주지 않았다는 점이야!"

유벨은 분통을 터뜨렸다. 세레나는 따뜻한 꿀물을 타주며 소년을 달랬다.

"많이 속상하셨겠네요. 제가 유벨 님이라도 화가 났을 거예요. 그래도 내일 아침에는 아름다운 동화의 결말을 들을 수 있겠군요? 전날 했던 예상과 얼마나 다른지 비교해가며 듣는 것도 또 다른 재미가 있을 거고요."

"응? 그거야 뭐……."

"그럼 이제, '잠이 든 공주님에게 무슨 일이 일어났을까'에 대한 유벨 님의 생각을 들려주지 않으시겠어요?"

"사실, 생각을 안 한 건 아니야. 내가 봤을 땐 말이지……."

떠듬떠듬 이야기를 시작한 유벨은 세레나의 도움 하에 금발 머리를 가진 공작가의 후계자가 훌륭한 검술로 사악한 요정을 물리치고 공주를 구한다는 결말을 두루마리 가득 써내려갈 수 있었다.

또 책 더미를 뒤질 필요 없이 그녀가 펼쳐준 '흰 눈을 닮은 공주님' '인어 아가씨' '양배추 소녀'라는 세 편의 시의 필사를 빠르게 끝냈다. 덕분에 기분이 좋아진 유벨은 빨리 아침이 왔으면 좋겠다며 평소보다 배는 빨리 잠자리에 들었다.

방문을 나서던 비토리오는 의심스러운 기색을 지우지 못했다. 며칠 간 지켜보았지만 세레나라는 시녀는 정말 이상하기 짝이 없었다. 까다로운 도련님을 어르는 실력은 둘째치고서도 평민 주제에 성전을 읽을 줄 알고, 능숙하게 시집 중에서 원하는 시편을 찾아내는 모습이 그 아름다움과 엇물려 기이하게만 느껴졌다.

막 부모를 잃은 도련님에게는 텅 빈 마음을 채워줄 존재가 필요했다. 때마침 나타난 지나치게 아름다운 평민 아가씨는 복이 될 것인가, 아니면 화가 될 것인가.

결과가 어느 쪽이든 이 충성스러운 기사는 자신이 모시는 주인을 위한 보고의 필요성을 느꼈다.

세레나는 숙소로 돌아가는 복도를 빠르게 걸어갔다. 어둠이 내린 지도 한참이었다. 제아무리 봄이라 해도 이곳은 북령이었고, 해가 지면 홑겹의 제복만으로는 견디기 힘들 만큼 기온이 내려갔다.

으슬으슬한 추위를 참으며 성문 앞에 다다랐을 때쯤, 그녀는 아이린, 애쉴리, 베키, 세 명의 동기들과 마주쳤다. 베키가 손에 든 무언가를 황급히 등 뒤로 감추는 것이 이상하게 생각되었지만, 꽁꽁 언 몸 덕에 여느 때처럼 자신을 무시하고 지나가는 소녀들에게 말을 걸 여유도 없었다.

세레나는 서둘러 방 안으로 뛰어 들어왔다. 웬일로 고양이가 방문 바로 앞까지 마중을 나와 있었다. 안으로 들어가자마자 고양이는 펄쩍, 한 번 뛰어오르며 울부짖더니 침대 밑으로 들어가 옷을 넣어둔 상자를 벅벅 긁었다.

"마왕, 조심해. 단 두 벌밖에 없는 옷이라 아껴 입어야 한단 말이야."

깜짝 놀란 그녀는 얼른 고양이를 끄집어내었지만 날카로운 발톱에 혹 안에 든 옷이 찢기진 않았을까 염려스러웠다. 혹시나 하는 마음에 바닥의 상자를 꺼내 뚜껑을 여는 순간, 그녀는 텅텅 비어 있는 상자와 마주해야 했다.

"옷이 어디로 사라져버린 거지? 분명 이 안에 넣어두었었는데⋯⋯."

야옹, 야옹!

"쉿, 조용히 좀 해. 울음소리를 누가 듣기라도 하면 어쩌려고 그러니."

타박을 하는 한편, 세레나는 침대와 책상 하나뿐인 휑한 방 안을 휘휘 둘러보았다. 하녀복은 어디에도 보이지 않았다. 혹시나 해서 침대 밑과 서랍, 이불 속까지 샅샅이 뒤져보았지만 결과는 매한가지였다.

세레나의 머릿속에 문득, 좀 전에 베키의 등 뒤로 보였던 검은 헝겊 조각이 떠올랐다.

'설마⋯⋯ 아닐 거야. 그래도 동기잖아. 그 정도로 못된 짓을 저지를 리가 없어.'

부정의 말을 중얼거리면서도 그녀는 방문을 박차고 나와 있는 힘껏 어디론가 뛰어가고 있었다.

사람들이 오가지 않는 외성의 서측에는 쓰레기를 태우는 소각장이 있었다. 세레나는 그곳에서 기어코 자신의 동기들을 발견할 수 있었다.

"거기서 무얼 하는 거야?"

등을 보이고 있던 세 사람은 갑자기 들려온 목소리에 소스라치게 놀랐다.

"누, 누구, 세레나?"

"뭐? 이런 곳에 걔가 어떻게……!"

성큼성큼 앞으로 걸어간 세레나는 들고 있던 긴 나뭇가지를 소각장 입구에 넣고 휘휘 저었다. 꺼져가는 불길은 미약했고, 덕분에 나뭇가지 끝으로 타다 만 쓰레기들이 줄줄 걸려 나왔다.

그 사이에서 그녀는 흑과 백이 섞인 하녀복을 어렵지 않게 발견할 수 있었다.

"……설명해봐. 내 방에 함부로 들어와 옷을 가져가고, 이렇게 불에 태우기까지 한 이유가 대체 뭐야?"

치미는 화를 참느라 목소리는 마치 쥐어짜 내는 듯 낮고 거칠었다. 그러나 현장을 들킨 상황 속에서도 아이린은 짐짓 태연했다.

"이 하녀복이 네 것이라는 증거가 있어?"

"아침에만 해도 있었던 옷이 사라졌어. 옷을 상자에 넣어 침대 밑 깊숙한 곳에 보관하던 걸 아는 건 룸메이트였던 아이린 너뿐이고. 더 이상의 증거가 필요하니?"

"글쎄, 그 정도야 누구라도 방을 뒤지면 찾아낼 수 있는 것 아냐? 어쨌든 이 옷은 네 것이 아니야. 누가 아니? 그동안 네가 하고 다닌 여우 짓에 홀린 어느 못생긴 하인이 옷을 훔쳐갔는지."

"뭐라고?"

뻔뻔한 아이린의 말에 세레나는 기가 차서 말도 나오지 않았다. 이 아이들은 왜 이런 못된 행동을 하고도 뉘우치지 않는 걸까. 자신은 동기들에게 아무 짓도 하지 않았다. 그저 같은 조건 속에서 운 좋게 조금 빨리 앞으로 나왔을 뿐. 고작 이 정도의 일로 미움을 받아야 한다면 세상은 온통 악의로만 가득할 것이다.

"다른 사람의 행운을 질투하기보다 넓은 마음으로 축하해주는 게 어때? 그럼 너에게 더 좋은 일이 생길지 누가 알아? 행복은 함께할 때 배가 되고 불행은 나눌 때 반절이 된다는 말도 있잖아."

아이린의 얼굴이 저절로 심술궂은 표정이 되었다.

"베키, 저 애 지금 뭐라고 하는 거니?"

"이게 무슨 천 년 전에나 들을 법한 고리타분한 소리야? 호호호!"

"도련님과 며칠 함께 있더니 자기가 정말 귀족 아가씨라도 됐다고 착각하나 봐."

"너희들, 정말……!"

동기들은 한마디씩 돌아가며 그녀를 비웃었다. 아이린이 손을 탁탁 터는 시늉을 하며 말했다.

"아유, 추워. 슬슬 잠이나 자러 가야겠다. 타다 만 하녀복이나마 입고 싶다면 가져가든지."

어깨를 치며 지나가는 아이린의 뒤로 베키와 애쉴리가 껌딱지마냥 뒤따랐다.

"외모 하나로 모든 게 술술 풀릴 거라 생각하는 건 큰 착각이야."

"앞으로 식당에서 아는 척하지 말아줘. 너와 한 무리로 보이는 거, 꽤 기분 나쁘니까."

마지막으로 기념할 만한 독설을 내뱉은 그녀들은 우르르 어디론가 사라졌다.

세레나는 텅 빈 소각장에 혼자 남게 되었다. 공터의 바람이 매섭게 후려쳤지만 조금의 추위도 느낄 수 없었다. 그보다 난생처음 듣는 가시 돋친 말들이 더욱 아팠기 때문이다. 춥지도 않은데 온몸이 부들부들 떨렸다. 제어를 잃은 몸의 반응이 마음에 들지 않아 세레나는 입술을 세게 깨물었다.

"너희들은…… 잘못 생각하고 있어."

하얗다 못해 시퍼레진 입술에서 소리가 흘러나왔다.

"다른 사람이 가진 것을 부러워할 시간에 먼저 자신의 일에 충실해야지. 누가 보아도, 보지 않아도 맡은 일에 최선을 다하다 보면 언젠가 좋은 일이 생길 테니까. 조금 빠르고 느린 건 중요치 않아. 자신에게 부끄럽지 않은 하루하루를 보낸다면 쌓아 올린 일상들이 결국 원하는 그곳까지 데려가줄 테니. ……하아. 너희가 이 말을 들을 리는 없겠지만."

혼잣말을 마치고 나자 덜컥, 잊었던 추위가 몰려왔다.

세레나는 땅바닥에 덩그러니 놓여 있는 자신의 제복을 집어 들었다. 이미 반쯤 타들어가 잿더미가 되었지만 그녀는 그것을 마치 소중한 물건이라도 되는 양손으로 쓰다듬으며 터덜터덜 숙소로 향했다.

　깊은 밤, 공작의 응접실에서는 비토리오가 무릎을 꿇고서 오늘 있었던 일에 대해 보고하고 있었다.

　"유벨이 또 시문학 수업을 박차고 나왔다고?"

　"예. 그런데 이번엔 나오시자마자 금방 돌아가셨습니다. 새로 온 시녀인 세레나와 잠시 이야기를 나누더니 마음이 풀리셨는지 순순히 돌아가 파르네세 강사에게 사과를 건네시더군요. 강사가 내준 꽤 많은 양의 과제도 불평 없이 완성하셨습니다. 그 과제 역시 측근 시녀가 곁에서 도움을 주었고요."

　"듣던 중 반가운 소리로군. 측근 시녀라 하면…… 역시 세레나를 가리키는 것이겠지."

　"……예, 분명 그 이름이 맞습니다."

　충성스러운 유벨의 기사는 문득, 눈앞의 공작이 자신의 이름은 제대로 알고 있는지 궁금해졌다. 물론 감히 그것을 입 밖으로 꺼낼 용기는 없었다.

　"잘됐군. 안 그래도 어떻게 수업에 흥미를 갖게 하나 고민이었는데."

　심드렁한 얼굴로 검을 빙빙 돌리던 공작은 드물게 감정을 표현하며 기꺼워했다. 제아무리 자신이래도 부모를 잃은 조카에게 듣기 싫은 잔소리를 하는 건 마음이 편치 않았다. 세레나가 곁에 있음으로 해서 안정이 된 모양이니 다행이었다.

　부럽군. 내게도 그런 도움을 줄 수 있는 사람이 있다면 좋으련만. 이

지겨운 격무를 맡겨둔 채 말이라도 한 번 시원하게 타고 달릴 수 있다면 소원이 없겠어. 일탈을 꿈꾸는 공작의 머릿속을 아는지 모르는지 비토리오는 여전히 심각한 표정이었다.

"허나 각하. 그 시녀, 어딘가 좀 이상합니다."

"이상하다라…… 무엇이 그렇지?"

"화려한 외모도 그렇지만, 고대어로 된 성전을 줄줄 읊고, 도련님의 시문학 과제를 거들 수 있을 수준의 지식을 갖고 있습니다. 평범한 시골 출신의 평민이라고는 도저히 생각이 들지 않을 정도이지요. 그런 여인이 하필 이 시기에 도련님의 곁에 온 것에 어쩐지 수상한 의도가 느껴지지 않으십니까?"

"평민이라고는 생각되지 않는다……."

공작은 특별한 차를 끓일 줄 아는 조카의 시녀를 떠올렸다. 차분하고 조용한 성격인 줄만 알았는데 아까 외성의 소각장에서 보았던 모습은 상당히 의외였다. 갑작스러운 변덕으로 밤 수련을 나가지 않았다면 보지 못했을 것이다. 수련장에서 돌아가는 길, 어디선가 들려오는 날카로운 소리에 걸음을 옮기자 몇몇 하녀들과 언쟁을 벌이는 세레나가 거기 있었다.

여러 명에게 둘러싸인 채 공격을 당하던 모습은 처량하기 짝이 없었다. 아마 갑작스러운 승진으로 시기의 대상이 되었던 것 같았다.

끝까지 상대를 설득하려 건네던 그녀의 진심 어린 말이 공작의 마음에는 꽤 와 닿았다.

혼자 남았을 때 중얼거리던 그 독백도 말이다.

오늘 있었던 일련의 일들로 그는 세레나에 대한 인상을 대폭 상향

수정하게 되었다. 외모 못지않게 성품도 훌륭한 아이가 아닌가. 가진 재주가 많아 오해를 부르는 것 같지만 지금의 자리에서 인정받고 나면 그런 소리는 차차 들어갈 것이다. 과거, 형님보다 모든 것이 우월했던 자신이 그러했듯이 말이다.

공작은 머리를 대고 깊숙이 앉아 있던 소파에서 몸을 일으켰다. 검은 마치 그의 의지대로 움직이는 생물처럼 우아하게 한 바퀴 돈 후 검집 안으로 빨려 들어갔다.

"그렇다면 더더욱 안심하고 유벨의 곁을 맡길 수 있지 않은가. 뛰어난 능력을 가진 자는 튀어나온 못처럼 시기나 질투를 사기 쉽더구나. 비토리오, 그대도 다른 생각 말고 그녀와 함께 유벨을 잘 보필토록 해라."

"……예."

비토리오는 더 이상 불만을 토하지 못하고 고개를 수그렸다.

06. 빛을 삼킨 밤

며칠 뒤, 세레나는 이른 새벽부터 일어나 유벨의 방으로 향했다. 오늘은 제도에서 특별히 부른 재단사가 오는 날이었다. 여름이 오기 전에 시원하게 입을 수 있는 새 옷을 짓기 위함이었다.

그녀는 아침 일찍 유벨을 깨워 단장시킨 후 서둘러 아래층으로 내려갔다. 잘 차려입은 한 중년 남자가 모자를 벗으며 넙죽 인사하자, 유벨이 제법 어른스럽게 먼저 말을 건넸다.

"그대가 제도에서 온 재단사야? 멀리서 오느라고 수고했어."

"발루아 공작 가문의 후계자이신 유베리안 폰 발루아 님께 아나이스 여신의 은총을. 소인은 일급 재단사 빌헬름이라 합니다."

빌헬름은 당금 제도 사교계의 유행을 이끌고 있는 저명 인사였다. 처음에는 주뼛거리며 유벨의 눈치를 보던 그는 금세 어깨를 으쓱거리며 제도에서부터 가져온 옷감과 재료들을 자랑하기 시작했다.

"도련님, 이 푸른 공단에 흐르는 윤기 좀 보십시오. 참으로 아름답지 않습니까? 이걸로 말할 것 같으면 황성에 계신 황태자 전하께서도 예복의 안감으로 사용하신 것으로…….."

입에 기름을 발라놓은 것 같던 빌헬름의 설명은 잠시 후 공작이 나타나면서 자연스럽게 끝이 났다. 홀 안의 사람들이 모두 공작을 주목하고 허리를 숙였다. 공작에게는 의식해서 무엇을 하거나 멋진 말을 골라 하지 않아도 주변 이들을 압도하는 특별한 존재감이 있었다. 몸의 치수를 재기 위해 간편한 복장을 하고 있는데도 불구하고 번쩍이는 최고급 옷감으로 옷을 지어 입은 재단사와 비할 수 없이 늠름한 모습이었다.

"빌헬름, 제도에서 보고 이렇게 다시 만나는군."

"예, 예. 소인 빌헬름이 각하께 인사드리옵니다. 그간 평안하셨습니까."

"으음."

공작의 아는 척에도 빌헬름은 달달 떨며 연신 허리를 굽실거릴 뿐이었다. 공작의 시선이 문득, 유벨의 뒤에 서 있는 세레나에게 향했다. 역시 왔군. 자신이 직접 조카의 측근 시녀로 명했으니 그 뒤를 따르는 건 당연한 일이었지만 말이다.

공작은 요즘 작은 고민에 빠져 있었다. 아니, 고민이랄 건 없었다. 그저 최근 들어 자주 보게 된 세레나라는 시녀가 조금 신경이 쓰일 뿐이다. 유벨의 뒤에서 그림자처럼 가만히 고개를 숙이고 있는 그녀를 보면 공작은 자신도 모르게 얼굴을 들라고 말하고 싶어졌다. 그리고 궁금했다. 자신이 보지 않는 곳에서 하루 종일 무슨 일을 어떻게 하며 보냈는지.

공작은 지금까지 마음먹은 일을 참거나 고민하며 살아온 사내가 아니었다. 그가 마음 가는 대로 시답잖은 이야기라도 던져 한두 마디 대화를 나누고 나면, 세레나는 말을 걸기 전보다 더 창백해진 얼굴로 입을 다물었다. 그러면 공작 체면에 시중인에게 농을 던진 게 된 자신은 더더욱 껄끄러워졌다.

왜 한낱 시녀에게 말을 걸었을까? 할 말도 없으면서. 처소로 돌아와 머리를 감싸 쥐며 자책해보지만 다음 날이 되면 자신은 또다시 세레나에게 눈길을 주고, 어떻게든 한 마디 말이라도 더 붙여볼까 소재를 찾고 있는 것이다. 도대체 왜 이러는 것인가. 상대가 조카이긴 하지만, 처음으로 마음에 든 무언가를 남에게 빼앗긴 사실이 마음에 걸렸던 걸까?

전날 밤 그리 자책하던 것도 잊고 공작은 또 세레나를 눈으로 좇고 있었다. 로안느가 자신의 치수를 재는 사이 그녀는 구석에서 유벨의 옷에 사용할 옷감을 고르고 있었다. 최고급 옷감들이 산더미처럼 쌓여 있는데 고민도 않고 척척 집어 드는 모습이 어쩐지 신기했다.

"더블릿의 재질은 이쪽의 것으로, 러프는 여기 실크 공단으로 해주세요. 단추와 소매 부분은 둥글게 간 자개를 촘촘하게 달아주시고요."

"옷감을 제법 볼 줄 아는군. 내 옷도 한 벌 부탁해도 될까."

세레나는 뒤에서 들려온 목소리에 놀라 그만 쥐고 있던 옷감을 떨어뜨렸다.

"조심해! 그게 얼마짜린데?"

어디서 빌헬름이 새된 고함을 지르는 소리가 들렸다. 그녀는 황급히 옷감을 주우며 공작의 제안을 사양했다.

"일개 시녀인 제가 어찌 감히 각하의 옷에 손을 대겠습니까."

"아니, 한 벌만 부탁하지. 성에서 업무를 볼 때 편하게 입을 것으로 골라줘."

"허나⋯⋯."

세레나가 로안느의 눈치를 슬쩍 보자 그녀는 둘의 이야기를 듣지 못한 척 덤덤한 표정을 지었다. 로안느의 표정을 확인하고 나서야 세레나는 조심스럽게 옷감을 고르기 시작했다. 신중하게 옷감과 재료를 만지는 그녀를 공작이 잠자코 지켜봤다.

"그럼⋯⋯ 이쪽의 아마색 실크로 셔츠를 하는 건 어떨지요. 가공한 진주를 달지요. 더블릿은 직물 무늬의 감색 타프타로 하고 앞여밈을 끈으로 처리하는 것이 좋을 것 같습니다. 여름에 걸치실 거니까요."

"아아, 그 말대로 하지. 빌헬름, 기억했나."

"예, 각하. 분부대로 하겠습니다."

세레나라는 시녀는 정말 이상했다. 평민 주제에 귀족들의 옷에 대해 꿰뚫고 있고 여느 귀족보다도 보는 안목이 좋다. 말투도, 하는 행동도 여느 귀족이나 황족의 것처럼 우아하기 짝이 없었다. 공작은 그녀를 시녀로 부리고 있지만 가끔은 시녀가 아니라 제도의 황녀와 함께 있는 것 같다는 착각마저 들 정도였다. 굳이 흠을 잡자면⋯⋯ 그래, 바로 저 하녀복 정도일까.

"세레나, 유벨의 시녀로 일하고 있지 않나? 왜 아직도 하녀복을 입고 있는 거지?"

세레나의 얼굴이 순식간에 벌겋게 달아올랐다. 하녀나 하인들에게는 제복이 주어졌지만 하급 귀족이나 부유한 중인들이 주로 맡는 시녀직부터는 자유로이 복장을 착용할 수 있었다. 시녀들 중에는 꽃처럼 화려한 드레스를 입고서 기사들의 시선 받기를 즐기는 처녀들도 제법 되었다. 하지만 자신은 아니었다. 바네사에게서 빌린 옷은 지난번 만났을 때 돌려주었고, 교육비 조로 받은 돈도 바네사 모녀에게 전부 주었다.

첫 번째 봉급을 받기 전까지만 지급받은 하녀복으로 버텨볼 생각이었다. 그나마도 며칠 전 일로 이제는 한 벌밖에 남지 않았지만 말이다. 어쩔 수 없다 여겼지만 그래도 모두가 있는 곳에서 복장에 대해 지적받는 건 조금은 부끄러웠다. 어쩔 줄 몰라 하는 그녀를 가만히 내려다보던 공작이 손을 들어 재단사를 불렀다.

"빌헬름, 이 아이의 치수를 재라. 그리고 계절별로 입을 드레스를 제작해 내 옷을 보낼 때 함께 보내도록 해."

"예? 제 드레스로 말할 것 같으면……."

제도의 귀부인들도 없어서 못 입는 귀하디귀한 드레스란 말입니다. 가격의 배를 주고 산다고 해도 없어서 못 파는 걸 직접 만들라고요? 이 평민 여자애에게 입히려고? 빌헬름은 어처구니가 없어 입을 벙긋거렸다. 자신은 황궁 재단사가 아니면서도 황족의 옷을 만드는 초일류 재단사였다. 콧대 높은 빌헬름은 중인 신분에도 불구하고 상급 귀족이 아니면 직접 손님을 상대하지도 않았다. 그런 자신이 평민을 위한 드레스라니. 하고 싶은 말이 목구멍까지 튀어나왔지만, 감히 공작의 앞에서 내뱉을 용기는 없었다.

"뭘 꾸물대고 있는 거냐."

"죄, 죄송합니다."

한참을 서서 붕어처럼 입만 벙긋거리던 빌헬름은 그제야 여조수를 시켜 세레나의 치수를 쟀다. 공작은 그것도 모자라 빌헬름에게 가져온 드레스가 있는지 물어 선물해주기까지 했다. 공작 일가의 옷을 맞춘 뒤 다른 귀족 여식에게 보일까 싶어 몇 벌 가져왔던 드레스가 그 자리에서 모두 팔렸다.

"제가 감히 이리 귀한 옷들을 받아도 될지 모르겠습니다."

이 상황이 못내 불편하다는 듯 어쩔 줄 몰라 하는 세레나를 보며 공작은 피식 웃었다. 이가 드러날 만큼 큰 웃음은 아니었지만, 가뭄에 콩 나듯 희귀한 미소를 보여주는 그를 보며 로안느가 눈을 크게 떴다.

"이 정도는 입어주지 않으면 곤란하다. 곁에 두는 시녀의 대우가 나쁘다는 소문이 나면 나와 유벨의 체면이 뭐가 되겠나."

"허나 이 옷들은 너무나……."

"너무나?"

173

"곱고…… 또 아름답습니다. 화려한 무도회에나 어울릴 옷을 시녀인 제가 입는 것이 부담이 됩니다."

평화로운 제국의 치세 속에서 고귀한 여성들을 위한 드레스는 눈부시게 발전했다. 전에는 낼 수 없었던 다채로운 색감이나 섬세한 레이스, 장식 등은 최고의 귀물만 보고 자라온 공주를 놀라게 할 정도였으니. 대단한 일도 하지 않았는데 이렇게 과분한 선물을 받는 건 어쩐지 마음이 편하지 않았다.

한편 공작은 겸손한 그녀의 대답이 마음에 들었다. 그래서 더더욱 이 곧은 눈의 시녀에게 작은 선물이나마 해주고 싶어졌다.

"자격이라면 충분하지. 이 성을 통틀어 공작과 그의 후계자와 가장 가까이 닿아 있는 여인이 아닌가."

짧은 말이었지만 그 뒤에 밀려오는 파장은 컸다. 부러움에 저도 모르게 입을 비쭉이던 시녀들은 숨을 멈추고 표정을 감추기에 급급했다. 문을 지키던 병사들은 도대체 어떤 시녀인지 보겠다며 목을 쭉 빼고 세레나를 살폈다.

그 모습을 지켜보던 로안느는 마땅찮다는 얼굴로 고개를 저었다. 주인님은 도대체 무슨 생각이신 건가. 저 말의 의미는 대체……. 그녀는 도련님의 측근 시녀이니 자주 마주치는 것이야 사실이지만 그리 단순히 치부해버리기엔 말에서 묘한 여운이 느껴졌다. 설마…… 아니시겠지요.

로안느는 이 불길함이 그저 자신의 기우이기를 간절히 바랐다.

공작과 유벨은 만족스러워하며 자리를 떴지만, 그들을 보낸 빌헬름은 힘이 쭉 빠져 그만 홀의 바닥에 주저앉고 말았다. 제국 최고의 무력을 가진 세도가와의 끈을 만든다는 생각에 신이 나서 이 먼 곳까지 달려왔건만 큰 낭패만 보았다. 평민 출신의 시녀를 위해 손수 드레스를 만든다는 소문이 퍼지면 자신의 재단사로서의 명성은 끝장이었다. 함께 온 조수들이 그 가벼운 입을 나불거리지 않도록 주의시킬 생각을 하니 그의 머리가 벌써부터 지끈거렸다.

다음 계절에 또 북령에서 부름이 온다면 그때는 무슨 일이 있어도 사양할 것이었다. 빌헬름은 공작이 대금으로 지불한 묘안석 두 알과 두둑한 금화 주머니를 떠올렸다. 그러나 이내 머리를 절레절레 내저으며 마차에 몸을 실었다.

해가 저물 무렵, 성문을 통과한 마차의 뒷모습이 천천히 사라져갔다. 멀리서 울려 퍼지는 말발굽 소리가 경비병들의 귀에 어쩐지 처량하게 들렸다.

세레나는 드레스를 안고 외성의 꼭대기 층, 자신의 방으로 돌아왔다. 아름다운 장식품처럼도 보이는 드레스들을 침대 위에 늘어놓고 하염없이 바라보려는데, 창문을 통해서 고양이가 들어왔다.

"왔구나, 마왕. 자, 이건 오늘치 간식이야."

세레나가 헬렌에게서 받아 온 타르트를 꺼내자 고양이는 기다렸다는 듯 탁 소리와 함께 그것을 채간다. 타르트를 물고 침대로 올라가려는 고양이를 그녀가 급히 뜯어말렸다.

"잠깐, 지금 올라가면 안 돼. 새 드레스에 잼이라도 묻으면 어쩌려고."

고양이가 왕방울만 한 눈으로 노려보았지만 세레나는 단호하게 고개를 저었다. 침대에서 좀처럼 눈을 떼지 못하던 그녀가 결국 드레스에 손을 가져갔다. 그녀에게서 흘러나오는 목소리는 마치 꿈속을 헤매는 듯 달콤하기만 했다.

"여기 물빛 드레스의 소매 부분이 보이니? 속이 비치는 레이스인데 신기하게도 봉제선이 보이지 않게 천과 이어져 있어. 내가 있던 시대엔 이렇게 정교한 재봉은 불가능했는데…… 세상이 참 좋아졌지?"

…….

"단추 대신 붙어 있는 저 동그란 구슬은 설마 진주는 아닐 거야. 공작가의 영양에게 입힐 것도 아닌데 그리 귀한 재료로 만들었을 리 없어. 그렇지만…… 영롱한 색이 참 곱기도 하지."

세레나의 말은 그 뒤로도 계속 이어졌지만 고양이는 오직 타르트에 전념할 뿐이었다. 커다란 타르트를 해치운 고양이는 잠시 그녀를 한심하게 바라보다 창틈으로 사라져버렸다. 고양이의 부재를 눈치 채지 못한 세레나는 혼잣말을 계속했다.

"새 삶을 살게 되며 욕심 같은 건 다 버린 줄 알았는데. 그래도 내가 여자이긴 한가 봐. 고작 드레스 몇 벌에 세상을 다 얻은 것마냥 기쁨이 차오르는 걸 보니."

조심스레 드레스를 쓸어보던 세레나는 그것들을 다시 한 벌씩 개어 옷을 담는 상자에 넣었다.

그때, 불현듯 아까 공작이 했던 말이 머릿속을 스쳐 지나갔다.

「공작과 그의 후계자와 가장 가까이 닿아 있는 여인이 아닌가.」

176

왜 굳이 그런 말씀을 꺼내신 거지? 세레나는 고개를 갸웃거렸다. 측근 시녀이니 종일 유벨의 곁에서 시중을 드는 건 사실이지만, 가까이 닿아 있다는 말은 어쩐지 묘하게도 들린다. 하긴, 최근 들어 매일 오후를 단둘이서 보냈으니 가깝다면 나름대로 가깝다 할 만도 했다. 서로 간에 얼마나 정다운 대화를 나누었는지는 잘 모르겠지만 말이다.

'그래도…… 알게 된 것이 제법 많지.'

공작은 정무에 집중할 때에는 목을 푹 수그리고 서류로 고개를 떨어뜨리지만, 별로 보고 싶지 않거나 까다로운 안건이 나오면 벌떡 일어나 집무실을 한 바퀴 돌며 마음을 진정시키기도 한다. 그리고 다시 자리에 앉아 아무렇지 않은 얼굴로 차를 한 잔 더 달라고 하는데 그게 또 재미있어 세레나는 웃음을 꾹 참곤 했다.

또 한 가지, 옆에서 지켜보다 알아차린 사실이지만 그는 속눈썹이 무척 길었다. 차를 음미하기 위해 눈을 내리깔면 여인의 것처럼 풍성하고 긴 속눈썹이 내려와 아름다운 그의 얼굴에 특별함을 더했다. 그러다 한 번씩 고개를 들어 그 푸른 눈으로 찻주전자를 들고 서 있는 자신을 바라볼 때면 가슴에 돌덩이가 떨어진 것마냥 콩닥거리기도 했다.

'내일은 어떤 드레스를 입어볼까나…….'

세레나는 친절한 성의 주인에 대한 고마움과 설렘을 가득 안고 잠자리에 들었다. 내일 자신에게 어떤 일이 닥칠지는 까맣게 모른 채.

다음 날 오후, 공작은 자신이 선물한 새 드레스를 입고 나타날 세레나를 기다리고 있었다. 몇 벌의 드레스 중 어느 것을 골라 입었는지도 내심 신경이 쓰였다. 실은 어제 빌헬름에게 드레스의 값을 치르면서도 그 색과 모양을 은근히 눈여겨보아둔 참이었다.

'무얼 입어도 잘 어울리겠지만 말이야.'

그는 무심을 가장해 일부러 집무실의 문이 있는 방향에 서류를 쌓아둔 채 반대편으로 몸을 돌리고 있었다. 그러나 한 시간이 지나고 두 시간이 지나 하늘에서 붉은 해가 사라져갈 때까지도 세레나는 집무실에 모습을 나타내지 않았고, 결국 기다림에 지친 공작이 먼저 시종을 불렀다.

"가서 시녀 세레나가 어디서 무얼 하고 있는지 알아봐라. ……내가 시켰다는 말은 하지 말고."

명을 받고 사라진 시종은 한참 만에 돌아와 고했다.

"주인님, 그녀는 도련님께서 수련장에 데리고 가셨다가 지금 막 함께 방으로 돌아온 참이라 합니다. 그녀를 이리로 오라고 할까요?"

"아니, 되었다."

공작은 손을 휘휘 내저었다. 유벨이 필요로 할 때에는 무리해서 부르지 않기로 이미 이야기를 끝낸 참이니 고작 드레스 구경을 위해 사람을 오라 가라 할 수는 없는 노릇이다. 그런데 별일이 아니라고 생각하면서도 내심 입이 썼다.

'일이 있다면 미리 들러 이야기라도 하고 가야지. 이토록 사람을 기다리게 하다니.'

여자아이 하나 때문에 왜 이런 기분이 든단 말인가. 콕 집어 자신의 시녀도 아닌데.

'카이로스, 펜으로 사인하는 일을 하더니 형편없는 녀석이 되어버렸구나.'

공작은 스스로 자조하며 다시 서류 더미로 눈을 옮겼다. 오늘따라 서류가 눈에 잘 들어오지 않았다. 제대로 집중하기 위해 눈에 힘까지 주어봤지만 좀처럼 한 장을 넘기는 게 어려웠다.

저녁에는 영지 안에 거주하는 백작급 이상의 귀족들과 만찬이 있었다. 식사를 가장한 빤한 정치적 모임이다. 날씨와 계절 얘기를 질릴 때까지 나누고 나면, 그 뒤에는 자신이 제일로 질색하는 세금 따위의 문제로 소리 없는 암투가 벌어질 것이다.

'그보다는 유벨이 들려주는, 언제나 별다를 것 없이 평화로운 하루 일과를 듣는 편이 훨씬 더 이로울 텐데.'

애석해하던 공작은 결국 서류를 덮고 자리에서 일어났다. 방문을 나서자 바로 앞에서 기다리고 있던 유스포프가 바짝 붙으며 물었다.

"어디로 가십니까?"

공작의 대답은 그리 오래 걸리지 않고 흘러나왔다.

"유벨의 방으로."

"여까지 어쩐 일이십니까?"

연락도 없이 들이닥친 공작을 본 시녀 하나가 눈이 동그래져 물었다. 그는 질문에 대답하지 않고 대뜸 자신의 말부터 했다.

"유벨은?"

시녀는 떨떠름하게 대답했다.

"도련님은 땀을 많이 흘리셔서 몸을 씻으러 들어가신 참인데……."

공작은 대답을 끝까지 듣지 않고 빠른 걸음으로 방으로 걸어 들어갔다.

"유벨, 유벨? 거기 있느냐?"

'난 절대 시녀 따위를 보러 온 게 아니다. 그저…… 하나뿐인 조카를 보러 온 것뿐이야.'

욕실로 향하는 공작은 몇 번이고 속으로 되뇌었다. 그러나 그의 얼굴은 이상하게 붉었고 눈은 별을 박아놓은 듯 초롱초롱했다.

"어? 이건 삼촌 목소리 같은데!"

거품을 이용해 장난을 치던 유벨이 밖에서 들려오는 익숙한 목소리에 귀를 쫑긋 세웠다. 과연 얼마 지나지 않아 공작이 안으로 모습을 드러냈다. 유벨이 욕조 안에서 벌떡 몸을 일으켰다.

"진짜 삼촌이다. 갑자기 웬일이세요? 설마 저와 목욕이라도 함께 하시려고요?"

"아니, 실은 말이다……."

습기 자욱한 욕실로 들어선 공작은 자신의 예상보다도 훨씬 자극적인 장면을 두 눈으로 목격할 수 있었다. 세레나는 입고 있던 옷의 소매와 치맛단을 모두 걷은 채 유벨의 목욕을 돕는 중이었다. 유벨의 장난 탓에 반쯤 흘러내린 머리와 옷은 잔뜩 젖어 있었다. 하필 고른 드레스는 왜 흰색인지. 얇은 시폰 소재의 드레스가 젖자 투명한 살결이 훤히 비쳐 보였다.

물방울이 걸려 있는 긴 속눈썹, 살짝 벌어진 붉은 입술, 걷어 올린 치맛단 밑으로 부러질 듯 가느다란 발목까지. 홀린 듯 그녀를 바라보던 공작은 불쑥 자신의 몸이 뜨거워지는 걸 느꼈다.

"이런……."

공작은 무어라 말을 하려다 말고 갑자기 몸을 홱 돌리더니 욕실 밖으로 나가버렸다. 나갔다기보다는 뛰쳐나간 것에 가까운 그 뒷모습에 유벨이 의아해했다.

"삼촌이 왜 갑자기 저리 가시지? 바쁜 분이 여기까진 무슨 일로 오셔서……."

"글쎄요. 하실 말씀이 있다면 나중에 다시 오시겠지요. 자, 이제 오른팔을 들어보세요."

세레나가 담담하게 대꾸했다. 그녀는 거울을 보지 않아 흐트러진 자신의 모습을 눈치 채지 못했다. 알았다면 아마 그렇게 태연하게 공작을 마주할 수는 없었을 것이다.

"짠. 이거 봐. 거품으로 만든 토끼야."

"제발, 장난은 그만하시고요……."

세레나는 그 뒤로도 땀을 뻘뻘 흘리며 장난기 가득한 도련님의 목욕 시중을 들었다.

날듯이 방으로 뛰어 들어온 공작은 가쁜 숨을 헐떡거렸다. 시선을 밑으로 쭉 내려 보니 성이 난 자신의 그것은 아직도 그대로였다.

"맙소사."

오늘만큼은 자신이 무인이라 다행이라는 생각이 들었다. 번개처럼 빠른 걸음은 검기를 다스릴 줄 아는 호위 기사마저도 따라잡지 못했으니, 어쨌거나 창피를 당하는 일만큼은 면한 셈이다. 긴장이 풀리자 온몸의 힘이 나사가 풀리듯 쑥 빠져나간다. 공작은 자신도 모르게 소파에 털썩 주저앉았다.

"이 무슨 꼴사나운 일이란 말인가……."

아무래도 금욕 기간이 너무 길었던 모양이다. 아침저녁 수련을 하는 걸로 충분타 여겼는데 하마터면 조카 앞에서 평생 잊히지 않을 망신살이 뻗칠 뻔했다. 공작은 머리를 절레절레 흔들며 유벨이 아닌 자신의 방에 딸린 욕실로 들어갔다. 냉수마찰로 흥분한 몸과 마음을 진정시키고 나온 그는 은밀히 집사를 불렀다. 늙은 집사 아구아도가 곧 부름을 받고 들어섰다.

"주인님, 부르셨습니까."

"으음."

무안한 얼굴로 천장을 올려다보던 공작이 결국 입을 뗐다.

"오늘 밤, 코르티오 거리에서…… 손님을 데려와라."

상점가에서 두 블록가량 떨어진 코르티오 거리에는 최고급 접대부를 취급하는 가게들이 늘어서 있다. '손님'은 그곳에서 일하는 여인들을 뜻하는 은어였다. 아구아도는 거리의 이름을 한 번 더 되묻는다든가 하는 실수를 저지르지 않았다. 살짝 숙인 고개를 허리 높이까지 내려 보인 그가 우직하게 답했다.

"그리하겠습니다. 혹, 원하시는 손님의 조건이 있으십니까."

"취향 따위는 없다. 아니, 잠시만……."

망설이던 공작은 아까보다 좀 더 줄어든 음성으로 중얼거렸다.

"이왕이면 긴 검은 머리에…… 눈처럼 흰 피부라면 좋겠군."

흠칫. 공작은 직접 말을 해놓고도 믿을 수 없다는 듯 벌어진 입에 자신의 손을 가져갔다. 그러고는 머리를 휘휘 내저으며 방금 전 했던 말을 취소했다.

"아니, 아니야. 못 들은 걸로 하지. 손님 따위는 됐으니 이만 나가봐."

"……괜찮으십니까?"

"나가보라고."

충성스러운 집사는 주인의 변덕에도 공손하게 손을 모아 인사하고, 소리도 내지 않고서 방을 나갔다. 텅 빈 방에서 공작은 홀로 짧은 패닉에 빠졌다.

'나는…… 난 대체 그녀를 무엇이라 생각하고 있는 거지?'

입 밖으로 튀어나온 말 속에는 분명 특정한 대상이 존재했다. 흑단 같은 머리에 하얀 피부. 있는 듯 없는 듯 희미한 존재감을 가지면서도 머물고 간 자리에는 잊을 수 없는 향기를 남기는. 꼭 자신이 끓이는 차처럼 은은한 매력을 가진 여인. 바로 세레나였다.

처음 겪어보는 기이한 감정에 당혹스러워하던 그는 숱한 위기를 헤쳐 왔던 무장답게 빠른 결론을 내렸다.

'마음에 든다면…… 손을 내밀면 되지 않나.'

자신이 바로 이 성의 주인인데 누구의 눈치 따위를 본단 말이지? 모처럼 눈에 든 여인이 있다면 가까이 부르면 그만이지. 선물로 보석 따위를 잔뜩 안겨줄 수도 있고, 더 나아가 공작인 자신이 그녀에게 적당한 작위를 내리고 옆에 두어도 된다. 물론 세레나는 평민이니 승계가 안 되는 남작 부인 정도가 가능하겠지만, 그 정도라도 누구나 누릴 수 있는 호사는 아니었다.

'좋았어. 그럼 그렇게 하자.'

어린 시절부터 공작가의 귀한 도련님으로 자라났던 공작은 태어나서 한 번도 타인에게서 거절을 당해본 적이 없었다. 그것은 쫓기듯 제도의 아카데미에 입학하고 나서도 마찬가지였다. 평생을 가장 귀한 이로 살며 선망과 동경의 대상만이 되어온 그는 남녀가 서로에게 호감을 가져도 그 호감을 깊은 사랑까지 키우는 데는 충분한 시간과 노력이 필요하다는 것을 미처 알지 못했다.

안타깝게도 공작은 마음먹은 것을 질질 끄는 성격이 아니었다. 로안느를 불러 짧은 명 하나를 내린 그는 곧바로 저녁 만찬이 열리는 연회장으로 향했다.

그날 저녁, 공작은 다시 유벨 앞에 나타나지 않았다. 혼자 식사를 마친 유벨은 세레나와 함께 방으로 돌아왔다. 유벨이 부른 배를 두드리며 물었다.

"삼촌은 다시 오실까? 오자마자 이상하게 가버리셔서 괜히 마음이 찜찜해."

"글쎄요. 오늘은 너무 늦으셨으니 내일 다시 오시지 않을까요?"

세레나는 크게 고민하지 않고 대답했다. 그녀에겐 눈앞의 도련님의 옷을 갈아입히고 한시라도 빨리 잠자리에 들게 하는 것이 눈앞에 당면한 과제였다.

"자, 이제 옷을 갈아입으셔야죠. 침대로 가서 누우시면 어제 들려드렸던 이야기의 마지막을 해드릴게요."

유벨은 순순히 그녀의 말에 따랐다. 실은 아직 잠이 올 시간은 아니었다. 가죽 공도 차고 싶고 일곱 빛깔 그림자를 만들어 비추는 마법 장난감도 가지고 놀고 싶었지만, 그보다는 어제 듣다 만 이야기의 결말이 더 궁금했기 때문이다.

잠옷으로 갈아입은 유벨이 침대로 가서 누웠다. 가슴께까지 포근한 이불을 덮어준 세레나가 막 이야기를 시작하려는데, 때 아닌 노크 소리가 들렸다. 이어서 긴 숄을 걸친 로안느가 들어왔다.

"……로안느?"

"도련님, 오늘 밤 침수 준비는 제가 도와드리지요."

유벨은 고개를 도리도리 저었다.

"됐어. 세레나가 옆에 있는걸. 그대는 필요 없으니 나가보도록 해."

일말의 고려도 없이 거절당한 로안느는 무안함에 잠시 말을 잃었다. 다시 흘러나온 그녀의 목소리에는 아까보다 강한 힘이 들어가 있었다.

"그녀에게는 해야 할 중요한 일이 기다리고 있습니다. 그러니 오늘 밤은 그녀를 일찍 보내주세요."

"가문의 후계자인 내 시중을 드는 것보다 중요한 일이 있나? 로안느는 늘 마음에 들지 않는 소리만 해. 됐어. 지금 바로 잠자리에 들 터이니 둘 다 나가봐."

심통이 난 유벨이 등을 보이며 침대 반대편으로 드러누웠다. 세레나가 얼른 다가가 흐트러진 이불의 매무새를 정돈해주었다.

"죄송해요. 내일 아침엔, 좋아하시는 꿀을 넣은 레몬차를 타드릴게요."

"응, 알겠어."

"편안한 밤 보내세요, 유벨 님."

"세레나도 잘 자."

다시 천사 같은 얼굴로 변한 유벨이 다정한 밤 인사를 건넸다.

"……따라와라."

둘의 모습이 눈꼴시어 로안느가 세모눈을 하고 먼저 침실을 빠져나왔다. 세레나는 안심하라는 듯, 한 번 더 상냥하게 웃어 보이고는 그녀의 뒤를 따라 나갔다.

로안느는 세레나를 데리고 어느 외딴 방으로 들어갔다. 밖에서 보기에는 여느 방과 다를 것이 없어 보였는데, 안은 유벨의 방 못지않게 넓고 아름답게 꾸며져 있었다. 두리번거리며 내부를 구경하는 그녀에게 로안느가 명령했다.

"욕조에 물이 받아져 있으니 옷을 벗고 들어가거라."

"예?"

"무얼 꾸물거려. 설마 네 시중까지 들어달라는 건 아니겠지?"

"그런 뜻은 아니지만…… 왜 제가 여기서 몸을 씻어야 하죠?"

세레나는 어리둥절해 되물었다.

"귀한 분을 모실지도 모르는데 설마 그 지저분한 몸을 한 채로 갈 참이냐?"

"귀한 분이라뇨? 그건 또 무슨……."

"여러 소리 하지 말고 어서 들어가."

로안느의 역정에 그녀는 더 대꾸하지 못하고 쫓기듯 욕실 안으로 들어갔다. 열 사람은 들어갈 수 있을 만큼 넓은 욕조 안에는 더운물이 채워져 있었고, 그 위에는 붉은 꽃잎들이 흩뿌려져 물결을 따라 넘실거렸다. 향유를 넣은 듯 물에서는 좋은 냄새가 났다.

'귀한 분이라는 게 대체 누구지. 어디 멀리서 오신 손님이라도 맞이하나?'

이유는 잘 몰랐지만 오랜만에 더운물에 몸을 담그니 기분은 좋았다. 매일 이렇게 몸을 씻고 단장할 수만 있다면 얼마나 좋을까. 하녀들이 쓰는 공용 욕실에 욕조는 없다. 앞사람이 뜨거운 물을 다 쓰면 뒷사람은 냉수로 몸을 씻어야 했으니 늘 한밤중에 일이 끝나는 세레나는 미지근한 물도 한 번 사용해본 적이 없는 것이다.

세레나는 욕조에서 나와 목욕을 마무리했다. 수건으로 물기를 닦아내자 아무것도 바르지 않았는데도 몸에서 윤기가 흘렀다. 시녀장이 미리 준비해놓은 슈미즈와 슬립은 꼭 제 몸처럼 살갗에 부드럽게 밀착됐다.

세레나가 파인 가슴 부분과 맨팔을 만지며 밖으로 나오자, 팔짱을 낀 채 벽에 기대서 있던 로안느가 품평하듯 그녀를 위아래로 훑어보았다.

"그럭저럭 봐줄만 하구나. 그런데 안에 있던 기름은 왜 쓰지 않았지? 하긴, 써본 적이 없으니 모를 수도 있겠군. 세면대 옆 선반의 초록색 병이다. 다시 들어가 병에 든 기름을 머리칼 끝과 온몸에 바르고 나오너라. 그리고 참, 손발톱도 있었지. 자, 이걸로 날카로운 부분이 없도록 손톱과 발톱을 꼼꼼히 다듬어야 한다."

로안느가 건넨 건 한 면이 날카롭게 갈린 줄이었다. 줄을 받아 든 세레나가 당황했다.

"로안느 님, 전 이런 물건을…… 한 번도 써본 적이 없는데요."

"그게 참말이냐? 하여간 손이 많이 가는 애라니까. 시간이 별로 없으니 내 이번만 돕도록 하마."

한숨을 쉰 로안느가 세레나를 끌고 욕실로 들어갔다. 로안느의 손을 빌리자, 세레나는 끝날 것 같지 않던 몸단장은 물론이고 허리까지 내려오는 긴 머리까지 금세 말려 양쪽으로 곱게 땋아 내릴 수 있었다.

'꼭 뭔가에 홀린 것 같은 기분이야.'

세레나는 자신이 꼭 유벨에게 들려주던 이야기 속 주인공이 된 것만 같은 기분이 들었다. 바로 '괴물의 신부'라는 이야기였다. 이야기의 첫 부분에는 주인공 벨이 황금에 눈이 먼 아버지가 정해준 혼인 상대가 끔찍한 생김새의 괴물인지도 모르고 두근거리며 결혼식을 준비하는 내용이 등장한다. 쥐도 새도 모르게 불려와 몸단장을 하고 있는 자신이 꼭 비밀스러운 혼인을 하는 주인공 벨의 상황과 비슷하지 않은가. 물론 이대로 괴물에게 끌려가게 된다면 말이다.

엉뚱한 상상을 하면서도 거울 속에 비치는 자신의 모습이 만족스러워, 세레나는 저도 모르게 보조개가 팬 미소를 지었다.

"다 됐다. 아이고, 허리야. 팔이 아파 떨어져 나갈 지경이군."

로안느가 짐짓 너스레를 떨었다. 그녀는 그러면서도 세레나에게 다시 드레스를 입혀주고 꼼꼼하게 매무새를 만져주는 걸 잊지 않았다.

"이제 서둘러 주인님의 침실로 가거라. 예상보다 늦어져 많이 기다리고 계실 게다."

"주인님이라면, 공작 각하를 가리키시는 건가요?"

세레나는 아직도 이 상황이 이해가 가지 않았다.

"저는 유벨 님의 전속 시녀인데요? 물론 오후마다 차를 끓여드리고 있긴 하지만 그래도 침실 시중까지는 좀……."

저, 저 눈치 없는 것 같으니라고. 꼭 말로 해야 아나. 이만큼 판을 깔아줬으면 대충 분위기로 알아차려야지. 로안느가 속으로 혀를 찼다. 허나 애매한 표현을 쓴 건 그녀의 주인도 마찬가지였다. 공작이 내린 명령은 '밤에 세레나를 내 방으로 들여라'라는 짧은 외마디 말이어서 단순한 시중을 받겠다는 건지, 아니면 정말 그녀를 밤의 상대로 선택한 것인지 알 수 없었다.

"어차피 우리야 주인님께서 주시는 월봉을 받는 신세가 아니더냐. 하고 싶은 일만 가려서 할 수는 없는 노릇이지. 글쎄, 나라면 기적처럼 찾아온 이 기회를 소중히 할 거다."

말을 마친 로안느는 어디서 커다란 숄을 가져와 세레나의 어깨에 둘러주었다.

"이걸 걸치고 주인님의 방으로 가거라. 위치는 알고 있지? 일전에 청소를 하러 가본 적이 있으니까. 잠자리에 드시기 전 침실을 정돈하

는 일은 네가 평소 도련님께 해드리던 것과 다르지 않을 거다. 혹 다른
일도 시키시거든 그때는 그냥…… 흘러가는 대로 몸을 맡기려무나."

"대체…… 무슨 소리를 하시는 거예요?"

로안느는 대답 대신 세레나의 등을 떠밀었다.

"어서 가봐. 가는 길에 다른 이의 눈에 띄지 않도록 조심하고. 뭐, 내
일쯤이면 더 이상 숨기지 않아도 될 테지만."

잠시 후. 세레나는 공작의 방문 앞에 서 있었다. 그러나 좀처럼 문을
열고 들어갈 생각은 하지 못하고 앞에서 발만 동동 굴렀다. 아무리 자
신이 둔해도 이 이상한 기류를 눈치 채지 못할 만큼 바보는 아니었다.
이건 마치…….

그녀는 머릿속에 떠오른 부끄러운 상상을 차마 구체화할 수도 없었
다. 공들여 만져놓은 갈래 머리를 쥐어뜯던 세레나에게 문득 아까 오
후에 유벨이 목욕하는 걸 보고 갔던 공작의 모습이 떠올랐다. 혹, 과일
즙을 넣어 고운 색을 낸 거품 목욕이 재미있어 보였는지 모른다. 그래
서 자신도 같은 방법으로 시중을 들어달라는 건지도.

'설마, 그런 어린애 같은…….'

지금으로선 그런 어린애 같은 예상이 맞기만을 바랐다. 만약 오늘의
부름이 다른 의미를 담고 있다면…… 이 새로운 삶에 가까스로 적응
중인 자신의 섬세한 마음이 깨어져 산산조각이 나버릴 것 같으니.

몇 번의 심호흡 끝에 문을 열었다. 제일 처음 눈에 들어온 응접실은
텅 비어 있었다. 세레나는 떨리는 손으로 다시 침실로 이어지는 문고
리를 잡았다.

"실례합니다……."

일전에 보았던 때와 마찬가지로 침실에는 커다란 침대 하나가 덩그러니 놓여 있었고, 그 안에도 역시 사람은 없었다. 의아해하던 세레나는 좀 더 목소리를 높였다.

"저…… 명을 받고 왔습니다만, 아무도 안 계신가요?"

"아아, 늦었군."

뜻밖에 목소리는 욕실 쪽에서 들려왔다.

"예상보다 늦어서 목욕을 모두 마쳐버렸어."

욕실에서 걸어 나오는 공작은 긴 머리를 그대로 풀어헤친 채였다. 해가 지고 나서 다시 만나는 그는 낮의 모습과는 또 다른 느낌이었다. 다정한 삼촌의 얼굴을 벗어던진 그에게선 자유분방하면서도 어딘가 관능적인 매력이 흘러나왔다.

햇살을 머금은 바다처럼 반짝이는 눈동자에서 눈을 떼지 못하던 세레나의 시선이 자연스레 밑으로 내려갔다. 길게 기른 머리카락에 가려진 그의 몸은 놀랍게도 아무것도 걸치지 않은 채였다. 처음 보는 성인 남성의 나신에 그녀는 그만 돌처럼 굳어버렸다.

'뭐, 뭐, 뭐야, 이게…….'

금방 고개를 돌렸지만 이미 머릿속에는 탄탄한 육체미가 돋보이는 공작의 몸이 각인되어버렸다. 갑자기 얼굴이 불에 덴 듯 뜨거웠다. 급기야 양손으로 얼굴을 꼭 가려버린 세레나를 공작이 어처구니없다는 듯 바라보았다.

"무얼 하고 있지? 와서 물기를 닦아주지 않고. 바닥이 흥건하게 젖잖아."

공작의 재촉에도 그녀는 좀처럼 눈을 가린 손을 뗄 수 없었다. 콩닥 콩닥, 심장 뛰는 소리가 점점 크게 들려왔다. 가슴은 누가 끈으로 조여 대는 듯 답답해졌다.

유벨의 목욕 시중을 드는 건 그래도 괜찮았다. 왕궁에서 함께 지내 던 열 살 터울의 어린 사촌 동생을 이따금 돌보아준 경험이 있으니. 그 러나 그때와 지금은 전혀 다른 상황이었다. 공작은 엄연한 성인 남성 이다. ……그것도 무척이나 성숙한.

"설마 나보고 직접 닦으라는 건가? ……콧대 높은 시녀로구나."

잘생긴 눈썹을 찌푸린 공작이 어디론가 숨어버린 수건을 찾기 시작 하자, 그제야 세레나는 조금씩 정신을 차렸다.

'그래, 귀족은 일상적인 일에 손을 쓰지 않으니 목욕 시중을 들 사람 이 필요한 건 당연한 일이잖아. 물론 그게 내가 될 줄은 몰랐지만……. 로안느 님의 말씀대로 주어진 일은 가리지 말고 최선을 다하자.'

세레나는 후들거리는 발을 떼어 응접실 쪽에 나와 있던 수건을 갖고 돌아왔다. 떨림이 멈추지 않는 손으로 수건을 펼쳐 곱게 두 번 접었다.

'저 물기가 뚝뚝 떨어지는 머리부터 어떻게 해결해야겠구나.'

공작에게 가까이 다가간 그녀는 허리까지 내려오는 긴 머리칼을 모 아 수건에 대고 두드렸다. 결 좋은 머리카락은 물에 젖었어도 실크처 럼 부드러웠다. 머리의 물기를 닦아낸 세레나는 다시 새 수건을 집어 들었다. 크게 심호흡을 한 번 한 다음 이번엔 물방울이 맺혀 있는 너른 어깨에 그것을 가져갔다. 두꺼운 수건 너머로 단단한 근육질의 몸이 느껴질 때마다 팔에는 오싹오싹 소름이 돋았다.

'이런 느낌은…… 별로 알고 싶지 않은데.'

어디선가 짙은 사향내가 풍겨왔다. 이건 향유의 냄새일까, 아니면 공작 자신의 살 냄새일까. 신경 쓰고 싶지 않지만 자신도 모르게 숨이 턱턱 막혀왔다. 술이라도 마신 듯 머리도 어지럽다.

울퉁불퉁하게 성이 나 있는 등을 닦고 난 그녀는 깊은 고민에 빠졌다. 수건을 밑으로 더 내리면…… 곤란할 것 같다. 아무리 시녀라도 남인데 이런 곳까지 손을 대는 건 그렇지 않나. 차라리 이대로 바로 가운을 입혀버릴까? 이런저런 생각을 하느라 손을 놓고 있자, 곧바로 타박이 돌아온다.

"손이 느리구나."

'이건 빠르고 느린 문제가 아닌데요.'

속으로 투덜거리던 세레나는 용기를 내어 속의 말을 입 밖에 꺼냈다.

"각하. 저는…… 유벨 님의 측근 시녀입니다. 솔직히 말씀드리자면 제가 왜 여기에 와 있는지 잘 모르겠습니다. 시중을 들 시녀라면 제가 아니라도 충분히 있지 않은가요?"

그 말에 공작은 잠시 침묵했다.

'그래. 나도 왜 널 이곳에 불렀는지 모르겠다.'

끓어오르는 마음을 참지 못해 덜컥 데려다놓긴 했지만, 고작 수건으로 몸을 닦는 일에조차 달달 떨고 있는 그녀를 보고 있자니 머리가 아파왔다. 아무것도 모르는 백치처럼 말간 얼굴을 하고 있는데 대체 언제 어떻게 설명해 남녀가 함께하는 '밤의 일'까지 한단 말이야. 로안느는 제대로 말도 해주지 않고 무얼 한 게야.

갑자기 울컥 화가 치민 그는 성큼성큼 다가와 세레나의 팔을 잡았다.

"수건은 이제 됐어. 나는 오늘 밤 혼자 있고 싶지 않고, 네가 해주는 위로를 받고 싶다. 이 정도면 잘 설명이 되었나?"

말을 마친 공작은 세레나를 데리고 곧장 침대로 갔다. 갑자기 머나 먼 어느 타국의 언어라도 들은 것처럼 멍해진 그녀는 그 손에 힘없이 끌려갔다. 그러나 침대 머리맡이 점차 가까워질수록 찬물을 뒤집어쓴 듯 머리가 차갑게 식었다. 세레나는 자신도 모르게 잡힌 팔을 거세게 뿌리쳐버렸다.

"싫어요!"

새된 비명을 지르는 동시에 세레나는 쓰러지듯 바닥에 엎드렸다. 꼭 감은 눈에서는 어느새 눈물이 펑펑 쏟아지고 있었다.

"고작…… 고작 이런 일을 하려고 여기까지 온 게 아니에요."

"너……."

"당신의 돈을 받으며 일을 하곤 있지만 나는 사람이에요. 당신과 똑같이 생각하고 울고, 웃고, 상처받아요. 내가 대체 어떤 마음으로 죽음을 무릅쓰고 이곳까지…… 흑…… 흑흑흑."

"……."

띄엄띄엄 말을 하다 이제는 아예 땅을 치며 통곡하는 세레나를 공작은 그대로 멈춰 서서 내려다보았다. 아직 무엇도 하지 않았건만 그녀는 마치 공작이 파렴치한 짓이라도 저지른 것처럼 눈물을 흘리고 슬퍼했다. 그는 지금 이 상황이 무척 당혹스러웠다.

'이게 아닌데.'

이런 반응을 보일 거라고는 조금도 예상하지 못했다. 이따금 마주치

193

는 귀족 여인들은 자신을 보면 얼굴을 붉혔고, 그녀들의 부담스러운 마음을 담은 편지는 늘 집무실 어딘가에 짐처럼 쌓여 있었다. 하루가 멀다 하고 몸을 던져오는 시녀들 역시 그를 피곤하게 하는 데 한몫했다. 생전 처음으로 관심이 간 여인에게 먼저 손을 내밀었건만…… 돌아온 건 온몸으로 거부하는 그녀의 차가운 등과 눈물이었다.

'이런 걸 원한 것이 아니었는데. 왜 그녀가 당연히 기뻐할 거라고 생각한 걸까.'

세레나를 내려다보는 공작의 마음이 어쩐지 쓰렸다. 고운 외모 말고도 그녀에겐 마음에 드는 구석이 많았다. 차는 이제껏 마셔본 것 중에 제일이었고, 광산의 보고서에 대한 귀띔은 분명 큰 도움이 됐다. 어떤 가정환경에서 자라 그러한 지식들을 알게 되었는지, 형제는 있는지, 이곳에는 어떻게 오게 되었는지. 묻고 싶은 것, 알고 싶은 것들도 많았다.

허나 그 대답을 듣기에는 너무 늦은 듯했다. 가운을 걸친 공작은 침대 구석에 걸터앉았다. 그리고 천천히 얼굴을 쓸어 올리며 입을 열었다.

"이만…… 나가보려무나."

세레나는 눈물을 닦으며 밖으로 걸어 나갔다. 휘청거리는 걸음이 불안해 보였지만 도움을 원할 것 같지 않아 차마 앞으로 나설 수 없었다. 침실에는 그녀가 오기 전처럼 고요가 찾아왔다. 그러나 파문이 인 공작의 마음은 좀처럼 잠잠해지지 않았다.

'좀 더…… 시간을 두고 지켜보는 편이 좋을 뻔했다. ……그녀가 다시 날 보며 웃어줄까?'

스스로에게 물어보았지만 아무래도 자신이 없다. 그는 머리맡에 놓인 검 받침을 살짝 건드려보았다. 찰랑, 맑은 소리가 울려 퍼졌다.

'이 소리처럼 마음까지 맑아질 수 있다면 좋으련만.'

생전 처음 느껴보는 알 수 없는 패배감과 죄책감에 공작은 시무룩해졌다.

'대체 무슨 짓을 한 건지……. 제길, 시간을 한 시간 전으로 되돌릴 수만 있다면 좋겠군.'

결국 그는 밤새 검집의 검을 넣었다 뺐다 하며 잠을 이루지 못했다.

세레나는 눈물 젖은 얼굴로 방에 돌아왔다. 야옹? 간식을 기다리던 고양이가 의아해하며 불렀지만, 마주 보고 대꾸를 할 기운조차 없었다. 그녀는 쓰러지듯 침대에 몸을 뉘었다. 뜨거운 눈물이 볼을 타고 흘러내렸다.

누군가를 위해 존재하는 시중인의 생활에 이제는 익숙해졌다. 성의 일도 슬슬 재미있어지고 있던 참이었다. 유독 자신에게 친절한 공작의 태도, 선물로 받은 곱디고운 드레스, 단둘이서 가졌던 오후의 티타임……. 삼촌과 조카 두 사람에게서 신뢰받고 있다는 느낌이 마음을 들뜨게 했다. 아주 잠깐이지만 설레기도 했다.

그런데…… 그랬는데……. 잡혔던 팔이 화인이라도 찍힌 듯 아직도 뜨거웠다. 공작이 밉다. 수많은 모래알 중 하나처럼 자신을 하찮게 취급한 그가 미워서 견딜 수가 없다.

만약 과거에 두 사람이 만났다면 어떠했을까? 공작은 가장 좋은 예복을 차려입고 꽃과 선물을 든 채 왕궁에 찾아왔겠지. 그가 손등에 입을 맞추며 날씨 인사를 건네면 자신은 그린 듯한 미소를 지으며 약속된 답을 했을 것이다. 따뜻한 햇살 아래, 선선한 바람을 맞으며 갖는 티타임은 꿈처럼 기분 좋을 테고. 그러다 어둠이 내린 정원에서 살짝 갖는 입맞춤은…… 꿀과 설탕보다도 달콤했겠지. 하지만…….

모든 게 끝나버렸다. 분홍빛으로 물들어가던 마음은 깨어졌다. 발로 밟혀서 산산조각 난 채 쓰레기통에 버려지고 말았다.

'마법진, 마왕, 하녀. 이제는 모든 게 다 싫다. 그냥 이 자리에서 아주 사라져버릴 수 있었으면!'

그녀의 목에서 다시 한 번 뜨거운 울음이 터져 나왔다. 줄곧 참아왔던 설움과 함께 터진 두 번째 눈물은 날이 하얗게 밝아올 때까지도 마르지 않았다.

다음 날 아침 일찍, 세레나는 로안느를 찾아갔다.

"저, 이곳의 일을 그만두겠습니다."

밤새도록 생각해 내린 결론이었다. 어제 같은 일이 있었는데 다시 공작의 얼굴을 볼 자신도 없고, 그 역시 조카 옆에 있는 자신을 보는 게 불편할 것이다. 할 줄 아는 것 하나 없는 자신이 성을 나가 무슨 일을 할 수 있을지는 모르겠지만 그래도 이대로 계속 머물고 있는 것보다는 나으리라.

퉁퉁 부은 그녀의 얼굴을 묘한 표정으로 바라보던 로안느가 말했다.

"안 그래도 주인님께서 네게 휴가를 주셨다. 다른 일은 생각하지 말고 하루 푹 쉬라 하시더군."

"아니요. 오후까지 짐을 싸서 나가보겠습니다."

세레나의 말에 로안느가 코웃음을 쳤다.

"경솔한 소리를 하려거든 그만둬. 성을 나가서 금방 이만한 일을 찾을 수 있을 거라 생각한다면 큰 오산이다. 잡화점? 과일 가게? 청소 하나 제대로 못 하는 네가 그런 곳의 일을 견뎌낼 수 있을 것 같아? 소개장도 없는 여자아이에게 숙식 제공에 이만한 보수까지 주는 곳이 그리 흔한 줄 아느냐?"

"……."

딱히 반박할 말은 떠오르지 않았지만, 그럼에도 더 이상 여기 남아 있고 싶은 생각은 들지 않았다. 여전히 완고한 세레나의 고집에 로안느가 혀를 차며 다시 입을 열었다.

"어젯밤 넌 여기서 일하는 모든 여인들이 바라 마지않는 복을 걷어 찼어. 물론 어디까지나 개인의 선택이니 내가 뭐라 할 수 있는 부분은 없지. 단, 그만둔다는 소릴 하기 전에 유베리안 도련님을 생각해봐라. 그 어린 분이 생면부지의 평민인 널 믿고 측근 시녀로 삼아서는 얼마나 마음을 주셨니. 그런데 지금 네 머릿속에는 그분이 전혀 존재하지도 않아 보이는구나. 이래서야 도련님이 너무 가엽지 않느냐."

아아, 세레나는 소리 없이 탄식했다. 미안하지만 전혀 생각도 하지 못했다. 유벨의 마음이라니.

"참, 한 마디 말을 더 전하는 걸 잊었구나. 주인님께서 앞으로 오후에 집무실로 찾아오지 않아도 된다 하셨다. 넌 그냥 도련님을 모시는데만 집중하면 된다고."

"……."

"지금은 어떤 말을 해도 귀에 들어오지 않겠지. 일단 오늘 하루 쉬면서 머리를 식히도록 해. 다음 날에도 얼굴을 볼 수 있으면…… 좋겠구나."

세레나는 말없이 고개를 끄덕였다.

「우리 성에 온 걸 환영해. 난 유베리안 폰 발루아야. 유벨이라 불러도 좋아.」

처음으로 이 낯선 성에서 자신을 반겨주고 있을 수 있도록 자리를 만들어준 유벨. 그 아이를 까맣게 잊고 있었다니. 그녀의 가슴에 뒤늦은 죄책감이 먹물처럼 번졌다.

'그래, 무작정 피하기만 할 게 아니야. 피할 만큼 내가 잘못한 것도 없잖아? 일단 이 일을 계속하자. 그리고 하루빨리 마왕의 이름을 찾아 소원을 이루는 거야. 그렇게 되면…… 더 이상 싫은 일은 당하지 않아도 될 테니.'

세레나는 무거운 발걸음을 옮겨 방으로 되돌아갔다.

오전 내내 방에 누워 있던 세레나는 오후가 느지막이 저물어서야 일어나 성의 도서관으로 향했다. 공작이 하사한 드레스 대신 깊숙이 넣어두었던 하녀복을 다시 꺼내 입었다. 하녀복 차림의 그녀를 도서관 사서가 이상한 눈으로 바라보았지만, 별다른 제지는 하지 않고 안으로 들여보내주었다.

도서관은 공작가의 오랜 역사와 영광을 알려주듯 훌륭한 시설을 자랑했다. 창문은 없지만 천장에서는 은은한 조명이 해를 대신해 빛을 뿌리고 있고, 지혜를 관장하는 여신 아나이스가 어린 신들에게 책을 읽어주는 그림이 그려져 있었다. 모든 책장에는 귀한 목재인 자단이 사용되었는데, 그 세공이나 마감 방식이 하나같이 정교하고 아름다웠다.

내부를 이리저리 둘러보던 그녀는 책장에서 '마왕'이라는 단어가 나올 법한 책을 찾기 시작했다.

시간이 얼마나 지났을까, 지친 세레나는 잠시 바닥에 쪼그리고 앉았다. '한눈에 보는 제국사' '엘베른 왕국부터 루이네리아 제국까지' '제국 역사에 얽힌 비밀'……. 역사가 언급된 책이란 책은 얼추 다 꺼내어 본 것 같았다.

책 속에는 사악한 마왕, 홍련의 주인 등 마왕을 지칭하는 말이 다수 등장했지만, 마왕의 진명이 나와 있다거나 자신이 알지 못했던 새로운 정보는 찾아볼 수 없었다.

눈이 빠질 것 같은 걸 꾹 참고 다시 책장을 더듬어 가려는데 문득 한 권의 책이 눈에 띄었다. '궁정 복장사'. 표지에 정교한 무늬가 프린트된 인상적인 책이었다. 세레나는 자신도 모르게 책을 꺼내어 펼쳐보기 시작했다.

책은 루이네리아 제국의 건국 초기부터 현재에 이르기까지 황실 의복의 변천사를 채색화와 함께 보여주고 있었다.

책장을 넘기던 세레나는 그중 어떤 한 대목에 주목했다.

[황제의 정복. 건국 기념일이나 생일 같은 대례 때 갖추어 입는 가장

완벽한 예장. 주목할 만한 것은 왼손 두 번째 손가락에 끼워진 문스톤 반지이다. 과거의 전통을 계승한다는 의미에서 루이네리아의 문장이 아닌 구 왕국의 문장을, 현재를 상징하는 왼손에 낀 황제는…….]

책 속에 그려진 저 반지, 꼭 어디서 본 것만 같았다. 아바마마가 끼시던 것은 아니다. 다만 마법진에 오르던 그날, 자신의 손을 꽉 잡은 아바마마께서 손에 저것과 비슷한 하얀색 반지를 끼워주셨던 것도 같다. 핏발이 선 눈에 눈물이 그렁그렁해지셔서는 뭐라고 말씀하셨는데…… 그 뒤로는 잘 기억이 나질 않는다. 아니, 어쩌면 그 기억은 상상 속에서 만들어낸 부질없는 착각인지도 모른다. 어쨌거나 현재 자신의 손에 반지는 없으니.

세레나는 미련 없이 책을 덮었다. 오늘은 더 이상 단서를 찾는 건 어려울 것 같았다.

"다음번엔 흑마법서 쪽을 찾아봐야 하나……."

도서관을 나서려는 그녀의 눈에 들어올 때와 달리 북적거리는 사람들이 눈에 띄었다. 시종부터 기사들까지 많은 수의 사람들이 고개를 숙인 채 책에 열중하고 있었다.

"북령은 남성들의 독서열이 참 대단하구나. 나도 반성해야겠어. 시간이 나면 종종 들르도록 하자."

작게 중얼거리며 사라지는 세레나의 뒷모습을 수많은 눈동자가 뒤쫓았다.

오후부터 시작된 비는 쉽게 그치질 않았다. 세레나는 이른 저녁부터 창문을 꼭 닫고 커튼을 쳤다. 닫힌 커튼 사이로 후드득거리는 빗소리가 연신 창문을 두드렸다. 아무래도 비는 오늘 밤새도록 내릴 모양이었다.

우르르 쾅쾅! 커다란 천둥소리가 울려 퍼지자 그녀는 건너편 침대에 엎드려 있던 고양이를 데려와 자신의 침대에 함께 뉘었다. 처음엔 몸서리를 치던 고양이는 결국 사람의 손아귀 힘을 이기지 못하고 굴복했다. 다리를 쭉 펴고 뻗어버린 고양이의 털을 쓸자 손에서 따스한 온기가 느껴졌다.

'그래도 네가 있어 좋구나. 혼자였다면 아마 더욱 쓸쓸하고 외로웠겠지.'

세레나는 몸을 웅크린 채 눈을 감았다. 조금씩 잠이 몰려오고 있었다. 눈을 감은 그녀의 고개가 완전히 앞으로 숙여지려는데, 어디선가 큰 소리가 들려왔다. 쾅쾅. 쾅쾅쾅.

'뭐지, 이 소리는. 천둥소리인가?'

소리를 듣고 깨었다 다시 잠에 들려는 세레나의 귀에 이번엔 굵은 남성의 목소리가 들렸다.

"유베리안 님의 시녀 세레나, 부름이오! 문을 여시오!"

이게 무슨 소리지? 놀란 세레나는 침대에서 벌떡 일어났다. 달도 중천에 떴을 만큼 야심한 시각이었다. 옷매무새를 대충 매만지고 급히 방문을 열자, 유벨의 호위 기사인 비토리오가 낭패한 얼굴로 서 있었다.

"야심한 밤에 실례를 했군. 도련님의 부름이 있어 급히 데리러 왔소."

"아…….."

다급해 보이는 상황에 세레나는 갑작스러운 부름의 이유를 따지고 들 여유도, 옷을 갈아입을 시간도 갖지 못했다. 입고 있던 침의 위에다 전날 로안느로부터 받은 숄을 두른 그녀는 서둘러 비토리오의 뒤를 따라 걸었다.

이 상황이 자신도 머쓱한지 비토리오가 변명처럼 중얼거렸다.

"이미 알고 있겠지만 유베리안 님은 불과 얼마 전 가장 가까운 가족 분들을 잃었소. 선대 공작 부처께서 승하하셨던 날도 꼭 오늘처럼 비가 내리는 날이었지. 어쨌든…… 그 뒤로 도련님께서 비와 천둥소리에 예민해지신 것이 사실이오. 그대가 이해를 해준다면 좋겠군."

알겠다는 듯 세레나가 고개를 끄덕였다.

"……괜찮습니다. 어서 가시지요."

방문을 열자 방 안의 불이 온통 환하게 켜져 있었다. 유벨은 세레나를 보자마자 칭얼거렸다.

"왜 이렇게 늦었어? 내가 얼마나 기다렸는데."

"죄송해요."

"몸이 많이 아팠다는 게 사실이야? 내가 괜히 부른 건 아니지?"

세레나는 살포시 웃어 보였다.

"다 나았으니 염려 마세요. 그나저나 몸에 왜 이렇게 땀이……. 옷이 흠뻑 젖으셨어요."

땀으로 범벅이 된 유벨을 보고 세레나가 놀라 말했다. 모든 걸 가진 이 소년은 무엇이 이리도 무서울까? 앞으로 성인이 되어 작위를 물려

받게 되면 스스로 헤쳐 나가야 할 일들이 파도처럼 밀려올 텐데 말이다. 하긴, 의젓한 모습에 깜박하곤 하지만 유벨은 아직 젖내가 가시지 않은 어린아이였다. 그러니 이러한 걱정은 10년쯤 뒤에 해도 충분하리라.

세레나는 소년을 다시 욕실로 데려가 젖은 몸을 깨끗이 씻겼다. 그리고 몸을 닦고 새 옷으로 갈아입힌 뒤 침대에 눕혔다. 꽤 시간이 지났지만 아직도 바깥에선 천둥이 그치지 않고 있었다. 천둥소리가 울려 퍼질 때마다 유벨은 참지 못하고 얼굴을 찌푸렸다. 그런 유벨을 향해 세레나가 물었다.

"따뜻한 우유를 한 잔 드릴까요?"

"아니, 노래를 불러줘. '별의 노래'를. 그게 좋아."

별의 노래는 자장가가 아닌데. 잔잔하긴 하지만 그건 예부터 귀부인들의 불륜을 조장하는 몹쓸 세레나데였다. 세레나는 망설였지만 어쨌거나 듣고 싶어 하는 노래를 불러주는 편이 좋을 거라 생각했다. 그녀는 잠시 숨을 고르고 천천히 입술을 떼었다.

"벨벳 같은 밤의 장막이 드리우면 그대는 누구를 생각하나요. 은빛 물결 가운데 깜박이는 나의 신호가 보이나요. 만날 수 없는 수많은 밤을 뒤로하며 우리는 계속 각자의 길을 걷지요. 넘쳐흐른 마음이 별똥별이 되어 흐를 때까지. 다시 만날 날을 그리며 나는 반짝반짝 신호를 보내요. 그대가 눈치 채줄 때까지."

노래를 다 부르고 유벨을 보자 소년은 어느새 쌕쌕 소리를 내며 잠이 들어 있었다. 금빛의 긴 속눈썹과 통통한 우윳빛 뺨이 못내 사랑스러웠다.

'잘 자요, 도련님.'

세레나는 유벨의 이마에 애정을 담은 입맞춤을 했다. 구부리고 있던 무릎을 펴고 막 자리에서 일어나려는데 뒤에서 낯선 인기척이 느껴졌다.

'누가 안에 들어와 있었던 거지? 이렇게 소리도 없이.'

놀란 세레나의 눈에 들어온 것은 다름 아닌 공작이었다. 그녀는 다시 한 번 소스라치게 놀라며 주춤주춤 뒤로 물러났다. 그 모습을 씁쓸하게 바라보던 공작이 먼저 말문을 열었다.

"안녕. 조카에게 밤의 인사를 하러 온 참이었어. 이렇게 얼굴을 보게 될 줄은 몰랐는데."

경계심이 가득한 세레나에게 그의 말은 흡사 변명에 가깝게 들렸다. 그녀는 곧 몸가짐을 바로 하고 정중하게 인사를 했다. 그 인사는 지나치게 예의가 발라 어쩐지 기분 나쁘게 느껴질 정도였다.

"공작 각하께 아나이스 여신의 은총을. 도련님의 몸이 좋지 않아 좀 전까지 시중을 들어드린 참이었습니다. ……그럼 저는 이만."

자리를 피하려는 세레나를 공작이 가로막았다.

"잠깐. 이런 야심한 시각에 여인 혼자 보낼 수야 있나. 데려다주지."

당신이 더욱 위험하거든. 그녀는 속으로 생각하며 딱 잘라 그의 제안을 거절했다.

"괜찮습니다. 정 마음에 걸리신다면 문밖에 계실 비토리오 님께 배웅을 부탁드리겠습니다. 이만 길을 내어주시지요."

"조카를 위해 수고한 것이니, 삼촌인 내가 데려다주는 것이 경우에 맞지 않겠나. 아아, 그대가 걱정할 만한 일은 없을 거라 약조하지. 그럼 어서 가자고."

'이 사람은 어쩌면 이렇게 뭐든 자기 마음대로지.'

"정 그러시다면야……."

끝내 거절할 만한 이유를 찾지 못한 세레나는 불편하기 그지없는 마음으로 앞장섰다.

공작이 바로 그 뒤를 따랐다.

밤새 내릴 것만 같던 비가 그쳐 있었다. 두 사람은 말도 없이 성과 성을 잇는 긴 회랑을 걸었다. 자욱하던 먹구름이 걷히고 하얀 달이 얼굴을 내밀었지만 둘 사이에는 어색한 적막만 감돌았다. 외성에 다다라서야 눈치를 보던 공작이 겨우 한마디를 꺼냈다.

"숙소가 제법 멀군."

세레나는 뒤도 돌아보지 않고 대꾸했다.

"거의 다 왔는데요. 힘드시면 이제라도 돌아가시는 편이 좋겠습니다."

"아니, 그런 의미가 아니야. 나는…… 괜찮다."

작은 등이라도 하나 켜놓지, 어두운 것 하곤. 세레나를 따라 어둠침침한 계단을 오르며 공작이 속으로 투덜거렸다.

잠깐 바래다주려던 것이 오밤중에 운동을 하게 생겼다. 공작이 알기로 시녀들은 주인의 부름에 바로 응답할 수 있도록 내성의 빈방이 하나씩 내려졌다. 그런데 이 아이는 왜 혼자서 이런 으슥한 곳에서 잠을 청하고 있단 말인가. 가엾게도.

그 으슥한 곳에서 수많은 하인과 하녀들이 매일 밤 잠을 청하고 있다는 사실을 깨끗이 무시한 채 공작은 분통을 터뜨렸다. 저번 하녀복 때도 그렇고 이번에도 그렇다. 자신의 눈이 닿을 때마다 세레나라는 아이는 늘 누군가에 치여서 가엾은 모습을 하고 있다. 유벨의 측근 시녀라는 신분을 이용해 무언가를 주장하거나 받아낼 생각은 못 하는 건가? 똑똑한 척, 우아한 척 다 하는데 정작 제 실속은 못 챙기는 헛똑똑이 같으니라고.

공작은 그 가엾은 시녀를 근래 가장 괴롭게 만든 장본인이 자신이라는 사실을 깜박 잊은 채 애꿎은 남의 탓을 했다.

이런저런 생각을 하는 사이, 어느새 계단을 다 올랐다. 벽에 다닥다닥 붙어 있는 문들 중 하나에 가까이 간 세레나가 공작의 시선을 피해 다시 고개를 숙였다.

"고귀하신 분의 배웅을 받은 것을 광영으로 알겠습니다. 살펴 가시지요."

눈을 내리깐 채 인사하는 세레나의 모습이 창문 사이로 새어나온 달빛에 비쳤다. 달빛이 창백한 그녀의 얼굴에 닿아 하얗게 부서졌다. 그러자 그녀를 한참 동안 바라보던 공작이 답지 않게 말을 더듬었다.

"……아아, 푹 쉬도록."

멍해진 그는 인사를 마친 세레나가 잠시 의아해하다 소리 없이 방문을 닫는 것도 깨닫지 못했다.

처소로 돌아가는 길 내내 공작은 세레나에 대한 생각을 했다. 한 마디라도 더 대화를 나누고 싶었지만 마음의 문을 꽉 닫아버린 그녀 앞에서 화젯거리를 찾기란, 저 독사 같은 아르만드 백작을 상대하는 것보다 어려웠다.

다시 꺼내 입은 하녀복을 보고 있자니 내심 입맛이 썼다. 어제 입고 있던 빌헬름의 드레스가 세레나에게 참 잘 어울렸었는데 나중에 제대로 치수를 재어 맞춘 드레스가 제도에서 도착하면 어제와는 비교할 수 없을 정도로 맵시가 날 것이다.

'하지만…… 만일 그것들도 입지 않겠다고 하면 어쩌지?'

씁쓸해하던 그에게 갑자기 좋은 생각이 떠올랐다. 최근 제도에서는 여성의 가슴 부분이 강조된 드레스가 한창 유행이었다. 그 드레스에는 모두들 주먹만 한 보석 목걸이를 하나씩 걸고 다닌다. 이왕 드레스를 사준 것, 사과의 의미를 담아 목걸이라도 한 개 선물하면 좋을 것 같았다. 말만 한 아가씨가 휑하니 가슴을 드러내놓고 다니게 할 수는 없지 않은가.

"이 대륙을 다 뒤져도 구할 수 없을 만큼 큰 놈으로 준비해주마. 그걸 받으면…… 그때는 내 마음을 알아주겠지."

그는 아직도 중요한 것이 보석의 크기 따위가 아니란 걸 이해하지 못했지만, 어쨌건 세레나와의 관계에서 단추를 잘못 꿰었다는 사실만은 인지하고 있었다.

'오팔? 루비가 들어가도 괜찮겠군. 아니야. 푸른 사파이어는 어떨까. 백금 펜던트 안에 박아 넣으면 그 길고 하얀 목에 잘 어울릴 것 같은데.'

목걸이에 쓸 보석을 떠올려보는 그 얼굴에는 어린 소년 같은 기대와 약간의 흥분이 서려 있었다. 창고에 쌓인 보석들을 조만간 모두 꺼내 뒤져봐야겠다고 다짐하며 공작이 성큼성큼 걸어갔다. 그 뒷모습을 달빛이 조용히 뒤따르고 있었다.

다음 날 아침. 여느 때처럼 시중을 들러 간 로안느에게 공작의 불호령이 떨어졌다.

"로안느, 성의 인원 관리를 대체 어떻게 하는 것이냐."

갑자기 날아든 날벼락에 로안느가 눈만 끔뻑거렸다.

"예? 그게 무슨 말씀이신지······."

"세레나가 유벨의 측근 시녀가 된 지가 언제인데 여태 외성 끄트머리의 낡은 방을 숙소로 사용하고 있지? 설마 몰랐다고 할 참인가?"

"······송구합니다."

로안느는 용서를 구했다. 하녀의 숙소를 쓰고 있는 것이야 당연히 알고 있었다. 자신이 직접 배정해준 곳이니까. 시녀가 되었다고 그 애의 방을 덥석 바꿔줄 수는 없다. 정해진 성의 규율을 깨고 평민 출신의 소녀가 도련님 곁으로 배정되면서 많은 사람들이 그녀의 일거수일투족을 주시하고 있었으니. 그렇다고 이러한 내부 사정을 공작에게 일일이 설명할 수도 없는 노릇이었다.

"머잖아······ 내성 안쪽에 깨끗한 방을 마련해 짐을 옮기라 일러두겠습니다."

"아니. 난 지금 당장 그렇게 하길 원해."

공작은 로안느의 사정을 봐주지 않고 단호하게 명령했다.

"유벨의 방 왼편에 방이 하나 비어 있지? 그곳으로 모든 짐을 옮겨주고 불편함이 없도록 그대가 잘 살펴주어라. 저녁에 직접 확인할 터이니 곧바로 처리하도록 해."

"……예."

벌써 여기까지 왔구나. 눈치 하나로 시녀장 자리까지 올라온 로안느였다. 공작이 처음으로 측근 시녀를 입에 올리던 순간부터 그녀는 느꼈다. 새하얗던 주인의 마음에 드리운 붉은 연심을. 유벨의 방 왼편에 있는 건 죽은 유모의 방이었다. 그러나 그 전대, 전전대에는 갓 아이를 낳은 공작부인들이 사용하기도 했었다.

로안느는 이제 세레나의 방이 될 그곳에 들어가 손수 정리를 하기 시작했다.

이토록 지극한 편애와 관심이라니. 쉬쉬하고 있었지만 공작의 기행은 이미 알 만한 사람들은 다 알았다. 저녁 식사 때마다 음식이 입으로 들어가는지 코로 들어가는지 모를 정도로 유벨 뒤의 세레나를 바라본다는 얘기까지 돌았다.

어쩌면 그녀는 북령의 여인들 중 최초로 공작에게서 작위를 하사받는 영광을 누릴지도 모른다.

봉작까진 며칠이나 걸리려나. 늘 냉정하던 주인이 이렇게 목을 매는 걸 보니 그리 오래 기다리진 않아도 될 듯하다. 몇몇 공작 측근들과의 내기를 떠올리며 로안느는 눈을 굴렸다. 아무래도 내기에 건 금액을 좀 더 올려야 할 것 같았다.

세레나는 유벨의 수업이 시작되자마자 곧바로 로안느에게 끌려가 숙소의 짐을 정리했다. 꼭 지금 옮겨야 하는 건가. 드레스가 들어 있는 꾸러미를 양손으로 들며 그녀는 연신 고개를 갸웃거렸다. 숙소를 옮긴다니, 그런 건 일이 모두 끝난 저녁에 해도 되는 일이었다. 시녀가 묵을 숙소를 시녀장이 직접 안내하는 것도 이상했다. 그러고 보니 자신을 부르는 호칭도 미묘하게 바뀐 것 같고.

이상한 점이 한두 가지가 아니었지만 세레나는 그것이 미래의 권력자를 향한 로안느의 아첨일 거라고는 생각지 못했다.

"이곳이 그대가 사용할 방이야."

매일 아침 향하는 유벨의 방 바로 옆에 나 있는 문으로 로안느가 안내했다. 엉겁결에 안으로 들어간 세레나는 그만 말을 잃었다. 제일 처음 눈에 들어오는 건 응접실이었다. 크지 않은 방 곳곳에는 붉은 기가 도는 훌륭한 원목 가구들이 놓여 있었다. 같은 재질로 가구를 맞추는 것을 미학으로 여기는, 영락없는 귀족의 취향이었다.

안쪽의 침실에는 욕조가 있는 욕실이 달려 있고 벽과 천장은 황금빛 띠와 아름다운 그림으로 장식되어 있었다. 나눠진 구조부터 작은 장식 하나까지, 누가 보아도 높은 신분의 귀부인이나 사용할 법한 방이다.

세레나가 불편한 마음에 무언가 말하려는 찰나, 로안느가 먼저 입을 열었다.

"아름답지? 이곳은 원래 유베리안 도련님의 유모였던 다미엘 부인이 쓰던 방이야. 도련님을 지척에서 모시게 된 그대에게 이 방을 쓰게 하라는 주인님의 명이 있었지."

"그런⋯⋯. 저는 고작 일개⋯⋯."

"그래, 일개 시녀이지. 일을 시작한 지 이제 한 달 정도 되었나? 짧은 시간 동안 성 안의 많은 여인들을 제치고 주인님과 도련님의 마음을 모두 얻었으니 이제는 누구도 함부로 할 수 없는 일개 시녀가 되었지만."

세레나는 당황했다. 자신에 대해 수군대는 주변의 소리나 눈길은 어느 정도 느끼고 있었지만, 이렇게까지 직접적으로 말한 것은 눈앞의 시녀장이 처음이었다.

"로안느 님, 말씀을 편히 해주세요."

"세레나, 누구에게나 이런 기회가 오는 법은 아니야. 주어진 편의와 그분의 배려를 즐기라고."

"……기회라고요?"

"짐을 정리하고 점심때쯤 도련님 방으로 식사 시중을 들러 가면 될 게야. 바로 옆이니 가는 길을 가르쳐줄 필요는 없겠지? 그럼 이만."

로안느는 드레스 자락을 잡고 허리를 살짝 굽혔다. 상전에게나 할 법한 그 인사에 기겁한 세레나가 함께 허리를 숙였다.

그녀는 살랑살랑 엉덩이를 흔들며 사라지는 시녀장의 뒷모습을 바라보다 이제 자신의 방이 된 낯선 공간을 둘러보았다. 눈이 닿는 구석마다 마음에 들지 않는 곳이 없었지만, 계속 보고 있자니 자신도 모르게 힘이 쭉 빠지는 건 어쩔 수 없었다. 이런 걸 바란 적은 없다. 화려한 드레스, 호화스러운 거처, 안정된 생활. 예전의 자신은 갖고 있었으나 이제는 스스로의 힘으로는 얻을 수 없는 것들.

'설마 사과의 의미로 방을 바꿔준 건가? 어제는 방문 앞까지 따라오더니, 도대체 그분은 무슨 꿍꿍이인 거지?'

세레나는 유벨이 마음에 들었다. 공작도 싫지 않았다. 부러움과 시샘에 찬 시선을 견딜 수 없어 하면서도 분명 어딘가엔 두 사람과 나란히 서 있는 자신의 모습을 그려보며 가슴 두근거려 하는 이율배반적인 마음도 있었다.

어제의 '그 일'이 있기 전까지는 말이다.

지금은…… 스스로의 마음을 잘 모르겠다. 흙탕물처럼 흐려져서 무엇도 보이지 않는다.

다만 이것 하나만은 확실히 말할 수 있었다. 만일 이 방을 쓰는 것에 또다시 어떤 이상한 의미가 부여된다면, 그때야말로 진정 성을 뛰쳐나가는 날이 될 거라는 것.

세레나는 한숨을 쉬며 침대에 앉아보았다. 부드러운 반탄력과 침구의 촉감이 이제까지 북령에서 경험했던 어떤 침대와도 달랐다.

어쩌면 오늘은 처음으로 푹 잘 수 있겠다는 생각을 하며 그녀는 하나씩 짐을 정리하기 시작했다. 많이 야물어진 손끝 덕분에 짐은 금방 정리할 수 있었다.

그러나 어둠이 내린 얼굴 표정만큼은 어떻게 해도 밝아지지 못했다.

해가 저물고 저녁 식사 시간이 되었다. 여느 때처럼 유벨과 함께 식당으로 가자 공작이 벌써 자리에 앉아 소카를 기다리고 있었다.

"늦었구나, 유벨."

세레나는 흠칫 놀라 벽에 걸린 시계를 봤다. 모시는 주인을 약속에 늦게 하는 건 시중인의 책임이었으니. 허나 둘이 도착한 시간은 여느 때와 크게 다르지 않았다.

'오늘따라 왜 저런 말씀을 하시는 거지?'

공작 자신이 기다리는 상황에 마음이 상한 것일까. 어쩌면 오늘 하루 공무 중에 어떤 기분 나쁜 일이 있었는지도 모른다.

세레나는 오늘 시중을 들며 그의 심중을 거스르지 않게 조심해야겠다고 생각했다.

유벨이 자리에 앉는 것을 끝으로 식사가 시작되었다. 김이 모락모락 나는 수프부터 맛있어 보이는 요리들이 차례로 접시에 담겨 나왔지만, 공작은 신경 쓰이는 일이 있는지 먹는 것이 영 시원치 않았다. 유벨의 이야기에도 통 귀를 기울이는 것 같지 않았다.

식사가 끝나고 후식이 나오자 침묵하던 공작이 슬그머니 입을 뗐다.

"세레나, 새로 옮긴 방은 마음에 들던가?"

이름을 부르는 소리에 번쩍 고개를 든 세레나의 눈이 엉겁결에 공작을 향했다. 푸른 눈동자와 마주쳤다고 느낀 순간 그녀는 얼른 고개를 숙여 눈을 피했다. 언제나 무뚝뚝하게 '너'라고 부르던 그가 자신의 이름을 부른 것은 이번이 처음이었다.

"세레나?"

풍부한 저음이 다시 한 번 부드럽게 울려 퍼졌지만, 세레나는 숙인 고개를 다시 들지 않았다.

"예, 각하. 과분할 정도의 배려에 감사드립니다."

눈을 마주치려 이리저리 고개를 갸웃거리던 공작이 결국 포기하고 말했다.

"부디 마음에 들었으면 좋겠군. 원래라면 진즉에 옮겼어야 할 것을 로안느가 경황이 없어 미처 신경 쓰지 못한 모양이야. 이미 얘기는 해 두었으니 더 필요한 물건이 있으면 언제든지 그녀를 통해 전달받도록."

"삼촌, 나도 좋아요. 다른 사람이었다면 그 방을 쓰는 걸 절대 허락하지 않았겠지만…… 세레나라면 괜찮아요. 정리가 되면 나중에 방에도 놀러 갈 거예요."

"숙녀의 방에는 함부로 들어가는 게 아니다, 유벨. 그리고 '나도'가
아니라 '저도'겠지?"

"으으…… 네."

세레나가 유벨을 향해 엷은 미소를 지어 보였다.

"전 괜찮습니다. 방이 정리되면 유벨 님께 가장 먼저 보여드릴게
요."

"흠, 나이가 어려도 남자가 혼자 숙녀의 방에 찾아가는 것은 좋지 않
아. 내가 함께 가주지. 따로 보수하거나 필요한 물건이 없는지도 살펴
주고."

"좋아요. 그럼 난 선물로 꽃을 가져가야지. 세레나는 무슨 꽃을 좋아
해?"

당사자를 빼놓고 잔뜩 신이 나 보이는 두 사람을 향해 그녀는 대답
했다.

"특별히 가리는 건 없지만 꽃 선물은 주시지 않아도 괜찮아요. 유벨
님, 세상에 아름답지 않은 꽃은 없어요. 그래서 함부로 꺾거나 상처 주
지 말고 모두 소중히 다뤄주어야 한답니다. 그것이 설령, 들판에 핀 한
송이 들꽃이라 하더라도 말이죠. 사람들은 별생각 없이 손을 대지만,
꽃에게는 생명과도 직결된 무시무시한 위협이 될 수 있거든요."

"내 생각과 같구나. 나도 세상의 모든 꽃을 정말 사랑하는데, 헤헤."

세레나의 말을 들은 공작은 굳었고, 유벨은 그저 웃었다.

"……이라도……."

"네? 방금 뭐라고 하셨어요?"

들릴 듯 들리지 않는 삼촌의 말에 유벨이 되물었다.

"주인의 실수로 이파리가 꺾인 꽃이라도…… 다시 흙에 묻어주고 정
성껏 보살피면 되살아나지 않을까?"

세레나는 쳐다보지도 않고 대꾸했다.

"글쎄요. 제 경험으로 비추어 볼 때…… 그런 건 대체로 금방 시들더
군요."

"……노력하지."

세 사람의 대화는 그 뒤로도 계속되었다. 다른 시중인들은 토끼처럼
귀를 쫑긋 세운 채 그들의 이야기에 주의를 기울였다. 요즘 성에서 가
장 뜨거운 화젯거리는 단연 공작과 세레나였다. 사실 공작은 성의 사
람들에게 있어 단 하나뿐인 하늘과도 같다. 그런 그가 옷을 선물한다,
방을 바꿔준다 하며 세레나의 마음에 들려는 것처럼 행동하는 게 보는
이에게 재미를 선사하는 것이다.

시녀에게 잘 보이려 드는 공작이라니, 소녀들 사이에서 유행한다는
연애 소설과도 어쩐지 비슷하지 않은가.

저녁 식사 때마다 시녀들은 시기심 반, 부러움 반으로 그들의 모습
을 훔쳐보았다.

요리를 담은 접시가 치워지고 세팅된 차와 과일까지 먹고 나자 자연
스럽게 식사는 끝이 났다. 하지만 공작은 좀처럼 자리에서 일어나지
못했다. 유벨, 그리고 세레나와 별것 아닌 대화를 나누며 함께하는 시
간이 자연스럽고 편안해서 이대로 끝내고 싶지 않았다. 하루를 쪼개가
며 일하는 그에게 이 시간은 달콤한 휴식처럼 느껴졌다.

'내가 원한 건 바로 이런 편안함이었는데…….'

자신의 어리석음에 공작은 낮게 혀를 찼다.

'돌이킬 수 없다면, 상처를 흙으로 덮어주고 물을 주자. 푸른 줄기가 자라다 보면…… 언젠가 꽃을 피울 수도 있겠지.'

"이만 일어날까."

공작이 어기적거리며 의자에서 일어나자 유벨과 세레나도 따라서 일어났다.

짧은 인사를 나눈 그들은 각자의 거처로 향했다. 돌아가는 모습도, 방향도 각기 다른 세 사람의 얼굴에는 진한 만족감과 왠지 모를 아쉬움, 슬픔이 서려 있었다.

216

07. 솔즈베리 백작부인

　여느 때와 같이 공작이 산더미 같은 서류와 씨름을 하고 있을 때였다. 똑똑, 문에서 노크 소리가 들렸다. 서류를 결재하는 오전에는 누구도 들이지 말라고 했거늘. 공작이 살짝 인상을 쓰며 문 쪽을 바라봤다. 이윽고 문이 열리더니 아구아도가 우물쭈물하는 모습으로 들어섰다.

　"각하, 손님께서 오셨습니다."

　"난 오늘 어떠한 약속도 잡지 않았다만."

　아구아도는 더더욱 난처하다는 얼굴을 했다.

　"그것이…… 유베리안 도련님의 새로운 유모로 면접을 보러 오신 분이라고 합니다. 저도 이상해서 돌려보내려 했지만 아르만드 백작님의 추천장을 갖고 오신 귀족 여성분이셔서……."

　숙부의? 미간을 찌푸린 공작의 머릿속에, 즉위식에 왔던 친족들에게 하루빨리 유벨을 돌볼 새 유모를 구해달라고 부탁했던 일이 떠올랐다. 그때의 유벨은 너무나 불안정하고 예민해서 누구든 그 아이를 따뜻하게 돌봐줄 손길이 필요했다. 물론 그건 세레나를 만나기 전의 일이었다. 일단 찾아온 손님을 계속 밖에 세워둘 수 없어 공작은 어쩔 수 없이 손님을 안으로 들였다.

공작의 손에는 한 장의 종이가 들려 있었다. 광택이 나는 고급 종이에는 날아갈 듯한 필체로 화려한 경력 사항과 세간의 후한 평가들이 줄줄이 적혀 있었다.

그는 보고 있던 종이를 천천히 접으며 눈앞의 부인을 바라보았다. 분홍색 머리를 느슨하게 묶은 백작부인은 희고 고운 얼굴을 하고 있어 좀처럼 나이를 짐작하기 어려웠다. 그녀는 가녀린 두 팔을 앞으로 모은 채 다소곳이 앉아 있는데 그 바람에 오히려 반쯤 드러낸 가슴이 강조되어 보여 다소 묘한 느낌을 주었다.

"추천장을 보니…… 황궁에서 일을 하셨더군요."

"남편이 일찍 세상을 뜨고 여자 혼자서 긴 여생을 보내기엔 너무 쓸쓸하지 않았겠어요? 저는 아이도 가지지 않은 홑몸이었으니 황후마마의 시중을 들기에 안성맞춤이었지요."

"그렇군요."

황궁에서 일을 하는 건 귀족 여성에게 있어 최고로 영예로운 일이었다. 타고난 신분이나 가진 교양, 사교계의 평판 등에 하등의 문제가 없음을 뜻하기 때문이었다. 숙부가 추천한 이 백작부인은 분명 더 이상 좋을 수 없을 정도로 완벽한 공작가의 유모감이다. 그런데 왜일까. 그런 그녀가 자신의 마음에 썩 차지 않는다.

'지금 이대로가 딱 좋은데. 유모는…… 없어도 되지 않을까.'

있을 수 없는 일이라고 생각하면서도 공작은 머릿속으로 세레나를 떠올렸다. 그러나 언제까지나 유모의 자리를 공석으로 둘 수만도 없을 것이다. 유모는 단순히 수발을 드는 사람이 아니라 차기 후계자로서의 교육을 포함해 전반적인 양육을 책임지는 자리이기 때문이다. 게다가 직접 찾아오기까지 한 백작부인을 거절할 만한 어떤 특별한 이유나 명분도 없었다. 한참 뒤, 공작이 입을 열었다.

"아무쪼록 조카를 잘 부탁드리지요…… 솔즈베리 부인."

"호호호, 믿고 맡겨주세요."

공작이 급히 덧붙였다.

"형식적으로나마 한 달의 수습 기간을 두겠습니다. 괜찮으시겠습니까?"

"30일이라…… 그러지요. 좋습니다. 호호호."

솔즈베리 부인이 큼지막한 보석 반지를 낀 손으로 입을 가리며 웃었다. 꾀꼬리 같은 그녀의 웃음소리가 공작의 집무실 안에 가득 울려 퍼졌다.

공작은 오전 수업을 마친 유벨을 점심 식사에 불러들였다. 그리고 유벨을 돌봐줄 새 유모가 왔음을 알렸다.

"삼촌, 더 이상 유모는 필요 없어요. 저한테는 세레나가 있는걸요."

예상대로 유벨은 기겁하며 고개를 절레절레 흔들었다.

"세레나와 전 매일 아침 성전 공부도 함께 하고 있어요. 그거 아세요? 세레나는 고대어로 된 성전을 줄줄 읽어요. 예법 책에 나오는 방법 그대로 차를 끓이고요."

공작은 이런저런 이유를 들어 애써 조카를 설득하려 들지 않았다.

유벨을 움직일 수 있는 단 한마디의 말을 이미 알고 있기 때문이었다.

"그녀가 너로 인해 많은 것을 희생하고 있다는 생각은 들지 않느냐? 전에는 서너 명이 함께 하던 일을 지금은 세레나 혼자서 아침부터 밤까지 하고 있지. 믿을 수 있는 유모가 너의 교육과 생활 전반의 관리를 담당하게 되면 그녀도 훨씬 편해질 거다."

잠잠해진 유벨이 물끄러미 삼촌을 올려다보았다.

"……정말로 그렇게 생각하세요?"

"백작부인은 배울 점이 많은 사람이니 그녀를 본다면 너 역시 금방 좋아하게 될 거야. 만일 한 달이 지나도 네 마음에 들지 않는다면 그때는 다른 사람을 알아보도록 하마. 알겠니?"

"……네."

유벨의 어깨를 두드린 공작은 곧바로 응접실에서 기다리고 있는 솔즈베리 부인과 조카를 대면시켰다.

"부인에게 여신의 은총이 있기를. 유베리안 폰 발루아입니다."

"아나이스 여신의 은총이 당신과 함께하기를. 삼촌을 보고 혹시나 했는데 이렇게나 아름다운 외모의 소년일 줄은…… 성에서의 생활이 한결 즐겁겠군요. 호호."

솔즈베리 부인의 호들갑스러운 웃음소리에 유벨의 얼굴이 굳었다. 유벨은 어린 소녀처럼 늘어뜨린 그녀의 분홍 머리를 한심하게 바라보며 대답했다.

"말씀의 의도를 잘 모르겠는데요."

"후훗. 칭찬이니 염려 마세요. 제도에서 이 먼 곳까지 오느라 오늘은 제가 준비가 제대로 되어 있지 않네요. 옷차림도 영 엉망이고요. 우리 내일 정식으로 다시 인사를 나누기로 해요.”

“……하아. 알겠습니다.”

“유벨, 이만 수업에 가보아도 좋다. 부인께선 여기 로안느의 안내를 받아 짐을 푸시면 되오. 나 역시 정시에 회의가 있어 이만 실례하겠소.”

시무룩해진 유벨과 공작이 함께 자리를 떴다. 그들의 뒷모습이 모퉁이를 돌아 완전히 사라지자 시종일관 웃는 얼굴이던 솔즈베리 부인의 얼굴에서 슬그머니 미소가 사라졌다. 턱을 있는 대로 치켜든 그녀는 로안느를 향해 도도하게 물었다.

“그대는 어느 가문 출신인가?”

로안느가 잠시 고민하다 대답했다.

“저는…… 중인입니다. 각하의 배려로 3대째 이곳 공작성에서 일을 하고 있지요.”

“뭐? 고작 중인 주제에 공작성의 시녀장 직을 맡고 있단 말이냐?”

솔즈베리 부인의 말투가 순식간에 하대로 바뀌었다.

말에서 느껴지는 멸시의 뉘앙스에 로안느는 시녀장이 된 후 한동안 느껴보지 못했던 감정들이 되살아나는 것을 느꼈다.

그러나 오래된 베테랑답게 그녀는 일절 불만을 내색하지 않고 차분히 입을 열었다.

“저는 성에서 태어났고 평생을 이곳에서 살았습니다. 전전대 공작부인을 30년간 모신 공을 인정받아 몇 해 전, 감사히도 시녀장이 될 수 있었지요.”

“흥, 제도에선 있을 수 없는 일이로군. 되었다. 이만 내가 쓸 방으로 안내하도록 해.”

로안느는 솔즈베리 부인이 머물 곳으로 데려다주었다. 그곳은 유벨의 방에서 그리 멀리 떨어지지 않은 손님용 방이었다.

부인이 손에 낀 반지를 어루만지며 안을 두리번거렸다.

“흠, 방이 그리 크지 않군. 겨우 구색만 맞출 수 있을 정도야. 유베리안 도련님이 계신 곳은 어디지?”

“도련님의 방은 모퉁이를 돌아 가장 끝 쪽에 위치한 방입니다. 지금 보시는 부인의 방은 계신 층에서 도련님 방 다음으로 크고 좋은 방이고요.”

로안느의 상세한 설명을 듣고도 부인은 무언가가 마음에 들지 않는다는 표정이었다.

“이봐, 시녀장. 배우지 못해 잘 모르는 모양인데, 귀족가에서는 원래 유모의 방을 자녀와 가장 가까운 곳에 배치한다네. 내가 머물 곳은 거기야.”

“지금 그 방은 사용하고 있는 사람이 있습니다. 도련님의 측근 시녀인 세레나가 각하의 명으로 방을 옮긴 지 얼마 되지 않았지요.”

“말도 안 돼. 제도에서는 그런 법도는…….”

“그럼 편히 쉬십시오.”

로안느는 그녀의 히스테리를 못 들은 척하며 방을 빠져나왔다. 주인의 명으로 세레나의 거처를 옮겨줄 때만 해도 썩 내키지 않았는데, 오늘에야 그 선택이 실로 탁월했다는 생각이 들었다. 새로 왔다는 유모는 그야말로 전형적인 귀족 여성이었다. 초반부터 저렇게 나와서야 앞으로의 일은 보지 않아도 훤하다.

로안느는 크게 한숨을 쉬었다. 당분간 성이 시끄러워질 것 같았다.

해가 지기 전 공작에게 두 번째 불청객이 찾아왔다. 숙부인 아르만드 백작이었다. 지팡이를 짚고 나타난 백작은 오랜만에 만나는 조카에게 불편한 기색을 한껏 드러내 보였다. 하기는 마지막으로 보았을 때 그의 바로 옆 벽에 칼을 꽂고 무안을 주어 내쫓았으니 그럴 만도 했다. 공작이 짐짓 모르는 척 먼저 인사를 건넸다.

"오랜만입니다, 숙부. 제 승계식 때도 뵙지 못했었는데."

"흠흠, 알다시피 누구 덕에 몸이 좋지 않아져서 말이야, 한동안 요양을 하고 있었지. 그나저나 공작, 솔즈베리 백작부인은 만나보았겠지?"

"아아, 오전에 숙부님의 친필 추천장을 들고 찾아왔더군요."

"그래, 부인은 제도에서도 찾아보기 힘든 진정한 레이디 중의 레이디라네. 부친께서는 황궁의 요직에 계시는 라파에르 후작 각하이시고, 남편의 작위를 승계받은 뒤 줄곧 황궁에서 일을 했어. 여성으로서는 드물게 아카데미까지 졸업한 우수한 인재이기도 하고."

무슨 말을 하려고 이렇게 뜸을 들이나. 빙빙 도는 겉치레 대화가 지겨워진 공작은 이야기를 본론으로 돌렸다.

"그런데…… 무슨 일로 여기까지 걸음을 하셨는지."

"그야 물론 차기 공작이 될 우리 소중한 후계자의 얼굴을 보기 위해서지. 겸사겸사 먼 곳에서 찾아와준 솔즈베리 부인도 만나보고 말이야. 사실, 아까 성에 오자마자 잠깐 그녀를 만나고 온 참이었어."

"그러시군요."

공작이 건성으로 대답했다. 자신을 쏙 빼놓고 얘기하는 백작의 유치한 언사에도 기분이 나쁘지는 않았다. 다만 이 지루한 대화가 어서 빨리 끝나기만을 바랄 뿐.

"그런데 그녀로부터 말도 안 되는 얘기를 하나 들었네만. ……부인이 지금 손님용 방에 묵고 있다는 게 사실인가?"

생각지도 못한 부분에서 지적을 당한 공작은 조금 당황했다. 로안느에게 머물 곳에 대한 이야기를 했던가? 어렴풋이 유벨과 같은 층에 적당한 방을 주라고 일렀던 것도 같다. 전 유모가 쓰던 방은 자신의 명으로 현재 세레나가 사용하고 있으니. 그 사실을 어찌 알아차렸는지 백작은 공작이 생각한 바로 그 부분을 물고 늘어졌다.

"유모에게 손님방을 주고 시녀에게 유모의 방을 내어주는 게 어느 귀족 가문의 경우인가? 게다가 그 시녀는 평민이라지? 새 공작은 가문의 이름에 먹칠을 할 셈이로군. 그 자리는 하나뿐인 후계자를 보호하고 가문의 명예를 지켜야 할 책임이 있는 자리일세."

공작은 깨끗이 실수를 인정했다.

"……그건 미처 생각지 못한 부분이군요. 제가 알아서 잘 처리하겠습니다."

"즉시 솔즈베리 부인의 숙소를 바꾸고 평민 출신의 시녀는 하녀로 강등시키든가 성 밖으로 내보내도록 하게. 부인이 마음에 들지 않거든 다른 귀족 부인들 중에서 다시 알아보아도 상관없네. 허나 이전처럼 제대로 된 보호자도 없이 후계자를 방치하는 건 친족회의 수장으로서 도저히 용납할 수 없어."

"숙부님의 말씀 참고하지요. 그런데 참으로 이상하군요. 백작부인이 성에 도착한 것은 오늘 오전인데, 브라흐에 계시는 숙부께선 어떻게 미리 알고 이렇게 한달음에 달려오셨는지. 마치 두 사람이 서로…… 입을 맞추어놓기라도 한 것처럼 말입니다.”

공작은 깍지를 꼈던 손을 풀었다. 그리고 늘 몸에서 떼어놓지 않는 자신의 검을 만지작거렸다. 검에 시선이 닿은 백작은 과거의 악몽이 되살아난 듯 얼굴이 새하얗게 질려갔다.

“험, 마, 말이 지나치구먼. 이건 어디까지나 개인이 아닌 친족회 전체의 의견이라네. 이야기를 전달했으니 나는 이만 가보겠네.”

말을 마친 아르만드 백작은 당당하던 입장 때와 달리 황망히 자리를 떴다.

공작은 욕심 많은 숙부의 뒷모습을 조용히 비웃었다. 허영으로 똘똘 뭉친 사람 같으니라고. 세레나가 평민인 것이, 방의 위치 따위가 왜 그리 문제가 되는지 공작은 아무래도 이해가 가질 않았다. 어쩌면 그들이 손가락질하는 대로 어려서부터 귀족으로서 받아야 할 교육을 제대로 받지 못해서인지도 모른다. 전쟁터에서 필요한 건 오로지 가진 실력 하나뿐이었으니까. 어쨌든 숙부가 무거운 엉덩이를 떼고 여기까지 왔다 갔으니 완전히 무시해버릴 수는 없었다.

225

‘오늘따라 뜻대로 되지 않는 것이 참 많구나.’

공작에겐 유난히 하루가 길게만 느껴졌다.

세레나는 수업으로 비어 있는 유벨의 방에 있었다. 방 안에 초록 식물을 두고 싶다는 유벨을 위해 실내에서도 잘 자라는 꽃을 화분에 심어 들여온 참이다.

색색의 화분을 창가에 올려놓고 물을 주려는데 갑자기 찾아온 손님이 있었다. 집무실에 있어야 할 공작의 등장에 세레나가 급하게 자리에서 일어났다.

"각하."

"세레나."

또다. 정확히 언제부터인지는 모르겠지만 공작은 얼굴을 볼 때마다 꼬박꼬박 자신의 이름을 불러왔다. 가능한 한 눈을 마주치는 걸 피하고 있기에 표정을 보진 못했지만 끝이 살짝 누그러진 그의 어조가 퍽 다정하게 들린다. 무뚝뚝하던 이전과 달리 자꾸만 친한 척 다가서는 모양이 세레나는 영 어색하고 부담스러웠다.

"화분을 가져다놓았군."

"유벨 님께서 식물을 방에 두고 싶어 하셔서요. 크기는 작지만 제법 예쁜 꽃을 피우는 품종입니다."

"그런가."

"예. 할 일을 마쳤으니 전 이만 물러나보겠습니다."

적당히 인사를 마치고는 빠른 걸음으로 방문으로 향했다. '그날' 이후 눈앞의 남자가 정확히 어떤 생각을 하고 있는지는 모르겠지만, 어쨌거나 한 공간에 단둘이 있는 상황만큼은 피하고 싶은 게 사실이었다. 그러나 그런 그녀의 행동은 곧 공작에 의해 저지당해야 했다. 문을 막아선 그의 커다란 손이 어깨에 닿으려는 순간, 세레나가 숨을 들이켜며 뒤로 몸을 뺐다.

두 사람 사이에 어색한 침묵이 내려앉았다.

'너무 티를 냈나? 역시 한 걸음만 물러나는 편이 좋을 뻔했어.'

이러다 불경죄로 쫓겨나게 되는 것은 아닌지 고민하고 있을 때 머리

위에서 목소리가 들려왔다.

"괜찮은가?"

소리를 따라 고개를 들어 올렸을 때, 눈과 눈이 마주쳤다. 푸른 보석을 닮은 눈동자는 그 밤에 보았던 짙은 색이 아닌 맑은 하늘빛을 띠고 있었다. 놀란 것은 공작 자신도 마찬가지인 듯, 양손을 번쩍 들고 뒤로 성큼 물러나 보인 그에게서는 언뜻 자신에 대한 걱정과 배려가 엿보이는 것 같기도 했다. 물론 그래보았자 한번 덮어씌워진 악인상이 쉽게 바뀔 리는 없었지만 말이다.

"물러나는 건 잠시만 참아주지. 나는 그대에게 용무가 있어 온 참이거든."

"용무라 하시면?"

세레나는 드물게도 눈에 약간의 짜증을 담아 공작을 바라봤다. 할 말이 있으면 빨리 하고 사라지라는 의미의 시선에도 그는 다만 머리를 긁적일 뿐이었다. 이윽고 공작이 상냥한 어투로 오늘 아침에 있었던 일을 간략하게 설명해주었다.

"이미 들었는지 모르겠지만…… 유벨의 교육을 맡을 유모가 새로 왔다. 솔즈베리 백작부인이라고, 황성에서 황후마마를 오랫동안 모신 경험이 있는 관록 있는 부인이지. 주위에 유벨의 새 유모를 구해달라는 부탁을 해둔 적이 있는데, 한참 전의 일이라 그만 까맣게 잊고 있었어."

"그 이야기라면 실은 다른 이를 통해 이미 전해 들은 참입니다. 아시다시피 성은 워낙에 넓고도 좁은 곳이니까요."

공작이 혀를 찼다.

"그런가. 내가 한발 늦었군. 지금까지 유벨의 곁에 있었던 건 세레나 그대이니 이런 일이 있다면 미리 이야기를 하고 양해를 구했어야 했는데…… 일이 이렇게 되어버려 미안하군."

미안하다니, 이 무슨 말도 되지 않는 소리인지. 세레나는 고개를 저었다. 공작은 성의 주인이다. 주인이 일개 시녀에게 구구절절한 귀족가의 사정에 대해 설명하거나 사과를 하는 법도는 없었다. 그래도 그의 섬세한 마음 씀씀이가 썩 기분이 나쁘지는 않았다.

"각하께서 정하신 일에 따를 뿐입니다. 허락하신다면 화분을 다 닦은 뒤 백작부인께 인사를 드리러 가도 될까요? 또…… 도련님의 유모께서 마땅히 머무셔야 할 곳으로 방을 옮겨드릴까 합니다."

실은 새 유모의 도착 소식을 듣자마자 세레나가 제일 처음 한 일은 자신이 사용하고 있던 거처를 깨끗이 비우는 일이었다. 애초에 괴로운 시간을 참아낸 데에 대한 보상이라는 생각에 그 방에 묵는 것이 썩 내키지 않았고, 마땅한 방의 주인이 왔는데도 계속 버티고 있을 만큼 그녀는 얼굴이 두껍지 못했다.

꼭 자신의 마음속에 들어갔다 나온 것마냥 원하는 대답을 들려주는 세레나에게 공작이 중얼거렸다.

"그대는…… 마치 이 화분의 꽃과 같군."

"예?"

"……아니다. 못 들은 걸로 하지."

공작의 귓불이 조금 붉어져 있었다.

"나의 용건은 이게 전부다. 그러니 그대……."

줄곧 들고 있던 오른팔을 앞으로 내밀며 손을 뻗던 공작은 스스로의 행동에 흠칫 놀라며 동작을 멈추었다. 낭패한 표정으로 손을 내린 그는 한마디 말만 남기고 이내 자리를 떴다.

"근심 따위는 내려두고, 편안한 오후 보내길."

홀로 남은 세레나는 어리둥절했다. 대체 왜 여기 오신 거지? 새 유모의 소식을 전하기 위해서라면 다른 누군가를 시켜도 되었을 텐데. 갑작스러운 공작의 방문은 그녀를 의아하게 만들었다.

세레나는 공작이 사라진 문 쪽을 잠시 바라보다가 다시 화분으로 고개를 돌렸다. 연둣빛 잎새 사이사이에 작지만 단단한 봉오리들이 맺혀 있었다. 조금만 기다리면 꽃이 필 것이다. 아주 작고 소담스럽지만 주변까지 환하게 만드는 어여쁜 꽃이.

'아무쪼록 아프지 말고 잘 자라려무나.'

세레나는 화분을 어루만지며 빙그레 웃었다.

솔즈베리 부인이 머물고 있는 방은 세레나의 방에서 그리 멀리 떨어져 있지 않았다. 세레나는 부인의 방문 앞에 서 있었다. 들리는 말에 의하면 그녀는 황궁에서 일하던 지체 높은 부인이라 했다. 돌아가신 황비마마의 가장 가까운 측근이었다는 소리도 있었다. 제도는 과거 엘베른 왕국의 수도이기도 했다. 그곳에서 왔다는 부인과의 만남에 세레나의 가슴이 조금 두근거렸다.

손등으로 문을 노크하자 안에서 목소리가 들렸다. 문을 열자마자 눈에 들어온 것은 흔하지 않은 분홍색 머리였다. 실크 가운을 걸친 부인은 한 손에 담뱃대를 들고 다리를 꼰 채 요염한 자세로 소파에 앉아 있었다. 매캐한 냄새가 방 안을 가득 메운 가운데 그녀가 입고 있는 가운은 목이 깊이 파여 하얀 가슴이 훤히 보일 정도였다. 정숙한 귀부인의 모습을 상상했던 세레나는 너무 놀라 방 안에 들어가려던 것도 멈추고 우두커니 서 있었다.

"뭐하니? 안으로 들어오지 않고."

정신을 차린 세레나는 처음 만나는 부인에게 정중히 인사했다.

"솔즈베리 백작부인께 아나이스 여신의 은총을. 저는 유베리안 도련님의 시중을 들고 있는 시녀, 세레나라고 합니다."

"아아, 네가 분수에 맞지 않게 유모의 방을 쓴다는 그 시녀로구나. 그래, 무슨 일이냐?"

"도련님의 측근 시녀로서 부인께 인사를 드려야 함이 마땅하지 않겠습니까. 그리고 또 하나, 부인께서 원래 계셔야 할 방으로 안내를 드리기 위해서입니다. 침구 정리와 청소를 새로 해두었으니 저를 따라오시면 됩니다."

똑 부러지는 세레나의 말에 부인이 갑자기 깔깔대며 웃었다. 색기가 철철 넘쳐흐르는 그 웃음소리에 세레나의 표정이 다시 굳었다.

"후후후, 아주 눈치가 없지는 않구나. 세레나라고 했지? 이왕 온 김에 짐 가방을 좀 옮겨다주련? 먼 곳까지 오느라고 오늘은 몹시 피곤하구나. 어서 내 방으로 가 쉬어야겠다."

주위를 둘러보니 그녀의 옷가방은 풀지 않은 채 그대로였고 화장대에만 약간의 소지품이 어질러져 있었다.

세레나는 소지품을 정리하기 위해 화장대 쪽으로 다가갔다. 갖가지 다양한 화장 도구들 사이로 반짝이는 돌 같은 게 보인다. 미약하지만 스스로 빛을 발하는 붉은 돌은 분명 마력석이었다. 생생한 검붉은 빛으로 보아 상등품의 것이 분명했다.

'신기하네. 평범한 귀족 여인이 이 정도의 고급 마력석을 갖고 있기란 드문 일인데. 설마 백작부인은 마법사인가?'

자신이 살던 시대에도, 현재에도 마법사는 희소가치가 있는 존재였다. 누구나 수련을 하면 마법을 쓸 수 있는 게 아니라 어디까지나 타고난 재능이 필요한 학문이었으니. 강력한 마법사의 보유 유무에 따라 영지나 국가의 위상도 크게 차이가 났다.

세레나가 붉은 돌을 유심히 들여다보고 있자 시선을 눈치 챈 솔즈베리 부인이 갑자기 앉아 있던 소파에서 벌떡 일어났다. 그녀의 눈가가 마치 은밀한 비밀이라도 들킨 것처럼 가늘게 경련했다.

"뭘 그렇게 쳐다보는 게야!"

"아, 아무것도 아닙니다. 돌이 혼자서 빛을 내는 것이 신기해서요."

세레나가 얼른 둘러댔다.

"밖에 나가 있어라. 짐은 내가 손수 정리해 다시 부르마."

잠시 후, 부인의 부름을 받고 다시 방에 들어간 세레나는 양손에 큰 가방을 하나씩 들고 나왔다. 그리고 돌덩어리를 넣은 듯 무거운 가방을 낑낑대며 백작부인이 쓸 새로운 방에다 옮겨주었다.

'실수했어. 미리 하인을 불렀어야 했는데.'

가방을 들고 움직이는 내내 몇 번이고 들었던 생각이었다. 방문을 나서며 세레나는 아까 보았던 피처럼 붉은 돌을 다시 한 번 떠올렸다. 마법사가 아니더라도 마력석을 사용하는 경우는 한 가지가 더 있었다. 바로 마법 도구인 아티팩트를 사용할 경우였다. 자신과 같은 보통 사람들은 아티팩트를 구동시킬 마력이 없기 때문에 마력석을 이용해 충

전해야 한다는 내용을 책에서 읽은 적이 있다. 당시에는 마력석도, 아티팩트도 무척 희귀한 물건이었기에 일국의 공주였던 자신조차 몇 번 본 적이 없었다.

'하아. 외모도, 가진 분위기도 정말 독특한 사람이었어.'

예상치 못한 부인의 모습에 놀란 세레나는 자신이 알아낸 사실을 그만 무심코 넘겨버렸다. 나중에 그로 인해 무슨 일이 일어날지는 꿈에도 생각하지 못한 채.

다음 날부터 솔즈베리 부인은 제대로 실력 행사를 시작했다. 부인은 제일 먼저 유벨의 역사 선생을 내보내고 성악을 가르칠 사람을 새로 초빙해 왔다. 제도에서는 역사학이 이미 한물 간 학문이라고 했다. 지나간 과거의 일 따위를 읊조리기보다는 애끓는 사랑 노래를 지어 부르는 능력이 사교계에선 더 중요하다는 것이 이유였다.

유벨이 마시는 차도 버베나나 루이보스 같은 허브 차에서 우유와 꿀을 넣은 홍차로 바뀌었다. 요즘 제도의 도련님들은 허브 차를 마시지 않는다고 했다. 세레나는 아직 어린 유벨에겐 숙면을 돕는 차가 좋을 거라 얘기해봤지만 도리어 부인의 빈축만 샀다.

그날 밤, 자기 전 인사를 하러 공작이 유벨의 방에 들렀다. 침대에 누운 유벨이 삼촌을 반겼다. 머리맡에는 입도 대지 않은 홍차가 잔에 그득 담겨 있었다. 유벨은 공작을 보자마자 소리쳤다.

"삼촌, 솔즈베리 부인을 내보내면 안 돼요? 전 아무래도 부인이 마음에 들지 않아요."

"유벨, 그녀가 온 지 이제 만 하루밖에 되지 않았다."

"말끝마다 제도, 제도, 제도! 지겨워 죽겠어요. 여기는 제도가 아니라 발루아 공작이 다스리는 트라이히라고요!"

"……조금 더 자라면 너 역시 제도의 아카데미에 가게 될 거다. 그때를 대비해 미리 경험해둔다고 생각하면 나쁠 것은 없단다. 너도 시골에서 온 촌뜨기 도련님 소리를 듣고 싶지는 않겠지?"

씩씩거리는 유벨을 공작이 애써 달랬다. 조카의 앞에서 백작부인의 역성을 들긴 했지만 그의 기분 역시 썩 좋지 않았다. 공작성은 제국에 몇 없는 정점의 권력자가 기거하는 곳이다. 황궁에서 일했다고 해서 마음대로 구는 건 두고 볼 수 없다.

공작은 일단은 좀 더 지켜보자고 생각했다. 건방짐이 도를 넘는다면 그때는 따끔하게 얘기하거나 그녀를 내보내는 수밖에.

솔즈베리 부인은 틈나는 대로 시녀장 로안느와 하녀장 사라를 끼고 성 안 곳곳을 돌아다녔다. 그러다 어딘가 마음에 들지 않는 부분을 발견할 때마다 습관처럼 손가락의 커다란 보석 반지를 빙글빙글 돌렸다. 부인이 반지에 손을 댈 때마다 로안느와 사라는 그녀의 눈치를 보느라 숨을 죽였다.

그녀는 공작과 유벨의 앞에서는 입안의 혀처럼 굴어대면서도 '제도에서는 있을 수 없는 일'이라는 이유를 들어가며 빠르게 성 안을 바꿔나갔다. 공작성은 조용했다. 그러나 그 정적은 불길하고 연약해 마치 폭풍 전야와도 같았다.

부인이 성에 온 지도 일주일이 되었다. 이레째 되던 날 밤. 공작은 방에 딸린 응접실에서 중요한 서류를 읽고 있었다. 그것은 바로 산맥에서 새로 발견된 보석 광산에 관한 서류였다. 만약 광산의 발견이 사실로 확인되면 공작가는 철광석을 비롯한 광물을 채굴하던 이전과는 비교도 할 수 없는 막대한 부를 형성하게 된다.

공작은 이 사실을 아직 성 안의 누구에게도 알리지 않았다. 아직 정확히 파악되진 않았지만 광산의 규모나 매장량은 어마어마했고, 그 끝은 어쩌면 아르만드 숙부의 영지인 브라흐와의 경계나 종종 마찰을 일으키는 소수 민족들의 주거지에까지 닿아 있을지 몰랐다. 안심할 수 있는 단계에 이르기 전까지는 극비 중의 극비로 처리해야 할 일이었다. 실제로 그는 믿을 수 있는 몇몇 심복만 데리고 비밀스럽게 광산 탐사를 진행 중이었다.

저녁 식사도 거른 채 서류에 집중하고 있는 공작의 방문이 돌연 살짝 열리더니, 따뜻한 수프와 빵을 담은 접시를 받쳐 든 솔즈베리 부인이 안으로 들어섰다. 인기척을 느끼고 고개를 든 공작의 눈에 살결이 비치는 가운을 입고 긴 머리를 한쪽으로 풀어 내린 부인의 모습이 들어왔다. 공작이 놀라 물었다.

"부인? 지금 뭘 하시는 겁니까."

"제가 성에 온 지도 제법 시간이 흐르지 않았습니까. 도련님의 교육에 대한 보고를 드리고자 왔답니다."

부인이 느른하게 눈을 내리깔며 말했다. 공작은 어처구니가 없어졌다.

"이 야심한 시각에 말이오? ……이야기라면 내일 밝은 곳에서 듣는 편이 좋을 것 같은데."

"그럼, 가져온 음식이라도 드리고 가면 안 될까요? 시녀장에게 물어 보니 식사를 거르셨다길래 간단하게 드실 만한 걸 챙겨 왔어요. 이 수 프도 제가 직접 만든 것이랍니다."

공작은 애처로운 눈으로 바라보는 그녀를 차마 그대로 보낼 수 없어 어쩔 수 없이 답했다.

"접시는 여기 두고 가시오. 다음부터는 이런 놀라움은 느끼고 싶지 않군요."

"무심하신 분. 어쩜 여인에게 이리도 쌀쌀맞으실까."

콧소리가 섞인 소리를 내며 부인이 곱게 눈을 흘겼다. 엉덩이를 살 랑살랑 흔들며 걸어오던 그녀가 갑자기 뭔가에 걸린 듯 휘청거렸다. 막 몸의 중심을 잃고 넘어지려는 부인을 공작이 일어서서 붙잡았다.

작정이라도 한 것일까, 느슨해진 가운이 흘러내려 상아 공처럼 하얀 가슴이 그대로 드러났다. 얼떨결에 부인의 나신을 보게 된 공작이 난 처해졌다. 그는 얼른 가운을 손에 쥐여주고 시선을 옆으로 돌렸다.

"염려 마시오. 나는 아무것도 보지 못했소."

강직하기 짝이 없는 대답에 부인이 어깨를 들썩이며 웃었다.

"괜찮아요, 보셔도. 전 남편 없는 여자예요. 무엇을 하여도 각하께 서 느끼실 책임도, 의무도 없지요."

부인이 공작의 손을 덥석 잡고는 손을 자신의 가운 안으로 넣으려 시도했다. 과감하기 짝이 없는 행동에 일렁이던 그의 마음이 도리어 차분히 가라앉았다.

좀 전까지 시선을 회피하던 공작은 잡힌 손을 강하게 뿌리쳤다. 그 리고 부인을 똑바로 바라보며 성난 어조로 말했다.

"허락도 없이 이렇게 나의 방에 들어오는 것은 처분을 받을 수도 있는 무례인 걸 모르나? 부인, 다시는 이런 일이 없길 바라겠소."

"각하, 잠시만요. 각하……."

"착각하고 있는 모양인데, 이곳은 문란하기 짝이 없는 여느 제도의 귀족가가 아니오."

솔즈베리 부인이 작심한 공작의 손에 질질 끌려 나갔다. 문은 부인의 눈앞에서 소리를 내며 닫혔다. 쾅! 문을 닫은 공작이 제 양손과 팔의 먼지를 소리가 나도록 탈탈 털었다.

'하! 얌전하게 생겨서는 이리도 뻔히 보이는 유혹을 해올 줄이야.'

제도에서 어떤 생활을 해왔는지는 모르겠지만, 양육과 교육을 모두 책임져야 할 유모가 저래서야 도무지 믿고 유벨을 맡길 수가 없다. 자신이 현재 조카의 측근 시녀에게 지극한 관심을 가지고 있다는 사실도 잊고 공작은 성의 주인과의 부적절한 관계를 시도한 유모가 유벨의 교육에 끼칠 악영향을 고려했다. 그는 수습 기간이 끝나는 대로 그녀를 내쫓겠다는 다짐을 하며 다시 서류로 눈을 돌렸다.

보고서를 읽어 내려가던 공작의 표정이 점차 심각해졌다. 광산의 정식 채굴이 코앞이었다. 이제 몇 안 되는 심복을 이용해 찔러보는 식의 탐사를 하는 것은 끝낼 때가 되었다. 남은 건 공작 자신의 눈으로 직접 광산을 확인하는 것뿐이다.

다음 날 공작은 영지 시찰을 이유로 이른 아침부터 성을 비웠다. 성의 주인이 보이지 않자 긴장이 풀린 시중인들 사이에서는 전에 없이 활기가 돌았다. 그에 반해 솔즈베리 부인은 유달리 기분이 저조한 모습이었다. 머리가 어지럽다는 이유로 유벨이 아침 식사를 마칠 때까지 얼굴을 드러내지 않더니, 나와서도 무엇을 생각하는지 영 시들시들했다.

점심때가 다 되어서야 다시 특유의 명랑함을 되찾은 부인은 세레나를 방으로 불렀다. 푹신한 소파에 기댄 채 하녀에게서 손톱 손질을 받던 그녀가 세레나를 보더니 화색을 띠며 말했다.

"이 넓은 성에 꽃 한 송이 장식되어 있지 않다니 영 칙칙하구나. 제도에서는 계절을 가리지 않고 늘 일곱 색깔 이상의 꽃을 사용해 방을 장식한단다. 너, 지금 당장 온실에 가서 색이 고운 꽃을 몇 송이 꺾어 오너라. 화병에 꽂아서 내 방 응접실과 침실에 갖다놓아."

놀란 세레나가 반문했다.

"예? 온실의 꽃이라면……."

유벨의 어머니였던 전대 공작부인이 손수 가꾸던 것이라 했다. 지금은 정원사의 손에 맡기고 있지만 가끔 유벨이 홀로 온실에서 시간을 보내곤 하는 것을 세레나는 알고 있었다.

그녀는 조심스레 입을 떼었다.

"온실은 각하와 유벨 님께서 가장 아끼시는 장소입니다. 그곳의 꽃을 꺾는 건 썩 좋아하시지 않을 것 같은데요."

"후훗, 어리석긴. 눈에 띄지 않을 만큼만 가져오라는 뜻이 아니냐."

"부인, 꽃은…… 제자리에 있을 때 가장 아름답지 않을까요? 꺾은 꽃은 물에 담가놓아도 열흘을 가기 힘들 겁니다."

세레나의 말을 듣던 솔즈베리 부인의 표정이 딱딱하게 굳어갔다. 그녀가 자리에서 일어나는가 싶더니 불현듯 세레나의 고개가 옆으로 돌아갔다.

짝! 세레나가 손을 들어 자신의 뺨을 감싸 쥐었다. 한쪽 뺨이 불이 붙은 듯 뜨거웠다.

"건방지구나. 황성이었다면 너처럼 말대꾸를 하는 시녀는 그 자리에서 해고야. 네가 누구인지, 어떻게 이 자리에 있을 수 있는지를 잊지 마라."

솔즈베리 부인은 방에 있던 다른 시녀에게 좀 전에 내린 것과 같은 명을 내렸다. 시녀는 명을 받고 그 자리에서 사라졌다. 세레나가 뺨을 감싸 쥔 채 쓴웃음을 지었다. 나 스스로를 알라고? 당신은 아나요? 진짜 내가 누구인지. 내가 대체 왜 여기에서 이러고 있는지.

세레나가 방문을 열고 나오자 어디선가 로안느가 슬며시 나타났다. 로안느는 통통 부은 그녀의 볼을 보고 어쩔 줄 몰라 했다.

"세상에. 볼이, 얼굴이 그게 뭐야? 얼른 돌아가서 쉬는 게 좋겠어."

"신경 써주셔서 감사합니다."

세레나는 짐짓 아무렇지 않게 웃어 보였지만, 로안느는 계속 붉어진 볼에서 시선을 떼지 못했다. 안쓰러운 눈으로 바라보던 로안느는 세레나를 직접 방에까지 데려다주었다.

"마음에 담아두지 마. 여느 때처럼 '제도 부인'의 변덕이려니 해."

"제도 부인…… 이요?"

"그야 솔즈베리 부인을 지칭하는 말이지. 입만 열었다 하면 '이건 우리 제도에선 있을 수 없는 일이야.'라고 하질 않니? 호호호."

그 말을 들은 세레나와 로안느는 함께 웃음을 터뜨렸다. 한참 뒤 웃음을 그친 로안느가 말했다.

"나는 이 공작성에서 나고 자라 평생을 공작가를 위해 일해왔단다. 그동안 권력을 잡아 성의 모든 게 제 것이 된 것마냥 구는 사람들을 수도 없이 보아왔지. 그런데 세레나, 그런 사람들은 결국 오래 버티지 못하고 스스로 성을 나가게 되더구나. 두고 보렴. 제도 부인도 곧 꼬리를 말고 제도로 돌아가게 될 테니."

"정말…… 그런 날이 올까요?"

"날 믿어라. 다른 건 몰라도 사람 보는 눈 하나는 자신 있으니. 네가 일개 수습 하녀에서 측근 시녀로까지 승급된 것도 다 따지고 보면 내 촉 덕분이 아니냐. 날카로운 안목으로 널 두 분의 눈에 들도록 한 게 바로 나란 말이야."

"그, 그렇군요."

"기다리고 있어. 주인님이나 도련님 어느 쪽이든 네 얼굴을 보신다면 틀림없이 자초지종을 물으신 뒤 그녀를 혼쭐내주실 테니."

큰소리를 탕탕 치던 로안느는 이내 자리를 떴다. 홀로 남은 세레나는 품에서 작은 손거울을 꺼냈다. 아직도 붉은 기가 가라앉지 않은 뺨에는 몇 개의 손톱자국이 흉하게 그어져 있었다.

그녀는 로안느가 주고 간 연고를 살짝 찍어 발랐다. 시간이 지나면 상처는 사라질 것이다. 아픈 것은 상처 쪽이 아니다. 공주로 돌아가지도, 그렇다고 완벽한 시녀가 되지도 못한 채 부유하는 자신의 마음이다. 무력함을 체감하면서도 매일을 뜨겁게 살고 싶다는 모순된 마음이 스스로를 아프게 찔렀다.

야옹. 방을 옮긴 줄 어떻게 알았는지 어디선가 고양이가 튀어나와

작은 몸을 그녀에게 문질렀다.

"……마왕."

어떻게 알고 왔니. 혹시 지금 날 위로해주고 있는 거니? 세레나가 고양이를 보며 희미하게 미소 지었다.

"나는 괜찮아. 상처는 금방 아물 거고, 오늘의 일 역시 기억 어딘가에서 금세 사라져버릴 만큼 사소한 일인걸."

실제로 그러했다. 오늘 느낀 뺨의 통증, 동기들로부터 받은 시기와 괴롭힘, 밤의 상대로 선택당했다는 수치심마저도…… 단 한 사람만 넘어가면 누구도 기억해주지 않고 그대로 잊혀버릴 일인 것이다. 애초에 세상을 위해 목숨을 걸었던 한 공주의 존재가 시간의 흐름을 따라 역사 속 뒷길로 사라졌듯 말이다.

"하하……."

세레나는 힘없이 웃었다. 웃어야지. 웃고, 웃고, 또 웃을 수밖에. 그것밖에 '시녀 세레나'가 할 수 있는 일은 없으니. 그래도 단 한 가지, 단언할 수 있는 건 미약하기 짝이 없는 자신이지만, 아직 마음속 긍지까지 잃어버리진 않았다는 점이다.

'세레나, 등을 곧게 펴고 턱을 들어. 누구도 알아주지 않는다 해도…… 잊어선 안 돼. 네가 엘베른 왕국의 마지막 공주라는 사실을. 스스로에게 부끄러울 행동이라면, 애초에 생각할 필요도 없는 거야.'

다른 사람을 뒤에 업고 누군가를 혼내줄 생각 따위는 없는 그녀는 방을 나서기 전, 두 갈래로 땋고 있던 머리를 풀어 상처 난 볼을 가렸다. 거울을 보며 몇 번이고 머리카락의 위치를 고친 그녀는 언제나와 같은 꼿꼿한 자세를 하고 유벨의 방으로 돌아갔다. 그렇게 신경을 쓴

덕인지 로안느의 기대대로 유벨이 상처를 알아보고 소란을 피우는 일
은 발생하지 않았다.

　공작은 그날 밤이 지나고 다음 날 아침이 되도록 돌아오지 않았다.
슬슬 돌아오실 때가 되었는데 싶어 불안해진 집사 아구아도는 거대한
영지를 공작 대신 나누어 다스리고 있는 가신들에게 서신구를 보냈다.
해가 지기 전, 각 지방에서 서신구의 답장이 속속들이 도착했다.

　답장의 내용은 모두 같았다.

　발루아 공작은 어디에도 도착하지 않았다.

08. 실종된 공작

공작이 자리를 비운 지 사흘째가 되던 날 아침, 아르만드 백작이 공작성에 찾아왔다. 연락도 없이 방문한 손님에 놀란 아구아도가 성문까지 달려 나왔다.

"어쩐 일로 성까지 오셨습니까. 불과 얼마 전에도 방문하셔놓고."

"공작 각하를 뵈러 왔네. 왜, 친족회의 수장인 내가 성에 오면 안 되는 이유라도 있나?"

"아니요, 아닙니다. 헌데 각하께선 지금 잠시 자리를 비우신지라……."

"그럼 그가 돌아올 때까지 성에서 머물며 기다리도록 하지."

아르만드 백작은 집사의 대답도 듣지 않고 성큼 안으로 들어갔다. 공작이 자리를 비운 지금 발루아 공작가의 최고 실력자는 백작이었다. 따라서 제멋대로 성에 머무르겠다는 그의 행동을 막을 수 있는 사람은 안타깝게도 존재하지 않았다.

결국 그날 밤에도 공작은 성으로 돌아오지 않았다.

성의 분위기가 점차 흉흉해졌다. 혹시 주인님이 사고로 실종되신 게 아니냐는 무엄한 소리까지 뒤에선 심심치 않게 돌았다.

유벨은 겉으로는 아무 일도 없다는 듯 의연하게 행동하고 있었다. 하지만 백작과 함께하는 저녁 식사를 마치고 방으로 돌아오는 길, 무릎에 힘이 풀려 자리에 주저앉는 유벨을 놀란 세레나와 비토리오가 일으켰다.

얼마나 참았던 걸까, 더 이상 마음속 불안을 숨기지 못한 유벨의 눈에는 눈물이 그렁그렁했다.

"흑…… 세레나, 대체 삼촌은 어디로 가버리신 걸까? 혹시 우리 부모님처럼…… 이대로 돌아오지 않으시면 어쩌지?"

"유벨 님이 알고 계신 각하께서 누구에게 지거나 당할 만큼 약한 사람이신가요?"

세레나의 질문에 유벨은 단호하게 고개를 저었다.

"아니. 삼촌은 제국 최고의 무인이야. 전장의 불사신이라고."

"그렇다면 그 불사신인 삼촌을 믿으세요. 볼일을 마치면 틀림없이 성으로 돌아오실 거예요."

"……알겠어."

세레나는 한결 편안해진 얼굴을 한 유벨을 잠자리에 데려다주었다. 그리고 그가 깊이 잠든 것을 확인하고 나서야 살며시 일어나 방으로 돌아왔다. 유벨의 앞에서는 괜찮을 거라고 다독였지만 실은 그녀 역시 마음이 잡히지 않기는 매한가지였다.

'대체 어디로 사라져버리신 걸까.'

오늘 밤도 쉽게 잠이 오지 않을 것 같다. 세레나는 한숨을 쉬며 주섬

주섬 손에 바늘과 손수건을 들었다. 아직 손에 익진 않았지만 언제고 유벨의 생일 선물을 만들기 위해 자수를 연습 중이었다.

한참을 수를 놓는 일에 열중하던 그녀가 문득 창밖을 바라보았다. 밤하늘에서 둥근 만월이 환한 빛을 비추고 있었다.

'그러고 보니…… 벌써 보름이로구나.'

"마왕, 혹시 각하께서 어디에 가셨는지 알아?"

세레나의 말이 떨어지기가 무섭게 소파에 누워 있던 검은 고양이가 일어나 기지개를 켰다.

"하암, 몰라. 뭐 별일 있으려고. 그놈이 가진 무력은 이미 인간의 수준이 아닌데."

지난 보름날 알아차린 사실인데, 마왕은 고양이의 몸을 하고서도 말을 할 수 있었다. 어쩐지 얄밉게 들리는 고양이의 말에 세레나가 대답했다.

"그렇긴 하지만 이렇게 오랫동안 성을 비우신 건 처음이라 어쩐지 마음이 쓰인단 말……, 아얏!"

수를 놓으며 대화까지 시도하는 건 아무래도 무리였는지 그만 손가락을 바늘에 찔리고 말았다. 세레나가 피가 송송 나는 손가락을 가슴께보다 높이 들고 있으려는데 갑자기 고양이가 뛰어와 그녀의 상처 부위를 할짝였다. 기분이 나빠진 세레나가 얼른 손을 치웠지만 고양이는 가르릉 하며 기분 좋은 소리를 냈다.

"음, 이 달콤한 마력……. 좋아, 모처럼 힘이 나니 내가 선심 쓰마. 놈이 어디 있는지 찾아주지."

눈을 감고 집중하는 고양이의 전신에서 은은한 빛이 흘러나왔다. 잠시 후 다시 눈을 뜬 고양이는 고개를 갸우뚱거렸다.

"어떻게 된 거지? 온통 깜깜해서 아무것도 안 보이는데."

"뭐?"

"평범한 장소에 있는 것 같지 않아. 어쩌면 심각한 위험에 처해 있는지도 모르겠는데. 더 보고 싶다면 내게 피를 좀 더 줄래? 그럼 어디서어떤 모습을 하고 있는지까지 제대로 봐주지."

유혹처럼 들리는 그 말에 세레나는 망설여졌다.

'나는 '마왕'을 신용할 수 있나? 피는 대체 얼마나 더 주어야 하는 거지? 하지만……'

이대로는 마냥 기다리기만 할 뿐이다. 아예 몰랐다면 상관하지 않았겠지만, 위험에 처했다는 말을 듣고서도 가만히 있을 수만은 없었다.

그녀는 책상 서랍 깊숙한 곳에서 단도를 꺼냈다. 마왕을 처음 만난날 손에 쥐었던 것인데, 이렇게 스스로에게 사용하게 될 줄은 몰랐다.

눈을 질끈 감은 세레나가 과도로 손바닥을 긋자 선홍색 피가 솟아나와 바닥으로 뚝뚝 떨어졌다. 고양이는 곧장 바닥에 뛰어들더니 게걸스럽게 그것을 핥았다. 선연한 보라색으로 변한 눈동자를 빛내며 고양이는 가만히 어딘가를 응시했다.

"어이쿠, 열심히 판 지하도가 그만 폭삭 내려앉았군. 세레나, 공작은 깊은 땅속에 파묻혀 있다. 서둘러 구하지 않으면 꼴딱 숨이 넘어가겠는걸!"

놀란 세레나가 물었다.

"거기가 어디지?"

"그란데 산맥. 네가 머물렀던 그림자 숲 마을에서 그리 멀리 떨어지지 않은 곳이다.”

세레나가 자리를 박차고 일어났다. 그 남자가 좋아서 이러는 건 결코 아니었다. 허나 아무리 좋지 않은 사건으로 얽혔다 해도 한 사람의 생명이 스러지는 것을 그대로 간과할 수만은 없다. 더욱이 그는 성의 식솔들을 포함해 거대한 영지와 영지민들을 다스리는 이곳 북령의 장이었다.

밖으로 달려 나가려던 그녀는 걸음을 잠시 멈췄다. 마음은 급했지만 공작을 구하는 일은 혼자서 해내기엔 너무 벅찼다.

‘지금 나를 도울 수 있는 사람은 누가 있지?’

말을 탈 줄 알고 땅을 팔 수 있을 만큼 강한 힘을 지닌, 믿을 수 있는 사람. 세레나는 곧 유벨의 호위 기사 비토리오를 떠올렸다.

탕탕. 탕탕탕. 거세게 문을 두드리는 소리에 비토리오가 부스스 잠자리에서 일어났다. 비틀거리며 문을 열자 거기에는 도련님의 시녀인 세레나가 서 있었다. 늦게까지 호위를 서다 잠시 눈을 붙이러 들어왔던 비토리오는 그만 잠이 홀딱 깨는 것을 느꼈다. 이 아가씨가 여기엔 웬일이지? 내 숙소는 어떻게 알고. 혹 도련님께 무슨 변고라도 생긴건가?

“어쩐 일이오? 이 야심한 시각에.”

“비토리오 님…… 공작 각하를 구하고 싶지 않으신가요?”

생각지도 못한 그녀의 말에 비토리오의 입이 벌어졌다.

“그게 무슨?”

“각하께서 위험에 처해 계십니다. 절 믿으신다면, 당장 저와 함께 말을 타고 그란데 산맥으로 가주세요.”

“말도 안 되는 소리 마시오. 갑자기 찾아와서는 대체 무슨 소릴 하고 싶은 거요?”

비토리오는 당혹감을 감추지 못했다. 그가 다시 문을 닫고 안으로 들어가려 하자 다급해진 세레나가 손으로 문을 잡으며 다시 한 번 말했다.

“정말이에요. 거짓이 아닙니다. 출처를 밝힐 수는 없지만…… 제 말이 진실이라는 쪽에 이 목이라도 걸지요. 설령 아니라손 쳐도 기사님은 어차피 말을 타고 가셨다 그대로 돌아오시면 되는 것이 아닙니까.”

길지 않은 시간이지만 그동안 지켜봐온 세레나라는 시녀는 분명 허튼소리를 할 성격은 아니었다. 사납던 표정을 조금 누그러뜨린 비토리오가 말했다.

“그런 얘기라면 기사단장님께 올리는 편이 좋겠소. 날이 밝는 대로 조사단을 파견하고 병력을 움직일 수 있도록 말씀드릴 테니 염려 놓으시오.”

“안 됩니다!”

세레나는 강하게 부정했다.

“각하께선 누구에게도 밝히지 않고 훌쩍 떠나셨다 위험에 처하셨습니다. 무슨 이유로 몸을 움직이신 건지, 위험에 빠지게 만든 원흉이 누구인지도 아직 알지 못해요. 그런 상황에서 함부로 성의 사람을 움직일 순 없지 않습니까.”

“그건…….”

“부탁이니 제 말을 한 번만 믿어주세요. 오늘을 놓치면 분명, 큰 후회를 하시게 될 거예요.”

논리 정연한 세레나의 말에 조금씩 설득당한 비토리오가 결국 고개를 주억거렸다.

“……알겠소. 그럼 내 바로 준비하지.”

“흙을 팔 일이 생길지 모르니 무거운 것을 들어 올릴 수 있는 도구들도 필요합니다. 만약…… 바람을 다루는 마법을 사용할 수 있다면 훨씬 일이 수월할 텐데.”

“바람 속성의 마법 검을 갖고 있소. 모르긴 몰라도 작은 돌개바람 정도는 만들 수 있을 거요.”

“그럼 준비를 하시는 동안 전 나머지 장비들을 챙기겠습니다.”

채비를 마친 두 사람은 달빛에 의지한 채 말을 달렸다. 산맥 어귀에 도착한 후에는 고양이가 세레나의 어깨에 앉아 자세한 길을 귀띔해주었다.

길은 점점 좁고 사나워졌다. 우거진 수풀 덕에 더 이상 말을 타고 지나갈 수 없어지자, 둘은 말을 매어두고 걸음을 옮기기 시작했다.

새벽안개 때문인지 바닥이 질척거렸다. 잘 보이지는 않지만 아마 신발뿐 아니라 드레스까지 진흙이 묻었을 것이다. 그러나 세레나의 입에서 신음이나 불평 따위는 흘러나오지 않았다. 풀숲 속을 헤치며 한참을 더 가자 과연 고양이의 귀띔대로 부자연스럽게 무너져 내린 흙더미가 보였다.

비토리오가 아연한 표정으로 흙더미를 가리켰다.

“여기요? 각하께서 계신다는 곳이…….”

"예. 기사님께선 이제 바람을 일으켜 쌓인 돌과 흙무더기들을 들어
내주세요."

"허 참, 귀신에라도 홀린 기분이군 그래……."

비토리오가 검을 뽑아 검에 새겨진 풍속 마법을 연달아 사용했다.
그러자 검에서 자연스럽지 않은 돌개바람이 일어 흙과 돌들을 멀리 날
려 보냈다. 세레나도 삽을 들고 열심히 땅을 팠다. 둘은 할 수 있는 최
선을 다했으나 쌓여 있는 흙더미를 모두 들어내기에는 역부족이었다.
또 땅 위에선 보이지 않는 지하의 깊이가 얼마나 되는지도 알 수 없었
다.

한참 뒤, 잔뜩 지쳐버린 비토리오와 세레나는 그만 바닥에 털썩 주
저앉고야 말았다.

'결국 이 방법밖에는 없나.'

세레나는 혹시 몰라 품에 넣어 왔던 단도를 꺼냈다. 그리고 망설이
지 않고 팔을 그었다. 길게 그어진 상흔에서 아까와는 비교할 수 없을
정도로 많은 양의 피가 흘러내렸다. 그런 그녀의 팔 밑에는 검은 고양
이가 다리를 모은 채 앉아 있었다. 갑작스러운 세레나의 행동에 비토
리오가 놀라서 다가왔다.

"세레나, 괜찮으시오? 왜 갑자기 이런 짓을……!"

"저는 괜찮으니 신경 쓰지 마세요. 시간이 별로 없습니다. 비토리오
님, 마지막으로 한 번만 더 바람을 사용해보시겠어요?"

세레나가 얼굴이 하얗게 질린 채 부탁했다. 의아해하며 내려다보던
비토리오가 결국 고개를 끄덕였다. 검을 쥔 그가 다시 집중해서 주문
을 영창하자 그 순간, 고양이의 눈동자가 투명한 보라색으로 빛났다.

249

이번에도 마찬가지로 작은 소용돌이 바람이 생겨났지만, 그 바람은 멈추지 않고 회전하며 크기를 점점 불렸다. 소용돌이는 곧 무시무시한 회오리바람이 되어 근방의 흙무더기를 모조리 들어내어버렸다.

웅웅. 소리와 함께 마른 흙먼지가 자욱하게 일었다. 먼지 때문에 눈도 제대로 뜨지 못하는 세레나의 귀로 콰지직 하고 무언가 쪼개지는 소리가 들렸다. 뿌옇던 시야가 걷히며 눈앞에 나타난 것은 두 사람이 그토록 찾고 있던 사람이었다. 야윈 얼굴의 공작이 쪼개진 바위 사이로 천천히 모습을 드러낸 것이다.

잔뜩 지쳐 보이는 그는 그 와중에도 두 사람을 향해 손을 흔들어 보이는 센스를 잊지 않았다.

"여어."

"각하!"

"각하!"

세레나와 비토리오가 동시에 공작에게 달려갔다. 이윽고 세레나가 건넨 물통으로 목을 축인 공작이 물었다.

"여긴 어떻게 알고 왔나? 나는 이곳에 온 것을 누구에게도 말한 기억이 없는데."

충직한 기사인 비토리오가 먼저 대답했다.

"세레나가 저를 이곳까지 데리고 왔습니다. 헌데, 그녀에게 미리 언질을 해두신 것이 아니셨습니까? ……몸은 좀 어떠십니까, 각하?"

"괜찮으니 이러고 있지 않겠나. 그래도…… 더 늦었다면 조금 곤란했을지도."

여유 있는 척 웃고 있었지만 며칠간 있었던 일들을 생각하면 아직도 등에선 식은땀이 흘렀다.

　그날 새벽, 공작은 사람들의 눈을 피해 홀로 이곳에 도착했다. 그동안 수하들을 시켜 파놓았던 갱도에 들어가 광석의 매장량을 확인하는 도중 갑작스러운 폭발음이 들렸고, 곧바로 갱도가 무너지며 흙 폭풍이 밀어닥쳤다. 그는 재빨리 단단한 바위틈 사이로 몸을 날려 위험을 피할 수 있었지만 밖으로 나가는 방법을 찾지 못해 며칠을 꼼짝없이 갇혀 있던 중이었다.

　검기로 바위를 자르고 흙더미를 가를 수는 있다. 허나 위로 쌓인 토사의 양이 얼마나 되는지, 바깥의 상황이 어떤지도 알지 못한 상태에서 섣불리 모험을 할 수는 없었다.

　이제는 위험을 무릅쓰고라도 슬슬 탈출 시도를 해야 하나 고민하던 차, 때마침 천장에서 소리가 들려왔다. 덕분에 공작은 재빨리 바위를 쪼개고 바깥으로 빠져나올 수 있었다. 설마하니 위에서 유벨의 호위 기사와 세레나가 자신을 기다리고 있을 줄은 꿈에도 생각지 못했지만.

　동쪽 하늘이 푸른빛과 붉은빛이 어우러져 조금씩 밝아오고 있었다. 그 광경을 바라보던 공작이 세레나에게 물었다.

　"내가 자리를 비운 지 며칠이나 되었지?"

　"이대로 아침이 되면…… 나흘째가 됩니다."

　공작은 무언가를 곰곰이 생각하는 표정으로 고개를 끄덕였다.

　"……그렇군. 두 사람 다 정말 고맙네. 치하는 돌아가서 하도록 하지."

　산맥에 올 때만 해도 두 사람이었던 인원이 돌아가는 길에는 셋이 되었다. 그러나 준비된 말은 오직 한 마리뿐이다. 말을 본 공작은 별다른 고민도 하지 않고 비토리오에게 말했다.

"먼저 가서 기다리지."

"예?"

멋들어진 자세로 훌쩍 말 위에 올라탄 공작이 세레나에게 손을 내밀었다.

"얼른 타라, 세레나. 성으로 돌아가자."

"아니요, 괜찮습니다. 근처에 지인, 아니, 이모의 집이 있습니다. 허락해주신다면 저는 그곳에 들렀다 후에 마차를 타고 성으로 돌아가는 것으로……."

세레나가 온몸으로 그의 제안을 거절했지만, 그는 한 번 내민 손을 쉽게 거둘 생각이 없어 보였다.

"이건 그대가 아니라 말을 모는 나의 기분 문제다. 나는 저 시커먼 비토리오가 아닌 세레나 그대와 함께 말을 타고 싶어. 안 되나?"

세레나는 배신감 어린 표정을 짓고 있는 기사를 힐끔거리다 눈앞에 내밀어진 공작의 손을 바라보았다. 붓과 펜 정도만 잡아보았을 것 같던 손은 의외로 무척 크고 단단해 보였다. 마디 사이사이에 박인 굳은살과 작은 흉터들은 본디 무장이었다는 그의 소문에 신빙성을 더해주었다.

세레나는 이 상황이 어처구니가 없어졌다. 시녀를 말에 태우기 위해 친히 손을 내밀고 있는 공작이라니. 이 모습이야말로 아이린과 동기들이 그토록 꿈꾸던 '공작성의 로맨스'가 아니고 무엇이란 말인지. 물론 그럼에도 불구하고 선뜻 그가 내민 손을 잡고 싶다는 생각은 들지 않았다.

'대체 이 사람은 왜 이런 말과 행동을 보이는 걸까.'

'그 사건' 이후로도 공작은 이전과 다름없이 자신을 대해주었다. 성 밖으로 쫓겨나거나 더한 해코지를 당하는 게 아닐까 걱정했던 것이 무색할 정도로 그는 여느 때와 같은 태도를 취했다. 아니, 느닷없이 방을 바꿔주는가 하면 허락도 없이 이름을 부르기 시작했으니 완전히 같은 것은 아니었다. 요령 좋게 피해 다니다 어쩌다 한 번 눈이 마주치면 서러움을 가득 담은 푸른 눈은 마치 자신도 피해자라고 주장하는 듯해 못내 부담스럽기 짝이 없었다.

'오해하진 마세요. 단지 손을 잡는 것뿐이야. 아직 당신이 저지른 일을 용서한 것도 아니고, 내키는 대로 베풀 뿐인 당신의 호의에 감사할 생각 역시 없으니.'

망설이던 세레나는 공작의 손을 잡고 말 위에 올랐다. 다시 닿은 그의 손은 그날처럼 끔찍하게 느껴지지 않았다. 뒤에 살짝 걸터앉으려 했던 조심스러운 행동이 무색하게 그는 팔로 허리를 감싸 안더니 자신의 앞에다 세레나를 앉혔다.

졸지에 품에 안겨 있는 모습이 된 세레나가 사색이 된 채 눈만 데굴데굴 굴렸다. 막 무어라고 항의를 하려는데 야옹! 소리와 함께 그녀의 어깨에 검은 고양이가 뛰어 올라왔다. 느닷없는 고양이의 등장에 공작이 물었다.

"어깨의 그…… 고양이는 뭐지?"

'아 참, 그랬지.'

그제야 오늘 가장 큰 활약을 한 마왕 고양이를 떠올린 세레나가 열심히 변명을 늘어놓았다.

"이 아이는 원래 산맥 근처에 살던 고양이인데 어쩐 일인지 자꾸만 제 뒤를 졸졸 쫓아다녀서요. 그냥 놓아두었더니 덜컥 성에서 여기까지 따라온 모양이에요."

"그리 잘 따른다면 아예 애완동물로 직접 키우는 게 어때? 누가 물으면 내가 허락했다 하고."

"아아…… 정말 그래도 될까요?"

"물론. 돌아가는 대로 명을 내려 집과 먹이를 준비해주지."

"감사합니다. 그 어떤 말씀보다 저에겐 큰 도움이 되어요."

선선히 떨어진 공작의 허락에 세레나는 기분이 좋아졌다. 이제 밤마다 누가 볼까 눈치를 보며 창문을 열거나 간식을 준비하지 않아도 될 것 같았다.

기쁨이 가득한 세레나의 음성에 덩달아 마음이 들뜬 공작이 다시 한 번 그녀의 상태를 확인했다.

"그대와 고양이 둘 다 잘 탔나? 떨어지지 않게 꽉 잡아. 출발한다."

말을 마친 공작이 양손의 고삐를 잡아당겼다. 이랴. 성으로 향하는 그의 얼굴이 햇살을 받아 환하게 빛나고 있었다.

아르만드 백작은 제 앞에 차려진 풍성한 아침 식사를 만족스럽게 바라보았다. 공작성에서 보내는 시간들은 무엇 하나 마음에 차지 않는 부분이 없었다. 침대는 푹신하고 음식의 맛 역시 훌륭하다. 무엇보다 자신의 신경을 거슬리게 하는 공작 나부랭이가 없었다. 장남도 아닌 주제에 후견인을 자처해 작위를 훔쳐간 천둥벌거숭이 같은 놈. 이제 그놈의 꼴을 보는 것도 끝이었다.

이제 며칠 뒤, 매수한 그림자 숲 마을의 주민이 무너진 흙더미를 발견했다는 신고만 하면, 가능한 한 천천히 작업해 그 안에서 말라 죽은 놈의 시신을 꺼내기만 하면 된다.

'어서 그날이 왔으면 좋겠는데.'

백작은 포크와 나이프를 집어 들었다. 경쾌한 손놀림으로 접시 위의 고기를 썰려던 그때, 그의 눈앞에 꿈에도 보고 싶지 않던 인영(人影)이 불쑥 나타났다. 잘 다듬은 머리에 정복을 차려입은, 여느 때와 같은 모습의 공작이었다.

"좋은 아침입니다, 숙부."

"카이로스? 어, 어떻게……!"

백작의 눈이 크게 흔들렸다. 공작은 아무렇지 않게 백작의 반대편에 가서 앉았다. 같은 메뉴의 아침 식사가 준비되자, 그는 나이프로 베이컨을 썰어 입으로 가져갔다.

"뭘 그리 놀라십니까. 꼭 제가 죽기라도 한 것처럼 말입니다. 그나저나 잠시 자리를 비운 사이 허락도 없이 성에 머물고 계셨던데…… 대체 어디까지 실례를 할 참인지?"

잔뜩 비꼬는 그 말에도 너무 놀란 백작은 어떤 반격의 말조차 꺼내지 못했다. 베이컨과 고기를 몇 입 더 집어 먹은 공작이 질겅질겅 음식을 씹으며 말했다.

"영지로 돌아가시죠. 조사가 끝나는 대로 조만간 기사단과 함께 방문 드리겠습니다. 무슨 조사인지는 말 안 해도 아실 겁니다."

"……뭔가 착오가 있었던 모양이야. 성의 주인이 반기질 않으니 나는 이만, 가보겠네."

"잠깐."

공작이 부들부들 떨며 자리에서 일어나는 아르만드 백작의 팔을 붙잡았다. 그다음 꽉 쥐고 있던 그의 왼손을 힘을 주어 폈다.

땡그랑. 손가락에서 빠져버린 반지가 바닥에서 한 바퀴 굴렀다. 커다란 보석이 박힌 반지는 백작부인이 끼고 있던 것과 동일한 것이었다. 공작이 친히 무릎을 꿇고 떨어진 반지를 집어 들었다.

"오호라. 어디서 많이 보던 반지로군요. 누가 누구에게 주었는지는 모르겠지만 너무 센스가 없는 거 아닙니까? 이 촌스러운 디자인이란."

"이건…… 아니야. ……내 것이 아니라고!"

"경고하지요. 다시 한 번, 허락도 없이 성을 방문하거나 허튼 생각을 한다면 그날로 백작과 그 식솔들은 다음 날 아침 해를 볼 생각을 접어둬야 할 겁니다. 장담컨대, 거기까지 걸리는 시간은 불과 일각이 걸리지 않을 겁니다."

"감히, 네 아비의 동생인 나에게 그런 말을 하고도 네가……!"

덜덜 떨리는 손으로 삿대질을 하는 백작에게 공작이 코웃음을 쳤다.

"내가 '전장의 살인귀'라 불리던 것을 잊으신 건가? '살인귀'에게는 가족도, 지켜야 할 명예도 없다. 오직 마음 내키는 대로 검을 휘두르면 그걸로 좋을 뿐. 원한다면 지금 당장에라도 그렇게 만들어주지."

"건방진 놈……. 오늘의 무례를…… 후회하게 될 것이야!"

한 발자국씩 뒷걸음질 치던 백작은 결국 괴성을 지르며 부리나케 도망쳐버렸다.

그 패기 없는 뒷모습에 공작은 고개를 내저었다. 딱 잡아떼기라도 했으면 골려먹는 재미가 있었을 텐데, 저렇게 나오면 또 마음이 약해 진단 말이야. 이거야 원, 뎅강 목을 쳐버릴 수도 없고. 아니, 유벨만 아 니었더라면 틀림없이 그리했을 텐데. 아쉽군.

공작은 천천히 걸어가 남은 아침 식사를 마저 해치우기 시작했다. 튼튼한 자신의 몸이 며칠 끼니를 굶었다고 눈에 띄는 변화를 보일 리 없지만, 그렇다고 배가 조금도 고프지 않은 것은 아니었다. 백작의 경 우에도 마찬가지였다. 고작 이 정도의 얕은 수에 넘어갈 리 없지만 그 래도 역시 기분이 나쁜 건 어쩔 수 없단 말이다.

전투적으로 식사를 마친 공작은 의자 끄는 소리를 내며 덜컹 자리에 서 일어났다.

집무실로 돌아간 공작은 자리를 비우기 전과 비교해 달라진 점은 없 는지 세세하게 살피기 시작했다. 설령 집무실을 뒤졌대도 쓸 만한 정 보는 얻지 못했을 것이다. 어차피 중요한 서류는 확인 즉시 폐기하거 나 비밀 금고에 넣어두니까. 그것들은 애초에 성의 시종들을 통해서 건네받지도 않는다.

허나…… 그럼에도 불구하고 정보가 샜다.

'언제 어디서부터지? 개발 예정이던 광산 건은 극비 중의 극비였는 데.'

공작은 눈을 감고 기억을 하나하나 되짚어보았다.

그때 문득 광산으로 떠나기 전날 밤 자신의 방에 찾아왔던 백작부인 이 떠올랐다. 숙부의 추천장, 성 곳곳을 돌아다니던 이상할 정도의 행 동력, 그리고 그 밤에 있었던 일까지.

어떻게 보아도 부인이 가장 의심스러웠으나 그녀와의 만남이 있은 바로 다음 날 새벽에 자신은 광산으로 출발했다. 성에 있던 부인이 반나절도 안 되는 짧은 시간 안에 정보를 밖으로 빼돌려 자신을 궁지로 몰아넣는 계략을 짠다는 건 도무지 실현 불가능한 일이다. 그리고 그 의문을 해결하지 못하는 한 함부로 그녀를 범인으로 몰 수는 없었다.

고심에 빠진 공작의 귀에 뭔가를 가볍게 두드리는 소리가 들렸다. 돌아보니 검은 고양이 한 마리가 창틀에 앉아 한쪽 발로 창문을 두드리고 있었다.

"세레나의 고양이?"

공작은 아침 내내 함께 말을 탔던 고양이를 한눈에 알아봤다. 키워도 좋다는 허락을 내린 지 얼마나 되었다고 벌써부터 성을 좁다 하고 뛰어다니는군.

혀를 찬 그가 창문을 조금 열어주자 고양이가 안으로 뛰어 들어왔다. 그러고는 야옹, 소리와 함께 물고 있던 물건을 책상에 털썩 떨어뜨렸다.

그것은 바로 붉게 빛나는 돌이 끼워져 있는 작은 소켓이었다.

소켓을 본 공작의 입가가 씰룩 하고 움직였다.

"세레나……. 그대가 나를 여러 번 돕는구나."

공작은 솔즈베리 부인을 긴밀히 불렀다. 부른 장소는 여느 때와 같은 집무실이 아닌, 공식적인 행사며 재판 때에나 사용하는 대전이었다.

북쪽 지방 특유의 견고한 벽체, 높은 천장을 떠받치고 있는 거대한 돌기둥들이 무겁고 엄숙한 분위기를 자아냈다. 대전 가장 높은 곳에는 공작이 앉고 그 밑으로 무장을 한 기사들이 줄을 지어 늘어서 있었다.

사뭇 삼엄한 분위기에 안으로 들어오려던 솔즈베리 부인이 멈칫하다 다시 천천히 걸음을 옮겼다. 그녀가 대전 중앙에 놓인 조촐한 의자에 앉자 본격적인 심문이 시작되었다.

"솔즈베리 부인, 늘 황성의 것을 따르기를 좋아하는 부인께서 어쩌다 황법에 어긋나는 일을 하셨소?"

"도대체 무슨 말씀을 하고 계신 건지 조금도 이해가 가지 않는군요. 이렇게 여인 하나를 앉혀둔 채 핍박하는 것이 북령식 대화 방법인가요?"

"핍박이라…… 그것 참 재미있는 말이로군. 이것은 핍박이 아니라 심문이라고 하는 거요. 심문이 끝나는 대로 부인은 짐을 싸서 조용히 원하던 제도로 돌아가게 될 것이고."

"제가 심문을 받아야 할 이유가 뭐죠? 정당한 이유가 없는 해고야말로 위법이라는 건 알고 계시지요? 나중에 제도로 돌아가 황제 폐하나 황태자 전하께 오늘의 일을 전하면 썩 기뻐하지 않으실 겁니다."

솔즈베리 부인이 사납게 대꾸했다. 공작은 다리를 꼬고 앉아 그 모습을 가소롭다는 듯 바라보았다.

"얌전히 나가지 않으면…… 후회하시게 될 텐데."

태연하게 대답한 공작이 손 안에 쥐고 있던 작은 물건을 던졌다. 물건이 포물선을 그리며 바닥으로 떨어지자 솔즈베리 부인이 저도 모르게 시선을 바닥에 두었다.

떨어진 것이 마력석이 끼워진 소켓임을 확인한 그녀는 경악했다. 이게 왜 여기 나와 있단 말인가. 분명 방 안 가장 깊숙한 곳에 잘 감춰두었는데.

"이건……."

"부인, 끼고 있는 반지를 벗어 소켓 반대편에 끼워보겠소? 보지 않아도 무슨 일이 일어날지 눈에 훤하군. 반지에 마력이 주입되어 자동으로 영상 전송 마법이 실행되겠지."

"……."

"마법사를 불러 영상의 수신인이 누구인지까지 확인하면 그대는 필경 죽음을 면치 못할 터. 자비를 베풀어줄 때 반지를 내놓고 썩 꺼지시오."

"각하, 정말 억울합니다. 이 반지는 잘 아는 지인에게서 선물받은 것이고, 반지에 그런 기능이 있는지 저는 추호도 알지 못했습니다. 정말입니다, 각하……."

솔즈베리 부인은 그제야 자리에 엎드려 자신의 억울함을 호소했다. 차디찬 돌바닥에 눈물을 뚝뚝 떨구는 그녀를 공작이 차갑게 내려다보았다.

"돌아가시오, 당신의 제도로."

그날의 저녁 식사는 공작의 명으로 여느 때보다 훨씬 풍성하게 차려졌다. 유벨이 세레나와 함께 나타나자 미리 와 있던 공작이 전에 없이 자리에서 벌떡 일어나 두 사람을 맞이했다.

"어서 와라, 유벨. ……세레나도 어서 자리에 앉도록 해."

"저는 그냥 뒤에 서 있겠습니다."

공작이 눈을 치켜뜨며 고개를 저었다.

"그렇게는 안 돼. 오늘 이 자리의 주인공은 그대와 그대의 고양이이니까."

"그런, 저는 유벨 님의 일개 시녀일……."

"계속 사양한다면 내 손수 안아서 의자에다 앉혀주지."

그 말에 입을 합 다문 세레나가 어색하게 유벨의 옆자리를 찾아 앉았다. 겹쳐 세운 손에 턱을 갖다대며 공작은 느긋하게 말했다.

"그저 셋이서 식사를 하자고 만든 자리이니 다른 생각은 하지 않아도 돼. 앞으로도 손님이 없을 때는 이렇게 함께 어울려주면 고맙겠군."

"정말 그래도 돼요? 신난다! 사실 그동안 세레나를 뒤에 두고 식사를 하는 게 쭉 마음에 걸렸었거든요."

당사자는 대답도 하지 않는데 옆에 있던 유벨이 더 기뻐했다.

"그나저나 삼촌, 대체 그동안 어딜 다녀오신 거예요? 오늘따라 제 주변 사람들이 다 이상해요. 며칠씩이나 자리를 비운 삼촌도, 손에 붕대를 감고 있는 세레나도, 말도 없이 나갔다 오후가 다 되어서야 들어온 비토리오도 그래요……. 그가 제 옆자리를 비운 일은 이제까지 단 한 번도 없었는데. 무슨 일이냐고 물어도 그저 삼촌에게 여쭈어보라는 말뿐인걸요."

"그건 말이다……."

유벨의 질문에 공작이 세레나를 한 번 바라보았다 다시 말을 이었다.

"비밀이다."

"……설마. 제가 지금 잘못 들은 거죠?"

"후후, 물론 농담이다. 유벨, 너와 가문의 미래를 위해 필요한 일을 하고 왔다고 여겨주면 좋겠구나. 그렇지, 세레나?"

"무, 물론이지요. 걱정 마세요, 유벨 님. 어젯밤에는 아무 일도 없었습니다."

어설프기 짝이 없는 세레나의 대답에 유벨은 더더욱 심통이 난 얼굴을 했지만, 다행히 더 이상 캐묻지 않고 그녀가 데리고 온 고양이에게 관심을 가지기 시작했다.

"저 애…… 세레나가 키우는 고양이야? 털이 새까만 게 눈만 왕방울만 해서는, 엄청 못생겼네."

그녀는 깜짝 놀라 부정했다.

"어마, 그럴 리가요. 잘 알려져 있진 않지만 무척 귀한 품종의 아이랍니다."

"흐음, 귀한 품종이라. 나라면 세상에서 오직 한 마리뿐이래도 키우지 않아. 그도 그럴 게…… 어떻게 봐도 예쁘지 않은걸."

세레나는 심드렁하게 누워 있던 고양이의 귀가 쫑긋 서더니 곧 이어 온몸이 부르르 떨리는 모습을 조마조마한 마음으로 지켜보았다. 저러다 유벨에게 뛰어들기라도 하면 어쩌나 불안해하고 있으려니, 때마침 연어와 최고급 육포가 가득 담긴 접시가 내려졌다.

야옹! 분노로 떨던 고양이가 높게 울부짖으며 접시로 달려들었다.

하아, 다행이다. 감정보다 본능 쪽이 좀 더 앞으로 나와주어서. 그녀는 조용히 가슴을 쓸어내렸다.

식사가 시작되자 세레나는 언제 긴장했냐는 듯 앞에 놓인 식기들을 사용해 음식을 우아하게 입으로 가져갔다. 식사 예절이 어찌나 완벽한지 한참이 지나도 달그락거리는 소리 한 번 내지 않았다.

공작이 그 모습을 말없이 눈여겨보려는데 불현듯 유벨이 물었다.

"삼촌, 솔즈베리 부인은 갑자기 어디에 간 거죠?"

"그녀는 제도로 돌아갔다. 미처 해결하지 못한 급한 일이 생각났다 하더군. 왜, 또 새로운 유모가 필요한 게냐?"

유벨이 고개를 도리도리 저었다. 그리고 양옆에 앉아 있는 삼촌과 세레나를 번갈아 바라보았다.

"아니요, 사양할래요. 전 지금처럼 우리 셋이서 있는 편이 제일 좋아요."

세 사람이라. 공작이 속으로 자조했다. 네 아버지의 자리를 대신 차지한 나와, 어디서 왔는지 모를 정체불명의 시녀와 말이냐.

식당에 들어오기 직전, 공작은 미리 지시했던 서류 한 장을 받았다.

[세레나, 18세. 베로나령 론다 출신. 그림자 숲 마을 주민 바네사의 조카로 이모의 소개를 통해 하녀 면접에 지원함.]

인사 기록 서류에 적혀 있던 조촐한 내용은 태반이 거짓이었다. 이모라 적었던 여인의 핏줄들은 하나같이 북령에 거주하고 있으며 평생 영지를 벗어난 일 또한 없다. 게다가 군이 베로나령에 협조를 구하지 않아도 그녀가 론다 출신이 아니라는 건 한없이 예스럽고도 깨끗한 그녀의 억양에서도 드러났다. 그런 그녀가 더더욱 북령 출신은 아닐 것이어서…… 그야말로 하늘에서 뚝 떨어진 것 같은 신상이 공작으로 하여금 의구심을 갖게 했다.

　무엇 때문에 거짓말을 하면서까지 이 성에 들어온 거지? 공작 자신을 노렸다 여기기엔 그녀 쪽에서 먼저 거부했기에 아니었고, 그렇다고 어린아이인 유벨에게 무언가를 바라기에도 마땅치 않았다. 하녀로 자원한 그녀의 의도가 무엇인지 감도 잡히지 않았다.

　원래 같았다면 무슨 수를 써서라도 정체를 캐낸 뒤 성을 넘어 영지 바깥으로 쫓아냈어야 마땅한 일. 하지만 그녀는 의심을 살 것을 알면서도 자신을 구했고, 유벨은 그런 그녀를 믿고 의지한다. 그리고 자신 역시…….

　유벨이 환한 웃음을 지으며 세레나를 바라보고 있었다. 그 웃음은 분명 전에는 보이지 않던 것이었다.

　"무슨 이야기를 그리 즐겁게 나누고 있지? 내게도 좀 들려주겠니?"

　"아, 삼촌. 오늘 검술 시간에 바틀레인 선생님께서 검을 잘못 뽑는 실수를 하셨는데……."

　공작이 두 사람의 대화에 끼어들자 유벨의 이야기는 더욱 활기를 띠었다. 저녁 식사 시간은 더없이 따뜻하고 화기애애했다.

　공작은 잠시 자신의 손으로 직접 폐기한 세레나의 서류를 떠올렸다. 그리고 그것을 미련 없이 마음속에서 지워버렸다.

　세레나가 왜, 어떤 이유에서 공작성에 온 것인지는 더 이상 궁금하지 않았다. 공작성에 온 이래 처음으로 덮었던 이불의 온기, 갱도를 빠져나온 자신에게 물병을 건네던 흙투성이 손, 유벨을 향한 애정 어린 눈빛. 작은 것들이 하나씩 모여 그녀에 대한 믿음이 되었다.

　'사정이 있다면 언젠가 스스로 얘기할 날이 오겠지.'

공작이 턱을 지그시 괴며 세레나를 바라보았다. 지금은 그저, 함께 있는 이 시간을 좀 더 지속하고 싶을 뿐이다.

"세레나."

식사를 마치고 유벨의 뒤를 따르려는 세레나를 공작이 불렀다. 안 그래도 줄곧 조마조마하던 그녀의 가슴이 쿵 하고 내려앉았다.

'설마 다시 그 일에 대해 물으시려는 건가.'

성으로 돌아오는 길 내내 공작이 어떻게 묻혀 있는 장소를 알았느냐고 물어와 내내 진땀을 뺀 참이었다. 세레나는 그림자 숲 마을에 사는 이모가 얼마 전 광산 쪽에서 이상한 소리를 들었다고 제보했다며 둘러 댔지만 신중한 공작이 그 말을 얼마나 믿는지는 알 수 없었다. 고삐를 잡고 있는 양팔이 안다시피 자신을 감싸고 있던 것 또한 실로 신경이 쓰이고 불편했다.

마지막에 말에서 내릴 때에도 그의 모습은 여느 때와 달랐다.

먼저 내려 말을 탔을 때처럼 손을 내밀던 그는 갑자기 바닥에 땅을 디딘 자신의 손목을 움켜쥐더니 힘을 주어 손바닥을 펼쳐보았다.

「아야!」

「그대…… 다쳤군. 손바닥도, 팔도, 그리고…… 얼굴도.」

기다란 손가락이 다가와 상처난 손바닥을 쓸었다. 손가락은 손바닥을 거쳐 팔 위쪽으로 조금씩 더듬어 올라갔지만 조심스러운 손길에 그녀는 선뜻 뿌리칠 생각도 하지 못했다. 홀린 듯 붙잡혀 있던 세레나가 정신을 차린 건 손가락이 막 생채기 난 볼에 닿으려 할 때였다. 고개를 흔들어 손길을 피했다.

그러자 공작은 손을 더 가까이 가져가지도, 그렇다고 내리지도 않은 채 우두커니 자리에 서 있을 뿐이었다.

'왜 그런 얼굴을 하나요? 상처를 받은 건……내 쪽인데.'

세레나가 원망스러운 얼굴로 바라보자 그는 씁쓸하게 웃으며 말했다.

「직접 치료를 해주고 싶지만…… 그대는 아마도 원치 않겠지. 곧바로 사람을 보낼 테니 잘 치료받도록 해. 혹 흉이라도 진다면…… 내가 날 용서하지 못할지도 모르니.」

말을 마친 공작은 휘적휘적 성 안으로 사라졌다. 세레나는 붙잡혔던 손목을 잡은 채 그 뒷모습을 한참 동안이나 응시했다. 황제만큼이나 대단한 권세를 가진 발루아 공작이 어쩐지 쓸쓸해 보인다고 느낀 건…… 역시 한심한 오지랖이었을까.

공작이 입을 여는 순간, 그녀는 그의 눈과 입이 서로 다른 말을 한다고 생각했다. 그러나 일치했다면 과연 어떤 말을 자신에게 들려주었을지는 몇 번을 곱씹어봐도 떠오르지 않았다.

세레나에게 다가오던 공작은 딱 세 걸음쯤 앞에서 멈추었다. 몇 번 달싹이던 입술이 꽉 다물리고, 일렁이던 눈동자가 온전히 한 사람을 향했을 때, 그녀의 팔은 어느새 공작에게 답삭 붙잡혀 있었다. 놀란 세레나가 고개를 들어 그를 바라보았다.

'무슨 짓이지? 이제는 사람들 앞에서조차 날 희롱할 참인가?'

구제불능의 남자라고 속으로 한숨짓고 있으려는데, 침묵하던 공작이 천천히 입을 뗐다.

"상처는…….."

세레나는 얼른 그의 말을 가로채어 대답했다.

"보내주신 약과 연고가 큰 도움이 되었습니다. 깊지 않은 상처이니 며칠이면 나을 거예요. 물론, 흉터도 남지 않을 거고요."

공작의 아랫입술이 호선을 그리며 살짝 벌어졌다. 그러자 서늘한 인상이 순식간에 봄의 햇살처럼 부드럽게 풀렸다.

"듣던 중 다행이로군. 고맙다, 세레나. 어떤 연유에서든 때마침 그대가 와주지 않았더라면 지하에 갇혀 있던 나는 상당한 곤경에 빠졌을 거야. 그리고…… 미안해. 그대에게 상처를 입게 해서. 팔뿐 아니라…… 여러 가지로."

생각지도 못한 그의 말에 세레나는 당황했다.

"어, 아니…… 그렇게까지 말씀하실 필요는 없는데요."

"그럴 리가. 이런 부분은 어디까지나 확실히 해두는 편이 좋지. 그대에게 있어서도, 그리고 나 자신에게도."

아무래도 그는 오늘 연애 소설에 나오는 장면들을 모조리 경신할 생각인가 보다. 시녀에게 사과하는 공작이라니. 세레나는 혹여 이 모습을 다른 누군가가 볼까 자신도 모르게 좌우를 두리번거렸다. 그 와중에도 공작은 진지한 눈을 빛내며 서툰 진심을 꺼내 보이기 위해 노력 중이었다.

"세레나, 내가 하는 말이나 행동이…… 때때로 누군가의 오해를 사거나 상처 주기 쉽다는 걸 알아. 실제로 무어라 변명할 여지가 없다는 것도 잘 알고 있고. 하지만 말이야…….."

말끝을 흐린 그는 잡고 있던 세레나의 손을 들어 올리더니, 조심스레 손등에 자신의 입술을 포갰다. 조금 있다 입술을 뗀 그는 자신의 큰 손으로 희고 작은 손을 꼭 끌어 쥐었다.

"그게 다라고는 부디 생각지 마. 그대의 웃는 얼굴도, 차향이 가득했던 오후의 티타임도 내게는 전부 소중하니까."

"아⋯⋯."

세레나는 이런 상황에서 어떻게 반응해야 할지를 몰라 그저 가만히 서 있었다. 입술이 닿은 오른손이 언젠가처럼 뜨거웠다.

그렇지만 팔을 감싸 안는 태도가 마치 아기 새를 대하듯 조심스러워서, 입을 맞추는 행위에 욕망보다는 존중의 의도가 느껴져서 두서없음에도 불구하고 그가 전하고자 하는 말뜻이 무언지 알 것 같았다.

말이 없는 그녀를 어떻게 이해했는지 공작은 쓴웃음과 함께 손을 내려놓고 자신의 두 팔을 들어 보였다.

"이걸로 용건은 진짜 끝. 질척거리는 남자는 되고 싶지 않으니 이만 가겠어. 편안한 밤 보내라고."

"세레나, 빨리 와!"

마지막 인사말은 멀리서 부르는 유벨의 부름과 겹쳐 잘 들리지 않았다.

세레나는 묵묵히 고개만 몇 번 끄덕이고는 도망치듯 유벨에게로 뛰어갔다. 숨이 차도록 달리며, 그녀는 스스로가 한심하다는 생각을 했다.

'이번에야말로 시녀 실격이야. 아니, 애초에 사람의 진심을 대하는 태도가 틀렸잖아, 세레나.'

어째서…… 어째서 아무 말도 하지 못한 걸까. 아직도 마음속 깊은 곳에서는 그를 용서할 수 없었던 걸까? 진정 사과를 받아들일 거라면, '괜찮아요.' 한 마디 정도는 해주었다면 좋았을 텐데. 그렇지 않으면 대체 왜 그런 일을 지시했느냐고. 당신 때문에 얼마나 힘들었는지 아느냐고 설움을 한껏 쏟아내버리기라도 했으면 편해졌을 텐데. 왜 바보같이 뒤도 돌아보지 못하는 거냐고!

헝클어진 마음속이 안타까운 감정으로 가득 차자, 심장 한편이 뭉근하게 아파왔다. 툭 건들면 그대로 눈물이 쏟아져버릴 것 같은 복잡한 밤. 그녀는 밤새도록 한 남자의 생각을 했다. 생각만으로도 구름이불을 덮은 듯 들뜨게 만들었다가, 한순간에 땅 밑 지하까지 추락시킨 전적이 있는 남자.

그가 오늘 했던 말을 한 마디씩 되새겨보다가 고개를 절레절레 저어보기도 하고, 가만히 가슴께에 손을 가져가보기도 했다. 그러다 기어코 눈에서 물 한 방울이 툭 떨어졌다.

'어라? 내가 왜…… 울고 있는 거지?'

세레나는 의아해하며 눈가를 훔쳐냈지만, 나오기 시작한 눈물은 계속 볼을 타고 주르륵 흘러내렸다. 이해할 수 없었던 남자의 행동과 마찬가지로 눈물의 의미 역시 알 수 없었다. 그렇지만 비처럼 흐르는 눈물을 따라 그동안 뭉쳐 있던 검고 단단한 감정의 덩어리들까지 조금씩 씻겨 내려가는 것 같은 기분이 들었다.

젖은 얼굴이 채 마르기 전, 그녀는 잠에 들었다. 오랜만에 꾼 꿈에서는 그리운 엘베른 왕궁이 나왔다. 아바마마께서 주최한 무도회에 찾아온 가장 귀한 손님은 공작이었다.

장갑을 낀 손등에 입을 맞춰오는 그를 일으키고 밤새도록 함께 춤을 추었다. 꿈속에서조차 유치하기 짝이 없는 자신의 상상력에 헛웃음을 흘렸지만, 눈을 감은 그녀의 얼굴 표정은 분명 그 어느 때보다도 편안해 보였다.

09. 레치넨티아의 의미

날씨가 점차 따뜻해지자 유벨의 일과는 신체 단련을 오전에 하고 기타 학문을 오후에 익히는 것으로 바뀌었다. 강사의 사정으로 수업이 갑작스럽게 취소된 어느 날 오후. 세레나는 유벨과 함께 정원에 나왔다.

정원은 처음 유벨을 만났을 때의 상태와는 비교도 되지 않게 아름다운 정경을 자랑했다. 봄에 심은 식물들이 모두 자라 색색깔의 꽃봉오리를 앞 다투어 맺고 있는 덕분이었다.

"유벨 님, 저길 좀 보세요. 정원이 날이 갈수록 화려해지는군요. 꽃이 모두 피면 그때는 이곳이 온통 꽃향기로 가득할 거예요."

"응. 그러고 보니 축제도 얼마 남지 않았네."

"축제요?"

세레나가 되묻자 유벨은 어떻게 모를 수 있냐는 듯 섭섭한 얼굴을 했다.

"정말 모르는 거야? 아, 맞다. 북령 출신이 아니라 했지. 그래도 이곳의 여름 장미 축제는 제법 유명하다고."

"여름 장미 축제라니요? 장미는 봄에 피는 꽃이 아닌가요?"

어리둥절한 표정의 세레나를 보며 유벨이 웃었다.

"겨울이 긴 북령은 여름이 다 되어서야 날씨가 풀리고 제대로 된 꽃이 피기 시작하거든. 그 시기에 맞추어 트라이히에서 축제를 여는데 무투회도 열리고, 무도회도 있고, 꽤 떠들썩해. 올해는 삼촌이 처음으로 주관하는 축제이니 더더욱 성대하게 치러지겠지."

'기후 때문에 거의 농사를 짓지 않으니 수확제 대신 꽃의 축제를 여는 모양이구나.'

세레나는 자신이 과거에 경험했던 축제를 떠올렸다. 엘베른 왕국에서는 1년에 한 번 농작물을 거둬들이는 시기가 되면 처음 수확한 보리로 맥주를 빚어 먹고 마시는 수확제를 열었다. 음유 시인들이 연주하는 음악이 울려 퍼지면 밖으로 나와 춤을 추는 사람들로 거리는 온통 발 디딜 틈 없이 꽉 들어찼다. 그녀 역시 언니들과 함께 몰래 옷을 갈아입고 행렬에 끼어 춤을 춘 적이 있었다.

'그런 시절이 있었었지……'

세레나가 꽃들을 바라보며 아련한 감상에 잠겼을 때, 시녀 한 명이 다가와 제도에서 주문한 옷이 도착했음을 알렸다. 쪼그리고 앉아 있던 유벨이 용수철처럼 튀어 오르며 큰 소리로 외쳤다.

"좋은 생각이 났어! 티 파티다! 가장 마음에 드는 새 옷으로 갈아입고 정원에서 티 파티를 열 거야. 테이블엔 제일 좋은 식탁보를 깔고, 동령에서 가져온 차를 마셔야지. 삼촌도 초대하고 말이야."

도련님, 티 파티는 숙녀의 전유물이랍니다. 시녀들이 하나같이 마음

속으로 외쳤지만 오직 한 명뿐인 도련님의 고집을 이길 순 없었다. 시녀들이 테이블과 의자를 가져다놓는다, 과자를 가지러 간다 야단이 난 사이 세레나는 유벨을 새 옷으로 갈아입히고는 얼마 전 다시 되찾은 자신의 방으로 들어갔다.

욕실과 응접실이 딸린 방은 여전히 아늑하고 호화로웠다. 부담스러워서 잠도 잘 오지 않던 것이 엊그제 같은데 사람은 적응의 동물인지 이제는 제집인 양 편안하기만 하다. 그런데 어디서부터 지시가 잘못된 걸까, 한두 벌 정도를 예상했던 세레나의 짐작을 가볍게 무시하고 침대 위에는 수십 벌의 드레스가 수북이 쌓여 있었다.

'무슨 옷이 이렇게 많이 도착했지? 정말로 다 내 옷이 맞는 건가?'

기억을 더듬어보던 세레나의 머릿속에 문득 옷을 계절별로 제작하라던 공작의 분부가 떠올랐다. 침대 위의 드레스들은 하나같이 정교하고 아름다웠다. 이전에 선물받았던 것도 충분히 좋았지만 눈앞의 드레스들과는 비교할 바가 못 되었다.

"어쩜, 이렇게 좋은 소재에 아름다운 레이스라니……."

조금은 감격에 젖어 드레스를 쓸어보는데 방 밖에서 유벨의 목소리가 들려왔다.

"아직 멀었어?"

"곧 가요."

세레나는 얼른 그중 한 벌을 골라 갈아입고 서둘러 밖으로 나갔다.

정원이 한눈에 내려다보이는 꽃나무 그늘 밑에서 발루아 소공작이 주최하는 작은 티 파티가 열렸다. 참석자는 경애해 마지않는 소공작의 삼촌과 소공작 본인이었고 시중을 위해 측근 시녀인 세레나가 뒤를 따랐다.

세레나는 두 사람을 위해 동령에서만 생산되는 화음차를 조심스럽게 우려냈다. 찻잔에 담긴 진홍빛 찻물에서 그윽한 향이 피어올랐다. 공작은 눈을 감고 향을 음미하고는, 천천히 차를 한 모금 입안에 머금었다.

'음, 역시 좋군.'

물의 온도도, 우려낸 시간도 딱 적절한 차의 맛에 공작은 기분이 좋아졌다.

"계속 서 있으려면 다리가 아플 테니, 좀 앉으렴."

공작의 배려심 넘치는 한 마디에 공작의 호위 기사 유스포프와 유벨의 호위 기사 비토리오의 눈이 서로 마주쳤다.

'저 인간, 아니, 저분이 갑자기 왜 이러시냐.'

'저러신 지 좀 됐습니다. 그냥 그러려니 하십시오.'

'우리도 다리 아픈데. 차를 마실 수 있는 입도 있는데.'

'포기해요. 원체 우리를 공중에 떠다니는 공기 취급하시는 분 아닙니까.'

순식간에 많은 말들이 눈빛을 통해 오갔지만 정원에서 두 사람에게 신경 쓰는 이는 아무도 없었다.

찻주전자를 내려놓은 세레나가 조신하게 유벨의 옆에 앉았다. 오늘 그녀는 연보랏빛 드레스를 입고 있었다. 망사로 된 레이스가 팔 양쪽을 감싼 형태가 마치 날개를 단 요정 같다고 공작은 생각했다. 긴 목과 팔이 드러나자 안 그래도 고운 미모가 한결 더 빛나 보였다.

다른 건 몰라도 빌헬름이 솜씨 하나는 괜찮다. 겨울이 오기 전에 그를 한 번 더 부를 것이다. 그때는 여우 털을 두른 코트와 장갑을 맞추는 건 어떨까. 산맥 근처에서 은빛 여우를 한두 마리 잡으면 딱일 것 같은데.

공작은 과자를 한 개 집어 입에 넣었다. 달짝지근한 걸 좋아하지 않는 그였지만 오늘은 어쩐지 달달한 것에 잔뜩 취하고만 싶은 기분이다. 잡혀 있던 회의를 내일로 미루고 쌓여 있는 서류들을 방치한 채 나온 자리이지만 후회되지 않았다. 덕분에 그보다 훨씬 더 큰 것을 얻었으니까.

바람이 불자 나무에서 작은 꽃잎들이 우수수 떨어졌다. 공작은 세레나가 골라준 새 셔츠를 입은 채 그 모습을 바라봤다. 잘 가꾸어진 아름다운 정원에 날씨는 적당히 선선하다. 유벨은 테이블 위로 떨어진 꽃잎을 한 장씩 줍고 있고 세레나는 그 모습을 보고 웃으며 빈 찻잔에 차를 따라주고 있었다.

'아아, 이 얼마나 사랑스러운 풍경인가.'

자신도 모르게 든 생각에 화들짝 놀란 공작은 자신의 입술을 매만졌다. 사랑……스럽다고? ……그래. 몹시도 사랑스러웠다. 심지어 이 시간이 계속되길 바랄 정도로.

'카이로스, 솔직히 인정하자. 넌…… 그녀가 좋은 거야. 단순히 곁에 두고 취하고 싶은 게 아니라 저 웃는 얼굴과 마음이 온전히 너를 향하길 바라는 거야.'

공작은 세레나에 대한 자신의 감정을 인정하기로 했다. 머리부터 발끝까지, 그 목소리부터 차를 따르는 자태까지 어디 하나 마음에 들지 않는 부분이 없었다.

공작은 사실 결혼 생각을 가져본 적이 한 번도 없었다. 욕구를 풀었던 경험이 아예 없는 건 아니다. 다만 피가 튀고 살육이 난무하는 전장이 더 편할 정도로 애초에 자신은 사교계가 맞는 타입이 아니었고, 여성에 대한 애틋한 감정을 가져본 일도 없었다. 이미 번듯한 후계자가 있는데 귀족 여성과 결혼해 애꿎은 후계 다툼을 만들고 싶은 생각도 없었다.

하지만 상대가 세레나라면, 고요한 검은 눈을 한 저 아이라면 어떨까. 어딘가 신비스러운 구석이 있긴 하나 그녀는 유벨을 잘 키워줄 것이고 평민인 그녀의 아이가 후계 다툼을 일으킬 일도 없었다. 그리고 지금처럼 자신의 마음을 채워주는 풍경을 만들어주며 행복하게……행복하게 살아갈 것이다.

공작의 바지 주머니에는 목걸이가 하나 들어 있었다. 창고의 보석 중 가장 좋은 놈을 고르고 장인을 닦달해 나온 티아라 모양의 목걸이엔 그의 눈동자처럼 파란 사파이어가 박혀 있다. 별 생각 없이 주려고 가져온 것인데, 그것을 건네는 일이 어쩐지 쑥스러워진 공작은 주머니 속 목걸이를 꽉 움켜쥐었다.

티 파티 도중, 피지 않은 봉오리가 가득한 정원 한편에 활짝 핀 분홍 꽃을 유벨이 발견했다.

"세레나, 저쪽의 꽃은 무슨 꽃이지? 벌써 피어 있어."

"아, 레치넨티아로군요. 원래 봄부터 초여름까지 피는 꽃이에요. 그거 아세요? 레치넨티아에는 재미있는 이야기가 전해지고 있답니다."

세레나는 고운 분홍빛 꽃잎을 보며 말을 이었다.

"레치넨티아의 꽃말은 '사랑의 결실'이에요. 그래서일까요? 레치넨티아 꽃잎으로 손톱을 물들이고 그해 첫눈이 내릴 때까지 지워지지 않으면 사랑이 이루어진다고 해요. 이 꽃이 필 무렵이면 아가씨들이 앞다투어 꽃잎을 찾아 손톱 위에 올려놓곤 하죠."

"세레나도 좋아하는 사람이 있어? 있다면 이루어질 수 있도록 내가 도와줄게."

"으음…… 괜찮아요. 전 지금처럼 유벨 님의 시녀로 일하는 것에 충분히 만족하니까요."

나이에 맞지 않는 성숙한 유벨의 말에 세레나는 손사래를 쳤다.

"그러지 말고 손 좀 줘봐. 꽃잎으로 어떻게 손톱을 물들일 수 있는지 궁금해졌어. 삼촌도 보고 싶지 않아요?"

"확실히 꽃을 그런 식으로 사용할 수 있다는 말은 처음 듣는군. 눈으로 직접 보아야 확실히 알 수 있을 것 같은데."

"각하까지 그리 말씀하시면…… 어쩔 수가 없네요."

두 남자의 성화에 세레나는 결국 자신의 두 손을 고이 반납해야 했다. 신이 난 유벨은 꽃잎을 주워 오는 일부터 잘게 빻아 손톱에 올리는 일까지 다른 이에게 맡기지 않고 손수 도맡아 했다.

얼마나 지났을까, 꽁꽁 싸맸던 실을 조심스럽게 풀자 세레나의 손톱이 분홍빛으로 물들어 있었다. 서툰 아이의 손길이라 얼룩덜룩했지만, 그 색상만은 꽃이 띤 색처럼 선명했다.

"우와, 신기해. 진짜 색깔이 변했어."

유벨이 손톱을 들여다보며 연신 탄성을 질렀다.

"이제 그 손을 가을까지만 잘 유지하면 되겠군. 북령에서는 늦가을이면 첫눈을 볼 수 있으니 말이야."

"놀리지 마세요, 각하."

"그대의 마음에 결실이 있길 함께 기원하지."

"정말이지…… 다들 너무하세요."

유벨의 감탄사에 공작의 놀림까지 더해지자 세레나의 얼굴이 손톱처럼 분홍빛이 되었다. 그런 그녀의 모습이 사랑스러워 공작은 껄껄소리 내어 웃었다. 처음 듣는 공작의 시원한 웃음소리에 호위 기사 둘은 다시금 서로를 마주 보았지만 충직한 수하들답게 어떤 말도 입 밖에 내지 않았다.

시간이 천천히 흘러 어느덧 서쪽 하늘에서 노을이 비쳐왔다. 자리를 파하고 돌아가는 길, 공작의 한쪽 손은 줄곧 주머니에 있었지만 마지막까지 밖으로 나오지 않았다.

그 시각, 루이네리아 제국의 중심지인 제도 황궁에서는 황태자의 비공식 알현이 이루어지고 있었다.

"이것이 바로 '그것'인가."

"예, 전하. 지하 경매장까지 흘러들어간 것을 어렵게 구해 올 수 있었습니다."

"수고했다. 이리로…… 좀 더 가까이에서 보고 싶군."

남자는 들고 있던 물건을 두 손으로 정중하게 바쳤다. 좌우로 돌려보며 한참을 살펴보던 황태자가 이내 고개를 끄덕였다.

"틀림없네. '그것'이 맞아."

"하오나 전하, 어떻게 이런 일이 있을 수 있단 말입니까!"

"황태자 책봉과 동시에 초대 황제 폐하의 유지를 받들겠다는 선서를 했을 때부터 나는 줄곧 이날이 오기만을 꿈꾸어왔네. 그날 그대도 신탁을 함께 확인하지 않았나?"

뿌린 씨가 곡식 되어 열매를 맺듯

잊힌 마지막 달이 북풍을 타고 돌아왔을지니.

어둠의 장막 너머 달빛을 발견하는 자,

승리의 궁전에서 살리라.

얼마 전 아나이스 신전에 내려온 신탁의 내용이었다. 제국이 세워진 이래 처음으로 내려진 신탁에 신전과 황실에서는 난리가 났고, 곧바로 신관들을 불러 모아 신탁의 의미를 해석하기 바빴다. 각 신전의 최고위 신관들이 머리를 맞댄 끝에 가장 근접하게 추정해낸 결론은 바로 건국 설화 속의 주인공 세레니안 공주가 남긴 유산의 발견, 혹은 공주 본인의 재래였다.

해석을 전달받은 황실에서는 웬일인지 신탁 내용을 세간에 공개하지 않고 꼭꼭 숨기고는, 한편으로 은밀히 사람을 풀어 은빛의 여인에 대한 소식을 수집하기 시작했다. 꼭 신탁이 아니더라도 공주에 대한 황태자의 비정상적인, 아니, 조금 과한 집착은 친우이자 권속인 남자도 익히 알고 있는 사실이었다. 그래서 소문으로만 나돌던 '그것'도 어렵게 구해 온 게 아니었나.

"신탁에서는 분명 '북풍'이라 했다. 흉흉한 북풍이 부는 장소라면 전 제국을 통틀어 오직 한 군데뿐이지."

"……."

"칼린, 북령에 가게. 가서 처음으로 '그것'을 판매한 자가 누구인지 출처를 알아보도록. 그리고 혹, '그분'을 만난다면……."

"전하를 대하듯, 최대한 공경히 모셔 오겠습니다."

"좋네."

유벨의 셔츠를 개던 세레나가 아까부터 연신 자신을 흘낏거리는 로안느를 쳐다봤다. 입가에 수상한 미소를 띤 채 킬킬대는 모습이 이상했다. 평소 같으면 하루 종일 바쁘게 성을 돌아다니고 있을 사람이 옆에 와서 맴돌고 있는 것부터 그렇다.

결국 들고 있던 셔츠를 내려놓은 세레나가 먼저 말을 걸었다.

"로안느 님, 대체 무슨 일이세요? 뭔가 제게 할 말이 있으신 거죠?"

로안느가 거들먹거리며 말했다.

"글쎄. 할 말이 있는 것 같기도 하고, 없는 것 같기도 하고……. 이래 봬도 시녀장이니 성의 기밀들을 제법 많이 알고 있거든."

'제도 부인'이 성에 머물다 간 이후 세레나와 로안느의 사이는 퍽 가까워졌다. '뭘 모르는 북쪽 여인네들'로 한데 묶여 취급당한 뒤 알게 모르게 동지 의식 같은 게 생긴 것도 같다.

세레나가 어서 말해보라는 얼굴로 바라보았지만 로안느는 좀 더 생색을 내고 싶은지 자꾸 뜸을 들였다.

"이걸 알려주면 아마 내게 눈물을 흘리며 고마워하게 될 텐데."

"후후후, 발루아 공작성의 하나뿐인 시녀장님, 제발 부탁이니 그 기밀을 제게 귀띔해주실 수 있겠어요? 이대로는 궁금증 때문에 밤잠도 제대로 자지 못할 것 같거든요."

세레나가 백기를 들자 그제야 로안느가 어깨를 수그리며 주위를 한 번 둘러봤다. 그러고는 그녀의 귀에 대고 작은 소리로 속삭였다.

"……주인님의 생신이 바로 사흘 뒤란다."

"네엣?"

세레나는 생각지도 못한 말에 크게 놀랐다. 가주의 탄생일은 보통 반년 전부터 준비하는 가문의 가장 큰 행사 중 하나였다. 대개 귀족들은 생일 당일에 자택으로 손님들을 초대해 하루 종일 성대한 파티를 연다. 그 파티에 쓰일 음식과 꽃, 장식을 위한 준비는 물론이거니와 사교계에서의 위치나 정치적 이해관계에 따라 초대할 손님을 고르고 격식에 맞춘 초대장을 보내는 것만 해도 적지 않은 시간이 걸리는 일이었다. 하물며 그 당사자가 제국에서 단 넷뿐인 공작임에야 더 말할 것도 없었다.

"정말 놀랍네요. 그런 소식을 겨우 사흘 전이 되어서야 알게 되다니. 혹시 제가 모르는 사이 줄곧 따로 준비하고 계셨던 건가요?"

세레나의 질문에 로안느가 잠시 뜸을 들이다 어깨를 한 번 으쓱거렸다.

"아니, 아무것도. 주인님께선 생신을 여느 때와 같이 조용히 보내시길 원하셨어. 벌써 여러 차례 찾아가 여쭤봤지만 그때마다 똑같은 대답이셨지. 누구에게도 이야기하지 말고 무엇도 준비하지 마라, 곧 축제이니 번잡한 일을 두 번 만들고 싶지 않다……. 주인님도 주인님이시지. 무려 20여 년 만에 고향에서 맞는 생신이신데 말이다."

로안느의 눈빛이 서서히 아련해지며 오랜 과거의 일을 더듬어가기 시작했다.

"벌써 오래전의 일이 되어버렸지만 지금도 생각나는구나. 어린 도련님이 당신 키보다 큰 검을 들고 자유자재로 휘두르시던 모습이. 그때부터 그분에게선 타고난 무인의 소질이 보였어. 아니, 검술에만 소질이 있었던 게 아니야. 무엇에 손을 대도 훨씬 연상이었던 형님을 능가하실 정도였으니까."

세레나의 머릿속에 자신만만한 얼굴을 한 푸른 눈의 아이가 어렵지 않게 그려졌다.

"도련님은 여섯 살 생일이 되기 전에 제도의 아카데미로 가셨단다. 그렇게 어린 나이에 아카데미에 입학하는 경우는 드무니까 영지 내에선 100년에 한 번 나올까 말까 하는 천재라며 떠들썩했지. 그런데 방학때가 되어도, 1년, 2년이 지나도 도련님께서 성으로 돌아오시질 않는거야. 심지어 아버님이신 공작 각하의 장례식에조차 참석하지 않으셨으니 말 다 했지."

"……"

"모두들 둘째 도련님의 존재에 대해 까맣게 잊어갔어. 이따금 전장의 살인귀라는 명성을 떨치며 남부 전쟁에서 활약을 하고 계시다는 소식만 간간이 전해졌을 뿐……. 그래서 어느 누구도 지금의 상황을 예상하지 못했지. 제국이 좁다 하고 떠돌아다니던 도련님께서 이렇게 작위를 물려받고, 또 이렇듯 소중하게 후계자를 돌보게 되실 거라고는. 세상일은 참 알 수가 없어."

로안느가 숙였던 고개를 들며 절레절레 저었다. 그녀의 눈빛에서는 좀 전의 장난기는 사라지고 주인을 향한 애틋한 충심만이 깃들어 있었다.

"파티는 없겠지만, 자신이 태어난 날을 기억해 작은 선물이나마 챙겨주는 사람이 있다면 그분께서도 내심 기뻐하시지 않을까?"

"……분명 그렇겠지요."

"세레나, 기대하마."

"무엇을요?"

"주인님께서 네게 베푸신 수많은 너그러운 배려들을 잊으면 안 된다."

"그야…… 물론이지요."

잔뜩 기대하는 로안느의 시선이 부담스럽긴 했지만, 세레나는 자신이 할 수 있는 한 최선을 다해 선물을 준비해보겠다고 대답했다. 갑작스럽게 공작의 과거에 대해 듣게 되자 마음이 심란했다. 태어났을 때부터 지배자의 권위와 기품을 타고나 보이는 공작에게 그런 사정이 있을 거라는 생각은 하지 못했다.

'그렇게 어린 나이에 먼 곳까지 공부를 하러 가서 왜 한 번도 다시 고향에 돌아오지 않은 거지? 가족들이 보고 싶지도 않았을까?'

생일은 1년에 단 한 번, 누구에게나 찾아오는 소중한 날이었다. 왕궁에 있을 때 그녀의 생일에는 늘 성대한 파티 겸 무도회가 열렸다. 그날은 눈을 뜨고부터 다시 감을 때까지 먹고, 즐기고, 쌓여 있는 선물 꾸러미를 푸는 일의 연속이었다. 물론 옆에는 사랑하는 가족들이 함께였고.

그런데 로안느의 말에 따르면 공작은 집을 떠나 벌써 스무 번이 넘

283

는 생일을 홀로 지낸 셈이다.

'각하는 가장 축복받고 축하받아야 할 그날을 대체 어떤 식으로 보내온 걸까…….'

로안느가 자리를 뜬 뒤에도 세레나는 한동안 혼자 남아 상념에 잠겼다.

유벨이 오후 수업을 마치고 방으로 돌아왔다. 유벨을 반겨준 세레나는 옷을 갈아입는 걸 도우며 슬며시 물어보았다.

"유벨 님, 혹시 각하의 생신이 언제인지 아세요?"

"생신? 아, 그러고 보니…… 한 번도 물어본 적이 없네."

아차 하는 표정이 된 유벨이 머쓱함에 머리를 긁적였다.

"사실 나도 삼촌과 산 지는 1년이 채 되지 않았거든. 아직 서로 모르는 게 많아."

"괜찮아요. 충분히 그럴 수 있지요. 이건 저도 로안느 님께 들은 얘기인데, 각하의 생신이 바로 사흘 뒤래요."

유벨은 아까 로안느의 말을 들은 세레나와 똑같은 표정이 되었다.

"엑, 정말로? 삼촌은 그런 말씀이 전혀 없으셨는데. 이게 뭐야. 나는 삼촌에 대해 제대로 아는 게 하나도 없잖아."

"앞으로 함께하실 나날이 더 기니, 서로에 대해 천천히 알아가시게 될 거예요."

유벨의 태도가 시무룩해지자 세레나는 애써 그를 달래주었다. 그러면서도 내심 놀라워했다. 삼촌은 조카를, 조카는 삼촌을 이렇게나 믿고 따르는데 설마 그런 두 사람이 아직 사계절도 함께 보내지 않은 사이일 줄이야. 세레나의 말을 들은 유벨이 배시시 웃으며 말했다.

"역시 그렇지? 삼촌은 부모님의…… 장례식장에서 처음 봤어. 아버지와 닮은 얼굴이지만 신장도 덩치도 훨씬 커서 엄청나게 무서웠다고. 그런데 모두들 장례는 뒷전이고 온통 내 후견인 문제로 시끄러울 때 유일하게 먼저 다가와 울고 있는 나를 꼭 안아주셨어. 그리고 말씀해 주셨지. 여기 있는 그 누구에게도 무시당하지 않을 만큼 강한 공작이 되라고, 그때까지 날 지켜주시겠다고. 우리 삼촌 정말 멋있지?"

추억을 더듬는 소년의 얼굴이 아련해져 있었다. 삼촌과 똑같은 색의 눈동자가 여느 때보다 깊고 푸른빛을 띠었다. 그런 유벨을 바라보던 세레나에게 갑자기 좋은 생각이 떠올랐다. 원래는 혼자서 준비할 생각이었지만 좋은 일은 함께 나눌수록 좋은 게 아니던가.

"유벨 님, 저희가 각하의 생신 선물을 준비하는 건 어떨까요? 비밀로 준비해서 당일에 깜짝 놀래드릴 수 있게요!"

"엇, 그거 좋은 생각인데?"

그늘이 드리웠던 유벨의 얼굴이 갑자기 확 밝아졌다. 두 사람은 머리를 맞대고 공작성에서 처음 맞는 공작의 생일을 축하해줄 좋은 방법을 생각하기 시작했다.

"일단 선물이 필요해. 성 밖의 상점가에 나가 적당한 게 있는지 찾아보자."

"하지만…… 유벨 님의 수업이 끝나는 시간에는 가게들은 모두 문을 닫아요. 그렇다고 수업을 빼먹고 밖에 나가신 걸 알면 각하께선 기뻐하지 않으실 거고요."

"괜찮아. 검술 시간에 다녀오면 돼. 바틀레인 선생님께 검을 배울 때도 있지만 어떤 날은 비토리오와 기초 체력 훈련을 하기도 하거든. 이틀 후가 바로 그날이라고!"

유벨이 악동처럼 짓궂은 표정을 지었다. 세레나는 바람 검을 쓰던 밀빛 머리의 기사를 떠올렸다. 비토리오는 충성심 깊은 유벨의 호위 기사지만 많지 않은 나이만큼 적당한 융통성도 가졌다. 그러면 틀림없이 모르는 척 유벨을 따라 나서줄 것이다.

세레나와 유벨은 그날 밤 잠들기 직전까지 생일 선물 계획에 대해 이야기를 나눴다. 오죽하면 저녁 식사 때 자신만 빼놓고 무슨 얘기를 그리 하느냐고 공작이 서운해할 정도였지만 유벨은 이번만큼은 삼촌에게도 말할 수 없다며 비밀을 엄수했다.

시간은 빠르게 흘러 어느덧 이틀이 지났다. 아직은 이른 아침, 유벨과 세레나, 비토리오 세 사람은 트라이히의 상점가 한가운데 서 있었다. 비토리오는 평상시에 착용하는 미스릴 갑옷을 벗고서 여행자들이 즐겨 입는 가죽 갑옷으로 갈아입었고, 유벨은 금발을 감추느라 후드가 달린 로브를 푹 뒤집어썼다. 유일하게 변장을 하지 않은 세레나는 장식이 없는 회색 드레스 차림이었다.

"최대한 빨리 구입해 성으로 돌아가시는 겁니다."

"그 소리만 벌써 몇 번째야. 그렇게 싫으면 따라오지 말지 그랬어."

"제 입장도 생각해주세요. 이렇게 몰래 바깥에 나오신 걸 알면 전 각하께 죽은 목숨이라고요."

비토리오의 투덜거림을 배경 음악 삼아 들으며 세 사람은 제일 먼저 무구점에 들어갔다. 벽에 걸린 무기들을 본 유벨이 눈을 빛내며 앞으로 나섰다.

"검을 좀 보러 왔는데."

주인은 실눈을 뜨고 안으로 들어온 독특한 3인의 일행을 훑어보았다. 어린애와 보호자로 보이는 남자와 여자가 각각 한 명씩. 경장을 한 남자는 머리색으로 보아 귀족이고, 여자는 수수한 옷을 입었지만 멀리서도 눈에 번쩍 띄는 미인이다. 거기다 로브를 뒤집어써서 모습이 잘 보이지 않지만 아이의 소매에서 반짝이는 저 단추는 분명 유리 조각은 아닐 것이다.

'이거 첫손님으로 대어가 들어왔구먼.'

"어서 오십시오."

주인이 싹싹한 인사와 함께 얼른 근처의 검을 하나 빼어 유벨에게 쥐여줬다.

"어떠십니까? 아름다운 외양만큼이나 아주 잘 드는 검이지요."

주인이 내민 것은 칼자루 중앙에 큼지막한 루비가 박혀 있고 화려한 세공이 되어 있는 검이었다.

유벨이 손에 들고 몇 번 휘둘러보며 비토리오에게 물었다.

"비토리오, 이 검…… 어때?"

"장식만 잔뜩 갖다 붙였을 뿐, 실전에서 사용할 수 있는 검이 아니에요."

비토리오의 말을 들은 주인이 뜨끔한 표정을 짓더니 다른 검을 내왔다.

"그, 그럼 이 검은 어떠신지요. 이 검으로 말할 것 같으면 얼마 전 찾아오신 공작성의 기사님들께서도 칭찬을 아끼지 않으신 것입니다. 마을에서 제일가는 명장 파세프의 작품이지요."

"북령의 철을 여러 번 제련해 만든 검이군요. 제법 튼튼하고 나쁘지 않아요. 그렇지만…….."

비토리오는 이번에도 영 탐탁찮은 표정이었다. 말을 할까 말까 고민하던 비토리오가 유벨에게 귓속말로 속삭였다.

"도련님, 각하께서는 상급 마물의 뼈로 만든 검을 갖고 계세요. 그 검은 어떤 충격에도 날이 부러지거나 상하지 않아요. 웬만한 중독 현상이나 마법에서도 몸을 보호해주고요. 이 가게에 있는 검을 모두 꺼내놓아도 아마 각하께서 지니신 검보다 값진 건 없을 겁니다."

비토리오의 말에 유벨이 당황했다. 그런 건 처음부터 말해줬어야지. 괜한 시간 낭비를 했잖아. 유벨은 양손으로 들고 있던 검을 그대로 내동댕이치며 외쳤다.

"세레나, 보석 가게로 가자. 그곳 이름이 뭐라고 했지?"

"마르가리타입니다."

이어서 세 사람은 호화스럽게 꾸며진 상점을 방문했다. 변장을 했음에도 눈썰미 좋은 보석 가게 주인은 북령의 후계자인 유벨과 호위 기사 비토리오를 한눈에 알아보았고, 덕분에 그들은 푹신한 소파에 앉아 원하는 보석들을 마음껏 구경할 수 있었다.

루비, 사파이어, 에메랄드, 진주…… 각양각색의 아름다운 보석들이 그 빛을 뽐냈으나 정작 유벨의 눈에 들어오는 것은 없었다. 잘 때 입는 잠옷에 달린 단추 하나도 최고급의 보석을 다는 유벨이었다. 귀하고 아름다운 보석과 장식품들을 매일같이 보고 있는 소년의 마음에 쉬이 차는 물건이 있을 리가 만무했다. 유벨이 심드렁한 표정으로 그나마 괜찮아 보이는 브로치를 하나 들어 보였다.

"이건 가격이 얼마나 하지?"

"역시 안목이 있으시군요. 첫눈에 저희 가게에서 가장 귀한 것을 골라내시다니요. 보고 계신 브로치는 금박을 입힌 표범 주물에 동대륙에서 수입한 녹안석 두 알을 박아 넣은 놈이지요. 더도 덜도 말고 80만 페리만 주십시오."

유벨이 뜨악한 표정을 지었다. 자신은 매달 용돈으로 만 페리짜리 금화 한 닢을 받았다. 삼촌은 평민들은 급여로 3, 4만 페리를 받는 게 고작이라며 그것도 많은 거라고 했다. 필요한 물건은 전부 로안느를 통해 받는 데다 성 밖에 나갈 일도 거의 없어 금화는 쓰는 일 없이 전부 저금통에 넣어두고 있었다. 모은 금화를 모두 합쳐도 브로치의 대금으로는 충분치 않았다. 그렇다고 물건이 썩 마음에 드는 것도 아니었다.

옆에서 잠자코 지켜보던 비토리오가 입을 열었다.

"모자라는 금액을 말씀하십시오. 제가 보태드리죠."

"비토리오도 선물 사는 일에 끼고 싶은 거야?"

"그냥 빌려드리는 겁니다! 어디까지나 도련님의 신용을 믿고 투자하는 거예요."

비토리오가 메고 있던 가방에서 묵직한 주머니 하나를 주섬주섬 꺼냈지만, 유벨은 벌떡 자리를 박차고 일어났다.

"다른 곳으로 가보자. 브로치는…… 별로 마음에 들지 않아."

보석 가게를 나온 후 눈에 띄게 지친 유벨을 위해 세 사람은 작은 카페에 들어갔다. 그리고 각자 한 잔씩 주문한 음료를 마시며 짧은 휴식을 취했다.

세레나는 진한 초콜릿차를 한 모금 입에 머금었다. 달콤쌉싸름한 맛이 입안에 퍼지자 처졌던 기분이 조금 나아지는 것 같다. 쉽게 생각했던 선물 고르기가 좀처럼 금방 끝날 것 같지 않자, 성 밖을 나오는 길 내내 들어야 했던 비토리오의 투덜거림이 다시 시작되었다.

"도련님, 각하께서 선호하시는 물건을 미리 조사해서 나오셨으면 좋았을 텐데요. 뭣하면 각하의 호위 기사인 유스포프에게라도 물어보셨으면⋯⋯."

"물어봤어! 유스포프, 로안느, 사라에게도!"

"그런데 왜⋯⋯."

유벨은 힘없이 고개를 저었다.

"모르겠대. 삼촌은 특별히 선호하는 색도, 취향도 없다는 모양이야. 특정한 물품을 가져오라는 지시를 내린 적도 단 한 번도 없고. 차고 다니는 검 한 자루를 빼고는 성 안의 어떤 것도 삼촌이 원래 쓰던 것이 아니래."

"⋯⋯."

할 말을 잃은 비토리오가 세레나를 바라봤다.

'하긴 각하의 성정이라면 그럴 만도 하지. 애착을 보이는 사람이라면 최근 들어 한 명 있긴 하지만 말이야⋯⋯.'

무언가를 곰곰이 생각하던 세레나가 불쑥 물었다.

"유벨 님, 선물은 꼭 물건이어야 하나요?"

"꼭 그런 건 아니지만⋯⋯ 왜? 무슨 좋은 생각이라도 있어?"

"지금 이 시기밖에 볼 수 없는 것이라면, 그것도 나름대로 귀한 선물이 되지 않을까 싶어서요."

말을 마친 세레나가 밝게 미소 지었다.

해가 중천에 떠올랐다. 유벨은 남은 수업을 위해 성으로 돌아가봐야 했다. 세레나의 제안으로 선물은 정해졌지만 그녀는 모처럼의 외출이니 필요한 물건을 구입해야겠다며 두 사람을 먼저 보냈다.

"세레나, 돌아보다가 혹시 좋은 게 있으면 내 대신 부탁해."

유벨의 고사리 같은 손에서 금화가 건네졌다. 세레나는 두 손으로 그것을 꼭 감싸 쥐며 고개를 끄덕였다. 금화에서 전해지는 따뜻한 온기가 그만큼의 무게가 되어 양어깨에 얹혔다. 유벨과 비토리오의 뒷모습이 시야에서 완전히 사라졌을 때, 세레나가 손을 꼭 끌어 쥔 채 호기롭게 중얼거렸다.

"어디, 그럼 다시 한 번 시작해볼까?"

상점가의 긴 대로 양쪽으로는 다양한 가게가 늘어서 있었다. 세레나는 상점가의 가게들을 한군데씩 찬찬히 둘러보기 시작했다. 잡화점, 양장점, 모피점, 과자점…… 둘러본 가게의 수는 하나둘 늘고 있었지만 그녀의 손에는 좀처럼 작은 물건 하나가 들리지 못했다.

몇 군데 둘러보지 않은 것 같은데 고개를 들어보니 벌써 서쪽 하늘이 끝에서부터 붉게 물들어오고 있었다. 세레나는 아파오는 다리를 주무르며 한숨을 쉬었다.

"큰일이네. 이러다 정말 그냥 돌아가겠는걸."

실은 유벨과는 별도로 작은 선물을 준비하려던 참이었다. 어쨌거나 유벨의 측근 시녀로 일을 하는 이상 매일같이 마주쳐야 하는 사람이었다. 아예 몰랐다면 모를까, 로안느에게서 이야기를 들은 이상 그냥 모른 척하기에는 마음에 걸렸다. 게다가 그녀는 아직 잊지 않고 있었다. 두 번에 걸쳐 선물받은 드레스의 답례를 제대로 하지 못한 것을.

'값을 제대로 치르려 한다면야 수십 년을 일해도 부족하겠지만, 최소한의 성의 표시 정도는 해야겠지.'

세레나는 눈을 크게 뜨고 가게의 물건들을 하나하나 살폈다. 그중에서 마음에 드는 물건을 찾기란 사막 한복판에서 잃어버린 보석을 찾는 것만큼이나 어려웠다. 가게에서 파는 대부분의 물건이 그녀의 눈에는 조악하기 그지없었고, 조금 괜찮다 싶으면 역시나 가격이 맞지 않았다.

'마지막으로 한 곳 정도만 더 둘러볼까.'

세레나가 막 작은 골목으로 들어섰을 때였다. 갑자기 덩치 큰 남자들이 우르르 나타나 그녀를 에워쌌다.

"어이, 예쁜 아가씨. 하루 종일 이 앞을 왔다 갔다 하던데, 뭐 찾는 거라도 있어?"

"아니요, 저는……."

"우리가 도와줄게. 좋은 가게를 소개해주지."

거리의 건달들이었다. 큰 체구에 험상궂은 모습을 하고 있는 남자들에게 덜컥 겁이 났지만 세레나는 애써 담담한 척 응수했다.

"괜찮습니다. 혼자서도 찾을 수 있으니 길을 비켜주시겠어요?"

"이래 봬도 우리가 이 거리를 꽉 주름잡고 있거든. 필요한 게 있으면 뭐든 말만 해봐."

"그래. 대신 작은 대가만 지불하면 돼. 아주 작고 사소한 대가. 흐흐흐. 예를 들면 그 예쁜 얼굴이라든가, 몸으로 말이지…….."

남자들 중 한 명이 비열한 웃음을 흘리며 그녀의 얼굴로 손을 내밀 때였다.

"그 손 치우지 못할까?"

파파팟! 퍽퍽!

눈 깜짝할 사이에 온몸을 구타당한 건달들이 바닥을 뒹굴었다. 그 자리에 서 있는 이라고는 세레나와 세레나를 등지고 서 있는 낯선 남자뿐이었다. 뒤에서 갑자기 등장한 남자는 검집을 뽑지 않은 검을 몽둥이 삼아 들고 있었다. 건달들은 욕설을 내뱉으며 다시 주먹을 쥐고 일어섰다.

"뭐야, 저 자식은…….."

"놈은 한 명뿐이다. 어서 쳐!"

"잠깐. 저자는…….."

그때, 건달 중 한 명이 낮은 목소리로 무어라고 중얼거렸다. 무슨 말을 한 건지는 모르겠지만, 중얼거림을 들은 나머지 패거리도 주섬주섬 몸을 일으키더니 이내 골목 반대편으로 도망쳐버렸다.

마지막 한 명까지 모습을 완전히 감춘 후에야 검을 든 남자가 세레나 쪽을 돌아보았다. 그는 검은 머리에 검은 눈, 단정한 외모를 가진 앳된 청년이었다.

들고있던 검을 다시 허리춤에 꽂아 넣은 청년이 친절하게 물었다.

"아가씨, 괜찮으십니까?"

"……구해주셔서 정말 감사합니다. 어떻게 해야 하나 곤란해하던 참이었어요.”

세레나가 고개 숙여 인사했다. 만약 눈앞의 청년이 나서서 도와주지 않았더라면 정말로 위험할 뻔했다.

“혼자서는 너무 오래 거리에 머무르지 않는 게 좋아요. 당신처럼 아름다운 아가씨라면 더더욱 그렇죠. 잠깐 한눈을 팔아도 저런 녀석들의 표적이 되기 십상이거든요.”

그 말에 세레나가 고개를 끄덕였다.

“확실히 제가 부주의했네요. 그럼…… 시간이 늦었으니 저 역시 서둘러 돌아가보아야겠습니다. 은인께 다시 한 번 진심으로 감사드려요.”

“성으로 바로 가십니까?”

흠칫 놀란 세레나가 미심쩍다는 표정으로 바라보자, 청년이 하얀 이를 보이며 웃었다.

“실은 저도 성에서 일을 하거든요. 유베리안 도련님과 함께 계신 걸 몇 번 본 적이 있어요. 오늘은 비번이라 잠깐 성 밖에 나왔다 돌아가는 중인데, 괜찮으시면 저와 함께 가시죠.”

청년의 이름은 프란츠라고 했다. 하는 일이 무엇인지는 알지 못했지만, 장정 여러 명을 단숨에 제압한 무술 솜씨도 그렇고, 절도 있는 태도가 어쩐지 단순한 시종 같지는 않았다. 입구에서 프란츠를 본 경비병들이 몸을 바로 하며 경례를 하는 것을 보자, 제법 높은 자리에서 일을 하는 사람일 거라는 그녀의 생각은 확신으로 굳어졌다.

성문을 통과하자 갈림길이 나타났다. 작별 인사를 위해 세레나가 걸음을 멈춰 섰다.

"저…… 프란츠 님. 여건이 허락한다면 작은 보답이라도 해드리고 싶은데, 혹시 근무지를 알 수 있을까요?"

"근무지라……. 글쎄요. 제 일의 성향상 콕 집어 어디서 일을 한다고 말씀드리기가 어렵군요."

프란츠는 애매하게 말을 돌리며 즉답을 피했다.

"그리 궁금해하지 않으셔도 머지않은 시일에 곧 다시 만나게 될 겁니다. 성 안이 넓다 해도 결국 같은 공간 안 아닙니까. 세레나 님, 혹시 그때 잊지 않고 제 이름을 불러주실 수 있겠습니까?"

"물론이죠, 프란츠 님."

세레나가 흔쾌히 응했다. 좀 흔하긴 했지만 그래도 도움을 준 은인의 이름인데, 홀랑 잊어버릴 정도는 아니었다.

"하하. 보답은 그걸로 충분합니다. 그럼 오늘은 이만. 다음에 뵙지요."

대답을 들은 프란츠는 생각보다 크게 기뻐하며 외성 안으로 사라졌다. 혼자 남은 세레나는 황금빛으로 지고 있는 서쪽 하늘을 올려다봤다. 두둥실 떠 있는 뭉게구름이 노을에 젖어 있었다.

"이럴 때가 아니지. 나 역시 서둘러 들어가봐야겠어."

곧이어 세레나도 내성으로 향하는 걸음을 재촉했다.

밤이 깊었다. 유벨을 재우고 방에 돌아온 세레나는 그제야 자신의 실수를 알아차리고 어쩔 줄 몰라 했다.

"큰일이네. 어쩌면 좋지."

내일이 공작의 생일인데 선물을 아무것도 준비하지 못했다. 거리에서 만난 이상한 사람들에게 당황한 나머지, 마지막으로 가보려던 가게에 들르지 못하고 성으로 돌아와버린 것이다.

"바보 세레나. 프란츠 님 어쩌고 할 때가 아니었잖아."

세레나가 고개를 숙이며 우울해하려는데, 그녀의 무릎으로 고양이가 폴짝 뛰어올랐다. 그리고 무릎 위에 곱게 놓인 세레나의 손을 살짝 깨물었다. 따끔한 느낌에 세레나가 놀라 내려다보자, 고양이가 손가락을 한 번 더 꼭 깨물어 보였다.

그녀는 금방 그 행동의 의미를 알아차렸다. 광산에서 그랬듯 자신의 피를 먹여주면 마법으로 원하는 선물을 구해다주겠다는 뜻이었다. 그녀는 고민도 하지 않고 고개를 저었다.

"아니, 피를 팔아서까지 선물을 하고 싶은 마음은 없어. 게다가 그건 내가 준비하는 게 아니게 되니까."

야옹.

길게 울던 고양이가 어딘가로 사라지더니 이번엔 손수건 한 장을 입에 물고 나타났다. 그것은 얼마 전 그녀가 유벨의 생일에 대비해 수를 놓았던 어설프기 짝이 없는 습작이었다. 세레나는 이번에도 고양이의 제안을 거절했다.

"그건 안 돼. 완전히 실수투성이잖아. 게다가 다 큰 성인 남녀에게 손수건이란, 애인 사이에서나 주고받는 정표 같은 거거든. 그러니 내가 손수건을 각하께 드린다는 건 정말 말도 안 되는 일이야."

고양이 입에 물려 있던 손수건을 빼려던 세레나의 머릿속에, 늘 머리를 하나로 묶고 다니는 공작의 모습이 떠올랐다.

'그러고 보니…… 그런 얘기를 들었었지.'

성의 하나뿐인 주인답게 공작은 늘 시녀들 사이에서 제일 큰 화젯거리였다. 여타 귀족들처럼 치장에 관심을 보이지 않는 그는 매일 아침 시녀들이 입혀주는 대로 적당히 옷을 걸치는데, 자신의 머리만큼은 누구의 손도 타는 걸 싫어해서 황송하게도 손수 검은 천으로 질끈 동여맨다고, 그 훌륭한 외모에 어울리지 않는 머리끈을 어떻게든 해드리고 싶다며 안타까워하는 시녀들 이야기를 몇 차례 들은 적이 있다.

번득 좋은 생각이 떠오른 세레나는 옷장 안에다 포개놓은 종이 상자들을 뒤지기 시작했다.

"분명 여기 어디에다 두었는데…….."

그녀가 자수를 연습한다는 말을 들은 로안느가 얼마 전, 자투리 천과 실타래를 선물해주었다. 자투리라 해도 시녀장의 선물답게 하나같이 귀족들이 사용할 법한 상질의 것이었으니, 그 천과 실로 무언가를 만들면 격이 떨어진다는 말을 들을 것 같진 않았다.

옷장 안을 연신 부스럭거리던 세레나는 한 상자 안에서 연한 쪽빛 비단 조각을 꺼냈다.

"손수건은 그렇지만 머리끈 정도라면…… 괜찮겠지."

이 푸른 천으로 머리끈을 만들면 틀림없이 어두운 바다색인 공작의 머리에 잘 어울릴 것이다. 공작성의 주인의 마음에 들 만한 근사한 선물은 아니겠지만, 그래도 마음을 담아 만들어봐야겠다고 그녀는 다짐했다. 불과 얼마 전까지만 해도 꼴도 보기 싫다고 생각했던 남자에게 아바마마께도 드린 적 없는 정성이 듬뿍 담긴 선물을 준비하고 있었지만, 세레나는 그런 자신의 행동을 깨닫지 못했다.

"좋았어. 그럼 시작해볼까?"

준비를 마친 세레나가 양손에 바늘과 실을 들었다. 그리고 부엌에서 가져온 문양이 그려진 접시를 보며 한 땀, 한 땀, 발루아 공작가의 문장인 용과 검을 수놓기 시작했다. 그 모습을 구경하던 고양이가 하품을 하며 잠 들고, 희붐하게 날이 밝아올 때까지도 그녀는 앉은 자리에서 일어나지 않았다.

해가 뜨지 않은 공작성은 투명한 베일로 가린 듯 잿빛 안개가 드리워 있었다. 성문 앞에는 마차 한 대가 서 있고, 그 옆으로 어린 소년과 중년의 남자가 나란히 자리했다. 용과 검이 새겨진 마차는 탑승자를 기다리듯 문이 활짝 열려 있었지만 선뜻 마차를 타는 이는 없었다.

「제가 무엇을 그리 잘못한 것입니까?」

침묵을 깬 목소리는 소년의 것이었다. 이제 예닐곱쯤 되었을까, 어린 소년의 말투는 의젓하고도 명료했다. 여자아이처럼 하얗고 고운 얼굴을 하고 있지만, 샛별을 닮은 눈에서는 총기가 번뜩인다. 해도 뜨기 전에 깨어 쫓기듯 성 밖에 나오면서도 몸가짐은 흐트러진 곳 없이 반듯하기만 했다.

똑똑한 자식을 싫어하는 부모는 없다. 그 인물이 공작가의 자제라면 개인의 복을 넘어 영지 전체의 축복이라 해도 과언이 아닐 터. 그럼에도 불구하고 발루아 공작은 자신의 둘째 아들을 보며 있는 대로 미간을 찌푸리고 있었다.

「너의 존재 자체가 우리 가문에 화가 되는 것이다.」

「무엇이 화가 됩니까? 혼자 글을 깨치고 책을 읽은 것이요? 저보다 네 살 많은 형님을 대련에서 이긴 일이요?」

「……그런 문제가 아니야.」

「마음에 들지 않으셨다면 앞으로는 도서관에 가지 않을게요. 다시는 검도 들지 않겠습니다. 그러니 제발…… 집에 남아 있게 해주세요. 제 생일도 며칠 남지 않았잖아요.」

소년의 애원은 유감스럽게도 아버지의 마음을 움직일 수 없었다. 구슬픈 목소리와 그 내용에도 불구하고 침착하기만 한 남색 눈동자는 공작의 결심을 더욱 공고히 하기에 충분했으니.

말없이 아들을 바라보던 공작이 천천히 입을 열었다.

「아카데미로 가라.」

「아버지, 제발!」

「지금처럼 네 가진 실력을 숨기지만 않는다면 입학을 하는 데는 문제가 없을 거다. 아카데미를 마치면 그 길로 입대토록 해. 알겠느냐? 카이로스, 황제 폐하의 충성스러운 검이 되는 것이다. 그게 가문을 빛내고 네가 살 수 있는 유일한 길이다. 성년이 될 때까지 필요한 경제적 지원은 내 아끼지 않으마.」

말을 마친 공작은 아들을 마차에 밀어 넣었다. 또래에 비해 큰 키와 체격을 갖긴 했지만 그래도 아직은 어린아이였다. 소년은 아버지의 손에 떠밀려 마차에 탑승했다. 문을 닫기 전, 아들을 바라보는 공작의 눈이 한 번 더 매섭게 번득였다.

「가문의 남자들이 모두 눈을 감기 전까지는 절대로 돌아올 생각 마라. 만일 아비의 말을 무시하고 영지의 경계를 넘는다면…… 그때는 적으로 간주하고 벨 것이니.」

자식이라기보다는 가장 위협적인 적을 바라보는 것처럼 그의 눈에는 살기가 담겨 있었다. 소년은 대답 대신 고개만 몇 번 주억거렸다. 여섯 번째 생일을 며칠 앞둔 어린아이에게는 지나치게 난해한 상황과 대화였지만 완전히 이해하고 있다는 건 소년도, 소년의 아버지도 모두 알았다.

문이 닫힌 마차가 천천히 출발했다. 푹신한 쿠션과 식음료가 준비되고 온도 조절 마법까지 걸려 있는 안은 쾌적하기 그지없었지만 소년은 조금의 편안함도 느낄 수 없었다.

「아버지, 형님. 그리고…… 어머니.」

소년은 몇 안 되는 자신의 가족들을 가만히 입에 담아보았다. 작년에 돌아가신 어머니가 살아 계셨다면 이 상황을 막을 수 있었을까. 축성을 받으러 신전에만 가지 않았다면 집을 떠나지 않을 수 있었을까. 아니, 시간의 간격에만 차이가 있을 뿐 결국 같은 일이 벌어졌을 것이다.

눈물을 흘리는 대신 한층 더 깊어진 눈을 한 소년은 창문을 열어젖혔다. 어스름한 새벽의 푸른 빛 속에 등을 돌린 채 서 있는 아버지가 보였다. 고집스럽게 자신을 외면하고 있지만, 그렇다고 성 안으로도 들어가지 않는 뒷모습에 대고 소년이 마지막으로 외쳤다.

「아버지!」

그 외침은 슬픔을 표현하는 방법을 몰랐던 소년의 외마디 비명이었다.

"헉!"

공작은 잠에서 깨어나며 눈을 번쩍 떴다. 생생한 꿈의 기억과 함께 한 줄기 식은땀이 등을 타고 흘러내렸다. 밀려오는 불쾌함을 떨치며 무거운 몸을 힘 주어 일으켰다. 잠을 잤을 뿐인데 온몸이 축축이 젖어 있었다. 공작은 땀에 젖은 손을 닦지 않고 그대로 주먹을 꽉 쥐었다.

"오랜만이로군, '이 꿈'을 꾼 것도."

침대에서 일어나 두꺼운 커튼을 열어젖혔다. 그러자 남색 하늘에 뜬 창백한 초승달이 그를 반겼다. 별들을 떠나보내고 홀로 밤과 아침 사이의 경계를 지키는 달이 외로워 보인다는, 답지 않게 감상적인 생각이 든다. 창밖으로는 북부 특유의 양식으로 지어진 뾰족한 첨탑들이 눈에 들어왔다. 막 돌아왔을 무렵에는 어색하기만 하던 풍경이 이제는 마치 언제 그랬냐는 듯 익숙하게만 느껴진다.

다시는 돌아오지 못하리라 여겼던 고향. 모두가 떠나버린 이곳에서 자신은 아버지가 그토록 경계했던 정점에 위치한 자가 되었다. 지고한 황제 폐하라도 함부로 대할 수 없는 강력한 힘과 권력이 검도 들지 않은 손에 쥐였다.

'아버지, 애석하시겠군요.'

공작의 입매가 비틀렸다. 그렇게도 무던히 애를 쓰셨건만, 당대의 발루아 공작 자리는 끝끝내 자신이 차지하고야 말았다. 누구의 피도 흘리지 않고, 지극히 평화로운 방법을 통해서.

"하긴, 이렇게 될 거라고 누가 알았을까. 알았다면 차라리……."

회유 쪽을 택했겠지. 얼토당토않은 축언 때문에 제도와 전장을 떠돌아야 했던 자신의 지난 세월들이 무상하기만 했다. 황제의 검으로 살았던 지난 10년, 피를 보고 누군가의 생명을 취해야 했지만 그것이 꺼려지거나 싫지는 않았다. 적어도 그 안에는 어떠한 거짓도, 기만도 없었으니.

그러나 싫지 않다는 것이 좋아함을 의미하는 건 아니었다. 일만의 대군을 지휘하던 시절과 비교하면, 서류 더미에 파묻힐지언정 조카아이와 아무것도 아닌 대화를 나누고 가끔 가슴이 간질간질해지기도 하는 지금의 생활이 그는 훨씬 더 마음에 들었다.

삶의 많은 부분을 잃고 나서야 얻어낸 '지금'. 만일 이 평화를 흩트리려 하는 자가 있다면, 설령 그게 누구라 해도 용서치 않을 것이다. 무심한 눈으로 창밖의 풍경을 내려다보던 공작이 나지막이 중얼거렸다.

"……지켜내 보이지요. 당신이 마지막까지 놓지 못한 모든 것들을."

공작의 오전 일과는 여느 때와 같이 이루어졌다. 다른 때보다 일찍 일어나 연무장으로 향하긴 했지만, 가볍게 검을 휘두른 다음에는 몸을 씻고 균형 잡힌 아침 식사를 했다. 식사를 마친 뒤에는 곧바로 집무실로 이동해, 매일 처리해도 산더미 같은 서류 결재를 시작했다.

평상시라면 그 자리에서 꼼짝 않고 점심때까지 앉아 있었을 테지만, 오늘 공작은 서류를 반 정도 남겨놓은 채 외출 채비를 했다. 지난번과 달리 오늘은 '진짜' 영지 시찰이 있는 날이었다. 기동성과 실용성을 중시하는 그답게 영지 시찰은 호위 기사인 유스포프와 단둘이 조촐하게 이루어질 예정이었다.

공작은 하인을 시키지 않고 말을 몰러 친히 마구간으로 향했다. 공작의 말인 제피루스는 영민해 주인이 아닌 자의 손길을 거부했다. 물론 저도 수놈이라 그런지 딱 한 번 예외를 보이긴 했지만, 어쨌거나 대체로 그러했다.

"오늘은 나와 함께 신나게 달려보자꾸나."

말의 등을 몇 번 쓰다듬은 공작은 훌쩍 안장에 올랐다. 막 고삐를 당기고 출발하려는데, 아까부터 졸졸 뒤를 따르던 집사 아구아도가 갑자기 앞으로 나서서 길을 막았다. 전에 없던 그 모습을 공작이 의아하게 바라보자, 우물쭈물하던 그가 입을 뗐다.

"저…… 주인님."

"무슨 일이냐."

"해가 지기 전까지 돌아오십니까? 저녁 식사는 어떻게 하실 건지요."

마치 아내라도 되는 양 돌아올 시간을 캐묻는 모습이 이상했지만, 공작은 나름대로 성실하게 대답해주었다.

"글쎄……. 일이 빨리 처리된다면 어둠이 내리기 전에 돌아올 수 있을 것이다. 그런데 그건 왜 물어보지?"

"별일은 아닙니다. 도련님께서 주인님과 함께하는 시간을 워낙 손꼽아 기다리시지 않습니까. 오늘 식사 준비를 어떻게 해야 하나 싶어 감히 여쭈어보았습니다."

"아아."

매일 저녁 시간을 기다리는 건 공작도 마찬가지였다. 하루 종일 업무에 치여 사는 자신이 유일하게 마음을 내려놓을 수 있는, 또 마음이 가는 여인과 만날 수 있는 유일한 시간이 아니던가. 말에 올라탄 공작의 표정이 조금 부드럽게 변했다.

"시간을 맞출 수 있도록 노력해보지. 다녀오겠다."

"준비는 다 되신 거죠?"

"물론이지."

세레나의 물음에 유벨이 볼이 터지도록 욱여넣은 크레페를 씹으며 대꾸했다. 오전 수련을 마친 유벨은 여느 때처럼 왕성한 식욕을 자랑했다. 지금 한입에 털어 넣은 크레페가 벌써 두 번째 것이었다. 보지 않아도 부엌의 헬렌이 박수치며 기뻐하고 있을 모습이 눈에 선했다.

"대단하세요. 말씀을 드리긴 했지만 하루 만에 손에 넣을 수 있을지는 불안했는데⋯⋯."

세레나가 감탄의 말을 아끼지 않으며 접시 위에 세 번째 크레페를 올려주었다. 유벨이 들고 있던 포크로 비토리오를 가리켰다.

"대단한 건 내가 아니라 내 기사 쪽이지. 아침에 일어나보니 침대 머리맡에 떡하니 놓여 있던걸 뭐. 그래도 미리 말이라도 해줬으면 좋았을 텐데. 처음에 보고 내가 얼마나 놀랐는지 알아?"

"아무렴 제가 느낀 놀라움만 하겠습니까. 어제 밤새도록 홀로 깊은 산중을 뛰어다녔던 건 평생 잊을 수 없을 만한 놀라운 경험이었습니다. 꼭 어렸을 적 기사 수련을 다시 하는 기분이더군요. 다음부터 이런 명을 내리시려거든 사흘쯤 전에는 미리 말씀해주십시오. 그 정도 기간은 주셔야 저도 뭔가 대비를 하지 않겠습니까?"

유벨을 보며 대꾸하던 비토리오는 갑자기 고개를 홱 돌리더니 세레나를 노려보았다. 그에게서 꾸역꾸역 흘러나오는 어두운 기운과 원망의 눈초리에 세레나는 당황했다. 비토리오의 얼굴은 하루 새 무척이나 수척해져 있었다. 왠지 모를 죄책감에 그녀는 자신도 모르게 시선을 피했다.

'내가 너무 어려운 선물을 얘기했나.'

"좋아. 사흘 전에 얘기한다고 약속할게. 대신 그때는 오늘 가져다준 것보다 세 배는 더 많이 준비해줘야 해?"

호위 기사의 입을 딱 세 배 더 크게 벌어지게 만든 유벨은 싱글벙글하며 새 크레페에 포크를 가져갔다. 길어진 식사 탓에 수업 시간이 점점 가까워지고 있었다. 유벨이 좀처럼 일어날 생각을 않고 계속 뭉그적거리자, 보다 못한 세레나가 재촉했다.

"유벨 님, 파르네세 선생님께서 벌써 도착하셨을 거예요."

"제발, 그 이름은 이제 더 듣고 싶지 않아."

유벨이 고통스러워하며 귀를 막는 시늉을 했다.

"하아, 빨리 해가 졌으면 좋겠다. 아니면 이전처럼 오후 수업 대신 낮잠이라도 한숨 푹 잘 수 있었으면. 그럼 시간이 후딱 지나갈 거 아냐."

"도련님, 대체 그게 말씀이시랍니까. 슬슬 나가보셔야지요?"

좀처럼 찾아오는 일이 없는 로안느가 불쑥 모습을 드러냈다. 그녀를 보자마자 유벨이 얼굴을 구겼다.

"엑, 잔소리꾼 로안느잖아."

로안느도 덩달아 떨떠름한 표정을 지었다.

"잔소리꾼이라니요. 오늘은 상의할 사항이 있어 잠시 세레나를 빌리러 온 겁니다. 도련님도 함께 일어나시죠. 오늘 같은 날 지각을 하셔서 주인님께 보고가 들어가게 하고 싶진 않으시잖아요?"

"흥. 세레나, 혹시 로안느가 괴롭히면 꼭 내게 말해. 내 시중 외에 다른 일은 하지 않도록 삼촌에게 단단히 부탁해둘 테니."

로안느를 향해 혀를 날름 내밀어 보인 유벨은 곧 호위 기사를 달고 방을 나가버렸다. 엄숙한 시녀장으로서의 얼굴이 한순간 무너져 내린 로안느가 애써 덤덤한 척 신색을 수습했다.

"흠, 흠. 볼 때마다 느끼지만 참 대단한 신임이로구나."

"죄송해요, 로안느 님. 저 때문에 공연히⋯⋯."

"됐다. 그런 말이나 들으려고 이곳까지 온 게 아니니. 어서 가자꾸나."

"네?"

가자니, 어딜 말인가? 세레나가 눈을 동그랗게 떴다. 우리가 언제 만나자는 약속이라도 했었나? 그 어리둥절한 얼굴을 보고도 로안느는 그저 발길을 재촉할 뿐이었다.

"꾸물대고 있을 때가 아니야. 저녁때까지 마치려면 한 사람이라도 더 힘을 보태야 한다고."

로안느가 끌고 간 곳은 헬렌이 있는 내성 뒤편의 부엌이었다. 초록색 문을 살짝 밀자 여느 때와 달리 부엌 안에서는 무어라 표현하기 힘든 달달한 냄새가 진동을 했다. 로안느는 미리 약속이라도 한 듯 거침없이 안으로 발길을 옮겼다. 세레나는 코를 킁킁거리며 그 뒤를 졸졸 따랐다. 제일 안쪽에 위치한 화덕에서는 넉넉한 체구의 헬렌이 언제나처럼 분주히 움직이고 있었다.

"알렌, 이쪽으로 와서 시트를 좀 봐다오. 60까지 세고, 완전한 캐러멜 색이 됐을 때 꺼내면⋯⋯ 어, 세레나!"

인기척을 느끼고 뒤를 돌아본 헬렌이 두 여인을 발견했다.

"오랜만이에요, 헬렌 님."

"잘 왔다. 역시 너도 '그것' 때문에 온 거지?"

"예? '그것'이라니요. 전…… 로안느 님의 뒤를 따라왔을 뿐인데요."

헬렌은 그녀의 얘기를 못 들은 척하며 한쪽 구석에서 둥근 쟁반 하나를 들고 왔다.

"자, 네게도 한 장 주마. 어디 마음껏 실력을 발휘해보렴."

털썩 소리와 함께 커다란 원형의 카스텔라가 세레나의 앞에 놓였다. 살짝 그슬린 크림색 카스텔라는 보기만 해도 먹음직스러웠다. 하지만 헬렌이 자신에게 원하는 것이 무엇인지 세레나는 짐작도 가지 않았다.

"왜 이걸 저에게 주시는 거죠?"

"보면 몰라? 케이크 시트잖아. 저기 왼쪽 끝에 가서 생크림 주머니와 장식하고 싶은 재료를 마음껏 골라 오렴. 네가 한 건 특별히 맨 위에다 올려주마."

주위를 둘러보니 여럿의 요리사들이 색색의 시트를 하나씩 맡아 저마다 솜씨를 발휘하는 중이었다. 그제야 세레나는 달달한 냄새의 정체를 알 수 있었다.

"축하 케이크를 만드시는 거군요. 각하의 생신을 기념하기 위한 케이크요. 저보다는 제대로 제과를 배운 다른 분들께서 하시는 게 좋을 듯해요. 제 솜씨는…… 헬렌 님도 아시잖아요."

"알다마다. 그래도 말이야, 요리의 반은 어디까지나 정성이거든. 게다가 여기에는 특별한 솜씨가 필요하지 않다고. 시트야 내가 직접 구웠으니 먹어보지 않아도 최고일 거고, 그 위에 신선한 생크림과 과일만 얹어도 근사한 케이크가 될걸."

"그래도……."

선뜻 대답을 하지 못하는 건 스스로도 자신의 손재주가 의심스럽기 때문이다. 세간에서 못 하는 게 없는 공주로 칭송받아왔지만 실제로 이곳 공작성에서 일을 하며 그녀는 자신의 손과 발이 얼마나 둔한지 깨닫게 되었다. 공연히 손을 댔다 기쁜 날 먹을 특별한 케이크를 망치고 싶지는 않았다. 조심스러운 거절의 말에도 헬렌은 그저 피식 웃을 뿐이었다.

"세레나, 저길 봐라."

헬렌이 가리키는 곳에서는 로안느가 불구대천의 원수를 보듯 심각한 얼굴로 생크림 주머니를 짜고 있었다.

"아무렴 로안느보다 스무 살은 더 어린 네가 그녀보다 못할까봐서? 걱정 말고 재미있게 도전해보렴."

"……네."

세레나는 결국 그녀의 부탁을 거절하지 못했다.

시간이 흘러 붉은 해가 저물어가는 저녁 무렵이 되었다. 공작은 소태 씹은 표정으로 홀로 식당에 앉아 있었다. 식당 안의 시중인들은 혹여 작은 소리라도 들릴까 숨을 죽이며 그의 눈치만 보았다.

"너무 늦는군."

공작은 출발 전에 얘기했던 저녁 시간을 맞추기 위해 시찰을 마치자마자 부랴부랴 성에 돌아왔다. 심지어 흙먼지를 뒤집어쓴 옷도 갈아입지 않고 곧장 식당으로 온 참이었다. 그런데 자신을 반겨줘야 할 유벨과 세레나가 오늘따라 지각이다. 간만의 외출 탓인지 오늘따라 심한 시장기가 몰려오는데 말이다. 허기가 심해질수록 공작의 심기도 따라

서 조금씩 불편해졌다.

"유벨은 아직인가?"

슬그머니 날이 선 목소리에 옆에 서 있던 시종이 어쩔 줄 몰라 했다.

"이미 사람이 갔으니 조금만 더 기다려주시면……!"

"되었다. 내가 직접 가지."

가만히 앉아 기다리고만 있는 것도 좀이 쑤셨다. 대체 무얼 하느라 이리 꾸물거리는지 직접 보아야 성이 찰 것 같다.

자리를 박차고 일어난 공작이 막 걸음을 내딛으려던 때였다. 닫혀 있던 식당 문이 활짝 열렸다. 그리고 안으로 거대한 케이크 하나가 불쑥 들어왔다.

"삼촌, 비키세요!"

케이크 뒤로 보이는 건 유벨과 세레나였다. 두 사람은 낑낑대며 케이크를 실은 수레를 밀어 식당 중앙의 테이블 가까이 놓았다. 공작의 키를 훌쩍 뛰어넘는 어마어마한 크기의 케이크가 켜켜이 바른 크림과 과일로 화려하게 장식되어 있었다. 난생처음 보는 거대한 케이크에 공작은 잠시 말을 잃었다.

"……이게 뭐지?"

"오늘은 삼촌 생일이라면서요? 생일에 축하 케이크가 빠지면 안 되죠."

"자, 자, 각하, 촛불을 꺼주세요! 스물여덟 개의 초가 조금 전부터 활활 타오르고 있다고요! 이러다 촛농이라도 떨어지면 귀한 케이크가 맛도 보기 전에 다 망가지겠습니다."

넉살좋은 비토리오가 재촉했다. 공작은 우두커니 서 있다 주위를 한 번 둘러보았다. 어느샌가 식당 불이 모두 꺼져 있었다. 깜깜한 어둠 속에서 유일하게 밝혀진 초의 주홍 불빛으로 우르르 몰려든 성의 기사들과 시중인들이 보였다. 얼굴을 아는 이도 있고 그렇지 않은 이도 있었지만 그들의 얼굴은 하나같이 활짝 웃고 있었다.

"……쓸데없는 짓을 했어."

작게 불평하면서도 공작은 촛불을 훅 불어 껐다. 촛불이 모두 꺼지자 다시 식당의 불이 켜졌다. 사람들이 환호성과 함께 박수를 치는 가운데 로안느와 헬렌이 인파를 헤집고 앞으로 나왔다.

"주인님, 탄생일을 진심으로 축하드립니다. 기억하고 계시죠? 북령에는 아이들의 생일에 나이만큼 단을 쌓은 케이크를 만들어주는 풍습이 있는 것을요. 물론 주인님께선 훌륭한 성인이시지만…… 오랜만에 고향에서 맞으시는 탄생일을 기념해 특별히 스물여덟 단의 케이크를 만들었답니다."

세레나는 로안느의 설명을 듣고서야 거대한 케이크의 의미를 알아차렸다. 하나, 둘, 셋, 넷…… 밑에서부터 단수를 세어보니 정말 28단이었다. 케이크는 단순히 크기만 큰 것이 아니라 시트와 크림의 색이 각기 달랐다. 게다가 한 단, 한 단마다 정성스러운 장식이 되어 있었다.

'보기보다 나이가 많으시네.'

세레나가 처음 알게 된 공작의 나이에 놀라는 사이, 헬렌이 울상을 지으며 장난스럽게 땀을 닦는 시늉을 해 보였다.

"이 큰 것을 하루 만에 만드느라 딱 죽는 줄 알았지 뭡니까. 케이크의 장식은 여기 세레나를 비롯해 로안느, 사라도 함께 했답니다. 성에

서 일하는 모두의 마음을 담은 선물이니 아무쪼록 맛있게 드셔주신다
면 기쁠 겁니다."

"삼촌, 삼촌! 내 선물은 식사를 마친 후에 줄 거예요!"

신이 난 유벨도 옆에서 재잘거렸다.

공작은 정평이 난 칼 솜씨를 발휘해 케이크를 자로 잰 듯 정확하게
잘라, 자리에 참석한 모든 이에게 한 조각씩 나누어주었다. 케이크를
받아 든 사람들은 차례로 공작에게 생일 축하 인사를 건네고는 총총히
식당 밖으로 빠져나갔다.

얼마 지나지 않아 식당에는 다시 언제나처럼 세 사람과 시중을 들어
줄 시녀들만 남았다.

미루어졌던 저녁 식사가 재개되었다. 여느 때보다도 주방장이 솜씨
를 부린 음식들이 테이블 위를 가득 채웠다. 산딸기 소스를 곁들인 스
테이크, 다진 고기와 채소, 버섯으로 속을 채운 칠면조, 버터를 발라
구운 베이컨 송어까지 놓여 있었다. 지하 주류 창고에서 가장 오래 숙
성된 와인 한 병도 진한 향기와 함께 모습을 드러냈다.

"우와, 맛있겠다!"

"헬렌 님께서 신경을 많이 쓰셨는걸요?"

자리에 앉은 유벨과 세레나는 빠른 속도로 자신의 접시에 음식을 담
았다. 포크의 음식이 입으로 들어갈 때마다 둘은 연신 감탄사를 터뜨
리며 찬사의 말을 아끼지 않았다.

잔뜩 신이 난 두 사람과 달리 공작은 아까부터 어떻게 행동해야 할
지를 몰라 내심 당황하고 있었다. 전쟁터에 나가 싸움을 하거나 귀족

들과 보이지 않는 비수를 서로 겨누는 정쟁을 하라면 자신 있었다. 누구보다 익숙하고 자신이 잘하는 것이니까. 하지만 이런 것은…… 아무래도 익숙하지 않다. 해본 지가 너무 오래되어 잊어버렸다. 축하를 받는 느낌이 어땠는지, 축하를 받고 나면 대체 무슨 말을 해야 하는지.

식사를 하던 세레나가 무엇이 생각났는지 벌떡 일어났다. 그리고 한편에 치워뒀던 케이크를 쟁반째 들고 왔다.

"모처럼이니 맛을 좀 보시겠어요? 참고로 가장 위에 놓여 있던 이 시트는 제가 직접 장식했답니다."

"우와, 진짜? 그럼 나도 줘."

세레나가 내민 케이크는 생크림 위에 손질한 딸기와 블루베리가 올려져 있었다. 눈처럼 하얀 생크림은 평평하게 바르지 못해 시트 위에서 거친 물결을 이루었다. 딸기의 크기 역시 제각각이었다. 좋게 보아도 썩 먹음직스럽지 않은 케이크였지만 공작은 한 조각 잘라 선뜻 입에 가져갔다. 촉촉한 시폰 케이크가 입안에서 사르르 녹았다. 많이 달지 않으면서 신선한 과일의 맛과 향이 그대로 느껴지는, 딱 이 계절에 어울리는 맛이었다.

"나쁘지 않군."

"아, 정말이요?"

상투적인 대답을 듣고도 세레나는 기뻐했다. 다행이었다. 혹시라도 자기 탓에 헬렌과 다른 사람들의 정성까지 헛되이 될까 마음 졸였는데. 공작이 두 번째 조각을 입에 넣었을 때, 유벨도 입 가득 욱여넣은 케이크를 꿀꺽 삼키고 자신의 소감을 들려주었다.

"겉모양은 별론데, 맛있어."

세레나의 웃는 얼굴이 그대로 굳었다.

"……맛이라도 있어 다행이네요."

"응. 처음엔 좀…… 그랬는데 보기보다 맛이 있어 깜짝 놀랄 정도인걸. 여기 한 조각 더 담아줘."

각자의 접시에 케이크가 한 조각씩 더 놓였다. 거기에 세레나가 끓인 깊은 맛의 홍차가 더해지자 일품요리와 와인 못지않은 훌륭한 조합이 되었다. 공작이 말없이 찻잔을 비우는 동안 유벨은 케이크를 깨끗이 먹고 볼록 나온 배를 두드렸다.

"후와, 배불러. 이런 못난이 케이크는 난생처음이지만 그래도 칭찬해줄게. 잘 먹었어."

"……유벨 님의 탄생일에는 좀 더 노력해볼게요."

"당연히 그래야지."

"이야기가 나와서 말인데, 유벨 님은 어떤 케이크를 좋아하세요?"

"사실 난 생크림보다는 초코 크림 쪽이 더 좋아. 우유 맛이 나는 빵 안에 진한 초콜릿 잼을 듬뿍 넣어서 말이야……."

투덕거리며 대화를 주고받는 두 사람을 보는 공작의 가슴이 간질간질했다. 체온이 올라갔는지 귀 끝도 뜨거웠다. 눈앞의 풍경이 한 장, 한 장의 그림처럼 그의 마음에 들어왔다. 생일날 켜진 따뜻한 불빛. 맛있는 음식들과 음식을 함께 나눌 친밀한 사람들. 그들의 부드러운 웃음소리. 그것은 익숙하진 않았지만, 결코 싫지 않은 풍경이었다.

식사를 마치고 세 사람은 조용한 곳으로 자리를 옮겼다. 드디어 기다리던 유벨의 선물 공개 시간이었다. 양손을 뒤로 가져간 유벨이 가슴을 내밀며 의기양양하게 말했다.

"자, 삼촌. 눈을 감아보세요."

공작은 선뜻 눈을 감았다. 부스럭거리는 소리가 몇 번 이어지더니 조카의 새된 목소리가 그의 귓가로 날아들었다.

"이제 뜨셔도 돼요!"

천천히 눈을 뜬 공작의 앞에서 작고 노란 불빛 하나가 반짝였다. 그는 그리 어렵지 않게 불빛의 정체를 알아맞혔다.

"……반딧불이로군."

"네, 예쁘죠? 1년 중 지금 이 시기에밖에 볼 수 없는 귀한 녀석이에요. 사실, 잡은 건 내가 아니라 비토리오지만요. 헤헷."

유벨이 반딧불이를 넣은 유리병을 공작에게 건넸다. 병이 작게 흔들리자 안에서 아까보다 밝은 빛이 흘러나왔다. 병을 손에 든 공작이 다른 한 손을 들어 유벨의 머리를 쓰다듬었다.

"고맙다. 반딧불이를 보지 못한 지 퍽 오래되었는데…… 그런데 반딧불이의 빛을 더 잘 볼 수 있는 좋은 방법이 생각났구나."

공작과 유벨, 세레나는 공작성에서 가장 높은 첨탑에 올라갔다. 첨탑의 발코니에 올라서자 트라이히의 전경이 한눈에 내려다보였다. 하늘의 별이 쏟아질 듯 아름다운 야경이었다. 세레나와 유벨이 탄성을 지르며 밑을 내려다보는 사이 공작이 유리병의 뚜껑을 열었다.

반딧불이가 천천히 병 밖으로 빠져나왔다. 그리고 공중을 몇 번 돌며 허공을 수놓는가 싶더니 하늘하늘 춤을 추며 칠흑같이 어두운 산맥 저편으로 사라져버렸다.

"어, 반딧불이가……."

반딧불이가 사라지는 모습을 보고 유벨이 시무룩한 표정을 짓자 공작이 유벨의 어깨를 두드렸다.

"유리병 속 반딧불이도 좋지만 저렇게 빛을 뿌리며 하늘로 날아가는 모습도 아름답지 않으냐? 네 덕분에 모처럼 좋은 구경을 했구나."

입술을 내밀고 있던 유벨도 웃고 있는 삼촌을 보며 결국 빙그레 따라 웃었다.

"삼촌이 잘 보셨다면 뭐…… 저도 좋아요."

야경을 구경하던 공작 일행은 그로부터 한참이 더 지나서야 첨탑에서 내려왔다. 늦은 시각까지 자지 않아 졸려 하는 유벨을 먼저 방에 데려다주고 나오자 공작과 세레나의 앞에 각자의 방으로 향하는 계단 갈림길이 나타났다. 세레나는 얼른 품에서 작은 선물 꾸러미를 꺼내 공작에게 건넸다.

"각하, 이거…… 받으세요."

얼떨결에 받아 든 공작이 이게 뭔지 설명해보라는 듯 빤히 바라보자 쑥스러워진 세레나가 횡설수설했다.

"대단한 건 아니고…… 머리끈입니다. 비단 끈으로 머리 묶는 걸 즐기시는 것 같아 생신 선물로 준비해봤어요."

공작이 손에 들린 꾸러미를 조심스레 펴봤다. 곱게 접힌 푸른 비단에 가문의 문양이 수놓여 있었다. 숙련된 솜씨는 아닌 듯 문양은 조금 삐뚤삐뚤하다.

'이 실력으로 '용'은 꽤 고생했겠군.'

감촉을 느끼듯 손으로 비단 조각을 매만지던 공작의 눈이 부드럽게 휘어졌다. 정면에서 그 웃는 얼굴을 보게 된 세레나는 웬일인지 자신의 볼이 홧홧하게 달아오르는 걸 느꼈다. 공작이 손에 쥔 비단 조각에서 눈을 떼지 않으며 말했다.

"머리끈으로 비단을 쓴 건…… 때마침 눈에 보이는 게 그것뿐이었기 때문이야. 원래는 막사에서 굴러다니던 누군가의 허리띠였지."

"그렇다면……."

"그대의 선물은 머리끈으로 쓰기에 너무나 부드럽군. 좀 크기도 하고. 괜찮다면 늘 지니고 다닐 수 있도록 손수건으로 쓰고 싶은데, 그래도 될까?"

공작의 말을 듣던 세레나는 문득 이상한 예감이 들었다. 만약 자신이 이대로 대답을 한다면 공작이 거는, 결코 헤어 나올 수 없는 지독한 마법에 빠질 것 같다는 그런 예감이. 그러나 자신에게 보이는 그의 웃음이 너무 매력적이어서, 아름다워서 세레나는 홀린 듯 고개를 끄덕였다.

공작이 손수건을 들어 올렸다. 그리고 세레나를 바라보며 문양에 천천히 입을 맞췄다.

"조만간 이것의 답례를 하지. 잘 자거라."

콩닥콩닥. 세레나의 심장이 갑자기 세차게 뛰었다. 수를 놓느라 밤새도록 만지작거린 문양에 닿던 공작의 입술. 그 입술이 꼭 자신을 향한 것만 같아 괜스레 부끄러워졌다.

방으로 돌아와 문을 닫은 세레나가 손을 들어 자신의 입술을 만지작거렸다. 무엇을 기대했는지 저 혼자 부푼 입술은 열이 나듯 뜨거웠다.

왜 이렇게 마음이 이상하지. 각하는 단지 머리끈, 아니, 손수건에 입을 맞추었을 뿐이잖아.

「첫눈이 내릴 때까지 지워지지 않으면…… 사랑의 결실이 이루어진 대요.」

세레나는 언젠가 자신이 했던 말을 떠올리며 양손을 내려다보았다. 분홍빛으로 물든 손톱이 유벨의 서툰 솜씨에도 곱고 어여쁘기만 하다. 그럴 리 없다고 생각하면서도 자연스레 한 사람을 떠올리게 되는 건…… 자신의 착각 때문만은 아닐 것이다.

오늘의 공작은 여느 때와는 또 다른 모습이었다. 조금은 난처해하면서도 기쁨을 숨기지 못하는 눈빛, 붉어진 귓불이 어쩐지 천진난만한 어린아이만 같았다. 그가 자신의 선물을 들고 입을 맞추었을 때에는…… 마치 시간이 천천히 흐르는 듯한 착각마저 느껴졌다.

쿵. 쿵쿵.

'어, 갑자기 왜 이러지?'

세레나가 주먹으로 자신의 가슴을 콩콩 두드렸다. 가슴께가 뭐라도 얹힌 것처럼 답답하다.

'아까 저녁을 너무 많이 먹었나?'

세레나는 고개를 갸우뚱거리며 침실로 들어갔다.

세찬 풍파를 맞아 꺼졌던 부드럽고 연약한 마음이 다시금 몽실몽실 자라났다. 그러나 그 감정의 끝에서 무엇이 기다리고 있을지는 아직 누구도 알 수 없었다.

10. 여름 장미 축제

날이 점점 더워지고 여름 장미 축제가 코앞으로 다가왔다. 트라이히는 조금씩 축제의 열기로 들뜨기 시작했다. 뭐니 뭐니 해도 축제의 백미는 '여름 장미의 기사'를 뽑는 무투회였다.

여느 무투회와 마찬가지로 최후의 우승자에게는 발루아 공작이 직접 북령의 좋은 철을 제련해 만든 검을 하사한다. 그러나 사람들이 기대하는 것은 바로 그다음에 주어지는 상품이었다.

승자에게는 검과 함께 그해 가장 탐스럽고 아름답게 핀 장미로 엮은 화관이 주어졌다. 게다가 승자가 그 화관을 자신의 여인에게 바치면, 두 사람은 파트너가 되어 그날 밤 공작성에서 열리는 무도회에 참가할 수 있었다.

그렇게 함께 무도회에 참가한 두 사람은 대부분 결혼에 골인하기 때문에 화관 수여식은 '대륙에서 가장 로맨틱한 프러포즈'라고도 불리며 뭇 젊은 연인들의 마음을 설레게 했다.

여름 장미 축제는 제국에서도 널리 알려진 큰 축제여서 벌써부터 많은 사람들이 공작성을 찾아오고 있었다. 그중에서도 루이네리아 제국의 4대 공작가 중 하나인 아드리안 가의 소공녀는 초청장을 받은 귀빈 중 가장 먼저 공작성의 문을 두드렸다.

"아드리안 공녀, 오랜만입니다. 그 옆은⋯⋯."

"카이로스 님!"

탐스러운 붉은 머리의 여인이 마차에서 내리더니 성문 앞까지 마중을 나온 공작과 유벨에게 빠른 걸음으로 다가갔다. 공녀로서의 품위도 잊어버린 자신의 여동생을 보며 칼리시안은 부끄러움에 고개를 숙였다. 제발, 율리아나. 여긴 아드리안 공작저가 아니란다.

하나뿐인 여동생을 부끄럽게 만들지 않기 위해 칼리시안은 서둘러 그녀 뒤로 바싹 몸을 붙였다. 그런 칼리시안을 발견한 공작이 먼저 아는 척을 했다.

"그대가 바로 아드리안 가의 소공작인⋯⋯."

"칼리시안 폰 아드리안입니다. 늦었지만 공작위에 오르신 걸 감축드립니다, 각하. 승계식 때는 일이 있어 참석치 못했습니다만, 영광스러운 황제 폐하의 검답게 매우 훌륭히 치러졌다 들었습니다."

순간, 공작의 잘생긴 눈썹이 꿈틀했다.

"검이라⋯⋯. 나는 도구가 아닌 사람이지만, 어쨌거나 축하는 고맙게 받도록 하지. 두 분 다 나의 성에 잘 오셨소. 아무쪼록 편히 쉬다 가시오."

"⋯⋯예."

칼리시안은 처음 만나는 이 젊은 공작이 사뭇 대하기 껄끄러웠다.

비슷한 나이에 벌써 영지를 가진 공작위에 오른 점도 그렇지만, 원체 소문이 자자한 인물이었다. 기사로 임관하자마자 남부 전쟁에 자원해 순수하게 그 능력만으로 장군이 된 카이로스 공작은 전쟁터를 전전하다 형인 전 발루아 공작의 장례식이 있고 나서야 제도로 귀환했다.

귀한 신분에도 불구하고 사교계 데뷔 대신 칼을 휘두르고 다녀 '살인귀'일 거라는 소문이 한때 기정사실화되었을 정도였다. 물론 나중에 직접 모습을 직접 드러낸 후에야 그런 소리가 쏙 들어갔지만 말이다. 전장에서 쌓은 명성에 더해 수려한 외모는 사교 활동을 하지 않음에도 불구하고 그를 사교계의 유명 인사로 만들기에 충분했다.

칼리시안의 여동생 율리아나도 공작의 수많은 추종자들 중 하나였다. 물론 단순한 추종자는 아니었다. 결혼 적령기인 공작이 선택할 수 있는 배우자는 같은 공작가나 황가의 여인, 못해도 후작가의 영애 정도였다. 선대 공작이 이미 황녀와 결혼했으니 이번 대에 황가와의 인연은 더는 없을 터, 유대 관계가 거의 없는 동령 페이란과 서령 킨샤사도 제외하면 혈통과 연령, 모든 면에서 두 사람은 서로에게 최상의 배우자감이었다.

"이쪽은 나의 조카이자 후계자인 유베리안입니다. 유베리안, 인사하거라."

"아드리안 가의 귀한 손님들께 아나이스 여신의 은총을. 유베리안 폰 발루아입니다."

저런 부분이 마음에 안 드는 것이다. 아무렇지 않게 후계자임을 강조하며 어린 꼬맹이가 먼저 인사를 건네도록 하는 건방짐이.

모르는 척 마주 인사하며 칼리시안은 이를 갈았다. 만약의 만약이라도 율리아나가 발루아 공작부인이 된다면 북령에 유베리안이라는 후계자는 없다. 다음 대 공작은 반드시 아드리안 가의 피를 반 이은 자신의 조카가 될 것이었다.

신경질적으로 고개를 드는 칼리시안의 눈에 검은 머리의 시녀가 눈에 띄었다.

'공작가 후계자의 시중을 평민이 드는 경우는 거의 없는데. 드문 일이로군.'

칼리시안은 이상하게 그 시녀에게 눈이 갔다. 미색이 뛰어나 결코 흔한 얼굴은 아닌데 꼭 어디서 본 것만 같은 친숙한 느낌이 든다. 게다가 평민이라면 모두 갖고 있는 색이건만 시녀의 검은 머리와 눈동자는 유독 이질감마저 주었다.

'분명…… 뭔가 있어. 이래 봬도 내 감은 꽤 좋은 편이거든.'

칼리시안은 공작성에 머무는 동안, 그녀를 주의 깊게 살펴보아야겠다고 생각했다.

세레나는 오후에 휴가를 신청해 성 밖으로 나왔다. 그녀는 내심 초조해지고 있었다. 유벨의 곁에서 일하면서 틈틈이 마왕과 관련된 자료를 찾아보고 있었지만 웬일인지 조금의 성과도 거두지 못한 탓이다. 아무래도 시녀로 일을 하다 보니 행동반경이 기껏해야 성의 도서관이나 상점가 고서점에 들르는 정도가 전부여서인 것 같았다.

매일 아침 일어나 자신을 올려다보는 고양이의 눈을 바라보고 있노라면 어쩐지 안쓰러운 마음이 들었다. 명색이 꺼지지 않는 불꽃과 무시무시한 마기로 온 대륙을 공포에 떨게 했다는 마왕이었다. 그런 그가 말도 못 하는 짐승들 틈에 섞여 몇백 년 동안이나 생을 이어오느라 얼마나 답답했을까. 그리고 얼마나…… 외로웠을까. 물론 무고한 생명체들을 죽인 죗값이라고 여기긴 하지만 말이다.

축제가 시작되면 한동안 계속 바쁠 것이었다. 세레나는 그전에 한 번 더 마왕의 이름을 찾는 시도를 해보려 했다. 지난 보름날 모습을 드러낸 마왕이 살짝 귀띔해주었다. 글이나 자료에서 답을 찾으려 말고, 마력에 아로새겨진 기억을 떠올려야 한다고.

해서 그녀는 자신이 처음 발견되었다던 달빛 호수에 다시 한 번 가보기로 마음먹었다. 시간이 조금 지난 지금이라면, 어쩌면 그곳에서 새롭게 무언가를 떠올릴 수 있을지 몰랐.

"비토리오, 로베르, 키예프, 라플린……."

세레나는 마차를 타고 가는 내내 생각나는 이름을 계속해서 읊조렸다. 무의식중에 마왕의 진명을 입에 담을지도 모른다는 생각에서였다. 처음엔 고양이도 쫑긋하며 귀를 기울였지만 얼마 지나지 않아 세레나의 무릎에 엎드린 채 쿨쿨 잠을 청했다. 두 발로 양쪽 귀를 꼭 틀어막은 채.

세레나와 고양이는 곧 달빛 호수에 도착했다. 다시 찾은 달빛 호수는 여전히 아름다웠다. 고요한 호수는 초록빛 옷으로 갈아입은 산의 풍경과 어우러져 이전보다 활기찬 느낌을 주었다.

"이거 손님이 찾아왔군."

그래서일까, 인적 드문 호수에 찾아온 사람이 그녀 외에도 한 명 더 있었다. 세레나는 남자의 얼굴을 보자마자 누구인지 알아차렸다. 불과 몇 시간 전에 본 사람을 잊는다는 게 더욱 이상한 일이었으니. 물론 남자는 자신을 모를 것이다. 공작가의 장자인 남자가 성의 귀빈으로 환대를 받는 사이 수많은 성의 시녀들 중 한 명인 자신은 묵묵히 유벨의 뒤에 서 있었을 뿐이니까.

세레나는 조용히 눈인사를 하고 옆을 지나치려 했다. 그런 그녀의 발목을 남자의 목소리가 붙잡았다.

"아니? 넌 유베리안 공자의 시녀가 아니냐."

아차 싶은 세레나가 얼른 돌아서서 인사를 했다.

"공작성의 시녀 세레나가 성의 귀한 손님을 뵙습니다."

붉은 머리칼이 인상적인 청년은 바로 아드리안 공작가의 칼리시안이었다. 공작들과 인사를 하면서도 유심히 주변을 살피던 모습에 세레나도 그 얼굴과 이름을 또렷이 기억했다.

'대체 여기에는 무슨 일로 온 거지?'

세레나는 생각지도 못한 칼리시안의 등장이 퍽 당황스러웠다. 포털을 이용해 왔다고 해도 성까지의 거리는 제법 되었다. 여독이 채 풀리기도 전에 말을 타고 홀로 호수까지 온 연유가 무엇인지 통 이해가 가질 않았다.

"세레나. 인상적인 이름이군. 그야말로 달빛 호수의 주인공이 가질 법한 이름이 아닌가."

"예?"

그의 말을 이해하지 못한 세레나가 되묻자 칼리시안은 씩, 미소를 지어 보였다. 부드러운 표정을 짓고 있는 그는 발루아 공작 못지않은 훤칠한 미남이었다.

"호수에 얽힌 이야기를 들어보았나? 그란데 산맥은 그 옛날 마왕과 마물이 처음으로 출현했다고 전해지는 장소이지. 산맥 속에 위치한 이곳 달빛 호수는 신기하게 한겨울에도 물이 얼지 않아. 호수의 물이 이렇게 얼지 않도록 변한 시점은 브레멘, 즉 제도에서 마왕이 사라진 직후라고 하고. 그래서 역사학자들은 만약 세레니안 공주와 마왕이 죽지 않고 사라졌다면 어쩌면 달빛 호수 깊은 곳에 잠들어 있을 것이라는 예측을 했지. 공주의 이름이 마침 너의 이름과 비슷하니 재미있구나."

세레나의 웃는 얼굴이 그대로 굳었다. 세레니안이라는 풀 네임을 다른 사람에게서 들은 것은 이번이 처음이었다. 호수에 얽힌 이야기도 마찬가지다. 잊힌 옛 공주의 이름을 언급해주어 기쁘기보다는 어쩐지 섬뜩해졌다.

역사학자들이 예측을 했다고? 유서 깊은 공작성 도서관의 역사책을 다 뒤졌어도 그런 언급은 본 적이 없다. 세레나의 마음을 아는지 모르는지 칼리시안은 짐짓 쾌활한 태도를 취하며 생각지도 못한 제안을 했다.

"이렇게 본 것도 인연인데 돌아갈 때는 내가 말을 태워주지. 뒤에 달고 있는 그 고양이까지 함께. 모르긴 해도 왔을 때보다는 훨씬 더 빨리 성으로 돌아갈 수 있을 게다."

세레나는 당연히 그의 제안을 거절했다. 처음 본 시녀를 말에 태워주겠다는 공작가의 도련님이라니, 평범한 친절로는 도저히 받아들일 수 없었다.

"괜찮습니다. 근처에 아는 사람을 보러 온 거라서 금방 내려가보려 합니다."

"아아, 사양하지 않아도 된다니까. 이래 봬도 말을 꽤 잘 몰거든."

"저는 예정이 있으니 먼저 가시는 것이……."

"사양도 이 정도로 하면 무례한 게다. 아, 혹시 오자마자 돌아가자고 할까 봐 그러느냐? 걱정 마라, 해가 지기 전까지는 시간이 많이 남아 있으니. 자, 그럼 지금부터 호수를 함께 돌아보자꾸나."

정색을 하는 공작성의 귀빈에게 더 이상 사양의 말을 하는 건 결례였다. 결국 세레나는 처음 만난 소공작과 넓은 호수를 한 바퀴 돌아보고 허벅지 높이가 제 키만 한 그의 백마에 실려 공작성까지 돌아왔다. 아는 사람들에게 그 모습을 보이지 않은 게 그나마 불행 중 다행이었다.

"아아, 정말이지. 간만의 외출이었는데."

실망한 세레나가 침대에 엎드려 한숨을 쉬었다. 큰맘 먹고 나간 외출은 조금의 성과도 얻지 못하고 끝이 났다. 이름에 대한 단서를 찾지 못한 건 물론이고, 호수 근처에 사는 바네사와 레니의 얼굴도 보지 못했다.

게다가 이 아드리안 가의 도련님은 묘하게 불편했다. 성에 온 것은 언제지? 어떻게 평민인 네가 공작가 후계자의 시중을 담당하게 된 것이냐? 무언가를 탐색하려는 듯한 눈빛과 날카로운 질문들 때문에 그녀는 돌아오는 길 내내 긴장을 풀 수 없었다. 게다가 아까 저녁 식사 때 눈이 마주치자 찡긋 윙크까지 해 보이는 데는 더 무어라 할 말이 없었다.

"하아…… 피곤해."

지친 세레나를 위로하듯 고양이가 등의 털을 세레나의 손에 갖다대었다. 손에 닿는 따뜻한 온기에 그녀는 조금씩 마음이 풀리는 걸 느꼈다.

"마왕, 너도 수고했어."

세레나가 털이 복슬복슬한 등을 쓰다듬어주자, 고양이는 기분이 좋은지 연신 가르릉거리며 푹신한 침대 위에 몸을 뉘었다.

한동안 아드리안가의 도련님과 계속 마주쳐야 한다고 생각하니 마음이 불편하다. 어째서 처음 보는 사람에게 이런 마음이 드는 건지. 세레나는 머릿속을 맴도는 알 수 없는 불안감을 뒤로한 채 이불을 덮고 누웠다.

모두가 잠든 밤, 주위는 온통 고요했다. 커튼을 닫지 않아 보이는 밤하늘에는 드문드문 별들이 반짝였다.

'내일은 또 어떤 일이 일어나려나?'

미래에 대한 걱정 따위는 하지 않은 지 오래다. 북령에서 눈을 뜬 후로는 하루하루가 예상할 수 없는 우연과 사고들로 정신없이 흘러갔으니까. 일가친지 하나 없는 평민에, 남의 녹봉을 받는 시녀가 되어 있는 자신의 힘이란 미약하기만 하다.

그렇지만 만일 삶에서 정말 중요한 순간이 다가온다면, 그때는 결코 흘려보내지 않으리라. 도망치지 않고 똑바로 마주 보리라. 세레나는 스스로에게 굳게 다짐하며 잠이 들었다.

공작성에 온 지 얼마 되지 않아 율리아나는 공작의 치명적 약점이 곧 유벨임을 깨달았다. 자신과 오라버니를 이름도 아닌 '아드리안 공녀'와 '아드리안 공자'로만 호칭하는 공작이 하나뿐인 조카만은 유벨이라는 애칭으로 아낌없이 부르며 귀한 미소를 보여주는 것을 보고 나서부터였다. 마침 근처에 있어 그 모습을 볼 수 있었던 율리아나는 아찔한 현기증마저 느꼈다. 맙소사, 카이로스 님의 미소라니. 이건 오직 다른 귀족들보다 일찍 성에 도착한 자신만이 누릴 수 있는 특권이었다. 본인이 쓸데없이 일찍 와서 많은 민폐를 끼치고 있다는 생각은 하지도 않은 채 율리아나는 행복해했다.

전대 공작의 장례식장에서 처음 그를 보았을 때부터 그녀는 열렬한 사랑에 빠졌다. 검은 예복과 쓰고 있던 검은 우산은 공작의 미모를 털끝만큼도 가릴 수 없었다. 오히려 그 처연한 아름다움은 뭇 귀족들을 압도하며 빛을 발했다. 그 미모라니, 그 목소리라니.

카이로스는 막대한 영지를 가진 공작가의 주인이자 뛰어난 검술의 달인이기도 했다. 제도 최고 세력가의 딸인 자신의 배우자가 되기에 충분한 자격을 갖춘 것이다.

327

아버님은 성인식도 치르지 않은 자신을 애 딸린 늙다리에게는 절대 보낼 수 없다며 난리였지만, 사실 그녀는 나이 차 따위는 털끝만큼도 신경 쓰지 않았다. 설령 자신의 아이가 후계자가 되지 못한다 해도 개의치 않을 수 있었다. 오직 태양 같은 저 남자만 자신의 곁에 있다면.

오늘 점심은 율리아나의 주도 하에 내성 정원의 커다란 나무 그늘 아래 차려졌다. 사계절이 온화한 제도 출신의 그녀에게는 여름이라도 약간 서늘하게 느껴지는 날씨였지만, 근사한 풍경과 함께하는 식사로 조금이라도 공작과의 거리를 좁히길 바라는 마음이었다. 물론 식사를 마친 뒤에는 자연스럽게 정원 안내까지 부탁할 심산이었다.

발루아 공작가의 일원 둘, 아드리안 공작가의 일원 둘이 서로를 마주 보며 테이블에 앉았다. 먹음직스러워 보이는 음식들이 테이블 위에 하나둘 차려졌다. 공작이 제일 먼저 식기를 들며 식사가 시작되었지만, 웬일인지 유벨은 계속 뾰로통한 얼굴이었다.

기분이 저조한 그의 상태를 눈치 챈 율리아나가 친근한 목소리로 말을 걸었다.

"공자, 어디 몸이 불편하신가요? 안색이 좋지 않아 보입니다."

"아닙니다. 아직 식사가 많이 남았으니까요. 하아, 어디서 더운 바람이라도 불면 좀 나을 것 같은데."

날씨가 이렇게 더운데 밖에 왜 나왔냐는 말을 귀족답게 빙 돌려서 하는 유벨 앞에서 율리아나는 무안해졌다.

'저, 저 얄미운 꼬맹이 같으니라고.'

비단 오늘만의 일이 아니었다. 공작에게 말을 붙여보려고 하면 어떻게 알았는지 매번 저 꼬맹이가 다가와 삼촌, 삼촌 하면서 데리고 가기 일쑤다. 그렇다고 자신의 곁을 허용하는가 하면 그것도 아니었다. 티타임, 오페라, 포슬린 감상이나 책을 함께 읽자는 그 어떤 권유에도 유벨은 선뜻 응한 적이 없었다. 게다가 조카가 자신의 면전에서 딱 잘라 거절하는 무례한 태도를 보여도 공작은 그를 나무라지 않는다.

율리아나는 입술을 깨물었다. 여기가 제 성이라고 모든 것이 마음대로 될 거라 생각한다면 천만의 말씀이다. 험하디험한 사교계에서도 여타 귀족 영애들을 누르고 사교계의 꽃이 된 자신이다. 철없는 귀족 도련님 하나 보이지 않게 혼내주는 건 그리 어렵지 않았다.

율리아나는 식사 내내 유벨의 뒤에서 시중을 들고 있는 검은 머리 시녀를 노려보았다. 며칠간 지켜본 결과 근래 부모를 몽땅 잃은 꼬맹이가 가장 의지하고 마음을 주는 게 바로 저 시중인이다. 그리고 꼬맹이에겐 어떤 의미인지 모르겠으나 공작 영애인 자신에게는 언제든 찍어 내릴 수 있는 평민 계집애에 불과했다. 율리아나는 무릎의 냅킨을 일부러 손으로 쳐서 밑으로 떨어뜨렸다.

"여기, 냅킨이 떨어졌다."

"죄송합니다. 바로 새것으로 바꿔드리겠습니다."

세레나가 황급히 다가와 바닥의 냅킨을 주워들었다. 그리고 어디론가 사라졌다 깨끗한 새 냅킨을 가지고 와 그녀의 무릎에 깔아주었다.

그때, 율리아나가 다시 작은 소리로 중얼거렸다.

"컵이 비었는데 채워주지도 않는구나. 후계자를 모시는 전속 시녀라더니 다른 손님은 눈에 들어오지도 않는 건가?"

"아……, 죄송합니다."

세레나가 다시 한 번 사과하며 물주전자를 들고 왔다. 그러자 이번에는 주전자를 타고 흐른 한 방울의 물이 문제였다. 그렇게 율리아나는 쉬지 않고 검은 머리 시녀에게 시비를 걸었고, 시녀는 고개를 들지 못하고 연신 용서를 구했다.

초췌해진 시녀와 자신을 번갈아 바라보며 붉으락푸르락하는 유벨의 얼굴에 그제야 상했던 마음이 조금씩 풀리는 것 같았다. 그러나 고작 이 정도로 끝내기에 그동안 참아온 율리아나의 울분은 너무나 컸다.

"차를 한 잔 더."

식사가 끝나고 차로 입가심을 할 때였다. 율리아나는 찻주전자를 들고 있던 검은 머리 시녀에게 찻잔을 내밀었다. 시녀가 한 바퀴 빙 돌아서 자신의 곁으로 왔다. 찻물이 거의 채워질 때쯤, 율리아나는 천천히 손에 들고 있던 찻잔을 놓았다.

"어맛!"

촤락, 순식간에 찻잔의 물이 시녀의 손과 손목을 흠뻑 적셨다. 오늘의 차는 율리아나 자신이 선물한 나이젠이다. 나이젠은 찻잎이 두꺼워 다른 차보다 배는 더 뜨거운 물을 사용한다. 모르긴 몰라도 꽤 오랫동안 지워지지 않을 흉터가 남을 것이다.

무어 그리 특별한 일도 아니었다. 원래 귀족가에서는 아이가 공부를 게을리 하면 옆의 시동을 회초리로 대신 체벌하기도 하니까. 율리아나는 이 일을 계기로 유벨이 제 교만과 방종을 깨닫길 바랐다.

'그나저나 저 애도 독하네. 신음 한 번 내지 않는 것 좀 보라지?'

율리아나가 내심 혀를 찼다.

"세레나!"

"세레나!"

그런데 뜻밖에도 자리를 박차고 일어난 것은 하나가 아닌 둘이었다.

"주치의를 불러라, 어서!"

"세레나, 괜찮아?"

유벨이 파래진 얼굴로 손수건을 꺼내는 동안 공작이 성큼성큼 다가와 세레나의 손을 들여다보았다. 빨갛게 부어오른 손은 보기만 해도 아파 보였다.

'내가 있는 자리에서 이런 일을 당하게 하다니.'

공작은 진작 나서지 않은 것을 후회했다. 공녀가 세레나를 귀찮게 하고 있다는 건 조금씩 느꼈지만, 설마 이런 짓까지 저지를 줄은 몰랐다. 공공연히 드러내어 편을 들면 괜한 구설수에 오를까 잠시 망설이는 사이 그녀는 누군가에게 상처를 입어야 했다.

공작의 표정이 심상치 않자, 율리아나가 우물쭈물하며 변명을 늘어놓았다.

"실수로 손이 미끄러졌습니다. 시녀에게는 제가 특별히 연고를 보내도록……."

"되었소. 내 사람의 상처이니 내가 직접 돌보도록 하지. 아무래도 오늘의 자리는 여기서 파하는 게 좋겠군."

"아……."

자신을 쳐다보지도 않고 대답하는 공작의 태도에 율리아나는 눈물이 날 것 같았다. 한낱 시녀에게 뜨거운 물을 좀 쏟은 것뿐이다. 왜 공작 영애인 자신이 이렇게까지 무안을 당해야 하나. 게다가 저 반응은 대체 무엇이란 말인가.

찻잔이 떨어지는 소리와 함께 율리아나는 들었다, 공작이 외친 '세레나'라는 시녀의 이름을. 그리고 보았다, 조심스럽게 손목을 잡는 손길과 흔들리던 눈빛을. 오늘 자신은 결코 알고 싶지 않던 어떤 은밀한 장면을 엿보게 된 것 같았다. 거기에 오라버니의 질책하는 눈빛까지 더해지자, 그녀는 더 이상 여기 있고 싶지 않았다.

"그럼…… 실례."

인사와 함께 도망치듯 자리를 떴지만 그 자리에 율리아나를 신경쓰는 사람은 아무도 없었다.

시간이 흘러 어느덧 저녁때가 되었다. 아무리 어색해졌어도 성의 가장 귀한 손님임이 분명한 아드리안가의 남매는 공작과 가장 가까운 상석으로 안내되었다.

율리아나는 슬쩍 유벨 쪽을 바라보았다. 늘 그림자처럼 붙어 있던 검은 머리 시녀는 보이지 않는다. 아마 팔이 불편해 한동안 일을 쉬어야 하리라. 율리아나는 내심 안도의 한숨을 내쉬었지만 다행인지 아닌지는 모를 일이었다.

침묵 속에 식사가 시작되었다. 누구도 선뜻 입을 열지 않는 가운데 칼리시안이 먼저 말문을 텄다.

"세레나는 어떻습니까? 괜찮다면 식사가 끝난 뒤 잠깐 문병이라도 하고 싶은데요."

공작은 말없이 한쪽 눈썹을 들어 올렸다.

'세레나? 언제 보았다고 세레나야.'

전부터 알고 있는 사이처럼 이름을 부르는 게 귀에 영 거슬린다. 아드리안가는 발루아가 못지않게 위세가 대단한 명망 있는 가문, 그 후계자가 세레나에게 관심을 갖는 것은 그리 달갑지 않은 일이었다. 공작은 칼리시안을 빤히 바라보다가 말했다.

"상태가 좋지 않아 쉬는 중이니 방해하지 않는 게 좋을 듯하오. 그런데 이름을 부르는 걸 보니 언제 둘이 통성명이라도 한 모양이군."

"성에 온 첫날, 달빛 호수에 갔다 우연히 만났지요. 그곳에서 내내 함께 있다 말에 태워 성에까지 돌아왔으니 인연이라면 나름 대단한 인연이 아닙니까? 마침 제게 가문의 비방인 좋은 연고가 있습니다. 그녀에게 꼭 전해주고 싶군요."

줄곧 무표정하던 공작의 얼굴에 동요가 일어났다. 둘이 함께 있었다? 산맥 중턱의 인적 없는 호수에서? 게다가 말을 태웠다고? 뒤에서 꼭 끌어안고 말이지? 생각을 하면 할수록 가라앉는 기분에 공작은 자신도 모르게 아랫입술을 깨물었다.

"이미 기사 하나가 신전으로 가 회복을 도울 포션을 가져오는 중이야. 식사를 마치는 대로 치료를 할 것이니 걱정하지 않아도 좋소."

"호오, 그 귀한 포션을 시녀에게 쓰다니. 발루아가의 재력은 역시 대단하군요. 포션 한 개 가격이면 성도에 집 두세 채는 너끈히 사줄 수 있을 텐데요. 시녀에게는 그쪽의 보상이 더 낫지 않았을까요?"

"오라버니."

이죽거리는 칼리시안의 태도에 놀란 율리아나가 이름을 부르며 제지했다. 오라버니가 오늘따라 왜 이런담. 평상시 칼리시안은 누군가에게 관심을 갖거나 사람들 앞에 나서는 성격이 아니었다. 게다가 그는 수도에 사랑하는 피앙세도 있지 않은가. 창피를 당한 자신을 위해 나서준 거라면 고맙지만, 이 이상 체면을 잃는 일은 사양이었다.

점심때 못지않게 저녁 식사 시간은 불편하기 그지없었다. 마음을 얻고 싶은 대상인 공작은 만면에 불쾌함을 감추지 않았고, 유벨은 식사 내내 고개도 들지 않는다. 분위기를 환기시키고자 용기를 내 이야기를 꺼내보았지만, 돌아오는 건 좀 전보다 더한 외면과 냉소였다.

'하아, 어쩌다가 이렇게 되어버린 거지?'

율리아나는 한숨을 쉬며 자문했지만 그 이유도, 해결책도 스스로는 깨달을 수 없었다.

식사를 마치고 돌아가는 길, 율리아나는 칼리시안에게 넌지시 말을 꺼냈다.

"오라버니, 창피를 당한 저를 위해 나서준 건 고마워요. 그러니 우리 이제 시녀 따윈 잊고 축제에서 있을 좋은 일들만 생각해요."

나름대로 생각해서 한 말이었는데 칼리시안으로부터는 그와 전혀 관계없는 질문이 되돌아왔다.

"율리, 이상하지 않니?"

'……지금까지 내가 한 말은 전혀 듣질 않았구나.'

율리아나가 씁쓸해하며 반문했다.

"뭐가 말이죠?"

칼리시안은 검지를 입술에 대며 한쪽 눈썹을 찡그렸다. 이 모습을 그녀는 잘 알았다. 무언가 마음에 걸리는 것이 있을 때 보이는 오라버니의 습관이었다.

"내 감이 얘기하고 있어. 세레나라는 시녀는 수상하다고. 알아본 바에 의하면 그 시녀는 성에 들어온 지 그리 오래되지 않았어. 그런데 귀족의 예의범절에 너무나 밝고 황궁에서나 쓸 법한 예스러운 말씨를 사용한단 말이야, 평민인데도 말이지. 아까 정원에서 차를 끓이는 그 모습을 봤니?"

"……글쎄요."

그래서 자기도 반했다는 거야, 뭐야. 율리아나는 입을 삐죽였다.

'내 앞가림도 안 되어 죽겠는데, 시녀 따위 알 게 뭐람.'

율리아나는 오라버니의 이야기를 듣는 둥 마는 둥 하더니, 내일 입을 드레스와 보석을 골라야 한다는 핑계로 자신의 방으로 쏙 들어가버렸다. 그 모습에 혀를 차던 칼리시안은 채 못다 한 말을 가만히 중얼거렸다.

"너만큼이나 평민을 발톱의 때만큼도 여기지 않을 공작과 그 후계자가 단순히 미색 때문에 저토록 애지중지할 리 없어. 세레나에겐 분명 무언가 비밀이 있다. 그리고 그게 만일 내가 이곳에 온 이유와 일치한다면……."

칼리시안은 율리아나의 방 쪽을 힐끗 쳐다보았다.

"오늘의 네 행동이 단순히 실수 정도로 용서되지 않을 수도 있단다, 동생아."

해도 완전히 모습을 감춘 깜깜한 밤. 세레나의 방에는 처음으로 많은 숫자의 사람들이 모였다. 그들의 시선은 모두 한 사람에게로 향해 있었다. 바로 응접실 소파에 앉아 있는 세레나였다.

공작은 세레나가 찻물을 뒤집어쓰자마자 그 자리에 자신의 주치의를 불러왔다. 마땅찮은 얼굴로 상처를 본 주치의는 약간의 흉터만 남을 뿐 별 문제는 없다는 진단을 내려, 꺼져가던 공작의 분노에 다시 한 번 기름을 부었다.

곧바로 공작의 불호령이 떨어졌고, 기사 한 명이 가장 빠른 말을 타고 트라이히에서 제법 멀리 떨어진 신전으로 향했다. 그리고 부랴부랴 신전의 포션을 가져온 것이 방금 전의 일이었다.

주치의는 제 손에 들린 하얀 병을 보며 가슴이 다 떨렸다. 평생을 공작가에서 일하며 좋은 약재들을 원 없이 만져봤지만 이 정도의 고급 포션을 본 것은 처음이었다.

"아나이스 신전의 최고급 포션입니다. 이 정도 양이라면 아마 손상된 내장도 치료할 수 있을 정도로……."

"군소리 말고 치료에 집중해라."

"……예."

공작과 유벨, 성의 최고 권력자들이 하나같이 자신의 손끝만 바라보고 있었다. 주치의는 침을 한 번 꿀꺽 삼킨 뒤, 뚜껑을 연 병을 세레나의 손에 천천히 기울였다. 좁은 입구에서 투명한 액체가 흘러나와 작은 손을 흠뻑 적셨다. 그러나 붉게 달아오른 상처에는 아무런 변화가 없었다.

'어, 이게 왜 이러지? 곧바로 아물어야 하는데.'

상처와 포션 병을 번갈아 바라보던 주치의의 얼굴이 새파랗게 질렸다. 옆에서 지켜보던 공작이 산뜻하게 결론을 내려주었다.

"효과가 없군."

"그것이……."

"이리 내어보아라."

공작이 주치의에게서 병을 빼앗아 거꾸로 들고는, 이미 젖어 있는 세레나의 손에다 몽땅 들이부었다. 콸콸콸. 같은 무게의 금보다 비싼 최고급 포션 한 병이 그 자리에서 몽땅 사라졌다. 그 양은 손과 팔을 넘어 바닥까지 흥건히 적실 정도였지만 여전히 손의 상처는 사라지지 않고 그대로였다.

'어찌 된 일이란 말인가.'

공작은 의아함을 감추지 못했다. 포션의 효과는 공작 자신이 전쟁터에서 충분히 경험했기에 누구보다 잘 알았다. 지금 사용한 정도라면 칼을 맞고 죽어가는 병사도 살릴 수 있는 양인데 고작 화상 자국을 낫게하지 못한다는 건 말도 되지 않았다. 만일, 기사가 가져온 포션이 가짜가 아니라면 말이다.

　방 안의 분위기가 점차 심각하게 흘러갔다. 그때, 세레나가 입을 떼었다.

　"저…… 죄송하지만, 각하."

　"그래, 세레나."

　당장 눈앞의 주치의와 기사를 때려죽일 것 같은 얼굴을 하고 있던 공작이 얼른 대답했다.

　"사실 전 어렸을 때부터 특이 체질로 좀처럼 약이 듣질 않았답니다. 약재로 지은 약의 효과만 보지 못하는 줄 알았는데 이제 보니 포션도 듣지 않는 모양입니다."

　"특이 체질이라고?"

　"예. 어렸을 때 목숨을 잃을 뻔한 큰 병을 앓고 난 뒤, 일종의 내성이 생긴 거라 합니다. 이렇게 귀한 포션은 한 번도 써본 적이 없어 미처 예상하고 말씀드리지 못했네요. 죄송합니다. 제 손은 며칠 자고 일어나면 괜찮아질 터이니 개의치 마세요."

　특이 체질이란 말은 당연히 거짓이었다. 포션이 듣지 않는 현상에 당황하던 세레나는 뒤늦게 마왕의 마력을 떠올렸다. 어쩌면 심장에 고여 있다는 마력이 신성력과 맞지 않는 것인지 모른다. 그렇다면 사람들이 더 이상하게 여기기 전에 빠르게 상황을 마무리해야 했다.

　공작은 도무지 이해가 가지 않는다는 표정이었지만, 그렇게 말하는 본인 앞에서 다른 이유를 찾을 수도 없어 하는 수 없이 수긍했다. 애초에 세레나는 신비스러운 구석이 많은 여인이었으니, 거기에 특이 체질이 하나 더해져도 그리 이상할 것은 없었다.

"그대가 그렇게 말한다면……. 그래도 안타깝구나. 모처럼 좋은 약이 있는데 쓰질 못하니. 여봐라, 혹시 모르니 화상에 좋은 연고와 약초를 달인 물을 세레나에게 가져다줘라. 특히 약초 물은 매일 새로 끓여서 마시게 해야 할 것이야."

"예, 각하."

주치의는 공손하게 두 손을 모으며 주인의 명령에 복종했다. 물론 속에서는 천불이 치솟았다. 마음 같아선 방금 당신이 날려먹은 포션 한 병이면 성도의 중환자들을 모두 치료하고도 남았을 거라고 말하고 싶었다. 거기다 약초 물이라니. 방금 전 시녀가 제 입으로 약재가 잘 듣지 않는다고 한 말을 정말 못 들은 건가?

발루아 가문의 직계 친족들만 진찰하는 자신이 한낱 시녀의 화상을 치료하는 것도 원래라면 있을 수 없는 일이다. 이번 공작은 사리분별이 확실한 분이라고 생각했는데 이제 보니 애첩 앞에서는 맥을 못 추는 호인이었다.

'신전의 포션이 듣지 않는 수상한 시녀와 그녀를 끼고 사는 군인 출신의 공작 각하라니. 둘 다 수상하기 짝이 없어.'

주치의는 치료를 마치고 나가는 순간까지도 둘에게 미심쩍은 시선을 거두지 않았다.

금보다 비싼 포션 한 병을 다 쓰고, 연고를 바르고, 붕대까지 친친 감아준 뒤에도 공작은 세레나의 손에서 눈을 떼지 못하며 안타까워했다.

"상처가 깨끗이 나을 때까지 푹 쉬도록 해."

"괜찮습니다. 대단찮은 것이니 당장 내일부터라도 일할 수 있습니다.”

씩씩한 세레나의 말에 유벨이 버럭 성을 냈다.

“큰 상처가 아니긴! 손가락 끄트머리부터 손목까지 죄다 화상 자국
인데. 정말 화가 나. 그 못생긴 공녀만 아니었다면 세레나가 다칠 일도
없었을 텐데……. 그 여자, 날 보면서 계속 실실 웃고 있었다고. 찻잔
을 떨어뜨린 건 분명 실수가 아니었어!”

“유벨, 그만해라.”

점차 거칠어지는 언사에 공작이 제동을 걸었다. 그러면서도 오늘의
사고가 공녀의 고의라는 데에는 그 역시 동의했다.

도자기처럼 곱고 새하얗던 손에는 그 손처럼 흰 붕대가 친친 감겨
있었다. 마음 같아서는 위로금을 듬뿍 주어 따뜻한 남쪽으로 휴양이라
도 보내주고 싶지만, 매일 아주 잠깐씩이라도 그녀를 보고 싶다는 이
기적인 마음 때문에 끝내 그 말만은 할 수 없었다.

공작은 조금이라도 아픈 곳이 있다면 언제든 이야기하라는 말을 연
거푸 건넨 후에야 유벨을 데리고 자리를 떴다.

우르르 몰려왔던 때와 마찬가지로 사람들은 썰물처럼 빠져나갔다.
모두가 떠난 텅 빈 방에 세레나는 홀로 앉아 있었다. 그녀는 붕대를 감
은 오른손을 다른 한쪽 손으로 쓰다듬으며 방금 전 있었던 일을 다시
한 번 떠올렸다.

‘기껏해야 화상일 뿐인데 이렇게까지 알뜰한 보살핌을 받을 줄이야.’

내색하진 않았지만 내심 놀랐다. 신전의 포션은 돈이 있다고 살 수
있는 게 아니다. 물론 명예가 있다고 해서 마음대로 손에 넣을 수도 없

다. 공작의 명이 아니었다면 이렇게 겨우 반나절 만에 신전에서 최고급 포션을 가져오진 못했을 것이었다. 세레나는 새삼 그의 위상이 대단하게 느껴졌다.

'물론…… 포션의 효과는 보지 못했지만 말이야.'

언젠가의 사건 이후, 실제로 공작과 자신이 마주치는 일은 거의 없었다. 간혹 마주치더라도 그는 이전과 달리 퍽 다정한 태도를 취해 보였다. 이름을 기억해 불러주는가 하면, 이따금 손님이 없는 날에는 유벨과 셋이서 식사를 함께 하기도 했다. 어쩌다 그 자리에서 차라도 한 잔 끓이게 되면 그는 솔직하게 기쁨을 숨기지 않았다. 배려가 담긴 말과 행동에서 세레나는 다시 신뢰를 쌓고자 하는 그의 마음을 읽을 수 있었다.

공작이 손목을 잡아왔을 때 세레나는 상처의 아픔보다 전해지는 뜨거운 체온에 더욱 가슴이 뛰었다. 내 사람의 상처이니 내가 돌보도록 하겠다는 말에는 그런 뜻이 아닌 걸 알면서도 마치 공작의 소중한 사람이 된 양 가슴이 두근거렸다.

그렇지만…… 모든 것은 어디까지나 자신의 착각에 불과할 터였다. 일급 재단사의 드레스를 입고 유모의 방을 사용하지만, 결국 유벨의 진짜 유모는 될 수 없는 것처럼 말이다.

세레나는 자신에게 찻물을 끼얹은 율리아나 공녀를 떠올렸다. 붉은 머리의 공녀는 꽃의 여왕 장미를 연상케 하는 화려한 매력이 있었다. 공녀는 늘 갈구하는 듯한 표정으로 공작을 바라봤다. 그 천진난만한 눈빛과 복숭앗빛 뺨은 그녀가 사랑에 빠졌다는 것을 여실히 보여주었다. 푸른 머리의 공작과 붉은 머리의 공녀는 어울리지 않을 듯 잘 어울렸고, 어쩌면 이번 축제를 계기로 두 사람의 혼담이 진행될지도 모른다.

거기까지 생각이 미치자 세레나의 한쪽 가슴이 아파왔다. 묵직한 돌덩이 하나가 심장에 콱 박혀 있는 것만 같다. 기뻤다가 슬펐다가, 그러다 다시 설레었다가. 하루에도 몇 번씩 오르락내리락하는 이 감정은 대체 뭘까.

하지만 자신의 마음을 어렴풋이 자각한 세레나가 동시에 새삼스럽게 인정하게 된 사실이 있었다. 그것은 바로 지금의 자신이 몹시 초라한 일개 평민 소녀에 불과하다는 것이다. 당장 내일부터라도 일을 하지 않으면 눈앞의 고양이 한 마리도 키울 수가 없다. 언제나…… 언제나 누군가의 도움을 받지 않으면 스스로를 보호하지 못한다. 심지어 진짜 자신이 누구인지조차 설명할 수가 없다.

무력하기만 한 자신이 싫어 세레나는 그만 두 무릎에 얼굴을 묻었다.

유벨은 사랑스럽고 공작은 친절했다. 언제까지 그 친절에 기댄 채이곳에 머무를 수 있을까. 지금도 의젓한 유벨은 곧 지금 같은 보살핌이 필요 없어질 때가 올 테다. 미혼인 공작이 어느 귀족 영애와 결혼을 한다면 셋이서 단란한 가정을 이루겠지. 그리고 그때가 되면 자신은…….

"마왕, 언제 기회가 되면…… 우리 함께 여행을 떠날까?"

얼굴을 가리고 있던 세레나가 불쑥 고양이에게 말을 걸었다.

"동령에 가면 바다를 볼 수 있대. 한 번도 보지 못한 바다의 색깔은 어떨지 궁금해. 분명…… 그분의 눈동자처럼 파랗고 투명하겠지."

세레나는 첫 여행지로 페이란 공작이 다스리는 동령을 생각하고 있었다. 대륙에서 유일하게 큰 바다를 끼고 있는 동령은 아름다운 항구 도시로도 유명했으니. 슬픔으로 잔뜩 흐려진 세레나의 얼굴을 고양이가 안쓰럽게 올려다보았다.

다른 시간대에서 홀로 눈을 뜬 사실만으로도 힘이 들 텐데 공주는 그동안 참으로 씩씩하게 잘 지내주었다. 그래도 문득, 지금처럼 현재의 자신이 마음에 들지 않을 때가 있을 것이다.

야옹, 고양이가 길게 울며 그녀의 발밑에 엎드렸다. 그러니까 공주, 하루빨리 내 이름을 찾아줘. 힘을 되찾은 난 네가 원하는 모든 걸 해줄 수 있다고. 너무 늦으면 안 돼. 너에게 주어진 시간이 그리 많지는 않으니.

11. 움직이는 마음

여름 장미 축제가 시작되었다. 포근하게 풀린 날씨에 장미가 만발해 어딜 가도 그 꽃 내음을 맡을 수 있는 성도 트라이히는 제국 각지에서 몰려든 사람들로 몸살을 앓았다. 공작성 역시 하루가 멀다 하고 꾸역 꾸역 몰려든 귀족들로 가득 붐볐다. 안 그래도 다망한 공작은 손님 대 접까지 도맡아 하느라 거의 얼굴을 보기 힘들 정도가 되었다.

모두가 바쁜 가운데, 아직 사교계에 데뷔할 나이가 아닌 어린 유벨 만은 수련과 학업으로 여느 때와 다름없는 일상을 보낼 수 있었다. 오 른손을 다친 세레나 역시 덕분에 이 바쁜 시기를 한가롭게 보내고 있 었다. 특별한 직무 없이 소일하며 아침저녁으로 유벨의 말상대가 되어 주는 것이 요즘 그녀가 하는 일의 전부, 물기도 만지지 못하게 하는 공 작과 유벨의 마음 씀씀이가 고맙긴 했지만 한편으로 몸을 움직이지 못 해 답답한 마음도 조금씩 들었다.

세레나는 여느 때처럼 아침 식사를 마치고 수업에 간 유벨을 배웅했 다.

어질러진 방의 뒷정리를 위해 막 방으로 돌아왔을 때였다.

"어라, 목검을 두고 가셨잖아."

유벨이 막 식사를 마친 테이블 밑에 수련용 목검이 하나 덜렁 놓여 있었다. 원래는 훈련장에 두고 다니는 것을 어젯밤 유벨이 새로 배운 검식을 보여주겠다며 가져온 것이다.

'내가 한 번 더 잘 확인했어야 했는데.'

제대로 챙겨주지 못한 자신을 탓하며 세레나가 목검을 집어 들었다. 목검의 손잡이 하단이 반질반질하게 닳아 있었다. 필경 매일같이 손에 쥐었던 탓이리라.

그녀는 어린 유벨이 채 여물지 않은 손으로 검을 만져 상처와 굳은 살이 생기는 것이 안쓰러웠지만, 검식을 방 안에서 펼쳐 보이던 유벨 의 얼굴은 밝기만 했다. 삼촌인 공작이 그랬던 것처럼 지금의 고된 훈 련은 훗날 유벨에게 많은 도움이 될 것이다.

세레나는 목검을 건네주려 서둘러 방문을 열고 밖으로 뛰어나갔다. 그러나 눈을 씻고 살펴보아도 유벨의 모습은 찾을 수 없었다.

'벌써 수련장으로 가신 건가.'

세레나가 아쉬움에 목검의 매끈한 손잡이를 만지작거렸다.

유벨은 얼마 전부터 들기 시작한 목검에다 자신의 이름을 새긴 뒤 '파르마'라는 애칭까지 지어주었다. '파르마'는 고대어로 '방패'라는 뜻 이다.

검의 이름을 방패라고 짓다니 조금 이상하지만 어쨌든 유벨은 처음 손에 든 목검을 그만큼 마음에 들어 했다. 훈련장에 가면 다른 목검이 많이 있겠지만 아무래도 자신의 것으로 연습을 하는 편이 보다 집중이

잘될 것이다.

　한 손에는 붕대를 감고 다른 한 손에는 목검을 쥔 드레스 차림의 세레나가 조금은 우스꽝스러운 모습으로 연무장으로 향했다. 연무장은 공작성의 가장 외진 북쪽 공터에 위치했다. 성에서 일한 지도 시간이 꽤 흘렀지만 이렇게 직접 가보기는 처음이었다.

　세레나가 가만히 복도를 따라 걷고 있으려니 멀리서부터 힘찬 기합 소리가 들려왔다.

　마른 잔디가 깔린 연무장은 성과 성벽으로 삼면이 막혀 있어 바람이 없고 퍽 아늑했다. 연무장의 한쪽 끝으로 유벨과 비토리오, 그리고 유벨을 통해 몇 번이고 들은 적이 있는, 긴 회색 수염을 가슴까지 기른 바틀레인 선생이 보였다. 유벨이 벌써 세레나를 발견했는지 신이 나서 달려오고 있었다.

　"세레나!"

　"유벨 님."

　얼른 앞으로 나가 유벨을 반겨준 세레나는 들고 있던 목검을 내밀었다.

　"여기. 파르마를 두고 가셨어요."

　"헤헤, 고마워. 직접 여기까지 오지 않았어도 됐는데. 막 비토리오를 보내려던 참이었거든."

　멀리 유벨의 뒤편으로 화색을 띤 비토리오가 힘차게 손을 흔드는 게 보였다. 유독 밝아 보이는 그 모습에 세레나도 웃으며 답례 인사를 했다.

그때, 한 무리의 남자들이 세레나의 앞을 스쳐 지나갔다. 덩치 좋은 남자 수십 명이 열을 맞추어 빠른 속도로 연무장을 돌고 있었다.

'대관절 저 사람들은 누구기에 가문의 후계자가 검술을 연습하고 있는 장소에 있는 거지?'

세레나의 시선이 향하는 곳을 본 유벨의 입꼬리가 올라갔다.

"어때, 멋있지? 발루아 가문의 기사들인 프뤼나 나이트야. 삼촌이 일부러 저들과 수련장을 함께 쓰도록 해주셨어. 이렇게 하면 서로에게 동기 부여가 된다나 뭐라나? 원래도 강했지만 삼촌이 오면서 새로운 기사들이 합류한 지금의 기사단은 대륙 최강이라 해도 좋을 정도라고!"

"그렇군요."

멋이 있어 보았다기보다는 단순히 소공작의 훈련장에 있는 남자들의 정체가 궁금했을 뿐인 세레나는 이내 수긍했다. 임무를 다 마친 그녀가 그만 내성으로 돌아가기 위해 발길을 돌렸을 때였다.

"혹시…… 세레나 님 이니신가요?"

자신의 이름을 부르는 목소리에 놀란 세레나가 뒤를 돌아봤다. 어디서 많이 본 검은 머리 청년이 땀에 젖은 얼굴로 웃고 있었다. 그녀는 열심히 지난 기억을 떠올려보았다.

'그러니까, 이분의 이름이…….'

가물가물하긴 했지만 다행히 아직 완전히 잊어버리지 않았다.

"……프란츠 님?"

"하하, 정확히 기억하고 계신데요? 역시 도와드린 보람이 있습니다."

"성에서 일하신다더니, 기사단원이셨군요!"

"놀라셨다면 죄송합니다. 딱히 숨길 생각은 없었는데 어쩐지 좀 쑥스러워서요. 어쨌든 이렇게 다시 뵙게 되니 반갑군요. 숙녀분께서 외진 이곳까지는 어쩐 일로 오셨나요?"

프란츠가 줄줄 흐르는 땀을 훔치며 싱글벙글한 얼굴로 물었다. 그녀는 소매 밑에 넣어둔 손수건을 꺼내줄까 고민하다 얼른 대답했다.

"유벨 님께서 두고 가신 수련검을 갖다드리러 왔어요."

"그러셨군요. 도련님과는 최근 함께 훈련을 하고 있어요. 머잖아 기사단의 새로운 주인이 되실 분과 함께하는 건 저희에게도 큰 자극이 되죠. 음? 그런데……."

웃으며 말을 잇던 프란츠가 세레나의 손에 감긴 붕대를 발견하고는, 깜짝 놀라 가까이 다가왔다.

"이런. 손을 크게 다치신 모양입니다. 아픈 몸을 이끌고 이 후미진 곳까지 오시다니……. 얼른 가시죠. 계신 곳까지 제가 데려다드리겠습니다."

세레나가 다치지 않은 왼쪽 손을 들어 기사들 쪽을 가리켰다.

"아직 훈련 중이시잖아요?"

"괜찮습니다. 매일 하는 아침 훈련이야 잠깐 정도는 빠져도 되는 거니까요."

"훈련 중에 개인 행동을 하시는 건 군법에 위배됩니다. 일반 병사도 아니고, 성을 지키는 기사님이시라면 더더욱 그러시면 안 되죠."

세레나가 강한 어조로 딱 잘라 말했다. 프란츠는 어깨를 축 늘어뜨리며 불쌍한 표정을 지어 보였지만 그녀의 표정이 좋지 않자 얼른 몸을 바로 세웠다.

"그 말씀이 맞습니다. 이제 슬슬 동료들에게로 돌아가봐야겠군요. 그럼…… 혹시 오후에는 잠깐이라도 시간이 되시는지요?"

은근한 프란츠의 질문을 이해 못 한 그녀가 다소 뚱하게 물었다.

"시간이라면 구체적으로 어떤 시간을 말씀하시는지?"

"바야흐로 여름 장미 축제 철 아닙니까. 사실 전 북령에 온 지 얼마 안 됐거든요. 축제가 열린다고 해서 기대했는데 아는 사람도 하나 없고, 이러다 냄새 나는 사내 녀석들끼리 꽃을 보러 가게 생겼습니다."

매끄러운 언변으로 한탄을 늘어놓던 프란츠가 슬쩍 입을 뗐다.

"이렇게 다시 뵌 것도 인연인데 저와 함께 광장으로 축제 구경을 가시지 않으시겠어요?"

"사양하겠어요."

세레나는 단칼에 거절했다. 그러자 프란츠는 짐짓 슬픈 표정을 지어 보였다.

"의외로 냉정하시네요. 그래도 위험에서 구해드린 생명의 은인의 부탁인데……."

"냉정하다니요. 전 그저……."

다 큰 청년이 눈앞에서 우는 얼굴을 하자 세레나는 자신이 너무 심했나 싶어 민망해졌다. 사실 장미를 보러 가기가 싫은 건 아니었다. 상처가 낫기 전까지 계속 소일해야 하는 게 무료하기도 하고, 거리로 나가 축제의 분위기라는 것도 느껴보고 싶었다. 다만 공주로서 나이 든 대신을 만날 때조차 늘 시녀를 대동했던 자신이 이성과 단둘이 무엇을 한다는 상황이 못내 어색한 것이다.

다시 한 번 생각하면 현재 자신은 공주가 아니고, 더 이상 엄격한 왕궁의 예법에 얽매일 필요도 없었다. 프란츠라는 이 젊고 유망한 기사가 제게 흑심을 품은 건 아닐까 하는 생각이 드는 것도, 어쩌다 이성과 눈빛만 마주쳐도 관심이 있는 거라 여기는 젊은 처녀들 특유의 착각이리라.

혼자 앞서 나간 것이 부끄러워진 세레나는 선뜻 프란츠의 권유를 받아들였다.

약속 시각 정각에 맞춰 성문 앞으로 가자 먼저 도착한 프란츠가 기다리고 있었다. 기사다운 건장한 체격에 단정한 눈매를 가진 그는 특별히 꾸민 차림을 하지 않았음에도 사람들의 눈길을 끌었다. 세레나를 발견한 프란츠는 반색을 하며 달려왔다. 그런 그의 얼굴은 조금 붉어져 있었다.

"우와……. 정말로 오셨군요."

"말씀하신 시각에 제대로 맞추었는데, 왜 그러시죠? 무슨 문제라도 있나요?"

"설마 진짜 오실 거라고는 생각하지 못해서…… 아니요, 아닙니다. 어서 가시죠."

두 사람은 성문 앞으로 곧게 뻗어 있는 대로를 통해 중앙 광장까지 걸었다. 광장까지 가는 길은 그리 지루하지 않았다. 걸음을 옮길 때마다 색이 다른 장미꽃들이 짙은 향기와 함께 자태를 뽐냈고 곁에 있는 프란츠는 썩 괜찮은 대화 상대였다.

중앙 광장은 몰려든 사람들로 옴짝달싹할 틈도 없을 만큼 만원이었다. 둥글게 지어진 광장 한가운데에 거대한 장미 화단이 조성되어 있었고, 화단을 중심으로 퍼레이드가 한창 진행 중이었다.

퍼레이드 마차에서 무수히 많은 꽃잎과 풍선이 하늘로 날아 올라갔다. 마법을 이용해 허공에 거대한 장미꽃을 피우고 계속 색과 모습을 바꾸어 보이는 쇼도 이어졌다. 요정처럼 등에 날개를 단 아가씨들이 장미꽃을 한 송이씩 나눠주는가 하면, 분장을 한 음유 시인들이 악기 연주와 노래로 그간 갈고닦은 솜씨를 뽐냈다.

세레나는 벌어진 입을 다물지 못했다. 자신이 잠들어 있던 이 300년 동안 세상은 참 많이 좋아진 것 같았다. 버터 맥주를 마시고 춤을 추었던 수확제도 좋았지만, 북령의 여름 장미 축제는 그보다 훨씬 풍성한 볼거리를 자랑했다.

광장에 머무른 시간은 그리 길지 않았지만 세레나는 그 사이 축제를 흠뻑 만끽했다. 축제의 흥겨움 덕인지 서로에 대한 경계심이 조금씩 풀려 성으로 돌아올 때에는 훨씬 편안하게 프란츠와 대화를 나눌 수 있었다.

"아까 연무장에서 많이 놀라셨죠? 제가 기사라고 하면 평민이 어떻게 기사가 됐느냐고 다들 신기해하세요. 그때마다 일일이 사정을 설명해야 하는 것이 번거로워 밖에선 잘 티를 내고 다니지 않아요. 사실…… 저도 제 자신이 기사라는 사실이 아직 어색하기도 하고요."

"아니요. 하나도 놀랍지 않았어요. 기사가 되신 건 무엇보다 프란츠 님의 실력이 뛰어나신 덕분일 거예요."

프란츠는 크게 한 번 웃더니 손을 모아 감사의 표시를 해 보였다.

"하하. 고맙습니다. 그래도 제일 큰 건 역시 운이었죠. 카이로스 님을 만나지 못했더라면 저는 지금쯤 힘 좋은 농부가 되어 밭을 갈고 있었을 테니까요. 카이로스 님은 재능이 있는 사람들에게 그만큼의 기회를 주고 대우해주는 분이셨어요. 그런 그분이 갑자기 지금의 자리에 오르시면서 밑에 있던 저까지 덩달아 기사가 될 수 있었고요."

"각하는…… 누구보다도 공정한 분이시죠. 눈에 보이는 것으로 사람을 차별하는 분도 아니시고요."

세레나는 직접 겪은 바 있는 공작의 배려들을 떠올리며 대답했다. 그러나 공작의 이름이 나오자 눈에 띄게 부드러워진 그녀의 표정에 프란츠의 얼굴은 조금 초조하게 변했다.

어느덧 성문에 거의 다 와가고 있었다. 헤어짐의 인사를 위해 두 사람은 어색하게 자리에 멈춰 섰다. 그때였다. 무언가를 결심한 듯 굳은 표정을 한 프란츠가 고개를 들었다. 그리고 세레나를 똑바로 바라보며 입을 열었다.

"가진 것 없고 보잘것없는 저지만 남들보다 딱 하나, 뛰어난 게 있긴 합니다. 전 한 번 마음을 주면 다른 건 돌아보지 않고 거기에만 매진하거든요. 누가 뭐라고 해도, 그게 설령 끝이 보이는 어리석은 일이라 해도요. 처음 검을 배울 때도 그랬어요. 사람들은 농부의 자식이 검을 드는 걸 보고 미쳤다고 했죠."

"그러셨군요. 그래도 그 덕에 내로라하는 기사단의 어엿한 일원이 되셨으니 정말 잘된 일이에요."

남의 속도 모르고 하얗게 웃어 보이는 세레나를 프란츠가 의미심장하게 바라보았다.

"세레나 님, 이제 도서관은 가지 않으시나요?"

"예? 도서관이라면…… 근래에는 통 가지 않았네요. 필요한 자료를 다 찾아서요."

세레나는 갑자기 무슨 소리인가 싶어 어리둥절했다. 도서관은 초반에 마왕 관련 자료를 찾으러 몇 번 간 적 있지만 별다른 수확이 없어 그 뒤로는 쭉 가지 않았었다. 프란츠가 무슨 생각이 났는지 피식 웃었다.

"한동안 비번인 기사들 사이에 도서관에 가는 게 유행이었어요. 쉬는 날이면 꼭 약속이나 한 듯이 거기서 다 만나더라고요."

"네에……."

세레나는 아까부터 그가 무슨 말을 하고 있는지 통 이해가 가지 않았다. 프란츠와 기사님들은 책을 좋아하는 애독자인가? 그래서 지금 자신에게 다음번에는 도서관에 같이 가자는 권유를 하고 있는 건가? 한편 어느 정도 속을 비쳤음에도 여전히 영문을 모르는 표정의 세레나에게 애가 탄 프란츠가 재촉하듯 물었다.

"혹시 이번 무투회 경기, 보러 오십니까?"

"아아, 네! 벌써 몇 번의 경기가 치러졌다고 하던데, 아직 한 번도 보러 가질 못해 아쉬워요. 그래도 결승전만큼은 꼭 유벨 님과 함께 관람할 거예요."

이번 질문은 다행히 제대로 이해할 수 있는 것이었다. 세레나는 자신감 있게 대답했고, 답을 들은 프란츠의 얼굴은 여름의 햇살처럼 밝아졌다.

"……최선을 다하겠습니다."

프란츠는 허리를 숙여 그녀의 손등에 입 맞추고는 총총히 자리를 떴다.

'어머, 이 인사법은……'

세레나는 북령에 온 뒤 처음으로 받아보는 기사의 정중한 인사에 조금 감격했다. 그녀가 그대로 멈춰 서서 자신의 손등을 쓸어보려는데 등 뒤에서 지금 이 시간, 이 장소에서 결코 들을 수 없는 목소리가 들려왔다.

"나…… 다 봤어."

멈칫했던 세레나는 천천히 뒤를 돌아보았다. 역시나 예상대로 유벨이 기둥 뒤에 몸을 숨긴 채 세레나를 흘겨보고 있었다.

"세레나, 프란츠 경과 그렇고 그런 사이였던 거야?"

"'그렇고 그런' 사이라뇨, 유벨 님! 아직 어리신 분이 무슨 그런 말씀을!"

뜻도 모르고 썼을 유벨의 과격한 표현에 세레나의 얼굴이 달아올랐다.

"프란츠 님은 제 생명의 은인이세요. 제가 상점가에서 위험에 처할 뻔했던 걸 구해주셔서, 답례랄 건 없지만 함께 축제에 다녀온 것뿐이에요."

"헤에, 둘이서 축제까지 보러 갔던 거구나? 이거 섭섭하네. 아직 나하고도 한 번 가지 않았잖아."

일이 어째 점점 커지는 것만 같다. 처음엔 뾰로통해 보였던 유벨은 이제는 잔뜩 화가 나 있었다. 세레나가 도와달라는 눈빛으로 유벨 옆에 서 있는 비토리오 쪽을 바라보았지만, 그의 표정 또한 냉랭하기는 매한가지였다. 마치 큰 잘못을 저지른 배신자라도 보는 듯한 도련님과 기사의 태도에 세레나는 어찌할 바를 몰랐다.

"그나저나 성문 앞에는 왜……. 언제부터 여기 계셨던 거예요."

아직 수업을 마칠 시간이 아니었다. 세레나는 미리 방으로 가서 기다리고 있다 수업을 마친 그가 돌아오는 대로 새콤달콤한 과실차를 끓여주려던 참이었다. 외출을 비밀로 할 생각까지는 없었지만 이렇게 돌아오는 길에 맞닥뜨리게 될 거라고는 꿈에도 생각지 못했다.

세레나의 질문에는 비토리오가 대신 답을 했다.

"유베리안 님께선 당신이 성을 나간 사실을 아시고는, 오후 수업을 일찍 파한 채 내내 성문에서 기다리셨소."

"네? 뭐라고요?"

그제야 세레나는 오후의 외출을 후회하기 시작했다. 괜한 짓을 했다. 제아무리 너그러운 성의 주인이 휴가를 주었다고 해도 잘 알지도 못하는 이와 훌쩍 성을 나가는 것이 아니었는데. 애초에 자신답지도 않은 행동이었다.

주위에 믿을 수 있는 어른이라고는 삼촌 하나뿐인 소년이 자신을 걱정해서 줄곧 밖에서 기다리고 있었다고 생각하니 마음이 편치 않았다. 이윽고 고개를 숙인 세레나에게서 진심 어린 사과의 말이 흘러나왔다.

"유벨 님…… 정말 죄송해요. 미리 말씀을 드리지 않아 걱정 끼쳐드린 것도, 축제를 유벨 님과 제일 처음 함께 보러 가지 못한 것도."

"세레나가 미안할 건 없어. 난 다만……!"

다급히 말을 잇던 유벨은 하려던 말을 다시 입으로 삼켰다. 무슨 말을 하려 했던 건지 궁금했지만 세레나는 굳이 묻지 않았다. 잠시 후 조금 마음이 진정된 유벨이 오늘 하루 프란츠와 무엇을 했는지, 어떤 일이 있었는지 꼬치꼬치 묻기 시작했다.

세레나는 기억나는 한 전부 솔직하게 답했다. 그러나 왜인지는 잘 모르겠지만 프란츠 경이 도서관에 함께 가자고 권유했다거나 무투회를 보러 오느냐고 물었다는 이야기까지 하면 유벨이 아예 며칠간 자신을 보지 않을 것 같다는 생각이 들어 차마 그 말만은 하지 못했다.

당분간 유벨의 저녁 식사 시중마저 면제받은 세레나는 자신의 방에서 휴식을 취하고 있었다. 그녀는 오랜만에 자신을 위한 차를 끓였다. 그윽한 향을 가진 장미차였다. 차를 홀짝이며 그녀는 오늘 본 축제의 풍경들을 떠올려봤다.

'그렇게 많은 장미는 태어나서 처음 보았어. 하늘 위의 커다란 장미가 피었다 지는 것도 신기했지.'

도시 곳곳에선 음악이 흘렀고 마주치는 시민들의 얼굴은 하나같이 밝았다. 자신이 뛰어넘은 그리 길지 않은 시간 동안 세상은 빠르게 발전했다. 과거의 아픔을 빠르게 지워낸 사람들은 평화로운 일상을 만끽한다. 마치…… 아무 일도 없었던 것처럼 말이다.

세레나의 눈에 쓸쓸함이 어렸다. 모든 게 제자리에 있는데 그 안에서 혼자만 이방인이라는 생각이 들었다. 완성품 옆에 떨어진 하나의 부속품처럼 자신이 있어도, 없어도 이 세상은 충분히 아름답고 사랑이 넘쳐흘렀다.

'내가 있어도, 없어도 말이지…….'

그때, 그녀의 상념을 깨는 노크 소리가 들려왔다. 세레나는 얼른 표정과 옷매무새를 바로 하고 밖에 자신을 찾아온 누군가를 향해 외쳤다.

"네, 들어오세요."

식사를 빨리 끝내고 나온 유벨일 거라는 예상을 깨고 안으로 들어온 건, 사자의 갈기 같은 붉은 머리의 미청년이었다.

"세레나, 오랜만에 다시 만나는군."

청년이 성큼성큼 걸어 그녀의 공간 속으로 들어왔다. 그 모습을 멍하니 보고 있던 세레나가 다급히 일어났다.

"칼리시안 님, 각하와 함께 식사를 하시고 계신 것이 아니셨나요? 어떻게 여기까지 들어오신 겁니까. 아무리 시녀라 하나 이곳은 엄연히 저의 개인 공간입니다."

"속이 좋지 않아 저녁은 건너뛴 참이야. 이런 방법을 선택하게 된 건 나 역시 유감스럽게 생각하네. 각하께서 좀처럼 당신과 마주칠 기회를 주지 않으셔서 이리 불쑥 찾아올 수밖에 없었다고."

칼리시안이 씩 웃으며 한 손을 내밀었다. 손바닥 위에는 금색 테두리를 두른 작은 단지 하나가 놓여 있었다.

"가문에 전해 내려오는 비전의 연고다. 상처에 바르면 흉도 지지 않고 빠르게 회복될 거야. 실은 다친 첫날 바로 전해주고 싶었는데 그날 이후 성에서 그대의 얼굴을 찾아볼 수가 없더군."

"각하의 배려로 손이 완전히 나을 때까지 일을 쉬고 있던 참입니다. 감사합니다. 주신 연고는 잘 사용하겠습니다."

세레나는 조심스레 다가가 그가 건네는 단지를 받아 들었다. 크기에 비해 무게가 제법 묵직하다. 약초를 진하게 졸인 듯 투명한 단지 안의 내용물은 어두운 갈색이었다.

356

단지 안을 들여다보는 그녀를 칼리시안이 예리한 눈길로 살피며 은근슬쩍 준비한 질문을 던졌다.

"북령에 온 지 얼마 되지 않았다지?"

"예. 올해 봄 무렵에 좋은 기회가 닿아, 이렇게 성에서 일을 하게 되었습니다."

"출신지가 북령이 아닌 베로나령 론다라 들었다. 그곳은 물이 좋아 나도 겨울마다 잊지 않고 들르는 곳이지. 도시라 하기도 민망한 작은 시골 마을이지만 귀족들의 별장이 밀집되어 있는 곳이기도 하고. 헌데…… 거기서 좀처럼 평민들이 사는 가옥을 본 기억은 없단 말이야. 세레나, 그대의 집은 론다의 어느 구역에 위치해 있지?"

세레나의 얼굴이 굳었다. 입술을 몇 번 떼었다 붙였다 하던 그녀는 딱딱하게 대답했다.

"죄송하지만…… 반드시 대답해야 할 질문은 아닌 것 같습니다. 한낱 시녀에 불과한 저의 신상을 왜 그리 궁금해하시는지요?"

"그날 끓여준 차, 아주 맛있었거든. 나이젠은 다른 찻잎과 끓이는 법이 달라 잘 모르는 이가 손을 대면 엉망이 되기 쉽지. 그런데 그대의 차는 맛도, 향도 입맛에 꼭 맞았다. 이 아드리안 공작가의 장남인 나의 입맛에 말이지."

"……."

"유명한 휴양지라 해보았자 론다는 별 볼일 없는 시골이야. 차를 마시는 것 같은 세련된 문화는 존재하지 않지. 그대의 훌륭한 솜씨는 대체 어떻게 나온 것인지 궁금해져서."

"……지금 절 의심하시는 건가요?"

날이 선 물음에도 칼리시안은 입가의 웃음을 지우지 않았다. 그는 과장되게 어깨를 한 번 으쓱하더니 손바닥이 보이도록 양팔을 들어 보였다.

"잠깐. 부탁이니 그리 경계하지 마. 여신께 맹세코 나쁜 의도로 묻는 것이 아니야. 대답 여부에 따라 나는 그대를…… 이런 시골 영지에서 눈부신 빛의 장소로 옮겨줄 수도 있다."

솔깃하게도 들리는 칼리시안의 말에도 철갑처럼 두른 세레나의 마음의 벽은 미동도 하지 않았다.

"개인적인 질문에 대한 답은 하지 않겠습니다. 무엇을 말해도 공자께선 제게 드리운 의심의 눈길을 쉽게 거두실 것 같지도 않고, 또 전 지금의 제 삶에 충분히 만족하고 있으니까요."

"……하아, 고집 센 아가씨로군."

결국 그녀로부터 직접 대답을 듣는 걸 포기한 칼리시안이 깊은 한숨을 내쉬었다.

"지금은 내가 어떤 말을 해도 귀에 들어갈 것 같지 않으니, 이만 가 보지. 아무쪼록 빠른 쾌유를 빌어."

"살펴 가세요."

정중하지만 마음이 담기지 않은 그 인사에 다시 머쓱해진 칼리시안은 조용히 방문을 나섰다.

'이제는 반지에 의지할 수밖에 없나…….'

이곳에 도착하자마자 이미 사람을 시켜 북령의 보석상을 뒤져보라는 명을 내려놓은 뒤다.

내일은 자신 역시 트라이히의 상점가로 나가봐야겠다고 생각하던 칼리시안이 어디선가 쏟아져 오는 따가운 시선에 고개를 돌렸다. 복도 건너편에 발루아 공작이 서 있었다. 자신이 시녀의 방문을 열고 나오는 걸 본 모양인지 그의 눈은 차갑게 식어 있었다.

'이런. 자칫하면 괜한 오해를 사겠는걸.'

혀를 차던 칼리시안이 먼저 인사말을 건넸다.

"좋은 밤입니다, 각하."

"나의 밤은 그리 안녕하지 못하군. 칼리시안 공자, 여기에는 무슨 일이지? 세레나는 혼인을 하지 않은 처녀요. 그런 그녀의 방에서 단둘이서 가지는 한밤중의 밀회라니, 내 눈을 의심할 지경이로군."

"……오해이십니다."

비유와 은유를 즐기는 귀족들과 달리 더없이 직설적이고 거친 공작의 말에 당황한 칼리시안이 횡설수설했다.

"여동생을 통해 전달 드렸던 대로, 아까 먹은 점심이 소화가 되지 않아 산책 겸 성 안을 거닐던 참입니다. 이 앞을 지나던 차, 때마침 갖고 있던 연고가 생각나 잠시 들른 것뿐이고요. 글쎄요, 그녀는 상처 때문에 일을 쉬고 있어 좀처럼 얼굴을 보기 힘들더군요. 이러니저러니 해도 제 여동생의 실수로 벌어진 일이니 저 역시 책임감을 느끼지 않았겠습니까?"

구구절절한 해명에도 공작의 얼굴은 쉬이 밝아지지 않았다.

"연고라면 다른 시녀를 통해 전달했으면 될 일, 굳이 직접 침실까지 찾아간 연유에 대한 해명으로는 충분치 못하군. 지나친 친절은 상대에 따라 큰 부담으로 다가오기도 하지. 그녀는 내 성의 시녀이니 또다시 용건이 생긴다면 그때는 나에게 먼저 말하도록."

칼리시안은 슬그머니 화가 치솟기 시작했다. 세레나의 숙소가 어디인지 다른 시녀에게 물어볼 때 자신은 분명 그 방문의 목적에 대해 명확하게 이야기했다. 게다가 노크를 하고 방에 들어가서도, 문은 일부러 활짝 열어놓은 채였다.

'이 상황을 누가 보면 내가 정말 무슨 짓이라도 저지른 줄 알겠어. 그리고, 그렇게 말하는 공작 본인은 왜 여기서 얼쩡거리고 있단 말인가?'

"일개 시녀에 대한 용건을 바쁘신 각하를 찾아가 말씀드려야 합니까? 성의 사용인들에 대한 관심이 지극하십니다."

비꼬는 듯한 칼리시안의 말에 공작의 얼굴이 씰룩였다.

"세레나는…… 단순한 시녀가 아니야. 그녀는 내가 직접 지명해 조카의 옆에 붙였고, 야무진 일솜씨를 제하고도 퍽 의지가 되는 아이라네."

"호오, 그렇게까지 말씀하시니 더욱 호기심이 생기는데 말입니다."

"똑똑한 줄 알았는데 이해가 느리군. 아니면 알고도 이러는 것인가?"

이 정도면 아드리안가에 대한 예우는 충분히 해주었다 여긴 공작의 얼굴에서 표정이 사라졌다. 몸에서는 폭풍과도 같은 기세가 흘러나왔다.

"충고 하나 하지."

공작은 천천히 걸음을 옮겨 칼리시안에게 다가갔다. 그리고 굳어버린 그의 귓가에 대고 으르렁대듯 속삭였다.

"세레나에게서 관심 꺼. 그녀는…… 이미 나의 사람이다."

"……참고하지요."

칼리시안의 이번 대답은 좀 더 늦게 흘러나왔다. '너그러운 성의 주인'이라는 가면을 벗어던진 공작은 여전히 잘 벼린 검을 가진 전장의 귀신이었다. 전신을 휘감는 날카로운 살기에 몸을 떨지 않으려 애쓰며 칼리시안은 혀를 내둘렀다.

'낭패로군. 이래서야 그녀가 진짜 반지의 주인이라도 곤란하겠어. 어떻게 저 귀신을 떼어내고 제도까지 데려갈 수 있단 말이냐.'

그날 밤, 자기 전의 인사를 하러 공작이 유벨의 방에 찾아왔다. 똑 똑. 노크 소리가 들리자마자 이불을 덮고 누워 있던 유벨이 벌떡 일어나 삼촌의 방문을 반겼다.

"삼촌!"

"이런, 내가 잠을 깨웠구나."

"괜찮아요. 불을 켜고 이쪽으로 와주세요. 오늘 하루 종일 삼촌이 정말 보고 싶었거든요."

축제 준비로 며칠 만에 찾아온 탓일까, 이상할 정도로 자신을 반기는 유벨의 행동이 여느 때와 좀 달라 보였다. 앞으로는 아무리 바빠도 밤의 인사를 거르지 말아야겠다고 다짐하며 공작이 물었다.

"유벨, 그동안 별일 없었니?"

"네. 잘 지냈어요. '저는'요."

일부러 뒤의 두 글자를 강조했지만, 공작은 유벨의 의도를 눈치 채지 못하고 평이하게 말을 이었다.

"검을 제법 쓴다고 바틀레인이 칭찬하더구나. 잘하고 있다. 연습 시간이 너무 길면 오히려 몸을 다치게 되니 지금처럼만 해나가면 된단다."

칭찬에 엄격한 삼촌에게서 전에 없이 후한 평가를 듣고도 유벨의 얼굴은 웬일인지 그리 기뻐 보이지 않았다. 무언가 못마땅한 듯 통통 부어 있던 유벨이 갑자기 침대에서 벌떡 일어나더니, 공작을 향해 빽 소리를 질렀다.

"지금 제 검술 솜씨를 걱정할 때가 아니에요! 큰일이 났다고요!"

"무슨 일이냐? 누가 네게 해코지를 하던?"

놀란 공작이 묻자 유벨이 털썩 주저앉으며 오늘 오후에 있었던 일을 미주알고주알 일러바치기 시작했다.

"일은 제가 아니라 세레나에게 있어요. 오늘, 성문에서 프란츠 경과 함께 있는 걸 봤어요. 둘이서 축제를 보고 온 모양이던데요. 다른 사람도 없이 오직 단둘이서만요."

"뭐라고?"

공작은 생각지도 못한 유벨의 이야기에 당황했다. 프란츠 이야기가 갑자기 여기서 왜 나오지? 그는 가진 무재가 마음에 들어 자신이 직접 거둔 기사였다. 프란츠 녀석과 세레나가 접점을 가질 만한 일이 있던가?

세레나도 세레나다. 손을 다쳐 쉬게 했더니 회복에나 전념하지 않고 어디 기사 나부랭이를 만나고 돌아다닌단 말인가. 한편, 유벨이 풀어놓는 이야기 속에서 두 사람의 관계는 솜사탕처럼 달달하게 부풀어만 갔다.

"세레나는 프란츠 경이 생명의 은인이라고 했어요. 상점가에 나갔다 불한당들을 만났는데 때마침 지나가던 그가 자신을 구해줬다나요? 두 사람은 함께 중앙 광장의 퍼레이드를 보고 돌아왔대요. 근데 헤어질 때 프란츠 경이 세레나의 손등에다…… 입술을 갖다댔어요. 꼭 자신의 레이디에게 하는 것처럼 말예요."

마지막 말을 하는 유벨의 얼굴이 터질 듯 빨갰다. 고자질을 모두 마친 유벨은 공작에게 떼를 쓰듯 매달렸다.

"삼촌이 빨리 어떻게 좀 해주세요. 이러다가 프란츠 경이랑 세레나가…… 삼촌은 제 말뜻을 아시잖아요? 세레나는, 그러니까 세레나는……!"

말끝을 흐리던 유벨은 답답한지 주먹을 쥐고 가슴을 콩콩 두드렸다. 세레나는 단순히 곁에서 시중을 드는 시녀 따위가 아니라 삼촌과 더불어 벌어졌던 마음의 구멍을 채워준 소중한 존재였다. 하지만 작은 머리로 아무리 생각해보아도 그녀를 설명할 수 있는 좋은 단어가 떠오르지 않았다. 결국 적절한 단어 찾기를 포기한 유벨이 힘없이 중얼거렸다.

363

"세레나는 쭉…… 우리 편이어야 한단 말이에요."

우리 편. 이 표현이 공작은 웬일인지 조금도 우습게 느껴지지 않았다. 아이의 치기 어린 말이었지만 지금의 세 사람의 관계에 그보다 적절한 말은 없다고 느껴졌기 때문이었다.

공작이 다시 유벨을 침대에 눕히고, 흐트러진 금발 위에 손을 올렸다. 크고 따뜻한 손이 닿자 흥분했던 유벨이 조금씩 잠잠해졌다.

"걱정 마라. 너는 삼촌이 해결하지 못하는 일을 본 적이 있니?"

"아니요."

유벨은 그제야 완전히 안심한 듯 원래의 얼굴로 돌아왔다. 공작이 조카의 머리를 톡톡 가볍게 두드렸다. 그리고 부드러운 목소리로 속삭였다.

"그럼 이제 더는 생각하지 않아도 된다. 잘 자렴."

이윽고 유벨의 방문이 조용히 닫혔다. 밖으로 나온 공작은 바로 방으로 돌아가지 않고 잠시 문에 머리를 기댔다.

안 그래도 연이은 철야 때문에 맑지 않은 머리가 유벨의 말 덕에 잔뜩 헝클어져버린 것 같다. 공작이 손으로 자신의 두 눈을 꾹꾹 눌렀다. 쪼개질 것 같은 눈의 통증이 잦아들자 슬그머니 세레나에 대한 원망이 샘솟았다. 자신이 하루 종일 손님맞이 따위로 바쁘게 보내는 사이 웬걸, 기사와 단둘이 축제 구경이라니…….

'아니, 그녀의 탓은 아니야.'

공작은 고개를 가로저었다. 세레나에게 어떤 약속의 말이라도 한 적 있던가? 둘이서 함께 시간을 보낸 적이 있던가? 손수건의 답례를 하겠다고 해놓고선 그조차 바쁘다는 핑계로 차일피일 미루었다. 성 안에 있으니 오롯이 자기 사람이라고만 생각하고 소홀히 한 자신의 탓이다.

첫 단추를 잘못 꿰긴 했지만 매일 보고 이야기를 나누며 조금씩 다시 서로에게 가까워지고 있다고 생각했다. 유벨을 매개로 한 세 사람의 관계성은 무척 특수한 것이었으니.

그러나 다시 한 번 생각해보면 세레나의 곁에는 젊고 매력적인 남자들이 무척 많았다. 거의 모든 일상을 함께하다시피 하는 유벨의 호위기사 비토리오, 부쩍 세레나에게 관심을 보이는 칼리시안, 거기다 갑자기 튀어나온 자신의 기사 프란츠까지…….. 거기다 성에 머물고 있는 귀족들이 오다가다 본 그녀를 맘에 들어 할 가능성마저도 배제할 수 없다.

제길, 공작은 신경질적으로 머리를 쓸어 올렸다. 잘 지켜주다 고이 보내주려고 지금껏 성에 데리고 있었던 것이 아니다!

방으로 돌아온 공작은 쓰러지듯 침대에 드러누웠다. 가만히 누워 있으려니 자꾸만 세레나의 얼굴이 떠올랐다. 호수처럼 맑은 눈에 붓으로 그린 듯한 미소를 짓는 여인. 오늘 그녀의 얼굴을 보았던가? 손님들과의 오찬을 위해 대식당으로 향하던 중 잠깐 스쳐 지나간 것도 같다.

공작은 주섬주섬 품을 뒤져 늘 지니고 다니는 손수건을 꺼냈다. 손수건의 문양을 보자 다시 또 웃음이 났다. 누가 보아도 직접 수를 놓은 것 같은 서툰 솜씨. '검'은 그래도 봐줄 만한데 '용'은 이게 용인지 뱀인지 모를 정도다. 모든 것에 완벽해만 보이던 세레나가 설마 자수에 서툴 줄이야. 그런 의외의 모습이 오히려 마음에 들긴 했지만 말이다.

공작은 들고 있던 손수건을 내려놓았다. '전장의 살인귀'로까지 불리던 자신이 이런 천 쪼가리를 붙들고 갖은 의미를 부여하는 모습이 우습기만 했다.

왜 이렇게 되어버린 걸까. 세레나에 대해 아는 거라곤 고작 그 이름 석 자 정도인데 그녀의 일이라면 이렇게 평상심을 잃고 자신답지 않은 행동을 하고 만다.

어떤 특별한 계기도, 사건도 없었다. 가만가만 내리는 가랑비에 옷이 젖는 것처럼, 깨닫고 보니 메마른 가슴에 절로 싹이 트고, 꽃이 피어 있었다.

한 번 가볍게 안은 뒤 내성에 앉혀둘 거라면 진작 그렇게 했을 것이다. 공작이 얻고 싶은 것은 세레나의 마음이었다. 그러기 위해서라면 공작은 여태껏 해보지 않은 일까지도 시도할 준비가 되어 있었다.

"세레나, 기다려라. 그대가 바라보는 단 하나의 남자가 되어 보이지."

하지만 대체 어떻게? 무슨 방법으로 마음을 얻는단 말인가? 뼈아픈 지난 경험에 비추어 볼 때, 남들이 좋아하는 자신의 외모나 작위 따위는 그녀에게 크게 매력으로 느껴지지 않는 모양이었다. 샘물처럼 맑은 성정이라 보석을 한 보따리 선물한대도 썩 기뻐할 것 같지도 않았다.

공작은 고민에 빠졌다. 평소 그는 껍데기뿐인 겉모습이나 조건에 연연하는 이들을 경멸해왔지만, 생각해보면 그것들을 빼고 자신이 내세울 만한 게 무언지 딱히 떠오르지 않았다.

'……내가 이리도 보잘것없는 놈인지는 몰랐는데.'

그럴듯하게 차려입은 옷을 벗고 이름 뒤에 붙은 성을 떼어낸다면 프란츠와 자신이 크게 다를 것은 또 무언가. 그렇다면 답지 않게 무언가를 꾸며내려는 일은 그만두자. 오직 진심, 솔직한 마음만이 사람의 마음을 움직일 수 있을 테니까.

공작이 감았던 눈을 떴다. 이러고 있을 때가 아니었다. 내일 하루, 예정에 없던 시간을 내기 위해서는 지금부터 밤을 새워도 모자랐으니. 그는 침대에서 몸을 일으켰다. 그리고 기지개를 켜며 서류 더미가 쌓여 있는 자신의 집무실로 향했다.

다음 날. 아침 일찍 로안느가 세레나의 방에 쳐들어왔다. 예고도 없던 시녀장의 방문에 세레나가 깜짝 놀라 그녀를 맞이했다.

"로안느 님, 이른 아침부터 어쩐 일이세요?"

"세레나, 그대에게 아나이스 여신의 은총을. 결전 날의 준비를 도우러 왔지."

"결전……의 날? 무엇을 도우러 오셨다고요?"

어리둥절해하는 세레나의 앞으로 로안느의 뒤에 숨어 있던 사라까지 모습을 드러냈다. 사라의 따뜻한 다갈색 눈동자가 호감으로 반짝였다.

"오랜만이야, 세레나. 나와 함께 일하게 될 줄 알았는데 도련님께서 콕 찍어 데려가서 그 뒤로 볼 일이 없었지? 오늘은 로안느 님을 따라 당신을 만나러 왔어."

"세상에……. 사라 님까지?"

공작성 최고의 실력자 둘이서 방까지 찾아오자 세레나는 혹시 자신이 무슨 잘못이라도 저질렀나 싶었다. 결전의 날이라니, 대체 그건 또 무슨 소리인지. 두 사람은 당혹스러워하는 세레나를 아랑곳 않고 안으로 쏙 들어오더니, 방 안을 요모조모 뜯어보며 야단법석을 떨었다.

"여긴 전보다 훨씬 아늑해졌네요. 쓸데없는 장식들도 다 걷어냈고. 새로 건 풍경화도 고상한 방의 분위기와 잘 어울려요."

"호호호. 다 내 덕분이지. 주인님의 명이 떨어지고 거미줄이 쳐져 있던 방을 이렇게 만들기까지 딱 반나절이 걸렸다고."

로안느가 거들먹거렸다. 그때 제도에서 날아온 빌헬름의 드레스를 옷장에서 발견한 사라가 호들갑을 떨었다.

"히야, 이게 그 유명한 재단사 빌헬름의 드레스군요. 이렇게 가까이

서 보는 건 처음인데.”

“색감이 무척 아름답지? 그치는 꽃잎에서 나온 즙으로 색을 낸다는
군. 확실히 북령에서는 볼 수 없는 색과 디자인이야.”

“세상에, 이 레이스 촘촘한 것 좀 보세요.”

로안느는 꼭 자신이 만든 것인 양 잘난 척을 늘어놓았다.

“지금 보는 그물 무늬가 빌헬름이 만든 드레스의 제일 큰 특징 중 하
나야. 비전의 제작 방법으로 보통이라면 불가능했을 정교한 문양까지
도 넣을 수 있다지.”

“이중에서 한 벌을 골라야 한다니……. 하아, 정말이지 어려운 일이
에요.”

“어쩔 수 없지, 어쨌든 우리는 최고의 작품을 만들어내야 하니 두 눈
크게 뜨고 찾아보자고.”

“저…… 두 분, 뭐라도 좀 드시지 않으시겠어요?”

세레나가 소녀처럼 흥분한 두 여인에게 쿠키를 담은 접시를 내밀었
다. 자리에서 일어나 이번엔 찻주전자를 가져오려는 세레나에게 로안
느가 손을 휘휘 내저었다.

“차는 됐어. 그러다 또 손이라도 다치면 그때는 우리 목숨이 남아나
지 않을지도 몰라. 게다가 오늘은 놀러 온 게 아니거든.”

지금까지 방을 둘러보고 드레스를 구경한 건 논 게 아니라 뭐란 말
이지? 세레나는 할 말을 잃었지만 따로 불평의 말은 하지 않았다. 어
차피 나이로도, 연륜으로도 자신은 그녀들을 이길 수 있는 방법이 없
었다.

드레스를 만지작거리던 사라가 불쑥 질문했다.

"세레나, 오늘 몸단장은 했니?"

"네. 아까 유벨 님 아침을 챙겨드리기 전에 간단하게나마……."

"그럼 되었어. 로안느 님, 슬슬 시작해볼까요?"

"후후. 이 시녀장이 아직 죽지 않았다는 걸 보여주지."

이윽고 두 여인이 팔을 걷어붙이고 본격적인 세레나의 단장을 시작했다. 로안느는 가지고 온 짐을 풀고 안에서 귀족 영애들이 드레스 안에 입는 코르셋과 속치마를 꺼냈다.

"이건……."

"자, 어서 옷을 갈아입자꾸나."

"로안느 님, 제가 갑자기 옷은 왜……."

"쉿, 숙녀가 속옷을 입을 때에는 입을 여는 것이 아니란다."

세레나에게 입힌 코르셋 끈을 로안느가 체형에 맞게 조였다. 세레나의 입에서 헉 하는 숨소리가 흘러나왔지만 로안느는 아랑곳 않고 끝까지 다 잡아당기고 나서야 매듭을 묶었다.

이어서 드레스를 고를 차례였다. 빌헬름이 제작한 눈부신 드레스들 중에서 로안느는 연분홍색 드레스를 골랐다. 프러포즈의 날이라면 가슴을 드러내고 치맛단을 있는 대로 부풀린 천박한 것보다 이렇게 순백의 레이스로 목과 팔을 감싼 청순한 스타일이 딱이었다. 게다가 이 분홍색이라면, 희고 붉은 장미꽃을 배경으로 있어도 묻히는 일 없이 그녀를 더욱 돋보이도록 해줄 것이리라.

세레나는 속옷을 잘 갖춰 입은 것만으로도 귀족의 영양처럼 반드레한 옷맵시가 났다. 로안느가 그런 그녀를 보며 만족스러운 표정을 지었다.

"드레스를 입었으면 이제 머리를 만지고 화장을 할 차례지."

"세레나, 눈을 감아보렴. 우리가 나이를 먹어 후선에 빠져 있긴 하지만 한땐 이 공작성의 유행을 이끌었던 사람들이거든. 웬만한 젊은 것들보다 훨씬 믿을 만할 거다."

로안느의 짐 꾸러미에서는 요정의 주머니처럼 필요한 도구들이 끊임없이 나왔다. 자개가 붙어 있는 금빛 분첩, 색색깔의 화장 가루, 크기가 서로 다른 고운 털의 붓들. 로안느는 탐욕스럽게도 그것들을 하나도 빠짐없이 사용했다.

세레나의 하얀 피부에 진줏빛 광채가 생겼다. 붓이 쓱쓱 지나가자 눈두덩에 은은한 음영이 드리웠고, 원래도 까맣고 긴 속눈썹이 보다 풍성해졌다. 마지막으로 꽃잎을 빻은 즙에 담근 천을 한 번 입으로 물었다 놓게 하자 창백하던 입술도 꽃잎 색으로 물들었다.

사라는 세레나의 머리 단장을 도왔다. 늘 장식 없이 하나로 땋고 다니는 세레나의 머리에서 끈을 풀자 흑단 같은 머리칼이 물결치듯 흘러내렸다. 사라는 고운 머릿결에 연신 감탄하며 머리의 반은 루비를 박은 핀을 꽂아 위로 틀어 올리고, 반은 그대로 흘러내리도록 했다.

눈 깜짝할 사이에 모든 단장이 끝이 났다. 두 여자는 팔짱을 끼고 세레나를 머리부터 발끝까지 품평하듯 훑어보았다.

"역시 내 실력은 녹슬지 않았어."

"히야, 여자가 보아도 반하겠네. 그냥 한 폭의 그림이야, 그림. …… 저희에게도 저렇게 고운 시절이 있었는데 말예요, 로안느 님."

"그 시절 자네가 했던 물방울무늬 스카프는 성의 모든 하녀들이 곧 잘 따라 하곤 했지. 물론, 내가 어깨에다 걸치고 다녔던 붉은 숄보다 못하긴 했지만."

"저…… 도대체 제가 왜 이런 차림을 해야 하는 거죠?"

또다시 자신들만의 세상으로 빠지려는 두 사람에게 세레나가 물었다. 실은 처음부터 계속 묻고 싶은 질문이었다.

"음? 아, 그건 말이지……."

세레나의 말에 대답하려던 로안느가 방금 전 있었던 일을 떠올렸다.

아침 일찍 옷시중을 들던 로안느는 평상시라면 주는 대로 대충 걸칠 공작에게서 한마디 말을 들었다. 그것은, 눈에 보기에 좋은 복장으로 골라주었으면 한다는 다소 뜬금없는 말이었다.

'이 젊은 주인님이 언제 멋을 신경 쓴 적이 있었나? 잘생기기만 했지 외모를 돋보이게 하는 법 따위를 입에 담을 분이 아닌데.'

공작성 생활 40여 년차의 베테랑 시녀장은 무언가 징조를 느꼈다. 안 그래도 요즘 통 세레나와의 진전이 보이지 않아 답답하던 차였다. 방 바꿔줘, 옷 바꿔줘, 이제 신분만 바꿔주면 끝이라는 생각에 통 크게도 금화 열 닢을 내기에 걸었던 것이다.

그런데 오늘, 두 사람 사이에 무슨 일이 일어날 거라는 예감 아닌 예감이 들었다.

로안느는 공작에게 몸에 꼭 맞는 금색 튜닉과 감색 퀼로트, 그 위로 수사슴 브로치를 단 보라색 어깨띠를 걸쳐주었다. 질끈 묶던 머리까지 풀고 기름을 발라 잘 빗질해주자 어느덧 거기에는 서늘한 눈매를 가진 매력적인 남신이 서 있었다.

평상시 무뚝뚝한 공작을 무서워하던 어린 시녀들까지도 제 주인을 보며 황홀한 표정을 감추지 못했다. 착장을 마치자 공작은 만족스러운 듯 거울을 흘낏 보더니 품에서 손수건 한 장을 꺼냈다. 그리고 의미심장하게 한 번 바라보고 다시 안에 넣는 것이었다.

손수건을 꺼낸 시간은 찰나였지만 로안느는 놓치지 않고 발루아 가문의 문양이 수놓인 푸른 손수건을 보았다. 저 푸른 비단은 분명 자신이 세레나에게 주었던 것이다. 보기엔 평범해 보여도 은가루를 발라 별처럼 은은한 빛을 뿌리는 기물이었다. 손가방을 만들고 남은 천을 자수를 연습한다는 세레나에게 선물했던 것인데 그걸 여기서 보게 될 줄이야.

로안느는 속으로 입이 찢어져라 웃었다. 내기는 장미 축제가 끝나기 전까지로 걸었던 자신의 완벽한 승리였다. 주인님이 오늘 무엇을 하려고 하는지는 모르나 이렇게 아름답게 성장한 세레나를 보면 입이라도 맞추지 않고는 못 배길 것이다. 내일이면 책봉될 공작의 측실을 보며 그녀는 싱글벙글했다.

대답을 하려다 말고 혼자서 실실대는 로안느에게 세레나가 다시 하소연했다.

"이 코르셋은 너무 답답해요. 머리도 금방이라도 흘러내릴 것 같고요. 이대로는 불편해서 몸을 움직이지도 못할 것 같은데요."

"그럼 그렇게 해."

"네?"

"움직이지 못하니 오늘은 어디 돌아다니지도 말고 쭉 방에 있으라고."

"로안느 님의 말대로 하렴. 원래 어른들 말을 잘 들으면 자다가도 떡이 생기는 법이란다."

사라가 말을 거들었다. 로안느의 심복인 그녀도 축제가 끝나기 전까지로 은화 서른 닢을 걸었다.

"이렇게 예쁘게 차려입은 걸 알고 성의 귀한 분이 보러 올지도 모르잖아?"

"암, 깜짝 놀라 반지라도 하나 선물할지 모르지."

"하고 있는 장신구는 선물한 셈 치마. 나중에 잘되면 우리 덕을 잊지나 말아다오."

"저, 두 분⋯⋯."

"할 일이 많아 이만 가봐야겠다."

두 사람이 걷었던 소매를 주섬주섬 내리고는, 마치 아무 일도 없었다는 듯 점잔을 빼며 문 밖으로 사라졌다.

세레나는 곧 텅 빈 방에 홀로 남겨졌다.

'그래서 저분들은 왜 여기 왔다 가신 건데.'

자신은 처음부터 끝까지 같은 질문을 던졌건만, 그녀들은 모른 척 방 구경을 하다 부탁한 적도 없는 몸단장만 시켜주고 그대로 사라져버렸다. 처음 보았을 때는 까다롭고 대하기 어려운 사람들이라 생각했는데 갈수록 이해하기 힘든 행동을 한다. 세레나가 소파에 길게 늘어져 있는 고양이를 불렀다.

"마왕, 대체 이게 무슨 일이라니."

"⋯⋯."

'아예 상대도 해주지 않는구나.'

세레나는 잠을 청하는 고양이에게서 등을 돌려 눈앞의 작은 거울을 보았다. 우아한 머리 장식과 화장, 최고급 드레스. 예전엔 늘 하고 있던 성장(盛粧)이었는데 이제는 이런 자신의 모습이 낯설게만 느껴진다.

'나도 벌써 '세레나'의 삶에 익숙해져버린 걸까.'

자리에서 일어난 그녀는 두 방문자에 의해 난장판이 된 방을 치우기 시작했다. 로안느는 방을 떠나기 전 귀한 분이 찾아올지도 모른다며 의미심장하게 귀띔했다. 그 말에 세레나는 자연스럽게 성에서 가장 존귀한 존재인 공작을 떠올렸다. 생각해보니 그 정도의 일이 아니라면 굳이 시녀장과 하녀장 같은 이들이 와서 시녀의 몸치장 따위를 도울 리가 없다.

'각하는 대체 무슨 생각이실까.'

처음 성에 들어온 것은 하녀로 일하기 위해서였는데 공작은 자꾸만 자신에게 레이디의 대접을 하고 있었다. 그럴 리 없다고 생각하면서도 세레나의 마음에 자꾸만 작은 희망이 싹을 틔웠다.

로안느의 예상대로 공작은 전날 밤 모든 업무를 처리하고 하루 일정을 비웠다. 귀족들과 보내야 할 친목의 자리나 정무 회의도 전부 나중으로 미룬 채였다. 그러기 위해서 공작은 하얗게 밤을 지새워야 했지만, 아침 식사를 마치고 숙녀의 방에 찾아가도 좋을 적당한 시간이 될 때까지 눈 한 번 붙이지 않은 채 내내 방 안을 왔다 갔다 했다.

마침내 시간이 되었다. 문을 열고 성큼성큼 세레나의 방으로 향하는 공작은 프란츠를 떠올리며 가소로운 웃음을 지었다. 중앙 광장이라고? 거긴 사람이 너무 붐벼 장미를 보기에 썩 좋은 곳이 아니다. 보지 않아도 뻔하다. 분명 시끄러운 퍼레이드 행렬과 인파에 치이다 무엇을 봤는지도 모른 채로 돌아왔을 테지.

자신이 아는 비밀 장소가 있다. 성 뒤로 우거진 산의 동쪽 큰 바위, 그곳에서는 축제가 벌어지는 광장의 모습이 한눈에 내려다보였다. 근처에 탐스러운 야생 장미들이 활짝 피어 있는 것은 덤이었다. 뒷산은 민간인이 함부로 들어갈 수 없는 성의 경계에 위치해 있으니 북령을 떠나 있는 동안 크게 달라진 곳은 없을 터. 이제 곧 그곳으로 세레나를 데리고 갈 것이다.

전쟁터의 선봉에 서면서도 느껴본 적 없던 가슴의 고동을 신기해하며 공작이 세레나의 방으로 다가갔을 때였다.

"각하! 어디 계십니까! 각하!"

어디서 공작을 다급히 찾는 목소리가 들려왔다. 공작은 선뜻 나서지 않고 침묵했다. 저 부름에 답을 하면 틀림없이 오늘의 계획에 차질이 생길 거란 생각이 들었기 때문이다. 그러나 아구아도는 결국 목표로 한 사람을 찾아내고야 말았다.

"주인님, 한참을 찾았습니다. 여기 계셨으면서 왜 말씀을 하질 않으신 겁니까."

"……"

떫은 감을 씹은 표정을 하고 있던 공작이 느릿하게 입을 열었다.

"웬 소란이냐."

"광장 쪽에서 폭약이 터졌습니다. 축제 때문에 많은 사람들이 모여 있던지라 근처가 온통 아수라장이 되었다고 합니다. 병사들이 대피를 돕고 있으나 흥분한 군중들을 막기엔 역부족이고요. 현재 불길이 건물 사이로 빠르게 번지고 있습니다만, 불을 끌 수 있는 물 속성의 마법사들이 학회 참가로 죄다 자리를 비운 상태입니다."

공작은 잠시 말이 없었다. 그러나 그의 고민은 그리 길게 이어지지 않았다.

"……알겠다. 아구아도, 동원 가능한 마법사를 모두 모아라. 흙을 다루는 자는 성 뒷산의 흙을 퍼다 광장으로 옮기도록 하고, 바람을 다루는 자가 있거든 광장의 불이 더 번지지 않게 풍향을 조절하라 일러라. 그리고 로안느를 불러라. 그녀에게 군용 창고에 비축해둔 모래주머니의 개수를 파악해 서둘러 내 가라고 전해. 물이 없다면 다른 것으로 불을 끄면 되는 것이다. 그 뒤는…… 내가 직접 광장으로 가서 지휘하도록 하지."

집사인 아구아도가 성의 바깥 살림을 맡아서 한다면, 로안느는 성 안의 모든 살림을 총괄하고 있었다. 시종에게서 광장의 폭발 사태를 전해 들은 로안느는 대경했다. 중앙 광장에 폭약이라니, 그것은 이 대지가 '북령'이라는 이름으로 불린 이래 전대미문의 일이었다. 서둘러 시중인들을 이끌고 창고로 향하려던 그녀의 머릿속에 세레나가 떠올랐다.

주인님께선 이미 광장으로 향하셨다 들었다. 운좋게 화재가 금방 진압된다 해도 뒤처리가 모두 끝날 때까지는 쉽게 돌아오시지 못하리라. 이럴 줄 모르고 세레나에게 하루 종일 나가지 말고 기다리라고까지 해두지 않았나. 로안느는 안타까움에 혀를 차며, 옆으로 지나가는 하녀 하나를 얼른 불렀다.

"애, 거기 너."

"부르셨습니까?"

"유베리안 도련님의 측근 시녀 세레나를 알지? 그녀에게 가서 오늘은 예상 밖의 일이 생겼으니 더 이상 기다리지 않아도 된다고 전하여라. 2층 도련님이 계신 곳, 바로 왼편의 방이다. 지금 바로 가도록 해."

"그리하겠습니다."

말을 마친 로안느는 치맛자락을 붙잡고 종종걸음으로 사라졌다. 로안느의 앞에서 손을 모으고 고개를 숙이던 어린 하녀가 고개를 들었다. 그녀는 바로 아이린이었다. 순종하는 표정을 짓고 있던 아이린의 얼굴이 싸늘하게 식었다. 세레나라니, 같은 날 성에 들어와 얼굴 하나로 측근 시녀 자리를 꿰찬 그 아이 말인가.

'쳇, 계단 청소 하나도 제대로 못 하는 엉터리 주제에!'

굼뜬 일솜씨로 동기들에게까지 외면당한 주제에 도련님에게는 꽤 신뢰를 받는지 얼마 전 거처를 외성 숙소에서 유모의 방으로 옮겼다고 했다. 주인님의 총애를 받아 곧 남작 부인으로 봉해진다는 소문도 무성했다.

성의 여인들은 만나면 세레나의 이야기를 했다. 그중 몇몇은 어떻게든 말을 붙여 친밀한 관계가 되고 싶어 하는 사람도 있었지만 아이린은 그렇게 생각하지 않았다. 가까이 다가가보았자 스스로 상처만 받을 것이다. 아무리 팥을 간 물로 얼굴을 씻고 머리에 향유를 발라보았자 자신은 세레나가 되지 못할 테니까.

공작가 후계자의 측근 시녀가 된 그녀는 이미 자신들의 손이 닿지 못하는 곳으로 올라가버렸다. 그래도 함께 성에서 일하는 그녀를 골탕 먹일 수는 있다. 바로 오늘처럼 말이다.

광장에서 터진 폭탄으로 로안느 시녀장은 경황이 없어 보였다. 아마

지시를 내려놓고도 지시를 내린 대상이 누구인지, 그 이름이 무엇인지 조차 모를 것이다.

무슨 일인지는 모르겠지만 어디 골탕 한번 먹어보라지! 자신이 일하는 장소인 부엌으로 되돌아가며 아이린은 코웃음을 쳤다. 세레나, 하루 종일 기다려보려무나. 네가 기다리는 사람이 널 보러 오는지.

"우와, 예쁘다!"

검술 수련이 끝나고 돌아온 유벨의 첫마디였다. 유벨은 탄성을 지르며 세레나의 주위를 빙글빙글 돌았다. 뚫어질 듯한 소년의 시선에 세레나가 어색하게 머리를 쓸어 넘겼다.

"유벨 님, 제가 이전과 그렇게 달라 보이나요?"

"응, 아주 많이!"

……여신의 현신이라 불렸던 건 역시 옷과 화장 덕이었나. 세레나의 속이 쓰렸다. 그녀의 마음도 모른 채 유벨이 눈을 반짝이며 드레스 자락을 연신 손으로 잡았다 놓았다 했다.

"이렇게 있으니까 세레나는 꼭 우리 엄마를 닮았네. 헤헷."

"그런. 어머님께서는 귀하신 제국의 황녀님이시잖아요."

"……하지만 정말로 닮았는걸. 난 세레나가 매일 이렇게 입고 있었으면 좋겠어."

"후후. 노력해볼게요."

오전 내 기약 없는 기다림에 지쳤던 세레나는 즐거워하는 유벨의 모습에 함께 웃음이 났다. 자신의 어떤 모습이 유벨에게 그리운 감정을 불러일으킨 걸까. 원해서 한 차림은 아니었지만 그것이 유벨에게 조금의 기쁨이라도 주었다면 오늘의 '외도'는 충분히 의미 있는 것이리라.

유벨은 식사 내내 세레나에게서 눈을 떼지 못했다. 한입 떠먹고 한 번. 한입 떠먹고 또 한 번. 곁에서 그런 유벨을 지켜보던 비토리오가 끝내 한마디 하고야 만다.

"도련님, 그만 좀 보시고 식사에 집중하시죠?"

"……쳇. 그러는 비토리오도 아까 넋 놓고 세레나를 보고 있었잖아."

"전 그래서 본 거 아닙니다."

"응, 응. 비토리오 맘 다 알아."

"……정말로 아닙니다."

유벨이 성의 없이 수긍하자 비토리오도 조금 성이 나 대꾸했다. 본인을 앞에 두고 그런 말 좀 하지 마십쇼. 매일 보는 사이끼리 괜히 어색해진단 말입니다.

짧은 점심 식사가 끝나고 오후 수업을 받으러 가는 길, 비토리오는 좀 전의 복수라도 하듯 유벨의 사정을 전혀 봐주지 않았다. 조금이라도 천천히 가고 싶어 떼를 쓰던 유벨이 비토리오의 팔에 끌려 점점 멀어져갔다. 유벨은 그러면서도 손을 휘휘 저어 인사를 했다.

점심 식사 후, 세레나는 오후 내내 방 안에 머물러 있었다. 오전에 그랬던 것처럼 책을 읽다 마음에 드는 구절이 나오면 나뭇잎을 책갈피 대신 끼워두었다. 다치지 않은 한쪽 손으로 찻잎 통을 가지런히 정리하고, 깨끗이 빤 명주 천으로 청소도 했다.

그래도 혼자 보내는 하루는 너무 길었다. 세레나는 결국 버둥대는 고양이를 안은 채 평소라면 자지 않았을 낮잠까지 잤다.

　손님들과 함께하는 만찬이 있었지만 손이 낫지 않은 그녀는 시중을 들러 가지 않았다. 그래서 해가 지고 달이 떴을 때에도 세레나는 여전히 혼자였다. 그녀는 하늘에 뜬 달을 보며 잠시 고민했다.

　'어떻게 할까나.'

　이제 슬슬 화장을 지우고 옷도 갈아입어야 할 시간이었다. 그런데 이대로는 어쩐지 아쉬운 마음이 든다. 이런 몸치장은 절대 혼자서 할 수 있는 것이 아닌데. 모처럼 단장한 모습을 꼭 보여드리고 싶었는데. 세레나는 이런 생각을 하는 자신이 부끄러워졌다.

　'세레니안, 보여드려서 대체 무얼 어떻게 하고 싶은 거니.'

　"어쩌면…… 오늘 각하께서 오지 않으신 게 다행인지도 모르겠어."

　보름을 향해 차오르는 달빛이 세상을 환히 비추는 밤, 창밖을 바라보던 세레나가 가만히 중얼거렸다. 심드렁하게 누워 있던 고양이가 흘낏 바라보자 그녀는 희미하게 미소 지었다.

　"마왕, 루스트룸의 이야기를 알아? 루스트룸은 엘베른 왕국의 설화에 나오는 요정의 이름이야. 이 손재주 좋은 꼬마 요정은 구두를 아주 좋아해서, 종종 실력 좋은 장인에게 영감을 주거나 그들을 몰래 돕기도 해."

　고양이는 하품을 했다. 마물도 아니고 요정이라니, 그런 하찮은 것들 따위에는 관심 없다. 세레나는 그 무심한 반응에도 신경 쓰지 않고 계속 말을 이었다.

　"사실 요정이 유명한 건 다른 이유에서야. 루스트룸은 자기 마음에 쏙 드는 구두를 보면 그 구두를 신고 있는 사람에게 부와 행운을 가져다준대. 해서 엘베른 왕국에서는 누구나 형편에 맞지 않더라도 좋은 신을 신는 것을 미덕으로 여겼지. 그런데 내가 신고 있는 건…….”

세레나가 신고 있는 구두를 내려다보았다. 굽은 다 닳고 구두코에는 구멍이 뚫려 여러 번 기운 자국이 보인다. 이 낡은 구두는 하녀 면접을 보던 날 바네사로부터 받은 것이다. 원래는 옷을 돌려줄 때 함께 주려 했으나 그날 늦잠을 자 새 신을 사 신지 못했다. 크기도 잘 맞지 않아 신고 나면 발뒤꿈치가 상처투성이였지만, 개인 물건을 살 돈도, 시간도 없어 그동안 그녀는 이 한 켤레의 구두로 하루하루를 보냈다.

“꼭…… 철모르는 계집아이가 귀족 영양의 모습을 흉내 낸 것 같아. 겉모습은 어떻게든 따라 해보았지만 안에 있는 건 결국 이런 신발에, 부채조차 들고 있지 않아.”

야옹.

“이런 모습으로 어떻게 각하 옆에 설 수 있겠니. 어울리지 않는 한 쌍으로는…… 싫어.”

세레나는 듣지 못했지만, 고양이는 가르릉거리며 있는 힘껏 투덜대고 있었다. 하루 종일 방에만 있더니 생각까지 꽉 막혔나. 드레스 속에 감춰진 신발 따위 누구도 신경 쓰지 않는다고. 고양이는 멍청한 소리를 하는 그녀의 팔이라도 살짝 물까 하다 힘없이 말하는 그녀의 얼굴이 어쩐지 슬퍼 보여 오늘만 가만히 있어주기로 마음먹었다.

세레나가 자리에서 일어났다. 오늘의 모습을 기억해두려는 듯 한참을 거울 앞에 서 있던 그녀가 옷을 갈아입기 위해 막 등으로 손을 가져갔을 때였다.

세레나.

문밖에서 그녀를 부르는 목소리가 있었다. 그 소리는 작고 나지막했지만 분명 그녀가 너무나 잘 아는 사람의 것이었다.

'이건 환청인가. 너무나 듣고 싶어 한 나머지 내가 잘못 들은 것은 아니겠지?'

세레나는 천천히 문 쪽으로 다가갔다. 그리고 조심스럽게 문을 열었다. 거기에는 하루 종일 기다렸던 바로 그 남자가 서 있었다.

"늦은 시간에 실례를 했군. 한 번 불러 답이 없으면 가려 했는데……."

어디의 무도회라도 다녀온 걸까. 평소와 달리 한껏 멋을 낸 공작은 치명적인 매력을 발산하고 있었다. 묶지 않고 내린 긴 머리는 조각 같은 그의 얼굴을 더욱 돋보이도록 했고, 금실로 짠 튜닉과 퀼로트 밑의 호즈는 몸에 딱 달라붙어 단련된 몸 선을 그대로 드러냈다. 최고급 염료인 보라색으로 물들인 어깨띠는 왕족들의 혼례나 대제전 때나 겨우 걸칠 법한 것이었다.

눈이 동그래져 공작을 바라보던 세레나는 곧 한 가지 사실을 더 알아차렸다. 오늘의 공작은 무척 피곤해 보인다. 눈이 붉게 충혈되어 있고, 안색도 좋지 않았다. 입고 있는 옷은 색도, 모양도 아름다운 상질의 것이었지만, 어딜 다녀온 것인지 위아래 할 것 없이 잔뜩 구겨져 있었다.

공작이 세레나를 바라보다 피식 웃으며 한 손을 자신의 이마에 가져갔다.

"아니, 가려 했다는 말은 실은 거짓이야. 오늘만큼은 꼭 그대의 얼굴을 보고 싶었지. 이렇게 볼 수 있어…… 좋군."

너덜너덜해진 모습으로 공작은 웃었다. 피곤에 전 그 미소에 세레나의 심장이 쿵 하고 내려앉았다. 하루 종일 했던 고민들도 한순간에 날아가버렸다. 두근거리는 심장의 박동을 애써 무시하며 세레나가 물었다.

"각하, 이 야심한 시각에 어쩐 일이신지요."

"그게 말이지…… 하아."

말을 이으려던 공작은 갑자기 깊은 한숨을 내쉬었다.

"실은 좀 더 일찍 올 생각이었어. 지금은 축제 기간이잖아? 그대를 아름다운 장미가 피어 있는 장소로 안내하고 싶었는데, 늘 그렇듯 생각지도 못한 일이 생겨 이제야 오게 되었군."

"아……."

"비록 태양 아래는 아니지만 밤의 장미도 제법 정취가 있을지 몰라. 나와 함께 그 풍경을 보러 가지 않겠어?"

종일 기다렸던 공작의 제의였건만 세레나는 선뜻 응하지 못하고 망설였다. 이미 해가 진 지 오래, 남녀가 단둘이 무언가를 하기에는 너무 늦은 시간이었다. 어둠이 내려 초라한 신발은 감출 수 있을지 모른다. 허나 야심한 밤, 말만 한 처녀가 미혼의 남성과 정원을 산책한다는 건 왕실의 천금으로 자라온 그녀로서는 상상도 할 수 없는 일이었다.

'아이 참, 어떡하면 좋지…….'

세레나는 이러지도 저러지도 못한 채 한참을 그 자리에 못 박힌 듯 서 있었다.

그때였다. 검은 고양이가 사뿐사뿐 세레나의 앞에 가서 서더니, 그녀를 보호라도 하려는 듯 가슴을 내밀고 털과 꼬리를 바짝 세웠다.

야옹!

울음소리를 듣고서야 공작도 발밑의 존재를 눈치 챘다. 공작은 고양이를 물끄러미 내려다보더니 한쪽 무릎을 꿇으며 그와 눈높이를 맞췄다.

"혹 주인을 걱정하기라도 하는 것인가? 영리한 고양이로구나. 다른 뜻은 없다. 장미를 보고 나면 고이 이곳으로 돌려보내줄 것이야. 카이로스 폰 발루아, 내 이름을 걸고 약속하지."

이야아옹!

고양이가 흐뭇함을 감추지 못해 길게 한 번 울더니, 세레나와 공작의 주위를 폴짝폴짝 뛰기 시작했다. 방정맞은 그 모습에 두 사람은 참지 못하고 웃음을 터뜨렸다. 이윽고 웃음을 그친 공작이 다시 한 번 조심스레 산책을 권유했다.

"그대의 고양이도 저리 좋아하는데 잠시만 함께 어울려주지 않을 텐가? 맹세코 그대에게 걱정을 끼칠 일은 없을 거라 약속하지."

"그런 것을 걱정하는 건 아니…… 그럼, 잠시라면 괜찮습니다."

공작은 원래 생각했던 뒷산이 아닌 내성 정원으로 그녀를 안내했다. 걸어 잠근 성문까지 열고 외출을 하기에는 아무래도 부담스러웠기 때문이었다. 그는 아쉬움을 달래며 애써 스스로를 위로했다.

'중요한 건 마음, 어디까지나 마음이니까…….'

한편 세레나는 정원에 가까워지는 걸 보며 의아해했다.

'밤의 정원은 꽃구경을 하기에 마땅치 않을 텐데…….'

세레나의 예상대로 어둠이 내린 정원의 꽃들은 모두 봉오리를 닫고 잠을 자고 있었다. 불행 중 다행이라 해야 할지, 공기 중에 장미의 잔향이 은은하게 떠돌아 그나마 공작을 덜 민망하게 했다.

"흠, 흠. 유리 온실에 가본 적 있나? 그곳에는 진귀한 꽃들이 많지. 아마 지금 가서 보아도 볼 만할 거야."

헛기침을 몇 번 한 공작은 다시 세레나를 온실에 데려갔다. 과연 밤에도 조명을 켠 온실은 밖과는 달리 생생한 꽃들을 볼 수 있었다. 곱고 선명한 꽃의 빛깔과 나무의 짙은 푸름이 여름밤과 함께 무르익고 있었다. 코를 타고 전해지는 싱그러운 내음에 세레나는 잠시 눈을 감고 그것을 음미했다. 그 모습을 흐뭇하게 바라보던 공작은 뒤늦게 세레나의 달라진 차림새를 알아차렸다.

"그대의 모습이 여느 때와는 조금 다른데."

뒤늦은 지적에 세레나가 쑥스럽게 머리와 드레스를 매만졌다.

"실은…… 오늘 아침, 로안느 님께서 치장을 도와주셨습니다. 방까지 직접 찾아오셔서는 이렇게 곱게 꾸며주고 가셨지요."

공작은 눈치 빠른 시녀장에게 혀를 내둘렀다. 역시 눈치 챘나. 내색하지 않았다고 생각했는데, 늙은 여우는 속일 수 없었나 보군.

"로안느는 성에서 가장 오래 일을 한 공작가의 사람, 그녀와 잘 지내두는 것은 나쁘지 않은 일이지. 허나 굳이 그런 치장을 하지 않아도 그대는 아름답다. 이곳의 어떤 꽃보다도 더."

"과찬이세요."

"과찬이 아닌, 진심이야."

부끄러워하는 세레나와 공작 사이에 훈훈한 분위기가 감돌았다. 두 사람은 이야기를 나누며 온실 안을 걷기 시작했다. 부드러운 흙길을 걷는 동안 두 사람의 시간 역시 천천히 흘렀다. 길의 한가운데에서 세레나는 언젠가 유벨과 함께 심었던 리시안셔스 꽃을 발견하기도 했다. 신발 아래 느껴지는 바닥이 폭신폭신해 꼭 구름 위를 걷는 것 같았다.

은은한 조명과 아름다운 풍경, 진한 향기가 달콤한 분위기를 고조시켜갈 때쯤, 공작이 참지 못하고 작게 하품을 했다. 세레나는 그 모습을 놓치지 않았다.

"각하, 오늘따라 많이 피곤해 보이십니다. 무슨 일이라도 있으셨나요?"

"아아, 오늘 오전에 광장에서 폭약이 터졌거든. 하필 마법사들이 학회 일로 자리를 비운 참이라, 불을 끄는 데 애를 좀 먹었어. 덕분에 그대가 준 이것을 매우 유용하게 썼지."

민망해하던 공작이 품에서 손수건을 꺼내 흔들어 보였다. 손수건에는 검은 먼지가 잔뜩 묻어 있었다.

"그래. 여인의 손수건을 받았으니 답례를 해야겠지. 뭐, 사실 답례는 핑계고 단순히 내가 주고 싶은 것뿐이지만."

공작이 품에서 다시 무언가를 꺼냈다. 주먹을 꽉 쥐고 있어 안에 든 '답례품'이 무엇인지는 잘 보이지 않았다. 공작이 쥐었던 손을 천천히 펴자 거기에는 목걸이가 하나 있었다. 순백의 백금에 섬세하게 세공을 한 티아라 모양의 펜던트, 그 중심에는 공작의 눈동자처럼 파란 사파이어가 박혀 있다. 목걸이의 아름다움에 세레나는 순수하게 감탄했다.

"……아름답네요."

"소유한 보석 중에서 가장 크고 좋은 놈이지. 그대는 다쳐서 손을 쓰지 못하니…… 내가 걸어주지."

"아닙니다. 제가 어찌 이런 귀한 것을 받을 수 있겠어요."

"어째서냐고? 그야 물론, 내가 그대에게 주고 싶으니까."

말을 마친 공작이 자신의 뒤로 모습을 감추자, 세레나는 덜컥 긴장이 되었다. 곧이어 단단한 팔이 포옹하듯 그녀의 몸을 감싸 안아왔다. 차가운 목걸이의 감촉과 손의 온기가 쇄골 언저리에 동시에 느껴졌다. 예민해진 신경에 손닿은 부분이 타들어가는 것만 같아 그녀는 숨도 쉬지 못하고 몸을 떨었다.

목걸이를 걸어주고도 공작은 한참을 더 등 뒤에 서 있었다. 이윽고 그의 두 손이 둥근 어깨를 붙잡고 천천히 자신의 쪽으로 돌렸다. 얼떨결에 마주 보게 된 공작의 얼굴은 한 점 웃음기도 서려 있지 않았다. 눈빛은 시선을 뗄 수 없을 만큼 강렬했다.

"세레나, 목걸이의 의미를 알겠나?"

"의미라 하시면⋯⋯."

"기억나? 마구간에서 처음 보고 집무실에서 다시 만났을 때⋯⋯ 나는 그대가 유벨의 시녀가 아닌 내 전속 시녀가 되어 시중을 들어주길 바랐지. 실은 지금도 가끔 그때의 결정을 후회하곤 해."

공작의 푸른 눈동자를 들여다보며 세레나는 시녀가 되고 맞은 첫 저녁 식사 때를 떠올렸다.

「마음에 들지 않는다고 하면 내가 데려가려 했었는데.」

무심코 뱉었을 공작의 한마디에 괜스레 가슴이 뛰었던 그날 밤.

"난 펜보다 검이 더 편한 사람이라 서류에 파묻힌 이 공작의 일상이란 것이 영 지루하기 짝이 없었어. 그런데…… 그런 일상이 그대가 온 뒤로 조금씩 바뀌기 시작했지. 하루를 끝마치고 맞는 저녁 시간은 나의 큰 즐거움이 되었고, 그대가 있음으로 성에서의 생활이 싫지 않게 느껴져."

"……."

드디어 마지막 말을 하기 위해 공작의 입술이 열렸다.

"세레나, 나는 그대가……."

"카이로스 님?"

눈을 화등잔만 하게 뜨고 온실로 들어오는 이는 아드리안가의 공녀, 율리아나였다.

"시녀와 단둘이서 지금 무얼 하시는 건가요?"

치켜뜬 율리아나의 눈초리가 사나웠다. 축제도 얼마 남지 않았건만 공작은 늘 바쁘다는 핑계로 그녀를 만나주지 않았다. 우연으로라도 마주치고 싶어 성 이곳저곳을 돌아다녀보았지만, 공작은 마치 그녀가 있는 곳만 피해 다니는 것 같았다. 오늘도 공작이 광장에서 일어난 화재를 진압하고 성으로 돌아왔다는 소식에 배회하다 아주 우연히 온실에 불이 켜진 걸 발견하고 들어와본 것이었다. 그런데 설마하니 이런 광경을 목격하게 될 줄이야.

"아무리 상대가 시녀라 해도 이런 야심한 시각에 단둘이 계시는 건 좋지 않아요. 공연한 소문에 휩싸이게 될지도 모릅니다."

"글쎄요. 그거야 보는 사람에 따라 다른 법이니. 부디 방으로 돌아가 쉬시지요, 공녀. 내일 무투회의 결승전을 보려면 일찍 일어나셔야 할 텐데요."

"괜찮습니다. 마침 가까운 곳에 제 오라비도 와 있답니다. 부디 오라버니에게도 이 아름다운 밤의 온실을 보여드리고 싶군요."

가서 네 볼일이나 보라는 은근한 권유에도 율리아나가 못 들은 척 팽팽히 맞서자, 공작은 불쑥 짜증이 치밀었다. 맙소사. 이 중요한 순간에 불청객이 찾아올 줄이야. 하여간 저 여자는 하는 짓마다 밉상이었다.

공녀에 이어 공녀의 오라비까지 온실로 오게 되면 이 한밤중의 산책은 정말 큰 추문으로까지 번질지 모른다. 자신은 괜찮겠지만 시녀로 일하고 있는 세레나는 그 압박을 견디기 괴로울 터. 그는 일단 이 눈엣가시 공녀를 최대한 빨리 치워버리기로 했다.

"되었소. 어차피 슬슬 돌아가보려던 참이니. 아드리안 공자에게 데려다주도록 하지."

공작은 온실을 나가기 전 세레나에게 귀엣말로 속삭였다.

"시종을 부를 테니 함께 방으로 돌아가도록 해. 하려던 말을 모두 하지는 못했지만, 이것 한 가지만 기억해두어. 세레나, 나는 틀림없이 손수건의 답례를 했다."

시종이 찾아올 때까지 세레나는 우두커니 서서 목에 걸린 목걸이를 내려다보았다. 못다 한 공작의 말이 반짝이는 보석의 광채만큼이나 무겁게 어깨를 짓눌렀다.

'나는, 그대가…….'

각하, 당신의 눈에는 제가 어떻게 비치나요? 단순히 검은 눈을 한 도련님의 시녀인가요? 아니면 혹, 당신도 절…… 마음에 두시나요?

세레나는 자꾸만 앞으로 달려 나가려는 마음을 주워 담았다. 아직 그에게서 어떤 말도 듣지 않았고, 자신 역시 어떤 말도 그에게 하지 않았다. 사실 전 시공을 넘어온 공주이고, 제 옆의 고양이는 대륙을 공포에 떨게 했던 마계의 왕이랍니다. 이름을 찾아주지 못하면 조만간 둘이 함께 저승의 강을 건너게 될지도 모르죠.

세레나는 쓰게 웃었다. 그 누구라도 믿지 못할 말이다.

어차피 공작이 보는 건 진짜 자신이 아니다. 그런 자신을 향한 마음이 진실하다고는 도저히 믿을 수 없었다.

돌아가는 길 내내 율리아나는 투덜거림을 멈추지 않았다.

"대체 카이로스 님은 무슨 생각이신지……. 그 까마귀 같은 시녀와 단둘이 계시더라니까요. 제가 찾아내지 않았으면 그 안에서 무슨 일이 있었을지 생각도 하기 싫어요."

"네가 큰일을 했구나, 율리."

"천한 것 주제에 어딜 감히! 역시 찻물 정도로는 교훈이 부족했던 게죠."

율리아나의 짜증을 묵묵히 듣고 있었지만 사실 칼리시안은 공작의 입장을 백 번 이해했다. 루이네리아는 일부일처제가 아니다. 그 정도 능력에 지위라면 결혼 전이라도 충분히 몇 명의 애첩을 둘 수 있었다. 물론 자신의 여동생이 그것을 용납할 수 있을지는 모르겠지만. 아까부터 줄곧 자기 이야기만 떠든 것을 눈치 챈 율리아나가 뒤늦게 오라버니의 안부를 물었다.

"그리고 보니 오라버니께선 하루 종일 어딜 그리 바삐 다니셨어요? 무엇을 찾으신다 하시더니, 찾던 것은 수확이 있었나요?"

"있었고말고."

칼리시안은 고개를 끄덕였다. 수소문 끝에 드디어 '그것'을 처음 상단에 팔아넘긴 보석상을 찾아낸 것이다. 바로 산맥 근처의 작은 상업 도시 케른의 낡은 보석 가게였다.

가게로 들어서자 꾸벅꾸벅 졸던 주인이 갑작스러운 고위 귀족의 방문에 놀라 발발 떨었고, 칼리시안은 어렵지 않게 '그것'의 출처를 물을 수 있었다.

「'그 물건'이라면…… 산맥 근처에 사는 어느 시골 여인한테서 매입했습니다요. 자기 말로는 달빛 호수에서 주웠다고 하던데 사실, 그게 장물인지 뭔지 어찌 알겠습니까. 그치들 말이야 믿을 수가 있어야지요.」

「여인이 어디 사는지 알고 있나.」

「그건…….」

주인이 망설이자 칼리시안의 손에서 무언가가 떨어졌다. 딸깍. 그것은 문스톤 따위보다 훨씬 값진 붉은 스피넬이었다. 보석을 잽싸게 받아든 주인이 이내 머리를 조아렸다.

「그녀는 그림자 숲 마을에 사는 바네사라고 합니다.」

회상을 끝낸 칼리시안은 이제 곧 황태자의 명을 완수한다는 생각에 기분이 좋아졌다.

"율리, 조금 있으면 깜짝 놀랄 이야기를 네게 들려줄 수 있을 게다."

"깜짝 놀랄 이야기라니요?"

"글쎄, 아직은 구체적으로 말해줄 수 없다만."

"에이, 그게 뭐예요. 시시해요, 오라버니."

고개를 갸웃거리는 여동생을 보며 칼리시안은 크게 웃어젖혔다. 귓가를 스치는 여름의 밤바람이 시원했다.

'바네사라 했겠다.'

칼리시안은 보석상이 말했던 여인의 이름을 한 번 더 중얼거렸다. 가까운 시일에 그녀의 집으로 찾아갈 것이다. 그리고 축제가 끝날 때쯤엔 자신이 찾던 '비밀'도 함께 모습을 드러내게 될 것이다.

12. 한여름 밤의 꿈

축제 첫날부터 시작된 무투회도 어느덧 결승전만을 남겨두고 있었다. 마지막 날은 공작이 직접 참석해 경기를 관전하고 최종 우승자에게 축전과 함께 상품을 수여하게 된다. 공작과 유벨은 오랜만에 성장을 하고 무투회가 열리는 경기장으로 향했다.

원형으로 지은 경기장은 이미 인파로 가득 차 있었다. 공작 일가가 관람석에 들어서자 축제의 열기에 취한 사람들의 드높은 함성이 울려 퍼졌다.

결승전에 오른 것은 쌍검을 쓰는 것으로 유명한 남부 출신 용병과 공작 직속 기사단의 기사. 붉은 경장 갑옷에 반달 모양으로 휜 기이한 검을 양손에 든 쪽이 용병이었고 은빛 갑옷에 백색 건틀릿을 낀 쪽이 공작의 기사였다.

용병은 길게 콧수염을 기른 험상궂은 인상의 남자였다. 기사는 갑옷과 같은 은빛 투구를 써서 얼굴이 보이지 않았다.

제일 먼저, 무투회의 시작을 여는 공작의 축사가 있었다.

"……그동안 쌓은 실력을 마음껏 발휘하여, 최후의 두 사람이 모두 승자가 될 수 있는 좋은 시합을 보여주길 바란다."

축사를 마치며 공작은 세레나가 있는 쪽을 힐끗 바라봤다. 유벨의 옆에 얌전히 서 있는 그녀의 하얀 목에서는 얼마 전 자신이 걸어준 목걸이가 반짝거리고 있었다. 볼 때마다 허전하다 여겼던 목 부분에 펜던트가 자리하자 세레나의 미모가 더욱 빛이 난다.

'역시 내 안목은 틀리지 않았어.'

공작은 만족스러운 얼굴로 자리로 돌아가 앉았다. 모든 이들이 숨을 죽이고 중앙의 시합장을 지켜보는 가운데 경기가 시작되었다. 챙, 챙. 챙. 검과 검이 부딪치는 날카로운 소리에 세레나는 자신도 모르게 눈을 감았다.

경기를 지켜보던 칼리시안이 기사의 솜씨를 칭찬했다.

"수하의 실력이 훌륭합니다, 각하. '쌍검의 요크'는 무기가 무기이니만큼 상대하기가 어려울 텐데 말입니다."

"결승에 오른 기사는 가진 실력 하나로 그 자리에 오른 사, 무기의 우열 따위로 쉽게 승패가 갈리진 않을 거요."

"과연 그렇군요. 제게도 슬슬 최후의 승자가 눈에 보입니다."

시간이 얼마나 흘렀을까, 경기가 슬슬 막바지에 이르렀다. 아무리 가벼운 검을 사용한다 해도 검을 양손에 들고서 쉬지 않고 휘두르는 것은 자연히 두 배의 체력을 소비하게 되는 일이었다.

좀처럼 승부가 나지 않아 조급해진 쌍검의 무사에게 빈틈이 생기자 그 틈을 놓치지 않고 기사의 날카로운 검이 파고들었다. 철컹, 무사는 결국 들고 있던 두 개의 검을 모두 놓치고야 말았다. 공작의 기사의 승리였다. 경기장은 곧 떠나갈 듯한 함성 소리로 가득 찼다.

　곧바로 시상식이 거행됐다. 우승자인 공작의 기사가 쓰고 있던 투구를 벗었다. 그러자 투구 안에 숨겨져 있던 검은 머리 청년의 얼굴이 드러났다. 우승자의 앳된 얼굴과 머리색에 관중석이 또다시 떠들썩해졌다. 과격했던 좀 전의 전투로 가쁜 숨을 가라앉히며 프란츠는 단상에 올랐다.

　"프란츠 경, 실로 훌륭한 무예를 보여주었소. 그대의 활약과 우승을 루이네리아의 황제 폐하를 대신해 북령을 다스리는 나, 영주 카이로스 폰 발루아의 이름으로 치하하는 바요."

　프란츠는 두 손으로 공손히 공작이 하사하는 검을 받아 들었다. 손잡이에 장미가 섬세하게 조각된 검은 날 부분에 푸른 기운이 서려 있어 언뜻 보아도 명검처럼 보였다.

　검을 든 채 감격에 떠는 프란츠를 공작이 흐뭇하게 바라봤다. 프란츠는 전쟁터에 있을 때 그 뛰어난 실력에 감탄해 직접 거둔 자였다. 공작이 된 카이로스를 따라 북령의 기사단에 합류해 튼튼한 끈을 잡았다는 구설수에도 올랐던 그는 오늘 모두의 앞에서 자신의 능력을 충분히 증명했다.

　"드디어 모든 이들이 기대하는 순간이 왔군. '그것'을 이리로."

　화동이 금색 천으로 덮인 상자를 양손으로 받쳐 들고 걸어왔다. 공작이 천을 걷어 젖히자, 탐스러운 장미와 은방울꽃 다발을 함께 엮어 만든 화관이 싱그러운 향기를 뿜으며 그 자태를 드러냈다. 공작이 자신의 기사에게 너그러이 웃어 보였다.

"경과 경의 레이디를 오늘 저녁 공작성에서 열릴 무도회에 초청하니 부디 참석하여 자리를 빛내주길 바라겠소."

프란츠는 눈앞의 화관을 선뜻 집어 들지 못했다. 많은 광경들이 순식간에 뇌리를 스치고 지나갔다. 생전 처음 갑옷을 입은 기사님을 보고 흥분에 잠 못 이루었던 날, 밤새 나무를 깎아 검을 만들어 들었던 날, 등짝을 때리며 한심하다는 듯 바라보던 아버지와 어머니의 얼굴, 병사로 자원해 전투에 나갔던 날 우연히 보게 된 카이로스 님의 무위, 그 옆에 가까이 서고 싶어 그저, 그저 열심히 달렸던 수없이 많은 나날들.

모든 시간들에 대한 작은 보답을 오늘에야 받게 되었다.

프란츠는 고개를 들어 관중석을 바라보았다. 평민, 귀족 할 것 없이 수없이 많은 이들이 선망의 눈빛으로 자신을 바라보고 있었다. 여름장미 화관을 거절할 여인은 많지 않다. 다른 평민 기사들처럼 자신이 갖지 못한 가문과 재력을 채워줄 여인을 골라 신분 상승을 꾀할 수도 있을 것이다.

하지만…… 마음을 속이고 싶지 않았다. 일생 중 가장 빛나는 순간이 될 지금, 꽃을 바치고 싶은 자신의 레이디는 누구인가. 몇 번 주저하다 화관을 집어 든 프란츠가 드디어 걸음을 옮기기 시작했다.

점점 가까워오는 프란츠를 보며 공작은 당황했다.

'이 녀석 설마…… 주군인 내게 화관을 바친다는 소리 따윌 하려는 건 아니겠지? 프란츠, 레이디에게 가란 말이다!'

공작의 마음을 알았는지 프란츠는 공작을 그대로 지나쳐 시상식을 지켜보던 유벨의 앞에 가 섰다. 그리고 놀란 얼굴을 하고 있는 세레나에게 화관을 내밀며 천천히 무릎을 꿇었다.

"공작성의 가장 아름다운 꽃, 세레나에게 프뤼나 나이트 프란츠가 청합니다. 부디 저의 레이디가 되어 무도회에 함께 참석해주시겠습니까?"

세레나는 지금의 상황이 도무지 이해가 되질 않았다. 좀 전까지만 해도 그녀는 자신에게 친절했던 기사 프란츠가 우승자가 된 것을 기쁜 맘으로 지켜보고 있었다. 또한 잠시 후면 눈앞에서 벌어질 '대륙에서 가장 로맨틱한 프러포즈'를 구경할 생각에 마냥 즐거워했다. 설마 그 주인공이 자신이 될 거라고는 꿈에도 생각지 못한 채.

'이게 대체⋯⋯.'

난처해하는 세레나의 눈에 무릎을 꿇은 채 대답을 기다리는 프란츠의 모습이 들어왔다. 잔뜩 흐트러진 검은 머리칼. 갑옷 밖으로 보이는 곳은 온통 핏자국과 상처투성이다. 평민의 신분으로 이 자리에 오기 위해 극한까지 스스로를 몰아붙여왔을 젊은 기사는 지금 이 많은 사람들의 앞에서 자존심을 버린 채 무릎을 꿇었다. 또한 오늘은 누가 뭐래도 그의 날이었다.

망설이던 세레나는 유벨을 제치고 앞으로 나왔다. 허리를 살짝 숙여 보인 그녀가 대답했다.

"여름 장미 기사의 레이디가 될 수 있어 영광입니다. 직접, 화관을 씌워주시겠습니까."

그제야 프란츠는 안심한 얼굴로 세레나의 머리에 손 안의 화관을 얹었다. 살짝 닿는 머리칼의 감촉이 실크처럼 부드러웠다. 프란츠는 심장의 두근거림을 느끼며 다시 세레나의 손등에 입을 맞추었다.

"무도회가 열릴 시간에 맞춰 직접 모시러 가겠습니다."

"……기다리고 있겠습니다."

프란츠가 기쁨을 감추지 못하는 얼굴로 단상 밑으로 내려가자 같은 기사단의 동료들이 기다리고 있었다. 은빛 갑옷의 기사들이 프란츠의 등짝을 한 대씩 신나게 때리며 네가 감히 성 제일의 미녀를, 우승도 여자도 네가 다 가져라, 이대로 쭉 결혼까지 등의 덕담을 건네는 것을 공작은 묵묵하게 듣고 있었다. 처음으로 수년 전 전쟁터에서 프란츠에게 손을 내밀었던 것이 조금 후회되었다.

398

세레나, 너는 무슨 여자가 이렇게 지조가 없는 것이냐. 언젠가는 칼리시안의 말을 타고 오더니, 이번엔 프란츠와 나란히 손을 잡고 무도회에 참석하겠다는 거냐. 네가 가만히 있어도 나는 머리가 아픈데, 이 이상 얼마나 나를 흔들 참이냐.

화관을 쓴 세레나를 멍하니 쳐다보던 유벨은 끝내 울먹였다.

"프란츠 경이…… 프란츠 경이 결국!"

"유벨 님, 왜 그러세요! 유벨 님?"

"흑, 삼촌은 도대체 무얼……. 믿고 있으라고 했는…… 데…….

놀란 세레나가 곁으로 다가와 다독거렸지만 유벨의 서러운 울음은 한동안 그치지 않았다.

무투회가 끝나고 사람들이 우르르 경기장을 빠져나갔다. 세레나도 막 주변을 정리하고 유벨과 함께 자리를 뜨려던 차였다.

"세레나 님!"

멀리서 프란츠가 뛰어오고 있었다. 유벨에게 양해를 구한 세레나가 얼른 그에게 다가갔다.

"프란츠 님, 아까는 경황이 없어 축하의 말도 건네드리지 못했지요. 우승을 진심으로 축하드립니다."

"그러게 제가 최선을 다하겠다 말씀드리지 않았습니까."

프란츠는 마치 우승이 별일 아니라는 듯 가볍게 웃어 보였다. 티 없이 밝은 웃음에서는 좀 전의 경기로 인한 피로는 조금도 느껴지지 않았다. 잠시 서 있었을 뿐인데 어느새 주위에는 무투회의 우승자를 알아본 사람들이 하나둘 모여들었다. 집중되는 시선이 부담스러운 세레나가 저도 모르게 뒤로 물러나자, 프란츠가 한 걸음 성큼 앞으로 다가섰다.

"세레나 님, 생각했던 대로 화관이 정말 잘 어울리십니다. 그야말로 꽃에 꽃을 포갠 격이군요."

"별말씀을요. 귀한 선물 감사드려요. 제가 받아도 되는 것인지는…… 잘 모르겠지만요."

"되고말고요. 오직 당신께 화관을 드리기 위해 참가한 무투회인데요."

가벼운 건지, 진심인지 알 수 없는 그의 말에 세레나는 사뭇 껄끄러워졌다.

"아…… 유벨 님께서 기다리고 계셔서 가봐야 할 것 같아요. 저녁에 있을 무도회에는 잊지 않고 참석하겠습니다."

"잠시만요. 아주 잠시만 제게 시간을 더 내주시겠어요? 무도회에 가기 전에 드릴 것이 있습니다."

"더 이상의 선물은 받지 않아도 되는데요."

"무엇인지 듣지도 않고 거절하시깁니까? 정말 잠깐이면 됩니다."

고민하던 세레나는 결국 고개를 끄덕였다. 그때 어디서 두 사람의 사이에 찬물을 끼얹는 소리가 들려왔다.

"세레나는 우리와 함께 돌아갈 것이다. 지금 당장."

세레나와 프란츠는 동시에 옆을 바라보았다. 목소리의 주인공은 공작이었다. 팔짱을 낀 채 두 사람 사이에 버티고 선 공작과 눈이 마주치자, 뜻밖에도 프란츠는 시선을 피하지 않고 그를 향해 씩 웃어 보였다.

'이것 봐라?'

예상치 못한 수하의 웃음에 공작의 기분이 바닥을 쳤다.

"세레나는 유벨의 곁을 지키는 전속 시녀다. 그대의 독단으로 그녀가 자신의 일을 소홀히 하게 하지 말도록."

"죄송합니다, 각하. 그렇지만 가능하다면 이 무투회의 우승자에게 부디, 오직 오늘을 위해 준비한 한 가지 일만 마저 하게 해주시지 않겠습니까?"

주군을 향해 간곡하게 부탁한 프란츠는 다시 세레나에게 몸을 돌렸다.

"세레나 님, 여기서 저를 기다려주십시오."

어디론가 급히 뛰어갔다 온 프란츠의 손에는 작은 상자가 하나 들려 있었다. 프란츠가 상자를 건네자 세레나는 얼떨결에 받아 들었다.

"이건 뭐지요?"

"직접 확인해보시겠어요?"

프란츠의 권유에 세레나가 조심스럽게 뚜껑을 열었다.

"어마, 이건…… 구두잖아요."

안에 든 것은 말린 장밋빛의 구두 한 켤레였다. 발끝이 뾰족하고 긴 굽이 유려하게 뻗은 구두는 하나의 장식품처럼 우아해 보이기까지 했다.

"저는 몰랐는데, 원래 무도회에선 쉽게 춤을 출 수 있도록 만들어진 특별한 구두를 신는다 하더군요. 발 크기를 몰라 눈대중으로 샀지만 부디 잘 맞았으면 좋겠네요. 주인 말로는 뒤쪽에 끈이 있어 조절이 된다 하던데…… 음…… 괜찮으시다면 이 구두를 무도회에서 신어주셨으면 합니다."

"프란츠 님……."

세레나가 어쩔 줄을 몰라 프란츠의 이름만 불렀다. 장미 화관에 무도회의 초대까지 받아 고마워해야 하는 건 자신이었다. 그런데 오히려 이런 과분한 선물까지 받다니.

"용건은 이게 답니다. 그럼, 저녁에 뵙지요."

프란츠는 다시 한 번 세레나와 공작에게 정중하게 인사를 한 뒤 씩씩하게 기사단 무리로 되돌아갔다. 세레나는 한 번 사양도 못 하고 얼떨결에 받아버린 구두 상자와 프란츠의 뒷모습을 번갈아 바라보았다. 손에 든 구두에 시선을 두는 그녀에게 공작이 애써 덤덤한 척 물었다.

"세레나, 정말 프란츠 녀석과 무도회에 갈 생각인가?"

"예. 화관을 받았으니까요."

그녀의 명쾌한 대답에 공작은 절로 구겨지는 표정을 숨기지 못했다. 공작이 다시 한 번 다그치듯 물었다.

"그대는 내게 손수건을 주었고, 난 분명 그 답례로 목걸이를 주었는데도?"

"네? 그게 무슨……?"

세레나는 300년 사이에 자신이 알던 손수건과 목걸이의 의미가 바뀌었나 싶었다. 목걸이를 받으면 당장 그것을 준 사람과 혼인이라도 해야 하는 건가? 물론 그것들이 마음을 확인한 정인들이 주고받는 물건이긴 했지만, 엄밀히 말해 자신과 공작은 아직 어떤 사이도 아니었다. 굳이 말하자면 고용주와 피고용인 정도일까.

게다가 자신이 준 손수건이 어떻게 '그 손수건'이 될 수 있단 말인가. 애초에 그건 머리끈이었다.

"모두의 앞에서 받은 화관은 약속의 증표입니다. 기사님을 부끄럽게 만들 수는 없으니까요."

"세레나, 그대는…… 하아……. 알겠다."

공작은 쓸쓸한 얼굴을 한 채 사라졌다. 세레나는 두 손으로 구두를 고이 안은 채 그 모습을 바라보았다. 자신이 도대체 무엇을 잘못한 것인지 열심히 생각했지만, 그 답은 좀처럼 찾을 수가 없었다.

방으로 돌아온 세레나는 곧바로 선물받은 구두를 신어보았다. 보지도 않고 골랐다는 구두는 신기하게도 발에 꼭 맞았다. 부드러운 벨벳 안에 가죽을 덧대 신었을 때 푹신한 느낌마저 들었다.

세레나는 새 구두를 신은 채 고양이에게 무투회에서 있었던 일에 대해 간략히 설명해주었다. 아직도 싱그러운 향기를 내뿜는 장미 화관도 보여주었다. 중간에 몇 번 고양이가 발로 구두를 할퀴려 해 깜짝 놀라긴 했지만, 간만의 무도회에 기분이 좋아진 세레나는 너그럽게 그의 심술을 용서해주었다.

"이런 모습으로 다시 무도회에 나가게 될 줄은 꿈에도 몰랐어."

야옹.

"이래 봬도 내가 엘베른 왕국에서 '무도회의 꽃'이라 불렸던 걸 아니? 난 무도회에서 추는 일곱 가지 춤과 스텝을 완벽하게 알고 있단다."

야옹?

고양이가 미심쩍은 눈초리를 감추지 않자 세레나는 웃으며 고양이의 머리를 쓰다듬었다.

"후후. 알아, 내가 주인공이 아니라는 것 정도는……. 춤도 음악도 예전과는 많이 변했겠지. 하지만 그럼에도 여름밤의 무도회는 분명 아주 흥겨울 거고, 그걸 지켜보는 것만으로도 나에겐 큰 즐거움일 거야."

세레나의 눈길이 다시 프란츠의 선물에 머물렀다. 오랜만에 신는 정교하고 아름다운 구두. 신는 사람을 위한 배려가 곳곳에서 묻어나오는 좋은 구두였다.

세레나는 새 구두를 손으로 쓸어보며 중얼거렸다.

"오늘의 무도회가 또 하나의 좋은 추억이 되었으면 좋겠다. 요정 루스트룸이 부디 내게도 행운을 가져다주길……."

무도회가 열리는 장소인 공작성의 연회장은 호화롭게 꾸며져 있었다. 홀의 바닥과 벽면, 천장, 기둥은 모두 대리석이었다. 높은 천장의 모서리마다 붉은 벨벳 커튼이 드리웠고, 천장 중앙에서는 제도에서도 보기 힘든 거대한 샹들리에가 빛을 뿌렸다. 꽃과 금박으로 장식된 연회장은 정원과도 이어져 있어 그 꽃 내음이 안에서도 나는 것 같았다. 그 광경을 환하게 뜬 보름달이 비추고 있었다.

무도회는 초대장을 받은 손님의 신분이 낮은 쪽부터 높은 순으로 줄을 서서 입장하는 것이 관례이지만, 무투회의 우승자인 프란츠와 세레나는 이례적으로 공작가에서 온 율리아나와 칼리시안의 바로 앞에서 입장하도록 배려를 받았다. 줄을 서기 전, 세레나는 고개를 숙여 아드리안가의 남매에게 인사를 했다.

붉은 머리칼을 높이 틀어 올리고 펄 레이스로 겹겹이 장식한 자주색 드레스를 입은 율리아나는 여타 귀족 영애들을 압도하는 무도회의 꽃이었다. 굽이 높은 구두에 금실로 가장자리를 장식한 남색 테일 코트를 걸친 칼리시안 역시 대귀족다운 우아한 멋이 있었다. 두 사람의 모습에 다른 귀족들은 감히 치장한 제 모습을 뽐낼 생각도 못 하고 숨을 죽였다.

세레나가 자신도 모르게 자신의 드레스를 한 번 내려다보았다. 그녀의 드레스는 무늬 없는 크림색이었다. 봉제 선을 따라 박혀 있는 진주와 광택이 흐르는 소재가 마음에 들어 선택한 것이다. 드레스와 구두가 너무 화려하진 않나 걱정했던 세레나는 무도회장에 오고 나서야 그 걱정이 기우였단 걸 깨달았다.

아까부터 눈앞의 세레나를 본 척 만 척하던 율리아나가 갑자기 부채를 왼손에 바꿔 들고 빙글빙글 돌렸다.

"무도회에서 검은 머리를 한 참석자를 보다니…… 이런 적은 처음이네요. 북령의 무도회 수준이 고작 이 정도인가 봐요."

"……"

세레나는 귀부인들이 말이 아닌 부채로 대신하는 언어의 의미를 알았다. 지금 율리아나의 행동은 당장 자신의 눈앞에서 사라지라는 뜻이었다.

"무도회에 부채도 들고 오지 않다니……. 하긴 어디 이런 자리에 와 본 적이 있어야 말이지. 안 그래요, 오라버니?"

"말이 지나치다, 율리아나. 이제 곧 입장이니 자중하여라."

"흐응, 오라버니도 점잖은 척하시긴."

율리아나가 뾰로통해져 부채를 한 번 펼쳤다 접었다.

"세레나 님, 너무 걱정 마십시오. 제가 옆에서 지켜드리겠습니다."

공녀의 비아냥거림을 묵묵히 듣고 있던 프란츠가 짐짓 비장하게 말했다. 세레나는 괜찮다는 뜻으로 웃어 보였다. 자신도 부채 생각을 안한 건 아니었지만 제대로 된 부채는 드레스 한 벌보다도 비쌌다. 오후에 짬을 내 갔던 가게에서 가격이 얼마인지 들은 세레나는 그 자리에서 들고 있던 부채를 살포시 내려놓았다.

'괜찮아. 어차피 조용히 구경만 하다 돌아올 생각이었으니.'

시녀 세레나는, 어디까지나 무도회의 주인공이 아닌 그림자일 뿐이니까.

시간이 되자 사람들이 파트너의 팔짱을 낀 채 하나둘 안으로 입장했다. 세레나도 프란츠의 팔짱을 낀 채 무도회장에 발을 들였다. 가장 마지막으로 입장한 것은 공작이었다. 함께하는 파트너 하나 없이 성큼성큼 무도회장에 들어서는 모습에 많은 이들이 의아해했다. 하지만 몸에 착 감기는 청록색 르댕고트에 은색 조끼, 작은 보석이 자잘하게 박힌 허리띠를 착용한 공작은 혼자여도 그 우월한 존재감을 가감 없이 뽐냈다. 마치 화려한 장식이나 꾸밈이 없이도 자신이 누구보다 우아하고 돋보일 수 있음을 보여주는 것 같았다.

무도회의 시작을 알리는 첫 춤은 성의 주인이자 무도회의 주최자인 공작이 추어야 한다. 그리고 법도에 의하면 파트너를 동반하지 않은 그의 첫 춤 상대는 무도회장에서 가장 신분이 높은 레이디. 세레나에게 힐끗 시선을 주었던 공작은 결국 도살장에 끌려가는 소처럼 느릿느릿 걸어가 율리아나에게 손을 내밀었다.

"……시작을 여는 춤을 함께 추시겠소?"

"기꺼이, 카이로스 님."

율리아나는 냉큼 공작의 손을 잡았다. 무투회 관전이 끝나자마자 그녀는 방으로 돌아가 제일 아끼는 향유를 아낌없이 사용해 목욕을 했다. 그리고 여느 때의 배는 공을 들여 몸치장을 했다. 오직 이 순간만을 위해서.

제도에서 가장 뛰어난 재단사 빌헬름이 만든 율리아나의 드레스는 가슴 부분이 특히 강조되어 있었다. 춤을 추기 위해 몸을 가까이하면 가슴골이 그대로 비쳐 아찔한 유혹이 될 것이다. 이 드레스는 오늘 비장한 마음으로 무도회에 참전한 그녀의 전투복이었고, 귀 뒤와 손목에 뿌린 사향은 공작을 단번에 유혹할 그녀만의 검이었다. 축제가 끝나고 제도로 돌아가면 공작을 만날 기회가 언제 또 있을지 모른다. 율리아나는 오늘이 자신의 마지막 기회임을 잘 알았다.

음악이 시작되자 두 사람은 천천히 발을 떼었다. 공작은 춤을 춰본 적이 거의 없었지만, 실수를 할 정도로 서툰 편은 아니었다. 이 공녀는 만날 때마다 이름을 부른단 말이야, 건방지게. 그는 속으로 혀를 끌끌 차며 율리아나를 리드했다. 그런데 가까이 몸을 밀착시키는 그녀로부터 멀어지려 애쓰던 공작의 코에 묘한 냄새가 스쳤다.

'이 냄새는 또 뭐야. 설마, 최음제 같은 건가?'

공작은 잠시 숨을 멈추었다 다시 천천히 내쉬었다. 자신은 독에 강한 내성이 있다. 그러니 이 정도의 약쯤은 통째로 삼켜도 아무렇지도 않을 것이다. 그러나 해가 없다고 해서 결코 그것을 좋아하는 것은 아니었다.

남아 있던 최소한의 호의도 사라져 이제는 빨리 음악이 멈추기만을 바라는 그의 눈에 세레나가 들어왔다. 프란츠와 손을 포갠 채 무도회장 한편에 서 있는 세레나는 숨겼던 몸의 굴곡을 여지없이 드러내는 매혹적인 드레스를 입고 있었다.

공작은 뭔가 참을 수 없이 억울한 기분이 들었다. 저 크림색 드레스는 빌헬름에게 시켜 만든 자신의 선물이 아니던가. 심지어 그녀는 자신이 직접 걸어준 목걸이까지 하고 있었다.

'세레나, 이러려고 네게 그것들을 선물한 것이 아니다.'

계속 보고 있자니 머리를 묶어 드러난 세레나의 하얀 목덜미와 가슴을 프란츠 자식이 침을 흘리며 훔쳐보고 있었다. 공녀를 잡고 있던 공작의 손에 저절로 힘이 들어갔다.

"어머, 무투회의 빛나는 우승자가 저기 있네요. 젊고 씩씩한 검은 머리 기사님과 공작성의 검은 머리 시녀라. 귀엽군요. 어디 이보다 잘 어울리는 한 쌍이 또 있을까요."

공작의 시선을 느낀 율리아나가 모르는 척 밝은 목소리로 말했다.

"저 시녀도 귀족의 애첩 따위가 되는 것보다 같은 평민 출신 기사의 배우자가 되어 가정을 꾸리는 편이 훨씬 행복하지 않겠어요? 늘 정략 결혼 따위를 생각해야 하는 저도 같은 여자의 입장으로 그녀가 부러운걸요."

"……시오."

"예? 방금 뭐라고……?"

"닥치라고 했소."

율리아나를 쏘아보는 공작의 눈동자에서는 새빨간 불꽃이 피어올랐다.

음악이 채 끝나기도 전, 공작은 공녀의 손을 놓고 자리로 먼저 돌아와버렸다. 그리고 다리를 꼬고 앉아 무투회의 승자인 프란츠와 세레나가 두 번째 춤을 추기 위해 무도회장 가운데로 나가는 모습을 눈도 깜박이지 않고 지켜봤다. 밖으로 드러난 곳이 온통 붉어진 프란츠의 모습은 그를 몇 년간 알아온 공작도 처음 보는 것이었다.

'그래, 프란츠는 좋은 녀석이지.'

일찍 부모를 잃고 어렵게 자랐지만 천부적인 재능과 성실함으로 기사 작위를 하사받았고, 선한 성품으로 대인 관계도 원만하다. 공작은 이미 그가 몇 년 안에 기사단의 부단장 자리까지 오르리라 예상하고 있었다. 하나에 빠지면 다른 것이 보이지 않는 외골수이니 한눈을 파는 일 없이 평생 아내를 아껴줄 것이었다.

눈앞에서 긴장으로 뻣뻣하게 굳은 프란츠를 세레나가 부드럽게 리드하고 있었다. 공작의 머릿속에 하나의 그림이 어렵지 않게 그려졌다. 그러나 그 그림은 곧 산산조각으로 찢어졌다.

"그리 둘 것 같으냐. 내가, 너를."

"아야!"

"죄송합니다, 세레나 님. 이게 벌써 네 번째였던가요?"

파트너의 물음에 세레나가 생글생글 웃으며 대꾸했다.

"굳이 정정해드리자면 딱 일곱 번째예요. 양쪽 발에 제 드레스 자락을 밟으신 것까지 포함하면요."

"하하…… 이거, 면목이 없네요."

머쓱해진 프란츠가 세레나의 손을 잡고 있던 오른손을 들어 자신의 머리를 긁었다. 그 바람에 스텝이 꼬인 그의 발이 다시 한 번 가녀린 세레나의 발을 덮쳤다.

"아얏!"

"괜찮으십니까? 일부러 그러는 것이 아닌데…… 정말입니다."

당황한 프란츠가 안 그래도 엉망인 스텝을 아예 멈추려 하자 세레나는 그의 오른손을 덥석 잡았다. 음악이 끝나지도 않았는데 춤을 멈추거나 자리로 돌아가는 행위는 실례였다. 하물며 무도회를 여는 두 번째 춤이었다. 그녀는 무투회의 눈부신 주인공에게 역시 평민이라 어쩔 수 없다는 손가락질을 받게 하고 싶지 않았다.

"사과는 괜찮으니 춤을 멈추시진 마세요. 프란츠 님, 이제부터 제가 불러드리는 스텝에 맞춰 발을 떼어보시겠어요? 기합을 넣어 검을 휘두를 때처럼 하시면 돼요. 자, 그럼 오른발부터 갈게요. 하나, 둘, 셋, 넷. 다시 반 바퀴 턴해서 왼발로 하나, 둘, 셋…… 네, 좋아요. 아주 잘하시는데요?"

창백하게 질려 있던 프란츠의 얼굴에 겨우 화색이 돌았다.

"좋은 선생님이 바로 옆에 계신 덕분이지요. 그래도 익숙해질 때까지 방금 전의 스텝을 계속 불러주시지 않겠어요?"

"알겠어요."

"당신의 손을 잡고 있는 이 시간이 계속됐으면 하는 바람이 있지만…… 음악이 끝나면 곧바로 뒤로 물러나도록 합시다. 제가 괴롭힌 가엾은 발의 상태를 봐야겠습니다."

"가엾은 발이요? 그렇군요. 아니라고 말하지 못하는 절 용서하세요."

프란츠의 손을 잡고 두 바퀴 반을 멋지게 돌아 보인 세레나가 명랑하게 답했다.

두 번째 춤이 끝이 났다. 곧바로 이어진 세 번째 곡부터는 모든 참석자들이 홀의 중앙으로 우르르 몰려나왔다. 바야흐로 한여름 밤 무도회의 시작이었다. 세레나와 프란츠는 사전에 입을 맞춰둔 대로 구석으로 재빨리 몸을 피했다. 오랜만의 춤으로 가쁜 숨을 고르는 세레나에게 프란츠가 손을 내밀었다.

"이제 발을 보여주시지요."

세레나는 드레스 안으로 감춰진 발을 보이는 대신 조명보다도 환하게 주위를 밝히는 미소를 지어 보였다.

"괜찮으니 더 이상 마음 쓰지 마세요. 처음에만 잠시 따끔했을 뿐 이제는 아무렇지도 않은걸요."

"아……."

프란츠는 세레나의 얼굴을 홀린 듯 바라보다 대답을 할 타이밍도 놓치고 말았다. 제대로 성장을 한 그녀는 언젠가 신전에서 보았던 아나이스 여신상보다 아름다웠다. 실크처럼 부드러운 손의 감촉과 몸에서 나는 그윽한 향기는 또 어떤가. 기사단의 동료에게서 급히 춤을 배운 건 사실이지만, 이렇게까지 실수를 한 건 꼭 자신이 서툴러서만은 아니었다.

프란츠는 자신의 주군을 처음 만난 날 이상으로 오늘의 이 시간이 마음에 들었다. 기사에게 있어 자신의 레이디에게 바치는 사랑과 존경은 주군을 향한 충성심 못지않게 중요한 덕목이라고도 하지 않나.

"레이디 세레나. 이렇게 당신과 무도회에 참석하고, 함께 시간을 보낼 수 있어 기쁩니다."

다시 말문을 연 프란츠는 여전히 장갑을 낀 세레나의 손을 꼭 잡은 채였다.

"저는 고귀한 신분의 레이디가 아니니 그렇게 부르지 않으셔도 돼요. 그나저나 시녀에 불과한 제가 프란츠 님 덕분에 이렇게 무도회에도 와보는군요. 오랫동안 잊을 수 없는 좋은 추억이 될 거예요."

그 말을 들은 프란츠의 얼굴에 붉은 열꽃이 피었다. 세레나가 옷매무새를 만지려 잡은 손을 놓자, 비어버린 그의 손이 무언가를 찾는 듯 몇 번 쥐었다 폈다를 반복하다 꽉 움츠러들었다.

두 사람은 벽에 기댄 채 악사들의 연주와 춤을 감상했다. 원을 그리며 도는 사람들을 따라 이동하는 세레나의 눈이 불빛을 받아 반짝거렸다. 프란츠는 또다시 멍하니 그녀를 바라보았다.

이제 한계였다. 설레던 마음이 점점 부풀어 올라 당사자에게 직접 전달하지 않으면 참을 수 없을 것만 같다. 아니, 실제로 그러기 위해 전장도 아닌 장소에서 검을 뽑고 땀을 흘린 것이 아니었나. 들뜬 기색을 감추지 못한 프란츠가 침을 한 번 꿀꺽 삼키고 입을 열었다.

"세레나 님, 춤의 열기도 식힐 겸 정원을 산책하지 않으시겠어요?"

"뭐라고요?"

맙소사. 프란츠 님은 지금 자기가 하는 말의 뜻을 알고나 있는 걸까? 세레나는 당혹스러움을 감추지 못했다. 무도회의 정원은 '밀회'의 의미를 가지고 있다. 남녀가 함께 정원에 나가 한동안 돌아오지 않으면 그것은 곧 두 사람이 뜨거운 사이임을 공공연히 드러내는 일이었다.

프란츠를 환멸스러운 눈으로 바라보려던 세레나는 생각을 바꿨다. 아니다. 순진한 기사님이 희롱의 의도로 이런 말을 꺼냈을 리가 없다. 아마 발 때문에 아파한 자신을 쉬게 해주고 싶었던 거겠지.

화관도 받았고, 함께 무도회에서 춤까지 추었다. 이 정도면 사람들의 앞에서 체면도 세워주었고, 기사로서의 자존심도 다치지 않을 것이다. 더 이상 관계가 진행되는 것이 부담스러운 세레나가 손을 저으며 프란츠의 제안을 거절하려 할 때였다.

"실례. 이 아가씨는 나와 다음 춤을 추기로 약속이 되어 있어서."

"잠시만요, 대체 누구시기에…… 어?"

불쑥 손을 잡아채 반대편으로 끌고 가는 남자는 세레나도 익히 알고 있는 존재였다.

"마왕?"

한쪽 입꼬리를 올려 웃어 보이는 요염한 남자는 분명 마왕이 맞다. 그러고 보니 오늘이 만월이던가. 무도회 준비에 마음을 뺏겨 보름날도 깜박한 자신을 탓하며 세레나는 마왕을 바라보았다.

밤보다 어두운 머리칼이 보라색으로 바뀌어 창백한 얼굴이 더욱 눈에 띈다. 발끝까지 내려오는 긴 머리를 하나로 묶고 근사한 옷을 차려입은 마왕은 타고난 화려한 외모에 더해 마치 이국의 왕족 같은 느낌마저 주었다.

"이게 어떻게 된 거야?"

"글쎄? 뭐…… 달빛의 마법이라고 해두자꾸나."

"벌꿀 우유를 좋아하는 고양이 마왕과의 춤이라니, 영광이네."

"당연하지. 오늘의 일을 후세에까지 전할 수 있도록 어딘가에 꼭 기록해놓으라고."

세레나는 좀 전보다 훨씬 가벼워진 마음으로 마왕이 내민 손을 잡았다. 내색하지 않았지만 사실은 좀 외로웠다. 드넓은 무도회장에는 얼굴을 아는 이 하나 없었고, 저기 무도회의 정점에 서 있는 공작은 꼭 처음 보는 사람처럼 낯설게만 느껴졌으니까. 공작은 당연한 듯 모두의 위에 군림하고, 명령을 내리며, 시선을 사로잡았다. 그런 사람과 불과 어제까지도 함께 웃고 떠들었다는 사실이 거짓말처럼 느껴질 정도로. 첫 춤을 위해 공작이 율리아나 공녀의 손을 잡았을 때는 같은 공작가의 일원인 두 사람이 너무 잘 어울려 그만 박수라도 칠 뻔했다. 세레나의 기분은 조금씩, 하지만 확실하게 가라앉고 있었다.

그러던 차에 마왕을 만나자 세레나는 갑자기 자신이 서 있는 곳이 즐거운 놀이터로 변한 것만 같았다. 알아보는 이 하나 없는 낯선 무도회장에서 함께 춤을 추는 마왕과 전직 공주라니. 불구대천의 원수로 마주했던 것이 엊그제만 같은데 말이다. 꿈결처럼 흐르는 음악과 은은

한 조명 아래, 드레스 차림의 자신과 다시 원래의 모습을 되찾고 멋진 예복을 차려입은 마왕. 오늘이 지나면 사라질 아름다운 하룻밤의 마법이었다.

세레나는 스텝을 밟으며 장난스럽게 물었다.

"보통 솜씨가 아닌데. 혹시 마계에서도 이런 춤을 췄던 거야?"

"인간계에 머문 지도 벌써 300년이 넘었다. 다 보고 배운 거지."

"동물의 몸에서밖에 머물 수 없다 하지 않았어? 연습은 누구와 어떻게 한 건데?"

"……조용하고 춤에나 집중해."

"후후후. 그래, 그래. 알았어."

한쪽 손으로 세레나의 손을, 다른 한쪽 손으로 그녀의 허리를 잡고 능숙하게 춤을 추던 마왕이 갑자기 움직임을 멈췄다. 의아한 세레나가 물었다.

"왜 그래?"

"쳇, 계속 모른 척하려고 했는데…… 이끼부터 노려보는 눈이 좀 배서워야 말이지."

"응? 무슨 소리야?"

"아니야. 뭐, 너도 충분히 행복할 권리가 있으니까."

마왕은 심술궂은 미소를 짓더니, 돌연 잡고 있던 손을 놓고 어디론가 사라져버렸다.

"마왕? 갑자기 어디로 가버린 거지?"

사라진 마왕을 찾으려 세레나는 두리번거리며 걸음을 옮겼다. 몇 걸음이나 떼었을까, 누군가 다가와 또다시 그녀의 손목을 잡아챘다.

'오늘은 남자들의 손에서 이리저리 건네어지는 날이구나.'

또다시 제 의지와 상관없이 잡힌 손목을 보며 세레나는 눈을 또르르 굴렸다. 모르는 사이 댄스 파트너를 교환하는 무도회의 풍습이 바뀌기라도 했나 보다. 손을 잡은 남자는 키가 커서 얼굴이 잘 보이지 않았다.

"저…… 파트너를 착각하신 것 같은데 손을 놓아주시겠어요?"

"내가 놓으면 이번엔 또 어떤 남자에게 가려고?"

익숙한 저음에 고개를 들자 맑고 푸른 사파이어 눈동자가 자신을 쏘아보고 있었다. 공작이었다. 세상의 가장 아름다운 부분만 모아 그린 그림이 이럴까. 여느 때에도 그는 해사한 미모를 자랑했지만, 이렇게 조명 아래서 보석을 박은 예복을 차려입은 공작의 모습은 새삼 여신의 불공평함마저 느끼게 할 정도였다.

갑자기 온몸에서 뜨거운 열이 느껴져 세레나는 저도 모르게 잡힌 손목을 빼려 했지만, 공작은 도리어 힘을 주어 그녀를 자신의 곁으로 잡아당겼다.

"각하, 율리아나 공녀께선 저쪽에 계십니다. 그리고 저는……."

"세레나, 다음 춤은 나와 함께야. 그리고 지금부터 이 무도회가 끝날 때까지 그대는 계속 내 곁에 있도록 해."

공작의 말이 무슨 뜻인지를 파악하기도 전에 무도회장 안의 시선을 느낀 세레나의 몸이 굳었다. 사람들이 단상에서 내려온 공작과 세레나를 호기심 어린 눈으로 쳐다보고 있었다. 그 따가운 시선을 받으면서도 공작은 정말 함께 춤이라도 추려는 듯 자신을 끌고 홀 중앙으로 향하고 있었다.

이대로 두 사람이 춤을 춘다면 과연 어떤 일이 벌어질까. 무도회가 끝난 바로 다음 날부터 북령의 지배자가 시녀를 무도회의 파트너로 삼았다는 얘기가 온 사교계를 휩쓸게 될 것이다.

공작이 평민 여인을 남작 부인 같은 지위로 봉해 애첩으로 삼을 수는 있지만, 무도회에 데리고 나오거나 함께 춤을 추는 건 불가능하다. 귀족의 파트너는 어디까지나 같은 귀족의 정실부인뿐이니까. 귀족의 체면을 떨어뜨린 공작은 모두의 웃음거리가 되고 말 것이다. 그것이 자신이 처음으로 주최한 무도회에서 벌어진 일이라면 더더욱. 거기까지 생각이 미친 세레나는 공작의 손을 거세게 뿌리쳤다.

"놓으세요!"

"세레나."

손을 놓친 공작이 나지막이 그녀의 이름을 불렀지만 세레나는 답을 하지 않고 계속 고개만 가로저었다.

"저는…… 전 각하와 함께 설 수 있는 사람이 아니에요."

말을 마친 세레나는 드레스를 잡고 서둘러 무도회장을 벗어났다. 어디든 좋았다. 지금의 초라한 자신의 모습을 감춰줄 수 있는 곳이라면. 얼마나 걸었을까. 발길이 닿는 대로 정처 없이 걷다 보니 정원 깊숙한 데까지 들어와 있었다.

세레나의 눈에 익숙한 꽃나무가 보였다. 이 나무 밑에서 여러 가지 일들이 있었다. 하사받은 새 옷을 입고 세 사람의 티타임을 가졌었다. 유벨은 서툰 손으로 레치넨티아 꽃잎을 주워 자신의 손톱을 물들여주기도 했다. 함께 차를 마시며 스치는 바람을 공유했던 시간들이 기억에 생생하건만…….

세레나는 두 손을 들어보았다. 손에는 그날의 고운 분홍빛이 아직 남아 있다. 하지만…… 하룻밤의 마법은 풀렸다. 이제 다시 '세레나'로 돌아갈 시간이었다. 뒤편에서 들리는 무도회장의 음악 소리를 무시하며 지친 걸음을 옮겼다. 그런데 터덜터덜 걷는 그녀의 뒤로 이름을 부르는 목소리가 있었다.

"세레나, 걸음이 너무 빨라."

"……각하."

어떤 소리도, 기척도 없이 공작이 뒤에 서 있었다. 얼마나 다급하게 자신을 쫓아왔던 건지 곱게 묶었던 머리가 풀리고 목까지 잠겨 있던 셔츠 역시 풀어헤쳐져 있었다. 음영이 드리워 공작이 어떤 표정을 짓고 있는지는 잘 보이지 않았다. 그는 그리 멀지도 가깝지도 않은 곳에서 세레나를 바라보았다.

"여기까지 음악이 들려오는군. 좀 어둡긴 해도 춤은 출 수 있지 않을까."

"……."

세레나는 말없이 고개를 끄덕였다.

어둠이 드리운 밤의 정원, 그 진한 장미 내음 속에서 두 사람은 춤을 추었다. 둘은 오직 서로의 팔에 의지한 채 발을 떼고 스텝을 밟았다. 서로 아무 말도 나누지 않았지만 이상하게 그 어느 때보다도 많은 것을 나누고 있는 것 같았다. 음악은 곧 그쳤지만 두 사람은 그대로 가만히 선 채 서로의 체온을 느꼈다.

"다섯 살 때…… 축성을 받으러 간 신전에서 지배자의 운명을 타고

났다는 신관의 계시를 받았다. 참 이상했지, 가문의 후계자는 형이었는데. 그날 아버지께서 내쉬셨던 깊은 한숨이 아직도 기억이 나."

"……."

이것은 공작 자신의 이야기일까. 고개를 들자 희미하게 웃고 있는 공작의 얼굴이 무척이나 가까웠다. 웃음 사이로 그의 다디단 숨결이 확 느껴졌지만 세레나는 피하지 않았다.

"얼마 지나지 않아 난 홀로 제도로 보내지게 되었다. 제도로 가기 전 아버지께 들은 마지막 말은 당신과 형님이 세상을 뜨기 전까지 결코 북령 땅을 밟지 말라는 것이었지. 하늘같은 아버지의 말이니 따라야지 별수 있을까. 아카데미를 졸업한 뒤로는 줄곧 전장을 오가며 악귀 같은 생활을 했어. 죽을 뻔한 고비를 몇 번씩 넘겨가며 질기게 살아남았고. 그랬더니…… 보다시피 아버지와 형님을 대신해 공작 자리에 대신 앉아 있게 되었지. 어때, 재미있지 않으냐?"

공작은 어깨를 으쓱해 보였다. 짐짓 아무렇지 않은 목소리였지만 그의 푸른 눈동자는 탁하게 흐려져 있었다.

"그래서일까, 나는 좀처럼 말을 하는 게 능숙치 않아. 지금 내가 느끼는 이 마음을 그대에게 설명하는 것이 무척 어려운데……."

공작이 잠시 말을 멈췄다. 그리고 숙고해서 단어를 골랐다.

"나는…… 원래 혼인 생각을 가지지 않았다. 내겐 이미 유벨이라는 훌륭한 정통 후계자가 있고, 그 아이가 성인이 되는 대로 작위를 넘길 생각이니까. 그러고 나면 나는 다시 작위도 재산도 없는, 가진 건 몸뚱이뿐인 빈털터리로 돌아갈 거야. 지금처럼 수하들을 거느리고 좋은 옷과 음식을 향유하는 삶과는 멀어지는 거지."

과연 그럴까. 세레나는 반신반의했지만 잠자코 그의 이야기에 귀를
기울였다.

"허나 그런 때에도…… 누군가 곁에 있다면 외롭지 않을 것 같다. 많
은 사람은 필요 없어. 내 마음을 움직이는 이는 오직 하나뿐이니."

공작이 천천히 세레나의 어깨를 감싸 안았다.

"세레나. 그대가 나의…… 유일한 사람이 되어주겠나."

공작의 말을 듣는 순간 세레나는 숨이 잘 쉬어지지 않았다. 멈춘 숨
을 따라 세상까지 함께 정지한 것만 같았다. 기쁨, 당황스러움, 서글
픔, 행복…… 여러 감정들이 자신의 안에서 폭풍처럼 휘몰아쳤다. 가
만히 서서 이야기를 들었을 뿐인데 발끝부터 조금씩 떨려오고 있었다.
구름 위의 사람으로만 여겼던 사람이 곁으로 내려와주었다. 느끼는 생
각과 감정들을 이렇게나 솔직하게 드러내 보였다.

그런데 나는…… 나는 어떻지?

"각하…… 저는 당신께서 생각하시는 그런 사람이 아닙니다. 제게
는…… 감추고 있는 비밀이 있어요. 말할 수도 없고, 말해도 믿지 못할
그런 비밀이요."

힘들게 꺼낸 말에 뜻밖에 공작은 웃었다.

"그래, 세레나. 그대는 이상한 시녀야. 평민인데도 귀족의 예의범절
에 밝고, 차를 잘 끓이고, 처음일 게 분명한 무도회에서 자연스럽게 춤
을 춰. 어떻게 안 건지 그란데 산맥 깊숙한 곳까지 나를 구하러 오기도
했지. 그거 아나? 그림자 숲 마을 바네사의 일가친척은 모두 북령에
살지. 죽은 그녀의 남편도 마찬가지야."

"……!"

"그래도 괜찮아. 설령 인간이 아닌 마녀일지라도 상관없다. 언제까지나 그대가 그대인 채로 나의 곁에 있어준다면."

왜일까, 이 사람의 다정함은 유독 자신의 심금을 울린다. 지치고 외로운 가슴을 따뜻하게 어루만진다. 그대가 그대인 채로. 누구의 딸도, 공주도 아닌 내가 다만…… 나인 채로.

똑. 똑똑. 세레나의 눈에서 뜨거운 눈물이 떨어졌다. 꽁꽁 얼었던 얼음이 한순간에 녹아내리듯 한 번 흐르기 시작한 눈물은 멈출 줄 몰랐다. 놀란 공작이 손으로 훔쳐주었지만, 한 번 솟구친 감정은 좀처럼 가라앉지 않았다.

"이런, 또 내가 울려버린 건가? 우는 모습은 이제 더는 보고 싶지 않은데."

설마…… 싫어서 우는 건 아니지? 살짝 덧붙인 말에 세레나가 고개를 가로저었다. 공작이 조심스러운 손길로 그녀의 턱을 받쳐 들고 더 없이 부드러운 얼굴로 속삭였다.

"사랑한다. 조금 늦었지만…… 그만큼 더 귀하게 아껴줄게. 세상의 어떤 꽃보다도 더."

대답도 아직 하지 않았는데 모양 좋은 그의 입술이 점차 가까워졌다. 그리고 가련하게 떨고 있는 그녀의 입술을 사로잡았다. 느끼는 모든 감정들을 이해한다는 듯, 위로의 마음을 담은 정중한 키스에 몸의 떨림 역시 조금씩 잦아들었다.

우리는 어떻게 만나게 되었을까요? 시간과 공간을 넘어서 이렇게 마주하게 되기까지 몇 개의 우연과 운명이 필요했을까요?

그날 밤 세레나는 공작의 품에 안겨 연신 같은 대답을 했다. 네, 각

하. 저도요…….

무도회가 있은 다음 날이었다. 하나둘씩 떠나는 귀족들의 배웅을 마친 뒤 공작과 유벨은 다시 성 안으로 들어갔다.

"아드리안가의 공자와 공녀는 먼저 떠났나? 행렬에서 보지 못한 것 같은데."

"무도회가 끝난 후 공녀님의 몸 상태가 갑자기 나빠지셔서 방에서 쉬고 계십니다."

"쯧쯧, 멋이랍시고 이상한 향 따월 뿌리니 건강이 좋을 리 없지. 알겠다."

공작은 가능한 한 빨리 모든 손님들을 성 밖으로 내보내고 싶었다. 겨우 마음이 통하게 된 제 여인과의 시간을 방해받고 싶지 않았기 때문이었다. 많은 것을 잃고 살아온 세월만큼 하고픈 것들이 많았다. 우선 손을 잡고 못 다한 이야기를 좀 더 나눌 것이다. 붉은 입술에 입을 맞추고 나면, 그다음엔 좀 더 진도를 나가도 좋겠지. 첫눈이 내리면 그날 밤에는 달빛 호수를 함께 걸으리라. 그리고…… 겨울이 가기 전 그녀는 이 공작성의 안주인이 될 것이다.

공작은 유벨의 뒤로 따라 들어가는 세레나에게 살짝 윙크했다. 환하게 웃음 짓는 세레나의 목에는 푸른 사파이어 목걸이가 걸려 있었다.

율리아나는 해가 중천에 뜨도록 침대에서 일어나지 않았다. 늦잠을 잔 건 아니었다. 어제부터 줄곧 한숨도 잘 수 없었으니까. 어젯밤 사라진 시녀를 쫓아 공작은 함께 바깥으로 뛰쳐나갔다. 자신이 몇 번이고 이름을 불렀지만 단 한 번도 뒤를 돌아보지 않은 채. 밤늦도록 무도회장에 돌아오지 않은 두 사람. 이제 그 이야기의 결말을 확인할 시간이었지만 율리아나는 그것을 마주하는 것이 두려웠다.

오후가 되자 점점 따가워지는 시녀들의 시선에 율리아나는 결국 자리를 털고 일어났다. 머리가 아프고 입안이 깔깔해 찬바람이라도 좀 쐬면 나을 듯싶은데, 시녀에게 물으니 오라버니는 어딜 갔는지 아침부터 자리를 비웠다 한다. 오라버니 없이 성 밖으로 나가고 싶지는 않았다. 카이로스 님은 물어보나마나 자신의 에스코트를 해주지 않을 것이다. 고민하던 그녀는 결국 홀로 내성의 정원을 산책하기로 마음먹었다.

드레스 위에 가벼운 숄을 걸친 율리아나는 따라붙는 호위 기사와 시녀들을 모두 물리고 정원으로 향했다. 축제가 끝나도 꽃은 여전히 활짝 피어 향기를 뿌리고 있었다. 고요한 정원 길을 따라 걸으려니 유리로 된 온실이 하나 보였다.

"저곳은……."

언젠가 카이로스 님과 그 시녀가 한밤중에 단둘이 있었던 곳이다. 뭔가에 홀린 것처럼 그녀는 온실에 가까이 다가갔다. 투명한 유리 온실과의 거리가 점차 가까워지자 율리아나의 눈에 지금 가장 만나고 싶지 않은 두 사람이 보였다. 꼴도 보기 싫은 까마귀 시녀의 손을 잡은 공작이 꽃처럼 화사하게 웃음 짓고 있었다.

'저분이 저런 얼굴도 할 수 있는 사람이었나. 여성에게 저리도 다정히 대할 수 있는 사람이었나.'

보고 싶지 않은데, 이 자리를 피하고만 싶은데 몸이 굳어버린 것처럼 움직이질 않는다. 그녀의 눈에 공작이 시녀의 이마에 입을 맞추는 모습이 들어왔다. 심지어 그는 마치 레이디를 모시는 기사처럼 정중하게 무릎을 굽히고 있었다. 율리아나의 얼굴에 경련이 일었다. 입에서는 비명과도 같은 신음이 흘러나왔다.

"말도 안 돼. 어떻게 이런 일이 있을 수 있단 말이야!"

"쉿, 조용히 좀 해요."

"……유베리안?"

율리아나에게 신호를 보낸 것은 유벨이었다. 유벨은 작은 체구로 힘이 풀린 공녀를 질질 끌고 정원을 빠져나왔다. 분노로 벌벌 떨던 율리아나가 오만상을 찌푸리며 그에게 따지고 들었다.

"유베리안 당신, 알고 있었나요? 카이로스 님이 저 천한 계집에게 놀아나고 있는 걸?"

"내가 아끼는 사람들을 모욕하지 마요! 세레나는…… 당신이 생각하는 그런 사람이 아니에요."

화가 난 유벨의 물빛 눈동자가 짙어졌다. 그러나 율리아나는 이미 그 말을 듣고 있지 않았다.

"삼촌과 조카 둘 다 한 여자에게 빠져 제정신이 아니로군요. 하, 정말이지…… 더 이상 눈 뜨고 보질 못하겠네요."

율리아나가 진절머리가 난다는 듯 머리를 절레절레 흔들었다. 중심을 잃은 그녀의 어깨가 휘청대며 금방이라도 유벨의 몸과 부딪칠 듯했다. 그러나 율리아나는 곧 똑바로 몸을 세우고는 빠른 걸음으로 계단 쪽으로 사라져버렸다.

혼자 남겨진 유벨이 분한 목소리로 중얼거렸다.

"눈 뜨고 볼 수 없는 건 당신이야. 오히려 세레나가 필요한 쪽은 삼촌과 나라고."

알현을 요청한 율리아나는 공작의 집무실에 들어와 있었다.

"공녀, 몸이 좋지 않다고 들었소만. 갑작스럽게 무슨 용건이오?"

그녀는 가만히 공작을 바라보았다. 깍지 낀 손을 책상에 올린 채 여느 때처럼 오만한 표정을 짓고 있는 공작은 태양처럼 눈부시게 빛나고 있었다. 자신은 왜 저 사람이 좋은 걸까. 단순히 외모가 마음에 들었던 걸까? 아니면 결혼 상대로 걸맞은 훌륭한 배경을 갖고 있어서? 아니, 꼭 그것만은 아니었다.

처음 보았을 때부터 율리아나의 눈에는 그의 안에 서려 있는 푸른색 슬픔이 보였다. 새벽 하늘을 닮은 그 슬픔이 너무나 차갑고도 아름다워서 자신도 모르게 마음을 빼앗겼다. 황궁의 행사가 있을 때마다 혹시라도 그가 올까 기를 쓰고 찾아다녔다. 그러다 가끔 마주치기라도 하면 새빨개진 얼굴로 인사만 나누었다. 두 사람은 늘 그 정도의 거리에 있었다. 아무리 달려도 결코 가까워질 수 없는 평행선처럼.

"드릴 말씀이 있습니다. 상황이 좋지 않은 걸 압니다. 제게…… 별 관심이 없으신 것도 압니다. 허나 지금이 아니면 안 될 것 같아 무례를 무릅쓰고 만나 뵙길 청했습니다."

"무례라니, 별말씀을 다 하는군요. 편하게 말씀하시오."

공작은 여느 때와 달리 친절했다. 막 식사를 마쳐 포만감을 느끼는 육식 동물처럼 무언가가 대단히 만족스러운 모습이다. 그 이유가 뭔지 율리아나는 알지 못한 척했다. 끝까지 모른 척한다면 껍데기라도 가질 수 있을지 모른다. 그렇게라도 좋았다. 사랑이 아니라면 모두의 인정을 받으며 그와 함께 설 수 있는 사람이라도 되고 싶었다.

"율리아나 폰 아드리안이…… 카이로스 폰 발루아 공작께 혼인을 청합니다."

율리아나는 끊지 않고 말을 계속했다. 여기서 공작이 한 마디라도 한다면 자신은 준비한 말을 모두 하지 못할 것만 같았다.

"아르만드 백작을 위시한 가문의 종친들과 작위 승계 문제로 갈등이 많으신 걸 압니다. 저와 혼인한다면 더 이상의 갈등 없이 지금의 위치를 공고히 하실 수 있을 겁니다. 또한, 제가 가져올 막대한 지참금은 당신께 힘을 실어드리고 당신의 땅을 더욱 풍요롭게 발전시킬 수 있습니다. 아이가 생겨도 장자인 유베리안 공자가 유일한 후계자가 될 것을 약속드리죠. 혹 마음에 두는 여인이 있다면…… 작위를 내리고 가까이 두셔도 결코 문제 삼지 않겠습니다. 지금 말씀드린 모든 사항을 서명을 넣은 계약서로 작성하셔도 좋습니다. 그러니, 겨울이 오기 전까지 저와 혼인해주십시오."

율리아나는 말이 끝난 후 공작을 차마 바라보지 못하고 시선을 바닥에 두었다. 혼인을 여인이 먼저 청하는 법도 따윈 없었다. 하지만 그게 뭐 어떻단 말인가. 어차피 자신은 가지고 있던 패를 모두 보였는데. 이런 시점까지 와서 비장의 한 수를 남겨놓을 여유 따위, 가질 수 있을 리만무했다. 율리아나는 묵묵히 고개를 숙인 채 오롯이 그의 결정만을 기다렸다.

"공녀, 뭔가 크게 잘못 생각하고 있는데."

공작은 무척 당황스러웠다. 저 붉은 머리 공녀는 왜 자신의 앞에서 이런 헛소리를 늘어놓는단 말인가. 청혼의 말을 들을 정도로 그녀에게 틈을 보인 적이 있던가? 공작은 힐끗, 책상 위의 서류를 보았다. 흘러가고 있는 이 시간이 너무나 아까웠다. 축제 기간에 처리하지 못한 서류들이 저렇게 많은데 자신은 지금 잘 알지도 못하는 여인과 시간 낭비를 하고 있다.

"그대의 배경이나 지참금 따위는 사실 내겐 그리 흥미로운 조건이 아냐. 나의 영지는 지금까지도, 앞으로도 계속 평화로울 예정이고. 그러니 마치 대단한 은혜를 베푸는 양 건방진 소리 말고 돌아가주겠나?"

"카이로스 님!"

"전부터 쭉 얘기하고 싶었는데, 허락도 없이 남의 이름을 함부로 부르지 마."

공작이 줄을 잡아당기자 문밖에서 시종이 들어왔다.

"공녀께서 나가신다. 길을 안내해드리도록."

정중하게 인사한 시종은 율리아나를 데리고 나갔다. 팔을 잡힌 채 질질 끌려 나가며 율리아나는 악을 썼다.

"카이로스! 당신, 후회할 거예요……. 내게 창피를 준 오늘을 후회하게 될 거예요!"

같은 시각, 칼리시안은 그림자 숲 마을 어귀에 위치한 다 쓰러져가는 낡은 집 앞에 서 있었다. 그곳은 바로 켈른의 보석상으로부터 알아낸 바네사의 집이었다. 칼리시안이 힘을 주어 문을 노크하자 안에서 부스럭거리는 소리가 들렸다.

끼익, 문을 연 바네사의 눈이 휘둥그레졌다. 밖에서 들린 소리에 문을 열었더니 챙 넓은 모자를 쓰고 벨벳 망토를 걸친 훤칠한 귀족 청년이 한 명 서 있었다. 코트에서 반짝거리는 건 보석인가? 벨트의 저 노란 버클은 설마 금은 아니겠지? 그녀의 탐욕스러운 눈빛이 청년을 위아래로 훑었다.

"누구…… 신지?"

"물을 것이 있어 실례를 했소. 대답 여부에 따라 그대에게 충분한 보상을 해줄 수도 있을 것이오."

칼리시안은 들고 있던 주머니에서 동전을 한 닢 꺼내 바네사의 손에 떨어뜨렸다. 금빛으로 빛나는 그것은 제국에서 통용되는 금화였다. 귀족 청년의 얼굴과 자신의 손을 번갈아 바라보던 바네사의 태도가 갑자기 공손해졌다.

"안으로 들어오세요, 도련님. 제가 알고 있는 거라면 무엇이든 답해 드리지요."

그녀의 집으로 들어간 지 얼마 되지 않아 칼리시안은 바네사로부터 원하던 모든 답을 들을 수 있었다.

처음 반지 이야기를 꺼냈을 때 바네사는 곤란한 표정을 지으며 그에 대한 즉답을 피했다. 그러나 황태자에게서 빌린 반지를 보여주며 자신은 제도의 귀족이고, 실종된 배다른 여동생의 행방을 찾는다며 안타까운 표정을 지어 보이자 태도가 달라졌다. 여동생을 찾아주는 사람에게는 큰 사례를 하겠다는 말까지 꺼낸 뒤부터는 더 거칠 것도 없었다.

세레나, 아니, 세레니안 라 엘베른. 초대 제국 황제의 딸이자 마왕을 봉인하기 위해 희생됐던 공주. 그녀가 결국 깨어났다. 눈앞에 두고 계속 찾고 있었다니, 어리석었다. 왜 그동안 눈치 채지 못했단 말인가. 처음부터 초상화와 같은 은발일 거라고 단정 지어버렸기 때문이리라. 그는 머리를 감싸 쥐며 자책했다.

머릿속이 복잡했다. 전설의 실현을 눈으로 확인했지만 순수하게 기뻐할 수만은 없었다.

현재 황궁은 병든 황제에서 황태자에게로 권력이 서서히 이동하는 중이었다. 그런 와중에 황실의 어른뻘이 되는 공주의 출현은 과연 대세에 어떤 영향을 미칠 것인가.

어쩌면 이대로 공주의 존재를 묻어버리고 아무것도 찾지 못한 걸로 보고하는 편이 낫지 않을까?

고민하던 칼리시안은 황태자의 얼굴을 떠올렸다. 제도에 자택이 있는 칼리시안은 어린 시절부터 줄곧 그와 함께 자라다시피 했다.

어느 날 황태자는 소중히 여겨오던 보물을 자신에게만 살짝 공개했다. 그것은 회랑에 걸려 있는 한 장의 초상화였다.

「은빛의 공주님이다. 아름답지? 지금은 어딘가에서 잠들어 계시지만 언젠가 다시 눈을 뜨는 날, 저분은 황궁으로 돌아오시게 될 거야. 바로 내가 그렇게 만들고야 말겠어!」

그렇게 말하는 황태자의 눈은 어떤 확신으로 가득 차 있었다. 칼리시안은 자신만 믿고 기다리고 있을 친우의 기대를 배신하고 싶지 않았다. 게다가 공작에게 목을 매고 있는 여동생을 위해서라도 하루빨리 그녀를 북령에서 치워버리는 것이 좋을 것 같다.

'어떻게 할까. 이대로 함께 데리고 돌아가는 편이 나을까? 아니면……'

공작에게 자초지종을 설명한 후 세레나와 함께 돌아가려던 칼리시안은 마지막에 생각을 바꿨다. 혼자서는 도저히 그의 분노를 감당해낼 자신이 없었다.

일단 제도로 돌아가자. 모든 사실을 알리고 전하게 최종 결정을 맡기면 된다. 제아무리 공작이라도 황명을 거역할 엄두는 내지 못할 테니.

성으로 돌아가자 어딘가 지쳐 보이는 여동생이 칼리시안을 기다리고 있었다.

"오라버니, 종일 어디 가 계셨어요?"

"아아, 잠시 밖에 좀. 몸은 어떠니?"

칼리시안의 질문에 율리아나가 담담한 어조로 답했다.

"……오라버니, 제도로 돌아가요. 더는 한순간도 여기 머물고 싶지 않아요."

어제 무도회에서 보였던 생기발랄한 모습과 달리 퀭해 보이기까지 한 여동생을 보며 칼리시안은 의아해했지만, 그녀가 아직 성인이 채 되지 않은 소녀라는 걸 깨닫고 금방 납득했다. 하긴, 이렇게 오래 제도를 떠나 있던 것은 처음이니 슬슬 집이 그리울 만도 하다. 자신도 하루빨리 제도로 돌아가 겨우 알아낸 공주의 소식을 전하고 싶었다.

"그래, 율리. 돌아가자, 우리의 집으로."

두 남매는 해가 지기 전 성문을 나섰다. 너무나 갑작스러운 통보에 귀한 신분에도 불구하고 성 주인의 배웅조차 제대로 받지 못했지만, 남매는 크게 신경 쓰지 않았다.

쫓기듯 성을 떠나며 율리아나가 스산한 웃음을 지었다.

카이로스, 첫 만남부터 마지막 순간까지도 당신은 기어코 내 이름 한 번을 불러주지 않는군요. 그대의 겉모습은 아름답지만 그 속에 든 마음은 항상 눈보라가 치는 겨울이에요. 알아요? 그 때문에 당신은 당신이 진정 원하는 것을 결코 얻지 못하게 될 거예요.

13. 마녀 사냥

아드리안가의 두 남매를 마지막으로 모든 손님을 떠나보낸 공작성
은 다시 여느 때와 같은 일상으로 되돌아갔다. 무도회가 있던 밤 서로
의 마음을 확인한 세레나와 공작의 관계는 다음 날이 되어도 특별히
달라지지 않았다. 세레나는 여전히 유벨의 시녀로서 최선을 다했다.
그리고 공작은 언제나처럼 과로에 시달렸다.

달라진 게 있다면 다른 곳에 서 있는 둘 사이에 약간의 교차점이 생
겼다는 것이다. 저녁 식사 후의 티타임을 좀 더 즐긴다든가, 공작에게
약간의 짬이 생기면 얼굴을 보러 온다든가 하는 사소하지만 기분 좋은
만남이 조금씩 늘어갔다. 세레나는 아직 그녀 자신에 대한 이야기는
꺼내지 못했다. 그렇지만 언젠가는 모든 것을 솔직하게 밝힐 수 있을
것이다.

축제가 끝나고, 세레나는 프란츠를 외성의 인적 없는 복도로 조용히
불러냈다. 훈련을 마친 프란츠가 세레나가 기다리던 곳으로 왔다. 며

칠 만에 보는 그의 모습은 눈에 띄게 수척해져 있었고, 세레나는 미안한 마음에 고개도 제대로 들지 못했다.

"프란츠 님, 그날 무도회장에서 갑자기 사라져서 죄송해요. 많이 놀라셨죠?"

"아닙니다. 끝까지 모셔다드리지 못한 게 좀 마음에 걸렸을 뿐이었어요. 물론, 각하께서 어련히 잘 바래다주셨겠지요?"

프란츠의 의미심장한 말에 세레나의 얼굴이 달아올랐다.

세레나는 무언의 긍정으로 답을 한 뒤, 다시 감사의 말을 전했다.

"함께 참가했던 무도회는 잊지 못할 추억이 될 거예요. 프란츠 님께 감사드려요."

"저야말로 잊지 못할 겁니다…… 아주 오랫동안이요. 하하, 생각해 보니 세레나 님을 알고 지낸 길지 않은 시간 동안 전 어쩐지 무리한 부탁만 잔뜩 드렸던 것 같네요. 그런데 이왕 하게 된 것, 마지막으로 한 가지만 더 부탁드려도 될까요?"

"얼마든지요."

손을 모으고 기다리는 세레나 앞에서 프란츠는 남은 용기를 모두 끌어 모았다. 무도회가 끝나고 홀로 돌아오던 길, 내내 생각했다. 처음 본 순간부터 마음을 빼앗겨, 최선을 다해 그 마음을 부딪쳤다. 그리고 결과가 어떻든 간에 자신은 이미 눈앞의 이 여성을 레이디로 선택했다. 앞으로 세레나가 다른 누구를 만나 그 사람의 아이를 가지는 날이 온다 해도, 그녀가 언제까지나 하나뿐인 자신의 레이디임에는 변함이 없을 것이다.

"언제고 호위 기사가 필요하시게 되면…… 그때는 꼭 저를 써주시지 않겠습니까? 무도회장에서 말씀드렸었죠, 무슨 일이 있어도 지켜드리겠다고. 이래 봬도 제가 말한 건 반드시 지키는 사람입니다."

"호호, 프란츠 님도 참. 시녀인 제게 무슨 호위 기사가 필요하겠어요. 자요, 이거나 받으셔요."

프란츠의 각오를 세레나는 장난으로 듣고 웃어넘겼다. 그러면서 건넨 것은 한 켤레의 장갑이었다.

"선물해주신 고운 신 덕에 루스트룸의 축복을 듬뿍 받은 것 같아요. 그래서 저도 대단찮은 것이나마 감사의 의미로 선물을 준비했답니다. 검사분들이 끼시는 장갑이에요. 이 계절이 지나 조금씩 쌀쌀해지면 꼭 착용하고 다니세요."

프란츠는 손에 들린 장갑을 잠시 바라보다가 힘을 주어 꼭 움켜쥐었다. 여러 색의 실로 두툼하게 짠 장갑에서 은은한 온기가 전해져왔다. 다시 입을 여는 그의 목소리는 조금씩 떨리고 있었다.

"감사……합니다. 그럼 세레나 님께서도 꼭 호위 기사로 절 써주셔야 합니다?"

"자꾸 호위 기사 말씀을 하시네요. 만약 정말로 그런 날이 온다면, 그때는 잘 부탁드릴게요."

세레나는 웃는 얼굴로 인사를 마치고 종종걸음으로 사라졌다.

프란츠는 그대로 서서 그 뒷모습을 바라보았다. 그녀가 완전히 보이지 않게 된 뒤에도 좀처럼 자리를 뜨지 못하던 프란츠가 갑자기 텅 빈 복도 어딘가에 대고 외쳤다.

"정말 죄송했습니다! 사람의 마음이란 게 어쩔 수 없는 거잖아요? 실력 좋은 제가 세레나 님을 지켜드리면 각하께서도 안심하실 거면서."

......

돌아오는 답은 없었지만 프란츠는 허공을 향해 경례를 했다. 그리고 선물받은 장갑을 주섬주섬 챙겨 숙소로 걸음을 옮겼다. 숙소로 돌아가는 프란츠의 얼굴은 여느 때보다도 밝고 환하게 빛나고 있었다.

그날 저녁, 공작은 유난히 기분이 좋아 보였다. 한 번 보기도 힘든 귀한 웃음을 남발하며 평소 식사량의 배를 먹어치운 그가 입가심의 차를 들며 재차 싱긋 웃는다. 무슨 좋은 일이라도 있으신가, 세레나는 유벨에게 꿀을 탄 우유를 준비해주다 말고 공작 쪽을 힐끗 보았다.

"오늘도 차 맛이 좋군."

공작이 늘 하는 짧은 치사의 말과 함께 찻잔을 내려놓더니 느닷없이 묘한 제안을 하나 했다.

"세레나, 내일 피크닉을 가지 않겠나?"

뜬금없는 그의 피크닉 타령에 식당의 모든 사람들이 하던 일을 멈추고 멍청히 공작을 쳐다봤다. 피크닉이 뭔지 몰라서 본다고 여겼는지 그는 친히 설명까지 덧붙여주었다.

"아, 피크닉이라는 건 한량 귀족들이나 레이디들이 주로 하는 사교 활동이야. 햇볕 좋은 날 간식을 싸들고 경치 좋은 장소에 가 시간을 보내는 거라는군. 이렇게 말하는 나도 실은 아직 가본 적이 없으니 이번 기회에 셋이 함께 다녀오면 좋을 것 같은데."

피이크니익? 저 인간의 입에서 지금 '피크닉'이라는 단어가 나온 거야? 공작의 호위 기사 유스포프와 유벨의 호위 기사 비토리오의 입이

쩍 벌어졌다. 호위 기사 따위는 필요하지도 않은, 아니, 자신들 따위는 손가락 하나로 찜 쪄 먹을 저 '전장의 살인귀'가 피크닉이라니. 그런 말랑말랑한 단어가 공작의 입에서 나오게 할 수 있는 여자란…… 정말 요물인 존재다. 하아, 너무 크게 입을 벌렸더니 턱이 빠진 것만 같다. 고통스러워하는 호위 기사들과 시중인들 사이로 유벨이 손을 들며 질문했다.

"삼촌, 저는 수업이 있는데요."

"아아, 하루 정도는 빠져도 괜찮다. 가정교사에게는 미리 연락해놓도록 하마."

전에 없이 너그러워진 삼촌의 말에 유벨이 발끈했다.

"이럴 수가! 개인 사정으로 수업을 빠져선 안 된다고 누차 얘기했던 건 삼촌이잖아요. 아파도 수업에 내보내고, 심지어 수업 때문에 축제 구경조차 제대로 시켜주지 않으시고선."

내가 그리했었나? 공작이 이마를 긁적였다.

"네가 정 수업에 가고 싶다면야……."

"아니요! 그런 뜻으로 한 얘기는 결코 아니었고요. 피크닉? 당연히 좋지요. 이왕에 가는 거니 아주 먼 곳까지 다녀오고 싶네요. 아, 그럼 바깥에서 먹을 도시락은 세레나가 준비해 오는 건가?"

펄쩍 뛰며 애꿎은 자신에게 화살을 돌리는 유벨에게 세레나가 얼떨결에 답했다.

"아, 예……."

"참고로 난 게살 샌드위치와 감자 크로켓을 좋아해. 아! 양파는 싫어하니까 잘게 다져서 조금씩만 넣어줘. 부탁할게."

세레나는 유벨의 조곤조곤한 요구에 귀를 기울이며 황망한 표정을 애써 감췄다. 세상에, 도시락이라니? 요리라는 건 태어나서 단 한 번도 해본 적이 없었다. 칼과 불을 동시에 사용하는 요리는 레이디의 덕목이 아니었으니까. 바네사의 집에 머물 때에도 재료 준비를 좀 도왔을 뿐, 실제로 요리를 한 사람은 어린 레니였다. 그래도 이미 대답해버린 것을 다시 무를 순 없다. 게다가 말을 들은 공작까지도 제법 기대하는 눈치였다.

"세레나, 그대의 요리라. 과연 어떤 맛일지…… 궁금하군."

공작의 다정다감한 미소를 보며 차마 도시락은 헬렌에게 부탁하면 안 되느냐는 망극한 말은 할 수 없었다. 그녀는 얼떨결에 기대하라는 말까지 했다.

그날 밤 내내 세레나는 깊은 고민에 빠졌다. 어쩌지? 어떡하면 좋지? 내일 오후면 당장 피크닉 바구니에 먹을 것을 가득 채워 가야 한다. 누구라도 붙잡고 이 도시락이라는 것이 대체 무언지, 어떻게 싸면 되는 건지 물어보고 싶다. 주방장인 헬렌은 공작의 식사를 준비하느라 늘 바빴다. 잘못 찾아갔다가는 그대로 붙잡혀 또 하루 종일 공작을 위한 하루 식단을 함께 짜야 할 것이다. 그렇다고 시녀장인 로안느에게 이런 사소한 것까지 물어보는 것도 민폐였다.

'고급 식재료를 맛보고 어느 지방의 무엇인지 맞히는 거라면 잘할 수 있는데, 요리라니…….'

세레나는 아쉬워했다.

일단은 시작해보자. 여러 번 같은 음식을 만들다 보면 나름대로의 노하우가 생기리라. 밤을 새워서라도 조리법을 터득하기로 마음먹은 그녀는 부엌을 잠시 빌렸다. 그리고 유벨이 말한 샌드위치와 크로켓을 나름대로의 방식으로 만들어 방으로 가지고 왔다.

"마왕, 이것 좀 먹어봐."

"야옹? ……야옹!"

꼬리를 살랑거리며 꿈나라로 향하던 고양이의 앞에 다 뭉개져 내용물이 무지개 색으로 흘러나오는 샌드위치와 새카맣게 탄 정체 모를 덩어리 하나가 놓였다. 멍하니 접시를 바라보던 고양이는 필사적으로 고개를 흔들며 거부의 표시를 했다. 계속 애처로운 눈으로 바라보자 아예 얼굴까지 휙 돌려버렸다.

한숨을 쉰 세레나는 결국 자신의 손으로 샌드위치를 들었다.

"신선한 재료로 갓 만든 건데. 정 그러면 내가 먼저 먹어볼게."

세레나가 샌드위치를 한입 베어 물었다. 사각사각 씹히는 재료의 맛이 꽤 신선하다. 요리사가 한 것처럼 맛있지는 않지만 분명 처음치고 나쁘지 않은 맛이었다. 자신감을 얻은 세레나는 한 번 더 고양이에게 권유했다.

"먹을 만한데? 정말이야. 딱 한입만 먹어봐."

내가 너무 겁을 먹었나? 하긴, 세레나 저것이 손이 야무져서 뭐든 금방 배우고 잘하긴 하지. 옆을 보고 누웠던 고양이가 다시 접시로 조심조심 다가갔다.

새카만 크로켓을 발로 몇 번 툭툭 건드리다 한 조각 작게 떼어 먹은 고양이는…… 그 자리에 천천히 쓰러졌다.

"마왕! 정신 차려, 마왕!"

"야나음나냐……."

세레나가 고양이를 잡고 흔들었으나 몽롱해진 고양이의 눈빛은 쉽게 돌아오지 않았다.

"역시 혼자서는 안 되겠다……."

다음 날 아침, 유벨을 검술 수련에 보낸 세레나는 로안느를 찾아갔다. 로안느는 시녀들에게 둘러싸여 바쁘게 무언가를 지시 중이었지만 그녀를 발견하자 반색하며 기쁘게 맞아주었다.

"세레나, 아침부터 무슨 일이니?"

"긴히 부탁드리고 싶은 일이 있어 왔어요."

"뭔데? 말해보렴."

주변의 시녀들을 흘낏 본 세레나가 멋쩍어하며 물었다.

"혹시…… 피크닉 도시락에 넣을 샌드위치 만드는 법을 알려주실 수 있으세요?"

"응?"

피크닉? 도시락? 세레나의 말에서 나온 키워드를 조합하는 로안느의 머리가 핑글핑글 돌아갔다. 무도회가 끝나고 함께 사라진 두 사람에 대한 사람들의 관심은 현재 최고조에 이른 상태였다. 그러나 봉작이 가까워 보이는 세레나나 공작에게 가서 무엇이 어떻게 되었냐며 캐물을 수 있는 사람은 아무도 없었다. 역시 이럴 땐 시녀장인 자신이 나서야 한다. 궁금증으로 숨이 넘어가기 일보 직전인 공작성의 모든 사람들을 위해 로안느는 기꺼이 한 몸 희생해 진실을 파헤칠 각오가 되어 있었다.

"그 정도야 당연히 알려줄 수 있지, 주인님과 도련님의 식성을 모두 파악하고 있으니. 잠시만 기다려라."

로안느는 아직 남은 업무 지시를 초인적인 속도로 해치우기 시작했다.

"에이리, 새로 주문한 거위 털 침구 세트가 제대로 들어왔는지 주문서와 대조해 개수와 품질을 확인해. 라나, 이번에 들어온 옷감의 질이 저번보다 떨어진다. 가서 해당 상단을 확인하고 불량품은 반품 요청해. 거절 시 한동안 그곳과는 거래를 끊도록. 그리고 너, 정원사장 벤에게 가서 가을에 꾸밀 정원의 조감도와 계획서를 이번 주 마지막 날까지 꼭! 제출하라고 전해라."

준비한 말을 속사포처럼 쏟아낸 로안느는 대답도 채 듣지 않은 채 몸을 돌렸다.

"어서 가자꾸나."

"세레나! 나도 도와줄게. 사실 요리는 로안느 님보다 내가 더 낫단다."

"사라, 자네……."

어디선가 홀연히 나타난 하녀장 사라도 차려진 판에 얼른 끼었다.

성의 실력자 둘이 부엌에 도착하자 소식을 들은 헬렌이 금방 달려나왔다.

"로안느와 사라잖아. 바쁜 사람들이 여기까지 웬일이야? 어라, 세레나까지?"

"헬렌, 화덕을 하나만 빌리자."

"우리가 지금 좀 급해. 빨리."

"화덕이야 내줄 수 있지만…… 설마 요리사로 전업이라도 할 참이야? 갑자기 화덕은 왜?"

머리 회전이 빠른 로안느는 도시락 이야기가 나오는 순간, 천생 요리사인 헬렌이 자신들을 제치고 세레나를 도와줄 거라는 사실을 알았다. 그래서 짐짓 이유를 말하지 않고 얼버무렸다.

"허구한 날 시녀 아이들을 쫓아다니며 지시만 하려니 좀이 쑤셔서. 먹을 만한 걸 좀 만들어보려고."

"후후, 너희들도 요리의 재미를 알았구나. 이쪽의 화덕을 써. 재료도 얼마든지 갖다 사용하라고."

헬렌이 인심 좋게 자리를 내주었다. 주방장을 쫓아낸 두 여인은 현란한 솜씨로 피크닉 요리 시범을 보였다. 물론 세레나는 그것의 반의반도 따라 할 수 없었지만 어쨌든 바로 옆에서 보면서 그런대로 모양을 낼 수 있었다.

몇 가지의 요리가 완성되었고, 세레나는 그것들을 도시락 함에 고이 넣었다. 그사이 손이 빠른 사라가 바구니를 가져와 간식으로 먹을 쿠키와 말린 과일, 찻주전자까지 꼭꼭 챙겨 담아주었다.

"두 분 다 정말 감사해요. 혼자서 어떻게 해야 할지 눈앞이 깜깜했는데……."

"홍홍, 별것도 아닌 것을. 아니지, 그렇게 고맙다면 마땅히 답례를 해야겠지?"

"그럼, 그럼. 호랑이는 죽어서 가죽을 남기지만, 사람은 은혜를 입었으면 답례를 하는 거야."

그런 말이 있었나? 어쩐지 처음 들어보는 말 같은데. 세레나가 잠깐 멈칫한 사이 로안느와 사라가 양쪽으로 다가와서는 세레나의 팔짱을 끼었다.

"일단 방으로 가서 차근차근, 전부 얘기하도록 하자."

팔짱으로 하나가 된 세 사람은 세레나의 방으로 갔다. 방에는 뜻밖에 먼저 왔다 간 사람이 있었다. 텅 빈 응접실 한편에 쌓여 있는 한 무더기의 상자에 그녀들은 말을 잃었다.

"세상에……. 로안느 님, 저 상자들에 새겨진 서명이 설마 구두 장인 아르펠의 것은 아니겠죠? 한 켤레 주문하기 위해선 몇 개월을 기다려야 한다는 그 유명한……."

비명처럼 들리는 사라의 말에 세레나가 상자를 하나 열어보았다. 안에 든 것은 윤기가 반지르르 흐르는 악어가죽 구두였다. 그 옆의 상자를 열자 이번엔 앙증맞은 리본이 달린 댄스 슈즈가 나왔다.

'설마…… 이 수십 개의 상자들이 다 구두는 아니겠지?'

세레나가 질린 표정으로 상자들을 보았고, 로안느는 흐뭇한 표정으로 연신 고개를 주억거렸다.

"안 물어봐도 답을 알 것 같긴 하다만, 그래도 하나만 물어보자꾸나. 무도회가 있던 날 밤, 주인님과 대체 무얼 한 거니?"

역시 소문이 났구나. 세레나는 속으로 한숨을 쉬었다. 안 그래도 요 며칠 주변의 시선이 유난히 따갑다 했다. 그래도 공연히 있었던 일을 없는 것처럼 숨기거나 감추고 싶은 생각은 없었다.

"무얼 하긴요. 그냥…… 이야기를 했지요."

"그래서? 그 이야기의 결론이 뭔데?"

"설마…… 너를 대뜸 남작 부인으로 임명하시겠다든? 제아무리 주인님이라도 평민에게 그런 작위를 단숨에 내리시긴 어려울 텐데!"

대뜸 봉작 문제부터 파고드는 사라에게 세레나는 손을 저었다.

"아니요. 그런 이야기도, 그럴 만한 일도 전혀 하지 않았어요. 저흰 그저, 두 사람이 같은 마음이라는 걸 확인했을 뿐이에요."

"어쨌든 마음이 이루어진 거네? 주인님과 너…… 잘된 거지?"

"하하…… 네. 그렇게 되었어요."

갑자기 눈물이 그렁그렁해진 사라가 로안느를 불렀다.

"로안느 님!"

"그래, 사라. 우리가…… 이겼다."

감격에 겨운 두 사람이 서로를 얼싸안고 외쳤다.

"금화가 무려 스물다섯 닢!"

"어흑! 내 은화 한 주머니!"

외출복 차림의 공작이 새 구두를 신고 나온 세레나를 모르는 척 훑어보았다.

"왔나."

"각하."

스윽, 손에 들린 바구니를 공작이 가져갔다. 세레나는 시치미를 떼고 있는 그를 팔꿈치로 살짝 찔렀다.

"무슨 구두를 그리 많이 보내셨어요?"

공작은 괜스레 다른 곳을 쳐다보며 중얼거렸다.

"……내 실수야. 여자들에게 드레스 말고도 필요한 게 그렇게 많은지 미처 몰랐다. 앞으로는 다른 사람이 준 것 말고 내가 선물한 구두를 신도록 해. 장신구와 화장품도 곧 도착할 거다."

"설마…… 후후후."

그때 프란츠 님의 구두를 받은 것 때문에 그런가, 귀여운 연인의 질투에 세레나는 그만 웃음을 터뜨리고 말았다. 그날 공작이 시퍼렇게 눈을 뜨는 앞에서 구두 선물을 받는 것이 자신도 마음에 걸리긴 했다. 유벨이 무슨 일인가 싶어 두 사람을 번갈아 쳐다보자, 민망해진 공작이 서둘러 길을 재촉했다.

"이러다 점심때가 다 지나겠군. 얼른 출발하지."

공작과 유벨, 세레나는 성 뒤편에 있는 산에 올랐다. 인적은 드물었지만 길이 새것처럼 잘 다져져 있어 오르기가 크게 어렵진 않았다.

오래 지나지 않아 세 사람은 산 중턱의 큰 바위에 도착했다. 야생 장미가 울긋불긋 화려하게 피어 있는 그곳에 서자 트라이히의 중심지, 중앙 광장이 한눈에 내려다보였다.

세레나의 입에서 절로 탄성이 새어나왔다.

"아아, 정말 아름다워요."

"제법 볼 만하지 않은가? 실은 그날 밤, 온실 대신 데려오고 싶던 장소가 이곳이었지."

"……그랬군요."

"세레나……."

서로를 그윽하게 바라보는 두 사람 사이에서 유벨이 참지 못하고 투덜거렸다.

"어휴…… 삼촌, 부디 제가 있다는 걸 잊지 말아주세요."

세 사람은 한동안 내려다보이는 풍경을 구경하고, 주변의 꽃들을 감상하기도 했다. 오랜만에 바깥으로 나와서일까, 금세 배가 출출해져왔다.

"그럼 이제 세레나의 도시락을 먹어볼까."

"부족한 솜씨지만…… 부디 맛있게 들어주시면 좋겠네요."

세레나가 쑥스러워하며 바구니에서 문양이 그려진 도시락 함을 하나 꺼냈다. 한가운데에는 재료를 각기 다르게 한 색색의 샌드위치가, 그 주위에는 노르스름하게 튀긴 크로켓과 주먹밥 등이 담겨 있었다. 유벨은 좋아하는 게살 샌드위치를 집어 얼른 한입 물었다. 순간, 유벨의 하얀 얼굴이 소태를 씹은 것처럼 검게 변했지만 이제 갓 연애를 시작한 세레나와 공작은 그 사실을 곧바로 눈치 채지 못했다.

"……맛있는데."

"정말요? 다행이다."

"아침부터 준비하느라 고생했겠어. 재료도 신선하고 맛이 아주 좋군."

"혼자서 다 한 것은 아니고, 로안느 님과 사라 님께서도 많이 도와주셨어요."

서로의 공을 치하하며 화기애애한 담소가 오고가는 가운데 유벨은 혼자서 연신 고개를 갸웃거렸다.

"빵은 퍼석하고…… 소스는 어디다 뿌렸는지 순전히 야채 씹히는 맛밖에 안 나는데요."

냉정한 평가를 내린 유벨이 이번엔 크로켓을 입에 넣었다. 그리고 입안 가득한 크로켓을 씹지도, 그렇다고 삼키지도 못한 상태로 웅얼거렸다.

"윽, 으깬 감자가 설익었어. 기름기도 덜 빠져서 느끼하잖아."

"유벨 님……."

연이은 혹평에 세레나가 눈을 감았다. 어린아이는 음식으로 거짓말을 하지 않는다. 생각해보니 눈앞의 두 사람은 최고의 조리장이 만든 음식만 먹어온 공작가의 사람들이었다. 이들의 입맛에 초심자인 자신이 맞출 수 있다는 자신감은 대체 어디서 나온 것이었는지. 세레나의 어깨가 힘을 잃고 처지는 것을 본 공작이 애써 그녀의 편을 들어주었다.

"나는 충분히 맛이 있는데. 마음 쓰지 마. 어디까지나 사람마다 입맛은 다른 법이니까. 유벨? 남은 건 이리 다오."

공작은 숨도 쉬지 않고 접시들을 깨끗이 비웠다. 식사가 끝나고 곧이어 티타임이 이어졌다. 세레나가 보온 마법이 걸린 찻주전자를 사용해 향긋한 차를 우려냈다. 눈을 감고 차를 한 모금 마신 공작이 후식으로 함께 나온 쿠키 앞에서 잠시 머뭇거렸다. 그리고 몹시 조심스러운 손길로 입으로 가져갔다.

와삭, 공작은 속으로 안도의 한숨을 내쉬었다. 쿠키는 조리장이 구운 것이었다. 공작과 유벨은 앞서거니 뒤서거니 하며 쿠키와 말린 과일을 해치웠다.

세레나가 바구니를 정리하는 동안, 두 사람은 깔아놓은 매트가 아닌

풀밭에 드러누웠다. 하늘을 올려다보자 오늘따라 구름 한 점 없는 하늘은 유리구슬처럼 파랗기만 하다. 금방 하늘에서 관심이 사라진 유벨이 등에 흙먼지를 묻히고 데굴데굴 구르며 장난을 쳤다. 잠자코 그 모습을 지켜보던 공작이 불쑥 물었다.

"오늘 재미있었니?"

"네, 삼촌. 무척이나요!"

신이 나 대답하는 유벨의 목소리는 평소보다 배는 크고 높았다.

"이렇게 가까이 있는데도 뒷산까지 올라와본 건 처음이에요. 피크닉이라는 거, 꽤 괜찮은 활동 같아요. 앞으로도 종종 셋이서 함께 나왔으면 좋겠어요."

"그러자꾸나. 이렇게 오늘 나온 것은…… 네게도 따로 할 말이 있어서다."

공작이 고개를 돌려 세레나 쪽을 흘낏 보았다.

"유벨, 세레나를 좋아하지?"

유벨은 망설이지 않고 대답했다.

"그럼요. 세레나는 제가 믿을 수 있는 몇 안 되는 사람 중 한 명인걸요."

"그래. 그런 세레나를 삼촌도 좋아한단다. 그녀 역시 삼촌과 널 몹시 좋아하지. 그래서 우리는…… 겨울이 되기 전, 진짜 가족이 될 거란다."

흙바닥을 뒹굴던 유벨이 불현듯 움직임을 멈췄다.

"역시 삼촌은 세레나를…… 세상에……. 좋아요, 좋아! 난 찬성! 세레나!"

신이 난 유벨이 자리에서 벌떡 일어나 세레나에게 달려갔다. 체중을 실어 안겨오는 소년을 세레나가 영문도 모른 채 안아주었고, 그런 두 사람의 모습을 지켜보는 공작은 흐뭇한 미소를 지었다. 구름 위를 걷는 듯 더할 나위 없이 포근한 시간이었다.

산을 내려가는 건 올라올 때보다 훨씬 수월했다. 기분이 좋아진 유벨은 손으로 검을 휘두르는 흉내를 내며 촐랑거렸다. 유벨의 검식을 유심히 보던 공작이 말했다.

"해가 지기 전에 내려가면 함께 연무장에 가자꾸나. 자세를 좀 봐주마."

"우와, 정말이세요? 제대로 검을 쓸 수 있을 때까지는 꿈도 꾸지 말라고 하셔놓고선."

넉넉해진 삼촌의 마음 씀씀이에 유벨이 뛸 듯이 기뻐했다. 오늘의 나들이는 경치도, 함께한 사람도 모두 완벽하다. 딱 하나, 도시락만 빼놓고. 유벨은 들릴락 말락 한 목소리로 중얼거렸다.

"오늘 삼촌은 좀 이상해요. 하지만…… 바뀐 지금의 모습이 저는 더 좋네요."

공작이 얘기한 대로 세 사람은 노을이 지기 전에 성문에 도착했다. 공터에 지어진 연무장으로 발걸음을 옮기던 그들은 어디선가 많이 본 익숙한 얼굴을 발견했다. 바로 친족회의 수장인 아르만드 백작과 까맣게 모여 있는 그의 사병들이었다.

아르만드라. 공작이 미간을 찌푸렸다. 성에는 왜 온 거지? 솔즈베린지 라즈베린지 하는 여자를 치운 뒤로는 한동안 찌그러져 있을 줄 알

447

앉는데. 기사단을 끌고 찾아가겠다고 엄포까지 놓았으니 영지 문을 걸어 잠그고 벌벌 떨고 있어야 정상이었다. 설마…… 죽고 싶어서 작정을 한 것인가?

"이렇게 금방 보게 될 줄은 몰랐는데…… 스스로 잘못이라도 빌러 오신 건가?"

"자네, 여전히 예의가 없구만."

공작의 흉흉한 눈빛에도 아르만드 백작은 기가 죽지 않았다. 아니. 오늘 같은 날, 기가 죽을 리가 만무하다. 백작이 유벨의 손을 잡고 있는 시녀를 발견하고는 비릿한 미소를 지었다. 여전히 주렁주렁 달고 다니는구나. 놈, 그 자신만만한 얼굴도 이제 끝이다.

백작은 스스로 낼 수 있는 가장 기품 있고 점잖은 목소리로 입을 열었다.

"나는…… 공작성의 마녀를 체포하러 왔다네."

"마녀라? 그 무슨 말도 안 되는."

공작이 기가 차다는 듯 피식 웃고는 아르만드 백작을 무시하고 그대로 지나치려 했다. 그러나 그 몸짓은 곧 백작에 의해 가로막혔다. 공작이 노려보자 백작이 덤덤하게 대꾸했다.

"그래. 말도 안 되는 말이 지금 공작성에서 일어났다네. 정확하게는 자네가 직접 채용한 시녀에 의해."

고개를 돌려 세레나에게 눈길을 준 백작은 병사들에게 외쳤다.

"여봐라, 눈앞의 검은 마녀를 당장 체포해라."

말이 떨어지기가 무섭게 병사들이 우르르 몰려가 세레나를 에워쌌다. 당황한 얼굴을 하고 있는 지나치게 아름다운 시녀. 그녀의 머리는 강하게 내리쬐는 석양에도 불구하고 칠흑같이 검었다. 백작은 흐뭇하게 웃었다. 햇빛을 투과하지 않는 검은 머리는 마녀를 구분하는 제일 첫 번째 조건. 투서의 내용은 역시 사실이었다.

영지로 돌아간 백작은 언제 공작이 찾아올지 모른다는 생각에 잠 못 이루는 나날을 보내고 있었다. 공작의 직속 기사단인 프뤼나 나이트들은 한 명 한 명이 일개 대대를 감당하는 용사들이다. 거기에 '전장의 살인귀'까지 더해지면 그동안 금이야 옥이야 가꿔왔던 영지가 쑥대밭이 되는 건 순식간일 터. '그' 투서를 받지 않았다면 아마 지금까지도 성문을 잠근 채 벌벌 떨고 있었으리라.

신원을 밝히지 않은 투서는 고급 양피지에 몹시 훌륭한 필체를 사용하고 있었다. 그 내용 역시 오목조목 논리 정연해 제법 신빙성이 있었으나, 백작은 혹시 몰라 공작성에 심어두었던 수족을 시켜 투서의 내용을 재차 확인토록 했다. 그 결과, 긴가민가했던 시녀의 정체를 확신할 수 있게 되었다.

시녀 세레나는, 틀림없는 마녀다.

"세레나라는 시녀가 마녀라는 내용의 투서가 접수되었소. 투서 내용을 입증할 만한 증거 역시 발견되었고. 이제 곧 재판이 열릴 것이오. 재판 결과, 사실임이 판명된다면 그 즉시 마녀의 처형을 집행하고 공작 당신에게도 영지와 가문의 후계자에게 치명적인 위험을 야기한 책임을 친족회를 대표해 묻겠소."

어이가 없으면 화도 나지 않는다는 말이 이런 뜻이었나. 기가 찬 나머지 헛웃음만 흘리던 공작은 무장을 한 병사들이 세레나를 잡으려 하자 참지 못하고 허리에 차고 있던 검을 뽑았다.

"감히 누구에게 손을 대는 것이냐!"

공작이 검집에서 검을 뽑아드는 순간, 순식간에 주변의 공기가 변했다. 우우웅. 검집부터 검 날까지 온통 새카만 묵검은 마치 살아 있는 생물처럼 울부짖었다. 그리고 곧 보게 될 피를 기대라도 하듯 요사스러운 빛을 발했다. 무력을 개방한 공작의 남빛 머리칼이 기의 여파로 허공에서 춤을 추자, 위협적인 살기가 그들이 서 있는 공간을 가득 채웠다. 공작이 으르렁거리듯 중얼거렸다.

"모두…… 죽고 싶으냐."

털썩. 압박을 견디지 못한 병사들이 하나둘씩 바닥에 주저앉았다. 아르만드 백작은 당황했다. 저 마녀가 공작의 총애를 받는다는 소문은 들어 알고 있다. 순순히 잡혀줄 거라는 생각은 하지 않았지만…… 이건 심했다. 병사들을 모두 죽일 셈인가. 백작이 답답해오는 가슴을 붙잡으며 떠듬떠듬 말을 이었다.

"공작……. 당신이 그렇게 떳떳하다면 저 여자에게 여신의 성수가 듣지 않는 것을 알고도 어째서 그 사실을 숨긴 것이오? 나를 죽여 입을 막아도 소용없소. 투서는 이미 신전 측에 접수되었고…… 내일이면 신전에서 파견된 마녀 심판관이 올 것이오. 정말 억울하다면 재판에서 진실의 여부를 확인하면 될 일이 아니오?"

"하, 재판이라……."

공간을 채우는 살기는 더욱 짙어졌다. 공작이 검을 쥔 채 천천히 백작에게 걸어갔다. 그 모습은 세레나가 단 한 번도 본 적 없는 낯선 것이었다. 개미 한 마리도 죽이지 못할 것처럼 곱고 하얗던 공작의 얼굴이 무표정하게 변했다. 반면에 늘 차분하게 가라앉아 있던 푸른 눈동자는 풍랑이 일어난 듯 요동쳤다.

한 걸음씩 뒤로 물러서던 백작이 털썩 바닥에 주저앉자, 공작은 주저 없이 검을 치켜들었다. 그런 그의 입꼬리는 살짝 올라가 있었다. 이 것은, 좋지 않다. 지금 막지 않는다면 틀림없이 후회할 일이 일어나고 말 것이다. 공작이 완전히 치켜든 검을 백작의 목을 향해 휘두르려는 순간, 세레나가 외쳤다.

"안 돼요, 각하. 멈추십시오!"

고요한 침묵이 흐른 뒤, 공작이 들고 있던 검을 천천히 내렸다. 그리고 세레나 쪽을 바라보았다. 공작은 마치 왜 그러느냐는 듯한 표정이었다. 일견 억울해 보이기까지 한 그에게 세레나는 고개를 가로저었다.

"그러지 마세요. 이게 어찌 된 영문인지는 잘 모르겠지만 저는 결백합니다. 그러니 순순히 백작께서 말씀하신 재판을 받겠습니다."

무엇을 감추고 싶어서일까, 공작이 검을 들지 않은 손으로 자신의 얼굴을 가렸다. 잠시 후 손을 내린 공작의 눈동자 속 격정은 호수처럼 잔잔하게 가라앉아 있었다. 그러나 그의 한쪽 손에는 여전히 검이 들린 채였다.

"그대는…… 재판이 어떤 것인지 아는가? 그대는 모른다. 재판이란 것이 얼마나 왜곡되어 있으며, 철저하게 기득권을 위해 만들어진 것인지. 저놈은 분명 없던 증거도 날조해서 그대를 궁지에 몰려 할 것이다. 제대로 해명을 할 시간조차 주지 않을 것이다. 나는…… 결코 그런 곳에 그대를 보낼 수 없다."

"제게는 성의 주인이신 각하가 계십니다. 날조된 증거가 있다면 철저히 밝혀내주실 것이고, 누명이라면 벗겨주실 것이 아닙니까? 저는 제 자신을, 그리고 각하를…… 믿습니다."

세레나가 활짝 웃어 보이고는, 힘의 여파가 휩쓸고 간 아수라장을 걸어 아직도 바닥에서 일어나지 못하는 백작의 앞까지 갔다. 그리고 한 치의 망설임 없이 입을 열었다.

"백작님, 부디 저를 원하는 곳으로 데려가시지요."

세레나는 성 지하의 감옥으로 이송되었다. 감옥이라는 말에 공작은 또다시 분노했지만, 특별 취급을 바라지 않는다는 그녀를 이기지 못하고 애써 화를 눌러야 했다. 길고 어두운 복도를 지나 안내된 곳은 자그마한 독방이었다. 감방이라고 해서 내심 걱정했지만, 벽과 바닥이 차가운 돌바닥이라는 사실만 빼고는 외성의 여느 하녀의 숙소와 다르지 않았다. 천장에는 희미하지만 작은 등도 하나 달려 있었다. 안심하고 안으로 들어가려는 세레나를 공작이 가로막았다.

"……돌아가자. 이런 곳에 그대를 둘 수는 없어."

감방을 둘러보는 공작의 아름다운 얼굴은 딱딱하게 굳어 있었다. 세레나는 이번에도 고개를 가로저었다.

"고작 하룻밤일 뿐입니다. 내일 아침이 밝으면 끝날 일이니 마음 쓰지 마셔요."

"방으로 돌아가는 것은 허가할 수 없네. 이것은 어디까지나 원칙에 의해……!"

"닥쳐라!"

상황 파악 못 하는 아르만드 백작의 참견에 공작이 거세게 발을 굴렀다. 쿵 소리와 함께 복도에 줄줄이 이어진 철창들이 일시에 와들와들 흔들렸다. 위협적인 소리에 놀란 백작이 입을 다물자, 그 모습을 잠시 노려보던 공작이 다시 세레나에게 물었다.

"이제 곧 사람이 내려와 원래 쓰던 침구와 의복, 세면도구 등을 가져다줄 것이야. 그 밖에 다른 필요한 것은 없나?"

"괜찮습니다. 아, 그럼…… 방에서 제가 기르는 고양이를 여기로 데려와주시겠어요? 아마 하루 종일 제가 보이지 않아 걱정하고 있을 것 같네요."

"흥, 마녀의 심부름꾼인 검은 고양이 말이로군."

"……."

공작은 울컥, 목에서 무언가 치미는 것을 느꼈다. 더 이상 이자의 개소리를 들어줄 수가 없다. 공작은 백작의 멱살을 틀어쥔 채 그대로 아까 내려왔던 계단을 다시 올랐다. 컥, 컥 하는 소리가 몇 번 들려왔지만 그는 털끝만큼도 신경 쓰지 않았다.

계단을 다 올라 중문을 열자 코를 통해 찬 공기가 밀려들어왔다. 바깥으로 나온 것이다. 세레나는 아직도 퀴퀴한 지하 암실에 갇혀 있건만 자신과 저 돼지는 이렇게 나와서 신선한 공기나 쐬고 있다니.

다시 화가 치밀어 오른 공작은 백작을 대리석 바닥에 그대로 내동댕이쳤다. 백작의 목을 발로 밟고 지그시 누르며 공작이 차갑게 읊조렸다.

"너는…… 네 목숨이 여러 개라도 된다고 여기는 모양이다. 혹 친족회의 수장이라는 같잖은 감투를 믿는 거라면 똑똑히 알려주마. 재판의 결과가 어떻게 나오든 상관없다. 내일이 지나면 신께 맹세코, 너는 네 목숨보다 아끼는 모든 것을 잃게 될 것이다. 북령의 지배자이자 가문의 모든 권한을 가지고 있는 나, 발루아 공작에 의해서 말이다."

눈앞에서 세레나가 감옥으로 끌려가는 광경을 지켜본 유벨은 울고 불고 난리도 아니었다. 감옥에 따라 들어가려는 것을 주변의 만류로 겨우 그만둔 유벨은 지쳐 혼절하기 직전까지 세레나를 살려달라고 삼촌에게 빌었다. 성에 상주하는 주치의가 웬일인지 보이지 않아 그 밑의 수련의가 유벨에게 수면제를 처방하는 것을 공작이 복잡한 얼굴로 바라보았다. 꾸벅 인사를 한 수련의가 방을 떠나고 유벨이 잠에 들자, 공작은 집사를 불렀다.

"아구아도, 꼭 재판을 받아야 하나. 다른 방법은 정녕 없는 것인가."

"신관이 오기 힘든 변방의 경우 여타의 시험으로 마녀를 구별하기도 합니다만, 그것이 영……."

아구아도가 난처한 얼굴로 말끝을 흐리자 공작이 다그쳤다.

"어서 말해보라."

"몇 가지가 있습니다만 대표적으로 두 발에 돌을 매달고 물에 넣어 수면 위로 몸이 떠오르는지를 보는 방법, 양손바닥과 발바닥 중앙에 동시에 못을 박아 피가 나지 않는지 확인하는 방법, 장작을 쌓아 산 채로 불에 태워 다시 되살아나는지를 보는 방법 등이……."

"……되었다. 어떻게 해도 목숨을 보전하기 힘든 방법뿐이군."

"송구합니다."

고개를 들지 못하는 아구아도를 내버려둔 채 공작은 복도로 나왔다. 가슴속 답답함을 감출 수가 없었다. 오후까지만 해도 세레나의 도시락을 먹으며 구름 위를 걷는 듯했는데, 갑자기 하늘에서 땅으로 곤두박질친 기분이다.

마녀라. 공작은 자신이 아는 마녀에 대한 지식을 모두 떠올려봤다. 핏줄에서 핏줄로 이어지는 마녀는 일반적인 마법사처럼 긴 세월에 걸친 수련 없이도 스스로의 한계를 뛰어넘은 거대한 힘, 또는 자연을 조종하는 힘을 가질 수 있다. 달을 숭상하고 밤을 찬양하며 때로는 마계의 악마와 계약을 해 그들의 힘을 대신 끌어다 쓰기도 한다.

마녀들은 시시때때로 모습을 바꾸어가며 언제 어느 시대에든 존재해왔다. 그런 그들을 구별하는 가장 확실한 방법은 사제의 신성력이다. 몸 안에 약간의 신력을 흘려보내기라도 한다면, 가녀린 마녀의 심장은 그것을 견디지 못하고 그대로 멈춰버리고 말 것이니. 내일 있을 재판에는 신전에서 파견된 심판관이 온다고 했다. 거기까지 생각이 미친 공작은 별안간 2층 난간을 짚고 훌쩍 뛰어내렸다. 그리고 세레나가 있는 지하 감옥을 향해 미친 듯이 달리기 시작했다.

세레나는 눈앞을 가로막고 있는 쇠창살을 손으로 쓸어보았다. 손끝을 통해 느껴지는 싸늘함이 이곳이 감옥이라는 사실을 실감하게 했다. 그녀는 자조했다. 감옥이라니…… 나더러 마녀라니. 북령에서 있었던 일들은 온통 자신이 태어나서 처음 겪은 것들뿐이었지만, 감옥은 그 모든 경험들 중에서도 가히 종착역이라 할 만했다.

"마왕, 내가 왜 여기 갇혀 있는지 아니? 사람들이 나더러 마녀라 하더구나. 햇빛을 받아도 변하지 않는 검은 머리에, 포션이 듣지 않는 신체를 가진 건 마녀밖에 없다나. 내가 사악한 흑마법을 부려 공작과 그 후계자를 현혹시켰다나. 후후. 다들 정말 재미있는 소리들을 하고 있지 않니."

세레나가 묶고 있던 머리를 풀었다. 길고 검은 머리칼이 멋대로 바닥으로 흘러내렸지만 그녀는 여느 때처럼 다시 손으로 정돈하지 않았다. 그녀가 내뱉듯 말을 이어갔다. 그 말은 누군가에게 들으라고 한다기보다는 스스로에게 하는 것에 가까웠다.

"과거의 난 더 이상의 희생을 막는다는 일념 하에 왕국에 목숨을 바칠 것을 강요당했지. 하지만 생각해봐. 한 명의 희생으로 수만 명이 목숨을 구한다면, 그 한 명의 생명은 소리도 없이 스러지는 것이 당연한 거니? 그래도, 받아들였어. 나는…… 공주이니까. 모두의 모범이 되고 사랑과 존경을 받는, 그래서 그만큼의 의무를 짊어져야 하는 공주이니까."

온몸에 걸친 보석의 무게는 늘 세레나의 어깨를 무겁게 짓눌렀다. 선망의 눈빛으로 바라보는 사람들은 고맙지만 부담스러웠고, 석학들과의 대담은 긴장되고 어렵기만 했다. 그 삶을 받아들이고 마지막에 죽음까지 선택할 수 있었던 것은 태어났을 때부터 주입받은 왕족으로서의 명예와 책임감, 그것 하나 때문이었다.

"다시 깨어나고 새로운 삶을 시작해야 했을 때, 난 이제 겨우 그 의무들을 벗었다는 생각에 좋기만 했어. 네가 나타났을 때에도 놀라기보단 그럼 이름을 찾아주고 그럴듯한 소원을 찾아 이루어보자 단순하게 마음먹었지."

야옹.

"그런데 이번만큼은…… 도저히 참을 수가 없나 봐. 무시당하고 짓

밝혀 자존심 따위는 사라진 줄 알았는데, 아직도 그런 것들이 내 안에 남아 있었나 봐. 일곱 대신관의 축성을 받은 일국의 공주가 저주받은 혈통인 마녀로 의심받는 것에, 나는 지금 내 자신이 견딜 수 없이 부끄럽고, 화가 나."

세레나는 울지 않았다. 그러나 그녀의 목울대는 치솟는 감정을 억누르려는 것처럼 여러 번 오르락내리락했다. 고양이는 이불을 뒤집어쓴 채 묵묵히 그녀의 말을 듣고 있었다. 공작의 측근이 원래 쓰던 도톰한 침구를 가져다주긴 했지만 흐르는 방의 냉기를 모두 막기에는 역부족이었기 때문이다.

이 모든 사태의 원인 제공자가 자신이라는 생각이 들자 고양이는 좀 억울해졌다. 자신 역시 애꿎은 고향을 놔두고 이곳 인간계에서 300년째 떠돌고 있는 신세가 아닌가. 세레나가 마녀라고? 검은 로브 차림으로 광소를 흘리며 지팡이를 휘두르는 세레나를 떠올려본 고양이가 그만 에취, 재채기를 했다. 말도 되지 않는 소리였다. 왕가의 피에 얼마나 많은 축복과 끈적끈적한 신력이 깃들어 있는데. 심지어 그치들은 그 순혈을 유지하기 위해 근친혼까지 일삼지 않나. 저 애가 괜히 마법진에 자기 목숨을 바친 것이 아니었다.

물론 그놈의 마법진 때문에 일이 꼬여 심장에 내 마력이 깃들어버리긴 했지만…… 그 때문에 머리색도 변하긴 했지만…… 여신의 포션도 잘…… 안 듣긴 했지만, 그래도 마녀는 아니었다. 그것은 어디까지나 철저하게 타고나는 것이니까. 물론 강력한 마물의 피를 마셔 마녀가 되는 경우도 극히 드물게 있긴 하다. 그렇게 따지면 세레나도 마녀가 될 수 있는 건가? 어, 그럼 안 되는데. 고양이가 이불 속에서 발딱 일어

457

났다. 그때였다.

쿠르릉, 벽을 타고 어디서 무거운 것을 움직이는 소리가 희미하게 들려왔다. 세레나와 고양이는 동시에 소리가 난 벽을 바라보았다.

이윽고 벽의 일부가 뒤로 밀려나더니, 안에서 익숙한 사람이 튀어나왔다.

"각하?"

"세레나."

뿌연 먼지를 뒤집어쓰고 나온 것은 공작이었다.

"각하, 여긴 어떻게……."

"아까 인사하는 것을 잊어서 다시 왔지."

"그래서 이런 비밀 통로를 통해서 들어오셨군요. 늦은 시간까지 옷도 갈아입지 않으시고요……. 저녁은 드셨나요?"

"그대가 없는데 식사는 무슨 식사란 말이냐. 유벨도 수면제를 먹고 겨우 잠에 든 마당에."

공작은 감방을 휘휘 둘러보더니 한숨과 함께 한마디 툭 던졌다.

"벽을 타고 냉기가 줄줄 흐르는군. 좀 있다 발열마법이 걸린 옷과 침구를 받을 수 있도록 조치하지."

"감사합니다."

세레나는 사양하지 않았다. 안 그래도 하인이 가져다준 옷을 모두 껴입고 있는데도 조금씩 몸이 떨려오던 참이다.

"세레나…… 정말로 재판에 나갈 생각인가?"

"나가지 않고도 각하와 유벨 님의 곁에 머물 수 있는 다른 방법이 있나요?"

"……."

공작은 가슴이 아팠다. 위험을 무릅쓰고 재판에 임하려던 건 역시 자신과 유벨을 위한 것이던가.

"걱정 마. 그대의 남자가 이 성의 주인인데 무엇을 염려하는 거지? 재판에는 가지 않아도 된다. 내가 여기 들어온 것처럼 이 성에는 누구도 모르는 비밀 통로가 아주 많아. 그곳을 통해 잠시 몸을 숨기고 있다가 아티팩트나 약물 등으로 모습을 바꾸어 돌아오면 돼. 그대의 부재에 따른 모든 책임은 내가 질 테니 그대는 그저……."

"각하!"

세레나는 공작에게 처음으로 큰 소리를 냈다. 역시 그렇게 생각했었나. 눈앞의 이 사람마저도 자신을 의심했던 건가. 어쩔 수 없는 일이라고 생각하면서도 세레나의 얼굴은 마음의 고통에 일그러졌다.

459

"저는…… 저 역시 각하처럼 태어나자마자 신전의 세례를 받았습니다. 일곱 개 신전의 대신관이 돌아가면서 찾아와 축성도 베풀어주셨죠. 일곱 살이 되기 전 현자의 탑과 마탑을 찾아가 수호성과 수호정령의 의식까지 모두 치렀고요. 제 수호성은 시그너스이고 수호정령은 아리엘입니다."

기실 반쯤은 마녀의 피가 섞여 있으리라 여겼는데, 알고 보니 어디 이국의 숨겨진 공주이기라도 했단 말인가. 공작의 눈이 휘둥그레졌다. 일곱 개의 대신전은 아나이스 여신을 포함한 일곱 주신을 모시는 신전들을 지칭했다. 각 신전의 대신관으로부터 돌아가며 축성을 받는 것은 어지간한 일국의 왕자도 누리기 힘든 호사였다. 거기다 현자의 탑과 마탑의 의식이라니.

"마녀가 세례를 받을 수 있습니까? 축성을 받고 축문을 지어 바칠 수 있답니까? 각하, 제가 무엇을 숨기고 있는지 늘 궁금해하셨던 걸 압니다. 재판이 끝나면 모든 것을 말씀드리겠습니다. 그러니 당신께서도 저를 온전히 믿고 지켜봐주세요."

세레나의 당찬 대꾸에 그는 할 말을 잃었다. 자신을 바라보는 세레나의 눈동자는 맑고 투명하기만 했다. 부러질지언정 휘지 않는 고고한 절개가 흡사 고귀한 왕족을 보는 것 같다. 공작은 긴 한숨을 토해내며 말했다.

"그대를…… 믿는다. 좀 전의 말은, 그저 그대를 너무 심려한 나의 기우라 여겨다오. 그대가 바라는 대로 내일 재판에서 나는 밖으로 나서지 않고 뒤에서만 지켜보도록 하지. 대신 그대도 하나만 약속해주어. 위험한 일은 하지 않겠다고. 반드시 나의 곁으로 돌아오겠다고."

세레나는 대답 대신 고개를 끄덕였다. 그런 세레나의 어깨에 손을 올린 공작이 망설이다 그녀의 입술에 살짝 입을 맞추었다.

두 번째 입맞춤은 그리 달콤하지도, 로맨틱하지도 않았다. 그것은 위로의 마음을 나누는 하나의 안타까운 몸짓에 가까웠다. 이윽고 공작은 다시 벽의 틈을 통해 사라졌지만 건네받은 온기는 오랫동안 세레나의 입술 끝에 머물고 있었다.

세레나의 얼굴에 드리웠던 그늘은 어느새 말끔히 걷혀 있었다. 공작성의 도서관에서 찾은 책에서는 하나같이 자신을 '여신에게 버림받은 공주'라 지칭하고 있었다.

어쩌면 그 말이 맞는지도 모른다. 가족과 가진 신분을 모두 잃고 먼 타지에서 깨어난 건 '저주'라 불러도 달리 틀린 말은 아니니까.

그러나 세레나는 믿었다. 내려진 저주를 축복으로도 바꿀 수도 있는 것이 사람이 가진 마음의 힘이라고. 운명을 내려주는 것은 신이지만 결국 최종적으로 자신의 운명을 개척해가는 것은 바로 나 자신이라고.

과거에 마왕을 퇴치할 수 있는 방법을 찾다가 마녀가 등장하는 고대어 서적을 읽은 적이 있었다. 거기에는 혈통을 타고나지 않고 마왕과의 계약, 혹은 마물의 피의 섭취를 통해 마녀가 되는 의식에 관한 설명이 자세히 나와 있었다. 그 책을 읽었던 게 얼마나 다행스러운 일인지.

세레나는 자신이 가진 지식과 판단을 믿었다. 물론 그럼에도 손발이 떨리고 밤잠이 오지 않는 건 어쩔 수 없었지만 말이다.

재판은 여름 장미 축제의 무도회가 거행되었던 내성의 홀에서 아침 일찍 열렸다. 아나이스 신전에서 파견된 마녀 심판관 보르네오 주교는 아까부터 터져 나오려는 하품을 참고 있었다.

'안 돼. 오늘만큼은 참아야 한다. 누구보다 위엄 있고 경건한 모습을 연출하자.'

대륙에서 가장 많은 기부금을 내는 후원자로 손꼽히는 발루아 공작 앞에서 열리는 재판이었다. 어느 때보다도 신중하고 또 신중하게 진행해야 할 것이다.

보르네오 주교가 마녀 심판관직을 겸임한 이래 이렇게 타 지방까지 파견을 나온 것은 지극히 오랜만의 일이었다. 재판 횟수가 급격하게 감소한 것은 지금으로부터 약 20년 전, 그러니까 지금의 황제 폐하께서 재판 끝에 피고자가 마녀가 아니라고 판명되는 경우 신고자에게 죄를 묻는 것으로 법령을 바꾼 뒤부터다. 이제까지의 마녀 재판은 대체로 돈 많은 미망인들의 재산을 노린 거짓 신고가 많았기 때문에 황제의 판단은 실로 현명하다고 할 수 있었다.

주교가 전달된 서류를 미리 살펴보았다. 이번 재판의 대상은 특이하게도 공작을 모시는 젊은 시녀였다. 왠지 예감이 좋지 않단 말이야. 이런 경우는 대체로 주인의 총애를 받는 젊은 아가씨를 질투해 무고하게 고발한 경우가 많은데. 이거야 원, 사실이라면 더더욱 곤란할지도 모르겠군. 공작의 총애를 받는 여인을 자신의 손으로 죽이게 되는 일이니까. 주교가 수염을 쓰다듬는 척하며 혀를 찼다.

서류를 읽으면 읽을수록 재판에서 손을 떼고 싶어지는 주교의 마음과는 달리 홀에는 사람들이 꾸역꾸역 밀려들고 있었다. 보르네오 주교를 중심으로 좌측에는 초췌한 얼굴의 세레나가, 우측에는 부축을 받으며 들어온 아르만드 백작과 그가 데려온 증인들이 줄을 지어 늘어섰다. 세레나는 그곳에서 익숙한 얼굴을 발견할 수 있었다. 공작의 주치의, 그리고 아이린이었다.

이윽고 보르네오 주교가 성전의 한 구절을 암송하며 재판의 시작을 알렸다.

"태초에 신께서 세상을 창조하셨고, 모든 생명을 직접 빚어 빛나는 지혜와 고결한 숨을 불어넣으셨을지니. 대저 신의 손길이 닿지 아니한 것은 생명의 불꽃을 갖지 못해 그 빛에 타버릴 한낱 부나방임을 유념토록 하라. 나, 보르네오 주교는 오늘 아나이스 여신의 대리인의 자격으로 이 자리에 섰으니, 이제 검은 달 아래에서 태어난 거짓된 생명의 흔적을 내 앞에 고하도록 하시오."

첫 번째 증언은 최초의 신고자인 아르만드 백작에 의해 이루어졌다.

백작은 아직도 통증이 밀려드는 허리를 붙잡으며 앞으로 나섰다.

"존경하는 주교님, 저는 카시우스 드 아르만드라 합니다. 부친이신 선대 공작 각하로부터 백작위를 받았으며, 현재는 부족하나마 공작가의 친족회 수장자리를 맡고 있지요. 조카의 수족이기도 한 여인을 이렇게 재판에까지 올리게 되어 가슴이 찢어질 듯 아픕니다. 그러나 가문의 안녕을 위해, 이 북령의 평화를 위해 고민 끝에 오늘의 자리를 마련하게 되었습니다."

뒤에서 그 모습을 지켜보던 유벨이 우웩 하고 토하는 시늉을 했다. 백작의 말은 계속되었다.

"민간에서 마녀를 구별하는 가장 대표적인 방법이 무언지 아십니까? 바로 머리색입니다. 평민들은 모두 검은 머리색을 가졌다지만 마녀의 머리색은 그중에서도 독특한 밤의 색을 하고 있어서, 햇빛에 비쳐도 빛이 투과되지 않고 새카맣다고 하지요. 바로, 저 여인의 것처럼 말입니다."

백작이 갑자기 세레나에게 손가락질을 하자 뒤에 서 있던 성 사람들의 시선이 모조리 그녀의 머리에 쏠렸다. 순식간에 많은 이의 시선이 자신에게 집중되었지만 세레나는 조금도 부끄러워하지 않고 꼿꼿이 자리를 지켰다.

"보십시오. 꼭 먹물을 뒤집어쓴 것처럼 검습니다. 아침 햇살이 강하게 내리쬐는데도 불구하고 머리 뿌리부터 끝까지 약간의 색의 변화도 보이지 않지요. 보통 사람의 머리라면 과연 저런 색을 띨 수 있을까요?"

백작은 사람들의 머릿속에 의문을 남겨둔 채 자신만만하게 퇴장했다.

두 번째 증인으로 나선 것은 공작성의 하녀, 아이린이었다. 태어나서 한 번도 이런 주목을 받아본 적 없는 아이린의 몸이 부들부들 떨렸다. 바로 뒤에서 지켜보고 있을 공작 각하와 사람들의 시선도 무서웠다. 그래도 조금만 더 참아야 한다. 이 시간만 버티면 자신은 아르만드 백작부인의 측근 시녀가 될 수 있다. 백작은 가족들의 안전을 보장해주고 심지어 좋은 혼처까지 약속해주었다. 아이린의 머릿속에는 세레나보다 훨씬 풍성하고 화려한 드레스를 입고 젊은 기사님의 팔짱을 낀 자신의 모습이 어렵지 않게 그려졌다.

'괜찮아, 아이린. 없는 소릴 하는 것도 아닌데 뭘.'

애써 스스로를 다독인 아이린은 용기를 내어 이야기를 시작했다.

"하녀인 아이린이라고 합니다. 저기 있는 세레나와는…… 동기로 같은 시기에 성에 들어왔어요. 성에 온 지 얼마 되지 않고부터 세레나는 갑자기 검은 고양이를 한 마리 방에 들이기 시작했습니다. 그 고양이가 어디서 온 것인지 아는 사람들은 아무도 없었고요. 검은 고양이는 마녀의 심부름꾼이라고도 하던데 그 말처럼 고양이는 묘하게 사람의 말을 알아듣는 것처럼 행동해서 하녀들 사이에서는 꺼림칙한 기피 대상이었어요. 또 어린 하녀들 중 저 애가 직접 고양이를 마왕이라고 부르는 걸 들은 사람도 있답니다."

아니, 저년이? 세레나의 발치에 가만히 구겨져 있던 고양이가 발딱 일어나려다 다시 바닥에 누웠다. 300년 묵은 고양이는 고작 이 정도의 말에 흔들리지 않았다. 그러나 얼굴도 본 적 없는 저 어린 것이 거짓부렁을 읊어대는 것은 영 듣고 있기 고까웠다. 아무리 마녀가 키우는 고양이래도 사람의 말을 알아듣지는 못한다. 나같이 고귀하고 지고한 존재의 영혼이 미물 따위에 깃드는 경우는 좀처럼 없단 말이다! 고양이가 속으로만 외쳤다.

한편, 잠자코 재판을 지켜보던 로안느의 눈이 번뜩였다. 앞에서 가증스러운 증언을 하고 있는 저 아이린이라는 하녀는 어디서 많이 본 얼굴이었다. 그녀는 곧 아이린이 언젠가 자신이 한 번 심부름을 시킨 적이 있던 부엌데기임을 깨달았다. 재판이 끝나는 대로 저것을 불러 잔뜩 혼쩌검을 내주리라. 로안느가 분을 참지 못해 부득부득 이를 갈았다.

증언을 마치고 아이린이 자리로 들어갔으나, 다음 증인은 한참이 지나도록 모습을 드러내지 않았다. 기다리다 못한 보르네오 주교가 재촉했다.

"접수된 증인은 모두 세 명이었소만. 마지막 증인은 어서 나오도록 하시오."

고개를 숙인 채 주춤주춤 걸어 나온 세 번째 증인은 공작의 주치의였다. 후환이 두려운 그는 감히 뒤편을 바라볼 생각도 못하고 어깨를 잔뜩 움츠리고 있었다. 공작성의 주치의 자리를 포기할 수 있을 정도로 백작이 제시한 대가는 어마어마했다. 백작은 마치 이번 재판에 자신의 모든 것을 다 건 사람 같았다. 주치의는 가족들에게도 미리 짐을 싸놓고 기다리라고 당부했다. 증언이 끝나면 곧바로 마차를 타고 이동 포털로 향할 것이다. 그리고 공작의 손길이 미치지 못하는 남쪽으로 내려가 받은 보석과 황금으로 새 삶을 꾸릴 것이다.

중년의 주치의는 그동안의 마음고생으로 전보다 20년은 더 늙어 보이는 얼굴로 증언을 시작했다.

"그러니까…… 저 여자가 팔에 화상을 입었을 때였습니다. 각하의 명으로 주교께서 계신 신전에 가 최고급 포션을 가져왔지요. 최고급 포션이라 하면, 아시다시피 죽어가는 사람도 살리는 명약 중의 명약 아닙니까. 그런데 한 통을 다 쓰도록 저 손과 팔의 작은 화상이 낫질 않는 겁니다. 결국 그 자리에서 포션을 모두 사용하고도 효과는 보지 못했고, 명을 받은 제가 따로 약초 물과 연고를 챙겨다주었습니다. 지금 드리는 말은 전부 다 사실입니다요, 예예."

증언을 마치자마자 자리에서 내려온 주치의는 주섬주섬 짐을 챙기기 시작했다. 이제 자신이 할 일은 끝났다. 마무리는 백작이 알아서 잘 요리하겠지.

보르네오 주교는 할 수 있으면 공작의 여인을 그대로 살려주고 싶었다. 애꿎은 목숨 하나 더 빼앗는다고 교단에 득 될 것은 없다. 그러나 여인이 목숨을 잃는 순간, 동시에 든든한 후원자를 잃을 아나이스 교단은 다음 해부터 예산의 반 이상을 새로 짜야 할 것이다. 드넓은 공작의 영지에서 보이지 않게 받게 될 불이익과 차별은 말할 것도 없었다. 그런데 백작이 생각보다 준비를 너무 철저히 해 온 것이 문제였다. 주교는 애꿎은 권력 싸움에 잘못 끼었다는 생각을 하며 이번엔 세레나에게 물었다.

"피고 세레나, 이상의 증언에 대해 반론할 것이 있는가."

세 사람이 모든 증언을 마칠 때까지 묵묵히 듣고만 있던 세레나가 드디어 입을 열었다.

"존경하는 주교님, 저는 재판정이라고 하는 엄숙한 자리에서 구구절절 저의 신세 한탄을 하거나 변명을 하고 싶지 않습니다. 어차피 재판의 최종 판결은 오직 하나, 신성력의 주입으로 결정되는 것이 아닌지요?"

"그대의 말이 맞네."

"그렇다면 더 이상 행사를 미루지 말아주시지요. 저는 이미 준비가 되어 있습니다."

보기보다 꽤 강단 있는 아가씨가 아닌가. 자신을 마녀라고 매도하는 사람들 앞에서도 떨거나 흥분하지 않고 또박또박 의견을 말하는 세레나를 주교는 이채롭게 바라보았다. 멀리서 보아도 한눈에 들어오는 단정한 얼굴이나 지혜로워 보이는 깊은 눈동자는 어디에서나 흔히 찾을 수 있는 그런 인물의 것이 아니었다.

'용감한 아가씨에게 아나이스 여신의 축복이 있기를.'

주교는 짧은 기도를 마친 후 천천히 단상에서 내려왔다. 그리고 지팡이를 들어 눈을 감고 있는 세레나의 손끝에 가져갔다. 홀 안은 곧 팽팽한 긴장감으로 가득 찼다.

"……."

"허어, 반응이……."

주교는 지팡이를 든 채 한참을 그대로 서 있었다. 이런 적은 처음이었다. 인간이라면 신성력이 몸에 닿는 순간 하얀색 빛이 터져 나왔을 것이고, 마녀라면 살이 검게 타들어가며 고통스러워했을 것이다. 그런데 세레나는 그 어떤 경우도 아니었다. 마치 무슨 일이 일어났냐는 듯 그녀의 몸은 좀 전과 마찬가지로 그대로였다. 그녀가 마녀가 아니길 바라는 마음에 신성력을 너무 조금 주입했는지 모른다.

주교는 잠시 반성하며 다시 지팡이를 높게 치켜들어 이번에는 지팡이를 세레나의 심장에 직접 가져갔다.

이윽고 놀라움을 감추지 못하는 주교가 주춤주춤 뒷걸음질 쳤다. 신성 문자가 새겨진 자신의 지팡이를 바닥에 내팽개친 채. 심장 부근에 신성력을 주입하는 순간, 이상한 일이 일어났다. 세레나의 심장이 탐욕스러운 아귀처럼 들어온 힘을 흡수하기 시작한 것이다. 주교가 그 양을 조절할 새도 없이 신성력은 밑 빠진 독처럼 줄줄 심장 안으로 흘러들어갔다. 만약 자신이 지팡이를 놓치지 않았다면 어떤 일이 벌어졌을까. 주교의 등에서 식은땀이 흘렀다.

지팡이를 주워 단상으로 돌아간 보르네오 주교는 한참 동안 눈을 감고 침묵했다. 다시 눈을 떴을 때, 그의 눈동자는 여느 때처럼 맑고 고요했다.

"판결을 내리겠소. 피고인 세레나는 검은 머리, 포션, 즉 성수가 듣지 않는 신체 등을 이유로 아르만드 백작에 의해 마녀로 기소되었소. 본 재판관이 신전의 수칙에 의거해 조사한 바, 피고인 세레나는 분명 의심스러운 정황이 있기는 하나 신성력을 거부하지 않고 받아들였고, 더불어 신체에서 흑마법의 흔적도 발견되지 않았소. 따라서 피고 세레나는……."

판결문을 낭독하던 주교가 재판정에 모인 사람들을 한 번 쭉 훑어보았다. 그리고 그 사이에서 공작을 발견하고는 자애롭게 웃어 보이며 마지막 말을 마쳤다.

"무죄임을 선고하는 바요."

재판정은 곧 떠나갈 듯한 환호성으로 가득 찼다. 세레나는 그제야 천천히 눈을 떴다. 공작, 유벨, 로안느, 사라, 비토리오…… 익숙한 얼굴들이 환희에 가득 차 자신을 바라보고 있었다. 세레나도 굳어 있는 얼굴 근육을 움직여 있는 힘껏 웃어 보였다. 작은 가슴이 벅차올랐다. 스스로의 힘으로 자신을 증명했다는 사실이 무엇보다 그녀를 뿌듯하게 했다.

모두가 기쁨에 젖어 있는 가운데 아르만드 백작이 홀로 단상까지 올라와 고래고래 소리를 질렀다.

"이럴 수는 없어! 말도 안 돼!"

다 이긴 게임이었다. 결코 이렇게 끝날 수는 없는 것이었다. 백작은 존칭을 쓰는 것도 잊은 채 갈라진 목소리로 억울함을 호소했다.

"마녀가 아니라면 주교께서 신성력을 주입했을 때 하얀색 빛이 나타났어야 하는 것이 아니오? 마녀의 정황이 눈앞에 보이는데 왜 그것을 모른 척하느냔 말이오!"

"……."

주교는 백작의 말을 못 들은 척하며 귀를 후벼 팠다. 상황이 이상하긴 했다. 사악한 힘은 없지만 신성력의 효과 또한 보이지 않는다. 심장에서는 미약하지만 고대 주술의 흔적도 느껴졌다.

'뭐, 하프 요정쯤 되나 보지.'

주교는 문제를 크게 만들고 싶지 않았다. 이대로 판결을 잘 마무리하고 돌아가면 얼마 뒤 발루아 공작으로부터 후한 기부금이 날아올 것이다. 그 기부금으로 자신들은 부쩍 급성장 중인 풍요의 여신 프레야의 교단을 제치고 유일무이한 교단으로 우뚝 설 수 있으리라. 대주교님께서도 자신의 현명한 판결 내용을 아시면 크게 칭찬하실 것이다.

"백작, 빛이 나오느냐가 아니라 신성력에 거부 반응이 없었다는 사실이 중요한 것이오."

"그럼 다시 한 번만 조사해보십시오. 지팡이를 쓰지 말고 손으로 직접 하면……!"

"이미 두 번이나 실시하지 않았소. 세 번째는 없소."

주교의 거절에도 아르만드 백작은 끈질기게 달라붙었다.

"그럼 저기, 저 고양이에게도 검사를 해보십시오. 머리끝부터 발끝까지 시꺼먼 마녀의 파수꾼입니다. 신성력에 닿는 순간 틀림없이 흑막을 드러낼 겁니다!"

주교가 귀찮다는 얼굴로 지팡이를 주섬주섬 챙겨 들었다. 이렇게라도 해주지 않으면 시끄러운 백작 때문에 좀처럼 재판이 끝나지 않을 것 같다.

주교는 다시 단상을 내려와 세레나의 옆으로 가까이 다가왔다. 그 모습을 바라보던 세레나의 얼굴이 새파랗게 질렸다. 자신은 분명 마녀가 아니다. 하지만 기르는 고양이는…… 진짜 마왕이었다. 영혼뿐이라 해도 신성력에 직접 닿았을 때 어떤 파급 효과가 있을지는 누구도 모르는 일이었다.

세레나가 얼른 앞을 막아섰다.

"갑자기 이러시는 법이 어디 있는지요. 제 고양이는 몸이 지극히 약한 아이입니다."

"걱정 마시오. 신성력은 동물의 장수에 도움이 되면 됐지, 해가 될 일은 없다오."

"그것을 누가 보장할 수 있답니까. 주인인 저는 찬성할 수 없어요."

"세레나 양…… 저쪽의 불만을 잠재우고 빨리 재판을 끝내려면 다른 방법이 없소."

"잠시만요. 기다려주세요!"

세레나의 거부에도 주교는 이미 고양이에게 다가가 한 손으로 안아 들고 있었다. 그는 또랑또랑한 눈으로 쳐다보는 고양이의 머리를 부드 럽게 쓰다듬었다.

"착하지? 곧 끝난다."

고양이는 미동도 없이 얌전히 안겨 있었다. 심지어 주교가 지팡이를 갖다댈 때조차 눈 한 번 깜박이지 않았다. 지팡이가 닿은 고양이의 머 리에서는 하얀색 빛이 터져 나왔다. 누구도 꼬투리를 잡을 수 없는, 그 야말로 지극히 정상적인 동물의 반응이었다. 고양이는 이럴 줄 알았다 는 듯 사뿐히 다시 세레나의 곁으로 돌아갔다.

주교는 이 정도면 됐지? 하는 표정으로 백작을 한 번 본 다음, 재판 의 종결을 알리는 마지막 말을 남기며 퇴장했다.

"이것으로 피고인 세레나의 마녀 재판을 종결토록 하겠소. 무고한 여인을 재판정에 세운 신고자의 처벌은, 북령의 통치자에 의해 이루어 질 것이오."

"세레나!"

그제야 유벨이 울면서 세레나에게 달려왔다. 이 어린 도련님을 어쩌 나. 장차 많은 이를 호령할 공작이 되어야 하는데 눈물이 이렇게 헤프 서서야. 그렇게 생각하면서도 세레나는 힘주어 유벨을 꼭 안아주었다.

공작이 천천히 자리에서 일어났다. 그는 아까부터 어떻게 백작을 족 쳐야 잘했다는 소문이 날까 고민 중이었다. 싸움이나 분쟁에 앞장서지 않고 뒤에서 지켜만 본 건 처음이었다. 그것이 세레나가 원한 것이었으니까. 자신을 믿어달라고 했으니까.

그러나 납득한 머리와 다르게 그의 마음은 계속 타들어갔다. 주교가 지팡이를 세레나의 심장에 갖다댈 때에는 그만 자신도 모르게 검을 뽑아 던지고 싶은 충동에 휩싸여야 했다. 이제 모든 것이 정리가 되었다. 돌고 돌아 다시 모든 권한은 자신의 손 안에 들어왔으니. 불끈 쥐어보는 공작의 주먹이 파르르 떨렸다. 긴장 때문이 아니라 벅차오르는 가슴에 너무 흥분이 되어서였다.

"아르만드 백작, 그대의 죄를 스스로 알렷다."

공작이 무표정한 얼굴로 말문을 열었다. 공작의 목소리는 결코 크지 않았지만, 모두의 귀에 그의 한 마디 한 마디가 또렷하게 박혔다.

"죄 없는 여인을 마녀로 몰아 죽음의 위험에 처하게 한 죄, 성의 사람들을 매수해 거짓 증언을 의뢰한 죄, 친족회와 결탁해 북령의 체제를 전복시키려는 음모를 꾸민 죄까지, 그 죄질은 결코 가볍지 않다. 북령의 최고 통치자 발루아 공작의 이름으로 명하니, 지금 이 순간부터 아르만드 백작의 작위와 전 재산을 몰수한다. 그것들은 전부 가문에서 나온 것들이니 다시 가문에서 회수하는 것이 옳을 터. 또한 백작이 이끌고 있던 친족회 역시 오늘부로 해산이다. 가문을 지키고 가주를 보필한다는 제일의 의무를 저버린 회는 더 이상 존속될 이유가 없으니."

한순간에 모든 것을 잃은 백작이 넋이 나간 얼굴로 그 자리에 못 박힌 듯 서 있었다. 재판에 와 있던 몇몇 공작가의 일원들이 발끈해서 나섰다.

"공작, 어떻게 우리에게 이럴 수 있습니까?"

"우리는 당신과 피로 연결된 친척입니다. 그렇게 마음대로 결정해버릴 수는 없소!"

"초대 공작 때부터 존재해왔던 친족회를 갓 즉위한 당신이 무슨 수로 해산시킨단 말이오?"

거센 항의에도 불구하고 공작은 아무렇지 않게 대답했다.

"무슨 자격으로 해산을 얘기하느냐고? 내가 아니면 그 누가 할 수 있단 말이오. 내가 바로 당대의 발루아 공작이거늘. 불만이 있다면 나오시오. 그나마 간당간당 유지해온 작위까지 전부 회수해주지."

강경한 공작의 말에 친족들은 더 이상 말을 잇지 못했다. 그러더니 갑자기 아르만드 백작에게서 한층 더 멀리 떨어져 자신들의 짐을 챙기기 시작했다.

'스스로는 나설 용기도, 능력도 없는 한심한 작자들.'

그 모습을 가소롭게 바라보던 공작이 몸을 돌려 유벨과 세레나에게 걸음을 옮겼다. 그는 겉옷을 벗어 홑옷을 입고 있는 세레나의 어깨에 살며시 걸쳐주었다.

"……고생했어."

공작이 건넨 것은 짧은 한 마디 말이었지만 그동안 그가 겪었을 마음 졸임이 그대로 전해져왔다. 그래서 세레나는 춥지 않았음에도 공작의 배려를 가만히 받아들였다. 긴장이 풀려서일까, 갑자기 현기증이 느껴졌다. 세레나는 어지러움 때문에 잡고 있던 유벨의 손을 놓고 이마로 손을 가져갔다. 그것을 본 공작이 그녀를 부축하며 서둘러 홀을 빠져나갔다.

세 사람이 사라지자 한참 전부터 그들의 모습을 흐뭇하게 보고 있던 로안느가 조용히 입을 열었다.

"사라, 찾았나?"

로안느의 등 뒤에서 결연한 표정의 사라가 불쑥 모습을 나타냈다.

"네, 로안느 님."

"가자."

"네. 애들아, 준비해라."

로안느가 사라와 시녀 떨거지들을 이끌고 조용히 사라졌다. 판결이 내려지자마자 도망친 아이린을 찾아, 감히 주인과 동기를 배신한 죗값을 톡톡히 치르게 해주기 위해서였다.

재판정을 나오면서 세레나는 줄곧 궁금했던 한 가지를 물었다.

"각하, 혹시 제가 진짜 마녀였다면 어쩌실 생각이셨어요? 절대 그럴 리가 없다고 철석같이 믿고 계셨던 건가요?"

"아아, 세레나. 그건 말이지……."

망설이던 공작이 품에서 뭔가를 꺼냈다. 그것은 손에 쏙 들어갈 만큼 작은 약병이었다. 투명한 약병 안에는 검은 알갱이들이 잔뜩 들어 있었다. 거무튀튀하고 칙칙한 알갱이는 왠지 보고 있기만 해도 불쾌한 기분이 들었다.

"이건 뭐죠?"

"마환이라는 것이다. 보통 사람에게는 독약이지만 흑마법사나 마녀에게는 최고의 영약과도 같지. 그대가 쓰러지면…… 이것을 먹이려고 했었다."

"네? 그럼…… 모두의 앞에서 그걸 먹은 저나 먹인 각하는 어떻게 되는 건가요?"

세레나가 깜짝 놀라 묻자, 공작이 머리를 긁적였다.

"글쎄…… 여차하면 그냥 다 죽여서 입을 막으면 되니까."

세레나가 경악하자 공작이 "농담이야, 농담." 하며 히죽 웃었다. 공작의 웃음에도 그녀는 왠지 그 말이 전혀 농담처럼 느껴지지 않았다. 세레나의 눈이 금세 촉촉해졌다.

"왜 그렇게까지 하세요. 저를 보신 지 얼마나 되었다고……. 대체 제가 뭐라고……."

"한 가지는 분명히 알지. 우리 세 사람 중 누구 하나만 빠져도 우린 다시 '우리'가 될 수 없다는 것."

젖어든 그녀의 눈가를 손으로 훔쳐주며 공작이 다정하게 중얼거렸다. 그때, 양손으로 공작과 세레나의 손을 잡고 있던 유벨이 신이 나서 말했다.

"삼촌, 오늘 우리 파티를 하는 건 어때요? 하루 종일 먹고 마시면서 세레나의 무사 귀환을 축하하는 거예요! 기사와 시중인들도 모두 함께요!"

"나쁘지 않은 생각이구나."

"아니요…… 죄송해요. 오늘따라 몸 상태가 좋질 않네요. 갑자기 긴장이 풀려서 그런가 봐요. 파티는 다음으로 미뤄도 될까요?"

유벨은 조금 실망한 눈치였지만, 사색이 되어 식은땀마저 흘리는 세레나를 보고는 허둥지둥 방으로 데려다주었다.

세레나는 자신의 침대에 쓰러지듯 누웠다. 머릿속의 시계가 고장이 난 것처럼 잠이 쏟아져서 견딜 수가 없었다. 억지로 참으려 할수록 더 몸이 나빠지는 것만 같다. 야옹! 목까지 이불을 덮고 누운 세레나의 옆에서 고양이가 계속 시끄럽게 울었다.

'그래, 그래. 어찌 된 영문인지 궁금한 거지?'

세레나가 눈을 감은 채 빙그레 웃었다.

"전에…… 책에서 읽어 알고 있었거든. 마녀의 혈통이 아닌 내가 마녀가 되려면 우선 만월 아래에서 영혼을 묶는 계약을 한 뒤 네 피를 3온스 이상 마셨어야 해. 그런데 마왕, 너와 나 사이에는 계약도, 피도 없었잖아? 참고로 내가 심장에 새긴 것은 고대의 봉인진이고, 넌 몰랐겠지만 그 주문의 완성을 위해 난 일주일간 성수와 신관의 축복으로 목욕을 하다시피 했단다."

……그렇게 철저하게 준비를 했었단 말이지. 고양이는 갑자기 묘하게 기분이 나빠졌다. 결국 자신이 아니라 저 심장 놈의 조화 때문에 모든 게 꼬인 것이다.

토라진 고양이를 모른 척하며 세레나가 말을 이었다.

"무엇보다 다시 깨어난 뒤, 검은 달의 마력이 폭발적으로 증가한다는 보름날에도 내 몸엔 아무 변화가 없었거든. 그러니 기껏해야 뭔가의 부작용 정도라 생…… 각……."

세레나는 하던 말을 채 끝마치지 못한 채 깊은 잠에 빠졌다. 고양이는 아직 궁금한 게 많이 남아 있었다. 신성력에 상처는 입지 않았지만 그렇다고 제대로 받아들인 것 또한 아니었다. 인간도, 마족도 아닌 너는 대체 지금 어떤 상태인 거냐. 아나이스가 아직도 널 용서하지 않은 걸까? 그리고 세레나, 넌 왜 날 만날 마왕이라 불러? 의심받을 걸 알면서도 그렇게 부르는 이유는 뭔데? 고양이가 톡톡 발길질을 했지만 잠이 든 그녀는 미동조차 하지 않았다.

　그날 밤, 공작은 자신의 방으로 조용히 로안느를 불렀다.

　"최대한 빨리 혼례 준비를 한다면 얼마나 걸리겠나."

　왔구나, 왔어. 로안느가 눈을 희번덕거리며 얼른 대답했다.

　"지금부터 바로 시작하면 6개월 안에 준비를 끝낼 수 있…… 아니, 제가 어떻게든 이번 겨울 전까지 끝마쳐보겠습니다."

　"좋다. 그럼 그때까지 공작부인의 방을 새로 단장해놓도록."

　공작부인의 방이라니. 설마 이 타이밍에 세레나를 두고 어디 귀족 영애와 혼인이라도 한단 말인가? 표정 관리에 실패한 로안느가 세모눈을 치켜떴다. 드물게 보는 영악한 시녀장의 실수에 공작이 화를 내는 대신 허허로운 웃음을 지었다.

　"로안느, 그대의 걱정은 덧없다. 내가 공작 노릇을 해봤자 얼마나 오래 할 것 같은가. 나의 대에서 공작부인은 나오지 않을 것이다. 그저 공작성의 유일한 안주인이 있을 뿐. 무슨 말인지 알아듣겠나?"

　"……예."

　로안느는 희희낙락하며 공작의 방을 빠져나왔다. 모든 것이 꽁꽁 얼어붙는 한겨울이 되기 전에 식을 올리려면 지금부터 준비해도 너무 늦다. 그녀는 내일부터 당장 신부의 드레스 소재와 디자인을 궁리해야겠다고 생각했다. 그런 다음에야 재단사를 불러 주문 제작에 들어갈 수 있으니 말이다. 아무래도 지금 가장 유행하고 있다는 아르망 무드가 좋겠지. 아니면 아예 드레스부터 소품 하나까지 전부 동대륙의 것으로 해버리는 건 어떨까.

기분 좋게 상상하던 로안느가 갑자기 얼굴을 찡그렸다. 그만 안 좋은 기억을 떠올려버리고 만 것이다. 제국의 남쪽, 특히 제도 사람들은 북령을 눈밭 속에서 석탄이나 캐는 촌구석이라며 무시하는 경향이 있었다. 얼마 전 성에 머물렀던 아드리안 공작가의 공녀도 북령에서도 실크로 커튼을 만들어 다니느냐는 망측한 소리를 해서 시녀들의 뒷담화의 대상이 되지 않았나.

좋아, 제국에서 가장 부유한 대영주의 결혼이니만큼 사치의 끝을 보여주자. 호화로우면서도 우아한, 누구라도 꿈꾸지 않을 수 없는 아름다운 결혼식을 만드는 거야.

로안느가 주먹을 불끈 쥐었다. 그녀는 그 모든 걸 현실로 만들어낼 자신이 있었다.

478

한편 제도의 깊은 곳, 어느 저택에서 로안느가 떠올렸던 바로 그 붉은 머리 공녀가 서신 한 장을 구겨 쥐고 있었다.

"이대로 끝낼 수는 없어."

서신은 재판이 아르만드 백작의 철저한 파멸과 함께 종료되었다는 내용을 담고 있었다.

'한심한 얼간이 같으니라고.'

율리아나는 윤기가 흐르는 머리칼을 거칠게 쓸어 넘겼다. 수집한 그 많던 자료를 모두 던져줬건만 멍청한 백작이 제대로 소화시키지 못한 모양이었다. 아니, 어쩌면 공작이 개입해 일을 망쳤는지도 모른다. 사실이 어느 쪽이든 간에 이대로 순순히 물러날 생각은 없다. 자신은 어떻게든 그 까마귀 같은 계집이 지옥의 나락으로 떨어지는 꼴을 볼 참이었다.

"그래, 붉은 달이 있었지. 그들이라면 분명……."

흔적도 남기지 않고 깨끗하게 처리해줄 수 있을 것이다. 그들은 누구라도 주저 없이 손꼽는 최고의 실력파들이었다. 공녀인 자신조차 부담되는 거액의 대금이 흠이긴 했지만 그래서 더 믿고 맡길 만했다.

율리아나는 은밀히 입수한 붉은 달의 의뢰장에 의뢰 대상의 이름을 적어내려가기 시작했다.

기다려라, 세레나. 이번에야말로 네 숨통을 끊어주마. 그리고 카이로스, 통치하는 영지와 꼭 닮은 그 겨울의 남자에게도 자신과 똑같은 실연의 아픔을 겪게 해줄 테다.

율리아나는 의뢰장을 곱게 접어 방 안의 새장에 있던 비둘기의 발에 묶었다. 잠시 후, 비둘기를 날려 보내는 그녀의 붉은 입술이 잔인하게 일그러졌다.

- 2권에서 계속.